莆田

媽祖

信俗大观

林国良　主编

中华妈祖文化交流协会　编

海风出版社
HAIFENG PUBLISHING HOUSE

序

　　地处福建沿海中部的莆田，古称"兴化"、"兴安"，雅号"莆阳"，历史悠久，人文底蕴深厚，素有"文献名邦、海滨邹鲁"的美誉。巍巍壶公山，傲然耸立于莆阳大地；悠悠木兰溪，蜿蜒流淌于兴化平原。走进莆田，最令人感慨的是这方水土竟孕育了如此瑰丽神奇、波澜壮阔的历史文化。从西晋"永嘉之乱"衣冠南渡始，汉族先民在这里围海造田、垦荒种植、繁衍生息的同时，也把来自中原的华夏文明因子播洒于此，与本地古闽越族文明相互激荡、融合，创造出流光溢彩、独具特色的莆仙文化。自南朝郑露兄弟"开莆来学"以降，崇儒兴教方兴未艾，向学仕进蔚然成风，史载"比屋业儒，家弦户诵"，以致"科甲相望，簪缨蝉联。礼乐诗书之盛，八闽独冠；魁人韵士之多，天下鲜俪。"区区莆阳一郡，呈现士农工商并举、儒释道齐辉之势，历代人文荟萃、英杰如林，诞生了诸如林默、蔡襄、郑樵、陈俊卿、林光朝、刘克庄、陈文龙、林兆恩等彪炳千秋的历史名人。他们或怀忠效国、济世爱民，或德堪世表、文为代宗，其传诵不衰的功绩、懿行、风范，既是兴化儿女精神境界的生动写照，也是中华民族优秀文化传统与独特地域人文相浸濡而发出的耀眼光芒。而透过"林默——妈祖"这一从人到神的真实例证，深入考察其派生出的信仰习俗，我们似乎可清晰辨读出莆仙地域文化与中国儒释道思想之间千丝万缕的渊源关系。

　　妈祖，原名林默，昵称"默娘"，宋建隆元年（960）出生于莆田望族"九牧林"世家。受忠孝家风的熏陶，林默少时聪慧过人，事亲至孝，乐善好施，显示出善良仁爱的博大襟怀。她悉心研习天文地理知识，尽窥奥妙，对海上气候变化预卜先知，每逢风暴欲临，便提前告示乡亲们，避免了很多海难。因生活于海滨，她见闻诸多生离死别，体会海上谋生的艰辛，故发愿并致力于拯溺救灾、扶危济困，普渡众生。宋雍熙四年（987），人们传说她于湄洲岛羽化升天。林默将她短暂的一生，无私奉献给需要帮助的苦难中人，其英雄事迹和崇高精神被广大百姓口口相传。人们感其恩德，遂于湄峰上立祠以祀，希望她永驻人间，庇佑众生吉祥平安。民间盛传林默辞世后，屡显威灵，或拯危救难，或捍患御灾，或助战剿寇，播下许多护国庇民的功德。自南宋绍兴二十六年（1156）被封为"灵惠夫人"起，历宋、元、明、清四朝36

次褒封，其封号由"夫人"、"妃"、"天妃"直至"天后"，成为举世共钦、万民敬仰的伟大女神——妈祖。经过历代官员、文人、商贾、民众的传播，妈祖信仰随着海洋开发、航海航运、移民迁徙等社会活动，逐渐形成覆盖海内外的信俗文化体系。可以说，有江河湖海的地方就有妈祖信仰，有华人的地方就有妈祖宫庙。现在全球33个国家和地区共有上万座妈祖宫庙，信众多达3亿多人。历经千百年的传承衍播，妈祖文化已形成"立德、行善、大爱"的精神内涵以及"平安、和谐、包容"的文化特征，渗入人们的精神和社会生活，深刻影响着大众的思想意识、伦理道德和行为规范。2009年9月30日，"妈祖信俗"被联合国教科文组织列为"世界人类非物质文化遗产"，昭示着以妈祖信俗形态为标志的妈祖文化，以其广泛的群众性、强大的传承力，成为全人类共有、弥足珍贵的精神财富和文化资源。

　　莆田是妈祖女神的故乡。整理莆田的妈祖信俗，对展示莆田深厚的地域文化、挖掘优秀的民族文化传统、促进精神文明建设等具有重大的意义。基于以上认识，中华妈祖文化交流协会认真策划组织，通过发动本土民俗专家、学者，借鉴海内外民俗及信仰文化研究成果，从祭典、节庆、香火、神器、供品、出游、艺文、习俗、祈愿、传说等十个方面，全面客观、图文并茂地展现了异彩纷呈的妈祖信俗，可谓匠心独运，内涵丰富，蔚为大观，是当代妈祖文化整理、研究的又一部巨著。

　　经过全体编撰人员的辛勤笔耕，《莆田妈祖信俗大观》终于付梓面世了。相信广大读者定能从中感悟妈祖"至德成圣，至善为神"的大爱襟怀，领略妈祖文化"源远流长，博大精深"的无穷魅力，品味莆阳大地"文献名邦、海滨邹鲁"的灿烂人文。我衷心地希望，广大莆仙乡亲和妈祖信众由此汲取更多的精神力量，进一步传播妈祖文化、弘扬妈祖精神，共同推动"人兴业茂、清风明月"的宜居港城建设，共圆中华民族伟大复兴的中国梦。

　　是为序。

中共莆田市委书记 梁建勇

2014年3月20日

前言

莆田,古称兴化,是"和平女神"妈祖的故乡。一千多年来,在这块神奇而富饶的土地上,妈祖慈爱的花瓣撒满壶山兰水的每一个角落,并由此衍播至五洲四海,凝汇成了奕代传承不息、文化底蕴深厚的妈祖信俗奇观。

2009年9月30日,联合国教科文组织在阿联酋首都阿布扎比召开的政府间保护非物质文化遗产委员会第四次会议,决定将中国政府提交的"妈祖信俗"列入《人类非物质文化遗产代表名录》。这一历史性的突破,标志着妈祖迈上了世界文化的巅峰,也预示着以信俗形态为代表的妈祖文化,以其草根性为特色,群众性为基础,民间性为载体,传承性为脉络,将在更大空间内放射出中华优秀传统文化瑰宝耀眼的熠熠光芒。

妈祖信俗成功入选"世遗",使得包括广大妈祖信众和文化人在内的海内外各界人士,纷纷涌入莆田。他们或旅游考察、或寻根谒祖、或交流探秘,淘宝般地想把发源于莆田、传播于四海的妈祖信俗以最短的时间尽揽而归。因此,顺天应时地满足域内外人士迫切了解莆田妈祖信俗的愿望,是中华妈祖文化交流协会义不容辞的责任。

中华妈祖文华交流协会自2004年成立后,应妈祖文化研究者和广大妈祖信众的要求,把搜集发掘、编纂出版妈祖文献资料当作自己责无旁贷的神圣责任。几年来,已组织专家学者编纂出版了《清代妈祖档案史料汇编》(2004年发行)、《妈祖研究资料目录索引》(2005年出版)、《妈祖文献史料汇编》第一辑四卷四册(2007年出版)、《妈祖文献史料汇编》第二辑三卷五册(2009年出版)、《妈祖文献史料汇编》第三辑三卷七册(2011年出版),这些文献史料工具书网罗散逸,钩稽辑订,嘉惠学林,极大地推动了妈祖文化的学术研究,也赢得了妈祖信众和社会各界的赞许。

当妈祖文献史料工具书编纂告一段落之后,中华妈祖文化交流协会并没有停止自己的学术研究脚步,而是把重点转向注重田野调查为主的妈祖信俗研究方面。2012年,在有关部门的大力支持下,中华妈祖文化交流协会又组织力量对妈祖信俗核心区莆田市的妈祖宫庙进行了全面普查。普查资料经汇编、补充和润色后，编纂成了收录880多座妈祖宫庙的《莆田妈祖宫庙大全》一书，正式出版。此书较全面展现了莆田妈祖信俗重要载体的宫庙总体风貌，成为了解莆田妈祖文化必读的一部工具书。

在完成出版《妈祖文献史料汇编》《莆田妈祖宫庙大全》等浩大工程之后，中华妈祖文化交流协会又把编纂《莆田妈祖信俗大观》作为另一个妈祖史料重要项目，并列入2013年重要计划。是年5月，组织了以《中华妈祖》杂志编委会成员为主要班底、吸收部分专家学者参加的编纂队伍。常务副会长林国良主持召开编纂工作会议，明确提出编写的主导思想是实事求是、尊重历史、立足草根、体现特色、反映沿革、全面涵盖，为妈祖、为莆田、为社会和为历史奉献出一部既具有学术性、资料性、知识性、可读性，又可供交流借鉴的权威性妈祖信俗文化精品力作。为贯彻这一指导思想，经反复研讨，制定出全书纲目框架，随即进行编组分工。在掌握现有资料的基础上，深入田野调查，对文字、图片、音像、采访记录、实物等进行整理、加工、分类、核实、鉴别，去粗取精、去伪存真，力求把莆田妈祖信俗这一富有历史文化底蕴，内容丰富多彩的文化现象真实展示出来，同时做到图文并茂，生动活泼，可读性、真实性和权威性并重。在编写进程中，又多次召开会稿和审稿会，对各篇、章、节的内容进行讨论、界定、补充、删减和衔接。

功夫不负有心人。冬去春来，经过大家的共同努力，这部浸透全体执笔作者、编务人员和出版社编辑心血汗水的《莆田妈祖信俗大观》，终于在妈祖诞辰1054周年之际与广大读者见面了。将让广大妈祖信众和关心妈祖文化研究的各界人士，一卷在手，尽览莆田妈祖信俗之大观。

我们相信，《莆田妈祖信俗大观》的出版，对于传播弘扬妈祖大爱精神，推介宣传莆田地域文化，传承光大中华优秀传统乃至于襄助社会主义先进文化建设，都将发挥出其应有的积极作用。

目录

第四篇　神　器

第五篇　供　品

第六篇　出　游

第七篇　艺　文

第八篇　礼俗

第一篇

祭典

第一篇

祭典

《礼记·祭法》云："有天下者祭百神。"《左传》云："国之大事，在祀与戎。"因此，历代帝王对神灵的祭祀都极为重视。据记载，西周以来，国家制定的祭祀对象共分五种，即：法施于民、以死勤事、以劳定国、能御大灾、能捍大患。凡符合以上条件之一的神灵，可由帝王下旨举祭，封建时代通称"谕祭"或"御祭"。封建时代皇帝的谕祭又分"春秋谕祭"和"特别谕祭"，前者由全国各级地方官按祀典于每年春秋二季之仲月为朝廷代行祭祀，后者则是由朝廷派特使赍香帛并宣读御祭文（一般由翰林院拟撰）诣庙致祭。海神妈祖享受特别谕祭始于元代晋封天妃之后，至清康熙五十九年（1720），晋享"春秋谕祭"，编入国家祀典，成为与孔子、关帝同等的几大祭祀大典之一。

祭典，从广义上理解应是大型祭祀典礼的简称，是宗教信仰活动中一种大型的敬神祭祀综合活动的仪典。古往今来，宗教祭祀活动都是伴随着歌舞而活动，既是酬神，同时也是娱人，民众通过祭祀活动表达对神灵的崇拜感激之情，也达到了自我心态放松和身心愉悦的目的。《吕氏春秋·古乐》云："昔葛天氏之乐，三人操牛尾，投足以歌八阕：一曰《载民》，二曰《玄鸟》，三曰《遂草木》，四曰《奋五谷》，五曰《敬天常》，六曰《达帝功》，七曰《依地德》，八曰《总万物之极》（或作《总禽兽之极》）"[1]。可见，宋代肇始的妈祖信仰祭祀典礼也应是由歌、舞、乐等元素组成。

关于妈祖祭祀典礼的历史，可追溯到南宋绍兴二十六年（1156）高宗皇帝在杭州"郊典"之时，后历经元、明、清时代，在统治者包括皇帝和各界人士的推动下，不断充实、完善和规范，形成了一系列的高规格的妈祖祭祀典礼。妈祖祭祀场所基本上是以宫庙为主的。湄洲是妈祖信俗的发祥地，湄洲妈祖祭典极为隆重，也是天下妈祖祭典的范本，享有很高的声望。因此本篇的祭典，以详述湄洲妈祖祭典为主，并选莆田市其他几处有代表性的妈祖宫庙为例，来展现莆田妈祖祭祀的概貌。

---

[1]《四库全书》子部，杂家类，杂家之属，《吕氏春秋》卷五。

第一章

古代妈祖祭典溯源

妈祖祭典的历史可追溯到宋代妈祖升天以后的受祀之时。宋代妈祖信仰初始时期，祭拜妈祖的仪式应比较简单，其规模也不可能很大。元代，妈祖信仰的规模和规格得到提升，祭拜妈祖的规格相应扩大。明代，妈祖信仰进一步传播，并且扩大到海外，妈祖祭拜活动得到了一些发展。清代，妈祖信仰传播的区域、信众人群都得到前所未有的拓展，古代妈祖祭拜活动，也达到了巅峰。

第一节　宋代妈祖祭典的雏形

妈祖出生于宋代，仅仅活了28岁，早期流传下来的故事也只有简单的几则。同时期的莆田文人虽然有一些记载，但并没有系列或者大篇幅的详细叙述。对于妈祖祭典的记载，目前已发现最早的妈祖文献是南宋廖鹏飞《圣墩祖庙重修顺济庙记》一文，其中也记载了一些南宋早期的妈祖祭祀内容。之后，妈祖昭灵显圣庇佑民众的故事，在民间广泛流传，因此妈祖受到人们敬重的程度进一步提升，祭祀的虔诚度、香火的旺盛度自然也都得到了大幅提升，这些原始的祭拜妈祖的各种行为，可视为最早的原生态的妈祖祭典。

1. 宋徽宗赐额是祭典形成的基础

宋雍熙四年（987），妈祖因救助海难而献身，里人（家乡湄洲人民）感其恩，念其德，就在湄洲主峰建庙奉祀。这座庙就是最早奉祀妈祖的宫庙，也就是现在的湄洲妈祖祖庙前身。妈祖庙的建立，奠定了妈祖信仰的基础。随着时间的推移，妈祖信仰开始不断向外传播扩展。至宋徽宗宣和五年（1123），路允迪出使高丽，妈祖信仰史上增添了一个里程碑式的转变。南宋廖鹏飞《圣墩祖庙重修顺济庙记》载："越明年癸卯，给事中路公允迪使高丽，道东海，值风浪震荡，舳舻相冲者八，而覆溺者七，独公所乘舟，有神女樯竿为旋舞状，俄获安济。因诘于众。时同事者保义郎李振，素奉圣墩之神，具道其详。还奏诸朝，诏以'顺济'为庙额。"[1]

宋代妃木雕坐像

值得注意的是，廖鹏飞的庙记中还记载了祭祀妈祖的《迎神歌》和《送神歌》。文曰："于是乐书其事，继以《迎》、《送》二章，使乡人歌而祀之：神之来兮何方？戴玄冠兮出琳房。玉鸾佩兮云锦裳，俨若存兮蓺幽香。鼓坎坎兮罗杯觞，奠桂酿兮与椒浆。岁岁祀兮民乐康，居正位兮福无疆。（右《迎神》）神之住兮何所？飘葳蕤兮步容与。礼终献兮彻其俎，鹤驾骧兮云旗举。灵恍惚兮非一处，江之墩兮湄之屿。旗摇摇兮睇莫睹，稽首送兮拜而俯。（右《送神》）"廖鹏飞，仙游人，绍兴十二年（1142）特奏名进士，从他的《迎》《送》二章中可以看到当时妈祖庙活动的一些信息。尤其是"鼓坎坎兮罗杯觞，奠桂酿兮与椒浆。岁岁祀兮民乐康，居正位兮福无疆"；"礼终献兮撤其俎，鹤驾骧兮云旗举"；"旗摇摇兮睇莫睹，稽首送兮拜而俯"，体现了当时人们拜妈祖时的情景，应是最早期的妈祖祭祀活动的情形。

廖文又是首次把妈祖和航海保护神挂起钩来的记载文献，奠定了妈祖在国家海事中的地位。宋徽宗宣和五年赐"顺济"庙额，使妈祖信仰实现了三个跨越。一是妈祖从民间奉祀得到朝廷认可，二是妈祖从莆田地方性神祇嬗变为全国性神祇，三是妈祖庙宇有了第一块御赐庙额。宋徽宗对妈祖信仰的传播发展起到了重要的作

---

[1]莆田湄洲妈祖祖庙董事会编，《湄洲妈祖志》，方志出版社，2011年9月。

用。可以想象，以李振为首的一批莆田人士，对此事必定十分在意，因而才有了后来廖鹏飞、李俊甫、丁伯桂、刘克庄、李丑父等兴化军众文人的吟诗撰文。对于皇帝御赐匾这样的大事，在《宋会要》等史书中也得到记载，在妈祖信众祭祀活动中，自然是要进一步提升祭祀的规格，这也是宋代妈祖祭拜活动衍变成早期祭典的雏形缘由。

2. 宋高宗郊典是早期御祭祭典

妈祖的第一次褒封，应是宋高宗"郊典"时的赐号。宋靖康年间（1127），金兵攻破汴京，徽宗、钦宗二帝均成为俘虏，时为康王的赵构逃到南京（今商丘）登基，之后又南逃到临安（今杭州）建立南宋。赵构就是宋高宗，他在位36年，虽建都临安，但难安稳，仍是内忧外患，因此在道教鼎盛的宋代，高宗对神灵充满了虔诚与寄望。《宋会要·神女祠》记载："莆田县有神女祠……高宗绍兴二十六年十月，封灵惠夫人"。这在丁伯桂的《顺济圣妃庙记》和《咸淳临安志》中也分别有记载，云："绍兴丙子，以郊典封灵惠夫人"，"绍兴二十六年，封灵惠夫人"。

北宋末天下混乱，战火四起，社会动荡不安。皇帝对神灵充满敬畏和依赖，北宋时就加强了神祇祭祀的管理，制定严肃的祭典。如宋哲宗绍圣二年（1095），礼部侍郎黄裳等请求"诏天下州、军籍境内神祠，略叙本末，勒为一书，曰某州祀典"，皇帝"从之"。在对宫庙神灵进行祭祀的同时，把所有神庙列入统一管理、统一奉祀。这些规定，反倒为妈祖信俗的发展起到了促进作用。因妈祖被纳入了国家统一管理，提高了妈祖在朝廷和民间的神祇地位。宋高宗以"郊典"祭祀妈祖，我们虽无法详细了解其仪典，但它是御祭规格，说是早期的妈祖御祭祭典名副其实。

3. 宋代多次褒封提升祭典规格

宋代自"路允迪出使高丽"开始，妈祖信仰传播范围不断扩大，也日益引起朝廷的重视。查宋代史料，宋高宗绍兴二十六年（1156）封妈祖为"灵惠夫人"，确立了妈祖的国家级女神地位。四年后的绍兴三十年（1160），宋高宗因"迷雾歼海寇事件"，封妈祖为"灵惠昭应夫人"。这次事件在《宋会要·神女祠》和丁伯桂的《顺济圣妃庙记》中可以找到原始记载。过了一年，莆田"江口又有祠，祠立三年，海寇凭陵，郊灵空中，风掩而去，州上厥事，加封昭应"。这次是因为妈祖"协助歼击海寇"而受褒封。宋孝宗赵昚，在位27年，年号为隆兴、乾道、淳熙，也对妈祖有二次的褒封。分别是因为妈祖"掘井求疫"和"捕温台海"的神迹。宋孝宗赵昚让位给光宗赵惇，改年号为"绍熙"，因为妈祖救旱疫有功，绍熙元年（1190）封妈祖为"灵惠妃"。宋理宗赵昀景定三年（1262）妈祖又因"祷捕海寇得反风，胶舟就擒，封灵惠显济嘉应嘉庆妃"。宋朝至此共褒封妈祖13次，封号从"夫人"升级到"妃"，民间皆称"圣妃"。

妈祖封号的提升，并非偶然。宋学者洪迈《林夫人庙》载，"凡贾客入海，必致祷祠下，求杯珓，祈阴护，乃敢行，益尝有至，大洋遇恶风而遥望百拜乞怜，建神出现于樯竿者"，因妈祖十分灵验，许多事情都要祈求妈祖，特别是海上遇到大风，"有祷必应"。宋光宗绍熙元年"大旱，百姓呼号载道，神示梦于郡邑，……天子诏神于百民殊勋，应褒封进爵"。妈祖的封"妃"进爵，使其神祇地位实现了进一步的跨越。之后，妈祖又多次受到皇帝褒封，在"妃"前面不断增加封号，如"助顺、显卫、英烈、协正、慈济、嘉庆"等，神职也扩大至救旱、救涝、救疫、平寇、助堤、抗金、赈济、捕盗等多方面，神格功能从原来单一到多元，区域从海上到陆上，事件从庇民到护国。妈祖神格的不断提升，使其影响力不断扩大，自然其相应的祭典规格也在不断提升。

第二节　元代妈祖祭典的升格

在民众的心灵深处，妈祖已经在他们心中烙下深深的印痕，凡事都祈求妈祖保佑，特别是以海为生的福建渔民，对妈祖更是虔诚有加。即使因客观限制，条件简陋，也要"捻土为香"，进行祈祷。

1."天妃"封号与祭典升格

公元1279年南宋灭亡，取而代之的为蒙古人忽必烈所建立的元朝。时因蒲寿庚和蒲师文父子皆为宋代重臣，对泉州这一东方大港的地位十分重视，特别是他们对民众崇拜敬仰妈祖的信俗十分了解，因而在其降元，被元朝廷委以重任之后，充分发挥"海上贸易赴泉"的优势，也把与海打交道的妈祖信仰向元廷奏荐。元世祖忽必烈即位不久，蒲氏便向朝廷奏请褒封妈祖。《元史》记载，世祖至元十四年（1277）蒲氏在泉州市舶司反宋投降，成为元廷重臣，为福建行省尚书左丞，继续任市舶司。蒲氏本来是阿拉伯人后裔，因贸易多行于海上，成为海上贸易世家，又提举市舶，与海洋交通要地泉州民众联系密切，深知妈祖灵验。至元十五年

元代妈祖像

（1278），元世祖诏命蒲寿庚向番舶宣布"诚能来朝，朕将礼宠之其往来互市，各以所额"，承续蒲氏及其家族海上贸易的有利条件。这样使妈祖信仰得以从宋代过渡到元代，并再次受到朝廷的重视。为了鼓励对外贸易，发展经济，皇帝听从蒲寿庚和蒲师文父子的建议，元世祖在至元十八年（1281）对妈祖进行正式褒封。事经司礼部门，参考宋朝封妈祖的最高爵位"妃"，赐封妈祖为"护国明著天妃"，蒲师文亲自前往湄洲妈祖祖庙宣封，并举行盛大的祭祀典礼。《天妃显圣录》转载有《晋封护国明著天妃诏》御制文曰：

惟昔有国，祀为大事。自有虞望秩而下，海岳之祀，日致崇极。朕恭承天麻，奄有四海，粤若稽古，咸秩无文。惟尔有神，保护海道，舟师漕运，恃神为命，威灵赫濯，应验昭彰。自混一以来，未遑封爵，有司奏请，礼亦宜之。今遣正奉大夫宣慰使左副都元帅兼福建道市舶提举蒲师文，册尔为"护国明著天妃"。呜呼！捍患御灾，功载祀典。辅相之功甚大，追崇之礼宜优。尔其服兹新命，以孚佑我黎民，阴相我国家，则神之享祀有荣，永世无极矣！

这次诏封后的祭祀是元朝皇帝统一中国之后的第一次高规格祭祀。祭祀时皇帝下旨命蒲师文专程到湄洲宣诏，以示对妈祖虔诚和敬重。至元十八年的褒封，是元朝取代宋朝之后的第一次褒封，妈祖的"天妃"爵位，使妈祖的神格提升为天帝后妃神格，这使妈祖祭典的规格，也实现了一次质的提升。

2．元代的漕运祭祀

元世祖初定天下，大都（北京）人口暴增。元世祖听从大臣奏请发展漕运，以补元朝京都人口暴涨，粮食物资短缺之需。漕运必须要有抗击风浪能力强的船舶，更要有驾驶船只技术高超的航海者，这对当时的泉州而言满足以上的条件并非难事。元廷顺应民心，借助信仰力量来维护政权，在加强对民众管理的同时，对一些重大活动也如此，如漕运也顺从汉人，崇祀护航救难的海神妈祖。当时漕运为元朝稳定社会的主要经济命脉之一。而每次漕运都要祈求妈祖庇佑，其原因在于：一为妈祖灵验的保佑。二为漕运航海人员大都是福建人，福建人笃信自己的保护神妈祖。这些人走到哪里，就把妈祖带到哪里，妈祖一路保佑其平安如意，所以漕运过程必拜妈祖。在漕运高峰时期，每年运载超过300万石，被召回国的船只达1800多只，运送人员超万人。从至元三十年（1293）到天历二年（1329）长达36年间，共运送粮食75737738石，平安到达目的地有74250507石，总损失数目只有少数，这与妈祖的精神信仰力量分不开。从元世祖的至元十八年（1281）到顺帝至正十四年（1354）妈祖因护佑漕运而获褒封达五次之多。每次褒封妈祖都少不了要举行盛大的祭典。如天历二年（1329），妈祖被褒封为"护国庇民广济福惠明著天妃"。在褒封制诰中载：

> 阴阳不测，惟神克尽燮理之道；河山永定，在国尤资转运之功。故祀典所载，莫重于怀柔；圣迹所彰；当加以崇奉。兹览外廷之奏，允惟漕运之艰，不有护持，曷臻浮达？护国明著天妃，天地钟灵，山川炳慧。风转舵摧，屡救吾民之厄；火流水净，常全蕃舶之危。至于暵浸之失时，莫不祷祠而请命。其御大灾、捍大患焉若此，则德懋官、功懋赏也宜之。爰极徽称，亶为异数。於戏！褒封二十字，鸿号聿隆，允有无穷之誉；庙食亿万年，龙光孔焕，尚其永孚于休。弘阐灵慈，益章宠贶。可封"护国辅圣庇民显佑广济灵感助顺福惠徽烈明著天妃"。

这些褒封因漕运而起，系漕运之缘，安定了当时的社会，发展了经济，缓解了官民关系。

3. 元代的特别谕祭

查元代历史记载，为了感恩妈祖，元朝在漕运一路港口祭祀妈祖，其格式祭文云："惟某年某月某日，皇帝特遣某官等致祭于护国庇民广济、福惠明著天妃"。元代皇帝为了表达对妈祖敬重和感恩，多次下旨褒封妈祖，如天历二年（1329）皇帝颁诏，召艺文监宋本，拟撰了15篇御祭诰文，即：《祭直沽庙文》《祭淮安庙文》《祭平口庙文》《祭昆山庙文》《祭路漕庙文》《祭杭州庙文》《祭越州庙文》《祭庆元庙文》《祭台州庙文》《祭永嘉庙文》《祭延平庙文》《祭闽宫文》《祭白湖庙文》《祭湄洲庙文》和《祭泉州庙文》。

其中《丁未祭莆田白湖庙文》是供祭祀莆田白湖妈祖庙用的，文云：

> 天开皇元，以海为漕。降神于莆，实司运道。显相王家，弘济兆民，盛烈麻光，终古不灭。特遣臣虞修祀事，承兹休命，永锡嘉祉，于万斯年，百禄是宜。

《戊申祭湄洲庙文》则是供祭祀湄洲妈祖祖庙用的，文云：

> 惟乾坤英淑之气，郁积扶舆，以笃生大圣，炳灵于湄洲。为天地广覆载之恩，为国家弘治平之化。特命臣恭诣溟岛，虔修岁祀。秩视海岳，光扬今古，於戏休哉！

《祭湄洲庙文》中特别指出妈祖"炳灵于湄洲"，盛赞天地"笃生大圣"，妈祖为国家做出了巨大贡献，值得"命臣恭诣溟岛，虔修岁祀"。朝廷派遣大臣奉天子之诏拜谒湄洲祖庙，其祭祀仪典之隆重，不难想象。不久，元廷又敕命中书省断事官兀儿和翰林院修撰宋褧代行祭祀。宋褧撰有《天妃庙代祀祝文六道》，始于祭祀直沽（天津）妈祖："神久著灵，相我国家。嗣服云初，漕事毕集。海波不扬，皆神之力。式遵彝典，庸答神庥"。终于祭祀湄洲岛、兴化（莆田）的妈祖："神有大德，捍灾御患。相我漕舟，列祠惟旧。湄洲之岛（莆田为郡），灵迹所由。莅政之初，遣使代祀。式陈菲荐，庸答神庥"。宋氏之文也把祭拜妈祖的缘由交代得清清楚楚。此后，还敕命翰林学士张翥和直省舍人彰实、翰林待制贡师泰、崇文太监周伯琦等人，代表皇帝遍祭漕运沿途妈祖，使元朝皇帝谕祭妈祖成了朝廷祀神的重要内容，这些特殊的祭祀典礼活动，为明代的"妈祖祭典"发展奠定了基础。

4．莆田地方的妈祖祭典

元代祭祀妈祖的祭文很多，朝中的重臣召艺文监宋本、中书省断事官兀儿和翰林院修撰宋褧、翰林学士张翥和直省舍人彰实、翰林待制贡师泰、崇文太监周伯琦等，都为祭祀妈祖写了祭文。而莆田地方士人也为莆田的妈祖宫庙祭拜撰写祭文，反映地方的妈祖祭典。其中洪希文的两篇为莆田祭拜妈祖的文章就是代表。洪希文，莆田人，元代皇庆年间以父荫授兴化路学教授，所以其撰祝文非同一般，是目前所发现的元代莆田人留下重要祭祀妈祖的文章。洪希文在《降香祭湄洲林天妃祝文》中写道：

> 维年月日，郡守某等，谨闻之祭法曰："凡德施于民，御大灾，捍大患，皆所当祀"。海之为物所系尤重，捍御之功，非神其谁尸之？闽距京师万里，圣天子嘉惠元元，亲册连率牧守，俾宣德泽，罔有内外，又常选用重人奉香祇谒祠下，以显厥灵，敬神爱民，恩礼兼至，神其鉴之。神于海道嘉绩显著，神之卫民可谓勤矣。而襃崇徽号，宠命三锡，国之报功，亦云礼矣。某等谨率僚属，肃将祀事，其有樽俎豆笾、祝币牲酒，罔不具备。爰命吹击笙鼓，以侑馨洁。其词曰：南海之墟宅祝

融，湄洲之岛神所宫。大海荡泊倾鱼龙，神灵秘怪无不容。阳开阴阖相撞春，转祸为福须臾中。海波安流天无风，漕引获利舟楫通。中流失势默祷穹，大莫大兮更生功。圣朝宠遇恩数隆，徽加懿号神欣逢。天香下绕雨露浓，神降忽倏来无踪。礼严祀事宾属从，修陈俎豆酻笙镛。神其醉饱年谷丰。民不疫疠时和雍，国与咸休期无穷。

在妈祖诞辰的庆典时洪希文又写作了《圣墩宫天妃诞辰笺》（加封灵慈庙额)，文曰：

星临宝册，颁宸极之丝纶；春盎琼卮，长仙宫之日月。耄倪交庆，海岳扬休。臣某等诚欢诚忭，稽首顿首，恭惟宣封护国庇民广济福慧明著天妃，维国忠贞，为民怙恃。先驱融若，作渺海之慈航，后列英皇，奏钧天之广乐。群生鼓舞，百祀光辉。臣某等俯效葵倾，仰酬樾庇。霞裾云佩。肃帝子之观瞻；寿水壶山，效封人之颂祷。臣某等下情不任激切屏营之至。

从洪希文以上的两篇作品中，可以看到元代妈祖在莆田人心目中的重要地位和广泛影响。同时也证实元代莆田地方也举行隆重的妈祖祭祀活动。

第三节 明代妈祖祭典的发展

朱元璋与陈友谅在太湖决战获胜，不久建立了大明王朝。明初沿袭元代海上漕运，并在沿海组建水师，使妈祖信仰得以延续光大。至明成祖，更有派使团远赴海外开展海事活动。郑和七下西洋就是其代表性活动之一。郑和七下西洋一路与妈祖保佑分不开，为了感恩妈祖，他于永乐五年（1407）九月，在南京龙江建天妃宫，并遣太常寺少卿朱焯"赍祝"（献祝文等祭告)。《明史·礼志》记载，自永乐七年（1409）加封后，岁以正月十五日和三月二十三日由太常寺主持在南京天妃宫致祭。后来，郑和多次下西洋回国都上奏得到妈祖保佑之事，因此皇帝或褒封或遣郑和、太常寺卿朱焯奉敕诣湄洲致祭。皇帝还多次派遣内官侯显，王贵通、英信、周福、张谦、柴山、陈侃等致祭，把妈祖祭祀提升到"谕祭"的地位。

1. 郑和在太仓举行的妈祖祭祀

郑和七下西洋，几乎每次都是从南京顺流到太仓候风，并祭祀妈祖。祭祀规格高、影响大。太仓因地理位置独特，历史悠久，早在宋代景祐元年（1034)，苏

明代天妃圣母与碧霞元君像

州知府范仲淹就到浏河考察，使浏河发展成高规格的大港。许多史料表明，太仓的灵济宫，是信众为了感恩妈祖的多次显圣而建立的，成为信众祭祀妈祖的场所。从元代漕运开始，太仓因特殊地理原因，就有祭祀妈祖的壮观场面。郑和到太仓，时率领将士二万七千多人集体祭祀。其时郑和代表永乐皇帝进行祭祀，祭祀供品按照皇家的规格进行，场面壮观。郑和主持祭祀时的"献金"程式，是用真实的黄金白银献上，成为祭祀妈祖内容中重要的"献金"经典。通过郑和在太仓高规格的祭祀，妈祖祭祀的典礼得到提升，妈祖祭典也得到进一步规范。这次郑和主持的妈祖祭典，进一步让人们认识到妈祖灵验无处不在，能保佑众生平安。特别是郑和把妈祖精神，渗透到每个将士的心灵中，成为将士的精神依托。郑和通过太仓的祭典，为各地的大型祭典提供了参考。其时郑和在太仓刻下的《通番事迹之记》和《天妃之神灵验记》碑记，记述了下西洋过程和获妈祖保佑的神迹。每次郑和在太仓起锚时，都要举行盛大的祭祀，直接加快了妈祖文化的传播速度，拓展了传播区域，因为郑和船队下西洋所到之处，都对妈祖举行盛大祭祀，也影响到七下西洋经过的许多国家，广泛传播了妈祖信仰。

2．郑和在湄洲举行的妈祖祭祀

郑和七下西洋，从南京顺长江而下，驻扎在太仓候风起锚。他深知妈祖在福建沿海信仰的程度，所以每到一处都要奏建或修葺妈祖庙，以及派遣官员"奉告致祭"。历史文献也记述郑和曾亲自到湄洲祖庙致祭妈祖，显示郑和的诚心和湄洲妈祖祖庙在郑和心目中的地位。关于郑和亲自往湄洲祭祀妈祖，在《天妃显圣录》和《湄洲屿志略》等书中有明确记载。《天妃显圣录·历朝褒封致祭诏诰》记载郑和第二次下西洋时，就亲自到湄洲致祭："本年（永乐七年，1409）又差内官尹璋往榜葛剌国公干，水道多虞，祝祷各有显应，回朝具奏。圣上以神功浩大，重祂国家，遣太监郑和、太常寺卿朱焯驰传诣湄山致祭。"宣德六年（1431），则是郑和第七次下西洋在福建长乐停留时，再次来到湄洲祭祀妈祖。《天妃显圣录》载："钦差正使太监郑和，领兴平二卫指挥、千百户并府县官员，买办木石，修整庙宇，并御祭一坛。制曰：兹遣郑和等，道涉江海，往返诸番。惟神有灵，默加佑助，俾风波无虞，人船利涉，浮达之际，咸赖底绥。特以牲醴祭告，神其飨诸。"郑和这次是带领当地军官与官员到湄洲整修庙宇，同时还代表宣德皇帝祭祀妈祖，并在祭典上宣读了祭文。

可见，在明朝永乐、宣德期间，最高统治者多次派遣官员到莆田湄洲妈祖庙致祭，其崇拜至深，影响之大，都超越前代。

3. 皇帝褒封对妈祖祭典的影响

明代对妈祖的褒封，目前学界已认定三次。即洪武五年（1372）、永乐七年（1409）、崇祯十七年（1644）。洪武五年和永乐七年分别是因为妈祖"助海运"和"庇护郑和下西洋"，特别是永乐七年妈祖获褒封为"护国庇民妙灵昭应弘仁普济天妃"，皇帝还赐给天后宫"弘仁普济"的庙额。第三次褒封封号是"护国庇民妙灵昭应宏仁普济安定慈惠天妃"，是因为妈祖于崇祯十七年保佑护送南明弘光帝朱由崧皇太后张氏抵达南京而获得的，此时清朝已建立，因此清廷没有把此次褒封列为朝廷封号。

郑和下西洋是一个伟大壮举，为弘扬妈祖文化写下了辉煌篇章。自永乐三年（1405）到宣德八年（1433），历时28年遍访30多个国家和地区，中途遇到了许多天灾人祸，都因郑和祭祀妈祖、祈求妈祖保佑而化险为夷。郑和回国后，极力向明成祖朱棣报告了一路上的艰难险阻，全凭妈祖的保佑才获得成功的故事。朱棣甚为感动，深知妈祖源自福建，下西洋的将士福建人居多，只有妈祖才能从心灵深处来抚慰将士克服海上险阻。明成祖除褒封妈祖、赐匾额予妈祖庙之外，还亲自撰写《御制弘仁普济天妃宫之碑》，来褒奖妈祖。明代皇帝对妈祖的褒封，对妈祖信仰的发展产生了很大的积极影响，使妈祖信仰有了更广泛的基础，妈祖在朝野甚至海外的知名度得到了进一步提高。祭典的规格更加提高，仪典范式也更加规范。

第四节　清代妈祖祭典的规范

清代是我国历史上继元代蒙古族后另一个草原民族入主中原的时代。满族发祥于东北地区，善于骑马射箭。吴三桂引清兵入关之后，民间流传一句谚语说："吴三桂打天下，顺治君安民心。"清朝统一中国过程中，经历了平北部部落之乱、息鳌拜内患、平吴三桂藩据之危、靖台湾之割据，文治武功均不同凡响。但满人毕竟是北方民族，在历次重大事件特别是海事活动中，又不能不倚仗汉人特别是滨海官

民，这是清廷海事活动与妈祖信仰分不开的重要原因，也是妈祖褒封在清代能超越前代，受到清廷进一步尊崇的重要原因。经统计，从康熙十九年（1680）至光绪元年（1875），妈祖获得清廷褒封达16次，封号字数也积至64字，爵位达到了无以复加的"天后"。妈祖祭典列入国家祀典，春秋谕祭，妈祖祭典，达到了最高级别。

1. 康熙朝的褒封与祀典

明末清初，郑成功驱走荷兰殖民者，收复台湾，形成了南明与清朝的两岸对峙局面。康熙帝登基后，福建与台湾之间对峙，割据与统一成了清廷当时亟待破解的一道难题。康熙十九年（1680），清将万正色率部进攻金门、厦门的郑氏部队，据奏曾向妈祖祈祷相助，果然夜得妈祖托梦："吾佑一航北讯，上风取捷，随使其远遁"。次日，两军又摆开阵势，突然北风骤起，万正色部顺水顺风，一举攻克金门、厦门。获胜后，万正色上奏康熙，细说妈祖庇佑有功，因而"奏上，钦差礼部员外郎辛保等赍香帛，诏诰加封致祭"。据《天妃显圣录·历朝褒封致祭诏诰》载，康熙十九年（1680）康熙敕撰有《褒封致祭天妃诏诰》，文曰：

奉天承运皇帝制曰：国家怀柔百神，式隆祀典，海岳之祭，罔有弗虔。若乃明祇效灵，示天心之助顺，沧波协应，表地纪之安流，聿弘震迭之威，克赞声灵之渥，岂系人力，实惟神庥。不有褒称，曷彰伟伐？维神钟奇海徼，绥奠闽疆，有宋以来，累昭灵异。顷者岛氛不靖，天讨用张。粤自祸牙，以逮奏凯，历波涛之重险，如枕席以过师，潮汐无虞，师徒竞奋，风飙忽转，士气倍增，歼鲸鲵于崇朝，成貔貅之三捷。神威有赫，显号宜加。特封尔为"护国庇民妙灵昭应弘仁普济天妃"，载诸祀典。神其佑我兆民，永著安澜之绩，眷兹景命，益昭重润之休。敬遣礼官，往修祀事，维神鉴之！

文中明确交代"敬遣礼官，往修祀事"。清代妈祖最终被褒封为"天后"，这是妈祖爵位达到巅峰的称号。关于封为"天后"的时间，因为清朝官方文献记载的不一致，以致后人作出的判断也不一。但在康熙、雍正和乾隆三朝的文献中都能找到康熙年间已有"天后"称呼的记载，再与民间的妈祖录书相印证，因此目前学者已基本认定妈祖是在康熙年间被封为天后的。

康熙年间的致祭妈祖，文献也不乏记载。如《康熙起居注册》载："康熙二十三年甲子，八月二十二日乙卯早……福建水师提督施琅请封天妃之神，礼部议不准行，但令致祭，上曰：'此神显有默佑之处，著遣官致祭，此本着还该部另议'。"当时此批件给礼部，礼部的结论是："部题，遣官献香帛、读文致祭，祭文由翰林院撰拟，香帛由太常寺备办，臣部派司官一员前往致祭。"又如康熙二十三年（1684）八月二十四日"奉旨依论"，钦差礼部郎中雅虎等曾赍香帛到湄洲，诣庙致祭。郎中雅虎在湄洲致祭宣读的康熙敕撰御祭文为：

清代妈祖像

国家茂膺景命，怀柔百神，祀典具陈，罔不祗肃。若乃天休滋至，地纪为之效灵，国威用张，海若于焉助顺。属三军之奏凯，当重泽之安澜，神所凭依，礼宜昭报。惟神钟灵海表，绥奠闽疆，昔藉明威，克襄伟绩，业隆显号。礼享有加。比者虑穷岛之未平，命大师之致讨，时方忧旱，井泽为枯，神实降祥，泉源骤涌，因之军声雷动，直捣荒陬，舰阵风行，竟趋巨险。灵旗下飚，助成破竹之功，阴甲排空，遂壮横戈之势。至于中山殊域，册使遥临，伏波不兴，片帆飞渡，允滋冥祐，岂曰人谋。是用遣官，敬修祀事，溪毛可荐，黍稷惟馨。神其佑我家邦，永著朝崇之戴，眷兹亿兆，益弘利赖之功。惟神有灵，尚克鉴之！

这篇《谕祭天妃文》也见于《天妃显圣录》。又如康熙五十九年（1720）礼部根据前往琉球册封的正使海宝、副使徐葆光在册封过程中得到妈祖保佑的请奏，上《为海宝徐葆光奏请春秋祀典疏题本》，曰：

查康熙十九年臣部议得将天妃封为"护国庇民妙灵昭应弘仁普济天妃"，遣官致祭等因具题，奉旨依议，钦遵在案。今天妃默佑封舟，种种灵异，应令该地方官春秋致祭，编入《祀典》。候命下之日，行令该督、抚遵行可也。臣等未敢擅便，谨题请旨等因。

康熙五十九年八月初三日题为"本月初六日奉旨：依议"，就是得到康熙帝的同意。可见，清代自康熙皇帝开始就重视对妈祖进行褒封，还遣派礼官办理祭祀之事，虽然对康熙年间当时的具体的祭祀情况，不能详知，但康熙帝的褒封和御祭妈祖，为清代时期的妈祖官祭仪典开了先河，而且首次制定了把妈祖祭祀纳入"地方官春秋致祭，编入《祀典》"的制度，极大提升了妈祖祭典的规格和地位。

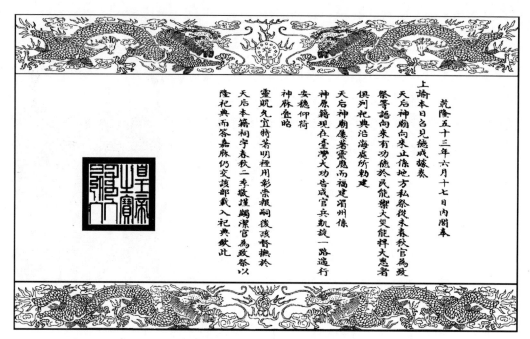

清代乾隆皇帝祭拜妈祖的圣旨

2．雍正和乾隆朝的褒封与祭典

雍正朝沿袭康熙朝对妈祖实行"春秋致祭"的制度，而且进一步出台了一些具体化规定。如雍正十一年（1733）八月十二日，礼部据闽浙总督郝玉麟题本议奏："伏惟天后，凡在江海处所，灵应如响，其各省会地方如曾建有天后祠宇而未经设立祀典之处，并请降旨，一例举行，等因前来。伏惟我皇上虔礼神祇，锡福寰宇，敦崇祀典，至诚至敬，是以天后之神灵应显著于从前，福佑益昭于迩日。"又奏："其春秋祭祀应照致祭龙神之例，令该督抚主祭，至凡江海处所俱受天后庇护宏施。其建有祠宇而未设祀典之处亦应如该督等所请，行令督抚照例春秋致祭。但各省天后祠宇不皆在省城之内，如省城旧有天后祠宇，应照例令督抚主祭；如省城未曾建有天后祠宇，应令查明所属府州县原建天后祠宇，择其规模弘敞之处，令地方官修葺，照例春秋致祭。其祭祀动用正项、钱粮，造册报明户部核销。俟命下之日，臣部通行各省遵奉施行。臣等未敢擅便，谨题请旨。"本次皇帝的朱批为："商酌并查匾额字样。"部批为："本月十四日奉旨：依议。"本奏议中，有"令查明所属府州县原建天后祠宇，择其规模弘敞之处，令地方官修葺，照例春秋致祭。其祭祀动用正项、钱粮，造册报明户部核销"等内容，比之前朝，有了进一步的细化，使官祭妈祖活动有了更好的人员和物质保证。

乾隆朝，因平定台湾林爽文"大功告成"等事件，崇奉妈祖掀起另一个热潮。乾隆五十三年（1788）正月初五，在台湾领导反清起义的林爽文被官军擒获，天地会北路起义军被镇压。六月十七日内阁奉上谕云：

> 本日召见德成据奏，天后神庙向来止系地方私祭，从未春秋官为致祭等语。向来有功德于民，能御大灾、能捍大患者俱列祀典。沿海处所敕建天后神庙，屡著灵应，而福建湄洲系神原籍。现在台湾大功告成，官兵凯旋，一路遄行安稳，仰荷神庥，叠昭灵贶，允宜特著明禋，用彰崇报，嗣后该督抚于天后本籍祠宇，春秋二季，敬谨蠲洁，官为致祭，以隆祀典，而答嘉庥。仍交该部载入《祀典》。钦此！

同年十月十八日，内阁又奉上谕：

> 据李奉翰奏："清口惠济祠天后神庙，岁时报祭，未著祀典，请一体颁发祭文于春秋二季致祭"等语。前因派往台湾官兵渡洋稳顺，仰赖神庥，特于天后封号上加"显神赞顺"四字，并令在湄洲本籍祠宇春秋致祭，以彰灵感。今清口惠济祠供奉天后神像，屡著显应，本年河流顺轨、运道顺通，自应一体特著明禋，以光祀典。着交翰林院撰拟祭文发往，于春秋二季令地方官虔诚致祭。并着李奉翰将新加封号四字敬谨增入神牌。俾河工永庆安澜、益昭灵贶，钦此！

此时，妈祖祭典已经是"春秋二季，敬谨蠲洁，官为致祭，以隆祀典，而答嘉庥"，达到极为隆盛的阶段。此后一直延续至清朝灭亡。

民国时期，社会动荡，军阀混战，官方的妈祖"春秋谕祭"不再，民间的祭拜形式主要为酬神谢恩的"醮仪"。新中国成立后，国家处在多种变革之中，妈祖的祭祀活动处于停顿。一直到改革开放之后，妈祖祭祀活动才得以恢复，特别是妈祖祭典正式成为妈祖文化活动的重头戏。

第二章

当代湄洲妈祖祭典

湄洲妈祖祖庙是妈祖信俗的发祥地,妈祖祭祀活动规格高、地位显,其祭祀仪典是天下"妈祖祭典"的范式,因而特别受世人的重视。经过多年的传承、创新和发展,通过国家有关部门批准,"湄洲妈祖祭典"于2006年被列入国家级"非物质文化遗产名录"。2009年,"妈祖信俗"被联合国教科文组织列入"人类非物质文

祭典

化遗产代表作名录"，祭典为其重要组成部分。

第一节　湄洲妈祖祭典的恢复与创新

妈祖文化经过千年演绎嬗变，成为了中华优秀传统文化的重要组成部分，是中华民族传承传统记忆的一个重要环节。妈祖文化传统记忆中，祭祀妈祖是一个重要的内容。妈祖祭祀活动，随着其规模、层次、内容的扩大，成为大型的祭祀妈祖典礼，就是"祭典"。改革开放后，随着妈祖文化的重兴，湄洲妈祖祖庙重新担当起弘扬振兴妈祖文化的重任，其中妈祖祭典，就是恢复妈祖文化的象征和标志性内容之一。

1. 妈祖祭典的恢复背景

1978年，党的十一届三中全会召开后，中国改革开放拉开了帷幕，传统文化得到了迅速恢复，其中就包括妈祖信仰文化。1987年始，就有台湾同胞不远千里跋涉，绕道香港、澳门甚至日本，来到湄洲妈祖祖庙谒祖进香。当时湄洲妈祖祖庙尚处于恢复初期阶段，两岸的交流也还处于试探阶段。很多台湾同胞对大陆及湄洲妈祖祖庙无法深入地了解，赴湄洲妈祖祖庙进香总体上处于零散状态。特别是对湄洲妈祖祖庙的祭祀活动认识都比较模糊，特殊形势要求湄洲妈祖祖庙要尽快恢复妈祖祭典，让更多的台湾同胞及各地的妈祖信众前来寻根谒祖，观瞻甚至参与祭祀妈祖的庄严活动。因此恢复湄洲妈祖祭典，成为当时政府有关部门和妈祖文化工作者的迫切任务。

2. 妈祖祭典的恢复过程

湄洲妈祖祖庙妈祖文化活动重新走上正常的工作轨道以后，各项工作都在积极开展。1994年湄洲岛国家旅游度假区成立了新的一届领导班子。他们对妈祖文化工作十分重视。时任湄洲岛工委书记的李德金同志，组织莆田市政协文史委人员，对如何加强开展妈祖文化研究工作，特别是加快对妈祖文化活动中最重要、最庄严和具观赏性的"妈祖祭典"恢复工作，提出了不少的工作要求，强调要把"大型祭祀妈祖典礼"的恢复工作，提到重要的议事日程上来。当时由莆田市政协文史委蒋维锬等文史专家组成了工作小组，赴山东曲阜调研取经，以学习借鉴曲阜的"祭孔"仪典。因为妈祖在清代时已列入"国家祀典"，与祭祀"文圣"孔子、武圣"关公"的祭典齐名。经查清代《会典》，发掘"春秋谕祭"史料，经过认真的整理、恢复、完善，

终于形成了"湄洲妈祖祭典"脚本雏形,之后由湄洲妈祖祖庙董事会具体实施,组织相关专家进一步论证,最后完成了"湄洲妈祖祭典"演练脚本,接着组织相关人员和组建队伍,积极进行排练。不久"湄洲妈祖祭典"团队这个大型历史性的祭祀队伍正式成立,整个"祭典仪式"在恢复历史传统祭典的基础上,经创新完善,与世人见面。祭典既继承传统,又颇有创新,得到了各界人士的好评。

3．妈祖祭典内容和形式的确定

"湄洲妈祖祭典"清代被列为国家祭典,内容丰富,格调高雅,受到海内外各界人士的高度关注。所以,整个恢复工作指导思想是祭典必须高格调、高品位。祭典活动要集传统文化、宗教科仪、民间信俗于一体。祭典内容则涉及歌、舞、乐,相关器具、人员、供品、场地、时间等都必须统筹考虑。通过各界人士的努力,湄洲妈祖祭典的内容及表现形式最终取得共识。祭典内容具体包括以下部分:仪程、祭文、执事、颂歌、乐舞。表演过程分为五个篇章,即:迎神、初献、亚献、终献、送神等。

第二节　当代湄洲妈祖祭典资料

湄洲妈祖祭典包含议程、人员、音乐、舞蹈、歌曲、服饰、祭器、祭坛、供品、祭文等内容。

1．祭典仪程

妈祖祭典仪程是根据妈祖祭典历史,吸收其他一些宗教科仪编排而成的,是贯穿妈祖祭典活动的主线。在妈祖祭典正式开始之前,鼓楼上先要严鼓三通,每通由慢到快劲击36下,共108下,鼓声中,通赞走向祭坛或祭筵前肃立。当通赞唱一声"湄洲妈祖祖庙某某某某年典礼祭祀大典开始!鸣礼炮"后,火铳手便放火铳或放礼炮,这标志祭典活动拉开序幕,然后仪仗队、仪卫队、歌生、乐生按照顺序入场,到中间分成二路,在两边各自排列。主祭人、陪祭人、与祭人等一直向前走到祭坛前。当司礼生喊出"迎神"口令时,启奏《迎神曲》。为了营造妈祖降临的神秘气氛,在迎神时,要让全场高呼"迎神",伴以似在天际的迎神铿锵混响声,祭坛上烟雾升起,八位"仙女"手提花篮,自正殿高处款款而下,绕场一周,向全场遍洒鲜花,然后隐入烟雾之中。随后祭祀场上祭祀人员上香、鞠躬。之后诵读"祝文",祈求妈祖保佑人们生活幸福安康之音声声入耳。全场信众按照"跪、拜、

警跸入场

提灯提炉进场

乐生进场

起舞

奠帛

主祭人行三跪九叩礼

读祝文

共舞

兴"的口令，行"三跪九叩"大礼，把人们虔诚的心愿通过仪式表达出来。接着，"行初献之礼，奏《海平》之乐"，"行亚献之礼，奏《和平》之乐"，"行终献之礼，奏《咸平》之乐"。场上的舞生表演，将妈祖祭祀活动推向高潮。乐舞过后，妈祖祭祀活动进入送神尾声阶段，最后是各队伍退场，完成了庄严的祭典。

《湄洲妈祖祖庙祭典仪程》脚本如下：

湄洲妈祖祖庙某某某某年典礼祭祀大典开始！鸣礼炮！仪仗队、仪卫队就位！歌生、乐生就位！舞生就位！主祭人、陪祭人、与祭人就位！

迎神，上香；奠帛；恭读祝文；行三跪九叩礼；跪！叩首，再叩首，三叩首，兴；跪！叩首，再叩首，六叩首，兴；跪！叩首，再叩首，九叩首，兴；行初献之礼，奏《海平》之乐；行亚献之礼，奏《和平》之乐；行终献之礼，奏《咸平》之乐；焚祝文，祝帛；送神，跪！叩首，再叩首，三叩首，兴；跪！叩首，再叩首，六叩首，兴；跪！叩首，再叩首，九叩首，兴；礼成！主祭人、陪祭人退场；舞生退场；歌生、乐生退场；仪仗队、仪卫队退场。

2. 参祭人员

挑选湄洲妈祖祭典活动参与人员，也是一件重要的工作，因为祭祀当中的人员有几个系列：一是祭祀人员，二是表演人员，包括主祭、陪祭、与祭、舞生、歌生、乐生、司礼生、仪仗、仪卫等20多个种类。主祭人一般是由湄洲妈祖祖庙董事会董事长或非常重要的嘉宾来担任，陪祭人一般是德高望重、或重要嘉宾或一些重要妈祖宫庙的董事长和功德主，而与祭人则要挑选一些有代表性的宫庙或是妈祖信众代表来担任。表演人员有几个序列，分别为：

司礼生、舞生、歌乐生、钟鼓手、大吹、大号等，清道旗、大锣、警跸牌、敕封牌、四大旗幡、封号旗、魔节生等，仪仗、仪卫、仪仗、仪卫等。

湄洲妈祖祭典参与人数的多寡，可作为区分祭典规模的依据，如舞生人数就有36人和64人之分。大型祭祀妈祖典礼有队伍人数308人，各类执事人数为：九节黄伞1人，日月扇2人，提灯6人，提炉6人，司礼生16人，八仙女8人，铳手12人，舞生64人，乐生52人，歌生38人，清道旗2人，大锣4人，警跸牌2人，敕封牌2人，四大旗幡4人，封号旗16人，摩节生2人，仪仗队60人，大吹4人，大号4人，通赞1人，钟鼓手2人。

湄洲妈祖祭典人员队伍中最为突出是仪仗队，仪仗器具是由十多种古代兵器组成。仪仗队，是为队伍出行示警壮威的，其队形以古代宫廷卤簿为基本依据，结合莆田民间传统的妈祖出游仪仗、执事俗例编排而成。在队伍中，依次为：起马牌、清道旗、开道大锣、警跸牌、衔牌、升龙幡、金瓜、金钺、朝天镫、幡龙棍、月牙铲、方天戟、大刀、抓印、抓笔、凸凹杖、号角、日月牌、封号旗、提灯、提炉、日月扇、九曲黄伞等。仪卫队执戈、戟，人数可根据祭典规模来增减。

3. 歌、舞、乐内容

歌，是妈祖祭典中不可或缺的内容，早在南宋廖鹏飞《圣墩祖庙重建顺济庙记》中就记载有祭祀妈祖的《迎神歌》和《送神歌》，后代如元代周伯琦（1298—1369）撰《台州路重建天妃庙碑文》、刘基（1311—1375）撰《台州路重建天妃庙碑记》，明代赖聚撰《重修天妃庙记》，清代祁顺撰《天妃庙记》，都记载有祭祀天妃妈祖的《迎享、送神》歌词。可见，在历代的妈祖祭典中，一直就是歌舞相配，以衬托隆重热闹的气氛。很多歌词还是由著名文人创作的。

现代湄洲妈祖祭祀的"歌"是参照传统祭祀海神之歌而创作的。湄洲妈祖祖庙祭典中的歌词，以五个篇章来表现，分别是《迎神》《送神》《和平》《海平》和《咸平》。其歌词组成完整的祭典乐章，典雅简洁，意蕴悠长。具体是：

（1）《迎神之曲》

神之来兮，驾龙螭兮，神故乡兮，水之湄兮。

告洁虔兮，奉盥匜兮。神其怡兮，民受禧兮。

（2）初献《和平之曲》

维天无极，维海不测。神曰天后，立海之则。

海天清晏，卿云五色。八海既宁，万方归德。

（3）亚献《海平之曲》

皇哉女神，呼吸风雷。洪波立靖，造福弭灾。

泽施四海，庆谥九垓。南风薰兮，阜我民财。

（4）终献《咸平之曲》

海天来航，湄庙无疆。春秋祀典，血食万羊。

鼓钟歌舞，俎豆馨香。女神降止，赐我百祥。

（5）《送神之曲》

礼既成兮，神其行兮。举驾旌兮，升玉京兮。

海宇清兮，岛屿明兮。邀祥祯兮，永和平兮。

封号旗

仪仗队肃立

初献之礼

亚献之礼

舞，也称"乐舞"。历史上，各种神灵祭祀都载歌载舞。妈祖祭典中乐舞的恢复与设计颇有难度。乐舞用"八佾之舞"，由64人组合，男女各半。男舞生秉翟，翟有羽中旄之称，表现阳刚之气；女舞生执龠，龠是远古竹制的一种簧管乐器，现代的龠，是后人通过史书记载复原的，有一种说法认为龠是先民为歌颂大禹治水举行的《大夏》乐舞的伴奏乐器。女舞生舞蹈时模拟吹龠之状，表现阴柔之美。祭典乐舞以刚柔相济来歌颂妈祖的神功懿德。

妈祖祭典的重点，除了按宗教仪轨所施行的祭、献、奠、颂、祝、焚以及跪叩等礼仪之外，重中之重是乐舞的"三献舞"。"三献舞"既要考虑保持祭礼的庄严肃穆，又要考虑艺术性与观赏性；既要考虑乐舞本体的独立性，又要考虑与实际祭祀活动融为一体。湄洲妈祖祭典经过认真探讨，确定让"三献舞"基本舞姿贯穿始终，即男舞生正身拱手秉翟，女舞生侧蹲正面吹龠。结合莆仙戏的"车肩""蹀步"以保持舞蹈风格的统一及鲜明的地方特色。在行三献礼时，司礼生双手恭捧供盘，舞者围绕供品翩翩起舞。之后，司礼生在舞队簇拥下冉冉步升丹陛，献上祭坛，由主祭亲手恭献。这就克服了祭者自祭，舞者自舞的缺憾，真正达到舞、献一体。

此外，"三献"舞蹈还有各自的基调和基本创意。初献《海平之乐》，以宽广、深情的四拍子及虔诚肃穆外部形态与内心感情，赞颂妈祖降临使"八神既宁，万恩归德"；亚献《和平之乐》，用优美欢乐的三拍以及活跃抒情的舞步，欢歌"南风薰兮，阜我民财"的和平幸福生活；终献《咸平之乐》，以热烈恢宏四拍子男女混声轮唱，表达感恩之情。舞者把司礼生与祭品高高托举过顶，缓缓步向丹陛以祈祷"女神降止"赐福九州，把乐舞推向高潮。最后送神，全体行三跪九叩礼，是为礼成。

妈祖祭典的乐舞既承袭古代宫悬之乐、八佾之舞，但又有创新变化。因为妈祖是海上女神，故舞生用男女各32人，舞蹈语汇要求表达妈祖舍身济难，慈海护航的内涵。艺术上也相应进行创新，在保持古朴典雅风格的基调下，不拘泥于机械表演程序，着重追求少女婀娜多姿的美感和海上踏波起舞的动感的结合，巧妙而自然地把莆仙戏的许多科介融化入舞，如转身势的上转、下转、外转、内转、半转、周转等，手势上的拱手、下盘手、后半手、逍遥手、边侧手等，步法上的云步、叠步、侧步、圆场步等。整个舞蹈基本达到动静有致，节奏鲜明，古朴典雅，娴熟生动的要求，与庄严隆重的祭典礼仪相协调。

乐，即祭典音乐，是根据中国传统的祭祀音乐恢复和改编。中国古代音乐内容丰富多彩。《淮南子·天文训》中的"和"与"缪"即是"变宫"与"变徵"，就是七声。古代三分损益法已有了十二律，不过当时只是十二个不完全相等半音。我国南宋音乐家姜白石创作歌曲还喜欢用变化半音，新声变律以及五、六度跳进等手法。到了明朝，律学家朱载堉（1536—1611）通过精确计算，确立了十二平均律。湄洲妈祖祖庙祭典的音乐恢复与创作设计，是为了丰富祭典音乐，多方面歌颂妈祖圣德，突出妈祖故乡的地方特色，适应现代人们欣赏。祭典音乐所用的乐器按大晟乐规定，是用金、石、丝、竹、土、匏、革、木等八种不同材质制成的乐器，合乎金声玉振、八音和鸣的要求。而这些乐器，把"三献"统一在一个格调。妈祖祭典音乐乐器，按其材质属性分：

木属的有：柷（斗形，敲柷为音乐开始）、敔（虎形，刷敔结束）。

金属的有：锣、云锣、钹、编钟、镈钟。

石属的有：编磬、特磬。

丝弦属的有：琴（古琴和莆田大小八角琴）、倪胡、四胡、瑟、阮（大、中

阮）、琵琶、古筝。

竹属的有：筑、簇、笛、管、笮篥、排箫。

革属的有：大鼓、应鼓。

匏属的有：笙、竽。

土属的有：埙。

在伴奏方面除了八音的使用外，还加进了地方乐器。改革的文枕琴（扎筝）、四胡、伬胡，以丰富乐队音色。在妈祖祭典中，音乐使用了七声音阶的莆仙戏音乐《过山虎》，并加以发展变化。其中有节奏、节拍的放宽、压缩、变异、重组；也有音色、音区的对比、叠置、交织、追逐。特别是每献的结束乐句，总是回复到上句结尾，以纯四度上行与五度下行形成倒量的民族和声与音色、音区的对比，完全是用"稀声""易乐"来作为主体，汇成妈祖祭典音乐。妈祖祭典音乐中，用较简单的民族和声配在祭乐上，完全是延续古制与地方器乐的结合。本来"大乐稀声""大乐必简，大礼必易"（《乐记》）是德音，并且是相对的。孔夫子闻《韶》的"稀声"，赞叹其"肃雍和鸣"是相对于"郑音淫志""宋音溺志""卫音烦志""齐音骄志"而言的。当代社会发展进入电子数码时代，对于多质体、大音量的电声乐、交响乐、爵士乐来说，妈祖祭典音乐中大调工的"三献乐"，都沿袭宋明时代形制，所用乐器达28种，计60件，其中除少数几种是莆田民间乐器外，其余大多数为古代宫廷乐器。

附：湄洲祖庙祭典音乐

引导乐[1]：

迎送神之曲。

乐谱[2]：

《初献》、《终献》乐谱[3]（见下图）。

亚献乐谱[4]（见下图）。

乐生座位图（见下图）。

---

[1]《湄洲妈祖志》，方志出版社，2011年9月。

[2]《湄洲妈祖志》，方志出版社，2011年9月。

[3]《湄洲妈祖志》，方志出版社，2011年9月。

[4]《湄洲妈祖志》，方志出版社，2011年9月。

附：湄洲祖庙祭典音乐

林祖韩 词　郑瑞霖 曲

引导乐

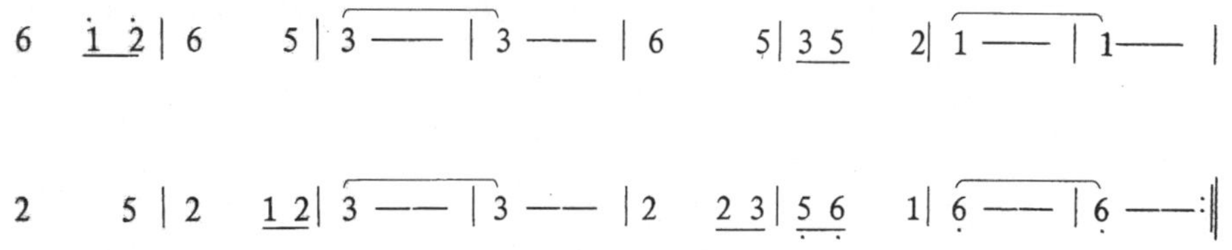

迎送神之曲

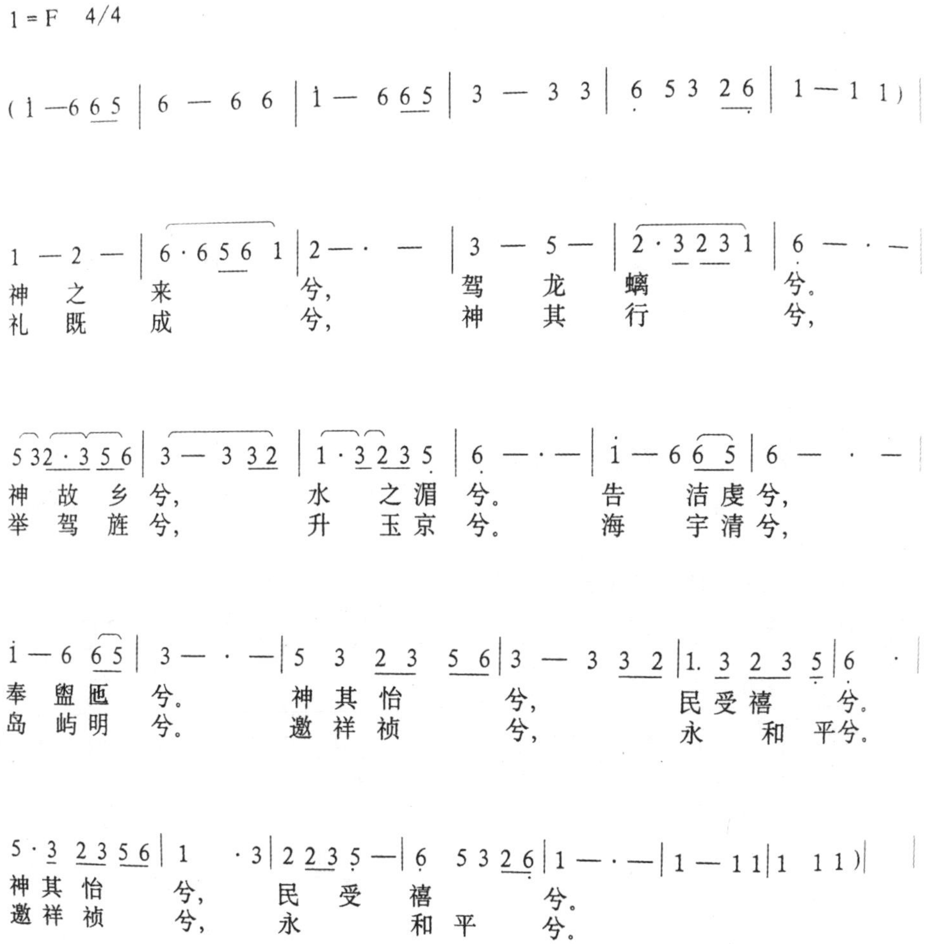
1＝F 4/4
神之来兮，驾龙螭兮。
礼既成兮，神其行兮，
神故乡兮，水之湄兮。告洁虔兮，
举驾旌兮，升玉京兮。海宇清兮，
奉盥匜兮。神其怡兮，民受禧兮。
岛屿明兮。邀祥祯兮，永和平兮。
神其怡兮，民受禧兮。
邀祥祯兮，永和平兮。

初献《海平之曲》 终献《咸平之曲》

1 = F 4/4

```
( 1 — · — | 6 — · — | : · ·           |       | 1 — · — | 2 — · — | 6 — · — |
                                                  维      天      无
                                                  海      天      来

1 — — | 3 — 3 — | 5 — · — | 1 — — | 2 — · — | 6 — · — | 5 — — |
极,    维    海       不    测。    天       降
航,    湄    庙       无    疆。    春       秋

3 — · — | 5 — — | 1 — — | 2 — · — | 5 — — | 3 — · — | 6 — · — |
我    后,    立    海    之       则。    海
祀    典,    血    食    万       羊。    鼓
```

自由地
```
1 — · — | 2 3  1 6 6 | 3 — · — | 5 — · — | 1        2    — — |
天       清   晏,   卿    云       五       色。
钟       歌   舞,   俎    豆       馨       香。

5 — · — | 3 — — | 6—5    | 1 — · — | 2 — · — | 6—  1    — — |
八    海    既    宁,    万       方       归    德。
女    神    降    止,    赐       我       百    祥。
```

```
2 —
6 — 1    | 2 · 3 5 6 3 2 | 1 — — | 2 — 1 | 5 · 6 2 3 1 6 | 6 — — | 3 — 5 |
鼓  钟 歌    舞,       俎  豆 馨       香。       女  神

                                         (63 56
6 · 6 5 3 6 5 | 3 0 0 0 | 2 2 — 3 | 5 · 6 5 6 1 | 6 — — | 1 6 5 6 1 | 6 — — |
降    止,      赐 我 百    祥。
```

亚献《和平之曲》

1 = F 4/4

(1 — · — | 6 1 5 6) | 3 — 5 — | 1 · 2 3 5 | 2 — · —

皇　哉　女　　神，

1 — 6 — | 2 · 3 2 3 1 6 | 6 — · — | 3 — 5 — | 1 2 6 1 2 | 2 — · —

呼　吸　风　　雷。　洪　波　立　　靖，

6 — 1 — | 5 6 · 2 3 1 6 | 6 — · — | 3 — 5 — | 6 · 6 5 6 2 | 3 — · —

造　福　消　　灾。　泽　施　四　　海，

1 · 2 3 5 | 2 2 3 2 3 1 | 6 — · — | 6 6 5 6 | 3 — · — | 2 2 5 2 | 3 — · —

庆　谧　九　　垓。　南　风　薰　兮，　阜　我　民　财。

6 6 5 6 1 6 | 6 — · — | 5 3 2 3 1 | 2 — · — | 6 6 5 6 6 | 6 —　· —

南　风　薰　兮，　阜　我　民　财。　阜　我　民　财。

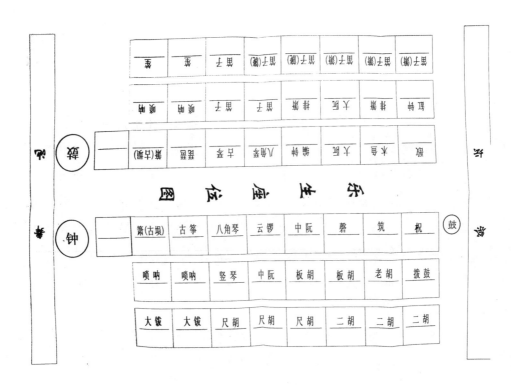

妈祖神像与祭坛

4．祭典服饰与神器

湄洲妈祖祭典的服饰设计，是根据传统习尚，结合祭典的实际情况，参考唐宋风格，还考虑表演的美观和可操作性的样式，加以归纳、调整、设计和提高的。

湄洲妈祖祭典服饰注重色彩、款式的文化内涵与时代性，追求单纯、和谐、厚重、华贵之感。以唐宋时期的官服、贵妇服饰为基础加以变化。如：（1）司礼生服饰为淡黄色底、暗软花图案、软质布料为主，类似色滚边，胸、背、肩加绣金团花，配硬胯带，展示其华贵感。（2）执事生服饰同礼生，但滚边、胯带有所变化，不加绣金团花图案。（3）歌生服饰，采用土黄底软质布料（暗甲方连续图案），滚边，配软质胯带，有抒情感。（4）乐生服饰，采用淡赭软质布料，图案同歌生的大袖袍，滚边配胯带。（5）男舞生服饰同执事生服饰，配软质腰带，布料要求质软、轻、薄，增加表演的美感。（6）女舞生服饰淡粉大袖上衣，领、袖口滚边绣金图案装饰腰带。（7）仪仗服饰以唐宋时期盔甲样式为主，色彩以绛红、灰搭配，与其他服饰色彩有较好的吻合。（8）仪卫服饰利用原有灰调的服饰，与仪仗服饰有机结合。

湄洲妈祖祭典，大型的有参祭人员300多人，服装可分5个系列，以黄、红、灰和海蓝为主色调，设计效果力求达到主次分明而又协调和谐，古朴大方而又多彩多姿。

湄洲妈祖祭典的神器，主要有九层黄伞、日月扇、提灯、提炉、清道旗、警跸牌、敕封牌、封号旗、各色仿古兵器等。这些神器，在制作的工艺和选料，都十分考究，力求古朴典雅，突出地方传统工艺的特色。

5. 妈祖神像与祭坛

湄洲妈祖祭典上的神像按传统为软身木雕像，妈祖面谱端庄大方，雍容华贵，富丽堂皇，头戴冕旒银冠，身着凤冠霞帔，拱手执圭，端坐于雕有九龙八凤的神座上。妈祖所戴凤冠上饰有九龙八凤，全用超微型银丝编织而成，银光闪闪，形象逼真，代表了莆田传统银饰的精湛工艺。银冠上冕旒还饰以珍珠，冠上饰有宝石、翠羽等，神像后面的屏风为木质金龙透雕，既华贵，又庄严。

妈祖祭典的祭坛，历史上没有明确记载。因此湄洲妈祖祭典仪式的祭坛设计思路是本着在原有祭典的仪式的基础上，有所创新和发展的原则，参考我国宗教科仪有关祭事史料，选择祭坛的样式，进一步强化祭典的内涵，力求与天、地、人内在统一。祭典仪式将湄洲妈祖祖庙的主殿、钟鼓楼作为祭坛的背景，突出"湄洲妈祖祭典"的特定环境。妈祖祭典典雅、庄严，区别于一般的民俗活动，故在设计过程中注意把握该仪式整体的神秘氛围。祭坛设计采用（8m×8m）的木结构方坛底座。《吕氏春秋·古乐》云："帝颛顼好其音，乃令飞龙作效八风之音，命之曰《承云》，以祭上帝。"宋《太平御览》云："伏羲坐于方坛之上，听八风之气，乃画八卦。"祭祀方坛"八八"之数，盖即寓意接八方之气。祭坛最高层搭置圆坛（直径5m），以圆为顶，以符古人"天圆地方"之说。在八方坛周围还要留出四处阶位，并用汉白玉栏杆围立；圆坛上置放妈祖神像以及屏风、中案、供桌、幡旗等。在方坛前特立四根大香柱和一座香炉，强化祭事的神秘庄严气氛，且寓繁荣鼎盛之意。

后来的祭典祭坛是根据祭典的地点而定，每次大型祭典的祭坛都不尽相同。

6. 祭器、祭笾与祭品

湄洲妈祖祭典中的祭器是参考历代传统祭祀一些记载，由仿古祭器和莆田民间传统祭器两部分组成。仿古祭器除笾8个、豆8个为竹木制品外，其他如铏1个、簠2个、簋2个、爵3个以及行盥礼用的盥盘、匜等均为铜器，这些铜器件均沿袭古代形制。民间传统祭器则包括香炉1个、花斗1个、木雕龙烛1对、桌灯1对、果盒1个、馔盒1个。木雕工艺均为立体透雕，俗称"三重透"。以上祭器分别摆列在重案和龙案上。

祭筵，是在正殿前的平台上搭盖一座拜亭式祭坛，坛上设祭筵。从祭筵前延伸至圣旨门内为祭典行仪区，在行仪区的中轴线和乐池、舞池上铺设红地毯。祭筵内安置妈祖神座和香案（包括重案和龙案），香案前为献位和读祝位。祭筵前为主祭人和陪祭人拜位，右旁设盥洗位。广场前方两边设乐座，中部正中为舞池，后部至圣旨门为仪卫区。

祭品，是按传统礼制用"少牢"祭（即全猪、全羊卸去内脏，用木俎架架在供案前方左右两案）。其他祭器上置干鲜五果。"三献"礼分别以爵、果、馔、帛等敬献。

供案，即祭祀时供奉祭品的供桌。供案上置祭器和供品。供品有鲜花、水果、面食、红枣、花生等等。

7. 祭典用的祭文

妈祖祭文，也称祝文，是指祭祀妈祖活动中表达对妈祖敬重和祈祷的颂文。通常以韵文为主。妈祖祭典祭文，历代均有，但随不同的时代、不同祭祀地域等均不尽相同。如元朝延祐七年（1320）张仲寿作有《祭天妃祝文》曰：

具官某等敢昭告于天妃之神曰：国家由海道岁再饷于京，解缆之日，必告于神而徼福焉。神之佑助非一岁矣，夏运卜吉，庸以牲醴，式奉明荐。神以体为念，海不扬波，迅而善达。岂惟计储有赖，神亦无负朝廷尊崇祷祠之意，谨伸虔告。敢告。

在湄洲妈祖祖庙祭典的仪式中，诵读祭文也是祭祀的重要环节之一。祭文内容一般随着祭典时节和祷告的需要而有所不同，祭文由主祭人或主持人祷告诵读。

如2012年《湄洲妈祖祖庙海祭妈祖》的祭文为：

维：公元二〇一二年十月二十三日，岁次壬辰年九月初九日吉旦，湄洲妈祖祖庙举行纪念妈祖羽化升天一〇二五周年海上祭祀隆典。

主祭人湄洲妈祖祖庙董事会董事长林金榜率诸方善信，沐手拈香，遵循礼制，虔修祖饯，敬备礼乐，普天信众，感怀圣德，敢昭告于天后之神，文曰：

海神妈祖，湄洲故乡。芳名林默，九牧派衍。

立德行善，大爱无疆。廿八年华，羽化登仙。

护国庇民，神迹昭彰。香播五洲，源远流长。

怀古颂今，共祝泰年。海祭隆典，于兹设坛。

礼乐和鸣，礼炮巨响。代代传承，礼制续延。

茫茫瀛海，生命之源。保护生态，善待海洋。

举杯把酒，祈告祝愿。神州添彩，华夏流芳。

百业兴旺，黎庶安康。至贤至圣，告洁告虔。

伏维尚飨！

又如2013年《湄洲妈祖祖庙纪念妈祖诞辰1026周年祭典祝文》为：

维：公元二〇一三年五月二日岁次癸巳年三月廿三日，为纪念妈祖诞辰一〇二六周年，湄洲妈祖祖庙举行祭祀典礼。

主祭人：中华妈祖文化交流协会副会长兼秘书长、湄洲妈祖祖庙董事会董事长林金榜，陪祭人：各宫庙信众代表及广大善男信女，虔修祀典，礼备乐舞，致馨香清酌祷告于天后之神。祈求：

风调雨顺，国泰民安。社会安宁，世界和平。

仕农工商，利路亨通。经济发展，财物丰盈。

赞曰：

大地之大，惟海为特。波涛际天，风云莫测。

天后妈祖，秉承坤德。总司海若，阳侯水伯。

出国使神，远洋估客。遇难呈祥，红灯闪烁。

历年逾千，庇民护国。荣及乡邦，光照史册。

和平之神，中国之杰。五洲信仰，不限肤色。

恭祝诞辰，献爵奠帛。兼备乐舞，以祈福泽。

告洁告虔，趋跄拜谒。千秋万春，声灵永赫。

伏维尚飨！

第三节 湄洲妈祖祭典的完善

湄洲妈祖祭典传承传统的历史文化，把历代祭祀妈祖的表现形式艺术性地集中在一起，形成了新时代的湄洲妈祖祭典。湄洲妈祖祭典，具有活态性，它依然在不断的充实、丰富和继续完善。

湄洲妈祖祭典恢复形成于1994年。后来经过多年的不断补充完善，于2006年成为我国首批国家级"非物质文化遗产"。近年来，由于妈祖文化的不断发展，它

的作用受到世人的更多关注，成为了跨越各界的一个文化现象。它的核心表现之一"湄洲妈祖祭典"内容样式一直都在提升。虽然其基本内涵和框架没有本质改变，但在祭祀人员数量及组成方面，已根据祭祀典礼规模大小，进行了一些增减和补充。

1. 小型行祭人数

小型行祭

小型行祭是指湄洲妈祖祖庙有时因时间、地点、人员等因素的限制，根据实际情况所举行的小型祭拜活动，其特点是人数不多，使用场地小，活动方便。小型行祭队伍人数一般为72人，各类执事人数为：（1）九节黄伞1人，（2）日月扇2人，（3）提灯2人，（4）提炉2人，（5）司礼生4人，（6）舞生16人，（7）清道旗2人，（8）大锣4人，（9）警跸牌2人，（10）敕封牌2人，（11）四大旗幡4人，（12）封号旗6人，（13）仪仗队20人，（14）通赞1人，（15）铳手2人，（16）钟鼓手2人。

2. 中型行祭人数

中型行祭与小型行祭的祭典比较，就是总人数由72人改为168人。其他方面基

中型行祭

本是按照一般祭拜典礼进行。中型行祭队伍168人分配执事人数为：（1）九节黄伞1人，（2）日月扇2人，（3）提灯6人，（4）提炉6人，（5）司礼生16人，（6）舞生64人，（7）清道旗2人，（8）大锣4人，（9）警跸牌2人，（10）敕封牌2

大型行祭

莆田
媽祖
信俗大观

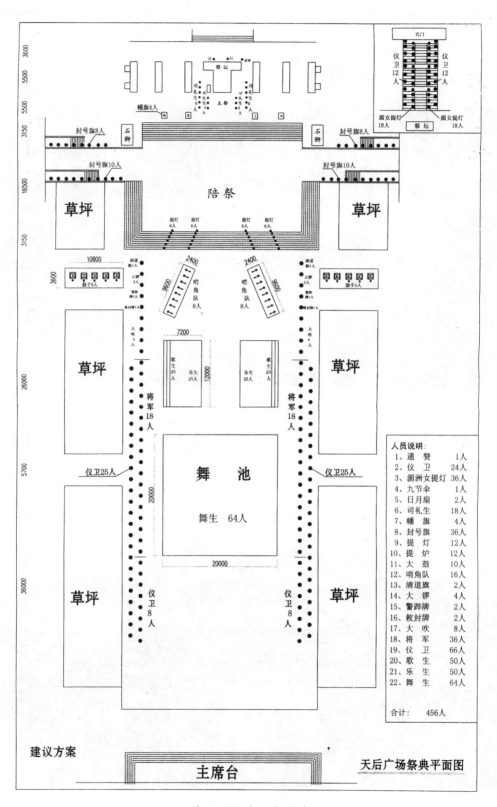

天后广场祭典平面图

特大型祭典人数分布

人，（11）四大旗幡4人，（12）封号旗12人，（13）仪仗队40人，（14）通赞1人，（15）钟鼓手2人，（16）铳手4人。

3. 特大型祭典人数

上述篇章中对大型妈祖祭典已作了详细描写，人员近300人。但是湄洲妈祖祭典是具有特殊意义的祭祀妈祖仪式，有时因客观需要，在基本框架和内容不变的前提下人数还可以增加，以使祭典活动场面更加恢宏、庄严和隆重。下面是2013年湄洲妈祖祖庙一次特殊祭典，祭典的各种人数达456人。从前图中可以看出人员的具体分布情况。

第四节　祭典的当代意义

湄洲"妈祖祭典"是妈祖信仰文化活动的特殊产物，她是从妈祖信仰文化自宋代发祥起，经过千年演绎形成的一种特殊的敬奉妈祖的表现，也是与宗教科仪有关的民俗事象。"妈祖祭典"是以祭祀妈祖为主体，是继承中华民族"礼祀诸神"的传统，又在中华民族宗教科仪的影响下产生出来的特殊产物，尤其是在历代皇帝的权力作用下，使妈祖的祭祀典礼的规格不断推向巅峰。祭祀的过程，也是缅怀先辈德行的表现。

纵观妈祖祭祀的历史和内容，可以明显看出，是沿袭《周礼》的传统。据《建阳县志》记载，在祭祀妈祖的仪礼中，官府在祭祀前一天，必须"监礼宰牲委员着补服至庙，封帛毕，礼生引至省牲所省牲，礼生按毛血供香案上，省牲官行一跪三叩礼，礼毕，退"。这些内容与《周礼》的祭祀记载相契合。妈祖祭祀时的祭器如鉶、簋、簠、籩、豆等都是《周礼》所定之规格。

中华民族是礼仪之邦，自《周礼》时代起，礼仪就已贯穿中华民族生产生活活动的全过程。妈祖以"立德、行善、大爱"的高尚品格立世，人们崇敬、怀念、奉祀，意在"慎思怀远""不忘先哲"和"崇祀先贤"。

今天，人们以各种各样形式来祭祀和纪念妈祖，但最具体最有代表性的即是"妈祖祭典"。举行这个活动，是传承中华优秀的传统美德，启迪人们不忘先辈风范，教化人们慎思怀远，学习先哲的外化形式，其现实意义是很明显的。

第三章

其他妈祖祭仪举要

"祭典"是个多义词，用于祭祀活动，指祀典，含有祭祀礼仪典范之意。清康熙五十九年，妈祖祭祀纳入"地方官春秋致祭，编入《祀典》"，真正形成了一套官祭仪典。在莆田，湄洲妈祖祖庙的祭祀规格和地位最高，历来称为祭典，今已列入国家级"非物质文化遗产名录"。而其他的妈祖祭祀活动，也都有一定仪式和名称，如在庙中祭祀称庙祭，在海上或海边祭祀称海祭，在舟船上祭祀称舟祭，在家中祭祀叫家祭。这些祭祀活动，尽管形式不同，场所有别，但都是信众对妈祖崇敬心情的虔诚表达，是妈祖信俗的组成部分。

第一节　庙祭

庙祭泛指在妈祖宫庙中祭祀妈祖的活动。庙祭有多种俗例，如各地分灵庙来祖庙谒祖进香、友宫之间参访、宫庙举办节庆活动、个体或团体在宫庙中举行祈愿或还愿活动等等。活动中的环节、内容、规模比家祭丰富，程序比较严谨，一般有人充当"司礼"主持祭祀，还有颂祝文的仪程。湄洲妈祖祭典外的莆田妈祖宫庙祭祀，都属于庙祭系列。

1. 庙祭准备

庙祭

庙祭要进行前期的准备工作和组织。首先是要弄明庙祭主体。如某某宫庙，某某董事长一行多少人，前来谒祖或参访，因某某事祭祀（如祈求合境平安）写入祭文中。其次，要准备相应的供品。一般情况下要举行三献礼，如献花、献果、献帛等，有时也有献花、献酒、献寿面等。还要准备相关的供品供在供桌上，如豆腐、饼料、土特产等若干盘。供品的多少并没有硬性规定，只是一种表达的形式。准备参祭的人员有钟鼓手、司礼生、司香等。

2. 庙祭仪程

庙祭一般都有既定仪程，这样就更显得庄严、肃穆和隆重。司礼生首先就位，然后由司礼生颂唱，整个过程由司礼生统一指挥，参与祭祀的人员按照司礼生指挥完成各种仪程。

庙祭仪程一般有：（1）司礼生唱颂：钟鼓齐鸣，（2）主祭人陪祭人就位，（3）司香，（4）上香，（5）鞠躬，（6）收香，（7）读祝文，（8）献礼，（9）跪拜，（10）叩首（三跪九拜），（11）焚祝文，（12）放鞭炮，

（13）礼成。

在实施祭祀仪程的过程中，司礼生集中注意力注意每个环节的礼仪。司香人员按照司礼生提示适时完成各个环节。行三献礼时一般是由主祭来完成，有时因来宾中有多位德高望重的人员，就一起来行献礼，可分工一位献花，一位献果，一位献帛。也有特殊情况，可按照按祭祀人要求，相应再添加献酒、献茶、献寿（寿面）等内容。主献时，祭祀者双手接过司礼人员呈上的献礼，然后双手托举献礼，平端，高举至额前高度，然后一鞠躬，表示敬重，其他祭祀人员也紧跟着鞠躬，多个献礼、陪祭人依次进行，整个仪程主要包括进香、献礼、跪拜、叩头、鞠躬。

3. 祭文

庙祭的祭文一般分为几个部分：（1）主诉对象、时间、地点、人物。（2）祭祀内容，祈求事因。（3）祭祀祈求。

祭祀祈求的行文形式参照历史上的内容，一般祈求用字严谨、朴实、讲求押韵，还要只选用一些比较吉祥的字眼。在历史上各个不同朝代，其内容和形式、字数都不一样，都是根据需要而定，有时数十字、也有数百字。如清同治五年（1866）祭文由内阁撰拟的《谕祭天后文》为："维同治五年（岁次丙寅）□月□□朔，越□日□□，皇帝遣册封琉球国王正使詹事府右赞善赵新、副使内阁中书舍人于光甲致祀护国庇民妙灵昭应宏仁普济福佑群生诚感咸孚显神赞顺垂慈笃祐安澜利运泽覃海宇恬波宣惠导流衍庆靖洋锡祉恩周德溥卫漕保泰振武绥疆天后之神曰：唯神功赞乾元，德符坤厚。……神其来格，鉴此苾芬！"

祭文最后一般用"伏维纳鉴""尚飨""敬祀叩谢""鉴答神庥"之类语词结尾。

第二节　海祭

海祭，就是在海岸或海边祭祀妈祖，参加人员主要为海上打渔人员或生产生活与海有关的民众。特别是湄洲岛上与海打交道的渔民，在新船下水、休渔期渔船维修、初次出海、打渔归来时，或者在行船中途遇险情时，都会举行一些与妈祖相关的祭祀。尤其是在海上遇到险情时，求助妈祖是必不可少的。当渔船遇到特大鱼群，怕大鱼冲击船只，传统习俗是向海中抛纸钱，口中默念祷告："妈祖赐福，神

海祭

鱼远离！"除了湄洲岛之外，其他与海、与水相关的地方，都有这种习俗。湄洲岛历史上就有海祭妈祖，因客观条件差，所以只是由渔民在海边举行简单的一些仪式，祭典仪式也相对简单。由于历史原因而中断的海祭，随着时代的发展，湄洲岛又重新举办，并且规模比较大。

海祭妈祖的地点必须选在与海密切相关之地，一般在海上或海边。旧时祭祀简单，参与人少，选择合适船只即可举行。如今的海祭参加信众多，参祭渔船多，规格基本统一，气氛更加隆重严整。

第三节　舟祭

舟祭是指特定条件下，在船上祭祀妈祖。一般情况下，是指船行中途因遇到自然气象突变，或因遇上特大的鲨鱼群、鲸鱼群，躲避不及，当然也有一些人为危险，如操作不当或遇到海盗或帮派对立等。以船为本的海滨渔民基本上存有舟祭习俗，但各地不尽相同。历史上最早明确记载舟祭妈祖的应是郑和七下西洋时在船上供奉妈祖。舟祭分危急时祭祀和平日里祭祀。

舟祭

1. 危急时舟祭

在船行过程中碰到危急时，马上举行祭祀。传统上，每只船都备有贡银、香、炉、妈祖符或者妈祖像（神龛在船只中舱）。船上祭祀时，先点上香，焚化贡银，再呼神，内容为"祈求妈祖保佑某某免以冲突某某物件安好，以便平安回港"。或祈求某鱼群远离船只，保佑平安航行。

危急时的舟祭比较简单，因船上条件有限，所以只能借助船上仅有的条件进行，跪拜时只能择处而跪。船上祭祀时由船老大或德高望重的老者负责"呼神"，体现尊老敬贤的古风。

2. 平日里舟祭

平常的舟祭，时间一般选择船只停泊在澳口内。有时则选择黄道吉日，有时是就着生产方便的日子。舟祭时船老大或德高望重者择地而跪，口中念念有词，祈求妈祖保佑某某平安，免除某事，避过某某阻碍，平安回港必定举行隆重祭祀。

在港口的舟祭有个体和团体的区别。个体是船上船员祈祷许愿自己的事情，自己答谢妈祖，形式比较简单。团体则是指船上全体成员的事，所以比较隆重，有时会抬着一整只猪到船上，或者在岸上遥祭，对着船摆上香案，还要摆上丰盛的供品。一般情况下，团体舟祭时所有的船员都要出席祭祀，其家属必须到现场帮忙，也参与到祭祀当中。主祭人通过请香、点香、跪拜、化金帛等仪式，完成舟祭仪礼。有一点还要说明，就是在祈求许愿时，还要添加一项内容，就是要增加一份祭祀阿公爷由子[1]的供礼，呼神时也要点出阿公爷的名姓。

3．新船下水舟祭

除了平常舟祭外，新船下水后，也要祭祀妈祖。每艘船一经下水祭祀后，就会有一条"木龙"在船上与船共生，"船代公护护，木龙开路"谚语，就是说船老大开船并非能一帆风顺，只是"护护"（熬一熬）而已，只有"木龙"才可以开路。沿海很多地方有祭木龙习俗，如发现哪条船木龙跑掉就相当于这条船将在航行中出现危险，必须马上祭祀。在祭祀时，主要向神灵呼告即将出现的危机，希望得到神的保佑。

第四节　家祭

家祭是指在人们为了祈求妈祖或感恩妈祖，在家中举行的妈祖祭祀，它最大的特点是祭祀场所在家中，主要参与人员为家庭成员。

祭祀时要择吉，一般都要选择一些吉祥的节庆日子，如农历八月十五日、妈祖诞辰节庆、妈祖羽化升天纪念日、元宵佳节等。有时也有在非节庆的日子，这个日子的选择是根据客观条件而定。另外，家庭成员中若"八字"（出生年月日）与祭祀的日子犯冲的，也需要改日子以回避。

祭祀时需要沐浴斋戒，不能乱说话。祭祀的场面、供品、仪程都较为简单，用时也简短。

家祭祈求的形式有多种。一是用语言表达，即用口头祷告，祈求某事如意，某事成功，某事要达何种目的。二是用文字表达，即把祈求内容写在红纸上，写明某人某事，祈求妈祖保佑，诸事能尽心尽意、心想事成等。三是物化形态，即用某种物件来表达，如选择一香火袋在里面放些香火灰，还别上妈祖平安灵符等。

家祭时段一般选在清晨卯时，在大厅正中（旧时有专门设福堂），挂着印有妈祖像的"妈祖符"，这妈祖符是每年正月由每个宫庙派发到户，俗称"平安符"。个别人家有妈祖像，先摆上供品，祭祀程序有：祈香、点烛、点香、敬香、作揖、上香"呼神"、鞠躬、跪拜、再跪、三跪三拜、祈安、放鞭炮、烧金

---

[1]为各澳口平时漂来的无主尸体，由当地人收骸，形成无主游魂，俗称"阿公爷"，即由（音"佛"）子。

家祭

纸（贡银）等等。

　　家庭祭祀比较简单，准备工作都是量力而行，但必备的有香烛、鞭炮、金纸、贡银、果盒、五果六斋、面饭、十笋（十种用碗装满并且显得高高的各种食品，即碟子装的十种食品供品，包括豆腐、粮饼、豆皮等食品制作的各种形态的供品），茶三杯、酒三杯、壶一个，果盒上装满水果，馔盒上放有各种如红枣、花生、桂圆干等一些寓意较好的食物，还有鸡鸭鱼肉，有时也添一些用食品制作的"水族群"。呼神时要讲清地点、时间、事由等，表明"某府某里某社某宫炉下弟子某某，于某年某月某日某时，因某事祈求天上圣母保佑"，或者祈求某某平安；有时也求生男育女，事业昌隆，邻里和睦，生产发达等。

第四章

重要妈祖祭仪举例

在妈祖祭拜典礼方面，莆田各个妈祖宫庙，因各种原因，其仪式举行的地点、时间、内容、规模等都不尽相同。除湄洲妈祖祖庙的"妈祖祭典"外，莆田市还有许多妈祖宫庙的祭拜仪礼，具有自身特色，以下就以湄洲澳口海祭、莆田城内文峰宫"三献礼"、贤良港天后祖祠祭仪和仙游仙井宫祭仪为代表，介绍它们的祭仪特色。

第一节　湄洲青浦底海祭

1997年，妈祖金身巡游台湾102天，成功地完成了"两岸千年第一回"的交流，当时有人提出要恢复在海上祭妈祖，专家学者都表示赞同。也有人认为天气因素和海面渔船祭祀时操作不便会给海祭带来影响，但最后还是达成共识，认为海祭妈祖一定要恢复，但要在客观条件许可的时候进行。2009年"妈祖信俗"列入"人类非物质文化遗产名录"，在申报时明确说明要把海上祭祀妈祖作为其中一项重要内容来保护和传承，因而湄洲妈祖祖庙董事会就着手进行准备。2010年农历九月初九妈祖升天纪念日，在湄洲岛隆重举行"纪念妈祖羽化1023周年海上拜妈祖"活动，因为邀请台湾部分宫庙参加，所以这次可称为"海峡两岸"的海祭妈祖活动，这也是建国以来湄洲岛举行的最大规模的一次海祭妈祖活动。

湄洲青浦底海祭

湄洲岛四面环海，岛上11个行政村，几乎每个村都有澳口，都可举行海祭妈祖活动。考虑到冬季易刮东北风，论势，坐北朝南的青浦底澳口作为海祭场所最为适合。

1. 海祭场所布置

2010年的海祭，在祭区青浦底澳口，布置彩旗、对联旗、气拱门等。船队驶近岸边，头朝大海按规定位置列队下锚固定，船上悬挂"天上圣母"条幡、三角旗和其他各色旗帜，船舱妈祖神龛前摆供品，其中一艘为领航船，装饰为彩船。彩船位于屏风直线上，靠近岸边摆26条渔船，每条船上写一个字，在岸上可看到"福建湄洲纪念妈祖羽化升天1023周年海峡两岸海上祭妈祖大典"26个大字。

海岸上面朝大海摆好祭筵，上摆湄洲祖庙妈祖圣驾、龙案、供桌。两侧各立两副灯笼架，并一字摆开两岸各地妈祖分灵庙的妈祖神像，全岛14座妈祖分灵庙和各船户的供桌上摆满祭器和祭品。祭器和祭品与祖庙妈祖祭典相同，但祭品为妈祖文宴（即素宴）等，还有备荤宴置在阿公庙祭"甶子"等神灵。

海祭广场两侧立10面大鼓。祭祀区方阵分左右两侧排列，四周适当位置和中间留铺红地毯的通道，龙案、供桌前的横通道绕供桌两侧延伸至海边，并与两端相连，分别成倒"曰"字型和"口"字型红地毯通道。各妈祖分灵庙主委（董事长）和其他祭祀人员就地持香和榕树枝站立待祭。海祭前，依习俗先在阿公庙和海边适当位置摆荤宴祭祀妈祖、祭由子等，有的船户也自行在阿公庙祭祀。

2. 海祭仪程

为象征财如水涨，在海水涨时开始举行海上祭妈祖仪式，鸣电子炮81响，10名鼓手擂鼓，16名号手鸣铜哨角。祭祀过程中，各个环节紧扣。两名唢呐手和与湄洲祖庙妈祖祭典规格相同的仪仗队、仪卫队、提红灯笼的36名湄洲女（意为升妈祖灯），分列两排从两侧进入祭祀区指定位置，其中提炉、提灯、司礼生紧跟着由八名大汉抬着的祖庙妈祖神像。

主祭人、一名船首亲属、一名承办妈祖宫福首（岛上14座妈祖宫福首抽签轮流）手捧香炉，与主要陪祭人随祖庙妈祖神像，依次从中间通道走向祭坛。其他祭祀人员就地跪拜，向妈祖神像行礼。妈祖神像安座，凉伞、日月扇、香炉、主祭人、船首亲属、承办妈祖宫福首、主要陪祭人、湄洲女就位。仪仗、仪卫队、司礼生分列肃立祭坛待令。船队的船上人员面向船舱神龛的妈祖肃立，体现妈祖的出巡和祭祀的隆重。三盏花绶带上款书"隆重纪念妈祖羽化升天1023周年"，下款书"湄洲妈祖祖庙董事会敬献"、"湄洲岛全体渔民敬献"、"湄洲岛某某董事会敬献"。六名湄洲女抬着三盏花篮从中间通道缓步进场，两名湄洲女随后进场，主祭人、船首亲属和承办妈祖宫福首在司礼生引导下同时向妈祖神像敬献花篮、整理绶带。主祭人、船首亲属和承办妈祖宫福首在司礼生引导下复位。八名湄洲女在指定位置待令。船队的船上人员面向船舱神龛向妈祖点头致意或献花束，表达人们敬仰妈祖的真诚感情。司礼生捧着九根香从祭坛右侧递给主祭人、船首亲属和承办妈祖宫福首。主祭人、船首亲属和承办妈祖宫福首、其他祭祀人员向妈祖神像行三拜礼。船队的船上人员面向船舱的妈祖神龛上香并行三拜礼，表达民众对妈祖的崇敬心情。

司礼生收香，所有参祭人原位不动，船队的船上人员将香插在船舱妈祖神龛的香炉上，主祭人在司礼生引导下奠帛，全场静穆。所有参祭人行三跪九叩礼，代表虔诚。船队的船上人员面向船舱神龛的妈祖行三跪九叩礼，表达民众从内心深处对妈祖的崇敬。主祭人向妈祖神像逐一敬献菊花、鲜果、香茗、美酒、贡品、蜡烛，并行拜礼。六名司礼生端六盘祭品走向大海站定，主祭人、船首亲属、承办妈祖宫福首、两岸主要祭祀人员随后从祭坛右侧通道走向大海成排站定后，从六名司礼生的盘中取祭品（上述六种，每种99份，意为纪念妈祖九月初九日羽化升天），同时

分别向海中撒菊花、奉鲜果、敬香茗、洒美酒、献贡品、施水灯。六种祭礼，分别寓意"怀念妈祖、祈盼丰收、感受温馨、壮行船队、感恩海洋、普渡众生"。一群儿童抬着海龟、提着中华鲎、捧着盛鱼苗的玻璃缸，走向海边成排站定后，将海龟、中华鲎、鱼苗投放大海。船队的船上人员向大海放流鱼苗，体现保护海洋、滋养海洋的生态理念。最后齐放鞭炮、彩烟、汽球，活动达到高潮。同时，安排民俗文艺表演。

海祭仪程可归纳如下：

鸣礼炮！擂鼓、鸣号！

迎神！仪仗队、仪卫队就位。

主祭人、陪祭人就位。

向妈祖敬献花篮！

上香；拜，再拜，三拜。

收香。

奠帛。

恭读祭文

行三跪九叩礼！

向妈祖行六献礼：一献菊花，拜！二献鲜果，拜！三献香茗，拜！四献美酒，拜！五献贡品，拜！六献水灯，拜！

向大海行献礼！

行放生礼（归位后）。

焚祭文、焚帛。

送神、开渔！

礼成。仪仗队、仪卫队退场。主祭人、陪祭人退场。

3．海祭祭文

2010年的《妈祖羽化海祭的祭文》如下：

维公元2010年10月16日，岁次庚寅年九月初九日吉旦，湄洲妈祖祖庙董事会率海内外妈祖分灵庙和广大善男信女，在妈祖故乡湄洲岛青浦底澳口海上祭天上圣母妈祖娘娘。

千年圣岛，再展辉煌。风平浪静，万里慈航。

湄洲上林，妈祖故乡。天后羽化，庙建湄峰。

香播五洲，源远流长。妈祖信俗，人类遗产。

海祭盛典，湄屿增光。两岸同祭，四海和唱。

怀古颂今，共祝泰年。携手共进，代代其昌。

茫茫瀛海，生命之源。大海恩我，殷殷可鉴。

保护生态，善待海洋。自然规律，天行有常。

馨香清酌，敬禀祝愿：中华添彩，华夏流芳；

百业兴旺，人民安康；佑我神州，天下无恙。

虔祝以告，恭呈祭文。

伏维纳鉴！

4．海祭颂歌与音乐

在海祭的现场，除了举行隆重的祭祀，海祭的颂歌与音乐是不可或缺的，可以增加现场虔诚的氛围。

（1）奏《迎神曲》

（2）奏《妈祖之光》音乐

（3）颂唱《妈祖礼赞》诗

湄洲圣岛，妈祖故乡。千秋天后，万里慈航。海祭盛典，岁岁重阳。歌声如潮，鼓乐喧天。怀古颂今，共祝泰年。两岸同祭，四海礼赞：一拜苍天，天地大同，日丽云祥，国富民强。二拜大海，四时隆昌，海不扬波，鱼虾满舱。三拜妈祖，泽披子民，风调雨顺，合家安康。

（4）合唱《妈祖佑我》

海风习习，潮音轻轻，妈祖佑我，一路顺风。海水清清，螺号声声，妈祖佑我，风平浪静。海浪依依，海鸥嗡嗡，妈祖佑我，渔运兴隆。天空朗朗，月色溶溶，妈祖佑我，人寿年丰。啊，妈祖，有您佑我，大海茫茫好驰骋。啊，妈祖，有您佑我，人间处处有温情。啊，妈祖，有您佑我，海天一色成胜景。啊，妈祖，有您佑我，日月同辉圆美梦。

（5）合唱《海祭妈祖》

啊……湄洲妈祖，祖庙至尊。吉日盛典，咏古颂今。中华儿女，涉海寻根。聚会湄洲，同台朝觐。海上礼祭，一片丹心。共斟美酒，酬谢神恩。妈祖施爱，天道酬勤。渔产丰富，频报佳音。国泰民安，风调雨顺。福泽绵延，惠及子孙。啊……妈祖，您的大德，教化万民。啊……

妈祖，您的大爱，充满乾坤。

（6）奏《送神曲》

海祭妈祖是人类非物质文化遗产"妈祖信俗"重要组成部分，它是人们在社会生活过程中向往美好明天，克服困难、战胜大自然风险、祈求妈祖保佑，以信仰神灵为依托，达成美好愿望的具体行为表现。

第二节　莆城文峰宫"三献礼"

1. 莆城文峰宫祭仪溯源

文峰天后宫位于莆田城内文献路中段，妈祖信仰源远流长，其前身是白湖顺济庙。南宋绍兴二十七年（1157），名相陈俊卿在家乡白湖（今阔口）献地建庙，成为南宋时朝廷褒封、御祭和地方官员"朔望行香"致祭的唯一场所。因此南宋时妈祖曾被普遍称为"白湖妃"。在白湖庙建60年后又重建寝殿，陈宓写了《白湖顺济庙重建寝殿上梁文》，其中说"今仰白湖香火，几半天下"，足见宋代白湖庙香火无与伦比的兴旺。元至正十四年（1354），兴化路地方官员为了致祭妈祖的方便，把白湖庙神像迁入城内供奉，因新庙面向文峰岭，故俗称文峰宫。郡县地方官员还在宫前跨街建拜亭以举行礼俗活动。至清康熙帝诏封天后，妈祖被认定为"春秋

文峰宫三献礼

谕祭之神",编入国家祀典后,兴化府官员春秋二季均在文峰宫举行官祭。地方志载称:"每岁春秋日及三月廿三致祭,设帛一、爵三……羊一、猪一……正祭日五鼓,正印官诣庙,朝服行礼,前后三跪九叩,三献饮醴,受胙仪与关帝同。"

在源远流长的妈祖信仰发展过程中,文峰天后宫祭祀妈祖的"三献礼"习俗最富特色。其礼源溯湄洲祖庙,沿袭古制,又不断丰富、完善和发展,形成了现在相对固定的程式和内容,仪注庄严、古朴、厚重,富有浓郁的传统文化特色和博大精深的文化内涵。文峰天后宫的妈祖"三献礼"习俗于2009年1月,被莆田市人民政府列为第二批市级非物质文化遗产名录。

2. "三献礼"内容

文峰天后宫"三献礼"仪式遵例是在宫门前的拜亭广场举行,全程约35分钟。其仪注内容有祭筵、仪仗、乐舞、执事等。

（1）祭筵布置

祭筵设在宫门前中轴线上,拜亭式结构。筵内设置妈祖神座和香案（含重案和龙案）,香案前为献位。筵前为主祭、陪祭人拜位,右旁设盥洗位,中部正中为舞池,祭筵两旁为仪卫区。

（2）主要祭器

祭器由仿古祭器和莆田民间传统祭器相结合。其中仿古祭器为竹木制品和铜器制品,民间传统祭器有铜制香炉、果盒、馔盒、花斗、烛屏、香炉、铜爵,硎、笾,豆、帛（装筐内）,立式祝板等。

（3）祭品摆设

祭品按传统"少牢"礼制摆置（即全猪、全羊卸去内脏,架在木俎架上,置于供案前方左右两案）。其他祭品,依序为:中案摆放鲜花、水果、茶水、酒水、糕果（天圆地方）、面、饭、十斋,龙案摆饼宴、一担盘（十盘）等,供案摆文武宴（左边水果宴,右边海鲜宴、即荤宴）等。

（4）乐舞"三献"

乐舞"三献"按最高祭祀规格,配歌生20人,舞生64人。歌生主要在"三献"时演唱《海平》《和平》和《咸平》三章歌曲。歌词为四言诗句,每音八节,歌唱时要求达到"肃雍和鸣""感格神明"的效果;舞生各执羽、龠,在"三献"时伴以"八佾"（8×8方阵）之舞。

3. "三献礼"仪程

仪式之前,诵经团起五鼓,诵妈祖经,恭请妈祖神灵移驾祭筵。

（1）严鼓三通（每通由慢至紧36下,共108下）

（2）鸣礼炮（三门铳81响）

（3）仪仗队、司礼生、歌舞生就位

（4）主祭人、陪祭人就位

（5）迎神上香

（6）奠帛

（7）诵读祝文

（8）奏《海平》之章,行初献之礼

（9）奏《和平》之章,行亚献之礼

（10）奏《咸平》之章,行终献之礼

（11）焚祝文、焚帛

（12）奏《送神曲》、礼成

4. 人员配备

文峰天后宫妈祖"三献礼"仪式所需的相关制品,严格规范,遵从古制,大小用具用品近千件,各种人员配备齐全。

执事:设主祭1人,陪祭若干人,司礼生10人（含通赞、引赞、司香、司盥、司樽、司盘、司帛等）。

仪仗:以古代宫廷卤簿为依据,以莆田民间传统的妈祖出游时使用的仪仗、执事器杖为主设计而成,依序:清道旗、大锣、警跸牌、衔牌、金瓜、金钺、朝天镫、蟠龙棍、月牙铲、方天戟、大刀、抓印、抓笔、日月牌、凸凹杖、封号旗（16面）,提炉（2对）、提灯（2对）、雉尾扇、九曲黄伞等。以上人员配有不同系列服饰,主要有4个系列。

（1）主祭和陪祭人员着民国初改良的汉装。

（2）司礼生着宋代宫廷女官的服饰。

（3）舞生因其表演的"八佾舞"为仿汉乐舞,其着装为汉时女子服,披秀发。

（4）仪仗队着装为:卤簿队伍着盔甲,提炉、提灯及执雉尾扇者着宫廷女官服。

　　"三献礼"仪典服饰主次分明，协调和谐，古朴大方又绚丽多姿。

第三节　贤良港天后祖祠祭仪

　　贤良港古称黄螺港，村名港里。贤良港天后祖祠位于湄洲湾北岸开发区山亭镇港里村，与湄洲岛妈祖祖庙隔海相望。祖祠始建于明代永乐朝之前，永乐十九年（1421）朝廷曾派内官到港里祖祠整修致祭。祠内注重《林氏家训》之教导。清初东南沿海实行"截界"，林氏族人奉祖祠历代祖宗灵牌和妈祖神像迁往涵江镇，祠遂荒废。康熙二十三年（1684）复界后迁回，由任册封琉球副使的林麟焻倡议重修，恢复祠祀。乾隆四十四年（1779）族人林清标嘱时任台湾凤山县教谕的长子林需募缘再次重修。原建筑毁于文化大革命，1984年，信众收集部分原建筑构件依旧样重建，1988年2月竣工。1989年辟为"莆田县贤良港天后祖祠旅游区"，1991年公布为省级文物保护单位。近年增建有三门牌坊、钟鼓楼、迎宾阁，祖祠后侧山上又增建手举"定风神珠"的青年妈祖石雕像，祖祠右侧正修建"天后圣殿"及梳妆楼、观音阁等，已形成以天后祖祠为主体的建筑群，雄丽壮观，成为莆田市妈祖宫庙代表性宫庙之一。

贤良港天后祖祠祭仪

贤良港天后祖祠祭仪

自改革开放妈祖文化复兴以来，贤良港天后祖祠每年都举行大型的祭拜活动，其中以农历三月廿三妈祖诞生日和农历九月初九升天日（海祭）的纪念活动最为隆重。天后祖祠妈祖祭仪主要包含以下内容。

1. 祭祀仪程

贤良港天后祖祠妈祖祭仪的仪程，较为规范，简介于下：

祭仪开始，鸣炮、奏乐（奏《水清龙》）。鸣锣十三响。

司仪唱："某某年春（秋）祭典礼开始"或"台湾某县某宫朝圣团朝圣大祭开始！"

主祭、陪祭、与祭等人员就位。全体肃立备进香。

行"三进香"礼：一进香、再进香、三进香。

上香：上头炷香，依序唱名上香，司香收香插到祭筵香炉。

行"三跪九叩"礼：

全体跪拜——叩首——再叩首——三叩首——兴

全体再跪——叩首——再叩首——六叩首——兴

全体再跪——叩首——再叩首——满叩首——兴

全体皆跪，主祭读《祝文》。

行"三献"礼：

行初献礼——献爵

行亚献礼——献馔

行终献礼——献果

向天后圣父母行"三鞠躬"礼：一鞠躬、再鞠躬、三鞠躬。

焚《祝文》、焚宝帛。

鸣炮、奏乐、礼成。

2．祭器、祭品

（1）祭器

祭筵全套（前后厅祭筵各一套）：果盒1个、馔盒1个、面饭瓷钟2个、叠糕饼果盘2个、笾（竹编）6个、木豆6个、碗菜碗20个、羹用大海盆1个、木俎（方形）3个、铜爵3个、猪羊木架2个、花斗、香炉、烛台。

香案全套（前后厅祭先后移用）：半桌1只、桌裙1张、祝板架1付（板高8寸、宽1尺，下有座架，漆红色），小花斗、小香炉、小烛台、"族范"牌。还有红毡、拜垫。

（2）祭品

高盒用鲜果（如：红橘），馔盒用干果（如：红枣），线面，大米饭（印面饭），糕饼（2盘，左圆，右方），笾实六色干果（如：荔枝干、桂圆、核桃、蜜枣、杨梅干、葡萄干），豆实六色鲜果（如：柑、梨、荸荠、橄榄、杨桃、香蕉），碗菜十荤（如：鸡、鸭、鱼、虾、蟹、猪肝、猪心、猪肚、猪腰、方肉），碗菜十斋（如：香菇、红菇、金针菜、紫菜、卷煎、豆腐皮、粉丝、菜饼、甜菜枣、花生仁），羹一盆（豆汤）。

俎用三牲礼：鹅（鸭）、鸡、鱼（整只熟抹红）。全猪、全羊（卸内脏放木架上）。白酒、香、烛、炮、贡银、宝帛、大红笺纸、祝文。

另外，"祖姑大祭"用"水族朝圣"36碟（面塑），可另用圆桌白瓷碟摆列于祭筵中，面塑造形如：鲤、鲳、鲈、沙鱼、带鱼、黄花鱼、龙虾、对虾、九节虾、虾蛄、海蜈蚣、鲨、海菊、团鱼、海龟、玳瑁、蛤蜊、江瑶、红、毛蟹、虎面、花、蟛蜞、红脚蟹、乌贼、鱿鱼、锁管、海胆、鲍鱼、章鱼、花螺、云螺、田螺、麦螺、寄生、刺螺等。

天后祖祠祭器、祭品摆设示意图如下：

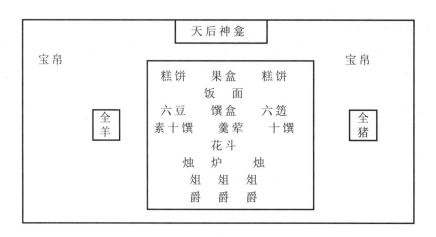

3．祭仪祝文

贤良港天后祖祠妈祖祭仪的祝文有几种，有春祭和秋祭之分，但基本内容大致相同。下面是以辛卯年（2011）妈祖诞生日"春祭"之《祝文》为例。

维 太岁辛卯年三月二十三日

贤良港天后祖祠董事长林自弟先生领全体香信，谨以清茶美酒、五果六斋、佳馔之仪致祭于贤良港天后祖祠天上圣母，列位诸神鉴纳。

祝文曰：

天上圣母，庇佑贤良。千秋香火，螺港渊源。

四海同祀，五洲共仰。有求必应，屡显威灵。

消灾泽福，护国庇民。广施仁爱，和平女神。

高尚品格，代代相传。妈祖文化，光大发扬。

天后祖祠，肃穆庄严。弟子叩拜，崇敬虔诚。

愿我圣母，赐福人间。风调雨顺，社会安宁。

华夏一统，民富国强。神州大地，永享太平。

祈求天后，赐我祯祥。家门康泰，福禄荣臻。

万事如意，心想事成。合家平安，幸福万年。

谨呈上献，伏维尚飨！

4．祭仪音乐

在天后祖祠的春秋祭祀仪式中，音乐的吹奏也是仪式的组成部分。其演奏形式、乐器及乐曲概况如下：

祭仪中分为开始、祭拜、三献礼及礼成4个阶段。其伴奏为：初始为鸣金（俗称敲大锣），大吹（唢呐）吹奏乐曲；行三献礼时，一吹箫管，一敲丹皮（铜制乐器云锣）；最后为两支大吹（唢呐）齐鸣，以示礼成。天后祖祠的祭祀仪典的用乐主要体现气氛庄严、古朴典雅，故其使用乐器很少，打击乐器主要有大锣一面、丹皮一面，吹乐器有箫、笙篥各一支，唢呐二支。上世纪80年代恢复祭拜以来，祭祀仪式所有乐器仅用大锣两个、大吹两把，其他乐器已很少使用。吹奏的乐曲，多为莆仙流行的大鼓吹乐，此类吹奏曲调与民间宫庙庆诞、家庭婚喜及重要社会活动的喜庆音乐基本相同，而与莆仙戏的喜庆场面吹奏乐也大同小异。主要曲调有50余首，最常用的为《大开门》《小开门》《大过场》《小过场》《挂金牌》《水清龙》《得胜令》《傍妆台》《过山虎》《南谱》《双马》《将军令》《大吹尾》等曲牌。

第四节　仙游龙井宫祭仪

龙井宫位于仙游县度尾镇潭边社区居委会，据传始建于宋绍兴七年（1137），因有湄洲妈祖"飞炉显圣"传说而建庙，宫名则得自宫前的一口"龙井"。现存的前殿是正殿，系明代古建筑，面宽五间，深进三间，中心高度约六米。殿内奉祀古

仙游龙井宫圣坛

代从湄洲岛祖殿分灵而来的木质正漆贴金的妈祖神像。龙井宫以保存多件珍贵妈祖文物而闻名。如宫中的清雍正四年（1726）雍正帝为褒扬康熙年间妈祖神助清廷征台胜利御书的"神昭海表"匾额，因该匾落款为"乾隆十年"，是目前所发现距离雍正四年最近的一方摹刻御书匾额，弥足珍贵。另有一方道光九年（1829）由"福建水师提督兼统辖台澎水陆官兵"的刘起龙刻立的"寰海慈航"匾额。还有前殿东西壁由现代著名画家周秀廷描绘的"二十四孝图"、"妈祖灵验故事"和千里眼、顺风耳壁画。另外妈祖神案也是民国丁丑年（1937）留存下来的原物。后进第二座、第三座则是上世纪90年代新建的房屋。第二座是供奉妈祖父母的"圣父母祠"，第三座二层是妈祖的"梳妆楼"，为现代化宫殿式楼房。龙井宫于1992年被列为县级文保单位。

龙井宫的妈祖祭仪和赴湄洲祖庙进香仪俗，都自具特色，是仙游山区民间妈祖祭仪中一处有代表性的宫庙。

1. 祭祀时间

龙井宫祭拜妈祖的时间为每年的正月十五元宵节、三月廿三妈祖诞生日和九月初九妈祖羽化升天日。龙井宫原有八月"做保安"的习俗，即保佑合境平安的祭祀民俗活动，现在已与九月初九妈祖升天日庆典活动合并。

龙井宫元宵节的祭拜总天数为四天，祭拜起始具体时间，须到宫中通过"卜杯"来确定。每年从正月初六就开始卜杯，若卜得"圣杯"，就一杯定案；若卜不到"圣杯"，就相应推迟一天再进行卜杯，如初六卜不到"圣杯"，就推至"初七"卜杯，以此类推。当妈祖元宵祭拜时间确定之后，就与祭拜主持者——当地的三一教主持人联系，具体进行筹备。这几个祭拜的日子，村中信众都要做参与信俗活动相关的准备。

农历三月廿三妈祖诞生日纪念祭拜总天数为三天，一般从三月廿二到廿四。农历九月初九妈祖羽化升天日纪念祭拜总天数为三天，一般从九月初七到初九。

2. 参与人员

龙井宫祭拜妈祖时的诵经是由"三教先生"的弟子来完成，这是与其他妈祖宫庙的不同之处，也可见三一教在当地的信仰很普遍。龙井宫祭拜妈祖的主祭人一般推选当地年龄最大者（乡老）来担任。如2013年度的主祭人吴开降，时年已96岁。除了主祭人之外，当地所有的信众，都可以参加祭拜活动。

3. 祭祀仪程

龙井宫祭祀仪程也自具特色。其所祭拜的神灵有宫中奉祀的主神妈祖，还有许多陪神，如：妈祖父母（圣父母）、法主天妃、黄公大使、杨公大使、田公元帅、太保尚书等。另外还有偏殿所祀的龙王、社公等神祇。祀神中有的原属于不同姓氏的祭祀神，黄公大使、杨公大使、田公元帅原属于村中李姓族人所祀，法主天妃、太保尚书、龙王等属于村中吴姓族人所祀，现在则合祀于以妈祖为主神的龙井宫，此亦可见妈祖对于整合族群的特殊作用。

祭拜时，主祭人用莆仙方言念祈祷疏文："兴化府仙游县万善里潭边境龙井宫主祭吴某某率炉下弟子，敬备供品，答谢妈祖、圣父母、法主天妃、黄公大使、杨公大使、田公元帅、太保尚书，祈求诸神保佑阖境平安，风调雨顺，万事如意。"

然后举香、叩头、跪拜，再举香、再叩头、再跪拜，三举香、三叩头、三跪拜。

在祭拜的时候，还要听从"三一教"弟子的指挥。由"三一教"弟子诵读三教经典，禳灾祈福。

4. 供品祭器

龙井宫祭仪的供品，基本是按照传统的祭拜供品进行摆设，大概因其宫庙处于山区，远离大海，故以蔬菜水果类为主。主要有果盒、馔盒、花斗、五果（五种鲜水果）、六斋（六种素食供品）、五盘菜（五种蔬菜）、五色粿（白粿、红团、白糕、薏粿、草龟粿），荤类供品有全羊、猪头、猪肝、猪尾、公鸡、鱼、虾等。祭器包括供桌若干张、香炉、烛屏，以及香、烛、贡银等等。

第五章

妈祖陪神

妈祖宫庙祭祀的对象主神就是妈祖，但在莆田，几乎没有单纯独祀妈祖的宫庙。妈祖或为主神，或为陪神，纷繁多姿。一般说，妈祖宫庙的主神就是妈祖，其陪祀神最重要的是千里眼和顺风耳（莆仙也称"万里耳"）。此外，还有佛道二教之神、民间俗神以及一些兴庙功臣人物等。本章以湄洲祖庙为中心，例举妈祖之主要陪神，兼述其他宫庙一些陪神。

第一节　湄洲祖庙妈祖陪神

1. 寝殿陪神

祖庙的正殿原为朝天阁，清康熙二十二年（1683），福建总督加太子太保兵部尚书姚启圣把原朝天阁改为正殿，但民间习惯称"太子殿"。而寝殿原为正殿，明代洪武七年（1374）建，后代多次重修。因寝殿紧靠"升天古迹"题刻，又是宋代妈祖古庙原址，信众认为这里才是妈祖庙的正殿，故民间一直把"寝殿"称为正殿。寝殿神龛正中奉祀"妈祖金身"，主要陪祀神如下：

（1）千里眼、顺风耳

妈祖最重要的二尊陪神。《武王伐纣平话》卷下称："此二人，名离娄者是

千里眼

顺风耳

千里眼，名师旷者是顺风耳。二人别无一能，只除远近皆闻皆见。"这里认为千里眼、顺风耳的原型为上古的离娄和师旷。《封神演义》小说中则说，商纣王手下有两员大将，一个叫高明，一个叫高觉。这两个人原是棋盘山上的桃精和柳鬼，有很多妖术，后为姜子牙所败。妈祖传说中则说千里眼、顺风耳二神将原为妖怪，在湄洲西北方向作祟，后被妈祖收伏，成为麾下神将。

清同治八年（1869），由总理船政大臣沈葆桢题奏，赐封二神将为金将军、柳将军。

（2）通讯司

正殿在门口边上供奉一位骑马将军，民间称为"通讯司"，他类似于妈祖麾下的通讯报马。

（3）十八水阙仙班

这些陪神也被民众称为"菩萨"，"十八水阙仙班"是18尊妈祖陪神，但民间有"十八菩萨十九身"之说，这是指18尊水阙仙班神祇实际包含了19尊神像。19尊神像分别为：四海龙王、浙江宁波茅

通讯司

竹五水仙、莆田木兰陂三水神、泉州林巡检、广东伏波将军马援和路博德、嘉应和嘉祐、晏公，还有被妈祖收服的高里鬼。高里鬼坐像是按照妈祖收伏他时，高里鬼跪在地上求饶时的形象雕塑的，故不在"十八"数字之中。

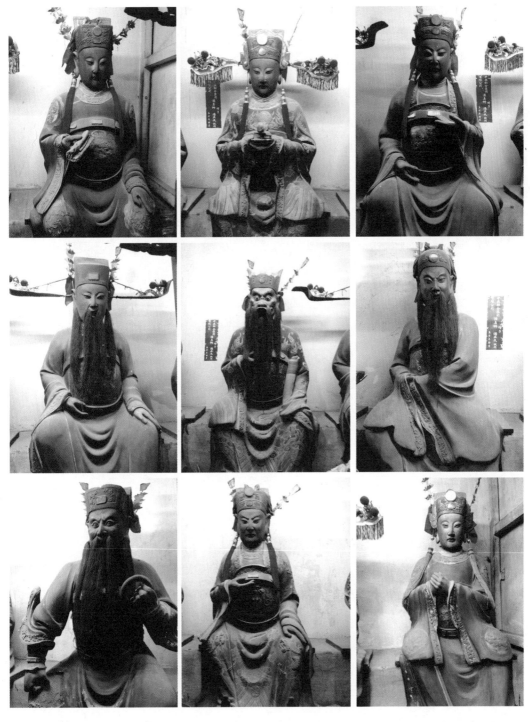

①四海龙王：历代名字不一。《旧唐书·仪礼志四》载名字为：南海广利王、东海广德王、北海广泽王、西海广润王。明代徐道《历代神仙通鉴》载名字为：东海沧宁德王敖广、南海赤安洪圣济王敖润、西海素清润王敖钦、北海浣旬泽王敖

顺。《封神榜》小说中记四海龙王名字则为：东海龙王敖光，南海龙王敖明，西海龙王名敖顺，北海龙王敖吉。龙王本为海洋中最高尊神，宋代以后，妈祖被奉为最高海神，四海龙王遂成为配祀神。

②茅竹五水仙：来源于浙江宁波，《永乐大典》收《茅竹水仙记》谓："若茅竹五水仙，实天妃之股肱。"可见至迟在明代五水仙已成为妈祖陪神。

③木兰陂三水神：莆田地方俗神，当指钱四娘、林从世、李宏三位筑陂功臣。

④泉州林巡检：应当就是指妈祖父亲都巡检林愿。

⑤广东伏波将军：指汉代的路博德和马援，先后挥师岭南建立功勋，都被封为伏波将军。路博德，西汉武帝朝名将，西河平州（今山西离石）人。武帝元鼎六年（前111）与楼船将军杨仆等进击岭南，十月俘杀叛将，平定叛乱，结束了南越地方政权家庭式统治，后将其属地岭南、交趾和海南诸地分置九郡，纳入中国版图。马援（前14—49），字文渊，扶风茂陵（今陕西兴平）人。王莽新朝末年，天下大乱，马援归顺光武帝刘秀，为建立东汉立下了赫赫战功。马援年迈后，仍请缨出征，西破羌人，南征交趾，老当益壮、马革裹尸的气概甚得后人崇敬。

⑥嘉应、嘉祐：相传妈祖在世时的两个海妖，二妖经常出没海上为祟，后被妈祖降伏，成了水阙仙班的成员。

⑦晏公：据古籍史料记载，晏公，名戌子，本元初江西人，以文学优良任官，后因病辞官，乘船返乡，在船上突然无疾而终，船员将其遗体装入棺木，送返故乡，乡民却发现棺木里空空如也，传闻他升天了，于是加以祭拜，奉为水神。明代洪武年间显灵，敕封平浪侯。江苏周庄人最崇信。田艺蘅《留青日札》载：朱元璋攻张士诚，战船遇难，一个自称叫"晏公"的红袍神人救了朱，还指导他驾船技巧，后来朱得天下，敕封晏公为"神霄玉府晏公都督大元帅"。民间则传说晏公是海上一只怪物，面如黑漆，浓眉横髯，常年兴风作浪。后被妈祖投绳绑缚，降伏后收为部下，成为妈祖部下的总管，统辖水域诸仙。

⑧高里鬼：相传为妈祖在世时高里乡的妖怪，为害一方百姓，后被收服，化作一只鹪鹩，妈祖用符水喷洒小鸟，小鸟落地变成一撮枯发，妈祖取火烧之，枯发现出小鬼原相。小鬼忙叩请妈祖收留，于是将它收在台下服役。

（4）文臣、武将

文臣本是人间封建社会皇室的将帅、宰辅、外戚乃至宦官。武将是古代的军事将领。代表作妈祖麾下的文武人才。

（5）风、雨、雷、电

指司掌刮风、下雨、打雷和闪电的四位自然神。风神古称风伯，也称风师、飞廉、箕伯等，掌八风消息，通五运之气候。风伯的搭档就是雨神，称雨师，亦称萍翳、玄冥等。雷神在我国古代神话中不止一个，最有名为《山海经·海内东经》所载："雷泽中有雷神，龙身人头，鼓其腹则雷。"民间流行的雷神是雷公，据说原是黄帝时搞医疗的臣子，他曾派使者采药，使者迷路而化为啄木鸟，后世雷公总是一副鸟脸的出处源于此。与雷公搭档的闪电神是电母，传说是雷公之妻，雷公司雷，属阳，称公；电母掌闪电，属阴，故称母，又称金光圣母或朱佩娘。

2．天后殿主要陪神

天后殿为南轴线新建筑群主殿，额题"敕封天后宫"。中央主祀天后妈祖，左右配祀顺懿夫人、惠烈夫人和八位历史上的兴庙功臣。

（1）顺懿夫人

在主神妈祖神龛之右，匾额题"顺懿慈恩"，顺懿夫人就是陈靖姑，民间又称陈夫人、临水夫人、顺懿夫人、通天圣母、顺天圣母、陈太后、娘奶、奶娘、夫人奶、陈奶夫人等，被尊为妇幼保护神，是闽台最有影响的女神之一。

（2）惠烈夫人

顺懿夫人　　　　　　　　　　　　惠烈夫人

在主神妈祖神龛之左，匾额题"惠烈昭灵"，惠烈夫人即钱四娘。在寝殿中，她被名列木兰陂三水神，位列妈祖麾下的"十八水阙仙班"。

（3）兴庙功臣

在湄洲妈祖祖庙供奉着八位与弘扬妈祖信仰有关的兴庙功臣：宋代路允迪、李富，元代蒲师文、宋本，明代郑和、林尧俞，清代施琅、姚启圣。贡献简介如下：

①宋代路允迪、李富

路允迪，字公弼，宋城人（今河南商丘）人。宋朝政治人物。官至给事中。宣和四年（1122）奉诏出使高丽（朝鲜），五年（1123）春始成行，使舟至东海黄水洋，遇到狂风，危急万分，有莆籍官员保义郎李振等船员祈祷湄洲女神妈祖，终于转危为安。此次出使高丽，八舟七溺，允迪所乘之船安然以济。返国后，路允迪奏请朝廷。徽宗乃赐莆田圣墩妈祖庙"顺济"庙号。"顺济"赐号是朝廷对妈祖这一民间神祇的第一次恩典和肯定，使妈祖第一次从自发信仰转变为官方承认的地方信仰。故路允迪之奏，功不可没。

李富（1085-1162），字子诚，号澹轩，涵江白塘洋尾村人。建炎元年（1127），金兵南侵，南京（今河南商丘）、临安相继失陷，国家处在危急存亡之

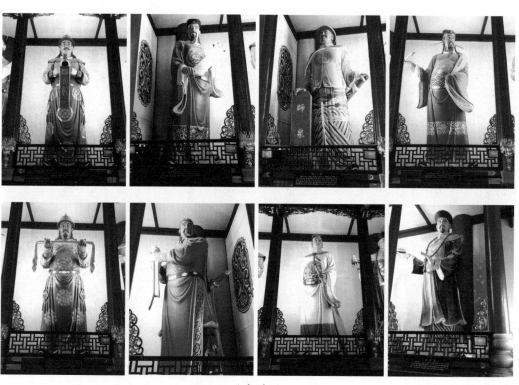

兴庙功臣

秋。蕲王韩世忠劝富举兵勤王，他毅然捐献家财，招募义兵三千人，从海道扬帆北上，入长江，向孟太后提出兴宋破金的谋划。太后把其义兵划隶韩世忠部，授承信郎。他随部收复建州，攻克大仪，屡立战功，金兵败回北方。宣抚使张渊赏识富的才略，荐任殿前统制司干办公事官（简称"制干"），世称"李制干"。李富抗金途中曾得妈祖庇佑，还乡后在白塘浮屿建妈祖宫。李富还于绍兴年间重建圣墩顺济庙，又请廖鹏飞作庙记，状元黄公度题诗，留下最早的两篇妈祖文献，厥功甚伟。

②元代蒲师文、宋本

蒲师文，回族，原籍大食国（阿拉伯），宋元之际回回巨商蒲寿庚之长子，其父蒲寿庚长期寓居泉州，亦官亦商，"提举泉州舶司，擅番舶利者三十年"。南宋景炎元年（1276）十二月，蒲寿庚在泉州叛宋降元。蒲寿庚的长子蒲师文官任宣慰使左副元帅，兼福建道市舶提举，海外诸蕃宣慰使等。被派遣远赴海外，招抚诸邦。曾向元廷请求赐封湄洲神女为"护国明著天妃"。

宋本（1281-1334），字诚夫，元大都（今北京）人。至治元年（1321）赐进士第一（左榜状元），授翰林院修撰。天历二年（1329）奉敕偕翰林直学士布雅实里代祀天妃。自直沽，遍历苏、浙、闽三省15座妈祖宫庙，并代拟15道御祭文。为妈祖信仰传播作出贡献。

③明代郑和、林尧俞

郑和（1371-1433），回族，原姓马名和，小名三宝，又作三保，云南昆阳（今晋宁昆阳）人。在靖难之变中，为燕王朱棣立下战功。永乐二年（1404）朱棣赐"郑"姓，并升任为内官监太监。从永乐三年（1405）至宣德八年（1433），郑和率领的庞大船队七下西洋。郑和对于妈祖信仰的传播有着重大的贡献，他将妈祖文化传到世界许多地方。

林尧俞（1560-1628），字咨伯，莆田黄石人，明万历十七年（1589）进士。熹宗即位（1621），授礼部右侍郎视祭酒事，后又拜礼部尚书。因不肯攀附魏忠贤，屡遭陷害，最后被削籍回乡。尧俞在接任礼部尚书返乡祭祖时，读到《显圣录》一篇，鼓励湄洲天妃宫住持僧照乘补辑阙略，并预为《天妃显圣录》撰序。《天妃显圣录》书中的"历朝显圣褒封"及"历朝褒封致祭诏诰"，学者推测也可能是林尧俞从官方档案取得的。

④清代施琅、姚启圣

施琅（1621-1696），字尊侯，号琢公，福建晋江衙口人，原为郑芝龙和郑成

功的部将，降清后被任命为清军同安副将，不久又被提升为同安总兵，福建水师提督，先后率师驻守同安、海澄、厦门，参与清军对郑军的进攻和招抚，1683年率军渡海统一台湾。官至福建水师提督，受封靖海将军、靖海侯。施琅先后重建平海天后宫、修建湄洲妈祖祖庙、鼎建台南大天后宫、重建厦门朝天宫，在闽台两地作了不少扩大妈祖影响的贡献。

姚启圣（1624-1683），字熙止，号忧庵，浙江会稽县人，本为明末诸生。清顺治初年，入旗籍，隶汉军镶红旗。康熙二年（1663）中举，授广东香山知县。康熙十三年（1674），耿精忠于闽叛清。康熙命康亲王杰书统兵进讨，启圣与子姚仪募健卒数百，赴亲王幕下效力。三藩平定后，启圣因功擢福建布政使，晋总督，加太子太保及兵部尚书衔。康熙十九年（1680），总督姚启圣、福建巡抚吴兴祚、福建水师提督万正色等率清军与郑经水师奋战，克复厦门。姚启圣曾倡建闽安镇天妃宫。又以妈祖屡显灵应护佑官兵平台湾，亲至湄洲祖庙大辟宫殿，把朝天阁改为正殿，以原正殿为寝殿，又重建钟鼓楼、山门等配套建筑。姚启圣因被封为"太子太保"，俗称"太子公"。后人把他扩修的正殿称为"太子殿"。

2．五帝庙祀神

五帝庙作为祖庙的陪祀庙，其祀神"五帝爷"乃指五位瘟神。相传隋文帝曾见五位分别身着青、赤、白、黑、黄袍服的力士凌空而降，后封五位为将军，立祠奉祀，并定每年五月初五祭之。后来民间又称这五位为五方使者、五显灵官、五方大帝等，并赋予姓名为东方青帝张元伯、南方赤帝刘元达、西方白帝赵公明、北方黑帝钟士秀、中央黄帝史文业。

五帝殿没有正门，寓意不让瘟神出殿的意思。在东南西北中五个方位的神灵的

五帝庙

中军殿

神龛前，还有一尊统辖三曹大元帅，在台湾又称三曹老爷，据说就是明末大将农民起义军领袖李自成。

3. 中军殿祀神

此殿为祖庙的重要配殿之一。相传明代泉州卫指挥周坐，大兴土木扩建妈祖庙工程竣工后，用剩余建材建了一座中军庙，并塑了神像。故后人即将本殿中军作为周坐之化身，烧香奉祀，并认定中军为妈祖保驾护庙，庇佑庙区安宁。中军殿除了供奉周坐之外，还有文判、武判。文判录供，武判押犯。在庙宇内，还有文武判官发号命令后实施命令的四位兵卒，其坐像形象有点类似黑白无常。

4. 圣父母祠祀神

圣父母祠亦为祖庙重要配殿之一。祠内供奉妈祖及其父母神像，象征妈祖永远侍奉父母膝下，寓意妈祖在庇佑四海万民的同时，时刻不忘父母的养育之恩。

圣父母祠据传初创于南宋，后经元明清历代重修或重建，现存建筑物为清初重修时的建筑原构。祠内保存宋代

圣父母祠

天井等遗迹。妈祖父母成为陪神据记载始于南宋仙游枫亭的顺济行祠。宋黄岩孙于宝祐五年（1257）修的《仙溪志》卷三载："顺济行祠，在枫亭市西，里人崇奉甚谨，庙貌甚壮。神父林愿、母王氏，庙号佑德。宝祐元年，王教授里请于朝，父封积庆侯，母封显庆夫人。妃之正庙在湄洲，而父母封爵自枫亭。"此后，妈祖父母在宋、元、清三代均有褒封。

5. 佛殿和观音殿祀神

（1）佛殿：据《天妃显圣录》记载，清康熙年间，施琅在倡建朝天阁、梳妆楼同时也建有一座佛殿。该殿毁于文化大革命，1989年重建，成为祖庙重要配殿之

祖庙南轴线四海龙王

一。殿内主祀释迦牟尼，左右分别为文殊菩萨和普贤菩萨。

（2）观音殿：在妈祖传说中，妈祖是由父母向观音菩萨祈求子嗣而得来的，或传说妈祖就是观音的化身，因此观音殿也是祖庙的重要配殿。该殿主祀观音，左右分别为韦驮菩萨和伽蓝菩萨。过道两边还供奉十八罗汉。

第二节　莆田其他妈祖陪神举要

在妈祖信仰神灵体系中不但包括亲属神灵、妈祖降服的神怪，还包括儒释道神祇以及众多民间俗神，甚至还有历史上与妈祖有关的功臣。莆田妈祖宫庙陪祀神除了以上湄洲祖庙的举例外，其他宫庙的妈祖陪神种类还很多，凸显了妈祖信仰作为民间信仰的包容性、多元性、地域性和功利性。以下略为举例，以见一斑。

1. 释、道、儒神祇举例

（1）佛教神祇

在供奉妈祖的庙宇当中，佛教的佛、菩萨也常见于妈祖宫庙配殿，成为陪神。如如来佛释迦摩尼、观音菩萨、韦驮菩萨、文殊菩萨、普贤菩萨以及护法的伽蓝神等。

妈祖的事迹以扶危济困、乐善好施为主，这与佛教的观音菩萨的功能更是类似，并有相通之处。由于观音在中国人眼中亦为女性，与妈祖都属于慈眉善目的形象，这让观音和妈祖的信众愿意将这两位的距离拉近。明清以后，很多天妃庙和天后宫在修建和恢复的时候，都会建有观音殿，观音殿作为妈祖宫庙配殿尤为常见。

（2）道教神祇

道教的神祇有天神、地祇以及人神。如玄天上帝、风雨雷电神、城隍爷土地公、白无常（大哥）、黑无常（矮哥）、瘟神、三官大帝、神农大帝、注生娘娘，等等，神灵系统十分庞大。

（3）儒家神祇

众所周知，孔子是儒家的"至上神"，在莆田忠门镇上一座妈祖庙，将孔子作为妈祖的陪祀供奉。还有科举文化神文昌帝君也是妈祖宫庙常见之陪祀神。

文昌帝君在民间和道教中，尊奉为掌管士人功名禄位之神。文昌本星名，亦称文曲星，或文星，古时认为是主持文运功名的星宿。其成为民间和道教所信奉的文昌帝君，与梓潼神张亚子有关。东晋宁康二年（374），蜀人张育自称蜀王，起义抗击前秦苻坚，英勇战死，人们在梓潼郡七曲山为之建张育祠，并尊奉他为雷泽龙神。其时七曲山另有梓潼神亚子祠，因两祠相邻，后人将两祠神名合称张亚子并称张亚子仕晋战殁。元仁宗封梓潼神为"辅元开化文昌司禄宏仁帝君"。梓潼神与文昌帝君合为一神。

关羽则是一尊释、道、儒三家共尊之神。《佛祖统纪》卷六载天台宗智顗大师（东土九祖之第四祖，号天台智者法空宝觉灵慧大禅师，佛教天台宗的实际创始人）在荆州玉泉山趺坐入定，定中见关公显灵，率其鬼神眷属现出种种恐怖景象。经智顗大师点化后，关公大彻大悟，愿皈依佛门护持佛法，乃与关平驱手下鬼神七天便建好一座寺院，智顗大师在寺中讲经说法，关公再次显灵向大师表示愿受戒皈依佛门，智顗大师便秉炉向之授以五戒，于是关羽正式受五戒成为佛门弟子，从此作为佛门护法神，威德昭布千里，远近莫不肃敬。禅宗《传灯录》则记载禅宗高僧神秀到当阳玉泉山创建道场，见当地人祭祀关羽，乃毁了关羽的祠堂，忽见阴云四合，只见关公提刀跃马于云雾之上，神秀仰面问其何事，关公乃把前事详细告诉了神秀，神秀便破土建寺，安奉关公为寺院护法伽蓝。

在道教中，关羽则被奉为玉皇大帝的近侍，尊他为翊汉天尊、协天大帝、武财神、武安尊王、三界伏魔大帝等等。《道法会元》载，关羽为北极紫微大帝之主将，称为"雷部斩邪使、兴风拔云上将、馘魔大将、护国都统军、平章政事、崇宁真君关元帅"。明万历四十二年神宗还加封关羽为"三界伏魔大帝神威远镇天尊关圣帝君"。

儒家奉关羽为五文昌帝君之一，把关羽和文昌、孚佑、朱衣、魁星合称为五文昌，尊他为文衡帝君，或称山西夫子、关夫子，或尊他为亚圣或亚贤，所谓"山

东一人作《春秋》，山西一人读《春秋》"。把关公奉为可与孔夫子并肩的圣人。《三国志·关羽传》裴松之注引《江表传》载关羽《春秋左氏传》。明清时屡有关羽托梦解题之说，关羽被士子奉祀为"文衡帝君"，成为考试之神。

2．民间俗神举例

民间俗神是民间奉祀的神灵，他们既不同于国家祀典的神灵，也不同于佛道两教诸神，人们对他们的祭祀没有隆重仪式，没有丰盛的供品，但却渗透在日常生活之中。妈祖信仰在莆田地区广为流传，供奉妈祖庙宇近千座。湄洲岛包括湄洲妈祖祖庙在内就有16座庙宇，妈祖作为主祀，其陪祀的民间俗神纷繁多姿。如湄洲下山村麟山宫的妈祖陪祀就有：齐天大圣、杨公太师、田公元帅、张公元帅。莲池村的莲池宫妈祖陪祀有哪吒、杨公太师、都天元帅等。东蔡村的上英宫的妈祖陪祀有杨公太师、城隍老爷、山城公、社公、社妈等。

在莆田地区，其陪祀中民间信仰神祇较为常见的有田公元帅（雷海清）、玄坛元帅（赵公明）、张公圣君（监雷御史）、司马圣王（张巡）、温公元帅（温爷）、尊主明王（社公）、后土夫人（社妈）、法主仙妃、慈惠娘娘、杨公太师（杨业）、陈公圣侯，等等。

①田公元帅：又称相公爷，一般认为即唐天宝年间的乐工雷海青，玄宗时负责管理宫内梨园弟子，死后被追封为太常寺卿，后被梨园子弟奉为守护神，进而成为民间俗神。一说他是玄宗时代张巡的部将雷逢春，因屡建战功，被敕封为大元帅（也有说雷逢春是雷海青的弟弟）。还有一种说法认为，田公元帅就是唐玄宗的宫廷乐师即风火院的田元帅兄弟三人，三兄弟有歌舞做戏、逐疫驱鬼的功夫，因而民间又称"三田公元帅"。不过莆田民间接受的是第一种说法。

②玄坛元帅：又称赵公元帅，即赵公明，道教称其为上天皓庭霄度天慧觉昏梵所化生。姓赵名玄朗，字公明，与钟馗是老乡，终南山人氏。自秦时避世山中，虔诚修道。汉代张道陵张天师入鹤鸣山精修时，收之为徒，并使其骑黑虎，守护丹室。张天师炼丹功成，分丹使赵公明食之，遂能变化无穷，形似天师。张天师命其守玄坛，所谓玄坛，即道教之斋坛。赵公明因而被天帝封为"正一玄坛赵元帅"，故又称其为赵玄坛。因其身跨黑虎，故又称"黑虎玄坛"。赵公明的传说，由来已久。他在《封神演义》中成为财神。

③张公圣君：又称监雷御史、五雷法主、荡魔将军、张圣君、张圣公、张圣者、法主公等，俗称张公，为福州、莆仙民间笃信的神明。据载张公于宋绍兴九年

（1139）农历七月廿三生于永泰县嵩口镇月洲村，童年和少年都在苦难中度过，四岁丧父，后随母改嫁到盘谷乡连厝林里连姓人家为继子。七、八岁时，因家境贫寒，继父让他去放牛，十二、三岁时，以砍伐锄柄谋生，所以当地人叫他张锄柄。十八岁那年，他上闾山学法，修炼武功，决心扶正祛邪，救世救民。因他的悬壶济世之德，被尊为圣者。明代，正德皇帝敕封其为"法主"神号。

④司马圣王：又称司马圣侯、司马公，白脸红袍红冠，莆田、仙游一带乡间多供奉。史载：唐玄宗开元进士、邓州南阳人张巡，历清河、真源二县令，后迁睢阳太守。安禄山叛变时，起兵讨之，与雍丘太守许远合兵坚守睢阳城。后城陷被执，壮烈牺牲，人们为了纪念他，尊称为司马圣王（即统兵元帅之神）。

⑤温公元帅：传说为东岳十太保中的第一太保，兼任道教护法将神，与马公元帅、赵公元帅、关公元帅并称四大元帅。温元帅，名琼，字子玉，后汉东瓯郡人。温琼幼而神明，七岁学习推算星象，十岁通儒经传，十九岁开始参加科举考试，但考了多年不中。一天，忽然叹曰："男子汉生不致君泽民，死当助帝诛奸灭邪，以酬吾志。"抑郁间忽见苍龙坠珠于前。拾而吞之。突然变幻，面青发赤蓝身，英毅猱猛。东岳大帝"闻其威猛，召为佐岳之神"。后被玉帝封为"亢金大神"。宋时，位列东岳十太保之首。

⑥尊主明王：也称社公，与"后土夫人"社妈，都是里社敬奉的土地神。

⑦法主仙妃：又称吴圣天妃、吴妈等，为唐代江苏吴家庄女子吴四娘，据传吴四娘，也称吴媛，以擅医济人受民崇拜。后至仙游修道行医，利民益世，并助兄吴兴率乡民修筑杜塘长堤，捍潮为田。宋代兴化郡守陆奂钦以吴兴、吴媛兄妹治水有功，奏请高宗敕封吴兴为义勇侯，吴媛为顺应夫人。淳祐二年（1242），封吴媛为妙应灵济夫人，累封法主仙妃。

⑧慈惠娘娘：又称灵应夫人、郭圣母、顺天太夫人，慈惠娘娘经太上雷声普化天尊教化，天后圣母娘娘指点，观世音菩萨扶助，历七七四十九劫，九九八十一难，始证金身，玉皇敕封为：灵应顺天慈惠郭娘娘。上掌风时四令，下掌黎民子嗣。

⑨杨公太师：北宋年间杨业一家四代，为抵御少数民族的入侵，年年戍卫边疆，杨家将个个骁勇善战，忠肝义胆，为国为民也做出了巨大牺牲。后代人为了纪念杨家将为国为民所做出的牺牲，各地纷纷立庙祭祀。各地杨公庙中有供奉杨业的，但多以供奉金沙滩战后于五台山出家皈依佛门的杨五郎为多。

⑩陈公圣侯：即涵江人陈应功，生于后晋开运元年（944），宋太平兴国二年（977）劝陈洪进"纳土归宋"，封授"平闽将军"。又因发明"晒盐法"，被后人尊为"盐神"。

其他地方俗神还很多。如孔大人，民间称大王爷，据说即明代抗倭名将孔兆熙。刘姑妈，本明代惠安县峰尾女，以生前行义举、舍己救人而得民众尊重。18岁许嫁郭厝后屯程家为媳，因丈夫出外未归，耽误婚期，以公鸡罩床代夫成婚，贞节自守。殁后封娘娘。

见于妈祖宫庙的陪神还有康公元帅、刘公元帅、李公元帅、王都元帅、都天元帅、朱公元帅、铁公元帅、韩公元帅、陈公元帅、黄公元帅、伍公元帅、白马元帅、吴公都统、李副都统、法禄都统，杨公大使，杨公七使、黄公二使、江公四使，通天圣侯、普济圣侯、都统圣侯、郭公圣侯、白马圣侯、邱公圣侯、惠应圣侯、显圣尊侯、威武圣侯、昭烈圣侯，齐天大圣、灵石圣王、中天大圣、石虎大圣、行天大圣、飞天大圣、白马尊王、显灵大王、青面大王、总管侯王、金烈将军、妙烈将军、五路将军、黑虎将军、白牙将军、王公将军、倪公将军、金大将军、邓大将军，白公大人、金公大人、章公大人、乌府大人，协天大帝、监察大帝、萧公圣者、连公圣者，三殿真君、慈济真君、护法天君、洪公圣君、慈感仙妃，部院大神、昊天帝子、理案天官、徐公太尉、黑虎三郎、马洋尊公等等。

附　录：

1. "妈祖祭典"列入国家级《非物质文化遗产名录》文件

编者按语：经过各方面艰苦努力，2006年由湄洲妈祖祖庙申报的"妈祖祭典"通过了国家有关部门的论证和评选，入选第一批国家级《非物质文化遗产名录》，批准文件如下。

国务院关于公布第一批国家级非物质文化遗产名录的通知国发〔2006〕18号

各省、自治区、直辖市人民政府，国务院各部委、各直属机构：

国务院批准文化部确定的第一批国家级非物质文化遗产名录（共计518项），现予公布。

我国是历史悠久的文明古国，拥有丰富多彩的文化遗产。非物质文化遗产是文化遗产的重要组成部分，是我国历史的见证和中华文化的重要载体，蕴含着中华民族特有的精神价值、思维方式、想象力和文化意识，体现着中华民族的生命力和创造力。保护和利用好非物质文化遗产，对于继承和发扬民族优秀文化传统、增进民族团结和维护国家统一、增强民族自信心和凝聚力、促进社会主义精神文明建设都具有重要而深远的意义。

各地区、各部门要按照《国务院关于加强文化遗产保护的通知》（国发〔2005〕42号）的精神和有关要求，认真贯彻"保护为主、抢救第一、合理利用、传承发展"的工作方针，切实做好非物质文化遗产的保护、管理和合理利用工作。

国务院

二〇〇六年五月二十日

2. "妈祖信俗"列入《人类非物质文化遗产代表作名录》文件

编者按语：2009年9月30日，从阿拉伯联合酋长国首都阿布扎比得来喜讯，在此间召开的联合国教科文组织政府间保护非物质文化遗产委员会第四次会议经审议表决，决定将中国政府提名的"妈祖信俗"列入《人类非物质文化遗产代表作名录》。这是我国首个信俗类世界遗产，也是莆田市第一个入选世界级遗产名录的项目。

第4.COM 13.18号决议

1.记录：中国提名的"妈祖信俗"列入《人类非物质文化遗产名录》，对该申遗对象简介如下：

作为中国最具影响力的航海保护神，妈祖是该信俗的核心，包括口头传统、宗教仪式以及民间习俗，遍布中国的沿海地区。妈祖诞生和成长在公元10世纪的湄洲，她致力于帮助她的同胞乡亲，并且因为试图营救海难中的幸存者而献身。湄洲渔民为纪念这位好姑娘，在岛上建庙并奉为海神。每年都会有两次正规的庙会来纪念妈祖，届时当地居民、农民和渔夫此时都会暂时放下他们的工作，并祭献海洋动物供奉妈祖像，表演各式祭祀舞蹈和其他演出。在全球5000座妈祖庙和私人家中，其他各类小一些规模的祭祀仪式也全年不停歇地进行着。这些祭祀活动中包括到湄洲祖庙谒祖、分神、供献鲜花，燃蜡烛、香火和放鞭炮。晚上的时候居民会提着"妈祖灯笼"游行。信奉者们向妈祖求子、求平安、求解决困难的办法、求幸福。对妈祖的信仰和纪念已经深深融入沿海地区中国人以及他们后裔的生活，成为了促进家庭和谐、社会融洽以及该信俗的社会团体身份认同感的一个重要的文化纽带。

2.决定：保护非物质文化遗产委员会认为，"妈祖信俗"符合被列入名录的

条件，其中包括：

条件1："妈祖信俗"被不同社会团体认可为身份认同以及连贯性的一个符号，并且数个世纪以来代代相传。

条件2：将"妈祖信俗"纳入《名录》将促进其作为非物质文化遗产的受瞩目度，并且提高其国际层面的受关注度，从而促进了文化多样性和人类的创造力。

条件3：该申遗活动中包括了各种各样的现行的、计划中的措施，以确保申遗活动的切实可行性和成功概率，例如调查研究、提高关注度并建立一个保护组织，从而展示了多方对于保护申遗对象的重视和努力。

条件4：本次申遗活动是由社会团体组织、乡村的委员会和各个妈祖庙首先发起的，他们通过提供相关的文献和文化遗产、审查提名文件的内容、接受采访以及规划保护措施等行为参与了申遗的过程；他们表现出对申遗对象自发的、事先获知、重视的同意态度。

条件5：该申遗对象已经被列入国家《非物质文化遗产名录》，受文化部非物质文化遗产部门的直接监管。

3. 列入：将"妈祖信俗"列入《人类非物质文化遗产名录》。

证书：

保护非物质文化遗产公约

保护非物质文化遗产政府间委员会已经将中国提出的"妈祖信俗"列入《人类非物质文化遗产代表作名录》。列入这个《名录》，有助于更好地提高非物质文化遗产的重要性认识和知名度，鼓励对话，尊重文化多样性。

联合国教科文组织总干事　松浦晃一郎

列入日期：2009年9月30日

第二篇

节庆

　　节庆活动是在一定区域内部增进族群集体认知、提升文化凝聚力、展示地域风俗、推动历史传承的重要载体，是一个地区的思想理念、社会风俗和生活方式的重要呈现，具有丰富的社会文化内涵。在莆田地区，以妈祖文化为纽带的妈祖民俗节庆活动，是展示莆仙地区族群心理、道德伦理、精神气质和审美取向的重要文化组成部分。近年来，莆田地区的妈祖民俗节庆活动与人文精神培育、产业经济发展、旅游资源推荐、对台交流联谊相互结合，日益展示出了多元的民俗特征，呈现出了莆田妈祖文化在海内外独特的地域影响力。

　　本篇主要以"传统"与"现代"为叙述角度，将妈祖文化的节庆活动分为传统节庆活动与现代节庆活动两大类，以呈现莆田地区妈祖节庆活动在悠久历史长河的发展过程中所呈现的草根性、多样性、风俗性特征。具体而言，一类为传统节庆活动，即经过长期的历史文化积淀所形成的，以中华传统民族节日为时间参照点的妈祖节庆活动，主要是妈祖诞辰、忌辰纪念，传统祈年、元宵和头尾牙等庆祝活动；另一类是现代节庆活动，即伴随着经济产业和文化产业发展而形成的，以推动地区经济发展、提高旅游品牌效应、推动两岸交流为主旨，在莆仙地区所逐渐形成的具有当代妈祖文化特色的节庆活动，主要包括妈祖文化旅游节、妈祖文化周等常年性的妈祖节庆活动。至于妈祖巡安、千年祭等非常庆活动，不在本篇叙述。

第一章

诞辰和升天日

第一节　妈祖诞生纪念日

1. 诞生日溯源

关于妈祖的生卒年月日，古代曾有几种说法，但自明代开始，就基本形成了共识。明永乐刊本《太上老君说天妃救苦灵验经》载："天尊乃命妙行玉女降人间，救民疾苦，乃于甲申之岁三月二十三日辰时，降生世间。"《天妃显圣录》亦载："孚子惟悫讳愿，为都巡官，即妃父也。……宋太祖建隆元年（960）庚申三月二十三日方夕，……即诞妃于寝室。"因此，妈祖诞生日为三月二十三日，不惟为史籍记载，也是妈祖信众的共识认同。

有的学者认为妈祖诞辰确立应与元、明代漕运有关。漕运是春天三月发船，夏天漕运结束，秋九月朝廷答谢天妃，这习俗在元代已经形成了传统。为了适应这一时辰节奏，于是产生了春三月二十三日及秋九月九日祭祀天妃的习惯。也有的学者认为应从闽人的航海习惯来探讨妈祖诞辰的确立。从福建所在东南海域来看，三月与九月是南北季风转换季节。三月份，暖空气从南海北上，越来越强烈，迄至三月二十三日前后，已经形成稳定的北上气流。这一季节乘船北上是最好的。而九月初九，也是北风南下的转换点。此后的东海上，会有长达几个月的北风，适宜向南方航行。古代闽人以海为主，他们春天北上江南与渤海，秋天南下东南亚诸国，行前都要祭祀航行之神妈祖，所以春秋二祭也适应他们的航海生涯。

2. 诞辰纪念活动

（1）湄洲祖庙纪念活动

湄洲岛各宫庙纪念妈祖诞辰活动，实际是从三月初五就开始，活动延至三月二十三以后。在"妈祖生"正式纪念日，湄洲祖庙要在主殿内摆设五牲、五汤、十锦贡品。五牲，即全猪、全羊、鸡、鹅、海味。五汤，是用桂元干、茨实、莲子、红枣、柿饼五种果实做成汤点。十锦，是用白豆着色，排出十种花样及文字，分别放在十个小碗内，是干品。

殿内还要摆放妈祖圣物，即祖庙收藏的八件珍品：御赐宝玺、象牙笏、金香炉、千食指、金筶杯、夜光珠、绣花鞋。同时悬挂八盏龙灯，龙灯上描绘有历史人物故事。

在三月二十三当日活动仪程如下：

①湄洲妈祖祖庙董事会董事长宣读祈告文。

②祖庙董事会董事长为庙会开锣，鸣放鞭炮。

③升幡挂灯仪式：身着礼服的升幡手、挂灯手、号手就位后，按照传统礼仪，将两面绣着"天上圣母"四个大字的幡旗缓缓升起，随后又将写有"升幡庆妈祖千秋圣诞"、"挂灯引黎民万里慈航"字样的两串大红灯笼缓缓升挂。信众和游客伫立在圣旨门广场，凝视幡旗、灯笼，默默地虔诚祈福。

④擂鼓祈福，先击鼓三响，紧接着11面大鼓同时擂动。

⑤龙狮祈福、车鼓迎祥。同时举行筵桌摆列、点平安灯、挂灯联、醮筵、吹

嘉宾为湄洲祖庙庙会开锣

妈祖诞辰进香

鼓、莆仙戏演出等传统民俗表演。

次日，湄洲妈祖神像将巡游全境。妈祖巡游，意在扫荡妖气、庇佑全境。巡游时，民众家门口均摆设香案、贡品，待妈祖来临之时燃放鞭炮，祈求阖家幸福。三月二十三这天渔民禁捕水族，家家张灯结彩，弥漫着浓重的喜庆节日气氛。

（2）湄洲其他宫庙纪念活动

在三月二十三的妈祖诞辰纪念活动期间，湄洲岛各宫庙活动由正福首一人总筹其事，各宫头各负执事之责。正福首的产生是通过农历二月"头牙"卜杯确定的，同时还产生副福首一人。活动日期从三月初五开始到二十三止。由于各地进香朝拜者众多，通常还会延至四月初。在二十三日"妈祖生"正日，庆贺仪程如下：

二十二日晚间便开始拉开庆祝帷幕。由鸣放铳炮开始，经师六人做醮，奏吹鼓八乐、演莆仙戏戏。

庙内供品有：五牲、五汤、十锦。五牲，即全猪、全羊、鸡、鹅、海味。五汤，是用桂元干、芡实、莲子、红枣、柿饼五种果实做成汤点。十锦，是用白豆着色，排出十种花样及文字，分别放在十个小碗内，是干品。

此外，还有烧金、贡银，还有"表里"，即纸糊的各色绸缎彩帛，卷成圆筒形，叠在一起，放置在供桌上两旁。当年的即新的换下去年旧的，然后再把旧的焚化。还有符使马、符帅，祭后即焚掉而不留到来年。

参加礼祭人员有：福首、总理、铳手、挑水、副厨、礼生、祝文、筵师、帮手、法师、厨子，以上各一人，另有吹笙二人，陪祭四人，伺祭五人，头人十人，乡老十三人。

湄洲岛各宫庙在"妈祖生"期间，还会请戏，多数连演三天三夜，还有的接着由商人、渔民等轮流捐资演戏，再演十多天。演出不仅有剧团，也有传统木偶戏。

（3）其他宫庙谒祖进香活动

谒祖进香是湄洲祖庙以外的纪念妈祖诞辰的一个传统活动。湄洲妈祖香火一年365天从不间断，每年三月二十三日的生日，香火更为旺盛。信众从四方八方赶来湄洲祖庙或贤良港天后祖祠，寻根谒祖，割火过炉，祈祷平安。进香队伍浩浩荡荡，鞭炮响鸣不停。通常称为"娘妈行外家"，即妈祖回娘家。妈祖的娘家有两处，一是湄洲妈祖祖庙，一是贤良港天后祖祠，两个宫庙在妈祖诞辰日都会接待"回娘家"的妈祖。贤良港天后祖祠的"妈祖回娘家"祭事习俗恢复于1985年，是在传统祭祀仪典的基础上，结合各地宫庙的"妈祖回娘家"请香仪式，组织本境内宫庙到三公里外山亭乡公路口与请香仪队会集，恢复妈祖出游仪式，整个出游仪式显得隆重，热闹和壮观。

妈祖庆诞

妈祖诞庆民俗表演

第二节　妈祖升天纪念日

1．升天日溯源

关于妈祖卒年卒日，历史上有几种不同说法。据《天妃显圣录·湄山飞升》载："宋太宗雍熙四年丁亥（987），妃年二十九。秋九月八日，妃语家人曰：'心好清净，尘寰所不乐居；明辰乃重阳日，适有登高之愿，预告别期'。众咸以为登临远眺，不知其将仙也。次晨焚香演经，偕诸姊以行……妃遂径上湄峰最高处，但见浓云横岫，白气亘天，恍闻空中丝管声韵叶宫征，直彻钧天之奏，乘风翼霭，油油然翱翔于苍旻皎日间。众咸欷歔惊叹，祇见屋虹辉耀，从云端透出重霄，遨游而上，悬碧落以徘徊，俯视人世，若隐若现。忽彩云布合，不可复见……"《天妃显圣录》一书影响广泛，因此，明代开始，民间就基本形成九月初九为妈祖羽化升天日的共识，沿袭至今。

2．升天日纪念活动

妈祖升天日的纪念，相当于世俗的忌辰纪念活动，其活动的特点是戒荤腥。供品一律是素的，不备五牲。祖庙或祖祠内供职执事人员也一律吃素、行三斋五戒。

升天纪念日

升天日海祭

在九月初九的妈祖升天纪念活动期间，湄洲妈祖祖庙同样举行一系列的诵经、祭拜等庆典纪念活动。近年湄洲祖庙和贤良港天后祖祠还都恢复在妈祖升天日举行海祭的活动。

湄洲祖庙海祭妈祖活动在青浦底澳口举行。时间在下午14时左右，此时海上海水涨了起来，象征财如水涨。当通赞宣布祭海仪式开始后，81响礼炮和鼓号齐鸣。海祭仪程由鸣礼炮、迎神、向妈祖敬献花篮、上香、行三鞠躬礼、奠帛、恭致祭文、行六献之礼、行放生礼、焚祭文焚帛、送神开渔等13个环节组成。在行六献礼时，信众代表先后向海中撒菊花、奉鲜果、敬香茗、洒美酒、献贡品、施水灯，放生水族，分别代表"怀念妈祖、普渡众生、壮行船队、感受温馨、祈盼丰收、感恩海洋"等六种含义。海祭仪程历时半个多小时。

贤良港天后祖祠海祭活动在港里古渡口举行。港里海祭要构筑妈祖神舟和祭坛，面向海插"三炷香"。妈祖神舟由18艘渔船拼装面成，高约3米，面积约300平方米，定位泊于古渡口前。妈祖神舟上供奉妈祖及其父母神像，树立迎神旗幡，陈列各种供品，铺设朝拜地毯，备好鲜花三筐、美酒三坛，由西向东设有登临妈祖神舟的通道，以供宾客通往。被邀登上妈祖神舟是宾客享有的最高礼遇。

水族放生

　　海祭妈祖的时辰是在九月初九早晨九点太阳升高的时候。时辰一到，司仪击鼓三通，鸣铳九响，海螺长鸣，三炷巨香同时点燃。歌生唱《迎神曲》，乐队伴奏。接着由主祭人宣告祭礼开始，众人向妈祖女神行三跪九叩之礼。接着，在《进香曲》的歌声中信众向妈祖女神和圣父母进献三炷清香。主祭人手捧帛书诵读祭文。诵罢祝文，由司仪焚帛。接着九位身着明装的少女三人一组捧起三筐鲜花，向妈祖神像恭行三拜敬献之礼，后把鲜花款款撒向大海之中。紧接着由身着明装的九位童男三人一组捧起三坛美酒，向妈祖神像恭行三拜敬献之礼，后把美酒泼洒于波浪之中。至此祭礼形成一个高潮。接着，开始各种民俗活动和文艺表演，演戏、歌舞、杂耍、十音八乐大鼓吹等轮番上阵，笙乐悠扬，锣鼓喧天，汇成了欢乐的海洋。正午时分，在古雅的《送神曲》歌声中，宣告礼成。

　　莆田其他妈祖宫庙在妈祖升天纪念日，也无例外要举行祭奠、请经师做醮以及演戏等活动。

第二章

相关岁时庆祝

第一节　祈年节

据明弘治《兴化府志》卷十五"风俗志·乡社祈年"载："各社会首于月半前后集众作年醮，及舁社主绕境……"莆俗于腊月二十三"送年"，即送诸神朝天，于正月初三"迎年"，方言称"接年"，就是迎接诸神回銮，各安本位。莆田各妈祖宫庙于正月初三日或月半前集众作祈年醮，向妈祖求祷，祈求丰年平安。

春节期间，湄洲妈祖祖庙则举办祈年庆典，颇为隆重，被称为"祈年大典"。祈年大典一般定于正月初三"接年日"上午举行。活动邀请海内外妈祖信众、游客、湄洲岛当地知名人士等参与。

活动主要内容包括祈年纳福、祭天进表、建坛诵经、擂鼓迎春、金龙献瑞、祭祀大典。

祖庙妈祖祈年大典主要有三道程序：

1. 设醮建坛祭天

遵从古制，依照湄洲妈祖祖庙独特的民间祈年礼俗，按进表、建坛、诵经、进贡有序进行，全程约40分钟。

2. 迎春祈年仪式

湄洲祖庙举行一年一度的祈年庙会

仪式以明永乐年间莆田迎春礼民间祈年礼俗活动为依据，结合湄洲妈祖祖庙礼制，按"大礼与天地同序，大乐与天地同和"的要求，依次为：

（1）司赞唱：新岁新春新气象，祈年祈福祈平安。

（2）迎春祈年典礼开始，鸣礼炮（近年以电子炮代传统81响礼炮），奏礼乐。

（3）祖庙董事会董事长宣读祈告文。

（4）祖庙董事长击鼓三响，迎祥纳福。

（5）擂鼓迎春，金龙献瑞。接着举行民俗艺术表演。

（6）迎春祈年活动礼成（礼炮齐鸣）。

整个仪式过程约15分钟。

3．妈祖祭祀典礼

按祭典规范要求，依序进行，只是比祭祀大典简化，全程约45分钟。

在祈年庆祝活动期间，活动舞台前台背景墙上要塑造立体金虎一只，金虎右边棱形"春"字醒目，置于天后殿前台阶下东侧；台阶下西侧竖立一面大鼓，供祖庙董事长击擂。庙会广场共放置立式大鼓11面，分置天后殿前广场东西两侧祭典区外，竖排。11位男鼓手身着底色淡黄，腰带和头袍外沿镶银边的统一服饰。

近年来，湄洲祖庙春节祈年大典吸引着众多海内外妈祖信众，他们主要参与其中的"烧高香、祈五福"活动。祖庙的祈年大典既保留了古代妈祖庙会基本内容，又创新了传统庙会的一些形式，对细节进行改造，使庙会更加适应现代生活，更具有当代艺术审美品味。

初三祈年庙会点大香

城内文峰宫也有举行祈年庆典，并且活动历时五天，除宗教活动外，还有演剧酬神等文艺活动。

第二节 元宵节

元宵节在莆田是一个十分重要的节日，活动时间长，参与人员多，许多活动都与妈祖宫庙有关，因此也被称为"妈祖元宵"。元宵期间的迎神、游神活动，俗称"行儺"。行儺时，信众把宫社中的菩萨抬出来，在境内巡游，俗称"出游"，巡

乩童闹元宵

湄洲岛其他宫庙元宵节

游辖境，沿途要进行"封路"，在与外境既定的交界处，钉下封路法术，以保本境平安。期间则要举行摆棕桥、妆阁等许多民俗活动。

1. 湄洲岛妈祖元宵

湄洲岛妈祖元宵从正月初八陆续展开。湄洲除了祖庙以外，全境还有15个奉祀妈祖的宫庙。岛上庆祝元宵活动，实际是从初八晚开始。先是由汕尾村进福宫抬妈祖神像到祖庙庆元宵。此后开始元宵的宫庙顺序为：初八为文兴宫，初九为麟山宫，初十为上林宫，十二为上英宫、湖石宫、天利宫，十三为白石宫，

元宵庙会灯谜会

十五为上兴宫、寨山宫、龙兴宫、回龙宫、莲池宫、麟开宫等。其他妈祖宫庙均抬妈祖神像一起到祖庙庆元宵。但闹元宵时，祖庙的妈祖一般只到上林、上英两宫参加庆祝元宵活动，这是传统。

庆元宵时，各宫先后抬妈祖到祖庙上香，随从有仪仗队、大旗、大灯、大吹鼓等阵头，还要放铳炮。由福首主持进香。祖庙内请道士六人做醮。供品由平时祈求、许愿的信众提供。还有演奏吹鼓乐、十音八乐及举行灯谜会等民俗活动。

2. 尾暝元宵

按莆田的元宵节例，最早的是在"五日岁"过后的农历正月初六就开始组织举行"行傩"了，以此拉开闹元宵的大幕。此后各个自然村不同姓氏人家依照传统时间，在宗祠宫庙祭拜祖宗和神灵，举行闹元宵活动。元宵活动每社一天。早的初六，晚的二十几。如秀屿东峤魏厝是正月初六开始元宵妈祖出游，涵江塘北、黄石江东则都是正月初七。但大多里社是在正月十五或前后一二日举行活动，故这段时间被称为"元宵心"。而妈祖元宵则一直延续至农历正月二十九。据说元宵时，民间多用九龙灯巡游，元宵过后，龙灯必须火化让它升天，以保佑平安。若不火化，便成"孽龙"，危害生灵。而龙乃海中之王，谁能主持这一仪式呢？民间认为妈祖是海神，统领四海龙王，所以妈祖的元宵节延至正月最后一天，以便让全境的龙灯

文峰宫尾暝元宵独角戏　　　　　　　　点烛山

集中起来统一烧掉，以免留在境内作乱，这就是妈祖"尾暝（晚）元宵"，也是"总元宵"习俗的由来。

莆田城内文峰天后宫是历史悠久、地位十分显赫的妈祖行宫，其元宵节期间的妈祖祭祀活动具有代表性。文峰宫的"妈祖尾暝灯""化龙""点烛山""巡旗"等习俗都很有特色。

（1）尾暝灯。在莆田城区，文峰宫在正月最后一天举行醮筵，点灯、赏灯等活动。

（2）化龙。民间过年舞龙所用之龙都要到文峰宫"点眼"，经妈祖插布花后才可上街表演。当正月二十九日，各社境元宵结束后，要将龙、狮集中到文峰宫，在文峰宫"尾暝总元宵"时焚化。民间传说，龙乃帝王象征，一般宫庙神灵级别较低，无法"化龙"，必须由龙女下凡的妈祖来担任。因此，莆城地区就在元宵活动结束后，将龙灯集结起来，在总元宵时举行"火化龙"仪式来统一焚化。

（3）点烛山。所谓"烛山"，是用铁器或竹木器制作而成的高低错落的山形的架子，信众将花烛点燃在木架上，远看如烛山。待花烛燃烧剩约二寸时，将其熄灭，俗称"烛脚"。信众将"烛脚"请回家中继续点上，称为"请火母"，寓意妈祖保佑新的一年，阖家兴旺发达，吉祥平安。

（4）巡旗。由善男信女组成仪仗队，扛着"妈祖旗"，沿街敲锣打鼓、鞭炮齐鸣，游遍城区的大街小巷，寓意妈祖保佑百姓平安、吉祥如意。

3. 涵江元宵

涵江古镇的元宵活动自正月初六始至二十四方结束，周边乡村甚至有延至二月初的。闹元宵一般在社宫举行，点灯结彩，摆"宴桌"，敬神祈福。传统节目有涂假山、摆斋菜、踩高跷、弄龙、舞狮、游灯、妆阁、十音八乐、车鼓、演戏等。当"福首"（俗叫"做头"）的人家，也要张灯结彩，摆香桌。有的还要演戏酬神。

涵江古镇的顶铺、下洋、孝义、忠孝、仓然五社境是同日元宵，车鼓声震涵江大地，俗称"五境齐动"。延宁宫的叠"蔗塔"，闻名远近，已被列入非遗名录。三角埕以面盆装饰成各种传统故事的摆"斋菜"，也深受民众欢迎。

元宵之夜，行傩的仪仗队浩浩荡荡，放"四门铳"，鸣锣开道，大灯、彩旗、车鼓、乐队列队而行，法师、神像、凉伞在后，沿途鞭炮声不绝，绕村一周。当"福首"捧着"福炉"随仪仗而过时，家家焚香礼拜"接行傩"，烧"火烟柴"，化贡银，放鞭炮，祈求天官赐福，一岁平安。民俗表演中，有"放花"（放焰火）表演。用铁粉拌黑火药捣入七寸长的小竹筒中，叫"竹筒花"，一筒一筒地放，俗叫"放花"。"放花"时，"僮身"赤裸上身往焰火中冲，俗叫"冲花"。还有"蹈火"表演，在广场间隔堆上柴堆，烧柴成炭时，"僮身"在铃鼓咒中赤脚蹈着炽红的炭而过，俗叫"蹈火"。正月二十六日，涵江洋尾村元宵，最盛时有13个邻村及近200匹马组成的"马队"参加。少男少女装扮成民间传说和神话故事中的人物，骑马游乡，别具一格，俗叫"走廿六"。从二十日开始，涵江社境开始陆续举行"尾暝元宵"和"总元宵"。

据《涵江区志》记载，原涵江镇区域的街、村、社境元宵活动时间为：

冲花

初六日：田厝、苏墩。

初七日：塘北、卓坡。

初八日：保尾、后度（方、梁两姓）、延宁一阁。

初九日：港头、西林、延宁龙升。

初十日：霞徐、卢墩、仓然（陈姓）、延宁新墩。

十一日：象埕、后度（杂姓）、延宁东龙三境。

十二日：仓头社、卢埕、楼下、新桥头、田尾、延宁、长辉、铺尾、后度（林、陈两姓）。

十三日：仓然（杂姓）、下洋、顶铺、孝义、忠孝（俗称"五境齐动"）、后街、大巷里、林墩、田中央。

十四日：土埕里、宫口。

十五日：后度（总元宵）、尾厝（田厝）。

十六日：延宁（总元宵）、仓头社（总元宵）、张公墩。

十八日：港田林（总元宵）、霞徐天后宫。

十九日：鲤江庙（庙会）。

二十日：三角埕（青年）、前街、保尾（尾暝元宵）。

二十一日：后街（尾暝元宵）。

二十二日：仓然（总元宵）。

二十四日：土埕里（尾暝元宵）。

在莆田，举行"总元宵"较有名的宫庙还有头亭瑞云祖庙、涵江鲤江庙、涵江塘头福兴宫、江口东岳观等。"总元宵"白天的活动实际就是"出游"，有马队、妆阁、踩街队、彩旗队、车鼓队、十音八乐队、舞龙队、舞狮队等队伍参加，热闹非凡。"元宵"是莆田城乡一年中最热闹的节日，它有别于其他地方的闹元宵。

第三节　头牙和尾牙

中国许多地方都有"打牙祭"之说，莆田人称为"做牙"，做牙每月都有，时间为每月的初二和十六，俗称"初二十六牙"。但一年中有两个牙祭日最重要，一是二月初二，即"头牙"，二是腊月十六日，即"尾牙"。关于"牙祭"来源有多种说法，如腊月十六的牙祭日有的地方称倒牙，又称祷牙，据说就是祈祷牙齿之

意，因此这天有祭神吃肉，让牙齿享享福的俗例，所以打牙祭成为吃肉加餐的代称。另有一种说法认为牙祭来源于用野猪牙或象牙来祭祀神灵或祖先，此说似太牵强。还有一种说法认为是源于古代衙门在每月初一、十五举行的祭祀，因第二天（初二、十六）有把祭余之肉分给办事人员吃的习俗，于是有"衙祭"之称，谐音成为"牙祭"。看来牙祭都与普通人所说的"加餐"关系最为密切。

1. 头牙

每年农历二月初二，是第一次"做牙"，称"头牙"。二月初二"头牙"，历史上称为中和节，又称龙抬头、龙头节，亦称春龙节、青龙节，寓意春天开始，万物复苏，这天传说也是黄帝的诞辰。唐德宗李适于贞元五年（789）制定中和节，时间本来在二月初一，后将土地神生日纳入其中，才改为二月二日。"头牙"在莆田亦称首福，这一天，要祭祀神灵和祖宗，按传统惯例，各行业企业主、商号店铺及普通人家，一到黄昏前后时段，就要置办果品酒肴，点香烛、烧"贡银"、放鞭炮等进行庆祝。城里的商铺还要把供案摆在自家店铺前，乡村到社庙祭祀"福德正神"（土地公）、到宗祠祭祀祖宗，祈求保佑年成丰收、生意兴隆。莆仙村民凡有雇佣木工、泥工等工匠做工的人家，户主须于二月初二晚上办酒席请工匠"食头牙"。湄洲岛一些村的"头牙"，即二月的牙祭日，与莆田一般在二月初二日为"头牙"的习俗不同，而是在每年农历二月初一日做"头牙"。这天民众在妈祖神像前问卜祈安，如"卜杯"同意，则在祖庙做祈安法事、演戏等；如"卜杯"未得妈祖同意，便决定出游。

莆田妈祖宫庙，也是信众"做牙"祭拜的地方，因为有的福德正神也供奉于妈祖宫庙，宫中诸神自然要一起过节，享用奉祀。莆田不少妈祖宫庙都有举办祭祀妈祖和办"头牙宴"之活动，如东岩山妈祖行宫、城内文峰天后宫，而以文峰天后宫的"做牙"，最为隆重。头牙活动除祭祀外，还要办"头牙宴"，参加宴会者俗称"食供"（方言谐音"食券"）。开宴时间一般都是在中午，因为位于市区步行街，人气甚旺，近年文

文峰宫食供

东岩山妈祖行宫头牙宴　　　　　　　文峰宫办尾牙宴

峰宫举办的"头牙宴"，都吸引上千名妈祖信众参加，由于人数众多，筵席甚至延伸摆到步行街街上。大家都希望吃了"头牙宴"，能得到妈祖的更多庇佑，吃出健康和平安。因为"头牙宴"人气旺、规模大，需要大量义工帮忙，而"头牙"也是莆田人家的重要节日之一，因此近年文峰宫把"头牙宴"时间推迟至二月初七中午举行，算是对传统俗例作了些许与时俱进的改革。

2. 尾牙

每年农历十二月十六是一年中最后一次"做牙"，即"尾牙"，城内文峰天后宫每年的尾牙，同样也要举办祭祀妈祖和办"尾牙宴"活动，有时还要演戏酬神。因为办宴需要大量义工、志愿者，所以"尾牙宴"一般选择在尾牙"正日"之后择日举行。"尾牙宴"举办时，来自莆田各地的妈祖信众齐聚文峰宫。许多信众，主要是女性信众，一大早就来帮忙张罗筵席的相关工作。"尾牙宴"的隆重程度往往甚于"头牙"。如2013年的"尾牙宴"被人称为"千人宴"，本次"尾牙宴"于腊月十七举办，由于场地的限制，参与人数只能加以控制，但现场还是摆设了126桌，参加人数超千人，是真正的千人宴，有的筵桌不得不摆到步行街上。妈祖"尾牙宴"的特色是每一道菜肴都是斋菜，并非山珍海味，实是真正的大锅饭，但因为在天后宫举办，老幼咸集，有欢呼雀跃的孩童，有精神矍铄的老人，不少信众更是自带碗筷，现场气氛热烈，一派其乐融融场面。"尾牙"庆文峰宫除办尾牙宴外，还会搭戏台，唱莆仙戏，更增尾牙的节日热闹气氛。

除文峰宫外，东岩山妈祖行宫、白湖顺济庙等也有类似的活动。

第三章

妈祖庙会

　　庙会又称庙市，原是中国传统民俗活动与民间集市贸易相结合的一种形式，一般指在宫庙寺观内或临近地区定期举行的一种集中民俗活动，其中还包含集市活动。庙会的形成与发展和宫庙寺观的宗教信仰有直接关系。宫庙寺观定期会修建庙宇，举行诞辰忌辰祭祀、祈年、闹元宵民俗活动，由此衍生出定期参与活动的信众团体。商人重利，在活动期间，在周边摆摊子，开店铺，久而久之，约定俗成，逐步形成了庙会。从性质上分，庙会大致可分为宗教祭祀型和文化经贸型两大类。宗教祭祀型庙会的特点是：有庙会神殿（例如妈祖宫庙）和崇拜的神像（如妈祖天后），有传统的祭祀礼仪程式和确定的庙会周期，内容有宗教、祭祀、民俗活动等。文化贸易的庙会与此不同。人们参加这类庙会的目的不是为了烧香祭拜，而是为了满足日常生活、文化娱乐的需要。各地妈祖传统庙会既发源于民间信仰，又集商业贸易和文化娱乐为一体，有广泛的群众基础，丰富了人们的物质生活和精神生活。

第一节　莆田妈祖庙会起源

　　妈祖信仰肇始于宋代，莆田妈祖庙会习俗亦起源于宋代。南宋莆田诗人刘克庄在《白湖庙二十韵》一诗中写道："灵妃一女子，瓣香起湄洲。巨浸虽稽天，旗盖俨中流。驾风樯浪舶，翻筋斗鼍鳅。既而大神通，血食羊万头。封爵遂綦贵，青圭蔽珠旒。轮奂拟宫省，盟荐皆公侯。始盛自全闽，俄遍于齐州。静如海不波，幽与神为谋。营卒尝密祷，山椒立献囚。岂必如麻姑，撒米人间游。亦窃笑阿环，种桃儿童偷。独于民锡福，能使岁有秋。每至割获时，稚耄争劝酬。坎坎击社鼓，呜呜缠蛮呕。常恨孔子没，豳风不见收。君谟与渔仲，亦未尝旁搜。束晳何人哉，愚欲补前修。缅怀荔台叟，纪述惜未周……"刘克庄所记述的是白湖当地秋收季节恰逢妈祖"九月初九"升天纪念日的庙会活动。元代江西抚州乐安人何中（1265—1332），字太虚，尝南游莆田，作有《莆阳歌》七绝三首。其三云："天妃庙前社日时，女郎歌断彩鸳飞。林花满地瓜船散，城里官人排马归。"其诗描写的是元代莆田白湖顺济庙庙会的盛况。这种妈祖民间庙会活动，已不是单纯祭祀海神的活动，而是包含了祈求平安，禳灾祷福和商品贸易乃至于文化娱乐等多种功能。

第二节　湄洲妈祖祖庙庙会

湄洲妈祖祖庙庙会不仅在当地长盛不衰，而且随着妈祖文化的传播，其庙会习俗也迅速传遍世界各地分灵的5000多座妈祖庙。各地妈祖庙的庙会以湄洲传统习俗为本，结合当地的特色文化和特色民俗，不断丰富发展。

按照传统习俗，每年湄洲妈祖祖庙庙会一般在三个时节举办。

第一个时节在元宵节期间，正月初八至二十九日为莆田民间欢庆元宵佳节时间。在元宵活动中，人们怀念和感恩妈祖女神，要举行隆重的庙会活动，并邀请亲戚朋友前来参加。活动以正月二十九妈祖金身巡游全岛为高潮。

第二个时节是在妈祖诞辰纪念日前后，即农历三月二十三日前后3-5天。庙会以在湄洲祖庙举行隆重的妈祖祭典为高潮。

第三个时节是在农历九月初九妈祖升天纪念日前后的3-5天，庙会以妈祖祖庙举行妈祖秋季祭典为高潮。

一年三次的传统庙会活动早已成为湄洲人民的盛大文化节日。湄洲妈祖庙会的主要内容有演戏酬神、歌舞表演、妆阁踩街、升幡挂灯、武术杂耍、神驾巡游等等。

1. 演戏酬神

妈祖故里莆田是个著名的"戏曲之乡"。古老的莆仙戏、木偶戏是庙会活动中的主要项目。庙会期间，十几个剧团轮番演出，有的还对台表演、竞赛技艺。岛上

人家则邀亲请友，观庙会，看社戏，吃戏宴（当地风俗，也叫"食戏暝"。在演社戏时，请亲朋好友来看戏聚宴）。经常演出的剧目有《妈祖传》、《目连救母》等劝善戏文以及《三国》、《水浒》、《西游记》等连台本大戏，也演出一些比较流行的莆仙戏剧目。

2．歌舞表演

主要有传统的山歌、渔歌以及丰富的民间舞蹈，弄龙、弄狮、踩高跷、皂隶舞、九鲤舞、九莲灯、棕轿舞、簪花轿、打花鼓等也是常见的表演项目。传统的庙会使外地早已失传的古典民间舞蹈如皂隶舞、簪花轿、九鲤舞等完整地传承并保留了下来。

3．升幡挂灯

升幡挂灯是庙会的一项重要内容，其仪式严肃规范，其具体过程大致如下：

（1）鸣号

在钟鼓楼前两边各站列6名司号手，共12人，在听到"开始"后即吹响长号，鸣一长声，稍停顿一下为一个音节，即"鸣——鸣——鸣——"，共三次。

（2）奏乐

一般为12名唢呐手，也可更多，从圣旨门下台阶，缓缓进入圣旨门广场，并吹奏莆仙乐曲。接近升幡台时，两队列站成弧形，并顺势左右转，相对站立于广场两侧，继续吹奏。待司仪即将宣读"升幡"时才停奏。

（3）出幡

①唢呐手吹奏的音乐响起后，着宋代服装的升幡手（由3×2位男生升幡，女生捧幡）、护幡手（2×2位男生）、挂灯手（4×2位，妆扮为湄洲女服装发饰）、歌生（共32位，男女各半）、乐生（共32位，男女不限），依次跟在唢呐手后面，从圣旨门下台阶，进入圣旨门广场，并随音乐缓缓走向升幡台。其中升幡手、护幡手、挂灯手分成两排行进，待行进至离升幡台最近时才分开，分别朝各自的升幡台行进，歌生乐生则就地站立。

②升幡手一人双手捧着"天上圣母幡"的盘子，另外三名升幡手紧随其后，护幡手紧随四周护卫。

③两队升幡手分别缓步登上升幡台，护幡手就地站立护卫，挂灯手就地站立，待升幡手走下台阶后，挂灯手再上升幡台。

④手捧"天上圣母幡"的升幡手，面对幡杆站立，两名升幡手，站在幡杆的北

升灯

湄洲祖庙庙会升幡仪式

侧，一名升幡手，站在南侧。

（4）升幡、奏乐

①歌生、乐生在站立的广场中央就地演奏和演唱《湄洲妈祖》（合唱）和《妈祖》（童声合唱）。

②升幡手在升幡台就位后，北侧的一名升幡手负责将"天上圣母幡"的扣子扣在升幡绳的扣子上，另一名升幡手随音乐双手交替缓缓向下拉升幡绳，直至"天上圣母幡"徐徐升至杆顶后，将绳子系在幡杆下的扣子上。当"天上圣母幡"升至2米高时，南侧的一名升幡手将"天上圣母幡"的尾部用右手甩向空中。两队升幡手

在音乐节奏指挥下，同步完成升幡仪式。

在升幡过程中，所有在场的人都要肃立、作揖，并怀着崇敬的心情向"天上圣母幡"行注目礼。

③"天上圣母幡"升至幡杆顶部并系好幡绳后，手捧"天上圣母幡"的升幡手半弯着腰缓缓后退走下台阶，其他升幡手则面对观众缓缓走下台阶。升幡手在走下台阶后，后退至两边护幡手站立的内侧。

（5）挂灯

①待升幡手立定后，挂灯手缓缓走上升幡台，其中两名挂灯手站在幡杆的北侧，其中一人负责托着灯笼串底端，一人拉挂灯绳，并随着音乐节奏，双手交替缓缓向下拉灯绳，直至灯笼串升至幡杆顶端后，将绳子系在幡杆下的扣子上。

②在灯笼升至幡杆顶部后，挂灯手缓缓走下升幡台，站立在升幡手的东侧。

（6）礼成、退场

以上仪程完成后，乐生、歌生、升幡手、护幡手、挂灯手、琐呐手、司号手等，分别转身依次退场至圣旨门下的台阶。

4. 武术、杂耍

武术、杂耍表演也是妈祖庙会中颇受民众欢迎的节目。莆田许多传统的民间技艺，如南少林鹤鸣二十八宿、南少林三十六宝、南少林刀棍以及各种杂技魔术、禽兽戏等都令人拍手叫绝。

5. 神驾巡游

妈祖庙会重头戏是妈祖神驾巡游全岛。在古老的皂隶舞"八班"引导下，威武的仪仗队伍前后护驾，簇拥着妈祖神驾出巡全境。紧随其后的是妆阁、踩街、歌舞、十音八乐、大鼓吹等民间文艺队伍。巡游队伍一路走来，鼓乐震天，笙歌悠扬，鞭炮声声，人们沉浸在欢乐的的海洋中，共祈风调雨顺、国泰民安，也寄托了无限美好的愿景。

6. 相关物品

庙会的使用的重要物品主要有：

⑴大幡、⑵大灯、⑶大锣、⑷大牌、⑸封号旗、⑹仪仗队、⑺提灯、⑻大吹、⑼銮驾、⑽日扇与月扇、⑾凉伞、⑿妈祖歌曲。

7. 庙会意义

湄洲妈祖祖庙庙会自宋代沿袭至今已有千年历史。其丰富的庙会内容是湄洲人民娱神自娱、人神共乐的传统文化形态表现，是传统的莆仙戏曲、民间歌舞音乐、民间武术、民间习俗得以传承的重要载体，是妈祖文化向世界各地传播的一种生动形式。妈祖祖庙的庙会活动，是世界各地分灵的5000多座妈祖庙会的源头，其影响作用和意义十分重大。

《守望与传承——莆田非物质文化遗产名录》中的《湄洲妈祖祖庙庙会》（林成彬撰写）这一章节最后总结认为："妈祖庙会是民俗和民间文化的汇总展示，具有以下几个方面的鲜明特性"，即：

（1）特色性。妈祖庙会充分体现了妈祖文化发源地湄洲岛的地方文化特色和海洋文化特色。

（2）交融性。妈祖庙会充分表现了妈祖文化与民族民间优秀文化的交融性。这种交融性表明妈祖文化植根于中华传统文化的基础之上。

（3）影响性。众多的史料记载表明，祖庙妈祖庙会对分灵庙宇的庙会产生直接影响，可以说，无论何处何地，妈祖庙会都是同根同源。

（4）现实性。湄洲岛是全世界对妈祖女神的朝圣中心，又是国家旅游度假区，妈祖庙会活动对中外游客的充满了吸引力和凝聚力，对推动妈祖文化发展以及湄洲岛的旅游事业都具有现实性意义。

第三节　其他妈祖宫庙庙会

在莆田各地，凡有妈祖庙的地方，旁边必有戏台，莆仙戏、木偶戏等是庙会中必不可缺的项目。许多妈祖宫庙，庙会时都要演出弄龙、弄狮、九鲤舞、皂隶舞、九莲灯舞等传统民间舞蹈，以及十音八乐、大鼓吹、梆鼓咚等民间音乐节目，其他如武术、杂耍、灯谜、小吃等也纷纷登场。这些习俗集民间信仰与民间艺术之大成，受到了广大群众和游客的欢迎。以下略具数例，以见一斑。

1. 涵江下徐天妃宫庙会

涵江下徐（霞徐）天妃宫，俗称旧宫，创建于南宋时期，经明成化十八年（1482）、清代中期、1995年三次重建，形成现在格局。庙会活动内容有：祭海、三月初三妈祖换新装、宴桌敬神、道场祈福、焰火燃放、酬神演戏、祈福求安等活动。

2. 涵江延宁宫庙会

涵江延宁宫自古以来主祀妈祖。明嘉靖四十一年（1562）分灵自湄洲祖庙。宫中有《妈祖签诗解谱》（旧抄本）。每年举行的妈祖活动有春节元宵妈祖出游，绕社区各境祈福，三月二十三妈祖诞辰祭祀。祭拜供品有宴桌、十斋、五果。最别具一格的是妈祖蔗塔、桔子塔、灯塔，合称"三塔迎春"，其中以蔗塔最富有特色。

3. 东岩山妈祖行宫庙会

东岩山妈祖行宫创建于宋代。民俗庙会活动以农历三月二十三日妈祖诞辰、九月初九日妈祖升天日这两个节日最为隆重，还有闹元宵时（即正月二十九日或三十日）流行的"尾暝（晚）元宵"和"点烛山"等民俗崇祀活动。圣诞供品是东山妈祖行宫的另一大特色，是用面粉制作的海鲜模型，有36种之多。这些供品称为"水族朝圣"，色彩炫丽，既艺术又美观。

4. 平海天后宫庙会

宋咸平二年（999），即妈祖在湄洲岛"升天"12年后，当地渔民就在平海村海边兴建"通灵神女庙"。神女庙靠山面海，虽仅数椽，规模又小，但香火旺盛。船民每出海

前必至祈求平安、归来又烧香还愿。清康熙年间，靖海侯施琅将军率师驻防平海督师操练，准备渡海统一台湾。古籍记载了妈祖显圣助战施琅三个故事：一是"神赐甘泉济师"（即涌泉济师），二是妈祖"灯光引护舟人"，三是妈祖助战之"澎湖神助得捷"。每年三月二十三"妈祖诞"、九月初九"妈祖升天日"，平海天后宫都举行庙会，主要有大型祭祀、酬神表演（如跳火堆）、巡安绕境等民俗活动。祭品有传统的五果六斋、生猪、生羊、海鲜、金箔、金纸等。

第四章
当代节庆活动

　　莆田的妈祖节庆，除了传统的祭祀、结合年节的活动外，改革开放后又兴起了时间相对固定的几个新型的妈祖节庆活动，主要有妈祖文化旅游节、妈祖文化活动周等节庆活动。

第一节　妈祖文化旅游节

　　妈祖文化旅游节是妈祖文化复兴后兴起的一种新型妈祖文化节庆活动。旅游节通常由政府牵头组织，以妈祖文化为载体，以旅游产品为推介，结合经贸洽谈等活动，对弘扬妈祖文化、推动经济发展以及加强闽台交流、促进和平统一大业都起到了重要作用。湄洲妈祖文化旅游节在20世纪90年代每三年举办一届，共举办了三届。鉴于旅游节影响力的增强，从2000年第四届旅游节开始，有关部门决定将旅游节升级为年度性的旅游节庆盛事。特别是2009年9月"妈祖信俗"被列为人类非物质文化遗产后，妈祖文化登上了世界文化遗产的名录，是妈祖文化发展史上的一个里程碑，旅游节也由国家文化部、中国侨联等指导举办，由福建省人民政府、福建省文化厅、福建省旅游局、莆田市人民政府、中华妈祖文化交流协会、台湾马祖联谊会以及台湾旅游行业六大工会等联合举办。2010年，第十二届中国·湄洲妈祖文

化旅游节更升格为国家级节庆活动，由国家旅游局与福建省人民政府共同主办。妈祖信俗入选世遗后的知名度比之过去，得到质的提升。截至2013年，中国湄洲妈祖文化旅游节已经成功举办了15届。每届活动内容丰富、效应明显，吸引了成千上万的妈祖信众、海内外各界人士和游客参与，成为展现莆田民俗、增进经贸合作、扩大对台交流的重要平台。

1. 妈祖信俗入选"世遗"前的旅游节

1994年5月7日，首届中国·湄洲妈祖文化旅游节在湄洲岛隆重举行，名称为"94妈祖文化旅游节"，由福建省旅游局、莆田市人民政府和湄洲妈祖文化基金会联合举办。来自新加坡、菲律宾、马来西亚、美国、英国、日本、韩国等国家和中国台湾、香港、澳门地区的来宾和妈祖信众近万人参加了节庆开幕式。此次活动，"湄洲祖庙祭典"正式亮相。节庆期间，湄洲岛共有16个项目举行开工、竣工剪彩仪式，并举行了经贸洽谈活动。1994妈祖文化旅游节的举办，在两岸关系发展史上具有重要的影响。莆田市也通过旅游节的成功举行，一举打响了妈祖故乡的品牌知名度。

1997年5月6日至8日，第二届中国·湄洲妈祖文化旅游节暨首届旅游经贸洽谈会举行，台港澳、欧美、东南亚等近20个国家和地区的来宾，以及海内外游客近2

1994年，首届湄洲妈祖文化旅游节举办

1997年，第二届湄洲妈祖文化旅游节举办

万人参加了节庆活动，其中台胞850人。本次旅游节不仅是福建省97年中国旅游年五大活动之一，而且被列入全国35个王牌旅游项目之一。主要内容有：妈祖回宫接驾仪式、开幕式、大型祭典、旅游经贸洽谈、莆田市名特优商品展销、祖庙新规划说明会、湄洲岛重点建设项目竣工开工剪彩、文艺演出。

2000年4月29日，第三届中国·湄洲妈祖文化旅游节开幕。本届旅游节以"弘扬中华妈祖文化，密切海峡两岸亲情，促进旅游经济发展"为指导思想，共有海内外800多名来宾200多名记者，台湾数十家妈祖宫庙、国内十几家妈祖宫庙组团，以及3万多名游客和岛上群众参加了开幕式。此次活动被国家旅游局列为"神州世纪游"的系列活动之一。开幕式进行了精彩纷呈的民俗表演，荟萃了天津踩高跷、莆田南少林武术、涵江威风锣鼓、泉州拍胸舞、仙游大鼓吹、湄洲岛千年祈福大典等妈祖文化和庙会精华。文化节期间，还进行了妈祖民俗游灯、泉州折子戏、《海颂》等民俗表演活动，邀请南京军区前线歌舞团演出大型舞蹈诗剧《妈祖》。节庆活动持续到5月6日。

2002年10月20日至22日，第四届中国·湄洲妈祖文化旅游节举行，历时3天，共进行妈祖文化交流协会筹备会议、民俗灯会、开幕式、天后新殿落成庆典、妈祖

2003年11月，第五届湄洲妈祖文化旅游节举办，图为文艺演出现场

祭祀大典、"妈祖颂"广场文艺表演、鹅尾山生态景区落成庆典、妈祖文化园开园仪式、第七届国家旅游度假区联谊会等9项主要活动。海内外3000多名来宾、150多名记者及3万多名游客和岛上群众参加了节庆活动。旅游节上，由980多名湄洲本土演员演出的《妈祖颂》首次在开幕式上演出，同时这也是湄洲妈祖文化旅游节首次在天后广场举行。

2003年11月18日至20日，第五届中国·湄洲岛妈祖文化旅游节举行。此次旅游节由莆田市人民政府、福建省旅游局联合主办，湄洲岛国家旅游度假区管委会、湄洲妈祖祖庙董事会承办。节庆期间，举行了《清代妈祖档案资料汇编》首发式、"全国摄影创作基地"授牌仪式暨"湄洲情韵"闽台摄影作品展览、妈祖圣地平安祈福之旅和海岛风情之旅、闽台民间文艺表演等活动。还举办了中华妈祖文化交流协会第二次筹备会议。

2004年11月1日，第六届中国·湄洲妈祖文化旅游节举行。本次活动由莆田市人民政府、福建省旅游局、中华妈祖文化交流协会（筹）联合主办，湄洲岛国家旅游度假区管委会、湄洲妈祖祖庙董事会承办。主题为"同谒妈祖，共享平安"。除举行妈祖祭祀大典、广场文艺演出、祈福诵经活动外，还举行了《妈祖》邮票设计

2005年，第七届湄洲妈祖文化旅游节举办，图为总政歌舞团慰问演出场面

者万维生邮票设计展、妈祖祭筵展示、中华妈祖文化学术研讨会等系列活动。中华妈祖文化交流协会的成立是此次旅游节的一大亮点，标志着妈祖信仰现象已被正式定名为妈祖文化，并被纳入中华优秀传统文化的范畴。

2005年10月31日至11月2日，第七届中国·湄洲妈祖文化旅游节举行。本届旅游节以"两岸同胞心连心，中华儿女手牵手"为主题，来自省内外旅行商、海内外妈祖信众、媒体记者、游客共计1万多人参加了开幕式。本届旅游节主要安排4个板块12项活动，包括开幕式、中华妈祖文化交流协会第一届理事会第三次会议、首届湄洲妈祖·海峡论坛三大联谊载体，经贸洽谈暨投资项目签约仪式、旅游项目开工竣工典礼、啤酒品尝晚会、首届海峡妈祖旅游工艺品展销会四个经贸平台，妈祖祭祀大典、"我心中的妈祖"征文活动、电视连续剧《湄洲岛奇缘》开拍仪式、"妈祖情缘"楹联笔会四项文化活动，以及一场主题文艺演出。

2006年10月30日至11月2日，第八届中国·湄洲妈祖文化旅游节举行。本届妈祖文化旅游节由中华妈祖文化交流协会、海峡两岸关系协会及国家有关部门联合举办，省、市旅游局、湄洲岛管委会等有关单位与台湾妈祖联谊会、台湾"中华两岸旅行协会"、台湾旅行业品质保障协会、台湾省旅行商业同业公会联合会、台北

2006年5月，中央电视台"心连心"艺术团以两岸情缘为主题赴湄洲岛慰问演出

市旅行商业同业公会、高雄市旅行商业同业公会、高雄市观光协会等台湾旅游行业六大公会共同协办。为期3天的妈祖文化旅游节共安排2个板块8项主要活动，包括妈祖祭祀大典、广场文艺演出、第三届闽台文化学术研讨会、全国重点文物保护单位暨首批国家级非物质文化遗产授牌仪式等四项文化展示与交流活动，海峡妈祖文化旅游对接合作意向书签订仪式、海峡两岸名特优商品展销会、2006中国·莆田旅游营销会、湄洲国际大酒店奠基仪式等四项经贸合作与促进活动。在开幕式上，举行了隆重的妈祖祭典仪式和"全国重点文物保护单位"、"国家级非物质文化遗产"授牌仪

2008年11月，中央电视台《同乐五洲》栏目在湄洲岛举办文艺演出

2009年，中央电视台"今宵月更圆"中秋晚会在湄洲祖庙天后广场举办

式。之后，央视《曲苑杂坛》栏目专题组织了精彩的"妈祖情缘"广场文艺演出。

2007年11月1日，第九届中国·湄洲妈祖文化旅游节开幕。本届旅游节以"同谒妈祖，共享平安"为主题，活动包括妈祖祭典、妈祖金像捐赠仪式、广场主题文艺演出、"妈祖情缘"国家级非物质文化遗产戏曲曲艺精品演出、第三节湄洲妈祖·海峡论坛、海峡两岸妈祖旅游纪念品设计大赛等11项内容。

2008年11月1日，第十届中国·湄洲妈祖文化旅游节开幕。来自全球20多个国家和地区的300多家妈祖文化机构（妈祖宫庙）信众近2万人参加。旅游节主要内容有：五洲信众同祭妈祖大典、中央电视台《同乐五洲》广场文艺演出、第四届湄洲妈祖·海峡论坛（妈祖文化申报世界非物质文化遗产研讨会）、越剧《妈祖》演出、台湾民意代表妈祖故乡行以及妈祖文化集市——摄影展、书籍展、书画展、筵桌展等。期间，中华妈祖文化交流协会还在莆田同期举办"天下妈祖回娘家"等民俗活动。

2. 妈祖信俗入选"世遗"后的旅游节

2009年11月1日，第十一届中国·湄洲妈祖文化旅游节开幕。此届旅游节由国家文化部、中国侨联等指导举办，由福建省人民政府、福建省文化厅、福建省旅游

局、莆田市人民政府、中华妈祖文化交流协会、台湾马祖联谊会以及台湾旅游行业六大工会等联合举办。这届旅游节是在"妈祖信俗"成功申报世界非物质文化遗产后举办的，在开幕式上，宣读了当年9月30日联合国教科文组织审议通过的关于妈祖信俗列入人类非物质文化遗产代表作名录的决议。开幕式后，举行了湄洲妈祖祭祀大典和"妈祖缘·两岸情"闽台民间文艺演出以及举办第二届海峡妈祖旅游工艺品设计大赛、妈祖宴桌展示等活动。

2010年10月31日至11月2日，第十二届中国·湄洲妈祖文化旅游节举行。在福建省人民政府和省旅游局的大力支持下，国家旅游局经研究同意从2010年起与福建省人民政府共同主办中国·湄洲妈祖文化旅游节，这标志着旅游节正式升格为国家级节庆活动。在活动开幕式上，湄洲妈祖文化生态保护实验区正式揭牌成立，福建省文化厅还向湄洲岛颁发了"妈祖信俗"入选人类非物质文化遗产代表作名录证书。举行"映像·妈祖"海峡大型实景诗歌朗诵音乐会、第四届湄洲妈祖海峡论坛、"妈祖缘·两岸情"广场文艺演出、"两岸百团万人游湄洲"等系列活动。

2011年11月1日，第十三届中国·湄洲妈祖文化旅游节开幕。此次旅游节继续

第十四届妈祖文化旅游节

由国家旅游局和福建省人民政府联合主办，由文化部、中国侨联、全国台联、海峡两岸关系协会为指导单位，由福建省文化厅、福建省旅游局、莆田市人民政府承办，由湄洲岛国家旅游度假区管委会、莆田市文化广电新闻出版局、莆田市旅游局具体执行，由中华妈祖文化交流协会、福建省对外文化交流协会、湄洲妈祖祖庙董事会、台湾妈祖联谊会、台湾中华两岸旅行协会、台湾旅行业品质保障协会、台湾省旅游商业同业公会联合会、台北市旅游商业同业公会、高雄市旅行商业同业公会、高雄市观光协会共同协办。这是一届规格高、规模大、人气旺、内容丰富、影响广泛的节庆盛会，活动内容包括开幕式、妈祖祭典、两岸百团万人游湄洲、妈祖文化旅游品牌推广大会、海峡两岸书画家联谊笔会、广场文艺演出，《妈祖文献史料汇编（第三辑）》、《湄洲妈祖志》和《湄洲妈祖书画院作品集》首发式，第七届湄洲妈祖·海峡论坛等活动。在开幕式上，国际节庆协会主席兼首席执行官史蒂文·施迈德特向湄洲岛颁发了"世界节日活动之城"荣誉奖牌和旗帜。

2012年11月1日，第十四届中国·湄洲妈祖文化旅游节开幕。旅游节由国家旅游局和福建省人民政府主办，为期三天，是中央规范节庆举办活动后经批准举办的国家级节庆活动，也是国家文化部负责节庆审核日常工作以后受理并予以批准的第一个国家级节庆活动。本届旅游节继续秉承"同谒妈祖，共享平安"主题，围绕"开幕、开祭、开光、开园、开工、开游、开奖、开播、开谈"九个环节来展开，共安排开幕式、妈祖祭典、翡翠妈祖像开光分灵典礼、妈祖文化影视园开园仪式、项目集中开竣工仪式、海峡两岸百团万人游湄洲、妈祖旅游品牌推介大会、湄洲女服饰设计大赛暨"给我一个去湄洲岛的理由"——旅游主题口号征集活动颁奖仪式、《星光舞台——四季歌会之"乐动湄洲岛"》开播、两岸妈祖文化恢复交流亲历者恳谈会等11项活动内容。

2013年11月1日，第十五届中国·湄洲妈祖文化旅游节开幕。旅游节由国家旅游局与福建省人民政府联合主办，省文化厅、省旅游局、莆田市政府承办。共安排妈祖文化旅游品牌推广大会、湄洲妈祖·海峡论坛、向莆铁路沿线地区媒体"湄洲行"采风活动、向莆铁路沿线地区系列团游湄洲、莆仙戏优秀剧目展演以及海峡两岸民俗展等八大活动。

湄洲妈祖文化旅游节举办20年以来，活动规格显著提高、演出内容日益丰富、活动影响力持续扩大，吸引了大批游客、信众前来朝拜旅游，极大地带动了莆田市经济、旅游、文化产业的发展。妈祖文化旅游节，逐渐成为了激发莆田市民参与文

化建设、吸引对外招商引资、沟通两岸交流联谊的重要活动平台。妈祖文化旅游节提高了莆田的知名度，吸引了大量的外资，推动了莆田经济的发展。同时，妈祖文化旅游节以节庆活动为纽带，积极邀请台湾妈祖信众来湄洲岛开展经济合作交流、旅游朝圣等活动，增进了两岸之间的文化交流，有助于推动祖国统一大业。

第二节　妈祖文化活动周

妈祖文化活动周创办于2007年，原是为纪念湄洲妈祖金身巡游台湾10周年而举办的莆台妈祖文化庆祝活动。从2007年开始，妈祖文化活动周已成功举办五届，每届确定一个主题。妈祖文化活动周已成为两岸增进了解、融洽情感的重要平台和途径，为推动两岸关系的和平发展起到了积极的作用。

1. 第一届妈祖文化活动周

首届妈祖文化活动周于2007年5月27日至31日举办。由中华妈祖文化交流协会、台湾妈祖联谊会等5家机构联袂主办，莆田市人大书画院、莆田市广播电视中心等9个机构承办，莆田市文联、湄洲妈祖祖庙董事会等7个社会团体和妈祖文化机

妈祖文化活动周表演队伍

妈祖文化活动周表演场面

构协办。活动期间，举行了民俗文艺踩街、摄影大奖赛、百队"十音八乐"大汇奏、百场木偶戏大会演、妈祖情缘专场文艺晚会、文峰宫妈祖"三献礼"仪式、妈祖供品展、传颂妈祖文化书画作品展、妈祖文化画廊展示、妈祖城规划展示、纪念湄洲妈祖金身巡台10周年座谈会和妈祖文化传播经验交流会等共12项活动。参加人数近5000人，来自海峡两岸、香港及海外的妈祖研究机构代表、专家学者360多人前来观摩。新华社、中新社、福建日报、大公报、中央电视台、东南卫视、海峡卫视、台湾东森电视台等境内外二十多家新闻媒体做了充分的报道。活动前后，各路记者发稿两百多篇。中央电视台5月31日晚上《新闻联播》栏目，特别推出了首届莆台妈祖文化活动周的盛况。

2．第二届妈祖文化活动周

活动于2010年6月18日在湄洲岛开幕，以弘扬妈祖精神、展现"世遗"风采、推动交流为主旨。活动期间，由台湾30家妈祖宫庙共353名妈祖信众代表组成的进香交流团乘坐"海洋拉拉"号客轮直航湄洲谒祖进香，进香团一行和岛上的妈祖信众步行踩街至祖庙寝殿，举行了隆重的祭拜仪式，并与同期抵达的其他700多名台湾信众、5000多名大陆同胞一起参加当晚在天后广场举行的妈祖文化活动周开幕

仪式，共同观看"妈祖之歌"首届海峡两岸妈祖歌曲青年歌手大奖赛颁奖晚会。活动内容还有庆祝妈祖信俗"申遗成功"暨纪念妈祖诞辰1050周年"八个千"系列活动、两岸妈祖信俗贡品展、信俗服饰展等。

3．第三届妈祖文化活动周

活动于2011年6月10日开幕，台湾148家妈祖宫庙的900余名代表渡海专程参加。其中九成以上的信众是第一次来到湄洲岛。开幕式上，国台办常务副主任郑立中为湄洲岛妈祖祖庙授予了"海峡两岸交流基地"牌匾。活动期间，台湾妈祖宫庙代表除到湄洲祖庙谒祖进香、进行民俗文化交流外，还前往秀屿区东庄镇、涵江区江口镇参观了解新农村建设成果，在秀屿区妈祖文化交流中心、江口镇福莆仙东岳观与当地群众交流。来自台湾北港朝天宫的清康熙三十三年从湄洲妈祖祖庙分灵出去的"黑脸"妈祖神像是首次回娘家。

4．第四届妈祖文化活动周

活动于2012年6月14日开幕，以"中华妈祖情、两岸一家亲"为主题，受邀请前来的台湾妈祖宫庙共有156家，人数达千人。来自台湾中南部的宫庙占70%以上，规模不大的基层中小宫庙占80%，初次来大陆访问交流的占绝大多数，第一次来大陆的台湾信众占90%左右，是历年来两岸之间参与宫庙最多的民间文化交流盛事。重头戏是以"欢聚妈祖故乡，共祈海峡安平"为主题的两岸千家妈祖宫庙大联谊活动。百家台湾妈祖宫庙代表除了到湄洲祖庙谒祖进香外，还在中华妈祖文化研究院举行妈祖像驻跸仪式，在文峰宫进行两岸妈祖圣迹书画暨妈祖供品展等活动。还举行两岸书画家现场笔会，组织参观莆田工艺美术城和广化寺，观看莆仙戏和文艺晚会，参加平安家宴以及《莆田妈祖宫庙大全》发行仪式等活动。

5．第五届妈祖文化活动周

活动周于2013年6月13日至19日举行，台湾云林北港朝天宫牵头组织台湾180多家妈祖宫庙800多名信众代表奉请千尊妈祖神像到湄洲祖庙谒祖进香，举行两岸妈祖信众同游祖地湄洲、同拜天上圣母、同祈两岸福祉、同唱妈祖之歌、同享平安家宴、同赏工艺佳作活动，展现两岸民间交流盛况。活动内容包括：翡翠妈祖像开光典礼、第五届海峡论坛·妈祖文化活动周开幕式、妈祖之歌——第四届海峡两岸妈祖歌曲青年歌手大奖赛颁奖晚会、翡翠妈祖像开光典礼暨妈祖祭祀大典、"妈祖文化活动周五周年·我们一同走过图片展"及两岸妇女联谊交流等。

第三篇

进香

人文积淀

个人进香

团队进香

进香规矩

龙井宫进香特例

第三篇

进香

第一章
人文积淀

第一节　进香的内涵实质

进香活动是妈祖信仰中最简明最常见的形式。身处妈祖信仰发源地的莆田人

进香队伍

民，过去长年面对的是错综复杂、灾害频仍的社会，沿海民众更是时时为瞬息多变的海天和无常的祸福而惶恐。特定的历史地理条件促使人们选择了妈祖这位海上保护神。妈祖娘娘频频显圣，历朝历代累加敕封，故里民众也信奉有加。于是，拜谒祈祝的进香活动逐步成为妈祖故乡人民群众的一种自觉行动。进香活动此起彼伏，一炷炷香火穿越古今，飘逸四海。香火是亲切可感的，又是飘忽虚幻的，俨然是现实人间与缥缈世界之间的桥梁与纽带，也凝聚着广大妈祖信众延绵无尽的思念和憧憬。

在中华传统文化中，祭祀是关乎纲常礼仪之大事。《尚书·说命》曰："黩（轻慢）于祭祀，时谓弗钦。"所以，自古以来人们都极为重视祭神祀祖之事，《诗·小雅·信南山》："是烝是享，苾苾芬芬，祀事孔明。"（汉郑玄《笺》曰："苾苾芬芬然，香祀礼于是则甚明也。"苾芬，香气浓郁。）可见，远古时代，进香礼俗即已随着祭祀礼俗而兴起。华夏大地风行久远的道、释二教，其教义虽有差异，而拈香拜谒祷祝之礼却是相通的。妈祖信俗深深扎根于中华文化大土壤，且与道教、佛教有着密切的渊源关系，故亦将以拈香礼拜为基本形式的进香活动，作为人们的敬神谒祖、禳灾祈福、传达情意的一个必要程序，并寄寓了彰德明志、崇善思安的深衷大愿。莆田俗语说道："有上香，有保庇（保佑）。"人们普遍相信，进香祷告总能在某种程度上得到神明的理解和关照。手中一炷香，蕴意无穷尽，人们丝毫不敢轻率敷衍。

民间所说的进香，通常是指低等级向高等级的拜谒上香活动，既包括个人和家庭、家族向神祇的拜谒，也包括新庙宇向老庙宇（如后起庙宇向祖庙祖祠和知名老宫庙），低一级庙宇向高一级庙宇（如分灵庙宇向其香源庙宇等）的拜谒活动。广义的进香，也应包括各宫庙之间的相互拜访祈祭而开展的行香、会香等活动。所有的进香活动，其实质内涵都是为了表达对妈祖等神祇的高度敬仰、感激与怀念，以及对清平世界和美好生活的深切企盼，充满了善男信女的殷殷之情。进香过程其实就是力求与神祇联系沟通并且充分向其倾诉自己心声的过程。早在两千多年前的春秋时代，作为儒家圣人的孔夫子虽然平时不喜欢谈论神灵之类的话题（《论语·述而》："子不语怪、力、乱、神"），但他有一个著名观点："祭如在，祭神如神在。"（《论语·八佾》）却明白告诉人们在祭祀中要把神祇作为一个客观存在的现象，坦诚面对并与之充分沟通，这其实也道出了人世间进香祭神的关键和实质所在，故千百年来总为虔诚进香祈祭的人们所激赏和遵循。而妈祖本是真实客观存在的渔村女子，人们广泛传颂其救难济困的神通故事，更加自然视之为可以亲近和信赖的神祇，因此自古而今存在绵绵不绝的进香活动也就不足为奇了。

妈祖进香活动的实质意义广泛而深远。一是致敬功能。香者，向也。人们对妈祖的生前事迹和神通盛德耳熟能详。一炷炷香火表达了信众对妈祖等神祇深切感念和无限景仰的真实情意。二是祈愿功能。炷香蕴含心香，充分表达个人或团体追求祥和安定富足的愿望，寻求神祇的加持、庇护，在进香和乞示过程中，坚定向善理念，增强生活信心，并吸取辩证思维，化解浮躁情绪等。三是教化功能。进香本身就是一种遵从礼数、净化心灵的潜移默化的过程，妈祖的"立德、行善、大爱"精神陶冶心怀，香客间的德言义行也相互感染，一炷炷香火"燃焚一己，普香十方"的无私奉献的精神也给香客们启迪，故进香后往往有更加澄明、超脱之感。四是宣示功能。妈祖的大德懿范深深感动了世人，人们长期以来通过各种进香活动感恩致意，并吸纳中华民俗丰富养分形成较为完整的妈祖信俗，妈祖的宏名大愿终于跨越江海，响彻五洲。五是联谊功能。"一炷旃檀香，举起遍十方。"星星点点的进香活动逐渐连线成片，世界妈祖同一人，天下信众是一家，分布于各地的庙宇和香客在共同的信仰下真诚团结，为和平安定、文明富足的理想贡献自己的智慧和力量。

第二节　神妙的香泽

在中华传统文化中，香具有极为独特的神奇魅力，历来备受各个阶层的喜爱。古代皇家大殿深宫日夜都点燃御香，官宦人家也竞相于室内燃用炉香，平民百姓则择时应景焚香助兴或进宫庙上香，芳气氤氲，益显尊贵和圣洁。至默娘诞生之朝代，民间已较盛行燃香之俗。仅以同为宋代的著名女词人李清照为例，她有诸多传世名句都咏及炉香：《醉花阴》之"瑞脑消金兽"（兽状铜炉里的瑞脑香渐渐燃放），《凤凰台上忆吹箫》之"香冷金猊"（狻猊形铜炉里的香冷却了），《念奴娇》之"被冷香消新梦觉"（被窝冷，炉香断，以致刚从睡梦中醒过来），《满庭芳》之"篆香烧尽，日影下帘钩"等等，都以炉香来映衬其苦闷疏懒之态，也说明了置炉燃香是当时许多人家的常见景象。旧时有闲之士还常在浓郁的炉香中读经、清谈、静坐、弹琴、下棋、书画等，充分感受清新高雅的氛围。少爷小姐日常身佩香袋，内贮香粉或小香块以享香气，急用时也可取出焚祭。如《红楼梦》中宝玉为悼祭投井丫环金钏，匆匆离家忘了带香，小厮即提醒他用随身小香块在井边

大香

设炉焚烧祭告。正如明代学者陈继儒所赞："香使人幽"，"好香用以熏德"（《岩栖纪事》和《小窗幽记》）。清香给人愉悦和陶醉，袅烟给人遐想和向往。人们对香的特殊爱好，促进了更多香木料的开发和引进，除了上述瑞脑香外，还有降真香、龙涎香、安息香等诸多香品，不仅为宫廷、官宦人家享用，也广泛散入寺庙宫观，为人民群众所共闻。权贵人士多有收集高级香品捐赠宫庙以表虔诚的习惯，特别是清代皇帝屡有赐香妈祖宫庙的记载，如乾隆五十二年（1787）初赐于湄洲"翌灵绥佑"御书匾额并赐各色香丁、紫藏香、黑藏香等，五十八年（1793）八月谕发藏香300枝于天后宫等三处分供；嘉庆元年（1796）谕发藏香10炷，交予濒海一带庙宇分供；五年十一月朱批"敬发香枝致谢天后"并谕发大小藏香各10枝……正所谓"若非天后圣，安得高香来"。

　　许多高级香木产于南方甚至南洋一带，古代交通不便，香料珍贵难求。莆田幸处东南沿海，又有妈祖女神庇佑海运顺通，外地香料源源引进使本地的香制品自足有余，还不断转输到省内外各地；反过来，本地香制品的充裕，也在一定程度上促使妈祖香火更加兴旺。人们以香致敬，而且由香而增诚聚信。信众们一进妈祖宫庙便为特殊的浓郁香气所吸引，油然萌发肃穆恭敬情感。按民间说法，平素若偶闻不知何处飘来的阵阵香气，定是妈祖娘娘等神驾经过，当视为大吉兆，应即肃然起敬，方便者及时焚香致意，极为灵验。渔民出海远行也必带香烛银帛等物，以备随时致敬和祈求。正是民间香品的广泛使用，催生了本地镇前、清浦、延寿等一批祭品专业村的发展。尤为奇特的是，莆田境内制作香烛纸帛产量最大的专业村镇前（今涵江区白塘镇之镇前村和镇江村），即使在管理最严的"文革"期间，这种"炮制迷信品"的群众生产活动仍在继续。旧时经过该村，只见家家户户忙于制香烛、印"贡银"等，常见制香者将已制染成型的一束束香支上的绳子解开，又娴熟

莆田妈祖信俗大观

地随手把每束香支旋转张开在地上晒干，瞬间在地面上宛然盛开了一朵朵鲜艳的红花或黄花，路人不得不惊叹香匠技艺之高超和动作之优雅。不容忽视的是，处于宁海桥与白塘湖之间的这个镇前村，与近些年大多数学者初步认定的妈祖信仰最初发源地"圣墩顺济庙"之大致位置，极为靠近。可知该专业村的兴起和长盛不衰，应与妈祖进香活动的兴盛紧密相关，亦蕴含着妈祖之灵光鸿迹，容待有心者深入研讨。当然，社会在发展进步，今日许多工艺已由机械代替手工，涵江已有较大规模的制香厂，引进外地香料和设备技术，产品多年来销往台湾等地，此亦妈祖故乡芳馨远播之一端。

第三节　悠远的进香印记

进香活动伴随着妈祖信俗的产生发展而益加盛隆。仅晚于妈祖100多年出生的仙游人廖鹏飞（官至宋右迪功郎），在其所撰的，是目前发现尚存最早的妈祖文献资料《圣墩祖庙重建顺济庙记》中，有一篇《迎神歌》一开始就唱到："神之来兮何方？戴玄冠兮出琳房。玉鸾佩兮云锦裳，俨若荐兮爇幽香。"描绘了妈祖娘娘出巡时的金碧威严和进香活动的热烈庄重。又稍晚数十年的邑人、著名诗人刘克庄

为回娘家的分灵妈祖"挂脰"

《白湖庙二十韵》云："灵妃一女子，瓣香起湄洲（瓣香，犹言一炷香）……始盛自全闽，俄遍于齐州"。作者任职广东时又诗咏当地之妈祖盛典："香火万家市，烟花二月时。居人空巷出，去赛海神祠。"且谓"广人事妃，无异于莆"。说明距离妈祖升天不过200年左右，妈祖信俗已从莆田湄洲迅速流传扩展到全国各地，包括在南国也已万家香火。在这些同时代人的笔下，真实揭示了妈祖与湄洲的关系，也反映了当年通过群众性进香活动将湄洲妈祖不断神化和往外宣扬的历史进程。其后历代文人和信众迭有妈祖诗咏，对各地各阶层人士进香活动盛况的描绘屡见篇章，为我们提供了各种形象生动的香火鼎盛场景。不妨列举各朝代各地方吟咏妈祖香火的一些诗句来共赏。

"白湖宫殿云笙，香火尽虔祈。"（宋赵师侠《诉衷情》词）可见至今香火兴旺的莆田白湖妈祖行宫远在千年之前即已殿宇庄严、香客如云。"烟光云气相涵映，决眦十分景色饶。"（明林云程诗）反映了作者家乡晋江安海的进香盛况。"庙占空山脊，春烧远客香。"（清戚同仁诗）为浙江信众跋涉上山进香之景。"三通法界无声鼓，一瓣平江不尽香。"（明桑悦诗）写出苏州地区的延绵香火。"约略寄居三百石，尽拈香纸礼天妃。"（明陆深诗）"江皋风月奉天妃，香火走群黎。"（清杨光辅词）分别反映了上海地区官吏与民众踊跃进香活动。"刘家港里如云舶，都祷灵慈天后宫。"（清蒋秋吟诗）"烛天照地目为眩，香烟结处拥福神。"（清沈峻诗）都是天津地区香烟广厚的写照。"香气浑笼雾，灯光讶落星。"（清林玉书《笨港进香》诗）"烛影炉烟三里雾，不知多少进香人！"（清林朝崧《台中竹枝词》）台湾各地进香之俗由来已久，香雾弥漫接天。从古诗中还可窥见各种场合之进香场面，如："斋明奠牢醴，跪拜盛班联。香雾云旗下，回飙翠盖悬。"（清赵文楷诗）是嘉庆帝加封天后"垂慈笃祐"后，作者奉诏率众官在湄洲致祭进香之情状。"上香酹酒拜妈祖，割牲焚楮开艨艟"（清吴玉麟《渡海歌》）描写作者亲见亲历之闽台地区启碇扬帆前按礼俗进行献牲、酹酒、化银等隆重仪式的进香场景。"护国庇民多被德，各商演戏谢神功。"（清刘梦音诗）反映上海商界感恩酬神献演之盛况。"携儿偕伴舟车载，好向娘娘庙进香。"（清张焘诗）写出京津地区习见之阖家长途进香之状。"村妇新妆忙底事，趁晴齐说到宫前。"（清张春华诗）"女伴避人私祷祝，愿郎归海亦无波。"（清顾翰诗）"今生够受相思苦，乞取他生无折磨。"（清梁启超诗）"天后宫中玉步摇，瓣香密密叩琼窗。愿郎心似江头水，日月如期两度潮"（清刘梦音诗，自注："天后极灵验，士女多进香者。"）这些诗从不同角度反映了各地各阶层女子对妈祖娘娘的淳朴诉求，也表明女信众是进香拜谒的中坚力量。而台湾地区进香谒祖尤虔，"祀佛祀神尚古风，旧宫妈祖独尊崇。"（施廉诗）"稽首湄洲妈座下，愿教得意示灵签"（叶熊祈诗。"湄洲妈"专指从湄洲分灵至台的妈祖神像）。"锣鼓村村祭祀同，奉迎妈祖荐年丰。"（紫斋诗）"随香喜共湄洲妈，五福街头绕境回。"（林培张诗）众多作者于日据时期撰写的这些竹枝词，充分反映了台湾地区即使在外族侵凌之时，仍保持了妈祖香火之盛，以及分香、迎香、随香、祈香等丰富多彩的进香信俗。"香火随缘集，灯旗夹道陈。"（清末苏孝德诗）"宋代坤灵播，湄洲圣迹彰。至今沧海上，无处不馨香。"（清庄俊元诗）"叠锡纶音列四海，灵钟湄屿德昭昭。补天以后无双圣，致献瓣香奉不祧。"（清黄毓寅诗）众多的进香诗句，生动地刻画了宋元明清以来妈祖从湄洲迈向全国乃至世界的香火历程，为现代进香活动提供了可资借鉴的形象活泼的宝贵图景。

第四节　进香用香种种

民间通常进香所奉用的为篾香，又称线香，即一束束以细竹篾为芯的直线状香支。每支长在一尺半左右，上部约三分之二处涂裹木屑与香料屑混合物，下部约三分之一处裸露篾芯可供进香者手部拈持并插入香炉之中。上部多为土黄色或曙红、玫瑰红色，下部篾芯（香脚）多为浅红色。旧时篾香多涂用天然香木之屑，香味醇厚环保。如今上等篾香也有用天然香木屑的，但大多数已改用了化工香料，而香味品种更多。篾香每二三十支为一小袋，或五十支一百支包为一束，燃用时视需要数量抽取若干支。也有没有篾芯的线香，纯由木屑及香料屑制作而成，每根数寸长，一般放置在香盒内；因没有篾芯而易断，不宜手拈祭拜，可小心抽取点燃一端后直接插香炉。还有团香，以木屑和香料调制，由内往外团成一圈圈互不粘连的圆状，大者直径逾尺，用时可从中间支起或吊起（下面须有承接香灰之相应盘具，以免焚污神案、桌裙或引发火灾等），而后从外端点燃，让其顺着一圈圈往内慢慢引燃而散发香气。另有一种粉末焚香法，乃用上等的沉香木屑、乳皮木屑等，撒于炉灰上燃引散香；讲究者在香炉中先铺一层平整的炉灰，后在炉灰上撒上一圈圈的优质香木粉末，然后从外端引燃，还要盖上相应的镂空炉盖，让香料粉末更加均匀、持久地散香，且更为安全、美观。随着袅袅烟雾一缕缕升起，特殊香气飘逸在宫庙

妈祖回娘家进香队伍

之中，给人一种特殊的感受。如今还有一些宫庙在重要节庆活动时在其主殿外庭左右两侧分竖一对长度逾丈之大香。大香以竹竿为芯，仿成篾香形状，上端约三分之二处裹涂一层较厚的木末屑和少数香料，也染上常见的香支颜色，人们离宫殿一定距离外就能看见这两根大"篾香"。大香点燃后可延续一两天不熄，增添了新的气氛。此外，在贤良港祖祠前面的近海中，有三座竖状的礁石被当地群众世代俗称为"三支香"，千百年来潮涨不没，是远近渔民熟知的导航地标，而形象的自然景观又反映了信俗中的进香惯例，寄寓了沿海民众对妈祖的深切敬意。

另外，现代电器的发展为祭祀者提供了各种便捷常用的神灯和香烛。市场上曾见塑料制作的酷似"三炷香"形状的小电器，插电后末端发亮颇像点燃着的香，只是没有烟气，而有的还可配上香水使之蒸发出香气来。当然借此类电器增添气氛也未尝不可，然而真正进香祭祀仍然应坚持用传统的香支和蜡烛，万不能贪图方便以假乱真，否则难免有轻慢和亵渎之嫌了。

第五节　莆田方言说"上香"

莆田方言把焚香和祷祝的进香活动统称为"上香"，表达了对神祇的崇尚敬畏之情（古文"上"通"尚"。莆田方言"上"的白读音如"绍"，而"上香"连读时变音如"烧香"，故许多群众误认为平时讲的是"烧香"，而不知本字实为"上香"。虽说二者所表达语义并无大的差别，但感情色彩却有明显不同，不可不细辨）。民间还有将"上香"更通俗称为"点香"、"插香"、"举香"、"点火"，或概称"上香点火"。也有的称"呼神"，是指手里拈香向神祇求告祷祝，明代永乐皇帝朱棣《御制弘仁普济天妃宫诗》有"呼之即来祷即聆"句，恰可印证莆语"呼神"表述之准确。

方言"香"字本有文读、白读二音，文读音如"享"之阴平声（胡央切），白读音如"嚣"（胡夭切）。文读音之"香"表芳香之义，方言除了诗文诵读之外，多用于女人之取名；而日常口语表达芳香意义大多使用"芳"字（方言音如"攀"）。

白读音的"香"（音如"嚣"）即专指香料及祭祀相关的词语，在莆田方言中使用极为广泛。例如："香"，泛指祭祀时用于燃烧散香的以木屑揉合香料的细条物。"香灰"又称"香末"，指香支燃烧后产生的灰烬，旧时民间常用炉中的香灰末止血及作其他药用，宫庙主炉的香灰还是香客敬奉携藏之香火袋的内置物之一。"香末支"，又称"香骸（脚）"，指香段燃烧后剩下的未涂木末与香料的篾芯，民间多喻指瘦小、细微之物，如莆谚"香末支掉落磬坩"（香篾掉进大钵头里，喻微不足道）。"香烛"，指祭祀用的香和烛，也可泛指祭祀所需的多种燃化之物。"香炉烛屏"，插香烛所用的神器，方言中还可借喻平常形影不离的两个人。"香火"，本义是指香上点着的的火，又指祭祀时点燃的香和灯火；常借指信众对该宫庙的信仰和进香情况，有"香火旺"等语；又特指信众在宫庙中求取的用于消灾祈

虔诚上香

福的香火袋；还借指信众从宫庙中奉请回来的神祇；民间还指子孙祭祀祖先之事，有"顾香火""断了香火"等语，由此又引申喻指可以赖以承继的后代子嗣（按：方言文读音之"香烟"亦有此多重语义）。"香案"，指神祇前放置香烛、花果及供品之案桌。"香房"，指供奉着神位、日常上香祭祀之专用房间。"香金"，本指燃点宫庙方备用的香烛后酌付的钱银，亦泛指向宫庙敬题的缘金。"起香"谓开始点香，亦指进香程序的开始；"举香"本意是拈香，有"举香保庇（寻求保佑）""举香咒誓（发誓）""举香发愿（立下誓愿）"等等。"头支香"，特指该宫庙当天（从子时算起）敬插的第一支香，"插头支香"是一些信徒表示特殊诚敬的一种方式。"举头香"是指同一班信徒中处于首位的主祭，"头香"亦代指主祭。"缀香"即跟随着上香（书面作"随香"），亦泛指非主祭人员。"坐香"指焚香打坐清修。"请香"泛指奉请神祇或求奉香火袋等。"续香"，指为了保持香火连续不断，在前一炷香尚未熄灭时即点燃新的一炷香接上去。另外旧时钟表尚未发明、普及，民间习惯以香支点燃的时间来判定过程的长短，常说"一支香"（一炷香）、"半支香"等等，旧时蒸年糕、红糰等也以香的烧耗程度来把握蒸馏时间。总之，方言带"香"字词汇极为丰富，反映了包括妈祖等诸多神祇信俗的进香活动在莆田民间一直非常盛行。

第六节　妈祖香道

妈祖在南宋绍兴二十六年（1156）首次受到朝廷加封"灵惠夫人"后，成为正祀之神，此后，莆田逐渐形成了独特的妈祖香道。

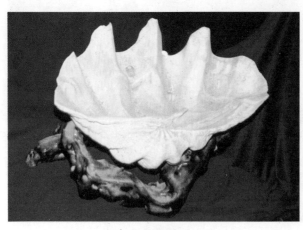

砗磲聚盆香承

妈祖香道是从继承汉代道家香仪的基础上，结合民间朔望行香的礼俗而发展起来的。《元史·祭祀志》记载："惟南海女神灵惠夫人，至元中以护海运有奇应，加封天妃，神号积至十字，庙曰'灵慈'，皇庆以来岁遣使焚香遍祭。"《明会典》中明确记述由太常寺官主祭的天妃

126

宫所用香品为"降香一斤又一炷"。清代《大清五朝会典》中记载康熙皇帝遣祭妈祖，按照宋代的迎神、三献、送神仪程严格进行，规格很高，所用香品为"圆降香一炷、黄速香一斛"。

妈祖香道历经千年的传承与发展，自成体系，彰显了海洋文化的特征，其表现在香具、香品、香乐和香仪等各个方面。

1．香具

即行香时使用的器具。一般采用龙凤呈祥香案、汉代"博山式"香炉、木质精雕香盘、砟碟聚盆香承、青铜三层香塔、元宝型香薰等等，无不体现对妈祖这位至高无上女神的崇敬。

2．香品

即行香所使用的不同品种的香料。一般在香品上，采用降香、龙涎香等名贵香料，制成元宝香、珊瑚香等篆香，显示对妈祖的最高敬意。

3．香乐

即行香时可演奏的音乐。香乐方面，有历代乐师专为妈祖编创的《迎神曲》、《送神曲》和《进香曲》，是人们献给妈祖的心语歌音。

妈祖香道不仅在春秋两祭大型祭祀活动中运用，民间运用最为普遍。妈祖信众在家中设立妈祖神龛，以"朔望"（初一、十五）行香的传统仪式进行。

妈祖香道音乐现存最早的是南宋廖鹏飞的《迎神》和《送神》歌词。流传较广的有明代朝鲜使者金尚宪所作的《祭天妃迎送曲》和明代刘伯温《迎享送神曲》等。目前已搜集的历代祭祀妈祖女神的迎神、送神曲达900多种，其音乐大多采用唐宋大曲或莆田音乐曲牌，其风格以舒缓深情为主。

在为妈祖女神敬香时，民间传统还十分讲究香氛的设置，一般在妈祖神像前摆列妈祖故事屏风，让信众缅怀女神的丰功伟绩，还会摆列经民间最高工艺水平雕制而成的烛台、烛屏、果盒、馔盒等与香仪相关的器物，表示对女神的特别崇敬。

在香仪上，体现古朴典雅、庄严肃穆的特点，包括进香时的叩首俯拜、喃喃祈语、虔诚的动作与神情等等。

在形式上，分为庙祭香道、家祭香道、舟祭香道、海祭香道、堂祭香道等不同类型。

第二章

个人进香

　　莆田民间对妈祖娘娘的进香活动是自发的、尽意的。本地有几句俗语："近庙欺神"，"香烧外头香"。本是说明通常情况下对宫庙神祇的信仰程度方面，所在地群众的虔敬程度往往远比不上外地的信众。然而，妈祖信仰中并未出现俗语所揭示的这一反差情况，妈祖宫庙所在地民众包括祖庙、祖祠所在民众，对妈祖神祇的信仰恭敬程度丝毫不逊于外地信众。

　　莆田沿海民众对妈祖可谓一往情深。清同治年间莆人郭篯龄云："吾莆所奉之天后，至今里俗称为姑妈。"（见其《山民随笔》）若论莆田民间亲戚的亲密度，姑母与舅父都属于特高的层次，莆谚有"阿姑惜孙祖姑姓"之说，点出姑母对娘家"孙"（莆乡间称侄为孙）的深切关爱，当然，再下一辈的侄孙，与其姑婆（莆乡间称姑妈）的关系也非同一般。既然莆田里俗向来昵称妈祖为"姑妈"，这就难怪乡亲们习惯于隔三岔五到邻近的妈祖庙上一炷清香，犹如到邻近的亲戚朋友家串门一般亲切自如。若逢每月的初一、十五日，更是许多善男信女到庙里向他们心中的"姑妈"上香的吉日，顺手捎上一二花果，有的烧点金箔，燃串鞭炮，就在瞬间让宁静的宫庙变得热闹欢腾开来，又吸引了更多的人去进香致敬。更有许多沿海信众，在自己家中、船中置有神位，可随时向神祇拈香祷告，恭敬程度和致祭频率都远胜于对自家的公妈牌位。这种基层个体的、松散的而又十分普遍的进香活动，虽然看似随意、简朴，却最能反映基层民众的真实诉求，也最能体现妈祖信仰极其突出的亲民性特征。

第一节　在自己家中或船中进香

沿海许多信众由于特别敬重妈祖并且为了方便随时拜谒告求，特地从妈祖庙中迎请分身小宝像来到自己家中或自己船上（船供者多为能出外海的大木帆船，后发展为机帆船、铁壳机动船，为一家拥有也有一家族或多家共有）。于是沿海常见的家祀、舟祀中的进香活动就频繁展开了，家长或船老大每天清晨盥洗后的第一件事就是在自家、自船的妈祖像前恭恭敬敬点香拜谒（虔诚者每日早晚都要按时上香），祈求阖家、阖船顺风顺水、和睦丰足。每月初一、十五和"妈祖生"（三月廿三）等重大节日更是隆重进香，绝不缺失。

民间拈香通常都取三支香，俗称"点三支香"，雅称"上三炷香"。因"三"为吉祥阳数，含"天地人"之意，古汉语中又有"多"之意（道家还有"三生万物"之说，佛家则有表示"戒定慧"三无漏学和供养佛法僧三宝之义），故普遍以"上三支文明香，敬一片虔诚心"为惯例。香点燃后，大多数人都拈在手中朝神祇拜揖后插入炉中；但也有一种观点，认为香点燃后应立即插入炉中，然后双手合掌拜揖或进行叩拜之礼，而不宜手拈一把香拜揖移动，既不慎重也易烧伤周边的人和物。当然若从环保卫生和安全角度来看，后者也不无道理。插香时，可以把三炷香以左手一次性插入香炉；也可以分三次插香，先拈一支香插在香炉中间，接着拈一支插于第一支香的右边（即进香者的右手一边），再插一支于第一支香的左边。进香过程中始终心中默念，沉稳恭敬，插香要正而不斜，动作稳健，保持香支火星不熄。若到宫庙进香也可据神祇数量多拈香支（详见本章第二节第三部分"拈香焚祝"）。

家祀、舟祀进香的程序和内容相对比较简单。供品可常设花或果（几天一换即可），逢重

船中上香

大节庆或有特殊祈愿求卜者可另加供品和焚烧金箔、贡银等。一般可配一副筊杯，有的还备有签筒，供问卜之用。行香、叩拜、问卜等程式以及需要注意事项等与宫庙进香并无特别明显的差别（详见下一节之叙述，本节不赘）。总之在家进香与外出进香一样，也须诚敬为先，重要的环节一丝不苟，体现"人前人后一个样"的"慎独"精神。

在自己家中、船中供神进香固然十分利便，但俗话说得好："请神不易，敬神尤难。"供奉者一定要遵从信俗仪规安奉所迎请之神祇，日后之进香活动方能取得良效。故应慎重聘请专业人士认真筹划好"安神"（又称安座、安住，包括安香、安炉、安神等）一系列程序，选择吉日吉时（不可与主人八字相冲克），选定香案（包括神位）吉向，确定案、炉高度吉位。安神当日应当避免犯煞、犯秽、冲忌亲属等，届时还要邀请道醮人士按礼俗要求将神祇安奉稳妥，而且要另外祭拜土地公（外地亦称"地主公"等），以期取得地方神祇的大力支持。安奉神位与传统之风水学也有密切联系，有许多基本忌讳不可不知。

一般家庭的神坛、神龛当以朝向东或东南最好，尽量避开东北、西南朝向，也避免与卫生间、厨房相邻，而且神位神案上方不可有横梁，避开"压迫"；神位应避开与墙角、铁角（如防盗网之尖角）、柱子、管道、水塔、厕所等凶煞物相对。在同一个房间内也切忌与别的神祇相对面，有多层楼房者应尽量选在最高层，且应将神位安于无人可跨越致秽的清静之处。祭祀所用的各张桌子（不论是"八仙桌"、"半桌"、"圆桌"）应保持桌面木板的木柴纹理（加框桌子则视其框内木纹）与进门路线成垂直状态，如大厅后壁福堂前横置固定神案的话，新放置的祭祀用桌桌面木纹就是与神案同向。平时家中用饭、宴客桌子的放置则要保持桌面木纹与祭桌位置垂直的方向。与家祭相比，船上神位的选定要简单些，因船民生活区通常都在船尾，可在此区域选个位置高而清静的地方摆放神龛，也可在船头选个清吉位置。如明代时的朝鲜人吴天坡在《泊庙岛》诗中写道："向夜悄然人语静，船头香火礼天妃。"说

插香

明舟祭妈祖之俗已传至朝鲜使臣的船上了。安神中尚须经过多次的上香活动，有的还严格规定了拈香的支数。一遍遍上香，一番番参拜祷祝，接神、安神，还要送外神等。仪式结束后，慎重者还须保持三日内香烟不断，可用环状香束点燃以延续大吉。总之，就像奉迎远方尊贵客人来家安住一般，必须处处考虑妥贴周全；日后

家庭的神坛

进香，也像敬奉家中尊老一般，时时谦恭有礼。每日最好要有相对固定的进香时间，平时家中若有重大事项应及早祷告，差旅之前和远出归来之时，也都应诚挚报告，以表虔敬、系念、感恩之心。长年以往，自家心中舒泰，诚挚无愧，自能得到神明的默默庇佑。

家庭供奉神像，其高度应与家中神龛、神坛、神堂之规格相配称，而且供像不宜过多，切忌杂乱。尤其注意不同宗教的神像通常不宜供置于一处。莆田民间与全国各地一样，多有家庭供奉观音菩萨的习俗，且本地还常常并侍妈祖像。据载妈祖父母信佛，曾向观音求子而后喜得默娘，又民间传说默娘实为观音近侍龙女受派下凡度化，甚至传说妈祖即观音菩萨行化救世之应身，故而并奉观音与妈祖倒不矛盾，且有相得益彰之妙。湄洲祖庙内即专设观音殿，妈祖研究院懿明楼妈祖殿后新建观音阁（懿度楼）亦可旁证。当然，家中并侍两像，观音理应居于中位、大位，妈祖稍居于次且像高勿超过观音（其余神祇也应依次而渐小些）。同奉观音，则供品应为素食，禁用荤腥。另外，家中之祖先牌位应与神位避开，不可混处；若因场地逼仄，只好归于一处，则应在低于神位之处留个较小空间。祭祖和祭神也应严格错开，同日祭祀的应先神而后祖。

第二节　就近到宫庙进香

作为妈祖信俗发源地，奉祀妈祖神祇的宫庙寺堂极为广泛，不仅沿海各地遍布

天后宫（俗称娘妈宫、妈祖宫等），山区一些地方也设有妈祖庙，而且莆田各地村庄小型宫庙常有多神共祀现象，故许多小寺庙和堂祠也都并侍妈祖宝像，这就为各地信众就近进香朝拜妈祖娘娘提供了莫大的方便。

经过长期的历史积淀和辗转衍变，信众个人的进香活动在民间已形成了约定俗成的一整套基本程序。然而，十里不同风，百里不同俗，不同地区难免会有一些差异；又因香客的进香目的纷纭不一，侧重的程序也自不同；各宫庙的节庆主题各有特色，所体现的地域、庙宇印记也可能影响进香的程序内容。所以，各地个人的进香程序虽都崇尚和遵循传统，但又带有不同地域的各种特征，而且随着历史发展、时代进步，在继承中还会有所吸纳、有所创新。

现就信众个人到宫庙进香的基本程序简要罗列于下（所述程序中的一些顺序可能有所调整，一些程序内容也可根据实际情况有所增减）：

1. 摆放供品

进入宫庙主殿后，首先要将所备之牲馔供品，按民间惯例顺序，摆放在神前之供桌上，若供品较多，应请庙方帮助另加供桌及提供盛放之盘、碟、杯、瓶等。供献之品，有"五果"、"六斋"之谓，又有"五牲"、"三牲"之别。另配茶、酒、花等。若是重大祈愿或专题还愿酬谢以及其他需要隆重拜祭场合，则供品更为丰富（按：规范供品的种类名称及摆放规矩等。详见本书第五篇）。民间常以"果盒、酒"敬神（果盒原指盛放果品之器皿，方言则代指供神之果品），还有所谓"无酒卜无杯（筊杯）""无茶无酒，勿会（方言"未能"之意）得到手"等俗谚，亦说明水果、酒、茶在祭拜中的重要性。水果中之番石榴一般不能作供品，也许是其多长于乡间粪池旁而有不洁之嫌，番茄等现代引进的外来水果也较少选用。献供的果品、食物应是未经他处祭祀用过的，并且通常是从购回、采回、蒸就的一批中优先选取比较满意的供于神前。另外乡间宫庙常有多种神祇共奉的现象，宫庙中若同奉佛家观音等神祇的，则该殿忌供荤腥食

摆放神像和供品

物；若同奉道家神祇的则该殿忌用李子，有的还忌用鲤鱼（因道家之祖老子为李姓故避忌）。在物资紧缺时期，人们大都在各个碗中都装上大半碗薯米（薯丝干），而后象征性地铺上一些金针菇等干品，勉强凑齐供品以表其诚；没有酒的（当年是紧缺商品），乡间只在桌上摆三个装上清水的小酒盅，在各盅中撒几粒生米浸泡，即成"米酒"；供茶水可放三个装清水小茶杯，分别放一两片茶叶即成。现今年轻人为求省便，有的仅备快熟面、饼干、糕点、糖果等致祭，有的未备食物供品，仅以纸金箔折为众多小元宝或纸金币装为若干碗，拜祭后与"贡银"等一同焚化。更简易者仅携一些鲜花或果品摆放致敬，亦无不可。若是平常进香，并无琐事烦扰神祇，仅来诚心拜谒而已，则未献供品礼物也完全可以的。其实，神祇本是不食人间烟火的，人们敬备牲礼等供品，重在表敬明心。有些进香者以世间送礼、通关节之俗眼来看待拜祭，希望以一时祭礼之厚取悦神祇，而不以自身道德之清修为重，是舍本而逐末矣！又所摆供之鱼肉等食品，致祭完毕除留少部分给庙里管理人员享用，其余大都可带回家中食用，也可以作为"福余"分一些给周边亲友。在供品购买、制作、运送、供奉中都应尽量避开蝇虫，注意防腐和卫生。

2．随喜香缘

宫庙主殿中，通常都立有供香客题募钱款的"功德箱"，俗称"缘金箱"。箱上常书"随喜功德"等字，奉劝世人平时量力随缘喜舍些许，积善积福，功德无量。进香者可顺手往箱内投放一些钱币以表诚敬。香客自己未带香烛的，可选取宫庙里陈放于神案上之香烛、火柴等点用，再随手题些钱于"功德箱"中充作香烛之资，也是顺理成章之事。另外有的宫庙内有管理人员专门负责登记收题款的，可于"缘金簿"上认题数额，登记题者姓名，还有收据为凭，并附赠宫庙之香火袋、小纪念品等。若宫庙计划新建、修建庙宇，多有告示张贴，认捐者则大都募题较大笔款项以襄助，宫庙方更为认真登记，按题款者之意愿在新题建项目（如梁、柱、殿、龛、案等）之某一部位标记诚敬者名号，有的则刻功德榜留记。有道是，"有缘化不入，枉烧万炷香"，民间普遍认为，向宫庙敬题缘金，表达微薄心意，事关种福田、积功德之大义，若宫庙有营建修葺大事，募捐尤有意义。但平时随缘题捐者通常并不愿意留名；虽不具名，而神祇明察秋毫，自然一一知晓。又题缘终须量力而行，心到礼到，不以款项多寡摆资格斗意气。曾传某宫庙旧时募铸大铜钟，有数位富翁一献百金，牛气冲天，而一婢囊涩拔下头上铜钗献诚，一老丐则颤巍巍摸出怀中仅有一枚铜钱凑敬，后来铸成铜钟外沿竟然依稀出现一铜钱一铜钗之痕迹，

庙祝一眼认出乃乞丐与婢女之诚心题物之形，让人们于欷歔中悟出"题缘在心不在金"的深沉况味来。

3. 拈香焚祝

取出自带之香烛（自己未随带者可径取宫庙方置于案桌上之香烛用品，随之题捐适当之香资）以备点燃。若同一拜谒祈祝主题有多位进香者，可公推一位为首居中拈香牵头拜谒，称为"头香"（亦称"首香"、"主香"），其余数位可随同其程序同步行拜，称为"缀香"（亦称"随香"，"跟香"。莆田方言"缀"有跟随之意）。若有较重大主题须聘请专门醮忏人士为首祭拜，则主人跟随其后行香致拜，亦称为"缀香"。更广义的"缀香"，则包括广大信众持香跟随大型出游、巡安、庆典多种公共祭拜的进香行为。

点燃香烛时，先要点起一对红烛，细心分插于案桌两旁烛屏之上，表达进香者光明诚敬之心（殿中神案上已燃蜡烛者可不必再点烛）。燃香时通常每人取出篾香三支（俗称"三支香"、"三炷香"，取"三"的大致原因在本章第一节已作说明），可就着烛火把香一一点起，也可另用火柴或打火机来点香。各支都已燃起火苗后，应轻轻将明火用手搧熄（有的进香者将篾香之火举起在自己头上快速绕行一圈搧熄，既将篾香明火熄掉以求更长久引燃，又寄寓了烧除自身秽杂之气的意思），而不可用嘴巴吹熄篾香之明火，免得将唾沫溅至香支上涉及不敬。

许多妈祖信众手头捧有《圣母真经》（俗称《妈祖经》，世上有诸多版本），于点香烛时念诵其中的《焚香咒》（有的又称《发炉咒》），其咒略曰："神由心通，心赖香传。香爇玉炉，烟达九天。诚心礼拜，请圣临轩。"虔者念诵三遍之后才开始上香。上香后还可选择《妈祖经》之核心内容虔心念诵。

上香时应先步出殿外，在主殿堂前正中处通常都有一个大香炉，俗称"天地

拈香焚祝

炉"（外地亦称"天公炉"）。进香者伫立炉旁举香向外当空作揖，口念"风调雨顺、国泰民安"之类大愿语，然后插一支香于"天地炉"内（有的宫殿较小，门前没设这种立地大香炉，多于殿前门外正中悬挂一个小香炉，亦视为"天地炉"，可把第一支香插于该炉中）。再进入殿内，于神像前礼拜后，将第二、三支香一并插于主案上之香炉内。若一殿中有多尊神祇、多张香案、多个香炉，可凭神座多少逐一拜谒敬香，从中间最尊贵者拜起，又依谒拜者右边之神为尊先拜，再拜左边之神，按此尊次之序分别供上一支香（本应一炉插三支香，现为环保，通常只插一支，甚至仅在殿内主炉中插一支）。旧俗上香以奇数为宜，据说因为阳事皆当用奇数；双数属阴，且"双""丧"谐音，逢拜丧或祭阴神时方用。为免双数之嫌，细心者可于上香前先默数一下殿中之香炉数加"天地炉"之数，可依此数略加一二为奇数香支。依次上香后，多余的一二支香可再插入主香炉内，这样来确认箧香奇数而且各香炉均不漏插。现在人们多讲究环保卫生，有的宫庙殿中虽然各神前都放置香炉，但许多香客仅在主神炉中插香，其余各神依次徒手拜过而已。一些宫庙逢进香高峰期，庙中管理人员都要忙不迭地在一批香客刚离开时就抽出他们插的一把把箧香，让各个香炉空出位置供后来的进香者上香。香到意到，不求过多过密，这应是与时俱进的上香理念。

持香拜谒之礼仪也有讲究。通常把香握在右手中，以左手轻环右手（阳包阴之势）。双手往下应不低于胸口，往上通常应举至鼻，如此持香一上一下即形成一拜，通常三拜之后，将持香之手举至鼻子高处，真诚祷祝之后插香，也可插香之后，合掌祷祝。插香时不论男女均宜用左手，掌握好各炉顺序，从右手抽取香支插入相应的香炉中。因右手属阴且日常处事繁杂较为不洁，故应居次居后，而让左手去插香。

举香祷告祈祝，可面对神像肃立，也可跪在蒲团上。民间还有常见的一种拜法，先双手拈香高举过头顶，接着往下拜，双手停至胸前。还有些人采用另一种拈香之法，即以双手的食指、中指紧紧合夹着香杆，以大拇指顶住香尾，而将燃着的香头直对着神像，举香过头顶，然后下移至胸前形成一拜。但此种拈香姿势，因香头朝前，不小心容易烫着别人或燃及旁物，故似乎不宜提倡。拈香焚祝的整个过程都应该专心致志，神情庄重，如实报告自己身份、姓名、里籍，备有何种薄礼前来致敬云云。祷祝者多自称"弟子"或"炉下弟子"，里籍可用现在通用的行政区域名，详者可报至自家门牌号，也可按旧时之域名概称"某某里某某境"（需准确无

误）。祷祝时均应如前所述先呼祝"风调雨顺，国泰民安""时绥年丰""四海升平""河清海晏""安定和谐"之类大愿语，以展现祈祝者之博大无私胸襟；然后祷告与自己密切相关的内容，如祈祝收成丰足、和睦平安、康健聪慧、舟车安利、生意兴隆、顺达昌盛、家和丁旺，乃至祈求解旱止涝、消灾祛病、弭祸息讼，均无不可。在各种神祇前之祈祝，都应循此"先公后私"程序，如莆仙戏著名古剧《目连》中，作为善德形象的傅相（目连之父），在"花园祈祷"一出中拈香唱道："名香一炷，虔诚顶礼，祝寿太虚。一祈求圣君贤臣乐无虞；二祈求五谷丰登，五风十雨，晚景桑榆；三祈求积善之家庆有余。"（据清末抄本）愿重悲深之风，自来已古，殊堪倡导！乡间老者也常告诫年轻人，慎莫以赤裸裸孜孜为利的"既升官又发财""我赢人败"等昧心话作祈语，以免遭受神谴。当涉及较为重要的祈求时，往往要同时许下一些口愿，并承诺于神灵庇佑实现自己愿望后，"本弟子一定……"。口愿简单的如焚化几副特制"贡银"、纸帛，敬献一桌宴菜，或献奏一场"大鼓吹"或"十音八乐"以及献演电影、木偶戏、莆仙戏，或是根据宫里需要认捐梁、柱、匾额以及"重塑妈祖金身"等。宋代刘克庄《神君歌》："村乐殊音节，蛮讴欠雅驯。老儒无酌献，歌此送相迎。"即描写一位老者以自己朴实无华的民间歌乐来献神。香客们都希望凭借自己一腔诚敬，表白感恩之心，促进所祈愿景尽快顺利实现。

若是上次所祈愿事宜均已实现或大致圆满成功，则此番进香，应当特地为之焚香祷告致谢，亦表达自己崇德报功、饮水思源之诚意。凡上次已许下口愿者，此次自应严格按照原承诺内容，一一予以兑现答谢，而且只许多不许少。否则，日后恐将遭受神祇责罚，而且若再有祈求亦将不灵。

4. 叩拜致敬

上香后，虔敬者往往还行徒手叩拜之礼。我国古代社交礼俗中长期盛行跪拜礼（《周礼·春官》把跪拜礼分为九种），最隆重的跪拜礼称为稽首，动作是屈膝跪地，双手相拱于地，然后头伏在双手前边地上稍微停留一段时间，故称稽首，作为臣拜君、子拜父、学生拜老师的大礼（顿首则是地位相等者互用的跪拜礼，礼法与稽首同，只是头触地即起）。清代又盛行三跪九叩大礼，辛亥革命后均废除，仅在书信中犹偶见"稽首""顿首"字样，作为礼貌雅语。据载乾隆二十二年（1757）朝廷曾诏告天下妈祖享皇家礼仪，祭祀时须行三跪九叩之礼，信众如今叩拜妈祖仍沿用了古代最庄重之三跪九叩大礼，较完整保留了古代礼仪风貌。民间认为，拜神贵在心存诚敬，所以乡人每有路过神庙偶动拜谒意念后，不及细备香烛供品，则徒手叩拜亦无不可。然而拜揖本有佛道之分别：释家拜佛，双手合十，而道家拜神则手拱两仪，左手抱右手，右手又抱左手拇指，呈

叩拜致敬

阴阳包容之状，亦蕴含老子《道德经》"负阴以抱阳"之理念。民间拜揖妈祖通常采用佛家双手合掌竖立之拜法，合掌置于胸前，拜时躬身，双掌也随着向前摆动一下，更为恭敬者合掌立于眉眼间之印堂处拜揖，特恭敬者还有将双掌合举过头顶拜揖的。佛教《华严经》中有一偈："合掌以为华，身是供养具。善心真实香，赞叹香云布。"意思是说，双掌合起像朵花，身子就是托花盆。善心才是真实香，赞声恰似香云在流布。道出了合掌之美与心香之宝贵。

合掌又称合十、合什，呈十指相合、手心相对之状，寓十方平等向道之意；又合掌于心口，表恭敬供奉之意。民间常见之合掌姿势大致有二：一是两手指尖相抵，掌心中空，两臂稍为放松；一是两手掌紧紧相抵，两臂也稍微绷紧。两种合掌方法均较为流行。然佛教一些典籍有载，合掌宜如塔形，掌背微躬，背心略弯，谓"外道合掌，紧闭掌心，将来必堕生于无佛之地……不得真空之理，执着成性故也。"（《兜率天赞叹经》之修法妙语明灯经注）但观古来佛像以及僧伽合掌图，似亦未必然。且妈祖信俗与佛教毕竟有别，故民间拜谒妈祖的两种合掌方式仍当顺其自然，似无高下之分。

三跪九叩方式，各地也有细微差别：可两掌背触地叩首，也可两掌按地叩首；叩首时头部可触地，也可触手；可在地上叩拜，也可在蒲团上叩拜。今为卫生计，通常都在蒲团上叩拜，而且头额触手即可。兹介绍一种较为典雅的叩拜动作：先面朝神祇端立于蒲团（或蒲团几）前，凝神默念，双手合掌示敬后，左手仍立掌于胸，随着俯身动作，右手伸出按定蒲团右前方以支撑下移之身体，待跪定后，左手也伸出按在蒲团之左前方，与右手掌并齐；此时左右掌同时翻掌，待两掌心朝上，

随即头部低俯，以额头接触两掌心作俯下叩首之状，这才完成一叩首。接着头部离掌，两掌心翻转向下，左掌收回胸前，而右掌支撑身体跪起后亦收回胸前与左掌合什，再站立起身，连续合掌拜揖三次，这才完成一叩三拜动作一趟。接着又如此再做两趟动作，整个三叩九拜动作方完。如年老体弱，亦可跪着三拜，或仅站立作三个揖即可，总之要根据个人年龄和身体状况来进行。整个叩拜动作应从容淡定，心无旁骛，这既是敬神之基本要求，又可避免匆匆俯仰起伏导致眩晕颠簸。另外叩拜时宜穿着相对宽松和较长的衣饰，避免身体敏感部位暴露，而且叩首时臀部尽量不翘高，并注意避让前后左右人员，始终保持彬彬有礼高雅状态。

5. 焚帛输诚

进香者缘于祈求与答谢心理，大都怀着凡间心理习惯预先备好"贡银"、金箔纸帛等象征金银财帛货币的供品以表诚敬。"贡银"为民间特制，小者约半米长，大者近两米长。多为涵江镇前村之传统产品。虽曰"银"，实为金色（民间祭祀神祇都用金箔制品，银箔制品称为冥具，只用

焚帛

于祭祀祖先及幽冥鬼魂等）。民间还有特制轿、马及所谓"裱裡"（象征五彩布帛）等，乃以竹篾或芒杆为骨，外加彩纸糊制，金碧辉煌。拈香拜祝时可顺便报告所献之金箔供品（乡间献"贡银"者往往特地举银跪于神前让神过目后焚烧）。于供品焚化将尽时，即跪于神前合掌默告礼献阶段完成，敬请"退神"。凡有茶酒供神者须取桌上之茶酒各一小杯在焚品余烬上醇洒一小圈，有的还取出自备的鞭炮到殿外焚化炉燃放，以示敬献供品和财帛程序之圆满结束。

6. 杯签乞示

进香者心中若有迟疑未决之事须祈求妈祖娘娘赐示，则须借用宫中之笅杯、灵签等神具。通常宫庙主案上均备置一副（两片）竹根雕制之初月状笅杯（外地亦称杯笅。笅亦作筶、珓等；杯字民间俗书亦加竹字头，本字应为柸），于神前祷

祝后将两筊并列在掌，高举于自己头首之前默念所祷求之事，然后垂直下掌，将筊杯掷于神案前之地上，可得圣、阴、阳三种杯象中之一种，凭之初断结果。也可连掷三次，记住所得的三次连续杯象，再据以查看杯签谱中所标示之签诗及故事，借此推断所祷告事之吉凶休咎去取。宫庙之神案上还常有大签筒，内放一定数量（有60支、80支、100支、120支等多种）标有顺序号的竹签。求神赐示时，于祷告具体事项之后，即捧起签筒，连续均匀摇动，随机抽取最先跳出签筒的一支，记住签号，再查阅庙中备用之签谱，据签诗及其故事得到较为明确的断语。较慎重者，于抽得某竹签后不忙查诗，而须当场掷筊杯请示此签能否当真。得圣杯者（请示特重要之事有的还必须连得三个圣杯）方可以定所抽之签；否则须再拈香祷告后又抽签，再掷杯，直到有圣杯。民间认为，若连续反复摇动签筒却一直跳不出签枝，往往是因为抽签者自身秽污或心有不诚、问事荒唐等原因，致神祇怨怒而不愿赐教，此时应于神前诚恳致歉，而此番不可再妄摇签筒了。筊杯掷下之后，如得"企杯"（企，本字为"徛"，《广韵》："徛，立也"，方言也是站立之意，指一只或两只筊杯倚着墙角、案脚呈竖立状，无法判定杯象），可再补掷一次；如连续掷得"企杯"亦视为神祇不愿赐示，不可妄自补掷（按：宫庙之杯签谱通常27支，未有"企杯"签句，但文峰宫之签谱却有28支，加"企杯"签诗1首，且杯属中上，应为特例）。无论签诗、杯诗（又称签辞、杯辞，签句、杯句，签解、杯解），都是人与神灵交流并判知吉凶休咎的载体，不外乎功名（事业）、财运、婚姻、子息、疾病、失物、行人、出行等群众关心的主题。据一些学者研究，各种签诗、杯诗以"中等"类居多，"上吉"次之，"下签"最少。其签句除十分明确优、劣内容之外，模棱两可的较多，给人较充分的推测想象空间，而且在辩证描述中，各签多有随缘、感恩、作善、积德之说教，也有坚定、少怨、顺变、图强之鼓励，更有知足、宽心、隐忍、安分之劝勉，对祷求者之复杂心理具有特殊的抚慰作用。外地有的妈祖庙还有药签，每一支都是一帖神谕药方（宫庙中通常有一略通医道之庙祝可为抽签者作必要的解释和说明），但莆田各宫庙尚未流传药签，是本无此签或系后世失传，尚待进一步考证。还有一些宫庙备有乩具可得到神祇更直截更明确的赐示，但神乩（乩亦作"箕"）须由该宫专职司乩人员执掌运作，通常用于请示较重大事项，且有更严格的祷告程序。

莆田民间把通过抽签、掷杯、扶乩以及请求巫祝人员作法附神等祈神明示的方式，统称为"勘圣"（莆田方言"勘"即"问"，"圣"白读音如"赦"），倒也

确切表述了信众们乞求于神明，盼望得到灵验教示的内涵。

7. 乞取香火

在进香者心目中，"香火"是一种常见的却又极其神秘、圣洁之物，它以宫庙炉中之香灰为主构成，蕴含了神祇的威灵和庇荫。所以，许多进香者都在上香祷祝之后，亲手从主殿香炉中撮取一些细净的香灰，用洁净纸张包好，或向宫庙求取符箓（旧时多由宫庙中巫祝在小黄纸条上以朱笔草书成外人不辨之符语），妥善包起带回。今则多由宫庙统一印制黄纸或红纸图案（上有宫庙宝号及印信、祈颂吉语等，中间常有天后宝像），一并奉回家中以黄色或红色、黑色小布块包裹缝制成小三角形或小方形，即成了人们视为圣物之"香火"袋，俗称"香火"。此"香火"可随身携带，悬挂于内衣之外的胸口处或存于衣服的上口袋中，以保平安吉祥；也可挂于家中特定之神位或较高之洁净处，俨若圣母神祇随护，自己与家人自当恭敬爱惜不亵渎（若作为神祇一般日常拜谒，则视同"分香"、"分灵"供奉，于下一节程序中将再述）。乡间准备出远门者，也大都习惯到本地宫中请个香火袋随身携带，可庇护出外平安，避免水土不服等。如今许多天后宫都精心订制了众多的小香火袋，呈直角等腰三角形、四方形或八角形（八卦形）等，供进香者自取，内装本宫的炉灰、符箓，外表黄绸或红绸布上还常机绣本宫宝号和优美图案等，无需进香者自己制作。还有的宫庙以附有天后宝像的有机玻璃或铝合金等外壳包装香火袋，成为玲珑小挂件，便于在家中或小汽车内悬挂。还有的宫庙制作了经过本宫统一开光的印有天后宝像的金色小卡片，以及

乞取香火

印有"天上圣母"宝号的小银锁等，可以供香客乞取，视同一般的香火袋。

其实，在传统信俗中，香灰的作用不容忽视。旧时民间通常尊称香灰为香末，（方言香灰之本字为香烌。"烌"音如"夫"之文读音，方言中还有腐朽之义，故乡间常改称香灰为香末、香火等），家中常备有从宫庙中乞取的细净香灰，偶而外伤小出血取出一撮撒上即能止血消炎；逢上伤风感冒、脑热肚疼之类常见小毛病，白开水或糖浆水配服一小撮香灰也大都能够很快见效；小孩大人常见的疔疮肿痛等，取香灰拌以雄黄、明矾加醋或蒜液涂抹也总能手到病除。更有善信者于寻医问药后仍到宫庙中求取香灰，与中药合研为蜜丸服用，或以重要汤剂冲服少量香灰以求速效。因为旧时没有当今盛行的"创可贴"、风湿膏、速效感冒片、藿香正气水等等，人们更多信赖神祇的灵验，而且以往篾香采用的是天然香木细末，没有化学香料毒性之虞，本身具有一定的辅助治疗功效。故进香者竞相求取香灰，深信不疑，其中自有道理存在。

8. 放鞭炮

放鞭炮敬神历史十分久远，据说南北朝时就已有放鞭炮的记载。古人认为放鞭炮可以驱除邪祟，带来吉祥，也是表达对所敬奉神明的一种感恩之情。莆田人在逢年过节，敬奉祖宗，祭祀妈祖等神灵时，都要在祭祀礼成之时，燃放鞭炮，以表虔诚和喜庆之情。

9. 乞灯照吉

一些进香者尚有特殊的祈求，家中需要新添子息，或家中有人即将考取功名（古有科举考试，今有各级升学或公务员考录等），即注重到宫庙中乞取小灯笼。灯者，与"丁"同音，添灯即添丁；灯亦光明之寓意，神灵之象征，而且方言光明与功名同音。宫庙还特意将小黄符贴于香客乞取的小灯笼上，以增强法力。还有一些香客每年都到宫庙奉请这种小灯笼，挂于厅堂之中，或挂于神龛之前（今有节能小灯泡悬挂灯笼之内，祭拜时可开灯，也可作为长明灯来用），有神光常耀之寓

意。一些宫庙于重大节庆时还备有大量的寻常小灯笼供香客离开时索取，因旧时夜间出行需要举灯照明，持用此种标有宫庙宝号的纸灯笼更具有光明辟邪的意义；如今时兴手电筒等照明工具，此种传统小灯笼更多是内含辟邪之寓意而渐失照明使用功能。凡宫庙奉回的灯笼及符箓等，于年终家中扫尘之后需要更换者，应小心取下，于除夕辞年家祭中与纸帛、贡银等一同当空焚化（灰烬冷却后应小心扫取倒入河海溪渠流水之中，不可混同垃圾丢弃），也可将旧灯笼带回宫庙中焚化并乞取新灯笼回家。

10．求奉神祇

供奉妈祖神祇，是信徒虔敬信心的充分体现。从宫庙中分奉心中的神明回家，俗称"分灵""分香""割火""分火"等。前面所述的信众乞取香火袋、乞取长明灯等，其实也均有"分香""割火"之义。一些进香者为了祛病消灾急切需要，或者为了方便自家日常就近拜谒，或者在前已发愿供奉而今事遂践诺等情况，都把求奉神祇作为一件极为慎重的急切的事项来完成。此事均应提前于神前杯签乞准，择日进香。有的是自己预先定制好天后宝像，亲奉至祖庙或其他较大的天后宫中举行点眼等隆重仪式后再请回；有的因路途遥远奉请未便，则仅于宫庙中奉取经过一定法事仪式的香火袋回到家中，再另制宝像与奉回的香火袋一并供奉。前面提到，许多进香者虔诚乞取宫庙之香火袋回家悬挂拜谒，此后，有的感到果然家运亨通，即发愿将此香火袋作为"分香"之基础，再奉请宝像一并供奉。莆田沿海群众从宫庙中求奉神祇和香火袋到家中供奉的现象较为常见，船民则奉回海船中供奉。旧时民间供奉的程序并不复杂，现今人们似乎更为注重安坐安神的仪规和宜忌（前面家祀、船祀部分已述不赘），人们将妈祖像亲人般奉迎回来朝夕相处，充分体现了妈祖信俗的亲民性特征。如今，许多较大的宫庙都有成批定制的已预先经过开光点眼仪式的精致妈祖宝像（有的还有多种规格），可供进香者选择奉请。

求奉神祇

11. 分享福余

若逢妈祖圣诞或宫庙其他大型庆典活动，宫庙都备有大量的"寿桃""寿饼"（桃状、圆形面饼）、柑桔等。祭祀活动结束后，宫庙管理者会把它们连同该宫庙特制的符箓等平均分成若干小袋（有的选择用印上本宫宝号和节庆内容的大香袋来装），分发给进香者。民间美其名为"福余"。故进香者欲离开宫庙时，大都乐于领取一份，将此"福余"携带回家，与家人共享，也把喜庆、祥和气氛带到了各家各户。湄洲妈祖祖庙常年备制"妈祖平安糕"，为糯米精制之传统地方风味方糕，很受信众喜爱。现在一些宫庙还特地订制了宣传本宫本地的小册子或活页材料，有的还备有镌刻妈祖宝像和吉语的小银锁、小胸章等，香客进香之后也大都乞取一二作为纪念。

12. 聚餐同庆

各宫庙在庆典日子里备办宴席招待各方香客，少则十来桌，多则上百桌。自有热心信众前来帮忙助兴，有的帮助采购，有的亲自掌勺，有的帮厨打杂，井井有条，乐在其中。香客于进香之后，大都乐于在宫庙中参与一次集体会餐，当然他们都会额外多捐助香金，绝不白吃。这种宫庙内的会餐，乡人普遍称为"吃健"，说是吃了更加有益健康。其实，本应称为"食供"，乃食用祭祀神佛之后的供品，希望同沾福泽，得到神灵的进一步庇佑。如今社会物资丰富，一些香火较旺的宫庙每月初一、十五都备有面向广大信众的宴席，让香客们有更多的机会进香和"食供"。

第三节　跋涉到外地宫庙进香

本地信众还喜欢到离家相对较远的宫庙去拜谒妈祖，莆田平原、山区乃至仙游信众自古就有前往湄洲祖庙和贤良港祖祠进香朝圣的习俗。此外，城内文峰宫、东岩山妈祖宫、城外白湖顺济庙等具有深厚的历史文化积淀，是妈祖信俗的重要胜地，是群众进香活动的优先选择，更为外地跋涉进香者之首选地之一。广大善男信女在多年的跋涉朝拜中凝聚了剪不断的香火因缘，有的还将进香习惯郑重传授给下一代，或带动感染周围亲友一起参与进香。旧时交通不便，长途进香，往往要跨过几个乡镇，甚至跨越县界，跋山涉水，主要依靠自己的两脚走路（虔敬者还要手提肩挑敬神的贡品、帛礼及土特产等），途中来往常要过上几夜。但善男信女们大都坚定认为，跋涉进香尤能体现自己的虔信，也更能得到妈祖娘娘的垂青荫庇，故一

路排除杂念，乐此不疲，而且通常要连续进香三年，每年特定进香时间到来之前都要认真筹备一番，确保顺利成行心愿圆满。

在外地宫庙进香与到就近宫庙进香，其基本程序虽然相同，但应在精神物质两方面都做好更充分的准备。一是确定进香主题。对自己的合理祈求，进香之前即念念于心。早先已发愿者，应积极做好还愿践诺之充分准备。准备请神侍奉者，应及早勘定方位、备好龛桌及做好相关交接安奉事宜。二是预先了解进香路途情况，备好适用香袋、盘缠和必要的生活用品等，也要注意联系其他进香者，路上同行便于相互照顾。三是适当了解进香地的民俗风情，进香者大都是选择所朝拜宫庙的庆典和庙会活动日而前往的，有时还常常要参加丰富多彩的庙会游乐活动，故要有充分的思想和物质准备，预先做好时间安排，且注意尽可能与对方宫庙进行联系沟通，确保进香过程安全顺利、庄重和谐。

第三章

团队进香

　　团队进香是相对于前面所述的个人松散进香而言的。通常由七八人以上，甚至数十人、上百人组成进香队伍，往往主题目的更为突出，组织性也更强。如果从交通工具和组织形式区分，大抵可分为徒步进香者，自行筹备车、船运送的进香者，以及依托旅行社组织进香活动的进香者。近二三十年来妈祖文化声名远播，前往湄洲朝圣者络绎不绝，有些海外信众组团进香不辞远途艰辛，一趟就经历了海、陆、空交通，传为佳话。如果从进香者人员组成性质来划分，大抵可分为以下几种。

第一节　自由组合团队

　　通常相距较近的香客，平时有一定联系，而且都拥有共同的信仰基础和诉求，都打算到某一地进香，就相互之间打好招呼，形成进香共识，各自做好准备。虽系自由组合，也必须有二三骨干积极筹划，事先定好主题内容、主要路线、交通方式、时间安排以及重点注意事项等，还要推选人缘关系较好、处事热心公道者为牵头联络者，必要时还要对后勤服务、账目管理等有一定的分工，确保整个进香活动严密有序，不拖沓散漫。如果选有几个进香点的，应适当分清主次，第一站的头一支香应尽可能到最重点的宫庙，故而在行香路线上先要有所考虑。若日程中既安排

自由组合团队

了进香又顺带旅游的，通常也应先安排进香活动，圆满完成谒拜程序后再宽心进入旅游探访阶段，以突出进香重点，也展示此行的虔诚之心。

　　进入拈香祭拜阶段，团队成员也可参照前述零散进香规矩各自进行祷告拜谒，也可体现团队特色，集中统一进行拜谒仪式。许多较为规范的妈祖宫庙都有一套供团队香客在主殿集体进香朝拜的程序，宫庙管理人员会主持（司仪）唱号，整个仪式简明扼要，且整齐划一，庄严有序，可避免个人松散上香时出现程序不明、拖沓凌乱等现象。故许多进香团队都乐于在主殿举行集体拜谒程序。若宫庙方人手不足，也可商请其他进香人员代为主持，或自己团队推出一人在队列中边主持边拜谒。个人有特殊祈求等事项的可于集体拜谒之后另在某些程序上再细化加强即可。

　　集体进香拜谒的程序，各宫庙大同小异，兹以中华妈祖研究院懿明楼天后大殿的拜谒程序为例略加说明于下：

　　1．主持人宣布："某某进香团祭拜活动开始。"参加祭拜人员先肃立于神案前，面朝天后宝像，俯首凝神。进香团队之带队者、尊长者可视为主祭，站于首排居中之位；宫庙方若有陪同团队客人致祭的，可站于主祭位置之左旁；主持人一般站于神案之旁，面对拜谒进香的香客舒缓庄重地主持、宣读，以下各小节程序也由主持人依次高声宣布。

　　2．钟鼓和鸣：宫庙方通常播放妈祖祭典中器乐曲小片段。

　　3．上香：宫庙方指定一两个管理人员担任司香，根据进香人数点燃香支，通常每人三支，逐一分到进香人员手中。

　　4．行三拜礼：进香人员持香随着主持人的唱号而鞠躬："一拜，祈求风调雨顺，国泰民安；二拜，祈求家门康泰，福禄荣臻；三拜，祈求心想事成，吉祥如意！"

5．进香：司香将各香客手中的香支统一收齐，代为到各神像前的香炉插香。各香客仍然原地肃立。

6．朗诵祝文：主持人首先申明农历年、月、日及进香团名称，主方有陪祭的也顺带介绍身份，略曰："维岁次某年某月某日吉时，欣逢某某率某某进香团莅临中华妈祖文化研究院，兹由某某先生陪同，

香火气氛

谨以馨香斋果致祭于懿明楼之敕封天上圣母及列位神祇，诚祈鉴纳。"接着，主持人高声诵读祝文，略曰："天仁降瑞，山川孕灵。笃生圣女，乃司沧溟。红灯常照，母德长铭。吉凶示兆，永锡太平。驱遣六甲，敕令五丁。扶危济险，海晏河清。人天顺泰，薄海波平。懿明楼阁，瞻拜圣灵。征祥集福，遐迩芳馨。慈悲普济，万众安宁。伏维，尚飨！"祝文多为四言韵文，可视进香对象不同而对祝文词语稍作一些调整充实。如进香团来自宝岛台湾，则可添加"华夏一脉，同气联荣。天后垂泽，两岸共赢"之类祝愿吉语，全体进香人员肃立聆听。

7．行三献礼：司香人员代进香团分别献上花、果、帛，主持人高呼："献花——拜！""献果——拜！""献帛——拜！"进香团各成员随着"拜"字，先后一起合掌拜了三拜。

8．向天上圣母行三鞠躬礼：进香团成员随着主持人的"一鞠躬""再鞠躬""三鞠躬"一起恭恭敬敬向妈祖宝像鞠躬。

9．礼成：随着主持人宣布"礼成"，可在殿外焚化炉点燃鞭炮，进香团成员的集体拜谒仪式即告结束。各成员可自行走动，个人如有其他祈求或还愿、募捐等活动，也可抓紧时间进行。

第二节 以宫庙名义组团

以地方宫、庙、社为单位组织的进香活动，是组织更严密、任务更明确、关系

更和谐、气氛更浓烈的信俗活动，也具有明显的联谊色彩。故而除了前面所述的各项重点环节之外，在诸多程序细节上须有更多的讲究，择要而言。

各宫庙出行前预先制备本宫庙标识旗帜或横幅，出行人员备好相对统一格调服装（诸多宫庙为出行进香者订制统一服装，有的还在衣服上标绣宫庙名号等），以求观瞻上更为鲜明划一。

拟奉侍本宫妈祖神祇出游进香者，通常是选奉副身。本宫尊奉妈祖宝像常年端坐镇守于殿中作为主神，不便移动，一般都备有较小型的软身妈祖，俗称"副妈"，有的还备有副二妈、副三妈等。出游进香时，还应准备玲珑宝座、箱盒等，方便出游时捧奉迎送。凡拟捧像出游者，须于神前祷告，连同诸细节包括确定领队、炉主之事一并祷告，获杯签准示后方可成行。奉像出游进香，路上须格外尊崇细心，侍奉者保持身心洁净。路上需逗留住宿，亦须筹划定好驻跸地点，最好选在所在地妈祖庙等供奉神祇之净地。条件不允许，也可选择在虔信、洁净人家，暂奉于堂上，驻跸及启跸均应拈香启告。在车船和飞机上则随身捧奉。

如奉像未便或神卜未准，亦可杯签请示后径奉本宫香火袋及小香炉参加进香活动，奉炉者胸挂香火袋，须确保炉中三炷香一路燃点保持不熄（路途中可轮流照看和休整。当然在机舱及舟车等特殊地方应遵从禁火规定）。每至一宫庙，须从自己炉中撮取少量香炉置于对方宫庙之主炉中，又须从对方主炉中撮取少量炉灰放于自己的捧炉中，俗称"交炉"，体现宫庙神祇间友好交会接洽的融和之意。

宫庙组团进香

　　较大型的宫庙及进香队伍，通常包括必要的仪仗，有的带上有地方特色的民俗文艺队伍，如涵江进香队伍常伴有声势较大的车鼓队，仙游进香队伍常伴有古色古香的"大鼓吹"。近年来台湾进香队伍常伴有流行于该地区的将军神偶等，均给人耳目一新之感。

　　较为慎重者，根据此次进香主题和节庆特征，预先备好祭文，旧时多为文言文，今时则多编为四言韵语，朗朗上口，通俗易懂，盛赞妈祖，祈求吉祥，祭读后与银帛一同焚化告天。

　　拟与所进香宫庙结亲联谊者，应事先商议联谊文书，一式两份，由双方宫庙头人共同拈香祷祝并签字盖章，各执一份为凭，慎重者还多备一份当空焚化示信。

　　进香者拟向朝拜宫庙馈送礼品者，大都预先知会，受赠方也多有象征性回礼，受礼重者，还需举行特别馈赠仪式以彰其诚。

　　进香者拟向朝拜宫庙捐赠信物，募建殿宇，题塑金身等，应提前与对方宫庙沟通联系清楚，如需举行一定仪式者，亦应事先充分筹划，做好衔接工作，确保所题捐项目实用顺意。

　　进香中祈请分灵奉祀者，应充分尊重对方宫庙礼俗，认真以珓卜示准，并举行一定法事仪式。尽量与对方宫庙多沟通联系，相互间取得更充分的理解和支持。凡奉请宝像香火回城者，路上也应如前所述，格外尊崇细心，不可有丝毫怠慢疏忽。

　　拟巡访多处宫庙进香者，应合理安排进香顺序路线，明确主次缓急，宽紧有致，并留有一定调节空间，确保与对方宫庙交接顺利，气氛祥和热烈。

　　宫庙组团的进香活动，根据其活动内涵的区别，大致可分为几大类。

1. 宫庙之间的通家联谊进香

　　莆田方言之"通家"，本是指两家之间亲密无间，平时红白家事都相互走动关心、情同手足；因关系密切，甚至可以跨越地域、姓氏、年龄、辈分等差异，在帖、礼落款上都泛称"通家兄""通家弟"以见交情之厚。以此类推及两个乡村、两个宫庙，经常走动、关系较密切的也俗称"通家乡""通家宫"。在共同的妈祖信仰之下，莆田的许多妈祖宫之间都堪称"通家"。宫与宫之间的进香活动，更多的意义在于联谊敦睦、共颂平安。通常情况下，某一宫庙有特定的节庆活动，或将承办较大规模的禳灾祈福活动，往往事先向平素多有联络走动的外地姐妹宫庙发出邀请帖。许多通家宫庙就会纷纷筹备前来进香志贺助势。较为隆重的出访进香活动，也较讲究仪规礼节。进香宫庙多奉本宫之软身妈祖神舆，并配备本宫简要的仪仗队和较有特色的舞乐队伍，还有的配上挑礼盘担队伍等。主庙方也预先备好礼乐人员到村口候迎，双方见面后礼拜再三，一路上歌乐飞扬、炮仗震天，来到主方宫庙，又是一番隆重的拜谒仪式，场面极为壮观。有了诸多宫庙同心共策，主方宫庙的活动自然更为周全，法事更为庄严，庙会也更为丰富，不仅提高本宫庙的声望，也有益宣扬通家庙之独特风采，彰显妈祖信徒同一家的理念。若是邻近乡镇村落有多个妈祖庙，还可以根据实际需要筹划某个庙会主题，若干个近邻宫庙联合举行所辖区境之巡安出游活动，吸引附近更多的民众前来参与进香祈福，产生更为广泛的信俗影响。

2. 谒祖寻根进香

中华民族历来注重感情寄托，喜欢寻根溯源，发扬优良传统。妈祖生前治病济危，升天后又屡屡显灵扶正救难，其立德、行善、大爱精神世世代代深入人心。作为莆田当地人，大都希望去妈祖庙上一炷香，亲炙女神的惠德，特别能到那些充满历史传奇的代表性宫庙去谒拜，感受质朴的慈爱。妈祖信仰的发祥地在湄洲岛，所以人们更把朝圣湄洲岛作为一个常存的美好愿望。作为普通的妈祖宫庙，也大都希望组团去湄洲岛祖庙拜谒进香，感受神的灵光；有的还希望往贤良港拜谒祖祠，或是到白湖顺济庙、文峰宫、东山行宫等具有深厚历史积淀的著名宫庙进香。后起的宫庙对于那些知名的老宫庙犹如后生辈对待老前辈般的尊重和敬仰，进香和交流也都带有较浓厚的寻根问祖意蕴。因为现在交通方便，莆田本地宫庙假如组织往湄洲谒祖，除非计划在岛内住宿，否则当天都可以车舟返回。若早点出发的话，还可多走一两个宫庙，于是更能激发谒祖联访的热情。对寻根最为执着的当属台湾信众，他

谒祖寻根进香

们都认定妈祖神祇祖在莆田湄洲，也深知台湾宫庙供奉的妈祖大都是湄洲妈祖庙的分灵或再分灵，所以宫庙组织到福建莆田的祖庙、祖祠进香谒拜是对先辈跨海创业和文化信仰的一种追溯，也是精神上真正的寻根。但在两岸隔绝的数十年间，台湾许多宫庙在妈祖诞辰日只能面西拈香遥拜寄托追根之意，有的还由此衍变成了宫庙的一个特有习俗。据台湾大甲镇澜宫资料，该宫在清代大约每隔二十年左右回一趟湄洲谒祖进香，到日据时期遭禁，以后两岸阻隔，直至八十年代才冲破阻力，逐步恢复谒祖旧俗。

上世纪八十年代末两岸关系日趋和缓，进一步激起台湾信众的谒祖进香渴望。1989年5月台湾宜兰县南方澳南天宫组织20艘渔船224名信众直航湄洲岛谒祖进香，"妈祖重行海上路"，抢插了海上直航的"头香"，引起两岸轰动，并带动了一波又一波的寻根热，增强了两岸同根同源认同感。2000年7月大甲镇澜宫组织2000多人的进香团到湄洲举行"千禧祈福"大典，2006年9月台湾妈祖联谊会组织50家宫庙4300多人及在大陆台商共7000人到湄洲进香，均盛极一时。随着"三通"的实现和交通旅游条件的改善，现在一个宫庙联络好几个宫庙组织几百名上千名信众前来拜谒已极为常见。2009年2月嘉义天后宫、台南天后宫等25座宫庙，捧着75尊妈祖宝像获准直航湄洲岛，开展为期三天的文化交流活动，成为两岸海上通航客运后的进"头香"者，台湾巡防署派艇于有关海域巡护，大陆省市有关部门去岛上举行了隆重仪式庆祝正式首航成功。如今有的宫庙一年来拜谒多次且连续几年，这都已是平常事了。

第三节　分灵宫庙到香源宫庙进香

人民群众为了方便日常祈求平安，常以"分灵"方式到湄洲祖庙或其他较大的妈祖庙求得神像"分身"（可直接请回神像，或先请回"香火袋"，待回来后再选宝像与香火袋相配），奉回家中或船头即视同原庙中之娘娘，日日虔诚拜祝，前文已作阐述。有信众长时间供奉妈祖神祇后，多有发愿建宫庙隆重奉祀，新宫庙即视为原宫庙的"分灵"庙，具有直接的传承关系。还有的是当地信众得到神示（梦示、乩示等等），或因某事发愿，要募建新宫庙，并专程往湄洲请回宝像香火，所建宫庙也是直接"分灵"之宫庙。"分灵"又称"分香""割火"等，闽台沿海居民漂泊不定，但妈祖信仰伴随着他们弄潮、跨海、谋生、避难的坎坷踪迹在不断扩

分灵庙到香源庙进香

展延伸，故"分灵"现象尤为普遍。台湾宫庙多为从莆田湄洲祖庙分灵或再分灵去的，故称祖庙妈祖为"湄洲妈"。上世纪初台湾鹿港（旧称鹿溪）诗人庄嵩之《竹枝词》云："旧宫圣母轿班团，新自湄洲谒祖还。请得分身正二妈，角头传燕祝平安。"诗中明确此次所请回分灵金身为"正二妈"，而且此行为"谒祖"，可见其"旧宫圣母"之正大妈应系原从湄洲分香过去的"湄洲妈"。此外台湾各宫庙还有"兴化妈"（除湄洲之外的莆仙地区分灵去的）以及"温陵妈"（泉州一带分灵去的）、"银同妈"（同安县一带分灵去的）等等。有许多宫庙至今能明确自己是从何处宫庙分割香火、恭请妈祖神祇回来供奉至今的。有的是由故老代代口头传留交代，有的存有碑记或诗文可资印证，甚至还有多次拜谒源头宫庙的记录或信物。在注重传承渊源的民族文化背景下，有"分灵"关系的庙宇之间尤有独特的亲密联系，"分灵"宫庙与主宫庙（香源宫庙）之间犹如孩子与母亲般的亲缘关系；如今"孩子"独立在外另开天地，则两宫庙之间更是如同母亲和嫁出去的女儿般的关系。因此，民间习惯把分灵宫庙往香源宫庙的拜谒进香活动俗称为"回娘家"（莆田方言为"行外家"，古代雅称"回门"），非常形象地概括了两家宫庙之间的特殊微妙关系。

这种"回娘家"进香与前面所提的庙际之间的通家联谊进香和谒祖寻根进香活动一样，在程序上其实都是可简可繁的。简单的就捧着本宫神像香火回来过一下炉，隆重的则要组织护驾、仪仗队伍等，浩浩荡荡回到香源庙，举行热闹的认亲拜谒仪式。凡拟议组织进香者，均应于神前乞准，经掷杯三卜，得三"圣杯"（一正一反）方可决定组团。参加进香团的成员均应梳洗干净，于神前虔上"平安香"，祈求妈祖保佑来回平安顺利。所应携带的香旗等也应环绕本殿香炉之香火数匝，称为"过香火"，让神灵赋予"灵力"，保佑信徒们一路平安。一些宫庙在组织大型进香团出发之前，还特地在宫庙前搭台雇演"起驾戏"，祈求众神共同护佑进香成功。

"回娘家"进香活动按理可以一年一次，或三年一次，或连续三年、五年，旧时因路远交通不便也有五年、十年甚至二三十年一次的。如前所述，两岸由于以往长期禁锢、隔绝以致数十年中断，至上世纪八十年代后期始又恢复此俗，兴起了谒祖寻根新潮。如台湾鹿港天后宫2006年、2007年奉"进香妈"到湄洲祖庙进香，2008年则请出"湄洲开基二妈"（按：应即前述庄嵩诗中之"金身正二妈"）赴湄洲，是睽违191年之后首度"回娘家"，包括岛内各级政要等三四百人参团，气氛热烈。如今，此类进香活动较旧时更趋频繁，更加壮观，为前辈人所料不及，真正展现了神缘的殊胜魅力。

妈祖"分灵""再分灵"现象极为普遍且发源久远，据信"回娘家"的进香习俗大抵已有千年历史。但因沧桑变化，详尽的记载日渐湮没。大陆又迭经战乱、"文革"等劫难，历史文物多有破坏。可贵的是，台湾孤处一隅，虽亦有政乱世变，而同胞怀乡追祖之心常存，于妈祖进香信俗文物之保护方面尤见细心。据悉，鹿港地区有座莆田先民于康熙二十三年（1684）跨海徙居后创建之"兴安宫"，至今存有许多宝贵的妈祖信俗历史文物，如妥善保存300多年前从湄洲祖庙"分灵"恭请赴台的三尊软身妈祖像等，弥足珍贵；台湾配天宫珍藏有民国九年（1920）进香时湄洲祖庙赠予的一副珍美筊杯；北港朝天宫珍藏有进香时湄洲祖庙赠予的妈祖宝玺；鹿港天后宫珍藏清代乾隆丁未年间往湄洲祖庙进香时奉香的铜炉（号称"进香正炉"），恭存于特制之红漆木匣中；其他诸多宫庙珍藏的早年往大陆妈祖庙进香的符箓、印信、炉屏、令旗、服饰、法器及祖庙回赠之香泽礼品，不胜枚举，勾勒了一幅幅翔实、厚重、缤纷多彩的妈祖进香历史场景。更为奇特的是，台湾许多宫庙回大陆谒祖进香，既留存了宝贵信物，也流传了绵绵不息的进香佳话，逸闻轶事虽历经岁月洗礼却感人犹深。如嘉义县朴子配天宫因供奉朴树雕成的妈祖像而得名，该宫信众1920年辗转到祖庙进香时曾经顺手从湄洲岛上捎回一株"四季兰"小苗植于主殿后小院中，终成葱郁小树，根部深入墙角于神像之朴树根部相连，人们惊喜发现此树竟有疗病奇效，或来此摇动、摩挲，或取叶煎服、擦洗，引得无数香客前来求治和观瞻拍照，而每人在心里又都深深地记下了莆田湄洲这块神奇的土地。近二三十年来，频繁的谒祖朝圣者不断恢复和彰显了数百年来其祖辈、父辈着力开辟的谒祖进香之旅，重新讲述了世代流传的感人故事。台湾同胞还带回了一批

早年前辈进香的老照片，清晰印载了近百年前湄洲祖庙的真实风貌，特别是1922年
台湾鹿港天后宫主管施性瑟率进香团到湄洲谒祖，还特地从泉州请来摄影师拍下来
一组祖庙照片，是已知现存最早之原貌照片，现已翻拍送祖庙珍藏，极为宝贵。这
些都有助于弥补祖庙于"文革"浩劫中历史资料痛失的遗憾，为妈祖文化在当时之
鲜活原貌与传播历程作了一个个明晰的注脚。

第四节　大格局下的"回娘家"进香

如果说，"分灵"宫庙向香源宫庙进香谒祖，是本义上的"回娘家"，那么，
湄洲岛的妈祖祖庙，贤良港的妈祖祖祠，是所有妈祖信徒心目中的信俗源头，也是
终极意义上的"娘家"。所以，许多年以来，莆田各地妈祖庙流行前往祖祠、祖庙
进香谒拜的"回娘家"活动。因天后祖祠在贤良港，是赴湄洲岛的必经之地，故信
众往湄洲拜谒妈祖之前，往往先到祖祠朝拜。因此贤良港祖祠的"妈祖回娘家"祭
祀民俗于2007年8月被列入福建省第二批非物质文化遗产名录。

上世纪80年代以来，谒拜妈祖的各地宫庙逐渐增多，这种"回娘家"谒拜逐渐
与春秋祭拜妈祖和祭祖活动相结合，而在每年的正月至三月，"回娘家"活动达到
了高潮。按照俗例，莆田各地妈祖宫庙恭奉本宫妈祖宝像，带领相关的仪仗队伍，
并随带米粉、面食、糕、馃和时鲜土特产"回娘家"。通常先到贤良港天后祖祠朝
拜妈祖及其先祖，住上一晚，翌日往湄洲祖庙进香，分别进行驻跸、交炉及迎送等
隆重仪式。有的妈祖宫庙则错开时间，单独往祖庙、祖祠进香。现今莆田一些主要
宫庙往祖祠、祖庙的"回娘家"活动，相互间加强协调，时间上合理安排，尽量互
不交叉。白湖顺济庙通常在三月初十日出发，城里文峰宫在三月十四日，东岩山妈
祖行宫在三月十六日，等等。这些知名宫庙每年"回娘家"组织进香的信众香客都
在百多人，有的近三百人。

在妈祖文化持续广泛发展的大环境下，妈祖进香活动一波高于一波，妈祖信
众普遍把祖庙、祖祠作为"娘家"，各地妈祖宫庙特别是海外宫庙都把"回娘家"
谒祖进香作为热盼的意愿。为此，2008年，中华妈祖文化交流协会和湄洲妈祖祖庙
共同策划组织了首次"天下妈祖回娘家"活动，台湾有115家妈祖宫庙奉像"回娘
家"进香拜谒。此后每年举行大规模的"回娘家"活动一次，作为妈祖文化活动周
的一个相对固定的活动项目，影响很大。2013年的"回娘家"活动吸引了台湾179

家宫庙的千尊妈祖像（包括北港朝天宫历史久、名声大的"黑脸"妈祖以及12尊翡翠妈祖像）前来参与。各参与宫庙都严格按照传统的进香及驻跸、迎送等仪规，并且尽量展示各自的特色内容，服从统一协调安排，与湄洲岛所在地15家宫庙及岛外各有关宫庙一起，在天后广场举行了气势宏大的祭典仪式，并共同驻跸妈祖研究院"懿明楼"广场举行大型祈福颂典和法事仪式等。活动期间正值"神舟十号"顺利巡天，中华妈祖文化交流协会与福建省海峡文化创意产业协会"福"文化专委会特地参照"神十"搭载的"世界福"标识，设计了融入妈祖文化因素的"妈祖福"锦旗，分赠参与此次活动的两岸各妈祖宫庙。整个进香活动通过"进福门、擂福鼓、鸣福钟、赠福旗、颂福文"等"五福"内容，抒发心声，祈求福祉，更显得"福"气浓浓、亲情融融，虔敬有加，在袅袅香烟升腾之中，寄托了两岸民众对和平发展的良好祝愿，表达了两岸同胞对梦圆中华的共同追求。

第四章

进香规矩

　　进香活动，诚敬为先。妈祖信俗深深浸润着中华民族注重礼仪的传统文化，在其约定俗成的进香和其他庆典活动中，广大信众无不呈现志诚和敬畏之心，并认真遵循着一系列虽未成文却不可大意的规矩。传统普遍认为："举头三尺有神明"，"作事奸邪，任尔焚香无益；居心正直，见吾不拜何妨。"每个人的所作所为，皆在神明掌握之中，更不必说你既已来到宫庙直接面对众多神祇，就理应秉持"一片真心可对天"的赤诚和圣洁，何敢随意和造次！故进香之前就得做好较充分的精神和物质准备，进香时要专心致志、踏实严谨，把虔敬之心落实在每一个细节之中。

第一节　心清志定

　　进香之前，先应及早放下手中杂事，尽快澄心净虑，排除一切与进香无关之纷杂念头，制心不令驰散。须长途跋涉进香者，尤须充分估计可能遇到的困难情况，及早调节身心，切实做好思想准备，坚定此行之信心，保持愉悦放松心态。俗谓"凡间私念，天际若雷；暗室亏心，神明若电"。乡间故老常诫后生辈，日常的起心动念即是一炷无形的心香，善恶之念均能上达天际，所以进香者居心一定要

善要正，不可心猿意马，想入
非非。凡祷求时必优先祷祝社
会民生，而个人之祈求内容亦
切不可违背伦理道德，且应适
可而止、知足而乐。如此保持
一身光明磊落之正气，方能感
天格物、福至心灵。正如清代
流传的一段《祝香咒》所唱：
"心清兮神静，神静兮心灵。
心灵来祝香，香烟上天庭。"

心清志定

第二节　洁净庄重

　　犹如要去拜见尊贵客人不能蓬头垢面的道理一样，人们在进香之前总要认真
盥洗一番，着意梳妆打扮，以保持形象淡雅，焕发容光。虔诚者以及担任拈头香、
捧大炉、抬神舆等重要角色者，行前还应斋戒三天以上，避免房事。集体进香者于
行前还常集中食宿几天，避免接触污秽，保持清静身心。进香期间宜穿着整洁庄重
而且相对宽松的服装，上好纽扣和拉链，不得光膀子或只穿背心。旧时男女多着汉
服（俗称"本地衫"），男士更正规者着长衫马褂。现在男士可着汉服、中山装、

洁净庄重

夹克衫，较正规的着西装、带领带；女士也宜着正装，包括旧时右衽汉服和今之长短袖各式时装。但进宫庙不宜着裙服及过于暴露的服装，男女装均不宜过于短窄，以免进香时频繁跪拜身体起伏较大而暴露胸背腰肚等，于神灵和信众均有所亵渎。总的着装应朴素大方，不宜珠光宝气、花枝招展、喧宾夺主。进入供奉观音之殿阁时，不宜穿着真皮衣服（若事前不觉而穿在身上，可暂脱下寄于殿外，也不宜佩真皮包、着穿皮鞋），因佛教戒杀生之故也。又进香时尽量着用适脚轻便的鞋，旧时许多贫困者无钱置鞋就穿草鞋或打赤脚进殿朝拜，但不可穿木屐、草履或拖鞋等进殿，也不可趿拉着鞋，以免给人散漫拖沓之感。细心之香客，往往还随身携带装有毛巾、肥皂、卫生纸等用品之手袋，于正式进香谒拜前再次认真洗洗手脸。还有的在拈香点燃明火冒起之际快速地举起香束，让明火在自己头上绕一小圈（若有同行进香的老人、孩子在旁，也可顺便将明火在他们头上分别绕一圈），然后摆动香束将明火轻轻拂灭（不要用嘴巴吹灭香束明火，以免不敬），这也是象征以香火除去身上污秽之意。

第三节　虔敬静肃

旧时离一些大宫庙前一定距离外立有"下马牌"，即使当朝之高官显爵也必须在此之前下马下轿，未敢违禁。莆田妈祖庙虽无"下马牌"之类禁示，但是，凡乘车、马进香者，均应在宫庙大埕之外路口下来步行，而不要非得将车驶到宫殿大门口才懒洋洋地下车（当然，如属老弱病残者则允许为其提供更多乘坐方便）。以往人们大都倡导"行路（徒步）上香更虔诚"的理念，许多人每年都要特意安排出跋涉进香的项目。如今交通条件大为改善，舟车都便捷，仍有虔敬信众坚持一些短途跋涉进香活动，既表达恭敬，亦锻炼身心。

进入宫庙还有诸多恭肃事项必须注意。行至宫前大埕（莆田方言之"埕"特指房屋近旁留为活动、晒物之用的平坦场地），即应掐灭手中之香烟（宫庙中禁烟，也莫向他人分递烟支）。在大埕上即应注意取下头上所戴之冠帽、笠具和所撑之伞（可随身带着，但到宫中不宜再遮戴）。至大埕正中，遥向宫庙大门立身作个揖（抱拳或双手立掌均可），然后凝神起步迈向宫庙大门。又有老一辈讲究者于跨进大门和主殿时注重"男左女右"，即男性进门时须左脚跨入，女性须右脚跨入，为此进门之前就应调整好自己的脚步。更不容忽视的是，进入宫庙各门，均须注意

虔敬静肃

一步跨进，不能踩踏门槛（门坎，雅称门限，莆田俗称"门头"）。按：江浙等地旧时再婚女性及其他违背礼教者可到宫庙"捐门槛"让人踩踏以赎代罪愆之身（鲁迅小说《祝福》中之祥林嫂即有此情节）。然宫庙之大小门槛其实还是不宜随意踩踏的，进香者应切记。又闽南一带民俗认为，小孩不得坐在门槛上，否则会变得固执顽皮不听教诲（闽南谚语有"坐户填头蛮死柴头"之谓）；莆田称两腿分跨门坎（门头）内外坐下为"骑门头马"，视为阻碍他人出入的不雅行为，且寓有贬义（俗语"骑门头马"喻指仗地头欺负外人的恶行）。因此民间尤忌踏坐宫庙之所有门槛。此外，进入宫庙还切勿随意敲动钟鼓铃磬等法器，不得擅掀神案帐帷，以及随意搬动桌椅蒲团和擅取宫庙物品等。在宫庙内应保持肃静不喧哗，不乱吐痰，不乱丢纸屑杂物，并按管理人员指引焚化纸帛等，以庄重的言行举止展现恭敬之心。

在祷告祈示中也应始终保持诚敬态度。要如实告明自己里籍身份，坦率言明所祷求庇佑和乞求赐示事项之真实原委，切勿在神祇之前弄虚作假、口是心非，或作儿戏状。叩问之事宜应简洁明确，通常是一事一问，主题明确。若有赐示未明事宜宜应虚心请教宫祝，切勿浮躁性急而再三卜问不休，以致自乱心志且涉不恭。祈愿之事若已实现，即应按前所许之愿及早认真践诺酬谢，既事关个人诚信声誉，亦是

尊敬神祇的基本规矩。

对宫庙的各神祇均应持敬重态度，勿品头论足出言不逊，也勿随意去触碰宝像。老一辈认为，勿轻易拍摄神像，更不要同神像合影（认为个人无资格与神共处一画面，也担心照片乱丢造成不敬）。凡从宫庙领回的神像图片、符箓、灯笼、香袋等均应敬为保存，若已破旧，可带回原宫庙妥善焚化处理（需要者可向庙方求取新的），也可于家中新年前夕，辞年供天时与贡银、纸帛等一同焚化，不可随意丢弃。

第四节　和顺无争

怀着对神祇的满腔诚敬，进香者自应大度隐忍，谦恭有礼，和睦共处，切勿斤斤计较个人得失，争风斗气，影响和谐的进香氛围，违背和善的初衷。有素养的老香客进宫殿通常是主动从旁门进出，有人认为是因为主门的门槛高使老香客不便进入的缘故，却不知是老香客刻意谦让而不与众多年轻香客争挤中间门。一些宫庙的中间大门平时经常关闭，须待重大活动或特别尊贵宾客莅临才开启，故一般香客大可不必强开中门或为此门关闭而口出怨言。宫庙主殿中往往摆有多排供人跪拜的蒲团（单个的或连排的），较小的宫庙摆放的蒲团相对较少。香客多时，切勿争跪蒲团，其实跪地上叩拜更显诚敬。也不应争跪居中的蒲团，中间位置固然较为尊贵，但是有的宫庙中间蒲团颜色特殊是留给庙中尊老专用，不宜妄占，再从礼节上说回避中间位置更能体现谦恭礼让的美德。

谈到争和让，必然要涉及"头支香"习俗。一些宫庙在重大节庆日子的头天晚上，许多香客几乎彻夜不眠，争着在子夜时分插上该大殿的第一炷香（俗称"插头支香"、"点头支香"或"上头支香"。平时日子也会有香客特别早来到宫庙插头支香，但不会造成争挤场景），希望得到神灵更多的眷顾和庇佑。平心而论，以第一炷香来追求静谧、表白虔诚本来无可厚非。但是，近些年来，也许是浮躁社会心态使然，争"插头支香"的现象有愈演愈

和顺无争

烈之势。然而，俗话说得好："上香点火，好头好尾。"进香中只要心存诚敬，本无所谓"头支香"、"二支香"、"尾支香"之贵贱高低区别。我们不妨放眼看看，如今莆田许多妈祖庙在"妈祖生"（三月廿三）前夜和除夕之夜都聚集了众多的善男信女，他们大都是在当义工为宫庙清扫卫生、整理桌椅、摆设供品、布置氛围等，更有热心女香客会拢在一起喜盈盈地为妈祖宝像"梳妆"打扮，轻拂尘埃，簪花换袍，让女神以新的容光和威仪迎来节庆。待到子夜零点的钟声敲响时，这些义工也许刚刚忙完手中的活儿。而殿堂内外，"师公"在作法，女众们在颂经，十音八乐队伍在欢快演奏，众多的善男信女其实根本无暇去争插所谓的"头支香"，然而，大家都以各自虔诚务实的行为，共同呈献上了朴实的心香。所以，各方香客还是抛弃浅薄的世俗之见，多追求和睦安详，在美好的愿景下共同上好香，勿在宫庙庄严之地进行无谓的意气之争。

集体进香活动声势大、人员杂，更加吸引眼球，也更容易招惹是非，所以尤应保持诚朴低调谦恭和顺之心，充分注意乡风民俗，避免不必要的纠纷。按莆田民间俗例，乡村的游神行香队伍进了别的村界，即不能随意喧哗，更不允许有放土铳、燃爆竹、敲锣鼓、奏唢呐等大吹大擂动作。所以乡老们总不忘告诫后生仔们，进入邻村一定要小心翼翼，以避张扬寻衅之忌。旧社会莆田县、仙游县乡间存在较严重的乌白旗对立现象。有的村属乌旗，有的村又属白旗，重大节庆时村中各户悬挂的三角形小旗和出游队伍高擎的大旗就有明显的黑（方言说"乌"）白之分。旗号不同的乡村即使处于近邻，也相互不进行村际交流，有的还视同仇雠。似此对立村庄，旧时重大村事和节庆活动是不会邀对方参加，大型进香活动路线也要回避对方的边界，否则很容易引发矛盾，甚至诱发乡村之间的械斗。解放后虽已破除了乌白旗这一封建陋习，但"文革"期间派系产生使一些地方又有死灰复燃之态。"文革"后一些村庄在老一辈传习下又有挂黑旗、白旗现象出现，更有许多村庄在出游仪仗所执大彩旗边镶上黑或白的齿状布条，即是一种隐形标志，幸而现今只着重于体现历史痕迹而并未产生以往那种严重对立状况，但对此仍不能掉以轻心。旧时大型进香出游总要尽量选择从同色旗号的村庄经过，而且过外村时不宜鼓乐喧天（除非该村邀请造气氛）。如今妈祖信仰已更为深入人心，共同的信念让民众之心联得更紧，加上地方政府和社团的热心组织协调，故而进香引起的村际纠纷已很少见。虽然如此，进香中各自多了解和尊重乡情民俗，多谦让温和一点，必将使活动更为和谐圆满。

第五节　秽污回避

个人到宫庙进香虽说属于个人之事，可根据实际需要和可能情况自由决定参加与否；然而按照道教规矩，有些人因为身体不够清净原因，暂时不宜进入宫观，旧时宫庙门口多有"秽身回避，素服免进"的牌子作明白警示。妈祖宫庙在这一方面也参照道教的避忌（佛教无此忌）。按莆田民间的说法，涉忌的主要有两部分人：一是带"秽"者（方言称"污"，音如"乌"之阴去声），统指女性月经未净者，产妇未满月和恶露未净者，以及近日进过产房者。二是带"刺"者（方言这个"刺"，概指治丧间悽切不祥之晦气，本字待考），统指家有丧事尚未除服者（旧例丧家儿孙须守孝三年方可换下"孝服"，今则多为过了七七四十九天或头个"七"就除服，甚至殡葬后下山立即除服），以及丧葬期间进过丧家或参加哀悼活动者。又妇女怀孕期间气运较弱，也不宜进入宫庙上香及参加庙会其他活动，防止不慎撞邪，动了胎气。旧时甚至不让小孩去观看庙会行傩等活动，如宋刘克庄《岁除即事十首》之三："叮咛小儿女，不必看乡傩"，当亦担心因不洁或莽撞而冲犯。如今宫庙门外少有警示牌，以上当事者自当注意检点回避，免得触犯神灵，又伤及自身。

秽污回避

另外，旧时宫庙之主祭、出游之主炉等持香者，乃至游灯队伍之持灯者、庙会活动之车鼓队员、吹鼓（唢呐）队员、十音队员等，概由男性包揽。封建时代大户人家还严禁女子进宫庙。（如明代莆人黄景星之《家训》就明载："不许沿习俗非，听从妇女登山、入庙、出外看戏文。"）个中原因除了男权和礼教观念之外，还应与女性经期、产期等特殊生理制约因素有必然关系。如今社会男女更趋平等，女性参与妈祖信俗活动的空间更加开阔，车鼓队几乎全为女性包揽，女香客容姿焕发，温婉细腻，成为各类进香活动的主力军。当然，作为女性，自应根据自身生理特点，注意避忌并采取有关的防范措施。

第五章
龙井宫进香特例

　　台湾不少妈祖宫庙进香活动时间跨度长、地域跨度广，而莆田一般进香都是在当日或两日内完成。只有仙游的龙井宫是例外，其进香时间之长、距离之远，堪与台湾台中大甲镇澜宫七天八夜的进香活动相媲隆。因此本章把龙井宫的进香列为"特例"，加以简介。

第一节　龙井宫简介

　　龙井宫位于仙游县度尾镇潭边社区居委会，相传始建于宋绍兴七年（1137），建庙因由源于湄洲妈祖"飞炉显圣"的传说。宫名则得自宫前的一口神奇"龙井"。现存的第一幢是正殿，系明代古建筑，面宽五间，深进三间，中心高度约6米。殿内奉祀古代从湄洲妈祖祖庙分灵而来的木质正漆贴金的妈祖神像。龙井宫保存有不少珍贵的妈祖文物。如清雍正四年（1726），为褒扬海神妈祖庇护靖海侯施琅在康熙年间征台和平乱的胜利，雍正帝手书"神昭海表"四字，刻制匾额，赐于福建湄洲、厦门和台湾府城三座妈祖庙悬挂。但此三件雍正原匾无一留存，而现存潭边龙井宫这一匾额，落款为"乾隆十年"，是年代最早、最接近御赐原匾的匾额仿制文物。又如道光九年（1829），福建水师提督兼统辖台澎水陆军兵的刘起龙刻立的"寰海慈航"匾，还挂在宫中。此外，还有其他如簽诗板、神案等文物，均是珍品。龙井宫第二、三幢是上世纪90年代新建的房屋，分别为供奉妈祖父母的圣父母祠和妈祖梳妆楼。

在龙井宫正殿中，设有三座神龛，奉祀六尊神像：中龛供奉妈祖与法主仙妃，右龛供奉田公元帅与太保尚书，左龛供奉黄公大使与杨公二使。此外，偏殿还供奉着龙王、社公诸神。据说，这些神像原本属于不同的两座宫庙，妈祖和黄公大使、杨公二使、田公元帅原属于前宫，而法主仙妃、太保尚书及龙王则属于后宫，即最初的龙井宫。前宫原为本村李姓族人的庙宇，后宫原为本村吴姓族人的庙宇，二者相对独立，互不统属。清道光年间，由于前宫被大水冲毁，而李姓族人又无力重建，只好把神像寄放于后宫，久而久之也就合二为一，使龙井宫成为吴姓与李姓共有的庙宇，村民一起祭拜。龙井宫于1992年被列为县级文保单位。

第二节　进香简史

龙井宫每年的祭祀仪式，除了农历正月的元宵庆典、三月的妈祖诞辰及八月的"做保安"仪式由全村统一操办之外，其余诸神的诞辰庆典则由不同的祭祀组织操办，但在龙井宫所有活动中，以赴湄洲妈祖祖庙进香的活动最为隆重，其活动时间长、地域跨度广，令人赞叹。历史上，龙井宫最早赴湄洲进香的时间已难确考，据传始于南宋，绍兴七年宫庙建成后就开始有往湄洲进香之举，元明时代发展为有旗鼓队抬妈祖神像往湄洲的进香活动。龙井宫有较确切记载的往湄洲祖庙进香的时间为清道光十年（1830），时任董事为吴登清。此后的清道光十二年（1832）、咸丰九年（1859）、咸丰十二年（1862）、同治十年（1871）、同治十二年（1873）、光绪十二年（1886）、宣统元年（1908），民国期间的1912年、1916年、1917年、1923年、1929年、1942年、1943年、1945年、1946年，建国后的1950年，改革开放后的1988年、1993年等年份都举行过赴湄洲祖庙进香活动。

如清咸丰九年（1859）正月初举行的赴湄洲进香活动，就十分隆重，盛事口口相传，许多老人至今尚能娓娓道来。当时全村组织了600多人的仪仗队，除了妈祖銮驾、护扇、凉伞、千里眼、顺风耳等组成的队伍外，阵头还包括清道、头旗、啸旗、头灯、兵器仪仗、铙钹、十音八乐、八班（皂隶）、铳、火药担、供品担、灯笼担等队伍，颇为壮观。进香往返费时近20天，沿途接驾或驻驾的大小村庄达20多

个，地跨莆田、仙游两县。去时在傅围（赖店罗峰）、东河、霞尾、月埔等村庄驻驾，至莆田贤良港天后祖祠拜谒妈祖圣父母后，便渡海往湄洲妈祖祖庙进香。而回来时经过的村庄就更多了，有事前约定驻驾的，也有临时截留接驾的。凡所过往村庄，则见男女老幼穿上节日盛装，夹道焚香朝拜，虔诚备至；有的还设筵演戏，迎宾延客，十分热闹。

据说从此之后，龙井宫前往湄洲祖庙进香之例，开始正式形成。或一年一次，或二年一次，或几年一次，有时则一年二次，全承妈祖之圣意。与妈祖的沟通，则有赖于筊卜赐示。近年龙井宫编有宫志性质的《神昭海表》一书。书中的《龙井宫大事记》，主要记述了上世纪80年代妈祖信仰活动复兴以后的历次主要宫事活动。书中较明晰地记述了有关"进香"的大事，兹摘录如下：

1984年3月23日，参加湄洲妈祖祖殿开光，并赠送"湄洲回春"匾额一块，参加人数40多人。

1986年12月，参加秀屿贤良港天后祖祠妈祖开光典礼，参加者为三教班、十音班等，参加人数50多人。

1987年9月9日，参加湄洲妈祖祖庙"妈祖升天一千周年纪念"活动，参加人员有执事、十音班等，人数约380多人。

1988年农历正月初八日，经过在宫中正式筊卜，确定前往湄洲祖庙进香，率队者为董事长吴清其，参加者为执事、十音班（计三班）等，总参与人数达370多人，来往行程，费时20多天。沿途所经过乡村和驻驾宫庙，皆行祈福平安巡礼。

1993年农历正月初九日，自潭边龙井宫起驾，往湄洲进香，至农历二十八日才回宫，费时20天。其中驻驾19个晚上，中午驻跸14处，所到宫庙堂祠33座。总参与人数超过700人，是新时期大规模进香活动的代表。

自1988年以后，龙井宫就恢复了常规性的进香活动，大约每隔二三年就举办一次。最近的一次则是2014年农历正月初九至二十的进香。此次活动龙井宫董事会组织信众400多人护送妈祖銮轿，沿着旧时路线徒步整整12天，行程300多公里，巡游足迹遍及灵川、月埔、港里、湄洲、笏石等乡镇的20个村庄，驻跸20个妈祖宫庙，虔诚地进行进香祈福活动。

第三节　进香举例

龙井宫每年正月赴湄洲祖庙和港里天后祖祠谒祖进香，都是在元宵期间通过向

龙井宫进香谒祖　　　　　　　　　龙井宫湄洲进香

妈祖卜杯请示确定的。每年从正月初六开始卜杯，若卜得"圣杯"，就一杯定案；若卜不到"圣杯"，就相应推迟一天再进行卜杯，如初六卜不到"圣杯"，就推至"初七"卜杯，以此类推。

这里举龙井宫2014年的最新进香活动为例，可窥其进香过程之大概。本年正月初六，依例在妈祖神像面前卜杯，得圣杯，遂决定从农历正月初九至农历二十，率信众450人护送妈祖銮驾，徒步到湄洲妈祖祖庙谒祖进香。进香队伍路线基本仍是旧时行走的路线。

谒祖进香的队伍乃按古代皇家排驾仪仗出行。妈祖身着黄袍，头戴冕旒，有八班（皂隶）相随，"八班"分别手持竹片、槐鞭、红棍、麻蛇。出游队伍的队员一律头戴草笠，身穿丝绸古汉装，扎腰带，脚穿草鞋、雨鞋。出游的具体路线为：

初九日，从龙井宫起驾出发，第一站驻跸灵川西墩永镇宫，并用午餐。灵川西墩永镇宫的董事会则按照习俗，本打算让每户村民都准备好迎接客人的准备，但为了方便管理，村人决定各家出份子钱，大摆几十桌，既方便了管理，又联络了感情。午餐过后，马上出发，至下尾青龙宫驻驾过夜。

初十日，驻驾月埔会龙宫。

十一日，早上，过海至湄洲妈祖祖庙进香，之后开始返程；中午，渡海出湄洲岛，晚驻驾贤良港天后祖祠。

十二日，中午驻月埔会龙宫，晚驻芳店麟凤庙。

十三日，中午驻笏石下东许铁山祠，晚驻凤山山头观海书院。

十四日，中午驻古井谷兴庙，晚驻灵川柯朱蓬莱堂。

十五日，中午驻蔡岭青龙书社，晚驻东汾五帝庙正极殿。

十六日，中午驻取埔怀水宫，晚驻东蔡西厝清溪宫。

十七日，中午驻东港澄江宫，晚驻仙游朱寨灵应堂。

十八日，中午驻郊尾沙溪兴龙宫，晚驻长安安仁宫。

十九日，中午驻郊尾万安宫，晚驻赖店龙兴宫。

二十日，回到潭边，在当地进行绕境，之后回銮安座于龙井宫。

龙井宫进香活动的特色，在于每次进香都要在许多村庄驻驾，这就使之具有妈祖巡游的性质。据说，凡是承办驻驾或接驾的村落，都要请龙井宫的神像在该村绕境巡游一周，而该村信徒也要沿途焚香礼拜，并向妈祖神像敬献挂颈钱，以祈求妈祖保佑。因此，每次进香都要历时数十天，每天行程不过数里。返回途中，也要到接驾村绕境巡游，并举行各种相应的庆祝与祭祀仪式。已知自道光十年（1830）以来，龙井宫的妈祖进香活动已经延续了170多年，形成了颇具特色的传统仪式。与当地的其他妈祖宫庙相比，龙井宫的进香组织具有明显的特色和优势，现任董事们都表示将延续这一传统，使之成为莆田地区颇有特色的一项妈祖信俗活动。正因为龙井宫的进香队伍阵容壮观，久负盛名，近年不断被邀请参加湄洲祖庙和港里天后祖祠的妈祖重大信俗活动。

妈祖法宝

道场法器

妈祖祭器

第四篇

神器

妈祖信仰习俗简称"妈祖信俗"。千百年来，妈祖由人及神，成为百代流芳、千秋褒扬、四海共仰、五洲同颂的女神，彰显她人格的伟大力量和特有魅力。她真、善、美的崇高品格和至贤至德的大爱精神，在传播和发展的过程中，形成了内涵深厚的信俗文化。底蕴丰厚的妈祖信俗文化是由诸多元素构成的，妈祖神器就是其中的重要组成部分。

妈祖神器，指的是妈祖信俗文化中衍化出来的妈祖法宝及其举行相关活动时使用的各种器具。它随妈祖崇拜同步产生，与妈祖信仰一样源远流长。它是妈祖懿德威严的象征，妈祖神圣灵应的体现。妈祖神器丰富多彩，形式别致多样，内涵涉及民俗学、历史学、考古学、艺术学、美学等诸多领域，具有权威性、依存性、传承性、示范性、观赏性和可操作性的特征。记述并探索其种类、缘起、现状、功能、作用、价值，不仅有助于人们深刻认识妈祖信俗文化的内涵，而且对于传承中华优秀传统文化，构建具有强烈地域人文特点的中华妈祖文化体系都具有积极的现实意义。

妈祖神器也具有其地域性特征。本篇是重点记述莆田一些主要妈祖宫庙供奉、珍藏或平日使用的三个大类的妈祖神器，包括妈祖法宝、妈祖法器、妈祖祭器。

第一章

妈祖法宝

　　妈祖法宝亦称妈祖法具。它们乃是妈祖威仪、地位的象征，妈祖神格、神性、神职的代码，妈祖圣灵、显应事象的符号。这些法宝相沿成俗，代代传承，传递着妈祖信仰习俗文化中的信息，蕴含其传统民俗的潜在规则，具有人神之间意会的交流功能。广大妈祖信众通过妈祖神像的特别指符和事象反映，表达对妈祖立德、行善、大爱精神的敬仰和尊重。

第一节　玉石和金属类法宝

　　1. **玉圭**：玉圭原为古代帝王、诸侯随身携带的洁白美善的玉制信物，也为举行隆重仪式时使用的礼器，形状上尖下方。妈祖玉圭则是湄洲祖庙镇殿妈祖金身坐像的凭信。双手端奉玉圭，意指妈祖在宝殿内受民膜拜，记述诉求，批阅文牒，解民危厄，化民凶险，教民以德，惠民福祉。境内大部分湄洲妈祖祖庙分灵庙的妈祖神像多一脉相承，沿此形制。与玉圭相似的是银圭。

　　2. **玉如意**：如意是我国传统文化中的吉祥物，几乎尽人皆知。关于起源，尽管莫衷一是，但随着社会的发展，其原始本蕴日渐淡化。现代社会的指向与所谓的"五福"，即福、禄、寿、喜、财有一定的关联。这是由于人生的态度一般都是入

| 银圭 | 玉如意 | 文峰天后宫
持笏妈祖像 | 执神珠妈祖像 |

世的，热爱现实中的幸福生活，对"五福"情有独钟。为此，对吉祥如意的追求，就贯穿世俗文化的方方面面。

如意的端头称为"如意头"，形状多为心形、灵芝形、祥云形等，整体上由原来的平直型逐渐演变为微曲的流线型。此后柄纹也越来越变化多端，但均属吉祥母题。

屹立在湄洲祖庙山上的妈祖石雕像，高度14.35米，象征湄洲岛面积14.35平方公里。由365块巨石精雕而成，右手奉如意，端头为心形，左手平抚，眼眸神采奕奕，慈容圆满丰润，面对东南，遥视台湾，寓意妈祖一年365天巡察人间，庇佑海峡两岸风调雨顺，民生安泰，福祉祯祥，万事如意。

3．玉笏：也称玉珽、宝笏，古时上朝时所执的玉制手版。即"谓之大圭，长三尺"。《礼记玉藻》载称："天子搢珽，方正于天下也。"莆田文峰天后宫现存于神阙内的八十年代民间奉献的彩绘天妃神像一尊，高度约40厘米，右手紧奉宝笏，腰系玉带，红色凤袍，彩凤霞帔，神态质朴慈祥。据传此乃妈祖上天庭议事，朝觐玉帝时所执的手版，实属难得一见。2013年11月11日至18日，这尊妈祖神像由文峰天后宫护驾团全程护驾，巡幸台湾鹿港天后宫、云林北港朝天宫、台中大甲镇澜宫、台南大天后宫、新港奉天宫、台北松山慈祐宫等23个台湾妈祖宫庙，引起轰动。

4．神珠："珠"本应属玉类法宝。2010年5月6日（农历庚寅年三月廿三日），贤良港天后祖祠在其后山，为妈祖石雕像举行落成典礼。该尊妈祖雕像基座3.23米，高度9.9米，寓意妈祖农历三月廿三日升天，九月初九日羽化登仙。雕像为宋代仕女造型，未戴凤冠，手持夜明珠，也称定风神珠。展现妈祖生前作为一个渔家女慈善为怀，广施仁爱，导引航船，拯救海难，舍身为人的大爱精神，融传统文

化与现代艺术为一体，具有人性化的特征。

5. **宝玺**：古代印、玺通称，以金或玉为之。秦以后，以玉为玺，皇帝专用，指喻皇权。妈祖是封号最高的女圣，其印信称为宝玺。湄洲妈祖祖庙的镇殿宝玺为清道光年间（1812—1850）朝廷御赐。金质材料，高5.5厘米，边长10厘米，台纽，印顶镌刻"天上圣母灵宝"虫篆八字，分列纽之四周；印面中央分四行刻篆书"湄洲祖庙、天上圣母、护国庇民、灵宝符笈"16字，两边饰以双龙戏珠图案，底部为翻滚的海浪图形，弥足珍贵。文峰天后宫的宝玺，则为寿山石雕制，边长7.1厘米，印文："莆田文峰宫敕封天上圣母印宝"，为百余年之遗存古物。

6. **青铜镜**：妈祖照身镜乃青铜制作，圆形，故亦称青铜镜。妈祖靓丽端庄，生前梳理船帆发髻，整妆造型，为闺中应备用物。妈祖降妖伏魔，也常带此法宝，闪光一道，妖魔邪怪即现原形；同时，对犯奸作科的恶人，也有一定的威慑作用。为此，青铜镜也称照妖镜。湄洲妈祖祖庙明末清初时期的青铜镜今珍藏于妈祖文化博物馆，文峰天后宫的照身镜则置于梳妆楼上。

第二节　其他材质的法宝

1. **神灯**：灯本来应是由竹木和丝织品或纸张构成。白湖顺济庙于宋高宗绍兴廿七年（1157）秋，由南宋丞相陈俊卿舍地兴建。缘于历史因由，几经兴废。现有建筑为2002年重建。2012年8月，新建"灵惠夫人"石雕神像一尊，高8.24米，折合28市尺，寓意妈祖廿八青春，羽化升天。石雕像头顶凤钗，慈容端庄，左手平执神灯，象征妈祖海上引航，救苦救难，宛如一把永燃的圣火，辉耀普天下，给人们带来永远的吉祥，永远的幸福。

提神灯妈祖像

2. **平安符**：符篆是一种画在纸上的象形会意的文字图形，种类繁多，千奇百怪，有：复文、云篆、灵符、宝符、符图，等等。妈祖灵宝平安符，亦称妈祖护身符。缘于崇拜妈祖懿德神权的概念，其源远久，是妈祖法力的光环，妈祖威权的发令书，民间信仰超灵感应的反映，是信众们希祈借助妈祖神灵来战胜生活中邪恶和灾害的精神力量的象征，体现了人们辟邪祛病消灾，祈禳迎祥纳福的一种心理反映。湄洲妈祖祖庙的妈祖灵宝平安符，黄色底纸。图案上妈祖端坐銮椅，两边神女各执日月扇的线条清晰，湄洲妈祖祖庙和"祈求平安"黑字分明，中间盖有灵气的红色宝玺。同时，境内贤良港天后祖祠、文峰天后宫、白湖顺济庙、仙游龙井宫、涵江延宁宫、龙桥天后宫等诸多颇有影响的妈祖宫庙，日常均备，以供诸方妈祖信众广种福田，拈香恭请，祈保平安。

3. 筶杯：筶杯是卜筶，俗称卜杯，是人们事有未决或有所疑虑卜以问之，祈告妈祖的重要法具，也是妈祖镇魔降妖，海上救难的主要法宝之一。清杨浚在《湄洲屿志略》卷"丛谈"中载云："（妈祖）神尝幻形，日侍锻炉，匠所需，何以盛之？神伸两掌，俾匠镕付，捧归，投地成铁筊，今存湄屿，掌纹犹可辨。"有关妈祖年少时手捧火红鼎砂，变为一对筶杯，并以此拯海救溺的民间传说脍炙人口，美丽动人。筶杯一般以木制为主，也有竹、石、金属等材质的，其状

筶杯

为月牙形，上凸下平，可示阴阳。投空掷地，以定凶吉，若一个凸面在上，一个凸面朝下，则为吉祥圣杯。接连卜告三次，均为圣杯，预示已获妈祖恩准，未决之事，祈愿可行。1920年，湄洲妈祖祖庙曾赠送台湾配天宫一对成于康熙十三年（1674），雕工精细的特制筶杯，成为近百年以来两岸妈祖信俗文化交流的佐证之一。文峰天后宫现存一对铜砂筶杯，为清末时期的遗存。

当然，立身行事，一在于道德修养，一在于思想方法，命运还是要靠自己来把握。

4. 签诗：也称抽签、灵签，也谓之运签，神签。它以竹签为卜具，以诗歌为体裁，由若干签诗组成，具有一定体系的特殊图籍，是我国古代占卜术逐渐趋向通俗化，方法趋向简易化的产物，是传统文化民俗属性的具体表现。

妈祖签诗是妈祖信俗文化的重要内容之一。南宋爱国诗词家刘克庄《后村先生大全集》卷（23）110《慈济签》记述："慈济签，以易卦训示签意，旧惟霍山如

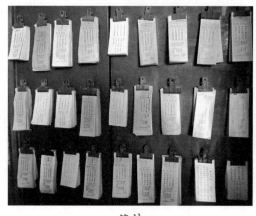

签诗

仙游龙井宫签诗板

此。今莆，漳，妃、真人二祠之签亦然。虽其辞出于箕笔，然随扣辄应，岂易道广大，仙圣亦不能外欤……""妃"即妈祖。莆邑大多数妈祖宫庙都备有签诗，供信众卜取，占断凶吉，预测运程。其内容丰富，外在形式异彩纷呈。其中湄洲妈祖祖庙使用的明末清初的《天后圣母签谱》102枝，祖庙妈祖寝殿则珍存有《天上圣母杯签》27首，深受妈祖信众认可，流布甚广。正如民国初期的台湾彰化叶熊祈之诗云："稽首湄洲妈座下，愿教得意示灵签。"仙游县潭边龙井宫的《龙井宫天上圣母灵签图》，1928年曾被镌刻于签版上，至今尚存于宫中；现存莆田文峰天后宫木版刊印的《天后圣母百枝签》，题款为清代"丙午年桃月"、"三韩弟子郭文鹏敬刊"，成为记述中朝民间民俗文化交流的珍贵实物资料。

妈祖签诗蕴含有丰厚的传统文化内涵，将乡土社会所呈现的"神意"，通过各种"意会"概念的组合和价值的认知，投射到签诗中的主题或兆象之中，是先民们智慧的结晶，历史的产物，具有人文、社会、心理学等研究价值。

5．**香火袋**：大凡前往妈祖宫庙的信众，必沐手拈香，在妈祖神像前上香、拜揖、叩首。这是因为香是古代祀神祭祖的必备物品，上香的意义在于与妈祖神灵沟通，是人们美好心灵的证明和对妈祖敬仰的体现。信众们在香火缭绕过程中，恪守着古老而庄重的传统理念，默默传递着愿想和妈祖精神的力量。

妈祖香火袋，内装香灰，意为妈祖神香，灵示赐福，庇佑家庭昌盛、人丁兴旺、香火绵延、日子火红。湄洲妈祖祖庙是世界妈祖的朝圣中心，广大信众均视之为心灵的原乡。其香火袋呈方形，小巧琳琅，正面黄底，饰有红色妈祖坐像，上方为"天上圣母"神像，两边为"祈保平安"字样。背面红底"湄洲祖庙"黄字，中间八卦图案，红、绿、白色绒线扎于四个边角，状似花瓣。人们把谒祖进香获取香火袋作为一大善良愿望和美好企求。而各分灵庙谒祖进香还要进行香灰交换等钩炉仪式，以示妈祖故园灵氛广布。莆田文峰天后宫的香火袋黄底红字，正面为"祈保平安"字样，背面则为"救苦灵符"的咒语。

6.**令旗**：古代祭祀社稷、五色土，中央之土颜色为黄。金黄色是中华民族的本色，早在汉代之前，便把五帝之一的黄帝解为黄龙体，是崇高的含义。汉代以后，黄色成为尊贵的象征，是帝王视觉色彩的专利，形成礼制，神圣不可侵犯。在古代军事上，中军营寨一律黄色，并特制

"黄龙大纛"牙旗，诸军进退一律以黄龙大旗指向为准，视黄色标志旗号为君命的代表，显示皇权的极贵至尊。

妈祖敕封天上圣母，是封号最高的女圣。其法器、服饰使用大黄底色是妈祖身份、地位的象征。如身着黄袍、黄帔风，神殿垂黄幔帐，仪仗用黄色幡旗、黄色凉伞、黄色日月扇……妈祖令旗用黄色绸缎制作，呈三角形状，边长45厘米，竖、横各长30厘米，双面各绣腾飞金龙一条，上方圆圈内一红色"令"字。红色小旗杆长60厘米，旗尾为木制，双层葫芦样式，长方形细小布丝上书写"湄洲妈祖保佑平安"，另一面盖有红色长方形吉祥图案，说明业经开光。

妈祖令旗或称妈祖旗，是妈祖出行的示像，也是巡历的号令。南宋绍兴时期的廖鹏飞在《圣墩祖庙重建顺济庙记》"右送神"中记有："神之往兮何所？""鹤架骧兮云旗举。"到了清代，朝廷出使官船，必悬"天妃大神旗"，以祈神灵庇佑航海平安。妈祖令旗，也是信众们广种福田时，由湄洲妈祖祖庙奉赠的护身信物，用于辟邪镇宅的吉祥法宝。据说，常年供奉，妈祖神灵可庇佑合家安泰，消灾避难，出入平安、顺风顺水，大吉大利。

7.**辟邪剑**：妈祖辟邪剑，也称斩妖剑，是一种以桃木为材料制作而成的木剑。我国古代，桃木被视为带有灵性神力和能祛邪驱魔的神木。自战国至汉代以降，有关桃木辟邪的表现形式很多，习俗也很盛行。有桃人、桃印、桃版、桃符、桃木剑等等。据《晋书·礼志上》记载："岁旦，常设苇茭、桃梗、磔鸡于宫及百

寺之门，以禳恶气。"宋代吴淑在《事类赋》中引《典术》称："桃者，五木之精……制百鬼。"《荆楚岁时》解释说："桃者五行之精，压伏邪气，制百鬼。"这些说法是单纯就民间习俗而言，明代李时珍则从医学的角度，对其有科学的新解。他在《本草纲目》中载称："桃味辛气恶，故能压伏邪气也。"可见桃木辟邪之说，不管是从民俗的，或是科学的道理，都有据可稽，由来已久。

历代流传下来的《妈祖圣迹图》中的"澎湖助战"画面，描绘了妈祖右手执剑，指挥神兵，佐助清康熙二十二年时的水师提督施琅，克敌制胜，收服澎湖的神迹故事，表明了辟邪剑乃妈祖随身法宝的事象。桃木辟邪剑，长约60厘米，湄洲妈祖祖庙、莆田文峰天后宫均有珍藏，并被视为妈祖神像绕境巡游时辟邪斩妖的重要法具。

桃木剑

8. 拂掸：即拂尘，又称拂子、拂尾，是将兽毛、棉线、麻线等扎成一束，捆扎于一个长柄上而形成的器物。最初是用来拂除蚊虫的器具，后来，逐渐演变成佛道二教共有的一种法宝，以显示佛法尊成或道人风仪的器具。在古代神话故事中，有关仙人神女持拂挥掸的形象不胜枚举，拂掸成了神仙法力高深、随机作法的象征。拂掸也是妈祖的重要法宝之一，这在三个版本的《妈祖圣迹图》中的《收服二将》、《苦雨祈晴》、《收伏二嘉》、《湄洲建庙》、《圣泉救疫》、《白湖建庙》、《示陈指挥》、《助风退寇》、《潮退加涨》等多个神迹故事里都出现过。由此可知，拂掸在妈祖法宝中的份量。莆田文峰天后宫的妈祖拂掸为棕色马尾尘，其持柄用本地的龙眼原木雕制，每逢妈祖郊游散福活动，该宫必迎请随驾，一路除尘去垢驱邪。

第二章

道场法器

妈祖斋醮科仪，即妈祖道场，亦称妈祖醮仪，是妈祖信俗文化不可或缺的重要组成部分。醮也称"醮法"，指的是斋醮法事的程式、礼仪等规则。斋法与醮法古时分之为二，隋唐之后，始相互交融，"斋醮"合称，流行迄今。为此，妈祖"斋醮仪式"也成了妈祖道场的代名词。

妈祖醮仪名目繁多，但就道场法事本质而言，当属阳事道场为主。它应用于境内妈祖宫庙，如：妈祖圣诞节庆、妈祖神像开光、妈祖宫庙告竣等诸类大型的妈祖醮会活动中。通过此仪，妈祖信众把祈愿的表文呈达天庭，祈告妈祖神灵。

莆田妈祖宫庙之内的妈祖醮仪，基本上为道坛，开设的是"庆醮科仪"。按地方礼俗，其较为隆重的醮会坛班一般是"九人一鼓"或"十一人一鼓"。最少的要求也须"三人一鼓"，其中执坛法师3人，鼓手1人，吹生1人。其使用的法器很多，主要分为"仰启法器"和"击乐法器"二大类。本章着重记述妈祖道场中的"庆醮科仪"使用的仰启神明、朝拜妈祖的"仰启法器"和作法过程中使用的"击乐法器"。

第一节　仰启法器

仰启法器专指为启仰妈祖神灵，朝拜上天以及为了驱恶镇邪使用的器物，如：

朝简（圭简）、如意、玉册、玉印、法剑、令旗、令箭、令牌（主要为调遣天神天将所用）、法尺（桃木制作）、镇坛木、法盂、法铃、朱笔、朱墨、镜子等。主持道坛醮仪的师公要头戴礼冠，身穿法坛礼袍，其他道师均身着红蓝图案的长袍；主祭人身着马褂，右手执手炉，随拜仪中的环节，进行礼拜，并在"五供"和"三献"中以"主献官"的身份上供献礼，直到仪式结束。

妈祖道场的法事醮筵活动是古代祭神礼仪的承袭和发展，元明清时期，斋醮仪范开始统一，所用之法器也逐渐规范化。现择其主要法器进行记述。

1．**朝简**：亦称玉笏，奏笏。木制，长约50厘米，弧形。为妈祖道场中"谢天进表""建坛""八卦""入醮"科仪、恭请神灵、表奏上天、酬谢神恩以及"送神"等必备的法器。

2．**法剑**：莆俗称为"七星剑"，桃木制作，是"建坛科"中用以驱邪镇煞、洒净开坛的法器。

3．**令旗类**：包括令旗、令箭、令牌，统称"雷令"，供调遣天神天将用，是妈祖道场进"表文"、发"符马"、行"关文"环节时的法器。

4．**法尺**：也称戒尺，桃木制作，为开坛时"去秽""洒净"科法中的法器。

5．**法盂**：青铜器，"进表科"及"建坛科"中净水"去秽"的"洒净"盛器。

6．**法铃**：铜制，声清悦耳，是妈祖醮仪中，大部科仪必用的法器。特别是在"八卦科"中，主坛师一手执奏笏，一手持法铃，左右助坛师持铙钹、大锣等打击乐器，在吹鼓乐《上小楼》《蛮牌令》的法事音乐声中"跑五方""游九宫八卦"。法事舞蹈语汇丰富，形式独特，莆仙民俗韵味隽永，传统文化意蕴丰厚。

7．**玉印**：即法印，或称符印，象征天神或天师的权威，在醮仪中用它呼风唤雨、召神遣将、驱妖镇邪。同时，又是为"符使马"开光、点眼，制作各类纸幡符文的必备法器。

8．**朱笔**：即小羊毫，用于纸扎"符使马"开光、点眼，赋以灵性，使之成为"五方符使"或"六路功曹"，为醮坛传送信息。

9．**硃墨**：即硃砂，红色染料，硃砂与白鸡冠上之血调合后，供以朱笔为"符使马"开光、点眼用。

10．**镜子**：圆形，开光、点眼时用于调和砂和白鸡冠上之血的盛器。

11. **手炉**：亦称香火炉，一般有二个种类：一为铜制如意形手炉，上插黄色檀香；其二为提式铜制手炉，炉内放置檀香香末。手炉为妈祖道场中正献宫在醮仪行执过程中不可缺少的法器。

第二节 击乐法器

妈祖道场用的打击乐器均称之为"击乐法器"。其种类主要有：木鱼、铜磬、法鼓、大吹、金钹、小钹、铜锣、碰铃、韵锣等，为大型法事醮筵以及诵经日课时使用的法器。具有把握行仪节奏、速度，营造氛围的功用，达到人神共娱、人神共庆的效果。

1. **木鱼**：古称木鱼鼓或木鱼板，也称渔鼓，发音清脆、响亮，节奏感强，据载源于佛教，最早用于佛教"梵呗"（一种佛教歌曲）的伴奏。明王圻《三才图会》："木鱼，刻木为鱼形，空其中，敲之有声，……今释氏之赞梵吹皆用之。"清代后亦流行于民间道场和民间乐队。木鱼现为妈祖诵经日课时使用的重要法器之一，有大小之分，大木鱼摆置妈祖神座前右供案上，小木鱼则为诵经者使用。唱颂时，左持鱼鼓，右执鱼鼓槌，节奏和鸣，音声清脆动听。

2. **铜磬**：铜制，钵形，有大小之分。大磬置放在妈祖神殿供桌的左前方，一般为重大节庆和诵经时与大木鱼交叉敲打。小磬则为诵经时使用，其上方与大磬一样，边缘图案较多，所以又称"万不断"。

3. **法鼓**：打击乐器，古属八音之革类。远古时以陶为框，后来木制外框，蒙以牛皮，圆形，大小不一，有大鼓、中鼓、战鼓、定音鼓等等。《孟子·梁惠王下》有"今王鼓乐于此，百姓闻王钟鼓之声，管龠之音，举欣欣然有喜色而相告"句，可见鼓在古代既用在军事上作击鼓进军号令，也用于歌舞典礼。妈祖道场用的

铜磬   木鱼   法鼓

| 梅花（唢呐） | 金钹 | 大锣 | 碰铃 |

法鼓一般是中鼓，在醮仪中，起到把握节奏、速度和营造氛围的作用。

4．**大吹**：即唢呐，又称大筒，是妈祖醮筵中最重要的吹奏乐器之一。其吹奏的曲牌约50余首，常用的曲目有《南谱》《大开门》《小开门》《水青龙》《得胜令》《状元游》等。其声亢亮，共鸣感强，音乐语言丰富，与大鼓紧密配合，相得益彰，俗称大鼓吹，是妈祖道场仪式中神人交会的媒介。

5．**金钹**：打击乐器，铜质圆形，中心鼓起，两片拍打发声，有大小之分，是妈祖道场举行"进表科""建坛科""八卦科"和"入醮科"时必备的法器。

6．**大锣**：打击乐器。铜制，圆形，用木槌敲击，是助坛师在上述各科仪中与金钹共同搭配使用的法器。

7．**碰铃**：铜制，圆形，直径约5.5厘米。妈祖诵经日课使用的法器。领诵者配合节奏双手碰击，音脆悦耳。

8．**小法鼓**：牛皮制作，圆形，直径25厘米，木柄长20厘米。诵经者左持小法鼓，右拿小木槌，边吟唱，边敲鼓点，把握节奏。

9．**韵锣**：铜制，音色甜美。妈祖诵经法器之一，吟唱时起调节、点缀作用。

第三章

妈祖祭器

祭祀习俗是中华民族传统礼俗文化的重要组成部分，由原始崇拜，尊神敬天而产生。祭祀的形成、演变过程，具有时代的烙印，是先民们在长期的生产斗争、生活实践中沿袭传承，不断发展而形成的。南宋以降，随着妈祖地位的不断提升，懿号越加尊荣，其祭祀习俗的规格也随之提高，并逐步从民间走向官方，礼制逐步规范。特别是清康熙五十九年（1720），妈祖被列为春秋谕祭之神，编入国家祀典。雍正皇帝又诏普天下，祭祀时向妈祖行三跪九叩之礼。至乾隆年间，莆邑府、县祭祀妈祖的礼仪基本统一，对祭祀器具的使用也更加严格。地方志载云："每岁春秋日及三月二十三日致祭，设帛一（白色），爵三、铏一、簠一、簋一、笾四、豆四、羊一、猪一……正祭日五鼓，正印官诣庙，朝服行礼，前后三跪九叩，三献饮醴，受胙仪与关帝同。"湄洲妈祖祖庙是妈祖信俗的发祥地，世界妈祖信众的朝圣中心，其祭典礼俗及一应祭祀器具的配套，沿袭清例，礼制规范，代代传承，延绵迄今。其祭器种类繁多，丰富多彩。不仅有仿古的祭器，又有莆田民间传统祭祀使用的器具，二者有机组合，既体现传统形制，又凸显地域特色。

第一节　供案祭器

供案祭器指的是摆置在重案、龙案等供桌上的祭祀器具。它不仅是妈祖宫庙

陈桥天后宫神案

中日常固定摆设和举行妈祖祭祀典礼活动时必备的器皿，而且也是对传统工艺美术静态艺术的展示。其中既有竹木制品，也有青铜制作的器具。如笾、豆、龙烛、果盒、馔盒等为竹木制器，香炉、铏、簠、簋、爵以及盥洗用的匜、盆则是铜制品。这些祭祀铜件沿袭古代传统形制，底蕴丰厚；木制祭品中有许多器具为立体透雕，俗称"三重透"。花斗及盛面、饭的器皿，则为瓷器制品。

1. **花斗**：也称花瓶，多为瓷制，大小不一，样式基本相同，瓶口圆形，瓶颈细，瓶身为直筒式，上面描绘有龙凤呈祥、国色天香等各类吉祥如意的图案。为每个妈祖宫庙日常使用的必备重要祭器，摆设在重案正中位置。湄洲妈祖祖庙附设的妈祖文化博物馆内现存有清康熙年间的瓷制五彩花瓶一对，高约65厘米，非常珍贵。

2. **香炉**：陶制、石雕或青铜制，圆形。一般都饰有花纹，下面多为金龙图案，上端有两耳，底部三足支架。大、中、小不一，但形制相同，所有妈祖宫庙必备，中、小香炉摆置在龙案正前方中间，大香炉一般奉于宫庙门前，是妈祖信众拈香

香炉

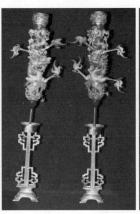

漆金透雕龙烛

植福的重要祭器。湄洲妈祖祖庙的明代龙泉窑大香炉，高27厘米，弥足珍贵。

　　3．**龙烛**：又称烛屏。铜雕或名贵原木制品，圆形，上大下小，顶端铁尖锥形状，中间红色，雕有金色盘龙。莆田各妈祖宫庙必备的祭器之一。仙游锦屏宫的"福禄寿"烛屏，造型奇特，尤有特色。

　　4．**果盒**：以上乘木质材料，精雕细琢而成，刀法刻功精湛，构图立意深刻，样式美观华丽，色泽金红分明，寓意吉庆祥瑞。清乾隆年间，莆田黄石民间木雕工艺师吴贤制作的妈祖贴金透雕果盒，俗称"三重透"，被兴化府遴选为朝贡珍品，名闻遐迩，现存于故宫博物院，为国家级保护文物。

　　5．**馔盒**：也称妈祖馔盘，其制作材料大都为金丝楠木、红檀、黄檀、紫檀、酸枝等名贵木料以及莆田龙眼原木等，其造型有长方形、正方形、菱形、扇形、圆椎形等。外表装饰种类有黑漆饰金、五彩饰金，本色素雕等。其工序有取材、打样、雕刻、磨光、拼装、表饰等十余道，做工精细繁杂。已有近300年的传承历史，具有传统文化价值和鲜明地域特色。

　　6．**竹笾**：古代祭祀燕享时用以盛果脯、干肉等的高脚竹编祭器。《尔雅·释器》载："木豆谓之豆，竹豆谓之笾，瓦豆谓之登。"湄洲妈祖祖庙沿袭古代礼制，用此仿古祭器，为龙案上摆列的祭器之一。

　　7．**木豆**：古代祭祀用的器具，形似高足盘，盛行于商、周时期，有的加盖，本为黍稷盛具，后也用于盛肉羹。《诗·大雅·生民》云："卬盛于豆，于豆于登。"《尔雅·释器》载："竹豆谓之笾，瓦豆谓之登。"上古木制之豆称为豆，陶制之豆称为登。是则笾、豆、登，实为同类器物。湄洲妈祖祖庙恢复妈祖祭典后

木雕漆金果盒

漆金满雕果盒

透雕馔盒

木豆

铜　　　　　　爵　　　　　　簋　　　　　　簠

用的豆即为木制之豆。

8．簠、簋：簠与簋均为古代用以盛食物的器具。商、周时期，盛饭菜不用盌（即碗），而是用簋。簋，圆形，有圆口、圆腹、圈足（足在腹底，成圈状），无耳或有两耳的，方座，青铜制或陶制。方形或长方形的则称为簠，器与盖形状相同，各有两耳，用途与簋一样，为此，古代常以簠簋并用。如《周礼·地官·舍人》载称："凡祭祀，共（供）簠、簋，实之陈之。"东汉注："方曰簠，圆曰簋，盛黍稷稻粱器。"湄洲妈祖祖庙祭祀大典使用的簠、簋仿古祭器均为青铜制。

9．铜爵：古代酒器，青铜制，有流（便于酒液流出的嘴称为流）、柱（柱状把手）、鋬和三足，盛行商代和西周初期。湄洲妈祖祖庙妈祖祭典"三献"之一的仿古祭器。

10．陶铏：陶制或生铁铸造。古代盛肉菜羹之小鼎，两耳三足，有盖。《盐铁论》称："衣布褐，饭土硎（通铏）。"湄洲妈祖祭典使用的仿古祭器之一。

11．方鼎：多用青铜或生铁（砂）铸锻而成，也有石雕制品。长方形四足，鼎口两耳，用以穿铉（抬鼎用的杠子）。古代铜鼎有"列鼎而食"之称。分"五鼎、七鼎、九鼎"三鼎等级，进餐时还要鸣钟奏乐，形容"钟鸣鼎食"，是地位尊贵的象征。湄洲妈祖祖庙配套的方鼎，用途与香炉相同，为信众日常薰香礼拜妈祖用的祭器；文峰天后宫门前的生铁方鼎，为长方形，高1.50米，鼎耳40厘米，卷书形，长1.25米（含鼎耳计1.97米），宽76厘米，方鼎之下四足，弯曲，呈马腿形状，用于焚化贡银财帛。

12．祝板：木制，方形，铁红色油漆，高度60厘米，宽度40厘米，妈祖祭祀大典"宣读祝文"时，由司礼生跪举。

13．俎架：木制，妈祖祭典中"少牢"之祭架全猪、全羊使用，分别摆置于供案前方左右两侧。

14．槃、匜：古代行盥洗礼的器具。槃，同"盘"，即承盘。匜，青铜制，似瓢，有鋬，有流，有足。周朝贵族们的洗浴十分讲究，洗浴礼仪、器物都有专有名词。如洒面称沬，濯发称沐，澡手称盥。《礼记·内则》载："进盥，少者奉槃，长者奉水，请沃盥，盥卒，授巾。"就是说，贵族们洗手，须由一人掌盛水的盘，另一人掌盛水的匜，用匜浇水洗手，后来盥手成为一种庄重的礼仪。凡祭祀燕飨，皆有沃盥礼俗。槃、匜为妈祖祭典时主祭人诣读祝位，奠帛前盥洗的器皿，寓意告洁告虔。

匜

槃

15．神龛：又称神帐。其木雕工艺精细，豪华庄重。荔城区黄石镇浦口宫现存的天上圣母神龛，金漆木雕，为清嘉庆十六年（1811）精品，浮雕祥龙、人物、花卉、蔬果、鸟兽等纹饰，刀法精细，布局合理，趣味横生，富丽堂皇；黄石清浦灵慈宫神龛的槅扇人物造型栩栩如生，为传统木作工艺精品中的佼佼者。

16．围屏：亦称屏风，妈祖祭典中设筵的饰物摆设。一般由12面组成一套，分别陈列于祭筵两边。

浦口宫神龛

湄洲妈祖祖庙的屏风由《敕封天后志》的作者林清标于清乾隆四十二年（1778）撰文，记述了其成书的过程。屏风细部，分别雕有"力士脱靴""画龙点睛"等历史故事。仙游枫亭灵应堂的金漆木雕屏风，为清末制品，1.60米见方，中间部分透雕有戏文故事，再现了莆仙戏中的武打场面，是妈祖信俗与莆仙戏艺术的有机结合物；荔城区黄石浦口宫的"三重透"围屏制作工艺精致，更是木雕工艺中的上乘之作。

透雕屏风 桌帏

17．桌帏：俗称床裙（莆仙话称桌子为"床"），铺在龙案、供案前方。为传统刺绣工艺品，多绣有"天上圣母""金玉满堂"等金字，图案则以八仙人物造型及金龙、麒麟等吉祥物为主。

第二节　仪仗器具

"圣哉妈祖，天后元君；坤德配天，懿范冠伦；母仪庄严，威灵神韵；六龙在御，八凤扶轮。"妈祖地位尊贵，祭仪规格与宣圣孔子、武圣关帝相同。祭典和出巡的仪仗，沿袭了古代朝廷的卤簿典章礼制。所谓卤簿，原指古代帝王外出时扈从的仪仗队伍，是我国封建社会帝王制度的重要组成部分，专门为君王的重大活动服务，其源远溯汉代。正如汉蔡邕《独断》中所记载："天子出，车驾次第，谓之卤簿。"汉应劭的《汉宫仪》解释称："天子出，车驾次第谓之卤，兵卫以甲盾居外为前导，皆谓之簿。"汉以后，卤簿亦用于后妃、太子、王公大臣。《晋书·赵王伦传》称："惠帝乘云母车，卤簿数百人。"宋叶梦得《石林燕语》卷四记载："唐人谓卤，橹也，甲楯之别名。凡兵卫以甲楯居外为前导，捍蔽其先后，皆著之簿籍，古曰卤簿……"卤簿的"簿"也是册簿的意思，即"车驾次第"和警卫人员的装备规模、数量、等级形成文字的典籍。宋代卤簿分为四等，大驾卤簿列对第一等，专用于南郊大礼。宋太宗曾命人绘制《卤簿图》3幅，藏于秘阁。宋仁宗时，宋绶重新修定大驾卤簿，编写《图记》10卷，所用官兵计5481人，车辇61乘，兵仗1546件等，人数之多，器械之巨，规模之大，体现了当时皇家前往青城祭祀天地时的恢宏场面。

1994年湄洲妈祖祖庙恢复的祭祀大典仪注，是以历史上宋绍兴二十六年（1156）朝廷祭祀妈祖的礼制为依据，参照史志文献记述，汲取妈祖故乡民间礼俗文化的精华而制定的。仪注符合礼制，气势宏大，庄重壮观，内涵丰厚，深为专家学者和海内外妈祖信众认可和肯定。2005年，被列为首批国家级非物质文化遗产代表作。祭典中的仪仗，因袭了古代卤簿的定例。依序为：清道旗1对，大锣（2人抬一面）1对，警跸牌1对，衔牌1对，升龙幡4对，长号角4对，金瓜、金钺、朝天镫、幡龙棍、月牙铲、方天戟、大刀、抓印、抓笔、日月牌、凹凸杖各1对，封号旗16面，提灯、提炉2对，日月扇1对，九层黄色凉伞1把。此外，还有执戈和执戟的仪卫各20人等。主要仪仗器具简介如下。

1．清道旗：传统刺绣工艺，旗面红底，花边金色图案，高80厘米，宽72厘米，中间绣黑色"清道"字样。为仪仗队前列开道之用。

清道旗

2．大锣：亦称大金，铜制，直径80厘米许，重达10余公斤。仪仗队行进过程中持续敲打，响声浑厚，即"鸣锣开道"之谓也。

开道大锣

3．警跸牌：木制金字。原指古代帝王出入时，于所经沿途侍卫警戒，清道止行，谓之"警跸"。晋崔豹《古今注》卷上载："警跸，所以戒行徒也。周礼跸而不警，秦制出警入跸，谓出军者皆警戒，入国者皆跸止也。至汉朝梁孝王，王出称警，入称跸。降天子一等焉。"妈祖祭典或出巡，以此显示神灵的威严，与"肃静回避"之意相类似。

警跸牌

4．衔牌：本义为官衔牌。妈祖衔牌木质朱漆，金字为"敕封天上圣母"。表示妈祖的最高封号，展现妈祖尊贵地位。

5．幡旗：即天上圣母幡。黄底红字，高度4米，其中上端金色"双龙戏珠"图案，中间篆书"天上圣母"四字计3米，下方条须1米。祭筵两边各排列3面，耀眼夺目，增添神圣气氛。近年所用幡旗多由莆田锦馨礼俗服饰公司设计制作。

6．封号旗：属幡旗的一种。黄底，金色花边图案。高度2米，宽度80厘米，中间各绣"护国庇民""安澜利运"等字样。现湄洲祖庙有36面封号旗，对应妈祖36次褒封。

7．提灯：手提式琉璃小珠灯。中间灯筒呈冬瓜状，上端灯盖六角形，下方底座为圆形，造型精美。

8．提炉：手提小香炉，内盛檀香末。意为香火鼎盛，代代薪火相承。

9．日月扇：也称护扇，蕉叶形，黄底，金色龙凤图案，黑字。在宫殿中，由宫女持扇立于妈祖身后。行进过程中，"日"扇居左，"月"扇居右，紧随銮驾之后。

10．九层黄伞：即凉伞，或称黄罗盖伞、华盖、万民伞，黄底，绣有九龙八凤图案，是妈祖尊荣地位和高贵规格的象征。普通的凉伞一般为3至5层。

11．器杖：古代朝廷卤簿中执举的器杖多为铜制。湄洲妈祖祖庙现存清代仪仗铜制品全套，置放于天后殿，祭典及妈祖金身出巡时所用的器杖为仿古木制品。

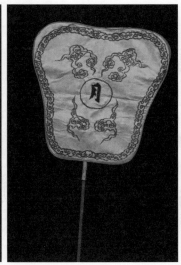

日月扇　　　　　　　　　　　　　九层凉伞

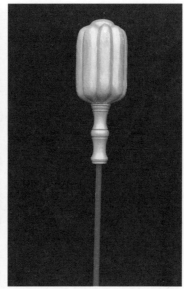

仪仗器具　　　　　　　　　警跸牌

仪仗器具

仪仗器具

仙游县度尾龙井宫器杖平日奉于宫内，湄洲谒祖进香及妈祖出巡时执举的仪仗器具为木柄铜头。各类兵器器杖造型精湛美观，富有艺术性、可看性。其中龙头杖、金瓜、金钺（大斧）、大刀、画戟、莲花等尤具特色；贤良港天后祖祠和文峰天后宫妈祖祭祀和巡游时，除仿古器杖外，还有木制"奉旨春秋谕祭"牌1对；仙游枫亭灵应堂的仪仗还有木制"驱妖牌"，上方图案为2块叠排的"乾隆通宝"铜钱图案，实属稀罕。

12．**大灯**：即宫灯。笼框用细小竹皮或竹心编织。圆桶形，笼顶直径50厘米，笼下方略小，直径46厘米，高度50厘米，笼底圆筒形，木制，直径约6厘米，高度30厘米。表面用毛边油纸加桐油裱褙，两边为头顶太子冠之类的古代人物绘像。湄洲祖庙所用大灯正面为"湄洲祖庙天上圣母"字样。平日悬挂于宫门口屋檐之下，妈祖金身出巡时加入仪仗序列。境内各妈祖宫庙均沿此俗，为宫庙标志性物件之一。

13．**銮辇**：原指秦汉以后皇帝、皇后所乘之车，亦谓之帝辇、凤辇。如《通典》称："夏氏末代制辇，秦以后人君之乘，汉因之。"妈祖出郊巡游播福，或本境各分灵庙湄洲谒祖进香，所乘之銮辇，称凤辇。如妈祖坐的是八抬彩轿，则称神舆，俗称銮驾轿。仙游锦邱宫的木雕神舆，雕工精细，堪称臻品。妈祖地位尊贵，当配享此殊荣也。

14．**起马牌**：方形，木制。仙游龙井宫的"起马牌"外框工艺精湛，花边图案别致。中间红底黑字。详书进香或出巡日期、路线、细节安排等具体内容。

15．**四门铳**：莆田民间传统礼炮。铁制，把手圆形，铳口方形四口洞，内装土制火药。鸣放时点燃炮心，炮声巨响，远近可闻。湄洲妈祖祭典鸣放礼炮81响，由20位炮手操作。

16．**硝角**：妈祖出巡时，沿途一路礼炮鸣响，火药要用雕工细腻的硝桶肩挑。仙游龙井宫的硝桶为竹编造型精美。其"硝角"形若牛角，供装火药，铳手随身佩带。

17．**香亭**：俗称彩亭，二层透雕，风格迥异。一般与"伙食担"混合使用。内装檀香末、"香火"或火炉。仙游度尾龙井宫的伙食担内还有水罐、水烟筒、茶壶、茶杯、鲜果、糕饼等供品，意为供妈祖出巡时点心。此外，还有装香火的竹篮等。

天上圣母衔牌　　　　　妈祖幡旗　　　　　　封号旗

透雕妈祖神舆　　　　　硝角　　　　　漆金透雕香亭

18. **走文书**：又称"报马仔"。专司探路或传递信息，自始至终走在仪仗（阵头）的前列。仙游龙井宫的"走文书"身着汉装，装扮滑稽，嘴边蓄有两撇须，左手拿烟斗，右手执羽扇，眼戴老花镜，身背"文书袋"、葫芦山兽尾，斗戴"山里笠"，肩插油布色灯笼，寓意供夜间赶路照明之用。葫芦则供路上灌装饮用茶水；山兽尾代表兽皮，意为赶不到站时在野外露宿御寒用。

第三节　祭典乐器

祭祀妈祖的礼乐按周天子的大祀礼制。其源可远溯上古的《韶》乐，《论语·述而》载："子在齐闻《韶》，三月不知肉味"，孔子认为其"尽善尽美"。

古代帝王祭祀、朝会时所奏之乐被称为"雅乐"，其风格要求质朴无华，简而无傲。即所谓"大乐必易""大乐稀声"，方称"德音"也。

湄洲妈祖祭典的音乐以《海平》《和平》《咸平》三章为核心部分，另有《迎神》《送神》及开头导引曲。乐章典雅深邃，既有渲染庄重肃穆的祭祀气氛，又蕴含莆田传统音乐的元素，地域特色鲜明。具有"唯肃肃而敬""唯雍雍而和"的"肃雍和鸣，感格神明"的效果。其使用乐器按大成乐规范要求，分别为金、石、丝、竹、土、匏、革、木8种不同材质的乐器，合乎金声玉振、八音和鸣的礼制。1994年湄洲妈祖祭典的仿古乐器计28种60件，其中除部分种类为莆田民间器乐外，按其属性分：木属的有柷、敔；金属的有锣、云锣、钹、编钟、博钟；石属的为编磬、特磬；丝属的有琴（含本境民间器乐之大小八角琴）、瑟、阮、琵琶、古筝；竹属的含筑、篪、笛、管、笙篥、排箫；革属的大鼓、应鼓；匏属类的笙、竽以及土属的埙等。

1．柷：古代打击乐器，方形，以木棒击奏，用于宫廷雅乐，表示乐曲开始。东汉许慎《说文解字》称："柷，乐木空也，所以止音为节。"郑玄注曰："柷，状如漆桶而有椎。合奏之时投椎其中而撞之。"相传为夏启所作，迄今已有四千多年历史。传世清代之柷，通高50厘米，每边长60厘米，为清代宫廷演奏雅乐之乐器。

2．敔：状如伏虎，双耳竖立，白额吊睛，红口利齿，其背插列方形木片27片，形如刚鬣。以竹条刮奏，古代宫廷雅乐中重要乐器之一，表示乐曲的终结。《说文解字》云："敔，禁也。一曰乐器，椌楬也，形如木虎。"《释名》称："敔，衙也，衙，止也，所以止乐也。"故宫博物院现藏清代之敔，长68.5厘米，高32.5厘米，为奏"中和韶乐"所配置的乐器。

3．编钟：古代大型打击乐器，兴于西周，盛于春秋战国直至秦汉。青铜铸

柷　　　　　　　　　敔　　　　　　　　编钟

就，由大小不同的扁圆钟按照音调高低的次序排列，悬挂于巨大的钟架之上，用丁字形的木锤和长形的棒分别敲打铜钟，发出不同的乐音，并按照乐谱，演奏美妙的乐曲。1978年，湖北随州南郊擂鼓墩出土的战国时代（约前433）"曾侯乙编钟"，由19个钮钟、45个甬钟，外加楚惠王送的大博钟共65件组成。全套编钟装饰有人、兽、龙等花纹，铸制精美，细致精美，并刻有错金铭文，标明各种发音之音调。湄洲妈祖祖庙天后艺术团日常演奏的编钟，为13板一组，系仿古制品。

4．编磬：古代打击乐器，石制或玉制，16面一组，用小木槌敲打奏乐。其音色除黄钟、大吕、太簇、夹钟、姑洗、仲吕、蕤宾、林钟、夷则、南吕、无射、应钟等十二正律外，又加四个半音。演奏时，发出不同声响，清乾隆时制，在重大典礼演奏"中和韶乐"时使用。

编磬

5．特磬：特磬和编磬在宫廷音乐中用途颇广。清代，特磬为帝王祭祀天地、祭祖、祭孔演奏的乐器。一年12个月，每个月各奏一个调的乐曲，如正月用太簇……十一月用黄钟，十二月用大吕，所以它有音高不同的12枚，大小不一，最大的为"黄钟"，最小的是"应钟"。

6．筑：古代弦乐器，形似琴，十三弦，弦下有柱。演奏时，左手按弦的一端，右手执竹尺击弦发音。

7．篪：古代一种用竹管制成的吹管乐器。有八个孔，其形与笛子相似。

8．笛：即笛子，最具代表性的民族吹奏乐器，竹管制成，横吹。《梦溪笔谈》卷五载："后汉马融所赋长笛，空洞无底，剡其上孔五孔，一孔出其背，正似今之'尺八'。李善注云：'七孔，长一尺四寸'，此乃今之横笛耳，太常鼓吹部中谓之'横吹'，非融所赋者。"笛子音色甜美，清亮悦耳。

9．管：古代管乐之一，初为玉制，后改用竹为材料。六孔，长一尺。《说文解字》称："管，如篪，六孔，十二月之音，物开地牙，故谓之管。"音色深

沉幽雅。

10．筚篥：莆邑文艺界俗称"笛管"。管身为竹制，上面开有八孔（前七后一）。管口插一苇制的"笛嘴"。音域为两个八度又六个音。音量大，音色响亮、清脆、表现力强。1959年10月，莆仙戏《团圆之后》《三打王英》晋京参加国庆10周年献演，周恩来总理接见参演人员时，特地把手观赏，对其演奏效果，赞誉有加。

11．排箫：古代有许多美名，如"雅箫、颂箫、舜箫、秦箫、凤箫、凤翼、云箫"等等。由一系列竹管联排构成的管乐器，其顺序按长到短，或由短到长排列，风格独特、音色纯美、轻柔细腻、空灵飘逸。

12．笙：簧管乐器。因用匏做座，上设簧管，故属八音之匏类。《说文解字》载："笙，十三簧象凤之身也。笙，正月之音，物生故谓之笙。"它由簧片、簧管、斗子三个部分组成。常用的有13簧、14簧两种，今有24簧、36簧键钮笙等。

13．竽：古簧管乐器，属八音之一匏类。其形似笙而略大。长四尺二寸，36簧。先秦时代器乐合奏时，常用竽定音。《韩非子·内储说上》称："齐宣王使人吹竽，必三百人。南部处士请为王吹竽，宣王说（通'悦'）之，廪食以数百人。宣王死，湣王立，好一一听之，处士跑。"此即"滥竽充数"之成语故事也。

14．琴、瑟：两种相似的拨弦乐器，属八音之丝类。琴亦称"七弦琴"，俗称"古琴"，周代已有。瑟，形似古琴，春秋时已盛行，常与古琴合奏。《史记》中司马相如与卓文君以"琴心"传达心意相爱的故事，脍炙人口。古时"琴瑟"并用，《诗经·周南·关雎》云："窈窕淑女，琴瑟友之。"比喻夫妇感情融洽。

15．琵琶：本作"批把"，拨弦乐器。木制，体长圆形，上有长柄，一般有

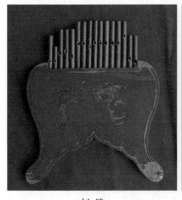
排箫

笙

八角琴

阮

四根弦。唐宋后渐成现今形状。其演奏方法由横抱改为竖抱，由拨子弹奏改为手指弹奏。

16．阮：弹拨乐器，始于宋代。四弦有柱，形似"月琴"。有高音阮、中阮、小阮、大阮、低音阮之分，将其组合起来便有广阔的音域丰富的表现力。中阮、大阮广泛应用，小阮和低音阮很少使用。

17．筝：亦称"古筝"，拨弦乐器。战国时流行于秦地，故又称"秦筝"。傅玄《筝赋》称："世以为蒙恬所造。今观其器，上崇似天，下平似地，中空准六合，弦柱拟十二月。"唐宋时用的筝都是13弦，只有清乐用12弦，以寸余长的鹿骨爪拨奏。近代筝为16弦，按五声音阶定弦。演奏时右手指弹弦，左手指按弦。

18．埙：陶制，故又名"陶埙"。吹奏乐器，属八音之一土类，也有用石、骨或象牙制作而成。其种类很多，除传统的卵形埙，还有葫芦埙、握埙、鸳鸯埙、子母埙、牛头埙、笔筒埙等。演奏时，音色醇厚低沉，极富特色。

埙

莆田民间音乐源于唐，兴于宋，盛于明清，其演奏形式、乐谱、曲目丰富，传统器乐自成一格，既有古代宫廷音乐的传承，也有散乐、民间小调的汲取，形成兼容江南丝竹之乐，并蓄北方粗犷之音的独特艺术风格，被誉为"闽中雅乐""太古遗音"。特别是湄洲妈祖祭典音乐的设计及器乐的使用，以妈祖祭祀特点和莆田传统音乐特色为主要依据，既体现了古代祭祀音乐的承袭和传承，又有妈祖故乡的地域元素。其中"四胡""伬胡""八角琴"等乐器造型奇特，与表现力强的莆田传统器乐、古代祭祀乐器组合使用，使妈祖祭典音

筝

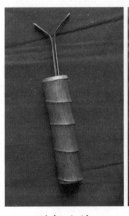

竹板渔鼓

箜篌

乐更富有地方韵味，符合古代祭祀音乐的礼制要求。

19．竹板渔鼓：又称道情筒，为道士演唱道情时所用乐器，由一个竹筒和两片竹板组成。传说八仙之一的张果老就常背负一个道情筒，倒骑白驴，云游四方，宣唱道情，劝化度人。莆田民间道场的祭典乐器。

20．箜篌：传统弹弦乐器，初称"坎侯"或"空侯"，原为古代宫廷演奏雅乐所用，后在民间广泛流传。古代有卧箜篌、竖箜篌、凤首箜篌三种形制。湄洲祖庙祭典用箜篌为竖箜篌。

妈祖供品特色与价值

塔式供品

造型装饰

必备供品

第五篇

供品

妈祖供品，今又称"妈祖贡品"，俗名"妈祖筵桌"，通常在妈祖三月二十三神诞日、九月初九升天日等纪念日以及其他重大的传统庆典时摆列供奉。其配套和排序均有相对固定的格式。供桌上除按序必备的"筵桌"外，尚有自由创作的供品，其中妈祖故事、水族朝圣、水族彩阁、海鲜景、二十四孝故事等各种造型供品和妈祖蔗塔、桔塔、糕塔等塔式供品，装饰新颖，造型优美，颇具特色。

妈祖供品融艺术性、知识性、观赏性为一体，内容丰富多彩，有着深厚的传统文化底蕴和礼俗文化内涵。它不仅是相沿成俗祭祀活动中"敬神"又"娱人"的静态艺术品的缩微，也是可资民间工艺美术研究的宝库。其蕴含浓郁的乡情习俗和鲜明的地域文化，深为广大人民群众喜闻乐见，极具人文价值、艺术价值、示范价值和美学价值，堪称"中华一大绝活"。

妈祖供品选料就地取材，制作工艺流程科学规范，烹制火候掌握得当。供品上桌摆置要求达到形色兼备的艺术效果。为营造氛围，供桌前方左右两侧叠搭桔塔和糕塔（或蔗塔）。礼祭后，供品分发宴请宾客或轮值福首、司礼人员等，俗称"吃福余"。寓意人神同娱，人神共享，妈祖赐福，吉庆有余。

第一章

必备供品

第一节　重案供品

1. **鲜花**：在妈祖供品中，精致的花斗中插上时令吉祥鲜花。

2. **鲜果**：立体透雕的木雕果盒上搭叠塔状的时令祥瑞水果。一般用桔（象征吉祥如意）、苹果（象征平安）等。

3. **馔品**：在工艺精湛的木雕馔盒上按格分别摆放寓意"龙生贵子""财丁骏发"之类的干果，如桂圆干（龙眼干）、红枣、花生等。

4. **茶**：清茶三杯。

5. **酒**：白酒三杯。

6. **筵桌配置**：（1）四点心：即精制的四种小巧玲珑，不同花色的糕点。

（2）龙泉三杯：取用位于文献西路"御封"的龙德井清泉三杯。

（3）甜汤三小碗：用龙眼干、红枣、冰糖熬成的甜汤。

第二节　龙案供品

1. **糕果**：糯米粉加白糖炒熟后，用木制圆形、方形的印模印制而成。5个一

供品花篮

武筵

文筵

叠，小花碟各装盛圆、方形糕果三叠，意味"三多五福"。左摆圆形（代表天），右置方形（代表地）。

2. **面饭**：（1）线面头用红绳丝扎成圆形，高出茶盅二寸。（2）干饭放在两个茶盅内，对合成一盅（寓意福寿绵长）。

3. **十斋**：香菇、金针菇（以上两样必备）及其他素食干品，精制拼合成各种不同花边、图案，或用地瓜、芋头（切丝油炸）、面粉、豆皮等制作成各种盆景造型，竖放于10个碗之中。

4. **五谷**：早谷、晚谷、大麦、小麦、黄豆等五种粮食，盛于竹木制作的祭器内，寓意"五谷丰登"。这是莆邑一些妈祖宫庙独有的礼俗。

5. **饼筵**：用面粉、白糖等，做成10种以上不同形状、造型各异的饼食类，分别叠放在古色古香的彩盘中。

6. **文筵**：又称"文宴"，用素食干品为原料，通过拼接、粘合制成各种不同图形、不同造型的12件作品，俗称"十二平"，象征一年四季平平安安。

7. **武筵**：又称"武宴"，分四大八小，俗称八平四企。其中四企为立体食品盆景造型，寓意为一年四季吉祥如意。

第二章

造型装饰

2007年5月和2008年10月，为了弘扬中华优秀民间工艺美术，传承积淀丰厚的传统文化，深化妈祖礼俗文化内涵，湄洲妈祖祖庙先后于"首届莆台妈祖活动周"和"天下妈祖回娘家"活动期间，分别展示"妈祖供品"千余件，十余万信众叹为观止。2010年，湄洲"妈祖供品"还组织赴台展出，进行海峡两岸民间艺术交流。供品都是用食物制作而成，原料有：大米、糯米、莲子、玉米、小米、灵芝、面粉、白粿、麦芽、各种豆类、木耳、香菇、竹笋、豆皮、紫菜、蒜头、瓜、果等。

第一节　湄洲妈祖祖庙供品

湄洲妈祖祖庙祭祀大典的祈告文疏中，有"懿范冠伦，坤德配天；总司海若，湄洲瓣香"之说。传说妈祖降服东海水妖之后，四海龙王岁岁来朝，率海中水族参圣。据此，岛上民众每逢妈祖诞辰节庆，禁止下海捕鱼，备办"水族朝圣"供品，祭拜妈祖。其选料以湄洲岛内盛产的各类海鲜、淀粉、面粉、糯米粉为主要原料，凸显妈祖故乡的地域特色。其制作工艺流程含选料、塑形、烹制、拼盘、围饰等工序。其中的雕型包括雕工、捏塑、上彩等。现有供品制作基本沿袭清乾隆年间定制，大体分为荤制供品和素斋供品二大类，含海鲜类114个品种，面制类36个，素

重案和龙案供品

斋类24种，共三个类别164个品种。各种供品题材来源有历史典故、莆仙戏曲人物
故事，或与道教经义、民间民俗相关，传统文化底蕴丰厚，已列入莆田市非物质文
化遗产名录。

1. 海鲜类供品

湄洲岛盛产海鲜，所产海鲜质地上乘，营养丰富，味美质佳。以海鲜品为原料
的妈祖荤品以喜庆为主调，令人神喜爱。供品名称为：

（1）二龙戏珠　　（2）鸳鸯贵子　　（3）平升三级　　（4）年年如意

（5）连年有余　　（6）西施浣纱　　（7）多福多寿　　（8）和合如意

（9）平安欢乐　　（10）级角连登　　（11）寿献兰孙　　（12）欢天喜地

（13）鸳鸯戏水　　（14）麻姑献寿　　（15）风调雨顺　　（16）美戈小娥

（17）杏林春燕　　（18）喜在眼前　　（19）吉祥万年　　（20）封侯挂印

（21）喜报三元　　（22）家家得利　　（23）鹤鹿同春　　（24）宜男多子

（25）春风得意　　（26）年年大吉　　（27）官上加官　　（28）海龟朝圣

海上鱼虾类干品供品

（29）和合万年　　（30）英雄斗志　　（31）并蒂同心　　（32）宝黛之缘

（33）五子登科　　（34）三星高照　　（35）嫦娥奔月　　（36）金玉满堂

（37）宜男益寿　　（38）同偕到老　　（39）义之爱鹅　　（40）三阳开泰

（41）洞天一品　　（42）凤麟呈祥　　（43）心莲馨香　　（44）松鹤长春

（45）加官受禄　　（46）嵩山百寿　　（47）二甲传胪　　（48）单凤朝阳

刘海洒钱　　　　　　　　凤麟呈祥　　　　　　　　三阳开泰

福缘善庆　　　　　　　　　　　　　　　　宜男多子

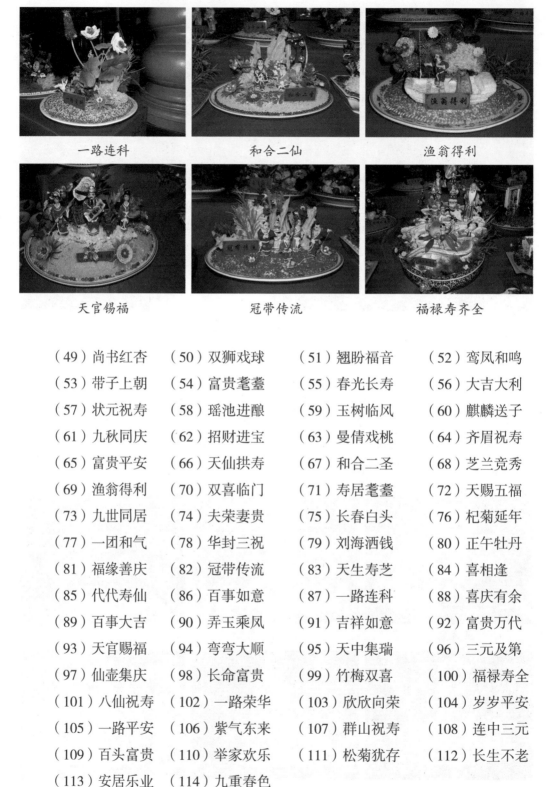

一路连科　　　　　和合二仙　　　　　渔翁得利

天官锡福　　　　　冠带传流　　　　　福禄寿齐全

（49）尚书红杏　　（50）双狮戏球　　（51）翘盼福音　　（52）鸾凤和鸣
（53）带子上朝　　（54）富贵耄耋　　（55）春光长寿　　（56）大吉大利
（57）状元祝寿　　（58）瑶池进酿　　（59）玉树临风　　（60）麒麟送子
（61）九秋同庆　　（62）招财进宝　　（63）曼倩戏桃　　（64）齐眉祝寿
（65）富贵平安　　（66）天仙拱寿　　（67）和合二圣　　（68）芝兰竞秀
（69）渔翁得利　　（70）双喜临门　　（71）寿居耄耋　　（72）天赐五福
（73）九世同居　　（74）夫荣妻贵　　（75）长春白头　　（76）杞菊延年
（77）一团和气　　（78）华封三祝　　（79）刘海洒钱　　（80）正午牡丹
（81）福缘善庆　　（82）冠带传流　　（83）天生寿芝　　（84）喜相逢
（85）代代寿仙　　（86）百事如意　　（87）一路连科　　（88）喜庆有余
（89）百事大吉　　（90）弄玉乘凤　　（91）吉祥如意　　（92）富贵万代
（93）天官赐福　　（94）弯弯大顺　　（95）天中集瑞　　（96）三元及第
（97）仙壶集庆　　（98）长命富贵　　（99）竹梅双喜　　（100）福禄寿全
（101）八仙祝寿　（102）一路荣华　　（103）欣欣向荣　（104）岁岁平安
（105）一路平安　（106）紫气东来　　（107）群山祝寿　（108）连中三元
（109）百头富贵　（110）举家欢乐　　（111）松菊犹存　（112）长生不老
（113）安居乐业　（114）九重春色

2．素斋类供品

妈祖信仰中含有丰富的儒家思想，斋品取名源于二十四孝故事，主要歌颂妈祖救父寻兄的儒家孝悌美德。即：

（1）虞舜感天　（2）仲由负米　（3）子骞顺母　（4）曾参啮指

（5）莱子娱亲　（6）鹿乳奉亲　（7）文帝尝药　（8）郭巨埋儿

（9）江革供母　（10）涌泉跃鲤　（11）扇枕温衾　（12）蔡顺供亲

（13）董永卖身　（14）庭坚亲涤　（15）陆绩怀桔　（16）孟宗哭竹

（17）闻雷泣墓　（18）卧冰求鲤　（19）吴猛恣蚊　（20）杨香救父

（21）丁兰刻木　（22）夫人乳姑　（23）寿昌弃官　（24）黔娄忧心

3．面制类供品

传说古时妈祖诞辰日前后，四海龙王携水族骈集湄洲岛拜谒妈祖一同谢恩，岛上渔民不敢惊动水族，因此禁止下海捕鱼或垂钓。禁捕期间，面塑海鲜斋品取代荤品，仅用淀粉、面粉为主料，制成海鲜造型。名称为：

（1）三喜鱼卷　（2）金鱼卧莲　（3）蛟龙戏珠　（4）虾兵助战

（5）蟹将点兵　（6）甲鱼堆沙　（7）飞鱼献子　（8）黄花闺女

（9）故国莼鲈　（10）鲋鱼拜母　（11）八珍鲍鱼　（12）鲤跃龙门

（13）双蛤戏水　（14）青蟹望月　（15）马鲛朝圣　（16）龙虾献瑞

（17）海鳗团圆　（18）五世其鲳　（19）海龟祝寿　（20）龙传百代

（21）鲢在一心　（22）年年鱿鱼　（23）鲨鱼追月　（24）可见一斑

（25）力鱼上滩　（26）刀鱼比剑　（27）老蚌生珠　（28）扇贝送凉

（29）蛎房藏玉　（30）金枪无敌　（31）乌鱼出水　（32）玉柱瑶台

（33）对虾戏蝶　（34）蟾宫折桂　（35）正逢其鲥　（36）虎鱼生威

4．自由创作类供品

除上述164个种类的供品之处，还有自由创作的"三珍"18盆。其中的10个品种为：

（1）长生不老：原材料有花生、生姜等，造型别致，寓意深刻，老枝新叶，充满勃勃生机。

（2）长命富贵：用长线粉条制作，丝丝相连，内涵丰厚，象征祥和幸福。

（3）九世同居：以竹笋、灵芝等原料为背景造型。九只鹌鹑，有大有小，或

老或幼，在大自然中和睦共处，九世同居。

（4）长发其祥：主原料为绿色粉干，造型似老年人苍苍白发，体现吉祥长存之意。

（5）福海寿山：高竣峰峦由木耳制作，寓意人寿比山高，福祉似水长。

（6）四季常青：以灵芝、竹笋、生姜等为主材料，表达人随心愿，四季如春，生趣盎然之意。

（7）竹报平安：主材料为竹笋，造型简洁，寓意深刻，图案和谐安祥，表现吉兆内涵。

（8）一路平安：白鹭与"路"谐音。该供品背景的原料为灵芝、生姜、木耳。表现白鹭在宜居的环境下，生活无忧无虑，平安吉祥。

四季常青

（9）吉祥如意：大象是吉祥物，"象"和"祥"谐音，该供品想象力丰富，表现天真活泼的孩童生活幸福，骑在驯服的象背上戏嬉，充满童趣。

（10）一团和气：以白木耳为主材料，组成一个硕大的群体，寓意环境和谐，和气生财。

湄洲妈祖祖庙的食品装饰类供品，种类繁多，琳琅满目，有水中"游"的、地上"跑"的、天上"飞"的，可谓"海、陆、空"俱全，技艺精湛，富有创意。不仅展现了中华民族传统美食文化的精髓，而且也折射出民间艺人的心血和智慧，是妈祖信俗文化和莆田食品工艺造型艺术的完美结合。

第二节　文峰天后宫供品

文峰天后宫妈祖供品是第一批莆田市非物质文化遗产代表作，种类繁多，色彩斑斓，造型别致，摆序严谨规范，制作流程代代传承，相沿成俗。2007年5月，为了弘扬中华优秀民间工艺美术，传承底蕴丰厚、地域韵味浓郁的传统文化，深化妈祖信俗文化的内涵，文峰天后宫在中华妈祖文化交流协会、莆田市民间文艺家的具体指导下，在首届莆台妈祖文化活动周期间，组织60多位民间食品装饰工艺美术精

妈祖贡品蕴含浓郁地域特色，风格奇特、造型逼真

英，挖掘、整理、制作了食品装饰造型供品近千件，设置4个展区，在凤山寺举行展示活动，观众十万多人次。第十届全国政协副主席、中华妈祖文化交流协会会长张克辉，时任全国政协、港、澳、台委员会副主任何少川等各级领导、专家、学者以及海内外妈祖信众到场参观，观后盛赞无愧为"中华一大绝活"。

1．**中心展区**：按传统敬神献礼的相对固定供奉格式，分重案、龙案、供案3个层次，配套排列必备妈祖供品220余件。

2．**南展区**：文筵（斋筵）10组，武筵（荤筵）10组，水族朝圣1组，水族彩阁1组，计食品装饰造型艺术作品230多件。

3．**东展区**：鸟禽食品造型1组，岳家军、杨家将人物造型2组，配套摆字筵计作品210多件。

4．**西展区**：妈祖出世、护海庇民故事的人物造型1组，二十四孝故事人物造型1组，海鲜景、水族造型1组，计展示食品装饰造型艺术作品280多件。

文峰天后宫妈祖供品，是妈祖祭祀礼俗活动中不可或缺的主要组成部分，其相关的制品，严格规范，符合礼制。

海鲜景：用12种不同的海鲜油炸精制而成。

水族朝圣：素食仿生，用糯米粉或面粉捏制成鱼、虾、蟹、蚌等各种形象奇特、造型逼真的36种水中生物。

人物造型：用面粉、豆皮、紫菜、黄花菜、香菇等为材料，制作成"妈祖故事""群仙聚会""八仙献寿""二十四孝故事""岳家军故事""杨家将故事"等故事中的场景，场景中的人物栩栩如生，一般用豆皮制作衣裳，用紫菜制作头发。

"妈祖福祥罗汉果"：用方形和圆形"糕果"堆叠而成，分列龙案两侧排置。左以圆形"糕果"堆叠，大圆盘底座，象征天，中间红色糕片叠有红色"福"字，寓意"福如东海"。右边则以方形"糕果"叠成，底座为方盘，总高度99厘米，代表地，象征妈祖于九月初九日飞离人间，羽化登仙。中间为红色"祥"字，意指"吉祥如意"。

"妈祖平安长寿面"：用线面盘绕成团，堆积成山，蕴含"寿比南山"之意。其摆置规范，底盘要求放置五只"面食龟"，用来驮背平安长寿面。人们吃了妈祖面，会平安长寿的。

第三节　贤良港天后祖祠供品

贤良天后祖祠的妈祖供品，荤素有别，名目繁多。除"必备供品"之外，大型祭祀活动的供品则加上用面塑制作的"水族朝圣"36碟，摆列于祭筵中的圆形供桌上，颇有特色。如：鲤鱼、鲳鱼、鲈鱼、沙鱼、带鱼、黄花鱼、龙虾、对虾、九节虾、虾蛄、海蜈蚣、鲎、海菊、团鱼、海龟、玳瑁、蛤蜊、江瑶、红蟳、毛蟹、

花果宴造型

字宴造型

虎面蟳、花蟳、蟳蜞、红脚蟹、乌贼、鱿鱼、锁管、海胆、鲍鱼、章鱼、花螺、云螺、田螺、麦螺、寄生、刺螺，等等。

第四节　水族彩阁

李氏水族筵桌，其传承人住在莆田市涵江区涵西街道楼下古街新桥头附近，面临兴化湾。这里的市场繁荣，商贾云集，水产品应有尽有，是海产品交易一条街。

李氏水族筵桌是一种技艺精致、造型奇特的妈祖食品装饰造型供品，传承已五、六代。其创意在于在民间传统供品制作格式的基础上将食品工艺美术融入供品中，推陈出新，创作出数十种不同造型的水族筵桌。其制作方法有两种：一是素食仿生，用面粉制作的"水族朝圣"36盘，其中有鱼、虾、蟹、蚌等36种。二是收集外形奇特的螃蟹、龙虾、贝类等水产品，把它或煮熟或掏空内脏，然后进行烘干、防腐处理，最后根据内容情节对它进行拼接、组合，或者附加上所需的各种道具饰品。每一盘作品都形象奇特、造型逼真、巧夺天工、趣味横生。如"龙宫车鼓"，前两只龙虾提灯笼，中间一只龙虾扛大旗，后面龙虾列队让"手"中银钹翻飞，队伍中间的龙虾把大鼓敲得震天响。还有"十音队""扑蝶"等，形态各异，栩栩如生。该系列水族筵桌2006年入选第六届中国湄洲妈祖文化旅游节"妈祖供品展"，受到中外游客的赞赏，部分作品被妈祖文化博物馆永久收藏。

水族彩阁

李氏水族筵桌堪称民间绝活，对它进行保护、挖掘、传承有着重要的学术价值和现实意义：一是它承载着华侨及港澳台同胞情结；二是它以生动的艺术形成和厚重的艺术内涵，体现着浓郁的地方特色；三是体现出莆仙人的生存、生活状态，对闽台民俗文化研究有着重要的学术价值。

与此同时，白湖顺济庙的"活动假山"中的人物造型、"盆景"造型以及涵江下徐天后宫的"春景斋菜""水族朝圣"等食品装饰工艺，巧夺天工，皆堪称妈祖供品中的上品。

第五节　妈祖宴菜

妈祖信仰起源于莆田，在千百年祭祀妈祖的习俗中，逐渐形成了妈祖宴菜。清末，莆田人王亚土在莆田城里开设饭店，每年农历三月廿三妈祖诞辰日和九月初九妈祖升天日，为城内文峰宫提供妈祖供品和妈祖宴菜。及至第四代传人、莆田名厨王文基，于1987年纪念妈祖羽化升天1000周年之际，结合宫廷和民间宴菜特色，在原有基础上加以提炼发展，精心创作出蕴含妈祖文化魅力和神圣色彩的12道宫廷菜系，正式命名为"妈祖宴菜"，具体名称为：

（1）丹凤朝阳　　（2）湄岛秋菊　　（3）万灵朝圣　　（4）窥井得符

（5）一帆风顺　　（6）妈祖寿面　　（7）龙王点兵　　（8）发财有余

（9）喜庆花篮　　（10）群仙迎驾　　（11）妈祖寿桃　　（12）五福盈门

妈祖宴菜深受海内外游客和妈祖信众好评。1990年9月，妈祖宴菜参加了世界旅游日的展览；1991年，国家旅游局组织的"妈祖朝圣旅游研讨会"上，妈祖宴菜又博得好评，并被授予国家外观专利；1993年获科技成果爱迪生金杯奖。2002年8月，台湾美食展组委会授予王文基代表台湾餐饮界的最高奖"中华美食特别奖"。

2009年9月，妈祖信俗被列入"世遗"名录，妈祖文化的世界影响力日益扩大，妈祖宴菜也再次推陈出新。中国烹饪大师、莆田市烹饪协会会长关玉标与闽菜名师、莆田市烹饪协会常务副会长陈煌歆一起，在中华妈祖文化交流协会的指导下，经过反复推敲、斟酌，共同推出"恩泽寰宇""妈祖寿面""镇海平番""福佑群生""永保祥和""惠普慈航""金玉满堂""醉恋原乡""圣灵之光""曙海祥云""富贵康宁""天妃赐子""安澜利运"等13道妈祖宴菜，并命名为"妈祖宴"。全新的"妈祖宴"一推出，就广受欢迎。2009年10月在新加坡举办品尝会，在当地最负盛名的莆田菜馆献演3场，13道珍馐轰动新加坡。随后，"妈祖宴"在第四届搜厨国际烹饪大赛上一举夺魁，以最高分赢得了团体金奖，在国际餐饮舞台独占鳌头。2010年，中国烹饪协会特地派出专家组赴莆田考察，专家组认为，"妈祖宴"依照妈祖故乡民间习俗共设计了13道菜肴，道道都是以莆田当地最地道的优质食材作为菜品主料，同时根据每道菜品的食材和造型特点，结合妈祖传说、典型、封号和祥瑞之语等进行命名，将妈祖故乡独具特色的饮食文化融入妈祖文化中去，这是"妈祖宴"从全国角逐"中国名宴"的20多个菜肴中脱颖而出的原因。最后，中国烹饪协会根据专家组的意见，授予"妈祖宴""中国名宴"称号。

妈祖宴菜集莆仙风味、民间贡品及宫廷菜系特色于一身，色、香、味、形俱全，目前已列入莆田市非物质文化遗产名录，作为特色美食工艺得到保护。

1. 王文基制作的妈祖宴菜

（1）丹凤朝阳：用鸽蛋、鸡蛋为主料，熟鸡肉丝、樱桃、青椒等作辅料。用去壳的鸽蛋逐个置于汤匙，蒸成"凤尾"；将鸡蛋清、蛋黄，分别蒸成的蛋糕切成柳叶形为"凤毛"，以鸡肉丝铺垫作"凤身"，并用樱桃点缀"凤身"，把青椒切

妈祖供品展览

成柳叶形当"凤翅"。此道为冷盘工艺菜,寓意吉祥如意,幸福美好。

(2)湄岛秋菊:即根据妈祖儿时喜爱菊花的传说,以雪白的小鱿鱼为花瓣,以鲜红的樱桃为花蕾,以鲜嫩的青菜丝做陪衬紧紧簇拥在花的四周,构筑成一幅秋意盎然的意境,象征品德高尚,寓意如意团圆。

(3)万灵朝圣:受清代宫廷御菜"鸭戏新波"的启发,把主料鸭脯肉改为虾泥,把做鸭尾的鸡舌改用虾尾,加以湄洲祖庙山的造型。菜肴清汤见底,十分逼真,体现"湄湾春暖,群鸭拜圣"的主题。

(4)窥井得符:根据妈祖12岁时"窥井得符"的传说,以青瓷碗为井,莲子汤为水,鳖鱼为"龟",在"鳖鱼"上加一块方形白萝卜为"天书"。

(5)一帆风顺:取自明朝使臣郑和下西洋的典故,象征着吉祥如意与和平。用油炸黄花鱼做龙舟、虾做兵将,创制出的"一帆风顺"表示妈祖出海救难、济航拯弱的高尚品质。

(6)妈祖寿面:以香菇、花生、紫菜、蛋丝摆成太极图,制作出妈祖平安面,寓意着太平安康,深受游客和海内外华侨的喜爱。

(7)龙王点兵:以大对虾制作成"龙王""龙后",以小海虾做"兵""将",用盐水氽熟。莆田方言"虾"与"和"谐音。寓意和谐美满,富贵丰足。

(8)发财有余:这道菜取决于宋代商人三宝经商的故事。传说南宋有一位商人三宝,赴西洋经商,途中泊船湄洲,次日抛锚不起,就向当地老百姓询问当地有何神灵可以祷告。当地渔家告知妈祖最灵,于是三宝向妈祖祷告许愿若经商顺利归来,定来此地重修庙宇。在妈祖庇护下,三宝发财而归,于是他就来湄洲还愿,扩建庙宇,重塑金身。这道菜用发菜和鱼丸做成。

(9)喜庆花篮:用莆田特产名果制作成三色蛋糕花篮。用鲜鸡蛋、皮蛋、咸蛋等为主料,调以味精、精盐,蒸制为蛋糕,并切成薄片叠成一花篮,再用桂圆、橄榄、桔子、蜜李、蜜枣等为辅料,做成各种花样图案即成。此道菜蕴含五湖四海的信众向妈祖赠送花篮,以表虔诚礼敬之意。

(10)群仙迎驾:刻鸽蛋为玉兔,把肉丝和金针菇铺成海滩,根据湄洲岛景观特色在菜盘中摆出"群仙迎驾"图。

(11)妈祖寿桃:取上等糯米料、揉成剂子为"桃皮",裹进用桂圆、莲子、杏仁、红枣、冬瓜糖、白糖等精制的馅心,捏成"蜜桃"状。并抹上花生油,蒸熟即可。寓意福寿绵长之意。

（12）五福盈门：选用优质桂圆干、细米粉及花生仁、白糖、五香粉等为馅心，以糯米粉为外皮，经巧妙加工而成。蕴含幸福团圆之感。

2．关玉标、陈煌歆制作的妈祖宴

（1）恩泽寰宇：此道为双层拼盘（冷盘工艺菜）。第一层荟萃妈祖故乡各种特色风味小吃，如：湄屿紫菜、江口醉蛏、渠桥咸豆腐、东圳溪虾、哆头土笋冻、温汤羊肉、平海螃蟹、南日海带、埭头海苔等。第二层以雕刻造型组成湄洲妈祖祖庙景观拼盘。"寰宇"指全球、天下，寓意妈祖神迹"瓣香起湄洲，恩波泽全球"。

（2）妈祖寿面：以莆田细长的"索面"（手工线面）为主要原料，加上烘焙紫菜、花生、金针、煎鸡蛋等具吉祥之意的配料，做成主食。用新形器具装饰。莆田方言"面"与"命"谐音。寓意"恩泽绵绵，益寿延年"。

（3）镇海平番：用莆田本地番鸭整只脱骨，中间用海蛎干、蛏干等多样配料做成。番鸭又叫洋鸭，原产于中、南美洲热带地区，莆田饲养历史悠久。"番"在此泛指外敌、贼寇。"镇海平番"寓意妈祖显灵庇佑航行、驱除贼寇、击退外敌的神迹。

（4）福佑群生：以优质海参为主料，饰以"妈祖印"雕刻。"参"谐音"生"和"升"。"妈祖印"代表权威。寓意妈祖"护国庇民"，祈愿大家"步步高升"。清乾隆二年（1737），妈祖因保佑清军顺利渡过台湾海峡，朝廷赐予妈祖"福佑群生"封号。"妈祖印"指清道光十九年（1839），朝廷特制一枚金玺颁赐给湄洲妈祖祖庙。

（5）永保祥和：用具有地理标志的莆田南日鲍，加上蛋烹制而成，用元宝造型器皿装盘。"鲍"谐音"保"，"元宝"谐音"永保"。鸡蛋代表平安、喜庆。寓意妈祖永远保佑普天下大众"家庭和睦，生活和美"。

（6）惠普慈航：用整个鱼做成船型，用其他食品做成船桨等，组成一道形象逼真的"碧海龙舟"。寓

妈祖宴之一

意妈祖"济航拯溺，神佑海疆"。"惠普慈航"源自清同治六年（1867），妈祖神佑册封琉球（今冲绳）使者平安而归，同治皇帝御赐福州南台天后宫匾额。

（7）金玉满堂：选莆田本地干炸豆腐（呈金黄色），加上大白菜（呈洁白色）及调料等炖成地方风味菜。寓意祈求妈祖赐予财富，金玉满堂。

（8）醉恋原乡：取优良品种莆田黑猪排骨为主料精制而成，俗称"醉排骨"，饰以湄洲岛景观造型。寓意湄洲祖庙是天下妈祖信众的心灵原乡，妈祖圣地湄洲岛风景如画、祥瑞万千，令人陶醉。

（9）圣灵之光：以莆田本地新鲜海蛎为主料，用食品、水果制作"圣火"造型。寓意"五洲仰妈祖，四海成一家"，蕴含妈祖文化"薪火传承，灿烂辉煌"。海蛎在莆田方言中称"蚝"，是"健在"（人活着）的谐音。因此，妈祖故乡人逢年过节，都要吃海蛎，是必备的一道吉祥菜。预示吃了海蛎能长命百岁，永远健康，也表示妈祖永远活在天下信众的心中。

（10）曙海祥云：以莆田的西天尾扁食（云吞）代表祥云，以本地芥兰菜代表海洋，做成半汤菜。祥云，象征祥瑞的云气，是传说中神仙所驾的彩云。曙海指破晓时平静的海洋，比喻充满希望的美好前景。寓意妈祖保佑"风调雨顺，吉祥太平"。清光绪二十五年（1899），新加坡潮州籍侨商募银支援山东省赈灾，光绪皇帝为粤海清庙天后宫（现位于新加坡披立街）御赐"曙海祥云"匾额。

（11）富贵康宁：依妈祖故乡传统方法，用糯米粉制成软果和寿桃，组合成一道吉庆甜菜。软果又名金钱果，因色泽洁白，状似银元而得名，在此代表家财万贯。用桃子祝寿是民间习俗，在此代表健康长寿。寓意妈祖赐予"荣华富贵，福寿康宁"。

（12）天妃赐子：用红枣、花生、桂圆、莲子等熬成汤，取其谐音，亦称"早生贵生"汤。寓意妈祖"赐福送子，母子安康"。传说，妈祖也掌管着人世间生儿育女之事。首先赋予妈祖这一神格内容的是明初《太上老君说天妃救苦灵验经》，其中说道"扶持难产，母子平安"。

（13）安澜利运：此道为时令水果拼盘。用龙船和玻璃盘装饰，作为宴席的最后一道菜。寓意妈祖庇佑"风平浪静，航行安稳"。清道光六年（1826），妈祖因保佑漕运平安，朝廷赐予妈祖"安澜利运"封号。

第三章

塔式供品

本章着重记述延宁宫蔗塔，浦口宫桔塔和湄洲妈祖祖庙糕塔造型及特征。

第一节 延宁宫妈祖蔗塔

妈祖蔗塔是一种以蔗节竖摆相叠而成，工艺精湛、风格独特的巨型妈祖供品，现列入福建省非物质文化遗产名录。

莆田市涵江区延宁宫是一座建于明嘉靖年间的妈祖行宫。以前莆田平原盛产甘蔗，民俗中常用甘蔗作为神灵供品。早年延宁宫用三、四根甘蔗扎捆为供品，后发展为轧节相叠排在果盒之上。清代中期发展为轧小蔗节搭叠，呈灯塔形状。

妈祖蔗塔分为塔基、塔身、塔顶三个部分。

1. 塔基：塔基是在上下殿之间的天

妈祖蔗塔

井上排放一个带底托的红漆八角型果盒。边长两种：一种是22厘米，另一种是28厘米，两种相隔而成。基高63厘米，直径65厘米，全身红漆，雕塑三条金色玄纹，下有一个黑漆正方形托盘，果盒两边配一对2.5米铜胎龙烛。

2．塔身：塔身是用一节节的甘蔗节搭叠而成，每层44枚蔗节，中间留空，点灯。甘蔗一层一层相错搭叠，整体高分为三段，逐段内收，隔段减去8枚，直至天井上空，塔体雄伟挺拔。蔗塔中间用染红色的蔗节叠三层玄纹，自上而下用红色蔗节叠出"上元祈福""庆赏元宵""妈祖赐福""吉祥如意"等字样。

3．塔顶：塔顶是一块八角木板上放五只福桔，插上带有吉祥语花样的剪纸（俗称"纸花"），再插上"三春"（纸扎的一种，莆田民俗冬至节家家要在供果上插的，象征纳福迎春）。

妈祖蔗塔通高5.3米，蔗塔净高4.2米，需要挑选糖分高，质地硬的甘蔗，去皮，用专用铡刀铡成1、1.2、1.5厘米三种长度的蔗节，精心挑选出平正的作为原料。染色的甘蔗要用开水溶化颜料，再把蔗节煮开。整座蔗塔需要甘蔗350斤左右，每次搭叠要两个人花三天才能完成。

妈祖蔗塔历史悠久，工艺精湛，材料要求精细，元宵之夜，雄伟的蔗塔放射出红色灯光，辉煌闪烁，给人一种神圣、祥瑞吉庆的感觉，吸引着成千上万的信众前来朝拜。

第二节　浦口宫妈祖桔塔

妈祖桔塔以红桔为材料。红是红利，"桔"的规范字是"橘"，即橘子，但莆田民间习惯写为"桔"，寓意吉祥。桔塔高度5米许，雄伟壮观，绚丽耀眼，是巨型的妈祖供品，被列入莆田市非物质文化遗产名录。

妈祖桔塔是兴化大地民间传统工艺美术制作中的一枝奇葩。它的特点是：庄严、静观、奇特。其用具有果盒、果柱、层板、三春（纸扎一类的迎春之物），奇花、色灯，还有纸剪的多种吉祥之意的大字，如"国泰民安、风调雨顺、吉祥如意、五谷丰登、财丁骏发、繁荣昌盛"等字样。

红桔塔组成分为：底座为多种形式的果盆，中间一枝果柱，各层有层板，尖端为纸扎的早春。

果盆大小不同、木料大部分都是以樟木雕刻而成。图案有百福、百寿、龙凤呈

桔塔

祥、八仙、花鸟等。果柱以"黄榉"木料为主柱。层板为杉头锯成的薄板，中间大小板制四方孔，顶端为纸扎"三春"一枝。

妈祖桔塔制作工艺，代代传承。果盆用樟木雕成各种图案，然后油漆贴金，配上颜色，美观大方。制作材料及流程为：

1. **备料**：红桔、早春、各种鲜花、标志等。

2. **程序**：首先把红桔大小分类后，在果盆上插果柱，并逐层加层板，让红桔相叠环绕成圆形。接着剪裁各种纸字、纸花图案，进行装扮，整个红桔塔从下至上逐层缩小，垂直牢固。

第三节 湄洲祖庙妈祖糕塔

妈祖糕塔取材于湄洲妈祖祖庙生产的妈祖平安糕。造型高大美观，能够营造神圣、瑞祥、平安、和谐的节庆氛围。

妈祖平安糕，也称"妈祖糕"。以莆田山区盛产的优质冬米、上等糯米，融合碾成细粉，配上麦芽糖、蔗糖、五香等佐粉，用"印模"捺印后，置放炊笼蒸制。

糕塔

寓意大吉大利、节节高升的桔塔、糕塔

其成品一色淡白，是湄洲妈祖祖庙常年供奉妈祖的贡品。

妈祖平安糕呈正方形梯状，正面6厘米，背面4厘米，厚度2厘米许，香甜松软，口感极佳。内包装为白底，印红色祥龙图案，中间棱形框内"妈祖糕"三个大字醒目，周边海浪点缀，左右两边下方各为"幸福祥和""乐寿安康"字样。外包装为红色硬纸盒，长20.5厘米，宽13.9厘米。正面为妈祖护海神迹图，背面盖上黄色的湄洲妈祖祖庙宝玺。内装妈祖糕二盒，计12块，诚为馈赠亲友，祈求妈祖庇佑平安的佳品。

妈祖糕塔高5米许，用32300块妈祖糕堆叠而成，寓意妈祖于三月廿三日诞降。底座直径1.08米，呈八角形。妈祖祭祀时，要严鼓三通，每通由慢到快36下，共108下。其实这些数字都是古代礼教的一种规格。春秋时期的孔子作"八佾"是八的倍数，汉武帝以"帝王万能岁"为"九五之尊"，改朝拜皇帝要三跪九叩，礼法上变成"九"的倍数，而一百零八恰好是九的十二倍。湄洲妈祖祖庙的妈祖糕塔结构形式，圣地独有，特色鲜明，无愧为妈祖信俗艺苑中的一朵奇葩，不仅具有敬神献礼，娱人悦耳的审美价值，而且也是研究妈祖礼俗的参考依据之一。

第四章

妈祖供品特色与价值

妈祖供品是妈祖信俗的重要组成部分，是民间工艺美术的一朵奇葩，其渊源远溯宋徽宗宣和年间，历史悠久，摆序严格规范，工艺流程代代传承，具有传承性、依存性、观赏性、多源性、丰富性等五大特征。其内容涉及民俗学、历史学、考古学、艺术学、宗教学等诸多领域，极富地方民俗韵味和传统文化底蕴，具有重要的文化价值。

第一节　供品主要特色

1．传承性

妈祖供品是广大民间艺人在长期的传统文化熏陶下，从生活实践中创造出来的民间工艺美术。虽然已没人能说得清楚最早的设计者是谁，但它却伴随妈祖文化的形成与发展，代代传承，并在一双双稚嫩或粗糙的巧手中延续着诚挚的信仰。

2．依存性

妈祖供品是一种手工的食品民艺创造，它有别于其他民间工艺美术，其主要特色在于制作原料为食物。把敬神献礼的祭品，巧妙地运用食品，装饰成各种形状的静态艺术，形成了民间美术与祭祀礼俗文化的有机融合、相互依存。

供品造型

3．观赏性

妈祖供品，历经千余载沿革、传承、发展，既保持了传统的格式，又不断推陈出新。既有遵从古制、符合祭礼、简单现成的品种，又有蕴含浓郁地域特色、寓意深刻、风格奇特、造型逼真、具有审美价值的艺术品种，深为广大人民群众所喜闻乐见。

4．多源性

妈祖供品，作为敬神献礼的食品，是妈祖祭祀礼俗活动中不可或缺的主要成分。其摆置时间长，所有祭仪都与之有关，并与其他动态艺术活动交相辉映，形成了一种特殊的民俗文化和静态艺术相互交融的新模式，具有多源性的特征。

5．丰富性

妈祖供品制作工艺流程繁多，形式新颖多样，内容丰富多彩，集工艺美术、民间文学、礼俗文化、现代文明为一体，揉进了妈祖故事、民间传说、历史人物、水族世界、花果食物等多种体裁，具有丰富性的特征。

第二节　社会价值

1．人文价值

妈祖各类传说美丽动人，都体现了她
正义、勇敢、无私、孝悌、仁慈、博爱、
乐善好施的美德。妈祖文化的主要价值在
于它的普世性，反映了一种世界大同的崇
高理念和深切的人文关怀。妈祖供品，有
着强烈的地域人文特点，让妈祖信众倍感
亲切。是人们美好心灵的证明和信仰情感
的结晶，在香火缭绕过程中，恪守着古老
而庄重的传统理念，默默传递着愿想与妈
祖精神的力量。这对于提升人们身心修
养，净化社会风气，具有积极的意义。

2．艺术价值

妈祖供品，构思富有创意，艺术风格异廻，制作工艺独特，在继承传统的基础
上自成一体。它承载着华侨及港澳台同胞的情缘，以生动的艺术形式和厚重的艺术
内涵，达到既"敬神"，又"娱人"的效果。既是供奉妈祖的食品，又是一种静态
艺术的展示。具有一定的艺术性、知识性和观赏性，其艺术价值是其他地方所不具
备的，是莆田本土文化精神的集中体现。

3．实用价值

妈祖供品是研究、传播妈祖文化的重要载体，在妈祖信仰的形成、发展过程中
有着重要的地位。妈祖供品对于发挥莆田特色文化优势，丰富妈祖礼俗文化内涵，
促进莆田民间工艺美术的繁荣、发展，沟通台湾同胞、海外华人的情愫，推动对
外、对台民间文化交流和加强莆台之间人文的双向流动，具有一定的积极意义，值
得向外推广。

由于历史上的各种复杂原因，妈祖供品还没有全部挖掘出，更多的则保留于
民间。近年来，经多方努力，进行抢救、挖掘、整理，已取得丰硕成果。但现有的
传承人年龄老化，逐渐淡出；现代生物科学发展，供品种类日益繁多，机械制作增
多，使得手工技艺弱化，已呈濒危状况，亟待抢救和采取切实的保护措施。

第六篇

出游

第六篇

出游

第一章
妈祖出游特色

莆田是妈祖的故乡，妈祖出游是莆田民间最盛大的一项民俗、宗教、文化活动，同时也是妈祖信俗的一项重要内容。

所谓"妈祖出游"，泛指广大信众恭请妈祖神像出宫，在所属辖区境内或分灵区域内，进行绕境巡安赐福活动。在莆田，妈祖出游以历史悠久、规格最高、规模盛大、影响广泛而成为民间的一大盛事。

第一节　历史久且规格高

妈祖出游历史悠久，据民俗专家乌丙安考证说，妈祖金身出游自南宋开始就已经出现，湄洲祖庙妈祖出游习俗可以说与建庙几乎同时产生。这种独特的民俗活动历经元、明、清、民国直至现在，经久不衰，从未间断，千百年来在民间创造和积累成一种特色文化，形成深刻区域文化印记，并成为彰显文化身份的依据。在莆田，凡遇宫庙重建、重修竣工，或逢十的神诞日、元宵节和闰年，以及重大的对外神事活动，许多妈祖宫庙都要举行大规模的巡安赐福活动，以示妈祖神恩浩荡、福泽广施、为民祈福之功。

妈祖于元代被朝廷褒封为"天妃"，清代乾隆初又被晋封为"弘仁普济天后圣

出巡前为妈祖梳妆

母"。六七百年来，妈祖的地位和身份已经升到了皇家后妃的高位。封建时代皇后平常除穿戴凤冠霞帔外，都要头戴冕旒，身披锦绣凤服，雍容华贵、正襟危坐、肃穆庄严，极具国母威仪。人神是共通的，在莆田，天后圣母在出郊出游时，也须同样打扮装束。在莆田天后妈祖出巡时，也享受皇后规格，乘坐八人合抬的銮舆（即銮驾轿），前面有大旗、大灯、大金、大牌开导，后面有日月扇、九层罗伞盖紧紧围拥。而皇家规格的仪仗队，手持龙头棍、金斧、金瓜等紧随其后，分列并进。新时代，妈祖出巡时，还增加不少现代因素。在整个出巡队伍的先头还配有轻骑、小轿车开道，有的大庙甚至还配置礼炮车代替四门铳。湄洲祖庙妈祖出郊时，因为路途远，天后圣母的銮驾轿则改用汽车护送，而入台湾、入金门、入澳门巡安则改乘飞机、轮船前往，把莆田湄洲祖庙妈祖巡安活动推广到各地，其影响是深远的。

第二节　规模大且影响广

　　莆田各地的妈祖巡安赐福的队伍十分盛大壮观，而且丰富多彩，参与者有工农商学等社会各阶层。既有普通信众参与，而且每每有地方官员参加。既有老人，也有年轻人和孩童，涉及的面非常广。每次大型巡安活动，人数多达千人数千人，甚至达万人以上，队伍长达数里。2009年11月2日，湄洲妈祖金身巡安兴化，出游行程289公里，参与信众达200多万人。

　　据相关记载，清光绪末，湄洲祖庙大修竣工后，曾举行过环岛出游活动。上世纪30-40年代莆田、仙游二县各地的妈祖庙也都举行过大规模巡安活动，如莆田文峰宫、张镇天妃宫、涵江顺济庙、莆禧天妃宫、新县碧溪宫、西天尾龙山宫、萩芦灵慈宫等。改革开放以后，莆田各地妈祖庙纷纷重兴重修，妈祖出游活动次数不断增多，规模不断扩大，出巡的内容也不断丰富。自上世纪80年代以来，湄洲妈祖金身先后应邀到台湾、金门、澳门、香港等地，进行巡安活动，影响巨大。特别是湄洲祖庙妈祖金身入台（湾）巡安一百多天，行程万余里，足迹遍及全岛，朝拜信众逾一千万人次，引起巨大轰动。

妈祖出游

妈祖巡安盛大场面

第二章

出游过程

妈祖出巡是一项众多信众参与的大型信俗文化活动。一方面，它是民间自发组织的，另一方面，出游过程覆盖范围广，几乎是全民动员，家家参与，人人介入，体现出民间嘉年华的热烈与互动。由于涉及面非常广，因此从刚开始的策划组织，到出游过程中每一环节程序的安排，都相当讲究，也都非常慎重。

第一节　出游准备

在莆田，妈祖出游分为湄洲祖庙妈祖金身出游和其他宫庙妈祖圣像出游两种。

湄洲祖庙妈祖出游不一定每年都举行，出游的日子也不是固定的。而其他宫庙的妈祖出游，也各有不同习俗，有的在妈祖的诞辰日出游，有的逢闰年卜杯决定出游时间和路线。有些村庄两次出游相隔时间长达几十年，而有的村庄两次出游时间间隔很短。不过，大体可分为定时和不定时两种情况。不定时的，指遇上重大事件时安排的出游活动，定时的，是指在每年的元宵节举行的出游活动，这种元宵期间举行的妈祖出游，是部分妈祖宫庙所坚持的惯例。还有部分妈祖宫庙每逢妈祖诞辰日都会举行出游活动。这种每年元宵期间和妈祖诞辰日组织的绕境出游活动，是莆田民间一项重要的民俗活动。

恭请妈祖起驾

纵观整个组织过程，大体有以下几个主要环节：

1. 圣杯决定

所谓"圣杯问卜"，就是用木质（或竹片）的半月形"筶杯"，向妈祖祈求决定问题的方法。首先，组织妈祖出游活动一事，经董事会提议，然后在妈祖神像前多次卜筶允准才能确定。也就是说，由妈祖"拍板"。接着董事会开会商议，拟定出巡的时间（也要卜筶经妈祖允准）和天数。确定出游后，董事会要推选出一个德高望重的主持人为"巡护"（即总指挥），并由董事会出面，组织成立一个妈祖出游理事会，推选理事成员（可靠的、能办事的）分工负责各项出游事项。

2. 路线和天数

沿途要经过哪些镇、村，哪些社庙，所有这些都必须事先安排妥贴；准备在哪个社宫驻驾、驻午、驻跸，也须预先确定。为了确保出游过程的顺利和安全，董事会和理事会的成员还要提前半个月甚至一个月联合派人巡查出游沿线上各村各社的路况，检查道路是否通畅。假如发现问题，当即提请当地社庙负责人或当事者妥善清理。

理事会还要提前派专人到所辖各村各境联系，协助落实每个村境信众自愿承担的具体工作或项目，纳入统筹安排。比如有的人家自愿雇马匹、扮金童玉女的，有的人家自愿准备妆阁（彩车）的。又如该村境的车鼓队、文艺队的准备情况等等，都必须一一落实。以上事项须报到董事会，以便统一安排。

3．其他准备

接受捐款、捐物：出游通告发出后，妈祖出游理事会众成员须提前一个月进行筹备。其中很重要的一项工作是接受捐款、捐物。这时，邻近的单位、众多的善信纷纷上门认捐，理事会众成员一方面要做好登记，一方面还要张榜公布。

八班培训：有安排皂隶表演的宫庙，要提前一个月，让黑衣皂隶（俗呼"八班"）共11人，每天早上到宫中接受祷告仪式的训练，训练由老经验的旗牌将军负责。训练期间，每个人都要吃斋戒行，还需禁行房事，以示虔诚。

雇请经师：出游前数天，庙里要专门雇请有名的道士（经师，方言称"师公"）到庙中设醮做道场，七人（道士）一鼓，为最高规格，也就是一鼓、二钹、二锣、二唢呐，及其他协助人员。莆田各地大型妈祖庙出巡都采用最高规格。董事会雇请的经师除了在妈祖宫内外设醮做道场外，到时还必须跟随出巡队伍到沿途相关的社庙，驻驾或驻跸的宫庙诵经做法事。经师中的主经师必须担当这个重责。妈祖巡安回銮时，所有的经师还须在宫外大埕上边击打乐器，边穿梭，边诵经，还要轮回跃过摆在宫外的半桌，俗呼"经师跑埕"。

雇请筵师：同时，还要雇请有名的"筵师"（专门负责制作、摆放祭祀所用各色斋菜供品的人），斋菜供品俗呼"筵桌"。筵师是一位经验丰富的斋菜供品专家，他还能配合经师祭祀程序的不断变化，随时让人更换筵桌的供品和更改摆放样式，中间不能出半点差错。

张贴"路符"：出巡前10天左右，董

随驾妈祖神像

巡查路况

八班培训

事会、理事会要派专人在出游沿线，特别是道路转弯处张贴"路符"。"路符"是一张长条形的黄纸，黄纸上印有"某某庙（宫）妈祖虔诚赐福"的字样，还写明巡游的时间和路线。

巡查路况：出巡前2-3天，董事会、理事会要派一个开路将军作古装武将打扮，骑马拿大刀，带领八班人员提前实地探查出游路线的路况，并向董事会汇报，保证巡安赐福活动的顺利进行。

后勤工作：妈祖出游是一项大型活动，由于规模宏大，出游的路程和时间较长，所以需要一大批热心能干的男女善信到宫中专门负责采购、清洗、烹煮等项勤杂工作，以帮助解决众多人员的吃住行问题。除需动员义工外，更需广大信众的热诚协助。

第二节　出游程序

妈祖绕境出游活动，在湄洲祖庙，依照传统有一整套严格礼仪；在莆田境内其他宫庙，分别各有不同的程序。但都有设醮祈安、起驾、上轿、接驾、驻驾、祈福、回銮、安座等几个主要仪式，每一项仪式都按照既定的程序、地点及时间虔诚实施。

1. 设醮

莆田各地都在妈祖出巡前二天，请道士到宫中设醮做道场，祈请妈祖为地方民众广施福泽。到了出游的当天早上五、六点，筵师在宫中早早摆好了丰盛的筵桌，经师们在筵桌前后左右反复拜舞祷告，鼓声、铃声、锣声、钹声、唢呐声同时齐

设醮

鸣，不绝于耳，一派肃穆气氛。道场结束后又有八班在殿上列队拜舞唱诺。

妈祖出游之前，各个宫庙一般都会在庙前广场上一连演上好几天莆仙戏。若有演戏，妈祖銮轿起驾之前，宫外戏台上大戏会同时开演，所演剧目都是彩戏，如八仙戏就是常演的剧目。

此外，各境参加出游的车鼓队、十番队、马队、彩车队等队伍纷纷到宫外集合。

2. 祈安

起驾前，一般由当地德高望重的长者，为妈祖金身梳妆、换凤袍、奉醮宴、移架。起驾仪式遵循传统，效法典仪，在庄严肃穆的气氛中进行。在湄洲祖庙，妈祖出游祈安仪式均在祖庙正殿举行。祖庙董事长（或护驾团团长）在筵桌前宣读《湄洲祖庙妈祖金身巡安起驾祈告文》。以妈祖金身巡安兴化的《起驾文》为例，文曰："维西元二〇〇九年十一月二日，岁次已丑九月十六日吉旦。湄洲妈祖祖庙董事会董事长林金榜偕护驾团全体人员，奉攀敕封天上圣母金身銮驾巡安兴化，虔修祖饯之体。谨以清酒馨香致銮驾前，《祈告文》曰：

　　盛世莆阳，四季皆春；金牛呈瑞，气象纷纶；湄洲祖庙，天后元君；

　　桂月吉旦，丽日祥云；庄严警跸，兴化出巡；壶山稽首，兰水蒸薰；

驾阅阛境，周历半旬；銮兴驾幸，酒旨香温；虔修祖饯，筵献金樽；

六龙在御，八凤扶轮；欢歌唱和，玉烛气盦；泽惠黎庶，福满乾坤！

恭请起驾！

起驾文读毕，会依照习俗焚香行三拜、三鞠躬，以及献花献果之礼，恭迎妈祖神像登上銮轿。礼毕，宫中的执事、轿夫便一齐将妈祖圣像抬下神龛，安好轿杠，抬出宫门外，称"出殿"。此时宫门外的门铳（或礼炮）、鞭炮同时爆响。霎时，现场香烟缭绕、钟鼓齐鸣、礼炮震天，场面极为壮观，轻骑、横幅、大旗、大牌依次出发。

出殿之时，宫外已是人头攒动，全场轰动，人们纷纷踮起脚尖望向神轿的方向。妈祖神像正是在万众瞩目的期待中，庄严而从容地起行。神轿在信众的簇拥下在庙埕，缓缓蠕动。浩浩荡荡地踏上绕境行程。

3. 接驾（迎驾）

妈祖巡安的队伍，沿途经过各村社。各村社早早就在宫社中张灯结彩，摆"宴桌"、叠糕果，准备迎接妈祖驾到。当出游队伍抵达时，虔诚的信众都会在自家门口、路边摆张桌子、供放果品素食，答谢妈祖巡安赐福之恩，还要拈香叩拜，交换香火，以求阖家平安幸福。

妈祖出游起驾出宫

沿途的妈祖庙或其他宫庙，则纷纷组织车鼓队、腰鼓队、十音八乐队以及文艺队到路口举行大规模踩街活动，迎接妈祖巡安赐福的队伍。出游护驾团团长（或董事长）等人由当地社庙执事陪同，手捧香炉到沿途社庙"换香"答礼。礼成，出游董事长护驾执事手棒香炉走出社庙，接受信众进香、换香。信众们又纷纷向妈祖大驾"挂胭"叩拜，此时，锣鼓声、鞭炮声响成了一团，现场到处是瞻仰膜拜的人潮。

4. 驻驾

古代皇帝和后妃外出时，中途需暂停休息，这种暂停称驻。妈祖在外出巡三四天，因为出游路程远，往往也需要驻驾。驻驾早在确定出游路线时，就已确定好驻驾地点，相关事宜已联系好。

驻驾的社宫积极准备，做好接驾、驻驾之事。首先要在社宫外搭建驻驾亭，并布置横幅、彩旗、鲜花等。其次要置办筵桌（包括面食、斋菜、果品之类）。再次要在社宫中布置好妈祖驻跸的寝房，房内摆设新床、新被、梳妆台、镜子、洗脸盆

湄洲妈祖金身巡游驻驾

等所需物品。再次要在社宫外会戏演出。最后要组织社宫善信购买蔬菜食品，为驻驾执事等人准备好晚餐和次日早餐等。以上一切开支（除会戏演出外）均由出游一方支付。

出游队伍抵达之日，驻驾方要组织彩旗队、车鼓队、文艺队到大路口接驾。妈祖圣驾入驻宫中（或驻驾亭），首先要在宫中举行隆重的祭典，主祭官（或随行道士）宣读驻跸文。接着由主祭官主持，出游启驾团团长（或妈祖庙董事长）等一应执事人员、当地社宫的负责人、执事等相继向圣像行"三献"礼（献鲜花、果品、布帛）和三跪九叩大礼。礼毕，随行道士在宫中筵桌前诵经做法事，恭请妈祖佑庇四海、遍施福泽。护驾团一应执事，当地社宫一应执事均拈香分列两旁虔诚恭立、久久祈祷。礼毕，随行车鼓队、文艺队在社宫外（或驻驾亭前）举行表演活动，酬谢妈祖恩泽。

5. 驻跸

古代帝王出行时，途中暂停小住叫跸。妈祖出巡途中，到晚上需要在途中的社宫停驻、用饭、住宿，因而称驻跸。驻跸时，同样需要宣读《驻跸祈告文》。以湄洲妈祖金身巡安兴化的驻跸文为例，《文》曰：

> 维公元二〇〇九年十一月二日，岁次己丑年九月十六日吉旦，湄洲妈祖金身巡安兴化，驻跸于妈祖文化研究院懿明楼，湄洲妈祖祖庙举行祭祀大典，以祈风调雨顺、国泰民安、社会和谐、世界和平。

> 主祭人：中华妈祖文化交流协会副会长、秘书长、湄洲妈祖祖庙董事会董事长林金榜率陪祭人某某某某等，代表广大善男信女，虔修祀典、礼备乐舞，谨以馨香清酌致荐驾前，敢昭告于天后之神，文曰：大地之大，惟海为特；波涛际天，风云莫测；天后妈祖，秉乘坤德；总司海若，阳侯水伯；出国使臣，远洋估客；遇难呈祥，红灯闪烁；历年逾千，庇民护国；和平女神，光昭史册；人类文化，信俗独特；世界遗产，丰碑铭刻；恭祝圣寿，献爵尊帛；兼备乐舞，以祈福泽；告洁告虔，趋跄拜谒；千秋万春，声灵永赫！伏维尚飨！

仪式结束后，参加出游的护驾团成员，董事会、理事会的执事以及经师、"八班"等主要人员均在社宫吃饭过夜。其余人员回家过夜，次日一大早必须返回。湄洲妈祖金身巡安队伍的人员都由驻驾地安排住宿。

6. 回銮（回宫）

妈祖出游离开驻跸宫庙要回宫时，也要举行隆重的仪式。那时，驻驾的宫中又换上新的筵桌，俗呼"换筵"，一旁摆上五果六斋，五汤十锦和猪头、猪尾、猪肉、熟蛋等各种祭品。然后，随行的经师上筵前诵经祈愿，后宣读起驾文。接着护驾的诸执事及当地社宫的董事成员拈香，恭立于圣像前，行三跪九叩大礼，福首、头人也集中跪拜。礼毕，宫门外四门铳、鞭炮齐鸣，妈祖銮驾轿在众人的簇拥下缓缓抬出社宫（或驻驾亭），巡安队伍集合完毕，在当地社宫执事和车鼓队、十番队、彩旗队的夹道欢送下，又顺着出游路线出发了。

7. 安座

妈祖回宫时，宫门外戏台上往往会演出莆仙戏。比如演出"弄大仙"剧目，演员们妆扮成八仙模样，轮番向妈祖圣驾唱诺跪拜，祈请赐福（此时妈祖圣驾正从戏台前经过，准备回宫）。

与此同时，连续卜杯三次，待妈祖答应后，方能将其抬回殿内原处神龛。之后，妈祖庙外四门铳及鞭炮纷纷爆响，妈祖圣像在护驾团诸执事的引导下，倒退入宫，重新安座。这时，信众们夹道欢迎，摆香案，顶礼膜拜，行三跪九叩大礼。当妈祖神像到达寝殿前，护驾人员让妈祖金身与寝殿的朝向一致，小心翼翼地抬进殿内，小心地安座，细心地弄好殿上的珠帘，信众则赶紧摆上供品……

安座前，需经过一系列的仪式。这里以湄洲妈祖金身巡安兴化回銮安座仪式为例，仪式包括：（1）湄洲妈祖金身巡安兴化回銮安座仪式开始。（2）钟鼓齐鸣。（3）上香。（4）行三拜礼。（5）恭读巡安回銮安座礼祝文。（6）收香。（7）行三献之礼（花、果、帛）。（8）行三跪九叩礼。（9）礼毕。安座礼祝文如下：
《湄洲妈祖金身巡安兴化回銮安座礼赞文疏》：

> 维西元二〇〇九年十一月五日，岁次己丑年九月十九日吉旦。湄洲妈祖祖庙董事会董事长林金榜偕全体董监事、护驾团人员，奉攀敕封天上圣母金身圣驾巡安兴化回銮，虔备花果、茶酒、供品之礼，奉敬驾前，上申回銮安座礼赞文疏一道，文曰：皇哉女圣，湄洲瓣香；普润群生，坤德配天；出游兴化，绕境莆田；驾指西北，斗杓东南；千年一遇，盛况空前；神灵降祉，信众告虔；歌舞升平，鼓乐喧天，八方归德，四海清晏；泽施福吉，惠赐祯祥；里程三百，喜庆万千；金身回銮，安奉宝殿；大礼既成，虔上表章！
>
> 伏维鉴纳。湄洲妈祖祖庙董事会董事长林金榜暨全体董监事、护驾

一
第

团人员。再叩首！

宫门外，大埕上已经排好了筵桌和数张半桌，七个经师在筵桌间边击打吹奏乐器，边诵经，边交叉穿行，拜舞再三。最后，经师们相继奔跑，轮番跃过半桌，俗呼"经师跑埕"。

之后黑衣皂隶在旗牌老爷的引领下，分列于宫中妈祖圣像前高唱"赞堂"以示巡安圆满如意。

安座后，宫外戏台上的大戏还要连演两天，才正式宣告结束。

回銮安座后，各境凡雇马匹、装扮彩车的人家，都要挑（或提）着花篮（内装面食、线面等物）到宫门前绕走一圈，答谢妈祖圣恩。

第三节　出游阵列

妈祖出游以信众为主体，一个阵列一个阵列依次排开，组成规模庞大的出行队伍。

从湄洲岛现存清代时期资料看，湄洲妈祖祖庙金身在清代的出游，阵列组成顺序是：龙头棍、大灯、清道、大旗、开路神、肃静牌、地头、督厨官、雀花、玉斧、架料即彩车类、五色旗、十禁（侍神）、大锣、队长、五方、十长、阴阳官、西瓜槌、马日遮、凉伞、大金、清道、法司、五福、香亭、大旗、刽子手、无常、令箭、日遮、看马、文曹、武判、皂隶、辕门官、材官、勅印、旗牌、传宣、贡担、前遮、八班、步材官、中军、马文昌、羽林军。最后是祖妈神像，接下去是下山宫、港潮宫，继之为白石宫、乌石宫、莲池宫、汕尾宫、炉厝宫、寨下宫、上英宫、上林宫、宫下宫等的妈祖像。

时至今日，莆田展现的妈祖出游阵列，应该说大部分保留了旧时的传统，但也经历了一个逐步演变的过程。现在

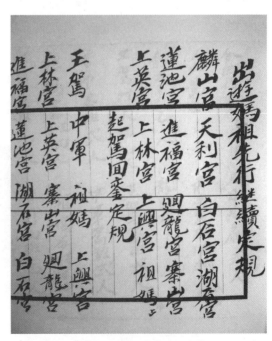

光绪年妈祖出游排列簿

的阵列，根据时代潮流，与时俱进吸收了新的文化因素。以2009年11月2日湄洲妈祖巡安兴化的阵列为例：开道车6人（护驾）、横幅2人（护驾）、清扫队16人、哨角队16人、直幡2人、大灯2人、清道旗2人、大锣8人、警跸牌2人、天上圣母牌2人、仪仗队36人、封号旗16人、提灯6人、千里眼万里耳8人、大吹6人、妈祖金身銮驾轿16人、司礼生6人、日月扇2人、凉伞1人、球炉1人、护驾人员41人（含台湾及协会）、湄洲女36人、舞生36人、十音八乐18人、鹿港天后宫妈祖及阵头350人、彩车。

由此可见，湄洲妈祖巡安兴化的阵列，大部分遵循传统，效法古代典仪，但也有很多创新。

妈祖出游过程中，其排序是一个方阵紧接着一个方阵，方阵之间首尾相接，错落有致，行进队伍显得既严肃神圣，又洋溢热烈的气氛。

1. 礼仪性阵列

在妈祖出游队伍中，其阵列从性质方面分，大体有两类，一类是带有礼仪性质的，另一类是表演性质的。礼仪性的阵列，以湄洲妈祖金身巡安兴化为例记述如下：

（1）开道车。古时，走在最前头的一般是开路将军，现在排在出游队伍最前面的则是开道车。古代帝王君侯出巡，必有随从兵士开路护驾。"天上圣母"妈祖出游时，走在方阵最前方，往往排有开道车，以达到开路及护驾的作用。这种开道车早先是自行车队，随着时代的进步以及人民生活水平的逐步提高，现在一般改用摩托车（轻骑）替代，甚至有的用轿车组成。开道车多以两路并进方式行进，因为是走在出游队伍的最前方，数十辆轻骑（或轿车）组合在一起，整齐划一，威武壮观，更能吸引人们的眼球。

（2）清扫队。清扫队共数十人，大多为老年妇女，她们着装统一，或红衣红裤，或蓝衣蓝裙，手持毛扫把，分左右两列前进，作打扫状，寄寓为妈祖出巡清扫道路，扫除邪气。这支队伍为非固定性组织，成员也不固定，平均年龄都在五六十以上。这些中老年妇女是来

清扫队

自辖区内的虔诚信众，她们不顾年老体弱，也不顾长途跋涉艰辛，自愿参加出游队伍，自愿为妈祖服务。

（3）哨角队。哨角队的主要乐器哨角，是以黄铜制造的。在湄洲妈祖金身巡安兴化时，出游队伍首次使用哨角队。在湄洲妈祖金身巡安兴化时使用哨角队意义特别重大，因为这是千年一巡，同时也适逢妈祖信俗申报世遗成功，所以经研究特别培训增加了哨角队。哨角的吹法颇有讲究，哨角每一次共吹三响，每响吹六下。三响分别是向地、平行、向天，代表了向天、向地、向人的告示，表示一气同春，万众共祈福。妈祖女神羽化升天日正是农历九月初九，哨角向地吹三响，平行吹三响，向天吹三响，共九响，象征九九归一的思想，也是象征着妈祖的至尊地位；每响又吹六下，即每个方位共18响，象征此次巡安的大吉大利。哨角吹出的声音很低沉，要吹响必须用丹田之力，且吹哨角时，必须先平举，再缓缓向上，或向下。妈祖巡安时吹起号角，一方面起到告知的作用，同时还有一方面的功能在于开路与驱魔。哨角队排在妈祖出巡队伍的前方，听到哨角声，意味着妈祖神轿即将到来，既显威严之意，又起开路的作用。

（4）旌旗队。在妈祖出游的阵列中，有诸多种类的旗帜，特别引人注目。这些旗帜，或以方阵式的彩旗队出现，或以"直幡"的形式高举。彩旗队，其成员由清一色服装整齐的妇女组成。彩旗队在妈祖出游队伍中，只做排场，不做任何表演。那一面面彩旗行进时猎猎迎风，刷刷

旌旗队

飘扬。红的如火，粉的如霞，黄的如云，蓝的如潮，五颜六色，十分显眼，明显增加了出游的气氛，再加上锣鼓喧天，鞭炮齐鸣，那喜庆热烈氛围让人情绪高昂。

在妈祖出游行进队伍中，走在最前面的是横幅。在湄洲妈祖巡安兴化时，在最前方的是由两名女青年扛着的绣有"湄洲妈祖金身巡安兴化"金黄色大字的大横幅，其他宫庙则会以"某某庙妈祖巡安赐福活动"的字样出现，配有其他象征吉祥的图案。行进队列中还有一类旗帜是"直幡"。"直幡"是一种竖型的黄色大旗，即本宫庙的旗，一般由四人高举。旗上大书"代天巡狩""虔诚赐福"字

样。"直幡"旗，是代表主神的旗帜，它兼有扫路驱邪的作用。直幡走在队伍靠前位置，引导队伍的行进，是整个队伍的前导。

还有一种旗帜是"封号旗"，这在湄洲妈祖巡安兴化时用过，旗队共由16人组成，分成两列行进。在历史上，妈祖受到过历代皇帝共36次的褒封，从宋朝的"夫人"起一直到清代封为"天上圣母"，这些封号分别写在旗上。有的写一个封号，有的写两个，共有16面封号旗。

（5）灯、炉、牌、锣。大灯，又称头灯、托灯，是灯笼的造型，底部有木杆方便托拿。灯为纸糊（木制、塑胶）。灯笼上书写"天上圣母"名号，夜间灯笼点亮，替出游队伍照明。头旗是出游队伍白天的引导，大灯则在夜间领航。妈祖祖庙的大灯，共两个，左一个，右一个，左边象征天，右边象征地。

头灯

大锣，在大灯之后。四个人两列扛着二面大锣（大金），他们头戴礼帽，身着浅蓝汉装（也可其他服饰），沿途击打，声音"哐—哐—哐"，低沉、威严而洪亮，给世人宣示妈祖正在赐福人间。

警跸牌，为长柄的彩木牌，上写着"肃静"（肃静牌）二大字，在行进队列中，分两列由执士手举。有的牌上面还书写"虔诚赐福""绕境进香""风调雨顺""国泰民安"等。"天上圣母"牌为主神牌，同样为长柄的彩木牌。

提灯，起引导作用，类似光明灯，指引前进。两列20多人的古装女子提灯

女子提灯队

队，每个人双手都斜持着一把长柄小宫灯，寄寓为妈祖出巡照亮道路，也暗含妈祖福星永照。

提炉，即香炉。古装女子（小）香炉队（提炉队），也有20多人，寄寓香火永存，荐香永续。队员一个个峨眉粉面，身着古装粉红衣裙，梳古式宫女发型，姿态娇美，翩翩而行，如天上仙女一般，为妈祖出巡增光壮色。

球炉：在圣驾之后，董事长（或护驾团团长）双手捧着球炉（大香炉），接受信众不间断的进香和换香，与董事长相随而行的还有其他执事（或主要捐款人），他们持着手炉缓步前进，这是一种特别的荣耀。

（6）仪卫队（仪仗队）。有的称执事队、执士队，主要由古代宫廷卤簿和莆田民间传统的妈祖出游仪仗、执事两者组成。妈祖出游队伍中的绣旗队由女信众组成，仪卫队则全为男性。队员每人手中皆握有各式兵器，可说是队伍中最具威严的队伍。兵器通常十八对，每对两把，共三十六支，故称为三十六执士（不过民间所见不止十八对，此仅是一个概括性的称呼）。他们手拿最高规格的兵器，诸如金瓜、金钺、朝天镫、蟠龙棍、月牙铲、枪、槊、戟、双戟、刀、阔刀、斧、矛等等。这些仪仗兵器一般是木制的，平时放在祖庙两侧的木架上，增加庙内庄严肃穆的感觉，出巡时则提醒信众遵守指示，回避、肃静。

仪卫队

36人的仪仗队分成两列依次前进，他们全都头戴钢盔，身着普通武士服，外披铠甲，有的手执金瓜锤，有的手执金斧钺，有的手执朝天镫，有的手执蟠龙棍，威风凛凛。

仪卫队，相当于皇帝出巡时的仪仗队伍。妈祖在宋代宋绍兴二十六年（1156）被初次褒封为灵惠夫人，到南宋绍熙三年（1192年）加封为灵惠妃后，妈祖金身出巡规格开始升格，享用帝后仪仗，所用道具具有皇家气派，兵器规格彰显护驾威仪。故三十六执士走在大轿前方。回銮时立于庙的两侧，恭候大轿的到来。

（7）千里眼、顺风耳（莆仙多称"万里耳"）。妈祖麾下的两员左右虎将。千里眼、万里耳有的由人妆扮，有的则是抬宫庙中的神像出殿参与出游。如是由人妆扮，为步行状；如是神像则由轿夫抬着巡行。湄洲祖庙妈祖巡游阵列中的水精将军（千里眼）、金精将军（顺风耳），妆扮为赤面红衣。莆田其他一些地方的妈祖庙出游时，未请二神出殿。

（8）銮驾轿，也称銮舆，是神明的交通工具。妈祖金身銮驾轿，是十分珍贵的莆田木雕精品，用金丝楠木或红木为原料，其外形犹如一座殿宇，飞檐翘角，雕艺精美，俗称"三重透雕"。妈祖金身神像，按传统工艺为软身木雕像，头戴冕旒银冠，身着霞帔、朱红龙袍服，拱手执圭端坐于金龙椅座上。妈祖所戴银冠上饰九龙八凤，全用超微型0.15毫米的银丝编织而成，银光闪闪，形象逼真，代表了莆田传统银饰的精湛工艺。银冠上还饰以珍珠、宝石、翠羽等。神像后面的屏风为木质金龙透雕。

妈祖金身銮驾轿，是整个出游队伍中的中心。神轿班专门负责神轿，如绑轿、出游期间的抬轿与管理的工作。湄洲妈祖巡安兴化时，在仪仗队和护驾人员的簇拥下，天后圣母像端坐在銮驾轿上，由八个轿夫扛抬着，缓缓驾临。妈祖头戴冕旒，身着崭新的绣服，慈眉庄淑，威仪赫濯，成千上万的信众远远望见，无不肃然生敬，双手拈香，围拥上前，倒身叩拜的也有，踊跃行礼的也有，低头祈愿的也有……无数的信众纷纷簇拥上前顶礼瞻仰！圣驾两侧司礼生和护驾人员紧紧相随而行。

（9）日月扇、凉伞。古代皇上后面宫娥拿的大型绣花龙凤呈祥日月扇子。圣驾之后两把日月扇左右交护。一把九曲（层）黄罗凉伞高高地撑起，彰显着妈祖的威仪。凉伞，古称"华盖"，是古代帝王出巡时为其遮阳之用。在莆田民间庙会神明出巡时，应用于神轿之前后，并于主神离轿时保护主神免受秽气所沾染。湄洲祖庙凉伞上绣有主神和宫庙名号，以及八仙、龙凤等图案，并系有两条飘带。下方则缀上流苏，其造型为圆筒型。凉伞构造分三层，代表天、地、水三界，上层绣有"湄洲祖庙天上圣母"，中间绣有八仙图案，下层绣"双龙朝珠"，各层之间则绣有彩凤纹路以区隔。湄洲妈祖巡安兴化时，该凉伞由一人扛举，在妈祖神轿之后，巡安途中，扛举的人沿途旋转不停，且不急不徐。

（10）湄洲女。湄洲女最显著的特征是在发型和服装上，可以用"帆船头、大海裳，红黑裤子寄平安"这句话进行形象概括，相传为妈祖亲自设计。湄洲女的蓝色上衣代表大海，裤子上红下黑两截隐含平安与思念的意思。其中红色代表火焰，寓意以

湄洲女花篮队

水克火，以火克水，永保平安吉祥。这种服饰与古代"水火棍"有异曲同工之妙，是《周易》文化一种延续。湄洲岛女子为纪念和学习妈祖大爱精神，至今仍流行这种服饰，可见妈祖精神扎根于百姓心灵。湄洲女服饰是湄洲岛女性的一种传统服饰，经过历代传承和演变而形成独特的服饰文化。头发盘起梳得像船上的帆，左右各一根波浪型的发卡，代表船上摇橹的船浆，头上盘一个圆圆的发笈代表船上的方向盘，一根红头绳盘在发笈里代表船上的缆绳，一根银钗横向穿过发笈代表船上的锚。头上的每个发饰都代表船上的零件，象征一帆风顺。

（11）司礼生、舞生。司礼生（全部为女性）着唐宋宫廷女官服装，舞生因其献演的羽舞，为汉代之前的舞蹈，所以着汉装。妈祖是海上女神，舞生故用男女各36人，舞蹈语汇要求表达妈祖舍身济难，慈海护航的内涵。艺术上也相应进行革新，即在保持古朴典雅风格的前提下，不拘泥于机械表演程序，着重追求少女阿娜多姿的美感和海上踏波起舞的动感的有机结合。道具上摒弃龠管，改为纯粹的羽舞，把它插在"丫"形的木柄上，可合可分。舞生一手执羽，另一手可以把雉翟拨弄成丰富多彩的舞蹈语汇。羽舞不但舞姿娴雅优美，而且被古人视为高贵的文舞。《吕律精义》："雉其身有文章，其性又耿介，故先王贵之者……是故，羽舞谓之文舞，取其耿介而有文章，类乎士之德也。"在表演动作上体现妈祖故乡的传统舞蹈特色，巧妙而自然

司礼生

地把莆仙戏的许多科介融化入舞，如转身势的上转、下转、外转、内转、半转、周转等，手式上的拱手、下盘手、后半手、逍遥手、边侧手等，步法上的云步、叠步、侧步、圆场步等。在队形和构图上则讲求美化和适当的变化。

2．表演性阵列

在妈祖出游队伍中，除了有礼仪性的阵列，还有各种具有地方特色的文艺表演团队组成的阵列。这些文艺队边走边跳边舞，丰富多彩，令人眼花缭乱。

（1）彩车队，莆田妈祖出游都有妆阁。所谓妆阁就是在车上（板车，或三轮车，或汽车）布设小平台，平台上童男童女装妆成各种历史人物造型，如花木兰、穆桂英、织女、貂蝉、十二钗、孟丽君、嫦娥等。有的阁用没有顶盖的轿子，由几个大人扛着游行踩街，还有的骑着马出游。平台上不管哪个历史人物一律古装打扮，个个惟妙惟肖，神采奕奕、靓丽可爱。一些大的村有时出十多阁或二十多阁。由于这些故事都是群众耳熟能详、喜闻乐见的，故极受欢迎，是出游队伍中的一大亮点。

当代，有的彩车已用汽车来替代。在湄洲妈祖金身巡安兴化时，18辆出游彩车用18个妈祖故事装扮，每一辆上都是一个独立的妈祖故事。车的长度在7.5米以上，最长的达到8米，最高有3.8米，使用的车辆都是岛上渔民家用的农用车。18个妈祖故事是湄洲妈祖祖庙董事会根据有关史料，精心选择的。通过彩车"连环画"

这一人们喜闻乐见的艺术形式，在出游彩车上完美表现出来，分别是：《演法力铁马骋海》《祭上苍旱情骤解》《施灵符莆令疗疫》《祈赐水枯井泉水》《改王府天后赐泉》《夜平乱退潮反涨》《现圣身轻舟伏魔》《除阴鬼高里施法》《战晏公投绳缚妖》《降龙王水族谢恩》《逐"黑龙"道路畅通》《开荒屿播菜资民》《神示梦宰相建庙》《佑柴山琉球册封》《觅兄长穿波破浪》《踏祥云升天成仙》《浮铜炉枫亭朝圣》《纪丰功长乐铭碑》。18辆彩车从设计、制作、油漆、组装到投入使用前后历经3个月，凝聚了湄洲岛上30名能工巧匠的智慧和心血。总设计者为湄洲妈祖祖庙董事会艺术顾问肖玉成，他一个人花费了近一个月时间，才把彩车上所有的图案全部绘画出来。

（2）十音八乐队。在出游队伍中，十音八乐队也是属于表演性的阵列。他们边走边奏，边走边唱，边走边弹，步履缓慢，十音音响优雅文静，深沉响亮。而八乐则是金钹阵阵，锣鼓齐鸣，悠扬的歌声高昂嘹亮。演奏十音时，使用单皮鼓、二胡、三弦、八角琴、横笛、檀板等10种乐器，每班乐队15—20人。演奏八乐则以十音为基础，加上5至9人的敲打队伍。

在妈祖行进阵列中，往往演奏今人谱写的妈祖生平系列"十音八乐"乐谱，《春秋谕祭》等16个比较完整的歌颂妈祖乐曲。在莆田农村，"十音"十分普及，几乎每个村都有"十音队"，有的村甚至有好几支"十音队"。每年元宵夜乡村妈祖宫庙组织出游，都要请"十音队"演奏。

（3）高跷阵。高跷阵属于特技性的民间文艺表演。踩高跷的表演人员将两条小腿绑在钉有脚踏板的两根高度从0.6米至2.8米不等的木质"跷"上，凭着高超的技艺和卓越的平衡感，边行走、边进退、边跳跃。这些表演人员，往往是性情豪爽、体魄强健的年轻男性，也有女性。参加妈祖出游阵列的高跷演员少则五六人，多则二三十人。高跷分为文高跷和武高跷。文高跷往往伴有剧情，节目表演内容多以小戏剧、小品体现，如表演《西游记》中的人物如唐三藏、孙悟空、沙僧、猪八戒等，以及观音、哪吒、白骨精等。表演时强调身段、表情，动作多为踩和扭等。武高跷的表演比文高跷表演更见武林功夫。每个演员都具有较扎实的武术功底，在表演中闪展腾挪、翻蹦跳跃虎虎生威。参加妈祖出游的演员，他们会采用戏剧脸谱装扮，以生、旦、丑人物为主的人物扮相，既生动、俊俏，又庄重、诙谐。行走在大街里巷时，通过高跷艺术技巧及展、挪、腾、摔、翻、跳、击、打、叠等武术、

杂技招式，踩着舒缓、鲜明的锣鼓节奏，按照顺序及特定队列，展示出故事情节及其人物精神面貌。这一雅俗共赏的艺术阵列，往往为观众喜闻乐见。莆田黄石登瀛是莆田高跷的发源地，发端于唐明皇的宫廷教坊歌舞。登瀛高跷主要分布在登瀛村的埕尾、坑柄两个居民点。

（4）车鼓阵。在莆田，妈祖出游时少不了车鼓的参与，每一次出游时，都可以看到车鼓手们矫健的身影。车鼓，俗称"草索鼓"，这是喜庆节日常见的民间文艺表演乐器之一。兴化大地上每个村庄几乎都有车鼓队，在出游队伍中，可以看到每一境的车鼓队的前头都举着"某某境车鼓队"的大红木牌。整个阵头由鼓、锣、钹、锣等乐器组成。一般是"七咚、八咚"或"七咚、七咚、七咚哐"的四拍节奏，反复敲打，音音洪亮，节拍鲜明，声传悠远，鼓动人心。鼓装在木架上，由2人抬，1人在中间敲打，其余乐器随后，一路演奏，声势雄壮，气魄威武。行进时，由一旗手持一大纛为前导，紧接着是两面大金（莆田人把直径七八十厘米的大锣称为"金"），由两人各扛一面，后面一人充当金手鸣锣开道。鼓手处于中心位置，牛皮大鼓会置于一特制的带轮子的鼓架上，由一名或两名车手推着前行。数十名钹手排成纵队，分列鼓手两旁，镲是直径四五十厘米的大钹。殿后的是数名锣手。车鼓队中的旗手、金手、鼓手、车手、钹手、锣手一律头扎英雄巾，身着紧袖衣，腰束英雄结，褪打宽裹带，脚登粉底靴，整支队伍，活脱脱就是一幅古时将士

车鼓阵

出征图。不过，如今的车鼓队也有穿其他的服装，如运动衣裤运动鞋等。表演时，车鼓乐击打有序，钹手、锣手均受鼓手指挥。敲鼓帮，震鼓边，击鼓心，随着鼓槌的上下起落，花样的不断变换，左右开弓的熟练鼓手能击出许多节奏不一的鼓点。敲鼓帮时宛如蹄声乍起，震鼓边时恰似闷雷滚过，击鼓心时真若大炮连轰。钹手随着鼓点的轻重缓急，收腹挺胸，把双钹翻飞到最大的弧度再猛力合击，击出富有韵律的喧天巨响。锣手则适时挥槌敲响铜锣。激越的鼓点，铿锵的钹响，清脆的锣声，敲出了热情奔放，高昂激烈的泼天气势。那响彻云霄的锣鼓声，犹如疆场血战中的千军万马，金戈交响，震人心弦！犹如大洋风暴中的惊涛怒潮，奔腾咆哮，撼人心魄！犹如风云突变中的霹雳雷霆，连续劈打，惊心动魄！把勇、猛、威、狂的阳刚之气表现得淋漓尽致。莆田车鼓本是须眉的专利，后来，女子车鼓队兴起，并对传统的车鼓进行改造，融入了莆仙戏和民间舞蹈的动作。她们头带大红绢花，身着红袄绿裤，脚踏绣花缎鞋，打扮得花枝招展。在鼓手的指挥下，钹手、锣手踩着或急似流星，或缓若淌水，或不急不缓酷如行云的鼓点，蹈出种种舞步，敲出种种声响。她们不断变换队形，在彩旗、宫灯、凉伞中穿梭插花，如游鱼，如飞蝶，如翔鸟，令人眼花缭乱，目不暇接。

（5）马队。妈祖出游时，有的村境会从莆田各地租来马队参与。马队少的则有10来匹马，多则20多匹，有的甚至达到300多匹。马背上有的驮放成捆成捆的贡银，更多的是传说故事中的人物，他们是由五至十岁不等的少男少女装扮的，一个个粉面春风打扮得漂漂亮亮的，极受观众欢

马队

迎！每每成为摄影爱好者抓拍的好镜头。当地的信众就是用这热烈、纯朴的方式，表达对未来美好生活的期盼。

（6）龙狮阵。即舞狮、舞龙，一般由年青人担任；执狮球的是指挥，配合锣鼓的节奏进行"弄狮"。大狮由两人合演，一人在前面，带着狮头面具，两手扶着面具不时做出摇摆抖颤的姿态，另一人在后面，弯着腰曲着背藏于狮身披内，跟着前面表演者的步伐。狮身

龙狮阵

忽快忽慢，时上时下，两人间亦步亦趋，走则同步，跳则同跳，滚则同滚，配合和谐，浑如一体。稍有差错，不仅出洋相，而且存在安全隐患。枫亭元宵游灯的舞龙节目现在只留存八项技巧：即潜龙奋起、翻肚、脱鳞（龙身卧地、脱节、翻滚、变蝶）、化马（龙当马、执龙珠人骑龙头）、拧肩（扭转身子为绳）、穿尾翻头、龙门阵等。舞狮留下7项技巧：出洞（沿人群转三圈）、伸腰擦痒（用脚搔擦全身）、哺乳（小狮吃奶）、带子过溪（大狮子口叼一只小狮子，背驮一只小狮子）、三进三退（狮尾人举起狮头人，而后跳上桌面）、戏珠吐雾（高难度动作）、龙狮朝天（舞狮人手压狮头，脚朝天）等。

第三章

元宵妈祖出游

　　元宵，在莆仙城乡是一年中最热闹的日子。在莆田过元宵，有别于国内其他地方，因为这里遍布城乡的妈祖宫庙，在每年元宵期间都会按照惯例，迎请妈祖出宫进行绕境巡安。在妈祖出宫绕境巡安期间，会辅以里社"行傩"，并伴随着其他丰富多彩的民俗活动，以及大型的群众文化娱乐活动，体现出"以神为主，神人同乐"的基调。这些活动从正月初六开始，一直闹到正月二十九，直到莆田东岩山、文峰宫举行"妈祖尾暝灯"才结束。在这近一个月时间里，每天都有不同村庄以妈祖出游的方式闹元宵，堪称全国最长的元宵节，且地域特色特别浓郁，令人流连忘返。

　　元宵期间，大部分妈祖宫都会有妈祖出宫绕境巡游的俗例。每当元宵妈祖出游时，虔诚的信众都会围绕迎接妈祖圣驾到来，进行各种迎驾准备和接驾活动，由此演绎出许许多多相关的民间习俗。

第一节　出游相关个人礼俗

　　元宵节，是莆仙地区群众文化活动中最精彩、最热闹的佳节。元宵妈祖出宫巡游，更是村社民众生活中神圣而重大的事情。当妈祖巡游的队伍经过各家各户门前

举香路拜

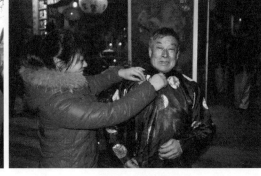

做头（福首）

时，各家各户倾家出动，人人敬拜，燃烛焚香、放鞭炮、烧柴草、化"贡银"、放焰火，祈求全年平安如意，俗称"接行傩"。此外，从个体的角度说，往往还有以下俗例：

1．**做头**。元宵节期间，在所在乡村已婚男子中按年龄排序，推出一定数量的人做福首，负责元宵妈祖出游时的一应事务。在民间，男性做头，一生中只能一次。人们都以做福首为荣，认为会全年吉利，"做头"的人家会十分重视，村上几个"做头"的人家也会相互攀比，都想把排场搞得大一些。有的要花费几万元来筹备各种活动。"做头"的人家一般要搭棚设案，挂红灯、建彩门、摆宴桌、备祭祀物品，同族的宗亲及亲戚都会挑着装有肉、面、蛋等贺品的"一担盘"前来贺喜。"做头"的人家要筹办酒席招待亲朋好友。

2．**首福**。从当年度"做头"的人中，通过卜杯让妈祖定夺选出首福和副首福。能当上"首福"是最有福气的。

3．**捧手炉**。当上首福的人，除了负责在家招待亲朋好友外，更重要的是在妈祖宫庙祭祀活动中充当主祭，"捧手炉"。在妈祖出游行进途中，首福身着礼服，头戴插礼帽，上空撑着威仪的凉伞，手捧香炉，一脸虔诚，随着妈祖圣驾，挨家挨户绕境赐福。随行的族亲会拈香放炮，喜气洋洋。

4．**妈祖挂脰**。"脰"是脖子，"挂脰"就是用一条红头绳扎着一定数额的钱币或者是银锁、金锁，打成一个很好看的蝴蝶结，做成一个大扣子。在妈祖出游时，信众把它挂在妈祖神像的颈项上，虔诚祈愿。湄洲民间还有一个"挂脰"习俗是每年元宵前后妈祖金身全岛出游时，彩车上的小孩经过自家亲戚门口，脖子上都会被亲戚"挂脰"。

5．祈福（起福）。绕境之后，值年炉主、首事们将事先准备好的猪羊，一般民众则将准备好的三牲或五牲摆在村庙前的广场上，举行妈祖祭祀活动。几百副的牲醴摆放整齐，场面相当壮观。值年炉主领头上香、祈福，祈求风调雨顺、五谷丰登、国泰民安。

第二节　出游相关家庭礼俗

为了迎接妈祖绕境巡游，希望妈祖多给自家带来好运福气，每个家庭都会认真虔诚地做好各种准备工作。

1．备宴桌。妈祖出游当天，家家户户都要备办好供品，集中到里社大厅堂，或在自家厅堂摆成"宴桌"。如果是在里社的大厅，会排成主桌、偏桌、左右桌等。桌上排满各种供品，供品全是用各种食物精制而成，有饼、糕、五谷、五味、水果、香花、糖果以及螺、贝、虾、蟹、鱼等。有的会排成吉祥盆景，或山水，其造型巧夺天工，惟妙惟肖；有的会排成人物、或花鸟，其神态栩栩如生，呼之欲出。有的甚至排成孝悌故事、八仙献寿等，其创意新颖，技艺精湛；有的会用桔子和糕叠成的桔塔、糕塔，意为吉祥平安，人寿年丰。总之，宴桌琳琅满目，种类繁

备宴桌

多，有水中"游"的、地上"跑"的、天上"飞"的，可谓"海、陆、空"齐全。这种宴桌，不仅展现了中华民族传统美食的文化精髓，而且折射出民间艺人的智慧光芒，更是妈祖文化与食品造型艺术的完美结合。

2．**换香**。当妈祖绕境经过家家户户时，信众都要将自家香炉中的香，插在神轿的香炉上，同时抽取神轿香炉上的香，插在自己家的香炉中。在香火交换中，获得妈祖的庇佑，祀求合家平安兴旺。

3．**斗炮**。在妈祖出游路途中，鞭炮处处鸣响，成为贯穿绕境全过程最令人难忘的场景。出游队伍经过各福首家门前，或普通信众家门前，人们会竞相鸣放鞭炮迎驾。他们往往以炮多炮响为荣，称为"斗炮"。人们"斗炮"的心理，一方面是让妈祖和信众同乐、同欢，另一方面是祈盼轰轰烈烈的炮声给自己带来更多的福气喜气和财运。

4．**请戏饭**。方言称"请戏暝"，古时在莆仙民间，每逢妈祖出游之前，一般会演莆仙戏。晚上演戏时，几个主要村庄家家户户都备上丰盛的酒菜，请十里八乡的亲戚、朋友前来看戏并共享"出游饭"。备办"出游饭"的人家会盛宴招待客人。这种风俗在莆田沿海一带比较盛行。在古时，如果戏演十天半个月，主人会三天一小宴，五天一大宴宴请亲戚朋友，有时连不相干的路人也都热情邀请至家中，不管何人，只要愿意光临，一概欢迎。光临的人越多，主人就愈高兴。这一风俗体现民间崇尚友谊，尊宾好客之风。

5．**行傩吃元宵**。"吃元宵"即吃丸仔，也即汤圆。"行傩吃元宵"是指元宵期间，举行妈祖出游时，有的地方盛行用汤圆接待亲朋好友。汤圆用糯米粉搓成实心的丸子，有的用糖作馅。这些丸仔，象征着全家团团圆圆，日子过得甜甜蜜蜜，幸福美满。"行傩吃元宵"是民间在敬神时，增进友谊的一种民俗。

6．**点喜烛**。有的地方还流行一种"点喜烛"的元宵习俗。就是该里社头一年结婚和生育男孩的人家，每户须于元宵夜向妈祖献礼。献礼的最佳方式是燃点巨烛，称为"喜烛"。这种"喜烛"有的重的甚至达百余斤；或

点喜烛

叠红橘一大盘，高与屋梁齐；或供大面龟，大如小圆桌；或供大鲤鱼一条。

第三节　出游相关社区礼俗

妈祖出游是一项隆重的活动，每一个里社都相当重视，大家都想把迎接妈祖的到来搞得热烈些，这样好讨个吉利。

1．鸣放"响铳"。 出游当天，参与出游的信众会早早的来到宫前集合。董事会组织者看时辰已到，便宣布出游仪式开始。首先向天鸣放九响"响铳"——一种铁制的冲天礼炮，在巨大的轰响声后，壮汉们开始将大鼓擂得震天响，喜庆的唢呐声随之在空中传播开来。

2．妈祖戏。 不知从什么时候起，在兴化大地出现一个定例，那就是妈祖出游之前一定要演戏。这种戏俗称妈祖戏、平安戏。演戏一般在祭典结束后，在正对庙门的戏台上，上演娱神酬神的妈祖戏。演戏内容主要是教忠教孝，离不开忠孝节义。演戏所需经

鸣放"响铳"

费，从筹集到的丁口钱中统筹，或是有热心人士热心赞助。因为有不少祈求妈祖赐福的信众，会把出钱包演大戏，当作向妈祖"许愿"和"还愿"。妈祖戏若观众反应好，加上戏班没有其他的预约档期，好戏是可以连台演出的。妈祖戏，在传统社会中，是最好的社会教育。在缺乏法治教育的传统社会，这种教育方式，是防止社会犯罪的最佳约束力量。更实用的是，以前没电视、收音机、电影、报纸这些大众娱乐文化，看妈祖戏，对于那些终年辛劳的乡村民众来说是最好的文化娱乐活动。

弄八仙，妈祖出游前演出莆仙戏，大都要求戏班在宫庙里演出弄八仙。弄八仙分《弄大八仙》和《弄小八仙》。《弄小八仙》一般是八仙先后出场，其次序是李铁拐、汉钟离、吕洞宾、何仙姑、曹国舅、张果老、蓝采和、刘海蟾。每人自我介绍、唱一段曲后即下场。总希望透过这段面对庙门的扮仙戏表演，将民众娱神、酬神、起福、还愿、除煞等心愿，传达给妈祖，对民众自己而言，也有娱乐自己及社会教化的功能。

3．摆棕轿。 就是在妈祖宫庙或妈祖出游时暂时驻驾的里社的大场上，青壮年

抬着一种扎有棕丝的轿子，一边跑，一边左右摆动轿子。这是妈祖出游时最常见最热闹的娱乐活动。兴化大地上几乎所有的妈祖宫庙都有棕轿表演的习俗。尽管各地棕轿的材质不同，有木头的，也有竹子的，样式和重量有很大差别，但每座棕轿顶部都会绑上棕叶，标记不同姓氏、不同村落。

棕轿表演，规模最大的要数城厢区南门村。正月十五下午二点，南门境内六个社的棕轿队从寿光义社出发，开始绕境表演。南门的棕轿摆法与众不同，由两个青壮年抬着棕轿，在跑动中不停转动手中棕轿。一路上，42架棕轿轮番跳过一堆堆旺火，每到一个社都要敬神表演。绕完6个社，队伍回到寿光义社的大埕。这时代表6个社的六堆干草被点燃了，6支棕轿队同时上场，围着代表自己社的火堆表演，看谁摆得快、转得猛。在四周锣鼓声和观众的呐喊助威声中，小伙子们使出浑身气力不停地跑啊，转啊，火小了立刻添草，人累了马上替换，总之就是不能让自己社的棕轿先停下来。在这一波高过一波的摆棕轿竞赛中，谁也不服输，直到100担干草烧完为止（正应了"新年火旺旺"的愿望）。活动结束后，由6个社的12个福首共同请客，大家一起吃福饭。

4. 跳傩火。在妈祖出游队伍中，棕轿上都会放上一尊菩萨，由小伙子抬着，随队伍绕境出游。到达妈祖宫庙或妈祖出游时暂时驻驾的里社场上，会举行"跳傩火"的习俗活动。那就是人们抬着棕轿，绕着火堆连续转圈，有的是抬着棕轿跳

跳傩火

过烈火，有的是连续绕上九圈，有的是沿街巷快速奔跑。年轻人抬着棕轿在宫埕上表演，围着一堆堆旺火轮番跳跃，在呐喊助威声中，你追我赶，互不服输，直至火熄，俗称"跳傩火"。

5．**跨火焚**。这是湄洲岛上的一种民俗。即在正月妈祖出游或者是吃完年夜饭的时候，烧一堆火（称为"熏火焚"），每个人要从火堆上跨过去（称为"跨火焚"），祈求新一年有新气象，而往年的不吉祥则留在过去！同时也象征烧掉旧岁的邪气，消灾过运，迎来干干净净、大吉大利的新年。

6．**圈灯**。在莆仙地区，元宵妈祖出游时，总离不开灯的话题。"正月里来闹元宵，家家户户挂上灯"。每逢元宵，家家户户都张灯结彩。许多村镇还举行圈灯游行，俗称为"大游灯"。游灯中各类彩灯琳琅满目、争奇斗艳。有龙灯、凤灯，有荷花灯、麒麟灯、月兔灯、鳌鱼灯，还有玉珠灯、琉璃灯等，灯上绘有人物、故事、花草虫鱼、飞禽走兽、山水楼阁等图案。仙游枫亭镇大游灯最为壮观。游灯中，有走马灯、猜谜灯、塔灯、六角灯、蜈蚣灯、彩蓝灯、菜头灯等。

圈灯队伍

7．**烧龙灯**。元宵节期间按照莆田风俗，龙灯必须火化升天才能保平安。如不火化，便成"孽龙"，危害生灵。所以每到正月底，各地元宵活动结束后，就会把所有的龙灯集中起来，在正月廿九妈祖总元宵时，最后一天集中"化龙"。之所以由妈祖主持烧龙灯仪式，是因为龙是古代皇帝象征，一般宫庙级别低，无法履行"化龙"职责，必须由龙女下凡的妈祖来担当此任。

妈祖神灯平安游的彩阁

第四章
湄洲妈祖出游

湄洲祖庙的妈祖出游，分为两种。一是在岛内绕境出游，二是出岛巡安游。出岛巡安游又分为"妈祖金身巡安兴化"和"湄洲妈祖境外游"。

第一节 湄洲岛内绕境出游

湄洲妈祖岛内绕境出游，指以祖庙妈祖金身为主，岛内各宫妈祖神像伴随，出宫绕境巡游全岛。自中华人民共和国成立后，妈祖金身只于1950年曾绕境巡安湄洲岛一次，以后由于历史原因，这项活动一直没有举行。2007年恢复绕境巡安湄洲岛活动。

2007年5月6日上午8时，湄洲祖庙妈祖金身在随驾人员的护送下，从正殿起驾，来到祖庙广场，和等候在这里的岛上14个妈祖庙神像一起出发，经过宫下、东蔡、高朱、莲池、寨下等村，行程约20公里。长达2公里的巡安队伍，场面壮观，让妈祖圣地湄洲岛沸腾起来。这是60年来第一次举行巡安绕境湄洲全岛活动，给当时的"五一"黄金周增添了一道亮丽的风景。

时隔3年之后的2010年，正值妈祖诞辰1050周年纪念日，湄洲祖庙再次举行妈祖金身绕境湄洲岛巡安活动。三月廿三日上午8点30分，湄洲祖庙妈祖金身经过一

湄洲妈祖金身巡游全岛

番沐浴更衣、梳妆打扮后，在执事、随驾人员的簇拥下，缓缓出宫。顿时，鞭炮齐鸣，锣鼓震天。巡安队伍分为五个部分，走在最前面的是浩浩荡荡、整齐划一的仪仗队，其次是来自省内外28支民俗表演队，接在民俗队后面的是来自台湾省六家宫庙的分灵妈祖与信众，然后是湄洲岛14宫妈祖和随香信众，再其后是彰显妈祖千秋功德的32部妈祖故事彩车及由96匹马组成的民俗马队。整个队伍庞大壮观，绵延2公里，有数万人参与此次活动。出游的仪仗队由穿着古装的美貌少女担任，她们簇拥着彩轿上的妈祖神像。长管号、大铜锣、大龙旗在前面开道，彩亭、凉伞、大灯、帆船、马队、执事、十音、八乐以及身穿“妈祖服”的妇女等组成数里长的浩浩荡荡的队伍紧随其后，沿着海岛，巡游一周。途中，信众游客纷纷夹道朝拜，各家各户都摆起香案以最热烈、最隆重的礼节迎接妈祖。湄洲岛市场是全岛中心，这里里三层、外三层，摩肩接踵，汇成人的海洋。出游队伍到达这里时，人海沸腾了，“妈祖来了、妈祖来了”，很多人双手合十，口中念念有词，后排的人极力踮着脚尖，伸长脖子，只想看清妈祖慈容，很多人追着、赶着给妈祖“挂脰”。

湄洲妈祖绕境游后，由“卜杯”决定妈祖回驾祖庙的时辰。回銮时其安座仪式程序为：钟鼓齐鸣，上香，行三拜礼，一拜、再拜、三拜！其后是读《祝文》：维公元二0一0年五月七日，岁次庚寅年三月廿四日吉旦，湄洲妈祖祖庙董事会董事长

林金榜偕全体董监事护驾团人员，奉敕封天上圣母金身绕境巡安回銮，虔备花果、茶酒、供品之礼，奉敬驾前，上申《回銮安座礼赞文疏》一道。文曰：

> 皇哉女圣，湄洲瓣香。普润群生，坤德配天。妈祖金身，绕境巡安。驾起西北，斗杓东南。千年一遇，盛况空前。神灵降止，信众告虔。歌舞升平，鼓乐喧天。八方归德，四海清晏。泽施福吉，惠赐祯祥。里程数十，喜庆万千。圣驾回銮，安奉宝殿。大礼暨成，虔上表章。伏维鉴纳。

湄洲妈祖祖庙董事会董事长林金榜暨全体董监事护驾团人员再叩首。收香。行三献之礼：献花（拜）、献果（拜）、献帛（拜）。行三鞠躬礼：一鞠躬、再鞠躬、三鞠躬。礼成！

在湄洲岛，信众按地域划分为四个阁，每年轮流为妈祖做义工，一般定在每年正月初六进行轮换。这天，董监事会和全乡耆老，会集中在祖庙，在妈祖像前掷筊问卜，对这一年的祭祀形式，通过"卜杯"，请求妈祖示意。祭祀形式有祈安法事、演木偶戏、演莆仙戏、演目连戏、出游巡安等，出游是最高级的"杯示"。若妈祖确定出游后，则再"卜杯"确定出游的月份和线路。

出游的前一天，会派出"打铁老爹"沿途贴符。"打铁老爹"是由古代军队中"探子"转化而来。"探子"是负责侦测探察敌情并通风报信的。"打铁老爹"的性质也与其相同，其任务大致是探前方路况是否安全，随时回报进香队伍。按照俗例，"打铁老爹"贴符应该将所有该经过的路线全线贴足，以免误事。他行进时会沿途敲锣，让信众知道队伍即将抵达，也顺便提醒民众，摆设香案，迎接妈祖的到来。

彩车队

第二节　湄洲妈祖金身巡安兴化

　　为了满足广大信众的期盼和要求，2009年11月2日至5日，由中华妈祖文化交流协会、福建省对外文化交流协会、湄洲妈祖祖庙董事会、台湾彰化鹿港天后宫管委会共同主办的湄洲妈祖巡安兴化（莆田市古时称兴化府）信俗活动（以下简称妈祖巡安兴化），在妈祖故里——福建省莆田市盛大举行。这次湄洲妈祖巡安兴化活动规模之大、范围之广、人数之众、场所之多、路线之长，都创下莆田市民间活动之最。

妈祖金身巡安兴化銮驾

妈祖金身巡安兴化壮观场面

妈祖巡安兴化，是福建莆田历史上的千年第一回，湄洲妈祖祖庙董事会非常重视，成立了以林金榜董事长为组长的活动领导小组，下设宣传组、彩车组、联络组、后勤组、交通组、祭典组、安保组等小组，确保活动隆重热烈安全有序开展。

巡安兴化活动，从2009年11月2日（农历九月十六日）开始。2日清晨7点，祖庙圣像山上出现一道巨大的拱形彩虹，恍如妈祖身后的光环，发出了金灿灿的灵光！人人叹为观止，都说，这是天人感应，是妈祖在显灵了！是个好兆头！这时，祖庙寝殿里早已人潮涌动，人们从四面八方赶来恭候在这里，为的是见证这一历史性时刻——妈祖金身出巡。7点16分，锣鼓喧天，鞭炮齐鸣，起驾仪式隆重举行。妈祖金身从祖庙起驾，数百名身着古装的礼生、乐生、舞生手持法具，列队护驾。上千名身着马褂，头扎发髻的信众手持香火夹道拜谒。8点多，妈祖金身从湄洲岛搭乘轮渡抵达莆田市文甲码头，开始了四天三夜的"巡安莆田兴化"活动。巡安路线经过莆田境内湄洲岛、湄洲湾北岸、秀屿区、荔城区、涵江区、仙游县、城厢区等7个县区（管委会），四天三夜的巡安行程近300公里，步行踩街24公里，沿途176个宫庙接驾。活动期间，按照妈祖金身出巡古制，隆重举行有关仪式，出巡队伍多达668人，主要由阵列、妈祖金身銮驾、护驾人员、18辆彩车四部分组成。沿途所经各村，当地社宫早早就组织了车鼓队、十音队、舞蹈队，举行盛大的踩街活动，迎接妈祖金身驾临。周围各村的信众，纷纷涌上街头，焚香膜拜，祈求平安。妈祖銮驾经过时，所有的村民善信纷纷拈香恭立或跪拜路边，香案上摆满了供品。到处是彩旗，鼓声锣声震天动地。人们充满了喜庆心情迎接圣驾。处处呈现出"十里长街迎妈祖"，"火树银花不夜天"的景象，万人空巷，盛况空前。

妈祖金身巡安兴化民众路拜

特别值得一提的是，当巡安队伍抵达市区中华妈祖文化研究院时，海峡两岸信众在这里以"两岸千灯迎妈祖""两岸千人颂妈祖""两岸千品贡妈祖"，以及高奏"十音八乐""大鼓吹"等盛大场面恭迎湄洲妈祖金身驻跸。当天傍晚，中华妈祖文化研究院张灯结彩，礼花怒放，车鼓震

妈祖金身巡安兴化阵头

天，在懿明楼前的广场上举行了隆重的祭祀大典。供桌上摆满了各色供品。主祭官（女）头戴明代官帽，身着官袍，宣读祭文。中华妈祖文化交流协会副会长林国良主任、祖庙董事长林金榜等各位护驾团成员、执事在圣驾前行"三拜""三献""三拜九叩"大礼。接着祖庙的古装女子长笛队在广场上跳起了古典式宫廷舞蹈。她们袅娜的身姿，身轻如燕，或轻柔曼舞，或左右开合，舒展自如，令人眼花瞭乱，目不暇接。一支支暗红的横笛在她们巧手中奏出了一曲曲无声的虔诚崇敬的舞曲。接着在主祭官主持下，在场的所有人员举行"千人共诵妈祖赞词"。最后，千人合唱《妈祖之光》歌曲。祭祀大典在祥和、欢快的气氛中结束。

　　这次湄洲妈祖巡安兴化活动，得到海内外妈祖文化机构和世界各地妈祖信众的热烈响应。参加巡安活动护驾随行的，不仅有大陆各地的众多信众，台湾妈祖神像也首次随驾，台湾彰化鹿港天后宫妈祖神像及350人随驾参加。还有来自新西兰、澳大利亚、东南亚等10多个国家和台港澳地区、及各方妈祖文化机构的负责人、信众代表，其中包括500多名台湾信众。在活动中，大家共贺妈祖信俗"申遗"成功，同祈国泰民安，世界和平，齐颂妈祖立德、行善、大爱的精神，从而也更加坚定了中华儿女同根同源的认同感。

第三节　湄洲妈祖天下游

1.巡安台湾

为了顺应台湾妈祖信众的愿望，推动两岸民间交流交往，1997年湄洲祖庙妈祖金身首次巡安台湾全岛。巡安活动自1月24日始至5月5日止，共102天，历经19个市县，行程数千公里，驻跸35个妈祖庙，接受台湾妈祖信众1000多万人次的朝拜。台胞称之为"千年走一回"的世纪之行，媒体以"十里长街迎妈祖，火树银花不夜天"等来描绘当时场面，妈祖金身巡游台湾的照片编入台湾中学历史教科书，其配文以"两岸文化正式交流"，出游活动创下了两岸恢复交流以后，规模最大、影响最广的妈祖文化入岛记录。在岛内产生了巨大的反响，打破了两岸隔绝了近50年坚冰，为两岸人民确立了和平、发展、统一的新理念，成为当时两岸之间规模最大、最成功的一次民间文化交流。

1月24日，妈祖神像巡台飞机抵台的清晨，来自台湾各地的信众3000多人冒着寒风细雨，早早地聚集在桃园机场接驾。当妈祖出现在机舱门口时，机场内顿时鼓乐喧天，香雾缭绕，人群一拥而上，整个机场即刻沸腾起来。这时，"华视""中视""台视"等电视台都推迟了原定的节目，做了长达数十分钟的现场直播。妈祖金身巡安队伍先从北到南，又从南到北，沿途经过了台中、嘉义、南投、彰化等地，每到一地，每到一个宫庙，都受到了当地信众空前热烈的朝拜，祖庙妈祖金身到哪里，那里就出现人潮如涌、锣鼓喧天的热烈、壮观场面。

2月4日，在嘉义县接驾的

湄洲妈祖金身赴台巡安，信众顶礼膜拜

妈祖金身巡台归来

车队长达4公里。朴子市人口只有5万人，3天中抵达现场朝拜的人却超过30万。在高雄旗山镇，63个宫庙信众和15辆花车，组成长达2公里的游行队伍，从早上8时开始绕境，直到晚11点。有的信众甚至不惜驱车几百公里赶来上香、叩拜的；有的则携儿带女，全家出动，赶来给妈祖金身进香，行三跪九叩礼的；有的抱着刚出生几个月的婴儿前来叩拜，祈求平安。有些老人、病人甚至是坐着轮椅、提着氧气瓶专门前来朝拜湄洲妈祖；有一位女信众，跪在地上叩了81个头；在台南，信众为一睹湄洲妈祖的丰采，以触摸一下銮轿而得到赐福和保佑，竟将护驾队伍围得水泄不通，无法行进；还有不少宫庙为妈祖金身驾临举办专场文艺会演……而不少地方的县长、市长、议员、知名人士都亲临接驾，送驾祭典，表达自己敬拜妈祖的虔诚与真心。

湄洲妈祖金身出游台湾是闽台民俗交流的一件盛事，为两岸人民所瞩目。这次妈祖出游台湾，在台湾掀起一股妈祖热，台湾信众虔诚至极，令人叹为观止；同时，也更进一步彰显出妈祖出游信俗本身所蕴含的魅力和影响力。

事隔16年后，2013年9月6日—22日，由台湾北港朝天宫董事会、湄洲妈祖祖庙董事会、天津娘娘庙管委会主办，中华妈祖文化交流协会、江西龙虎山嗣汉天师府、台湾云林县政府协办的"世界妈祖会北港"活动，在台湾北港朝天宫隆重举行。湄洲妈祖应邀前往台湾连续开展为期12天联谊交流活动。这是湄洲妈祖金身在1997年首度入台后，第二次到台湾接受信众膜拜，是两岸妈祖文化交流又一大盛事。此次"2013两岸妈祖会北港"，有来自两岸三地以及世界各地近万间庙宇、四千多尊妈祖汇聚北港。活动以"妈祖心·香火情"为主题。举办了祭祀大典、嘉年华、文化巡礼、民俗技艺汇演四大系列活动，每日都有庄严的传统祈福仪式，同时还举办了"湄洲之夜"晚会及两岸中秋晚会等。其最后一天重头戏"万神祈福大团圆"，以4643尊妈祖像大聚会成功申请吉尼斯世界纪录。

2. 出巡金门

2002年5月8日至12日，应金门妈祖信众邀请，湄洲妈祖祖庙组织"湄洲妈祖金身巡安金门"活动，这是继妈祖巡安台湾以来两岸交流的又一盛事，是湄洲妈祖金身首次以海上直航的方式出巡，首次在金门接受信众朝圣，并开创了湄洲岛与金门、乌丘之间50多年来的首次双向客运直航。此举再次震动海峡两岸，受到广泛关注。更值得一提的是，金门在妈祖金身巡安之前，已经有六个多月没有下雨了，干旱非常严重。当妈祖金身巡安金门的第三天，上苍普降甘霖，下起了倾盆大雨，金门民众非常感激妈祖金身出巡金门，当妈祖金身回銮的时候，所有的信众都排着长

龙，锣鼓喧天欢送妈祖，很多人是挥泪惜别，盼望妈祖再回来。

在此之前，金门县长李炷烽、议长庄良时和金门妈祖宫庙负责人代表吴素兰专程赴湄洲祖庙谒祖进香，并议定妈祖金身巡安金门的具体事宜。

5月7日，金门的接驾直航湄洲，展开"海上寻根之路——赴湄洲迎妈祖"之旅，途中先绕道金门县托管的乌丘岛（乡），并首次搭载55名乌丘岛乡亲到湄洲探亲寻根。

5月8日上午8点50分，妈祖金身与护驾团成员，在金门接驾团的陪同下，乘坐"太武号"客轮从湄洲岛码头出发，历时5个多小时，平安抵达金门料罗港码头。码头上金门县长李炷烽早已率近万名金门妈祖信众恭迎圣驾。而台湾岛大甲镇澜宫董事长颜清标、副董事长郑铭坤，北港朝天宫董事长蔡永常，新港奉天宫董监等等也率信众，专程从台湾岛赶来接驾。码头上人山人海，鞭炮声响彻海空。码头外工程船上喷起了两股水柱，犹如白昼礼花。可以说处处充满了喜迎圣驾的节庆气氛。当天下午4点，妈祖金身驻跸金门天后宫。金门10个分灵庙妈祖神像也同时陪伴在妈祖金身的两侧。

5月9日上午9点，在湄洲祖庙董事会的协助下，金门天后宫妈祖会在广场举行隆重的祭祀典礼。首先是诵经、献帛、献鲜花，读祝文。《祝文》曰："闽台春暖，浯岛灵钟。乐三通而一统，臻两岸于大同。首倡嘉会，胜缘共襄。三地交流济美。"之后，再行"三献礼"，献寿酒、寿桃、寿面。集体行"三献""三拜""三跪九叩"礼后，妈祖天后艺术团女演员在雅乐的伴奏下，手执雉翠，翩翩起舞，答谢妈祖恩泽。古色古香的宫廷式舞蹈表演，令在场的无数金门信众大开眼界。随后，金门各界、各分灵庙、台湾岛五大宫庙，也相继分别举行祭典。祭典历时2个多小时。事后，大家都兴奋地说，这是金门岛历史上盛况空前的祭典。

5月10日上午，湄洲妈祖金身在数千人的簇拥下，开始巡安金门活动。长达1000多米的巡安队伍，包括近200辆护驾车，在浓烈的鞭炮声中从金门天后宫出发，经浯江桥、北

湄洲妈祖金身巡安金门

信众恭迎妈祖金身巡安金门回銮

堤路、东门圆环、中央公路、新湖渔港、料罗圆环、环岛东路、西埔、山外黄海路、汶沙里、官澳、田墩、湖南、安岐、北山、慈堤、湖下等地，返回金门天后宫。行程5公里，一路上鼓乐大作，鞭炮声声，信众们家家户户齐出动，成群成群地拈香叩拜。当地小学、幼儿园的师生这天破天荒第一次全体放假，涌上街头，集体朝拜来自湄洲祖庙的妈祖金身。一位小学生激动地说，今天我不但知道了金门的妈祖，也看到了湄洲祖庙的妈祖和台湾的妈祖，受到了一次中华信仰传统文化的熏陶。

期间，祖庙护驾团还向当地各分灵庙赠送"慈恩普惠"匾额，各分灵庙妈祖会和信众万分激动，视如珍宝，都说这是祖庙妈祖金身赐给的大恩大福，将永远把它高悬在庙堂之上，做为永久的纪念。

5月11日上午9点，湄洲妈祖金身搭乘"太武号"轮到小金门继续巡安活动。虽然天下小雨，但小金门各村信众，家家摆香案、祭供品，人人冒雨焚香膜拜。中午1时许，小金门各界知名人士和信众在罗厝西湖古庙广场举行隆重的祭典，湄洲青年女子车鼓队在广场上举行精彩的表演。车鼓是莆田最具特色的民间鼓乐合奏，鼓点雄壮，气势宏大，如疾风骤雨，动人心魄。表演博得了阵阵热烈的掌声。后返回

金门金城镇郊区继续巡安活动。

12日上午7点多，妈祖金身巡安队伍从金门天后宫起驾。临行前，金门巡安活动筹委会主任吴成典向祖庙董事会赠送"恩泽广被"匾，李炷烽、庄良时分别赠送"神昭海表""造福黎民"匾额。上午10点多，湄洲妈祖金身巡安队伍在金门知名人士的欢送下，乘坐"太武"轮离开金门岛返回，下午3时，"太武"轮顺利抵达湄洲岛3000吨级客运码头。

此次，湄洲妈祖金身巡安金门，首次实现了海上直航的愿望，首次接受金门信众的朝拜，还打破了50多年的阻隔，开创了湄洲岛与金门岛、乌丘屿之间双向客运直航。大大方便了两岸妈祖信众的友好往来，其意义十分重大。

3. 巡安澳门

2004年10月，应澳门中华妈祖文化基金会的邀请，湄洲妈祖金身举行巡安澳门活动。本次是湄洲妈祖金身首次巡安澳门，是"第二届澳门妈祖文化旅游节"的主要内容。21日清晨7时，妈祖金身在湄洲起驾，当天下午1时30分，湄洲妈祖金身乘坐包机从福州长乐国际机场飞赴澳门，湄洲妈祖金身护驾人员和来自澳门的迎驾团成员随机同往。21日下午2时50分，澳门阳光灿烂，载着妈祖金身的包机徐徐降落澳门国际机场，早早就等候在机场的妈祖信众、海内外游客，以最热烈的仪式迎接妈祖金身驾临。3时，当湄洲祖庙妈祖金身出现在机舱门口的时候，机场沸腾了，数以千计的澳门妈祖信众、游客翘首欢呼，一时间，锣鼓喧天，号角长鸣，舞狮队、弥勒表演队、哨角队尽情表演。数千信众、游客激动地观看了在机场举行的接驾仪式。在两位礼仪小姐的引领下，澳门中华妈祖基金会董事局主席颜延龄等按传统仪式为妈祖献上鲜花、水果和香茶，澳门中华妈祖基金会董事局副主席陈明金陪同湄洲妈祖祖庙董事长林金榜祈福上香，陈明金和台湾妈祖联谊会会长郑铭坤为湄洲妈

湄洲妈祖金身赴澳门巡安

妈祖金身在澳门巡游

祖金身披上金罩衫，顿时，所有的媒体记者都把镜头聚焦在妈祖身上。

仪式后，妈祖金身乘坐彩车驻跸澳门天后宫。22日上午，湄洲妈祖金身祈福祈安庆典在澳门妈祖文化村的天后宫举行，第二届澳门妈祖文化旅游节同时正式开幕。23日，妈祖金身停驾佑汉公园供信徒膜拜，并于当晚举行出游仪式，从佑汉直至妈阁庙，全程共3个小时，沿途穿插各种福建民俗文艺表演。一路上，澳门交警为妈祖开道，许多车辆都自觉让路妈祖，信众摆成长龙焚香膜拜，出现了"万人空巷"的盛况。这是澳门几百年一遇的极具轰动效应的盛会，当时正逢澳门5个多月未雨，旱情严重。恰巧在妈祖金身出游澳门后，连降甘霖，澳门人无不惊叹是妈祖娘娘送来了及时雨。

4. 巡安香港

为庆祝香港回归祖国14周年，湄洲妈祖金身于2011年7月3—5日，出巡香港，参加"福建神明佑香江祈福和平大法会"。这次妈祖圣像赴香港意义重大，影响深远。在福建与香江两地，开创了妈祖文化交流先河，为以后两地之间的交流架起了桥梁，为香港这个多元社会注入了新的文化元素，也进一步的把中华妈祖博大精深的文化内涵进一步在世人面前展现出来，扩大了妈祖文化在香港地区的影响，在湄洲妈祖金身巡安天下传播史上写下厚重的一笔。

香港是一个多元社会，各种文化汇聚交融，丰富多彩，民间信仰在香江根深蒂固，尤其是妈祖信仰。自宋代妈祖信仰刚发祥就传播到香港。著名的佛堂门天后宫就是例证。据统计，香港有近百座天后宫。

"福建神明佑香江"活动，由香港福建社团联会发起并主办，在香港铜锣湾维多利亚公园3号足球场举行，香港各界人士有10万人次参加。大法会邀请了福建5

湄洲妈祖金身巡安香港

尊和香港3尊神明汇聚，分别为：湄洲妈祖、安溪清水祖师、闽西定光古佛、漳州三平祖师公、南安惠泽尊王、香港广泽尊王、妙应仙妃、保生大帝。在活动筹备初期，有关人士就哪一位福建神明居首位问题曾进行认真的研究与讨论。各界人士一致认为，妈祖信仰在香港底蕴厚重，影响广泛，活动频繁，在香港民间信仰中占重要的地位，是最重要的组成部分之一。并且"妈祖信俗"是人类非物质文化遗产。妈祖信仰在世界上分布有20多个国家和地区，信众超二亿。妈祖信仰的精神内涵是"立德、行善、大爱、和合"，是全人类追求的"真善美"化身，也是中华优秀传统文化的重要组成部分。各界人士一致认为妈祖神明在香港"祈福和平大法会"中应当居首位。

7月1日，湄洲妈祖"赴香港参加祈福和平大法会活动"正式启动。本次赴港，由中华妈祖文化交流协会副会长兼秘书长、湄洲妈祖祖庙董事会董事长林金榜，负责组团护送湄洲妈祖圣像前往香港与会。6点28分，湄洲妈祖圣像在祖庙进行仪式后隆重起驾。当天下午3点30分，湄洲妈祖圣像抵达深圳境内龙岗区。集结在此等待的迎接队伍超过万人；妈祖圣像一下车，万人欢呼，万炮齐鸣，整个广场成了欢乐的海洋。

紧接着，妈祖圣像及天后古庙迎驾队伍一字排开，队伍长达数公里，有：（1）花篮，（2）彩挂，（3）铜锣，（4）马头锣，（5）高灯，（6）中军，（7）天后古庙横幅，（8）彩旗，（9）老翁老姆，（10）潮州大鼓，（11）状元及夫人，（12）天后帅旗，（13）肃静回避牌，（14）十八般武器，（15）五丰（虎）大旗，（16）五凤大旗，（17）鲜花蓝，（18）圣旨亭，（19）凉伞，（20）印斗、旗斗、令剑，（21）八宝，（22）金炉亭，（23）宫灯，（24）吊炉，（25）金身，（26）明扇，（27）凉伞，（28）信众。迎驾踩街队伍所经之处，信众自发排列供桌、香案、火薰、鞭炮迎驾，还不时给妈祖挂胆，以示敬妈祖，求吉祥，保平安。

妈祖在天后古庙举行驻跸安座仪式之后，各地信众接踵前来焚香膜拜。一些信众热泪盈眶说，湄洲妈祖驻跸天后古庙，这是个千载难逢的机会，不论我们如何隆重接驾，都难表激动之情，妈祖会保佑深圳及各地社会进步发达，人们幸福安康。

7月2日6点18分，起驾仪式正式举行，钟鼓响起，经颂经、焚香、跪拜一系列仪式后，霎时，鞭炮齐鸣，妈祖起驾。许多信众热泪汪汪，长跪不起，他们对妈祖难舍难分以及敬重之情，难以言表。銮驾车在天后古庙引导车带引之下，进入高速路，向深圳南山区蛇口关口进发。经过约一小时的行程抵达关口。香港莆仙同乡会在7月1日就派出了黄俊瑞、蔡宁等三人在天后古庙候驾。7月2日，又派出专车恭候在关口。香港的知名人士李家卫、罗春华，深圳陈勇雄等热心代表先后赶到关口迎接。关口工作人员一了解，妈祖圣像及护驾团员是来香港祈福的，格外亲切，在一声声OK声中，妈祖圣像顺利通关，护驾团也顺利通关。李家卫、罗春华还在香港组织舞狮迎接。下午，按照预期时间抵达铜锣湾维多利亚公园三号球场。在活动组委会统一安排下，湄洲妈祖圣像第一列队，由香港莆仙同乡会组织接驾队伍护驾入神台安座。迎驾队伍阵势庞大，气氛热烈，队伍前面拉出迎接横幅，其后是大旗、锣鼓、仪仗、仪卫队伍，车鼓队、旱船队紧随。经过30多分钟的忙碌，妈祖安座在神台的中间，居诸神之首，信众争先恐后前往焚香膜拜，祈求平安幸福。是夜，维多利亚公园三号广场灯火通明，焚香膜拜的信众络绎不绝。

7月3日，按照既定安排，由数万名道士组成祈福法会，法会按照宗教民俗习惯进行，期间，先后有10万多人次前往膜拜。妈祖在神台中央格外引人注目，许多信众纷纷向妈祖祈福、请香，祈求妈祖保佑平安、幸福、安康。7月4日祈福大法会进入高潮，从凌晨一直到晚上，大法会按照既定的内容、形式、时间进行祈福，笙歌

声、锣鼓声汇集成一股铿锵有力，响彻云霄的祈福声乐，祈求神灵尤其是妈祖保佑香港，保佑福建，保佑中国，保佑海内外华人华侨，祝福人们幸福安康吉祥。

7月4日上午，大法会继续延续。下午2点，按照计划，湄洲妈祖准备起驾回程。这时，莆田籍的香港太平绅士、"银紫荆花"吴良好先生，香港莆仙同乡联合会会长黄肖青，香港莆仙同乡联合会理事长林平基等众乡贤，代表香港10万莆仙籍的人士来了。他们与广大信众一起执香、跪拜，在"起驾"声中，妈祖圣像缓缓的从神台上移出来，缓慢而庄重地移向恭候在广场的銮驾车；伴随着一声声的锣鼓声、鞭炮声、祈福声，妈祖上了銮驾车，开始了回銮的启程。下午5点，顺利通关，进入深圳境内，当天安座在深圳南山赤湾天后宫。

在妈祖安座后，许多动人的景象时时涌现。为了迎接湄洲妈祖的到来，在銮驾车刚刚停下来时，特意赶来祝福的知名人士吴亚细点燃了迎接的大鞭炮；恭候在这里的来自广州、东莞、珠海等地的信众代表列队肃立，他们有的从上午就赶来，足足等了一上午；进香时，整个天后宫人山人海，人们争先恐后进入大殿内，祈香膜拜。由于人多，保安人员不得不强行安排秩序。有一位老太太在孙女的陪同下，举着香，拿着红包叫保安"开后门"让她优先进入大殿，只见她跪在圣像前，口上念念有词，用颤抖的声音说："妈祖保佑了我们"。然后磕了个头，又恭恭敬敬的把一个红包挂在妈祖圣像前，这红包是她的一份心愿，一份期盼，一份向往。

7月5日6点18分，返程的妈祖准时起驾。经过将近10个小时的车程，下午18点16分，妈祖回銮到祖庙并举行一系列的回銮安座仪式，圆满完成了出巡香港的历史性任务。

第五章
其他宫庙出游举隅

第一节　贤良港天后祖祠妈祖出游

1. 驱瘟出游

贤良港是天后祖祠所在地，妈祖和妈祖圣父母受历代朝廷褒封，每年"春秋谕祭"，成千上万的妈祖信众和各地妈祖宫庙来"娘家"谒祖朝拜，史称"妈祖走（回）娘家"。因此，贤良港天后祖祠的妈祖神像一般不出殿，除了每年农历正月廿二日在本境的周边村庄"元宵巡安"和九月初九"海祭妈祖"活动外，按传统，只有在特殊情况下（如乡里遭遇瘟疫）才出殿巡游，俗称妈祖"驱瘟出游"。

据港里现年91岁的林田矧、田文粦，90岁的林春荣和88岁的林玉坤及86岁的林山河等老人讲，贤良港距今最近的一次妈祖"驱瘟出游"是1940年8月，时值贤良港及周边村庄瘟疫流行。乡民企盼妈祖神姑驱除瘟疫，消灾降福，庇佑合境平安。为此，曾组织一次大型出游活动。

当时妈祖"出游"巡安驱瘟是与贤良港五帝庙共同组织。贤良港后周时建有五帝庙（今称福慧寺），五帝庙中主祀五皇大帝。五皇大帝殿前的"三大人"（亦称瘟爷），特别显赫，村民非常敬畏。其功能主要是驱除瘟疫，保民平安。贤良港每

贤良港天后祖祠妈祖出游

年五月初五日有传统"烧王船"或"送王船"（亦称大王爷船）的习俗。

　　"驱瘟出游"的仪式十分庄重。仪式前，贤良港信众推举本族中辈份最高且最受尊敬的人士为领事人，再从各姓领事人当中"卜杯"选择正副总领事。总领事召集本乡各宫社福首、头人，对出游的时间路线及神轿、彩车、香亭等出游队伍作详细的安排。出游前三天，必须派三、四个人把出游路线上的杂草或障碍物清理掉，整平道路，称为"刈火"。沿途还必须张贴"路符"。各住户需披红挂彩，摆设香案。出游前夜，五帝庙中厅须摆筵设醮，请道士登坛作醮。

　　天后祖祠的妈祖，在出游之前也要设坛作醮。所有宫庙执事安排就绪，集结在五帝庙大埕前。时辰一到，总领事宣告出游开始，主事者宣读"出游文告"（或称驱瘟檄文），随后各部及宫庙头人集体跪拜五帝爷神明和妈祖。礼炮九响之后，开道大锣、报仔、"肃静、回避"大牌，出游文告牌，八班（皂隶）、宫旗、神轿、香亭等各部人员依次行进，成千的出游队伍整齐有序，十分壮观。

　　继开道锣鼓、宫牌、宫旗、八班（皂隶）之后，是灵慈西宫田公元帅的执士神轿、"僮子身"刀轿。"僮子身"赤身，着红肚兜、短裤、扎腿、赤脚，坐在装有极其锋利的刀轿上，他脚踏利刃，腮穿粗大银针，或摔打刺球，或口吞焰火，混身伤痕累累，鲜血淋淋，让人不寒而栗。贤良宫天后祖祠妈祖神轿凉伞紧跟其后，跟在后面的是"三大人"瘟爷神轿，神轿上还铺着一块特殊的"虎皮绿"，据说是五帝庙风水的象征（五帝庙风水为卧虎穴）。紧接着是灵慈东宫的天妃妈祖凉伞、香亭、白马相公神轿，之后依次是上港开山宫杨公太师神轿、凉伞、宫旗，吴祖宫的都天元帅、凉伞大旗，新兴宫和钱楼宫的司马圣王宫旗、神轿、凉伞，开元宫和接水亭的刘将军、邱将军神轿。出游队伍所到之处，鞭炮齐鸣、焰火冲天，善男信女在自家香案前执香作揖，口中念念有词，祈求神明庇佑合境平安，有些老妪还把事先用红线捆好的钱币挂在路过的神明的脖子上，俗称"挂胆"，以求菩萨保佑。

驱瘟出游队伍从五帝庙往东出发，经过贤良港的旧山塘、三个墓前，绕道西沙前的田头境返回芦竹坟，经过顶宫兜、开元，途经下南山、五里亭，到后山、后坵，再返回周厝、林兜，到前头（钱楼宫）上港（开山宫），翻过前面山（象山），爬上铺路顶，经过沙田，绕道港尾灵慈西宫，再到下宫兜灵慈东宫，过宫边八卦井，踏上廿三级台阶再到上后厝（吴祖宫和新兴宫、天后祖祠），返回五帝庙大埕。各部负责人待神明归位，参拜后，各宫庙的执事、凉伞、神轿、香亭等抬回本宫安座。"驱瘟"出游的仪式宣布结束。

2. "廿二拖"出游

贤良港的妈祖元宵活动分为两部分。第一部分是每年农历正月初九至十五日为贤良港内各宫庙自行闹元宵。贤良港宫庙颇多，这些宫庙村民各祀有主。从每年农历正月初九日（俗称"起马日"）开始，各宫庙在本宫境内闹元宵、游灯。第二部分是贤良港全境闹元宵，时间定在农历正月廿二，故称"廿二拖"。

"廿二拖"的妈祖元宵仪式与"驱瘟出游"模式不尽相同。它增添了许多喜庆气氛。每年元宵初九日开始"起马"，林姓房族奉祀的慈西宫和吴祖宫、新兴宫的"求炉"、执事以及元宵出游队伍都必须先到五帝庙向"刘爷"参拜，再到天后祖祠拜谒妈祖和圣父母及列代神主，最后到妈祖故居"大总管第"集中后才各自绕境回宫。

"廿二拖"的出游仪式，乃是全贤良港人的大事；总领事仍由信众尊敬的老前辈担任。元宵巡安队伍，全贤良港各宫庙共同参与。"妈祖""刘爷"神轿排在最后，各宫庙神明排列顺序均由"卜杯"而定。求炉、凉伞、香亭、执事、宫灯、宫旗跟随于本宫神轿前后，开道锣、清道旗、"风调雨顺"、"国泰民安"大旗、文武执事、大吹喇叭、皂隶队、警跸牌、仪仗队、妈祖封号旗、元宵灯、花灯、彩车队、十音八乐（旧称八闽十番）队、高跷队、棕轿队、马队等游行队伍达数千

人众。沿途家家张灯结彩，鼓乐齐鸣，户户燃焰火、放鞭炮，信众向"求炉"进香，为神明挂胫。组成了一道生动的民俗文化景观。

"廿二拖"妈祖元宵巡安路线延伸更长，由五帝庙往东，经西沙、莆禧城外、后蔡，返回田头，绕道顶宫兜、开元，直至南山、五里亭，到后山、后垎、下蒋，返回周厝、林兜，再到前头（钱楼宫）、上港（开山宫），因海水涨潮无法经过象山前的葫芦门，故又翻过象山，爬上铺路顶，经过沙田，绕道港尾灵慈西宫，再到下宫兜灵慈东宫，经过宫边八卦井，踏上廿三级台阶，再到上后厝（吴祖宫和新兴宫、天后祖祠）。最后返回五帝庙大埕，至此"廿二拖"妈祖元宵出游宣告结束。

1942年因乡里宗族纠纷发生械斗，"廿二拖"也因此停止举行。

第二节　莆禧天妃宫元宵"十九"出游

莆禧天妃宫位于秀屿区莆禧古城北门内，创建于宋代，旧称"崇福夫人庙"，现存的庙宇为明代重建。1996年天妃宫入选省级文物保护单位。

天妃宫临近莆禧古城墙，前后三进，面阔五开间，石墙飞檐，形制古朴。一二进的天井中，有一棵古桧树，直径约30-40公分，干裂的树干，虬曲直上，伸出天井之上，约有数百年的历史。此乃天妃宫一奇。宫中的妈祖木雕像眉清目秀，五官端庄，是宋代时期的木雕像。建国后破除迷信，宫庙改为小学，有虔诚善信将木雕像秘密收藏，得以留传至今，此乃天妃宫又一奇也。天妃宫还有一些历史文物，1994年省文化厅、省考古部门组织这些文物参加"妈祖民俗文物赴台展"展出，天妃宫以此蜚声海峡两岸。

天妃宫古迹旧闻不少，而元宵妈祖出游则是天妃宫最大的盛事。

每年农历正月十七至二十日四天是天妃宫妈祖元宵出游日，俗称莆禧"十九日"。出游要推选福首，按老传统，北门（北隅社）村6个角落（后分为四个生产队），须选出8个年龄最长者，每年正月初四下午到宫中，请道士诵经卜筊。最长者须卜得三圣筊，才可成为首福，二福三福则须二圣筊，并依次确定其余5福首。然后又由宫中董事会卜筊决定当年出游的路线，由东出（游）或从西出（游）。同时，去年的福首便把求炉（大香炉）传交给今年的元宵首福。

在出游前一个星期，全村家家户户，人人动手，大搞卫生，大街小巷、屋角房

278

后、杂草垃圾都打扫得干干净净，不留半点死角。这叫做干干净净闹元宵，欢欢喜喜迎妈祖。

正月十六日上午，村中一批七八岁的男孩从宫中出发敲锣打鼓，到家家户户门前"乞草"，作为出游"摆棕轿"焚火堆用。各家便把准备好的一小束一小束的麦秆（或地瓜藤、花生藤）献出，没有草的人家就送上点钱作为购草费用，这样可以讨个好兆头。

十七日下午"起马"，出游前，头三个福首还要到莆禧东门城隍庙请香（城隍庙也是正月十九日闹元宵），三福首备好果品、面饭、清酒等供品，由董事长率领请香队伍（香炉、彩亭、仪仗、车鼓、十音八乐等）浩浩荡荡到城隍庙焚香跪拜，宣读元宵出游祈请文，邀请城隍爷一同参加元宵出游活动。经文大意曰："兹有兴化府莆田县崇福乡新安里鲤江境北隅社天妃宫出马，请城隍大神参加会宴，共保全境平安"。诵经跪拜礼毕，三福首在宫外焚化贡银答谢神恩。这件事在当地称为"请香"。请香回到天妃宫后，妈祖便可出宫。众福首在宫里焚香叩拜，将妈祖等神像从正殿神龛，移到前殿，俗称"出殿"。出殿后梳装完毕，在宫门外按次序排列出游队伍，之后，出游活动拉开序幕。

出游阵列，最前头的是四个青年女子（着清代格格的头饰、服装），她们扛着一块大横幅，上写"莆禧天妃宫元宵赐福"。接着是4把大旗，2面大牌，2面开路大锣，2面文昌旗等。后面是吹吹打打的十音队、车鼓队、军乐队等。接着是一对大红灯，红灯之后是4人合抬的杨公太师大驾。大驾之后是文艺队，如八乐队等。接着在一对大红灯的引导下，是观音大士的轿驾。轿驾之后也是文艺队。最后又是一对大灯，开路引导妈祖圣驾。三位福首和"乡老"头戴顶戴花翎，身着蓝色长衫，二福首手捧香炉，紧随妈祖銮驾，后面是日月扇、凉伞紧紧随护。一架四人合抬的古式彩亭（轿）又紧随其后。最后是车鼓队。出游队伍先在北门全境（旧称北隅社）绕境一圈，观众如潮，十分热闹。随行执事在村境的各路口钉上路楔，俗呼"封路"。"绕境"寄寓驱妖逐邪，保境安民之意。总之，一路上，旌旗招展，锣鼓喧天，鸣铳连响，炮声震耳；鸣锣开道、大吹列队、十音八乐、彩车妆阁，马队铿铃、狮舞龙腾；腰鼓阵阵响叮当，军乐车鼓展威风。

接着，出游队伍浩浩荡荡开往首福家门，首福家大门口早已搭起彩门，厅堂上摆满了丰盛的宴桌，红烛熊熊，香烟袅袅，首福全家人在大门口拈香叩拜，迎接圣驾。在"噼噼啪啪"的爆竹声中，妈祖等圣驾进入大院，主人在院中烧起了社火，

执事们围绕社火边跑步边摆动棕轿，主人家按辈份在圣驾前行跪拜礼，先祖父母，后父母，依次拈香跪拜。礼毕，主人家摆上花生、红桔、甘蔗等等物品恭请全体执事人员，又在大门口为菩萨焚烧贡银，以示虔诚心意。至此，出游队伍起驾，前往二福首家赐福赐平安，同样热闹一番。

当晚，妈祖圣驾等回到首福家中驻驾。

十八日早，出游队伍从首福家起驾，照例先回到宫门广场，举行盛大摆棕轿跳火堆仪式，然后按照日前"封路"路线和仪式重新绕境巡游，而后依例分别到三福首家，接着又到四福首家驻驾赐福……当晚驻跸二福首家中。

十九日早，从二福首家中起驾至天妃宫广场，全体执事人员换上宫里配备的统一服装，妈祖也换上銮驾轿，然后按照妈祖巡境出游仪规沿既定路线再次巡游，这就是闻名远近的莆禧"十九日"高潮，游了前两日的仪仗执事队伍，往往邀外地高跷队、弄龙弄狮

莆禧天妃宫元宵"十九"出游

队、武术队，加上妆阁等，在村内十字街行进，队伍浩浩荡荡，远近村民观者如潮。出游结束，再次回到宫前广场摆棕轿跳火堆。然后继续前往五福、六福家驻驾赐福……当晚驻跸三福首家中。

二十日早，从三福首家起驾，前往七福八福家中赐福，二十日夜晚游灯。一路灯龙游至宫前，随着出游队伍众人齐声高喊"进啊！进啊！"大家拥着妈祖神像飞奔进入广场，这时广场上燃起熊熊火堆，举行入宫前的摆棕轿活动。在夜色火光中，又是一个动人心魄的场面。然后在拜殿上进行隆重的入殿仪式，由道士设醮祭坛，向妈祖求得三圣杯方可入殿安座。如元宵出游期间某个环节不够严密，妈祖就不肯出示三圣杯入殿。

一年一度的妈祖元宵节随着妈祖入殿归座便告圆满成功。据乡老介绍，早先，北门村人口较少，妈祖等圣驾是逐家逐户上门赐福，后来，人口增加了，就改为自报申请，再上门赐福。再后来，即改为按福首赐福。有些福首家房子太小，无法在家中接驾，也有的人家便借用天妃宫迎驾。据乡老介绍，莆禧"十九日"元

宵活动，自明代一直连续至今，成为传统习俗。每年吸引了各地众多的善信，有来自省内的，也有部分港澳台同胞，有移居海外的侨胞。还有不少城里、江口等地的民众。

第三节　榜头朱阳宫元宵绕境巡安

朱阳宫位于仙游县榜头镇，初称"朱阳书社"，以曾在此认宗教书的宋代大理学家朱熹的别号命名。明成化八年（1472），书社扩建供奉妈祖，并祀朱子，改称朱阳宫。

每年正月元宵期间，这里都要举行妈祖出宫绕境巡安活动。从农历正月初八日起，恭请三妃圣母、大使二使，还有圣母前的千里眼、万里耳出宫行春绕境巡安。朱阳宫所属的三十五个厅堂，按次序接驾。所到厅堂，群众早早就做好接驾准备，大家手中拿着香，燃放鞭炮虔诚迎接，争先恐后抢抬妈祖神像到厅堂殿上。厅堂上，布置得灯火辉煌，家家供奉礼品，户户备好挂老钱，给妈祖神像挂老。轮到驻驾的厅堂，会通宵燃放烟花，或通宵放电影，青年人则通宵守夜。第二天早上七点，妈祖神像要移驾别的厅堂，群众提早到厅堂外面焚香礼拜，放鞭炮欢送。正月初九日，三妃圣母、大使二使、圣母前千里眼、万里耳开始巡游本镇，巡游队伍前有大锣开路，后有起马牌、彩旗，以及各种古代兵器。东桥、紫洋二村有27个生产队，每个生产队都有统一的队旗，共十几支文艺队。还有用各种人物故事妆扮的彩车，还有十音八乐队，一路队伍浩浩荡荡，喜气洋洋、锣鼓冲天。巡游的队伍经过东桥社区、紫洋村、溪尾村、坝下村、溪东村、紫泽村、灵山村、上墘社区、莲墘社区，经过九个村落，沿途有三个宫接驾，路程二十余里，巡安时间前后四天。

正月十一夜，绕境巡安结束，妈祖神像于当夜入宫。晚上七点，妈祖神像以及出游的队伍从驻驾的厅堂出发，按照古时的形制，巡游队伍点燃几十把火把，抬上三妃圣母、大

榜头朱阳宫出游

使二使、千里眼万里耳神像，举火把巡游本宫所属的二村，沿途群众燃放烟花鞭炮，热闹非凡。巡回至朱阳宫广场，二村群众把广场上挤得满满，烟花鞭炮一起燃放，惊天动地。妈祖神像入宫安位后，群众纷纷焚香朝拜，直至下半夜二点才结束仪式。

第四节　新县碧溪宫元宵出游

碧溪宫位于新县广宫村溪流边，创于宋代，是莆田广业里一座重要的妈祖庙。据介绍，历史上碧溪宫没有举行过大规模的巡安赐福活动，但一年一度的元宵出游活动却从未间断过。

每年正月初九至十五日的六天中，碧溪宫的信众都要抬上妈祖及宫中奉祀的另外两尊菩萨到广宫、碧溪、墘顶三个村庄出游赐福。

初六日一大早，宫中灯火通亮，鞭炮齐鸣，道士在唢呐声和铃声中在殿上设醮做法事，诵经祈福，祈求新的一年风调雨顺、五谷丰登、合家平安。董事会当年福首及执事们行跪拜之礼，礼毕，出游队伍就正式出发了。

走在队伍最前头的是大旗、大牌、大灯、大金等，当年的六个福首手捧香炉也随队依次出发，其后是老年妇女组成的清扫队，接下来有数支车鼓队、十番队，还有数十只灯笼组成的长长的队列。妈祖圣像及宫中的另外二尊神像各由4个轿工抬着，在执事人员的簇拥下，在乡野和山村之间巡行。

元宵出游活动不是到每家每户去的，按照当地古例，只到村中的古大厝出游。一般说来，山区的村子不大，一个自然村一般只有一二座古厝。如今，这些古大厝一般都没人住了，子孙都分散到其他地方盖新房住，但到了元宵日，古大厝的儿孙们都要提前回到旧居，打扫整理旧房大厅。然后，集体在大厅上备下筵桌，摆上猪肉、鸡肉、白粿、果品、酒食之类，恭候妈祖圣驾。

全村的人都要到村口接驾，并在古大厝外的大埕上烧起一大堆的柴火（社火），以示新的一年兴旺发达。执事队伍抵达大埕时，轿夫抬着菩萨轿须先在大埕上围着社火顺时针绕三圈，接着逆时针绕三圈，当地称为"跑轿"。接着，轿子抬进了大厅，驻驾在大厅上。此时，大厝中家家户户的儿孙纷纷执香叩拜，道士在香案前诵经祈愿。礼毕。此时，若遇上中午时刻，则由村中各户人家做午饭招待出游队伍。而后，神像起驾前往另一处古大厝，这时大厝内外鞭炮齐鸣，欢送出游队伍。

每个小村都有古大厝，也同样要举行祭拜活动。到了傍晚，妈祖等三尊圣像就要驻驾在当地福首家中，而执事人员则各自回家过夜。次日一早，所有人员到福首家中抬上菩萨起驾，继续到下一村出游。起驾时，照样请道士设醮诵经。

三个村共有几十座古大厝，经过了6天的出游，到正月十五日这一天，妈祖圣像等才正式回宫安座，举行安座典礼。2009年，碧溪宫新制了一尊妈祖像，旧的神像如今就不再抬出去出游了，每年元宵抬新的妈祖圣驾出游。

第五节　东岩山妈祖行宫回銮出游

1997年1月至5月，福建湄洲妈祖金身巡安台湾岛，东岩山妈祖行宫的宋代妈祖木雕像参加了巡安活动。5月初，妈祖木雕像及护驾团成员乘坐台湾长荣航空公司的飞机返回福州。木雕像用汽车从福州运回莆田，先寄放在市博物馆内。当时，省文物处处长吴玉贤因此批拨5万美元给东岩山妈祖行宫，用于兴建东岩山妈祖庙殿宇。

5月，东岩山妈祖行宫董事会（董事长黄宝珍）开会商议，决定举行一次妈祖木雕像回銮巡游活动，让妈祖回宫安座。

为了做好巡安工作，5月份董事会派专人找到木雕老师傅，花一万多元定制了一顶精美的古典式銮驾轿，又派人定制宫廷仪仗队所需的龙头杖（2把）、斧钺（2把）、金瓜锤（2把）、金扇（即日、月扇）以及大牌、大灯、大旗、大金等。

经过一多月的酝酿和准备，妈祖巡安的消息在全城不胫而走。全城的妈祖信众十分踊跃，纷纷报名自愿参加巡安活动。有的社庙自报组织车鼓队参加，有的信众自报组织十番八乐队参加，城里的女子车鼓队、十番八乐队很多，大家都十分乐意为妈祖巡安出一份力。所以，许多队都提前训练，而且天天练。而自报布置妆阁（即彩车）的特别多，有的布置"凤仪亭"（貂蝉），有的布置"梁山伯与祝英台"，有的布置"红楼十二钗"，有的布置"昭君出塞"，有的布置"孟丽君"，有的布置"穆桂英挂帅"。为此，董事会派专人去黄石邀请莆仙戏老化妆师到城里给妆阁的信众（多为少年女子）梳妆打扮，妆阁女子身上穿的罗衫和裙子都是租来的。妆阁的人物一般都站在平台上，这个平台通常放在三轮车或板车上，在平台上还要装点假山、花草、宫阙之类的衬景，这样令人赏心悦目。妆阁中的历史故事都

是群众喜闻乐见的传统文化，通过真人现场体现，更加形象动人。所以妆阁队伍往往成为巡安队伍（或踩街队伍）中最靓丽的看点。

因为化妆师只有1人，所以每天早上3点就要起床，逐家逐户去化妆。

一切准备就绪，6月底銮驾巡安活动正式开始。妈祖銮驾从市博物馆正式起驾，先抵达府城隍庙，然后到"高楼"，折向城西田尾，又返回到南门，经东门到大度街，再折向古谯楼，过古谯楼一路蜿蜒到后街，又折向庙前街，返回市博物馆。游行队伍达600多人，长达1里多，沿途城区信众纷纷在街道两旁摆放香案供品，焚香叩拜。经过中心街区时，大街两旁的信众里三层外三层，鞭炮声震耳欲聋，道路为之堵塞。巡安结束后，东山行宫举行回銮安座仪式，并设台演戏酬神。

第六节　龙山妈祖宫出游赐福

荔城区西天尾镇龙山宫，1997年举行了12年一次的大型妈祖出游活动，出游队伍共有几千人，队伍长达7-8里，浩浩荡荡穿越西天尾和梧塘2个乡镇、8个村居、21个宫社。其阵势庞大，队伍中共有马109匹、彩车87辆、车鼓队16支，沿途信众数以万计接驾庆祝。湄洲妈祖首次巡安兴化时，该宫因历史悠久列为接驾宫庙之一。龙山宫是一座宋代创建的妈祖庙，现在的龙山宫位于龙山西麓，故又呼为"西山宫"，是清代嘉庆年间重建的，历史悠久。

历史上龙山宫妈祖曾出游过多次，民国十二年（1933）举行过一次出郊巡境活动，距今已有70年了。1948年初曾出游，后因匪患猖獗，地方官吏阻止而告暂停。

改革开放以后，1997年，适逢香港回归盛事，又借湄洲妈祖金身入台百日游的东风，经卜筊允准，龙山宫董事会决定于当年农历十月二十二日至二十四日举行解放后首次巡安活动。

当年四月一日，龙山宫成立出游董事会，又推选出游理事会成员25人，共同主持出游工作。

出巡前一个月，宫中请来有经验的老善信妇人给妈祖换上新的冕旒和绣袍，俗呼"换裳"。

十月二十二日早上5点左右，天刚朦朦亮，宫中早已灯火辉煌，钟鼓齐鸣，经师在殿上设醮做法事，诵经之声不绝于耳。董事长及董事会、理事会成员执香，行三跪九叩之礼，礼毕。旗牌老爷率皂隶（俗称"八班"）在殿中呼喊赞词。接着众轿夫抬妈祖驾座下龛，并抬到殿外大埕上。此时，老善信手拿绣帕为妈祖梳洗，并整理冕旒凤袍，俗称给妈祖"洗脸"。

早上8点左右，巡安活动正式开始。鸟铳（后为汽炮车）和鞭炮同时鸣响。

走在出游队伍前头的是开路将军，作武士打扮，骑着高马，手提一把大刀，威风凛凛，俗呼"打街"。走在后面的是一个骑马的文官，背上背着数轴文书卷宗，寄寓向天廷报告，妈祖正在代天巡狩。

然后是四人抬着两面开路大锣，左边两人，右边两人，各抬着一面大锣，后面一人边抬边击打。接下来是宫中的大旗和两面大红牌子：左牌上写"回避"，右牌上写"肃静"，四个大黑体字，威严肃穆。

走在大红牌子后面的是鸟铳队，约20人，旧时，出巡都用鸟铳，鸟铳又称"牛腿"，因为其形似的缘故。放铳的都是成年男子，他们把火药放入枪筒中，再用一根铁钎把火药压紧，然后扣动枪机。鸟铳队一人放一枪，一次就有20响！鸟铳枪声极大，四邻八乡的民众闻声而动，做好接驾的准备。

因鸟铳使用不太方便，后来，改用四门铳，虽然也用火药，但相对比较方便。到现在，则改用汽炮车，又新式又方便（形状如国庆节期间使用的礼炮车）。

接下来是全村各境的执事队伍。每一境的前头都有一女子打一面旗子，旗子之后为马队（每一境一般约有30-40匹马），这些马儿都是各境的善信自愿雇来的，马上坐着由童男童女（善信自家的儿女）妆扮成的历史故事中的人物，或者驮着成捆的贡银。希望自家的童男（或童女）能通过自己的一片诚心得到妈祖的庇佑和赐福，贡银则是善信进贡给妈祖的一片心意，希望得到平安赐福。

马队之后是妆阁（彩车），因为旧时，乡村之间都为小路，三轮车走不了，所以彩车都由4个人抬着二根竹杆，杆上扎一块大本板，木板上放一把竹椅，金童玉女化妆成古代故事中的人物，就坐在竹椅上，竹椅上铺一块绣缎，还布置一些鲜花或假山，以增加美色。这些妆阁也是每户善信自愿请师傅布置的，希望自家的儿（或女）能得到妈祖的赐福。一个境的妆阁数量一般有20-30架。接下来便是女子车鼓队（自上世纪90年代以来男子车鼓队逐渐减少）。

在各境执事队伍之后，是其他乡村自愿来参加巡安活动的队伍，主要有十音八乐队、车鼓队或文艺队（如舞伞队、腰鼓队等），人数也不少。

由于各境及邻近乡村的执事队伍人数众多，所以，出巡队伍的前队抵达5里外

梧塘漏头村，妈祖的銮驾轿才刚刚要起驾出发。

在銮驾的前头是一对大牌，接着是两面大锣，由四个人分抬着，一路上"咣咣咣"地击打，宏亮而威严。走在后面的是清扫队，20至30个身穿蓝色衣裳的老年妇女手持毛扫把，分成两列缓缓行进，她们一边走一边作打扫状，寄寓为妈祖出行清扫道路，也暗含扫除邪气污秽。

清扫队的后面便是仪仗队，共8人，他们分别拿着仪仗器械，其中龙头棍2支，金斧钺2把，金瓜锤2支，金矛2把，8个武士一律身披铠甲，分列步行前进。

接着是皂隶队伍，共11人，身穿黑色（或蓝色）的外装，头戴尖顶六角帽子，一律骑马，其中的旗牌老爷（八班的头人）穿着红衣裳，走在头里。

接下去是由8个男青年组成的手提香炉（小）队，后面是由8个女青年组成的手提花篮（小）队，这16个人一律古装打扮，分两列前行。

接着是七将官的马队，为首的是一员女将军，作古代武将打扮。其后为晏公、阴阳司等6人。

接着便是妈祖的銮驾轿，由八个轿夫抬着，周边有随护人员簇拥着。两把日月扇左右交护，一把黄色九曲（层）罗伞盖紧跟随其后，这是古代帝后出巡的规格和威仪。

黄罗伞之后，一个女中军，骑着马在后随护。

接下来是一顶三层高的銮轿，紫檀色，雕刻精美，如古代皇城内宫殿的形制，也由八个轿夫扛抬着，周边也有随行人员簇拥着。

走在出游队伍最后头的是车鼓队，旧时乡下没有公路，也没有宽大的村道，所以，大鼓都用竹杆抬着前进（不用板车推着），队员都由男性组成，铜钹大，鼓也大，击打起来声音震天动地。今全改为女子车鼓队。

与车鼓队并行的还有鸟铳队（今改为汽炮车），这叫做"前后铳齐响"，为妈祖出巡活动大壮声色。

龙山宫始祖出巡活动总人数千多人，队伍首尾总长8-10里左右，前后历时3天，规模宏大。第一天晚上驻跸西庄天后宫，次日驻跸安仁祖社，第三天由祖社出发，经后卓、溪白、少林路返回宫中，举行回銮安座仪式。

特别值得一提的是，龙山宫妈祖出巡活动的所有执事人员必须吃斋七天，以示虔诚，否则就是犯忌。其次，龙山宫出巡活动时，不端宫中香炉（求炉）出巡。再次，龙山宫出巡时，从来不抬千里眼、万里耳二配神轿驾出游。

第七节 新度葆真宫巡安布福

2012年12月中旬，荔城区新度镇新度村葆真宫举行妈祖巡安布福活动，队伍达800余人，沿途受到村民信众虔诚恭迎和朝拜，成了当地头等节庆。

葆真宫妈祖出游

出游当日，四门铳九响过后，早已提前集结的巡安队伍浩浩荡荡出发。在当地百姓心目中，妈祖出游比过春节、元宵还要热闹。巡安队伍排头是摩托车队、回避牌、大锣等开路，中间有大旗、龙头、大灯、龙凤旗、军乐队、腰鼓队、马队、吹鼓队、车鼓队、十番队、戟子队、龙头灯、挂炉、香亭、护伞、香队、清扫队、大吹等各种执事队伍。金碧辉煌的妈祖銮驾簇拥其中，后有乡老、炮手、护卫队，前呼后应。队伍绕境经东门、圳头、后亭、朝阳、步云、中山、东野、新桂、东店、兴隆桥，最后圆满回到葆真宫。

妈祖銮驾所到之处，家家摆香案迎接，燃草点香，鞭炮齐鸣，热闹非凡。男女老少敬重妈祖大爱精神，无不作揖敬香，虔诚祈愿赐福。葆真宫自2003年开始，每年都会卜定1–2天举行巡安布福出游活动。2009年11月，湄洲妈祖金身巡安兴化，葆真宫荣幸成为"接驾宫"。

第八节 洪南灵慈宫大型出巡

洪南灵慈宫创建于明永乐初，但仅单间小庙一座而已。到清光绪三十年（1904）大修至2010年前后历时100多年。这期间，民国十九年（1930）曾举行过一次大型出游活动。上世纪60年代"文革"中庙废，改为生产队仓库。改革开放以后，1997年乡人曾重修重漆增建。2000年举行解放后首次出游活动，时间自当年农历十月十七至十九日共三天，2000多信众参加出游活动，范围包括萩芦、西天尾、梧塘三个乡镇的许多乡村，规模盛大。

灵慈宫的信众原来包括洪南、双亭、东张三个村七个境，后来，因路途远，东张村分出独自立庙奉祀。

依照民国时的老例，2000年三天的出游活动，第一天先在洪南、双亭二村七境之内出游一遍。

出游的前几天，宫门前就竖起了

洪南灵慈宫出巡

"旗花"（即大旗），还雇请筵师、道士（七人一鼓），两村七境的信众也纷纷行动，有雇马匹的，有布置妆阁（妆架）的，还有组织陪练车鼓队，采茶灯队等文艺队的。

十月十七日那天一大早，道士即在宫中设醮做法事，宫外戏台上彩戏开场。天后圣驾出殿……出游队伍的前头，几十辆轻骑分列开路。然后是宫旗、大灯、大金依次前进。又有花篮队、宫灯队、香炉队、清扫队、皂隶队、仪仗队等等，妈祖圣驾在日月扇、罗伞盖的围护下缓缓前行。两村七境的马队、彩车（妆架）、车鼓队、采茶灯队等等文艺队依次前进，参加出游的执事人员多达2000多人，队伍长达数里，沿途到处是迎驾、焚香叩拜的信众，鞭炮声响彻了的山村田野。

出游队伍第一天起驾后，先后经过九邱、北埕、后亭、下田（亭）、田厝、林外、崇福社、洪南小学（今改洪南村部）、林境、井头，最后过蔡境回宫。

第二天一早，又起驾，开始2天的大出游活动。出游队伍经九邱、下田、田厝、东张，然后进入梧塘镇的沁后（沁后社接驾），新荔丰鞋业，抵达西天尾镇的南少林路口，然后折道到龙山宫驻午，妈祖圣驾入驻当地驻驾亭，全体执事人员就地休息，吃午饭（自备），然后又起驾，经十五中校门口，又长途步行到西天尾三山宫，当晚驻跸宫中。该宫会戏演出，组织车鼓队、文艺队等到大路口接驾，当晚做饭招待出游的主要执事，并安排他们住下来。

第三天一早，出游队伍起驾，又长途出游到梧塘漏头，当地信众纷纷进香接驾，接着取道直达西庄天后宫，进驻驻驾亭，举行驻驾仪式，然后经梧塘桥头，沿涵梧公路南下，抵达后东坡妈祖庙，举行驻驾礼，当地信众纷纷执香叩拜，燃放大量鞭炮迎送。从东坡起驾，出游队伍折向东，穿过涵梧公路，直向梧梓粮库，达荔涵大道，又沿荔涵大道西进，到达霞楼村，又进抵大道边的鳌塘天后宫（刚刚创建数年，位于山坡上），众人从山坡下高抬妈祖圣驾迈上几十级石阶到天后宫驻驾亭，天后宫组织人马热烈接驾，还举行驻驾礼。不久，出游队伍起驾返程，宫里宫外，鞭炮声到处爆响。出游队伍向北沿白沙公路北上，经林外村香龙福社，到洪南崇福社后返回灵慈宫，还举行回銮安座仪式。

回宫后，村中凡是雇请马匹、妆阁的人家都挑着花篮，内装线面、面食等物到灵慈宫前的天地炉绕转一圈，以示酬神。值得一提的是，妈祖出巡期间，配神千里眼、万里耳未参与巡安活动。这一点，与西天尾龙山宫妈祖出巡相同。

第九节　下徐天妃宫妈祖生日出游

涵江妈祖庙多，下徐（霞徐）天妃宫是涵江最早的妈祖庙之一，历史上举行过大型的出游活动。但最传统的是每年三月廿三诞辰生日出游活动。改革开放以来，天妃宫的妈祖生日出游活动更是从未间断过。

出游的队伍人数众多，约数百人，队伍的前头为横幅、大旗、大牌、大金，

涵江下徐天妃宫出游踩街

老年妇女清扫队，虽没有仪仗队，也没有皂隶队，但妈祖銮驾轿、日月扇、罗伞盖在四门铳的爆响声中显得格外威赫。上午出游队伍从天妃宫向东出发，经苍然、顶铺、下洋乌台社，折向福厦公路，抵涵江市场，往南经宫口灵慈宫、前街，从延宁宫（西向）返回。下午，出游队伍在下徐本境内出游。

天妃宫出游队伍中，文艺队多，十音八乐队、车鼓队，一队接一队，最引人注目的是女子舞龙队，这是一支有二十几年历史的老队伍。在大街上、大埕上表演时，一个个高举着龙身，翻滚腾跃，上下舞动，十分娴熟自如，不亚于男子舞龙队。这支队伍曾多次前往湄洲祖庙参加过庆典表演活动。还有一支就是彩车队伍（妆阁），宫中专请剧团的化妆师进行策划打扮，有的化妆成观音娘娘，有的化妆成妈祖，有的化妆成牛郎织女，一个个打扮得花枝招展，极受信众好评。观音娘娘、妈祖的古装服饰都是宫中自备的崭新戏装，光彩照人。

下徐天妃宫妈祖生日出游活动在涵江影响不小。另外，涵江保尾五帝庙妈祖、显应长福社妈祖也会在三月二十三妈祖生日举行出游活动。

第十节　平原"埔宫"逢闰大出游

莆田木兰溪自宋筑陂修堤以来，下游两岸逐渐形成水系发达、自流灌溉的兴化平原。随着人口的增长、村落的密集，兴化平原周边聚居的村庄就以埔、乡为单位，形成诸如二十八乡、三十六乡、二十四埔等命名的乡、埔。这些乡、埔为祈求五谷丰登、境内安宁，就集中建宫，各村则分宫立社。于是，乡、埔的总宫就称为"埔宫"，埔宫会择期组织出游活动，其中较为典型的是地处兴化平原东南的二十八乡、三十六乡大出游，历史悠久，特色鲜明，民俗丰富，且与妈祖信仰关系密切，从中可以看出妈祖文化在平原地区传播的历史和现状，尤为珍贵。

"二十八乡"位于今秀屿区笏石镇（古称"国清里"）一带乡村，清代末年分为"前十四乡"、"后十四乡"，各立"埔宫"，出游布福。"前十四乡"埔宫为东津村城山宫，主祀天上圣母、司马圣王，涉及东津、苍店、云塘、坝津、西卓、山兜、林坑等十四个村庄。"后十四乡"埔宫位于西徐村徐厝，亦名城山宫，主祀天上圣母、司马圣王，自清代从"二十八乡"分出。主要涉及前郑、瀛泉、后迹、松亭、徐厝、岱坡、岭南、钱林、上林、赤岺等村庄，另有田琴、西园、后黄等村庄外迁，至今只剩十个村落。这些村落共同耕耘一个小平原，围绕小平原居住，逢

平原埔宫逢闰出游阵列表演

闰三、闰五的年份要在八月举行大出游，各村要装彩驾、马驾等，巡游十个村落及平原，历时一天，中午驻驾岭南书院，并举行进宴仪式，祈求五谷丰登、人丁兴旺、合境平安。具体是前郑负责"八美图"，后迹负责100匹马，上林、松亭负责马驾，岱坡、岭南为彩驾，钱林八吹，赤岑100门响铳，徐厝负责大执事。"后十四乡"每年正月十九，前郑、瀛泉、后迹、松亭、徐厝、岱坡、岭南、赤岑等村庄亦恭请徐厝城山宫天上圣母、司马圣王等神明巡安赐福。

"三十六乡"位于今新度镇、灵川镇一带，主要分布于壶公山东南侧平原，清代晚期，以新度镇大阪村为中心分为"上十八乡"、"下十八乡"。"上十八乡"埔宫在壶公山东麓的名山宫，主祀天上圣母、司马圣王、黄公元帅等，"下十八乡"埔宫在桂林村青后昭灵宫。"上十八乡"涉及新塘、龙头、前埔、黄头埔、上大阪、下大阪、东宋、岐厝、刘厝、营边、白塔、坑北、凌厝、下郊、高清阳、沟尾、西尾、善乡等十八个村落，每逢闰二年份要卜杯择日在闰二月举行大出游，恭请名山宫天上圣母、司马圣王、名山王、黄公元帅、五路将军等神明出郊布福，各村要装彩驾、马驾等一同参与出游，历时两天，晚上驻驾岐厝麒麟东社，举行进宴仪式。祈求五谷丰登，亦有驱瘟辟邪之意。若逢干旱之年，要举行"祈雨"出游，

十六岁以下的小孩不能参加，要回避躲藏。每年正月十三、十四，龙头村恭请名山宫神明到村驻跸并闹元宵，每年正月二十起连续三日到善乡村驻跸闹元宵，每年二月初一起连续三日到新塘村闹元宵，以上三个村庄元宵要举行"行傩"习俗活动，场面壮观。

二十八乡、三十六乡逢闰妈祖大出游活动，是平原地区妈祖巡安活动的典型，具有祈求五谷丰登、人丁兴旺、合境平安的功能，其历史悠久，特色鲜明，民俗内涵丰富，是妈祖文化在莆田平原地区传播的历史见证，是研究妈祖文化向平原地区传播的重要依据，具有重要的民俗研究价值。

第七篇

艺文

地方戏曲

民间音乐

民间舞蹈

诵经及谣谚

其他民俗活动

民间工艺美术

第七篇

艺文

第一章

地方戏曲

莆仙地区传统的戏曲门类有莆仙戏、木偶戏（傀儡戏）以及独角戏，其中与妈祖信俗关系密切，也是最重要的剧种就是莆仙戏和傀儡戏。

第一节　莆仙戏

1. 莆仙戏概述

莆仙戏原名兴化戏，是福建省五大地方剧种之一，也是我国最古老的剧种之一，它流行于莆仙方言区，并流播新加坡、马来西亚等东南亚莆仙华侨聚居地。莆仙戏是从唐代的百戏演变来的，成于宋、盛于明清、光大于现代，至今仍流行于兴化城乡。它表演古朴优雅，不少动作深受木偶戏的影响，富有独特的艺术风格。其唱腔丰富，综合了莆仙的民间歌谣俚曲、十音八乐、佛道法曲、宋元词曲和大曲歌舞的艺术特点，用莆仙方言演唱，具有浓厚地方色彩。莆仙戏现存传统剧目近5000个，舞台手抄本8000多册，已整理正式出版的有《莆仙戏传统剧目丛书》23卷。莆仙戏传统剧目、音乐曲牌、脚色行当等都与南戏有着密切的关系。据统计，现有剧目中，保留宋元南戏原貌或故事情节基本类似的剧目有81个，有剧本流传的有58个，约占目前已知的宋元南戏剧目244个的近四分之一，因此，莆仙戏被誉为"宋

295

莆仙戏

元南戏活化石"，2006年被列入国家级非物质文化遗产名录。

莆仙戏的角色行当大致分为：生、旦、靓妆、末和丑。服装、化装和道具都独具特色。脸谱化妆有红、白、黑、蓝、绿、金各色，不同角色颜色不同。表演基本功集中在手、步、肩三个部分，要求头、身、腰的配合。莆仙戏的音乐内容十分丰富，素有"大题三百六，小题七百二"之说，有一千多个音乐曲牌和三百多种锣鼓经，这是其他剧种所不及的。莆仙戏还保留有宋代教坊的"锣、鼓、吹"的伴奏形式。近年来，莆仙戏又吸收了民间的"十音八乐"元素，音乐更加美妙动听。

莆仙戏与妈祖信俗活动自古就关系密切，元代何中的《莆阳歌》五绝其三曰：

天妃庙前社日时，女郎歌断彩鸳飞。

林花满地瓜船散，城里官人排马归。

诗中描述了莆田里社妈祖庙会时，女郎赛歌，放飞风筝，瓜船聚集，连城里的官宦人家也纷纷乘马坐车前来观赏的壮观场景。宋元以降，在妈祖诞辰、升天日以及其他妈祖信仰活动中，几乎都要演剧酬神。因此，莆仙地区略具规模的妈祖宫庙都配建有戏楼或戏台。可以说，演出莆仙戏也是妈祖信俗活动的组成部分。

2. 妈祖戏剧目

莆田是妈祖的故乡，莆仙戏自然也应有妈祖故事剧目。从历史上来看，在传统莆仙戏情节中出现妈祖形象者虽不罕见，但旧时单纯表现妈祖故事题材的剧目则极为罕见，这大概与妈祖是天上圣母，不易用戏剧表现有关。要塑造取得信众完全认同的妈祖形象以及编出富于戏剧情节的妈祖故事实属不易。因此信众更愿意把女神留在心里，而不轻易用戏剧演以免亵渎。直到封建社会灭亡，始有个别剧作家编写出妈祖剧本。据说民国时期莆仙戏有《天妃降龙全本》，其中包括有"妈祖出世"等剧目，描述的是有关妈祖出世的传说和受封为天妃的妈祖降服东海龙王的神话故事，原剧本今已佚失。

建国后的上世纪50年代，莆田南门人苏如石（师颖）也编写了一部《妈祖志》莆仙戏，在莆仙地区演出。随着上世纪80年代兴起"妈祖热"后，莆田才开始出现一些较大型反映妈祖故事的莆仙戏作品。如：1987年10月，仙游度尾剧团率先创作演出以妈祖形象为主要戏剧人物形象的神话剧《海上女神》，此剧在莆仙地区巡回演出了20多场，场场爆满；1989年，由莆田资深编剧王琛编剧、郑清和作曲、翁国梁执导，由渠桥郑坂剧团演出的《妈祖传》，被选送赴省城福州演出，荣获福建省文化厅三等奖。而最有影响力者当属2001年在政府、戏曲界等各界人士的群策群力下，由仙游鲤声剧团推出了一台由国家一级编剧郑怀兴创作，一级演员、莆仙戏名旦王少媛担当主演的戏剧《妈祖——林默娘》（原名《林默娘》），该剧生动描述了林默娘从一位平凡渔家女成长为"海上女神"——妈祖的传奇经历。剧中还特别铺设了"焚屋引航""梳发明志""出嫁升天"等重要情节，形象反映了妈祖善良勇敢、济困救难的高尚无私精神。整个剧作格调高昂，情节感人。故事从三月二十三出生演到九月初九升天，脉络清晰，唱腔动听，舞蹈优美。剧中跌宕起伏的剧情，加上莆仙风俗民情的有机穿插，使观众印象深刻。一个有别以往的妈祖形象，凸显出剧作者所赋予的"人民性"。该剧取得了进京汇演及150场巡回演出的巨大成功。无论从编剧导演，还是音乐舞蹈、表演舞美等都在原莆仙戏传统艺术基础上，加入了许多现代审美因素，取得新的突破，成为妈祖戏、也是莆仙戏的精品。在参加福建省第23届戏剧汇演时，莆仙戏《妈祖——林默娘》获得了诸多奖项。同时该剧作也被改编成其他地方剧种在舞台上演出，剧本于2006年又被改编拍摄成六集越剧电视剧《妈祖》，在2009年农历三月廿三纪念妈祖诞辰1047周年之日，由中央电视台第11频道播映。这6集的越剧《妈祖》，有很多唱词是令人吟诵的诗篇，就是叙事部分也弥漫着抒情色调。剧作主题歌悠扬动听，剧情跌宕起伏，舞台表演与实景拍摄相结合，将生活中的林默娘与百姓意念中的女神妈祖融合起来，做到自然与神秘相呼应，留给观众的是一个可亲可敬的妈祖形象。

此外，还有2012年5月改编的莆仙戏《妈祖》和2008年创作的莆仙戏清唱曲《妈祖女神应笑慰》。由郑怀兴改编的莆仙戏新戏《妈祖》长约两个半小时，由"序曲"和8个场次组成，增加了故事情节，进一步丰满了妈祖"立德、行善、大爱"的形象。演员阵容由改编前的20多名增加到近60名，并请台湾著名的灯光设计师齐仕明任舞台灯光设计。

莆仙戏清唱曲《妈祖女神应笑慰》，由莆田市艺术馆副研究馆员林成彬作词、陈承恩谱曲，其曲词为：

湄洲圣岛对台湾，妈祖女神众共仰。

台胞企盼谒女神，一瓣心香献灵前。

千人组成进香团，浩浩船队直远航。

冲破千重雾，踏平万顷浪，

朝发基隆港，夕至湄洲湾。

女神故里游个够，母亲怀里天地宽。

放眼闽台咫尺近，一衣带水裙带连。

厦门金门门对门，基隆马尾港连港。

妈祖女神应笑慰，两岸骨肉盼团圆。

炎黄子孙同心愿，和平吉祥亿斯年。

《妈祖女神应笑慰》于2008年8月16日，由东岩山妈祖行宫董事长、莆仙戏老艺术家、名旦黄宝珍（阿妹丕）演唱，录制后于2008年9月25日随"神舟七号"载人航天飞船升空，遨游天际，唱响太空。此曲虽然只是短短几分钟，但包括了《五轮台》《江头金桂》《集贤宾》三大曲牌，难度很大。这是莆田人和莆仙戏的莫大荣光，意义深远。

3. 妈祖宫庙戏台对联

莆田市内规模较大的妈祖宫庙都配建有固定的戏台或戏楼，规模较小的则是临时搭建戏台，戏演完后拆除。固定的较讲究的戏台戏楼上，通常还镌刻或油漆书写有固定的对联做装饰，增加妈祖信俗文化内涵。妈祖宫庙戏台对联，内容丰富多样。有的内容体现宫庙与妈祖的神缘

马厂妈祖阁莆仙戏戏台

和时代风尚等，十分醒目，如湄洲妈祖祖庙重建后的戏台对联：

> 法曲献仙音，九域讴歌，万方鼓舞；
>
> 海潮扬圣绩，千年顺济，两峡和平。

对联既写酬神歌舞、妈祖圣绩，又指出妈祖信仰庇佑"千年顺济，两峡和平"的时代意义。又如湄洲湾北岸开发区贤良港天后祖祠的戏台对联：

> 螺港毓祥，佑德英灵传海宇；
>
> 蟾秋诞庆，良辰乐舞肃宗祊。

本联着重强调天后祖祠与其他宫庙在妈祖信俗中的不同地位。又如荔城新度下坂村仙水坛妈祖宫戏台联：

> 祖发湄屿，白日飞升封圣母；
>
> 宫兴霞坂，仙水祀典奉天妃。

城厢西门清风岭天后宫戏台铁字短联：

> 泽施四海，
>
> 浪静三江。

这类妈祖宫庙戏台对联内容都以凸显宫庙与妈祖信俗密切关系为特色。不过因为莆田许多妈祖宫庙祀神繁杂，宗教活动也不限于都是妈祖的活动，所以大多数妈祖宫庙戏台对联还是就演剧本身生发议论。如仙游度尾镇潭边村龙井宫戏台，建于清代，中央横额书"古演说"，左右额书"新调""旧章"，两旁的对联为清光绪三年十一年（1885）拔贡、莆田著名书法家吴鸿宾（1835～1893）所题，联云：

> 忠孝节廉，往事传奇皆学问；
>
> 喜笑怒骂，现身说法尽文章。

这是一副带有教化和说理的戏联。又如湄洲湾北岸开发区东埔镇东坑明山宫戏台有两副对联，其中一副"戏台"嵌首对联曰：

> 戏谑迷人，蓦觉戏中原有我；
>
> 台灯照影，齐观台上怎藏形。

笏石下郑村经坛宫戏台联则写道：

> 世事总空，何必以虚为实；
>
> 人情多戏，不妨借假作真。

忠门秀华村新兴宫戏台联也含警策：

> 戏中有戏，悲欢离合古今事；

声外无声，善恶忠奸天地知。

东庄马厂妈祖阁配套戏台联为詹金炉先生撰写：

容千军万马，演古今中外，堪称小天地；

凭三言两语，唱喜怒哀乐，原是大人生。

这类乡村戏台对联，尽管在格律方面尚欠严谨，但往往用语平白，且含有哲理意味，发人深思，具有寓教于乐的教化意义。也有一些新撰妈祖宫庙戏台对联内容侧重歌颂时代风貌或激励民情，有较强的时代气息。如江口东岳观戏楼对联：

圣显神灵昭古观，

莺歌燕舞戏高台。

又如北岸山亭镇蒋山村澜清宫戏台联：

清平世道清平乐，

美满家园美满诗。

又如湄洲汕尾进福宫戏台联：

顺天心，一炷清香，咸祈福祉；

昌国运，连台好戏，共唱和谐。

4．排场仪式

（1）田公蹈棚

田公蹈棚又称"相公蹈棚""田相公蹈筵"。"蹈"就是踏，"棚"就是戏棚，莆仙话是戏台的意思。"田公蹈棚"是莆仙戏排场仪式中最重要的表演形式。大凡演大棚戏，或新戏棚之开棚、戏班新组成、跳神等，都要演"蹈棚"戏。"蹈棚"的含义为"净棚"。"蹈棚"的角色有六个，由正生扮田相公，丑角扮灵牙将军，旦和贴旦扮风、火二童，净和末扮左右铁板二将军。其妆扮为：田相公，红脸额上画一倒"春"字，嘴旁画螃蟹，头戴金圣帽、披红布帽、两旁插金花，脑后存两条辫子，身穿红袍，脚穿绿战靴，按例开脸谱口画螃蟹后演员就不能再说话，须严肃地端坐在戏箱上等待演出。灵牙将军，带狗面具，头扎红布，两边金花，穿黑衣，腰系腿裙，扎腰带，穿草鞋，背插令旗。左右铁板将军，戴武盔，披红布，各画红、黑花脸，穿黑、绿战甲，形似天神。左风、右火二童，白粉脸，戴双髻童子发，穿红、绿童背衣，腰扎带子、穿花鞋，仙童妆扮。

"相公蹈棚"实际上是一组仪式性舞蹈，其表演之"咒词"分"上词""中词""下词"三段。"上词"及"下词"均有咒词"啰哩嗹"，或称"元帅咒"，其咒词为：

啰哩嗹，哩啰嗹，哩嗹啰，嗹哩啰嗹，啰啰哩啰嗹哩。

这里的"啰哩嗹"，可以根据舞蹈指定节拍，上下颠倒，反复唱出，是一种源于佛道二教的"隐语"形式。故其编排有多种，田相公在与灵牙的配舞中，双手夹辫、右手高举，左手低指，均以单脚跳跃式舞踏（田相公用左脚，灵牙用右脚）来完成"上词"之表演。

"蹈棚"第二段的配曲为"中词"，灵牙、铁板上台后，田相公在左风、右火二童的伴舞下上台，在台上定型亮相后，念大白曰："家住杭州府，一生爱锣鼓。有人来请我，我就登台舞一舞。""家住杭州府"也有作"家在泉州府"，其下众人齐声接唱"中词"，其曲词为："扳请先师×出来，指引诸子登戏台。生旦净末外老贴丑，赐众人齐叫发彩。"（众白：发彩啊！）田公左右踏步，众人配合舞蹈，同时接唱："如此诙谐模样，齐歌舞各展娇才。唱嘹亮音调，看官笑和谐。"

"下词"曲词为"哩啰哩嗹，啰哩嗹，哩啰哩嗹哩哩嗹哩，啰啰哩嗹哩啰……"全段皆咒语。

上述六个角色在表演六段舞蹈后，分为三队，同时吊脚，再各以单脚跳跃下台。蹈棚舞蹈在演唱"下词尾"之"啰哩嗹"咒语中完成。

（2）彩戏

彩戏是戏剧演出的一种形式，其他剧种中也有，是一种通过来演戏避凶趋吉的习俗，浙江绍兴戏称之为"口彩戏""讨彩戏"，就是讨得个好彩头之意。莆仙的"彩戏"概念有两种，一是喜庆之家办喜事，请戏班搭戏棚演出，就可以称彩戏。但一般严格意义的"彩戏"则有特殊含意和标志。根据民间演戏习俗，结婚和添丁满月之时，请戏班演剧庆贺，在戏棚上，要结花彩，在后台锣架上要悬一幅红布、两把白扇子，两朵春花，一个铜镜子、一条毛巾等物件，作为彩戏的标志。彩戏是庆贺喜事，在招待演员方面也有特色，一般是筵席前，贺喜的仪式剧演完，正戏演出一二出后，戏鼓暂停，演员全部卸妆，参加喜宴，在筵席未罢客人未散前，再上台续演正戏。

在戏剧内容方面，彩戏也区别于一般演出，若在庙埕演出，要先演"扮仙"戏，再演正戏。"扮戏仙"属于吉庆戏的一种。民间如果是"作喜事"，剧目一般要选有惊无险、没有死人和凶杀之类情节的剧本，最后以"大团圆"结局的"吉庆好戏"；如果一定要演包含暴力或不吉情节的剧目，则例必将演剧中杀人或不吉利

的情节临时删去，谓之"禁忌不做"。这些都是所谓"彩戏"的特征。总之，彩戏有许多禁忌，不可有不吉利的元素。"彩戏"就是要讨得个好彩头，为主人家消灾祈福，营造"欢喜"气氛。

（3）弄八仙

弄八仙也简称"弄仙"。《弄八仙》为民间戏曲中最普遍的仪式剧之一，多在社戏中神诞"正日"之大戏前演出，其意为人神同庆、共祝太平。"弄仙"戏主要是在菩萨寿诞戏"团圆"后再在台上增添的一出加演。莆仙"弄仙"戏有《弄大八仙》和《弄小八仙》（通常称"弄仙"）之别。大棚戏用《弄大八仙》，角色行当多，排场和表演形式较复杂，舞蹈性强，一般只在"玉皇生"和"城隍爷生"时表演。其他神祇诞庆一般用《弄仙》，角色行当和表演都较简单。

清代妈祖被信众尊为天上圣母，因此"妈祖生"庆诞可用《弄大八仙》，也可用《弄小八仙》。《弄大八仙》有四场戏，第一场为《八仙聚会》，第二场为《八仙过海》，第三场为《蟠桃盛会》，第四场为《醉酒》，出场人物除八仙外，还有王母娘娘、童男、童女、龙王和水族二人等至少14人。人物唱《菩萨引》，各有不同唱词。

一般"弄仙"戏，人物就是八仙，只是全国通行的八仙之一的韩湘子，在莆仙戏中改为"赤脚仙"刘海蟾，刘海蟾在宋金时代名列八仙之一，但元明时代被韩湘子所替代，而莆仙戏《弄八仙》还保留刘海蟾，足见其古老。《弄小八仙》的人物出场顺序，与《弄大八仙》不完全相同。其第一个出台的是丑角李铁拐，接下来依次是净角钟离仙、生角吕洞宾、旦角何仙姑、老生曹国舅、末角张果老、贴旦蓝采和及贴生刘海蟾。八仙唱曲为《菩萨引》，各有固定的唱词，但不同版本词句稍有差异，这里选录一种为例。

李铁拐唱词：

> 三更三点洞门开，一洞老仙跳出来。
>
> 借问仙家何处有，仙童无语指蓬莱。

钟离仙唱词：

> 老仙逍遥钟离仙，生风一扇在身边。
>
> 山中围棋方七日，算来世上已千年。

吕洞宾唱词：

> 我是逍遥吕洞宾，葫芦宝剑在身边。

昔日洛阳桥上过，手持宝剑斩妖精。

何仙姑唱词：

太华山上是奴家，尽日山中采药茶。

黄土筑墙茅盖屋，门前一株紫荆花。

曹国舅唱词：

我是神仙曹国舅，双双玉板拿在手。

平生不贪无义财，算来名利总是休。

张果老唱词：

我是神仙张果老，一生为人心地好。

今日王母处祝寿，聚会众仙同偕老。

蓝采和唱词：

渐渐下山来，杏花满地开。

一声鱼鼓响，引动众仙来。

刘海蟾唱词：

我是逍遥赤脚仙，朝朝暮暮弄金蟾。

若有世人来问我，不计新年共旧年。

唱罢。李铁拐白："众仙请了。"众仙白："请了！"李铁拐白："今日不因别事。"众仙白："因何事？"李铁拐白："众位大仙，只因（神名，如：天上圣母）寿诞，请诸大仙同到华筵祝寿。"众仙白："既然如此，立便下山。"

接着众仙合唱《驻云飞》：

庆赞齐天，一杯寿酒献尊前。瑶池八仙会，彩鹤舞翩翩。嗏！庆赞列华筵。聚会群仙，唯愿年年此日同成称美。青山不老，福禄寿永绵绵。

唱罢。李铁拐白："祝寿已毕，众仙各归本洞。"众仙白："喔！"最后众仙合唱《江头金桂》（尾声）：

归去归去归去来，恐怕有人候我瑶池台。归去三千路，野草闲花满地开，野草闲花满地开。

莆田近人阿斗撰《梨园谈屑》载："据戏班的人说，这种'弄仙'，只适合于天上圣母、王母、上帝爷、观音大士等大喜的菩萨的寿诞，至多也只能适用于社公小菩萨。"

（4）弄五福

《弄五福》是一出富于舞蹈性质的短剧，民间新屋落成、乔迁大喜等办喜事时要演此剧。这里的"五福"与古籍《尚书·洪范》中说的"一曰寿、二曰富、三曰康宁、四曰攸好德、五曰考终命"之"五福"不同，因"考终命"与死亡有关，故莆田《弄五福》中

弄五福

的"五福"改指福、禄、寿、财、喜，《弄五福》主要角色就是福、禄、寿三星（男），加上财神（男）、喜神麻姑（女）五个。但《弄五福》也分为《弄大五福》和《弄小五福》两种，前者规模庞大，据说表演人员可达40多人，甚至要由几个戏班合作演出；后者规模小，表演人员7～8人，由一个戏班演出。所以一般的《弄五福》都是用《弄小五福》。

《弄大五福》演员多，首出表演麻姑圣母引十二花神上场，唱《江头金桂》，并表演采花舞。第二出演二寿童引福、禄、寿三星君上场，唱《绛都春》，其后有魁星、朱衣、破窍、天聋、地哑等引文昌帝君上场，唱《点绛唇》，接着是关兴、关平、廖化、周仓等引关公上场，唱《花锦动》，又有招财、进宝童子引招财公财神上场，唱《点绛唇》。此外，还有金童、玉女、王母、石崇等人物。以上人物出场均伴有舞蹈动作。第三出演麻姑圣母引十二花神会聚"诸位星君"，"一齐降下云头，往到人间献宝祝寿（或庆贺）"，最后众星君仙人合唱《九如歌》曰：

众星君，降下云端，天上人间任往还。连踪来尘境，携手入朱门。

花开桃李十分春，香爇麝兰满座温。仙凡尽具盘，寿酒共言欢。处处花灯，声声丝管，另辟一乾坤。无人不道好人家，开眼界，饱奇欢，揖成殷勤谢留髡。

全剧演员蹁跹群舞，洋溢喜庆气氛。《弄小五福》则是以上《弄大五福》的简化版，人物减为福禄寿三星加麻姑、财神五位，动作也简化。福禄寿三星加上财神、喜神，所唱曲为《点绛唇》，众星君神仙曲词如下：

福星唱："福星拱照。"禄星唱："禄位高明。"寿星唱："寿比南山。"财

神唱："万宝朝宗。"喜神唱："毓凤毓麟。"

福星："诸位星君请了。"众神："请了。"福星："今日不因别事。"众神："因何事？"福星："只因××府人家××志喜，一齐同往华筵庆贺。"众神："既然如此，一齐降下瑞云。"于是演员随着吹吹打打声，一同起舞下去。

（5）弄加官

弄加官也称"弄加冠""跳加官"或简称"加官"（加冠），是在全剧演出结束后的一场加演戏，亦为地方戏中常见的仪式剧之一。但莆仙戏之"加官"戏与其他众多剧种的"加官"有别，除了一般常见的戴面具的"文加官"外，还有"武加官"。就角色性别看，则有"男加官""女加官"和"男女双加官"三种形式。在大棚戏演出中，乃根据社庙神祇的性别、爵封，来演出文、武双加官或男、女双加官。

莆仙戏之"武加官"，不戴面具，扮演的末角头戴帅盔，身着袍服，其舞蹈与"文加官"同，此为戏曲娱神娱人之别一花样。莆仙民间对于城隍爷、关帝爷等男神庆诞，习惯演"男加官"，而对于女神如妈祖、观音等庆诞，莆仙戏则别创"女加官"，以表示对女神的虔诚和崇敬。阿斗的《梨园谈屑》载："上帝爷、城隍爷、社公等之用男加官，王母、观音佛、夫人妈等等用女加官，则以菩萨的性别分之，用意惟在虔诚而已。"因此，莆仙每年妈祖神诞的加官戏必为"女加官"。女加官是独角戏，由一个旦角扮演，不戴面具，头戴凤冠，身穿女蟒袍，手持麈尾、捧玉带，作女神妆样。加官时表演舞蹈，双手捧玉带作蹀步行进，最后摆上朝架式，捧上"冠带盘"，下垂出"加官进禄"条幅，演员朝左中右方向各行三揖之礼，绕场一周后完成。

在加官戏中，根据神祇的职位、级别，所加之"官（冠）"也是有严格区分的。如城隍加"金胜"、张公加"乌幞"。而在妈祖庆诞时，因为妈祖是敕封"天后"之神，在女神中地位最高，因此妈祖所加之"冠"与玉帝所进之"冠"同级，即都是帝王级的"冕旒"，其他神祇则不可用。"女加官"后来不仅在女神庆诞等活动中演出，民家女性庆寿活动中也可演出。

（6）状元游街、三及第游街

《状元游街》也称《走马游街》，为莆仙戏散戏排场之一。旧时，在莆仙民间，凡士子入泮、中举以及谒祖、谢宗等庆喜演剧，多加演此剧。《状元游街》出场人物只有一个生角扮演的状元、净角和丑角扮演的两个军士，共三个角色。状元

上场后唱《一江风》圆场，演唱结束后，例必要借状元之口，点出庆喜人家的府第名称，以作回报。状元所唱《一江风》及与二军士对白如下：

《一江风》："初及第，独占鳌头，名声天下人尽传。谢圣上，赐我御酒当殿饮，宫花插两鬓，彩楼十里远。这正是读书人心愿，读书人心愿。"状元念："一色杏花香千里，状元归去马如飞。"二军白："禀状元爷，游街已毕了。"状元白："执事，打道×府（庆喜人家府第名）去参拜。"

演剧结束前，舞台上全体演员要齐声喊"发彩"，再把椅子推倒，泼水台上，仪式方告结束。如是结婚喜庆演出，演员飞鞭下场后，要赴主人的新娘房门，口喊赞语。这时候洞房门口已有一张半桌横截在那里，先由"婆姐妈"把"孩儿仔"（道具）抱给新郎接进去，放在床上。次由状元将朝衣、朝冠交给新郎，用一个盘子装好，放在床上。最后是土地公喊四句赞，全班演员为之逐句喊"好"。临行之际，张天师持弓向新娘房门虚射三箭，意即除去天猫（或写作谐音字"天魔"）、天狗，让以后新生的孩子平安长大。

《状元游街》只有三个角色，若加上榜眼、探花，就是科举时代的"三鼎甲"了，故剧名也改称为《三及第游街》或《三及第走马游街》。

第二节　木偶戏

1. 莆仙木偶戏概述

莆仙木偶戏古称"兴化傀儡戏""木师"，莆仙方言称"柴头仔戏"。兴化木偶艺术流传的历史比莆仙戏早许多年。1960年莆田县志编辑委员会编撰的《莆田戏剧史》记载："汉武帝时，东越王余善，与其兄郢相攻杀，帝遣兵讨之。余善遁入广业深山中，士卒无聊，善命捏泥为头，编竹为身，取藤为线，作傀儡戏。"此传说认为莆仙最早的傀儡戏起源于汉武帝时汉兵之征讨闽越王余善事件。传说的真实性已难以稽考。至宋代，文学家刘克庄有《灯夕二首》诗云："本子流传自柳营，着行彩线斗鲜明"，则已明确记载莆仙演出提线木偶戏。从已发掘的莆仙戏表演资料证明，莆仙戏表演是在傀儡戏的基础上形成的。像莆仙戏大棚目连戏的剧本，曲牌、声腔、鼓板、表演身段、动作程式和舞台上的一桌两椅、脸谱、化装、服装和戏帽以及道具等，与傀儡目连戏等几乎一样。

莆仙木偶戏是提线木偶。每尊提线，少者8条，多者30条以上。木偶共36尊，固定的是田公元帅一身，城隍、赵匡胤、关公共用一身，包拯、阎罗王共一身，天猫、天狗各一身。其余的是一般角色。莆仙傀儡戏班历史上有"小棚""大棚"之分："小棚班"前台提线师2人，后台乐师只3人，一人掌鼓，一人掌锣，一人吹唢呐或笛管。有时后台仅二人，掌鼓者兼掌锣鼓，另一人则掌吹奏乐器，另有杂务（挑箱）1人，全班不超过6人，此多为一般"彩

乡村木偶剧团

戏"之演出班社。"大棚班"多指能演像"目连戏"大戏的班社，因其演出时间长，剧中人物角色多，通常前台提线师为4至5人，后台伴奏3人，杂务1人，约7至9人。技巧高明的艺人一人同时能抽三身木偶。过去艺人都是男性，一个人常操作几个角色，生、旦、丑、净、末都能，更能用不同的声色演唱：男的用真嗓，女的用假嗓。建国以后，莆仙傀儡班开始有女艺人参加演出，并开始吸收管弦乐艺人参加伴奏，每班人数增至12人左右。傀儡班社多以业余剧团名称出现。文革前莆田全县有30—40班，仙游县有10余班。"文化大革命"开始，傀儡班全部解散，至1976年底，傀儡戏演出始得以恢复。至上世纪90年代初，莆仙傀儡班发展至近百个，其演出活动完全恢复。目前全市常年演出的木偶戏尚有30多班。在民间每逢男女婚嫁、老人祝寿、社火赛会、神佛庆诞、谢恩拜忏以及追荐功德等都要演唱木偶戏。另目前木偶"身"有越做越大的趋向，像平海一带的民间木偶身长可达到1.5米，木偶头高达25厘米。

妈祖祭祀活动一般分为五大类：一是大醮，二是清醮，三是出游，四是"行外家"（回娘家），五是"分神"。大醮是大庆典的纪念活动，如祖庙落成、开光、千年祭等。此时祖庙内要演奏五锣鼓，放铳炮，奏八乐，演木偶戏和莆仙戏。值得一提的是，2007年5月28日，为纪念两岸妈祖文化恢复交流20周年和湄洲妈祖金身巡游台湾10周年，包括台湾掌中木偶戏团"声五洲剧团"在内的两岸多家木偶戏

团，在莆田城内步行街文峰天后宫前隆重演出了百场特色木偶戏剧。莆田妈祖文化木偶团演出的《妈祖传奇》是新创作的木偶剧，受到了妈祖信众的一致赞扬。

2. 木偶戏剧目内容及演出习俗

莆田木偶戏剧目内容有以下三大类：

一是教法事演出的尊者戏，即《目连戏》，民间超度亡魂演出的剧目，往往与佛寺僧人的荐亡、拜忏法事仪式同时进行。

二是愿戏，这是民众为酬神还愿，演出的"谢恩"戏，主要有"炉戏"和"北斗戏"，为道教法事演出。

莆仙木偶戏演出

三是散戏，除宗教法事剧之外的普通喜庆演出的戏。在妈祖宫庙或妈祖信众请戏演出的主要就是愿戏和散戏。

在演出习俗方面，因为木偶戏的历史早于莆仙戏，故被尊称为"戏兄"。如果莆仙戏和木偶戏在同一地点同时演出，肉身戏班要对木偶戏班"礼让三先"：一是在安排住宿时，木偶班人员要居上方，比戏班人员住宿优待。二是在搭架戏台时，木偶班的要搭在左位，而戏班的在右，以符合古时在室外"尚左"（以左为尊）的传统。三是必须让木偶"戏兄"先开锣，称"大做"，人戏戏班在后开场演出，称"细做"。"礼让三先"乃是尊敬"戏兄"之意的具体表现。另外，在迎神赛会时，对木偶神像还要烧"贡银"以表崇敬。

第二章

民间音乐

第一节　十音八乐

　　十音八乐是莆田市民间极具代表性的传统民间音乐，集器乐、声乐和表演于一体，堪称民间音乐瑰宝，已被列入国家首批非物质文化遗产保护扩展名录。据有关部门统计，目前莆田市十音八乐社团演出队伍超过1200支。在逢年庆诞，元宵节庆、迎神赛会、集会赛事、妈祖圣驾出巡等各种喜庆场合，都可以听到十音八乐队吹拉弹唱的美妙乐音。莆田也因此被国家文化部授予"全国民间音乐之乡"荣誉称号。

1.　十音

　　十音，俗称十番，

十音八乐演出

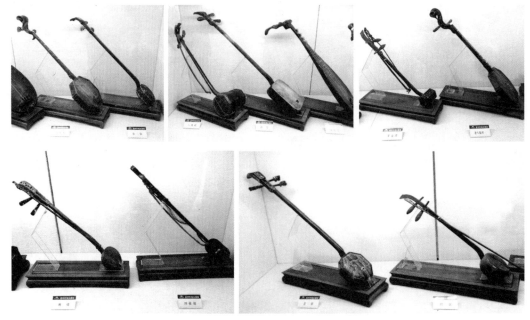

十音乐器

是一种融器乐、声乐和表演三者于一体的综合性民间艺术，因历史上由十种乐器合奏而得名。这种群众性的民间乐器合奏表演形式，据传宋代已有，明清时期在民间广为流行。清代中期莆田十音分为南洋、北洋两个流派。现在通常分为"文十音"和"武十音"两种。

"文十音"流行地区较狭，主要流行在涵江区的哆头、塘头一带。所用的乐器有枕头琴（又称扎筝）、碗胡（走马胡）、四弦胡、伬胡、老胡、南琶、苏笛（箫）、八角琴、三弦、丹皮鼓、檀板、云锣等，其主奏乐器枕头琴是唐代遗存的一种拉弦乐器，被誉为"民间乐器活化石"。

"武十音"流行地区甚广，遍及全市城乡及周边地区和东南亚莆仙华侨居住区。所用的乐器为横笛、板胡、四胡、二胡、伬胡、中胡、贡胡、三弦、八角琴、云锣等。现代"武十音"的演奏乐器多为笛子两支，伬胡三把，四胡、老胡、八角琴、小三弦各一把，云锣一架（由七个不同音色的小云锣组成）。"武十音"曲牌

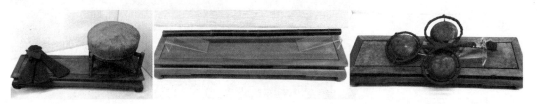

| 木檀板、花鱼鼓 | 箫 | 云锣 |

丰富，有"大牌三百六，小牌七百二"之称。常用曲牌有《北台妆》《荔枝楼》《风和子》（《鹧鸪天》）《上小楼》《琵琶词》《将军令》《过山虎》《楼台会》等。"武十音"曲调与莆仙戏类似，演奏时刚劲有力，激越雄壮。

一队十音（番）队原来一般由10个人组成。一人敲云锣，两人吹横，五人拉胡（如碗胡等），一人弹琴，一人弹三弦。十音队传统上都是男性，但现代十音队早已有女子队和男女混合队。如涵江区国欢镇潭尾村的老年女子十音队别具一格，人称"老奶奶十音队"，曾多次参加各种大型活动。《美国侨报》对她们进行了专门的报道，并刊登了演奏照片，称她们是老乐回春。

2. 八乐

八乐是在"十音"的基础上增加打击乐，男队称男八乐，女队叫女八乐。打击乐器有鼓、大锣、小锣、大钹、小钹等五种，除打击器外，八乐队由八人操管弦乐器伴奏，其中两人吹横笛，两人拉㑊胡，四胡、老胡、三弦、八角琴各由一人执掌。"八乐"曲牌主要选自莆仙戏，常唱的有《卖画》《访友》《春江游船》《苏州歌》《江头金桂》等。

八乐与十音的区别在于八乐以演唱为主，而十音则以演奏为主。随着时代的发展，现代"十音"已不局限于十人演奏，也不拘于十种乐器，"八乐"同样也不拘于男女独立成队，而往往是男女混合组队。八乐主唱功，青年女子唱起来声音清脆婉转，悦耳动听。莆田各地的八乐队，以女子八乐队为多。各地妈祖出游时，八乐队很少缺席。有了八乐队，出游的气氛更浓烈，也更具有吸引力。可以说，八乐是莆田民间音乐的精华代表之一。

第二节　车鼓

车鼓又写作侳鼓，民间又称"镲锣鼓""草锣鼓"，或认为本字是"草索鼓"。因古时其鼓体小，通常在鼓旁安上两个小铁圈，再穿上草绳子（方言"草索"），两人提着，一人击鼓，或是单人挂在脖子上，边走边打，后头钹、锣相随。车鼓乐是妈祖故乡莆田一项历史悠久、群众喜闻乐见的民间打击乐器合奏乐，是庆丰收、贺喜事、迎神赛会、接引贵宾的重要方式，主要流传在莆仙方言区地域。闽南、台湾也有"车鼓弄"民间音乐，但是以说唱表演为主，表现形式与莆田不同。

车鼓队

莆田车鼓源于何时，史无明载，有多种说法，据清乾隆陈与祚修《仙游县志》卷三十六《摭遗》引黄仲昭《旧志》云：陈洪进据泉、漳二州，有沙门云行者谓人曰："陈氏当有王侯之像，去此五年戎马千万众，前歌后拥，舞入此城。……

王师入城，作筕鼓乐，悉如其言。"陈洪进于宋初太平兴国三年（978），献泉、漳二州，封武宁军节度使，同平章事。所谓"筕鼓"，即军乐，今日讹音为"车鼓"。关于车鼓起源另有三种传说：一说源自宗教信仰的"菩萨乞草"，二说源自明代抗倭胜利，三说源自南宋抗元战争。但后三种说法皆迟于《仙游县志》的"筕鼓"记载，所以"筕鼓"转化为"车鼓"较为可信。

莆田车鼓用的牛皮大鼓，一般鼓高1米多、径70-80厘米，车鼓队要配备数十对直径50厘米的大钹，数对平锣和号称"童子圈"的凸脐锣。击打时受大鼓指挥，配合默契，鼓钹齐鸣，时而高昂激烈，时而悠扬深沉。鼓阵布列有序，气势磅礴。据老前辈介绍，在上世纪30年代涵江开始出现车鼓队，涵江下铺"六会车鼓"是当时全境最大型的车鼓队（此时，街道刚刚拓宽不久）。到上世纪50至60年代，那时涵江搬运公司成立了一支"涵搬车鼓队"，成为了全涵江最有名气的鼓队。20多名队员一色全是年轻的男性搬运工，一个个粗胳膊壮腿，12对大铜钹每只重9斤多，鼓头黄凤秋身高体壮，不断擂动大锤，大鼓发出了炸雷一般的"咚咚"声，震耳欲聋！1959年国庆10周年期间，还光荣地登上了晋江专署的舞台，大展雄风！

传统的车鼓队由男子组成，建国后，开始出现女子车鼓队。如1984年涵江成立县级区后，涵江成立车鼓协会和车鼓研究会，对传统的车鼓表演艺术进行加工改革。涵东村率先挑选了几十位20-30岁的中青年妇女成立涵江区第一支女子车鼓队——涵东女子车鼓队，派专人进行组织培训。然后，在全区推广，在短短的一二年时间内，全区几十个村街纷纷建立起了女子车鼓队。女子车鼓不但有男子车鼓的勇猛刚劲，又体现出女子特有的柔情，在传统车鼓中加入了舞蹈、武术、健美操等时尚动作，在锣鼓节奏的指挥下跳出各种舞步，穿梭变换队形，把车鼓的虎劲、猛劲、狂劲融入优美的舞姿中。

有不少车鼓队参照古装戏剧服装样式设计发式和衣裙，有一些队则参照文艺队的表演着装，总之，千姿百态，务求华美亮丽。甚至出现踩着高跷表演车鼓的创新形式。

据不完全统计，莆田全市目前至少有800支车鼓队，出现了车鼓文化空前的大普及和大繁荣局面。以涵江女子车鼓队参加的重大活动为例，可见一斑。1987年湄洲祖庙举行妈祖逝世1000周年隆重纪念仪式，涵江女子车鼓队应邀参加表演。成千上万来自香港、澳门、台湾及东南亚、美国、日本等地的来宾和朝拜团信众一睹涵江女子车鼓队的风采，大加褒扬。车鼓队演出的录像带还远传到美国等20多个国家及港澳台地区，名声传播到海内外。1990年，涵东女子车鼓队还应邀参加世界旅游日（福建主会场）开幕式表演，她们四上省城，三下泉州、晋江，每到一处，那鼓声，那气势，震天动地，一下子征服了千千万万人的心，受到了海内外嘉宾、友人、观众的一致好评。世界旅游组织执委会主席巴尔科夫禁不住兴奋的心情，连连击掌，赞叹太精彩了，太精彩了，真是充满着美妙和魅力。1992年，福建省举办全省农村文艺汇演比赛，涵东女子车鼓队登台献艺，技压群芳，荣获二等奖（一等奖缺）。《文化生活报》在头版刊登了《农民文艺的检阅》一文，文中评论说："这次调演最使人赞赏的当推涵江女子'车鼓舞'，场面热烈异常，鼓声撼动人心，……如大海澎湃。"1993年，莆田市体育场（旧）上举行建市10周年盛大庆典活动，涵江区组织几十支女子车鼓队，参加开幕式大联奏。几十面大鼓同时擂动，如巨雷在天上滚动。省委领导观看了表演，省委副书记袁启彤特地给涵江区委宣传部和涵东女子车鼓队写信，称赞涵江车鼓是"福建的威风锣鼓"，又亲笔为涵江女子车鼓队题词："八面威风，四方震撼"。2001年4月涵东女子车鼓队应邀赴厦门，参加厦门"台湾民俗村旅游文化艺术节"表演活动，受到各地来宾的一致赞赏。同年10月，涵江女子车鼓队受省委、省政府委托，组队前往澳门，参加澳门"国际妈祖文化旅游节"开幕式演出，受到了当地民众的一致赞扬。2002年5月，涵江女子车鼓队参加福建省文化厅举办的全省鼓乐、管弦乐比赛，荣获二等奖。2003年涵东女子车鼓队被正式列入福建省民间艺术团团伴成员名单。

第三节　吹鼓乐

在妈祖庆典等民俗活动中，不少地方都有吹鼓乐表演。鼓吹乐历史悠久，据有关专家研究，鼓吹乐，古称"箫鼓"，相传本为北狄（古代中国北方少数民族）的军乐，传入中原后与大曲音乐相结合，成为黄门鼓乐。又经后人把中原音乐文化与闽省当地民间音乐不断互相融合而形成。清代的武职官员在协镇以上的，都在衙署的东西辕门外各搭吹鼓楼，东边司吹，西边司鼓，每日三餐都鸣炮吹打，表示武官威严。兴化府旧时协台衙署，每日都鸣炮吹打，以示威仪。光绪末年取消武职官员三餐吹鼓奏乐制度。乐工改行，流于民间。于是莆仙不少地方就出现了吹鼓乐队。根据不同的表现样式，吹鼓乐可分为大鼓吹、小鼓吹、金鼓、打通、马上吹等几类。以下简介大鼓吹和小鼓吹。

1. 大鼓吹

大鼓吹为吹鼓乐的一种，始兴于宋，因演奏时乐器以大吹（大唢呐）、大鼓为主而得名。乐器除大鼓外，还有大锣、大钹、二钹、小锣、钟锣和一对大唢呐。大唢呐俗称"公母唢"，公的吹高八度旋律，母的吹低八度旋律，配合默契。

大鼓吹吹奏的规模可小可大，从10人至100人不等，40人以上吹奏时，可另配中鼓、小鼓、中唢呐（二梅）、小唢呐（呐仔）。大型鼓吹有时可分部吹奏，除大唢呐吹奏主旋律外，中唢呐、小唢呐配音过门，紧接下一曲到结束为止，一气呵成。40人以下的大鼓吹吹奏，可以不加中鼓、小鼓、中唢呐、小唢呐。

大鼓吹所用曲牌有50多种，以《开大门》《小开门》《南谱》《过山虎》等最常用。大鼓吹演奏时效果十分突出，锣鼓声响彻九霄，唢呐声激越高亢，艺术效果强烈，被称为"闽中雅乐、太古遗音"。

仙游度尾的大鼓吹队最为有名，多次参加省市大型音乐赛事，1994年度尾大鼓吹队参加省第二届文化艺术汇演，作专场演出，表演了《畴农乐悠悠》等曲目，获得演出一等奖。同年又参加全国第四届"群星奖"音乐比赛，获优秀奖。2004年10月，度尾鼓吹团16人随湄洲妈祖金身巡安澳门。2009年11月湄洲妈祖金身巡安兴化时，驻跸莆田市区"中华妈祖文化研究院"，受到了空前盛大的欢迎，车鼓队、十音八乐队、大鼓吹齐上阵，奏出了广大信众对妈祖的无限崇敬之情。

2. 小鼓吹

小鼓吹又称"鼓仔吹"，因打小堂鼓而得名。乐器以大唢呐一对（方言称"公吹"、"母吹"），小堂鼓、单皮鼓、大钹、中钹、小钹、平面锣、小锣等相配合，锣鼓打法与大鼓吹迥异。演奏形式有坐奏与行奏两种方式。坐奏形式是吹和打分为两边，坐着吹奏。行奏则是边行走边吹奏。小鼓吹锣鼓经有《四平草》《三大各》《四下头》《拆甲》《抢甲》等，常用曲目有30多首。曲牌以《七枝谱》最有名，基调轻快优雅，吹奏格式异于各曲，还有《将军令》《开大门》《状元游》等名曲。

小鼓吹活跃于民间文娱和庆典活动的许多场所，以仙游度尾一带最为流行，"文革"前，度尾五万多人口，就有300多班乐班，从艺人员达四千多人。

第三章

民间舞蹈

　　莆仙民间舞蹈源远流长，自唐宋以来就很盛行，但其主要表演内容与形式多与迎神赛会的宗教活动有关。有的源于民俗活动，有的源于祭祀仪式，也有的源于莆仙戏曲。

　　莆仙地区的许多民间舞蹈与妈祖信仰相联系，多在妈祖信仰的祭祀活动（如农历三月二十三妈祖庆诞、九月初九妈祖升天日）和节日庆典（如正月十五元宵节）中演出，成为妈祖信俗的重要组成部分。在妈祖活动中表演的民间舞蹈，也可称之为妈祖民俗舞蹈，其整体风格粗犷有力，灵活威武，以跳和跑的动作居多，带有一定原始巫祝色彩，其审美追求与一般舞蹈以"美"为目的有所不同，例如皂隶舞、僮身舞。许多莆仙民间舞蹈具有较强的实用性，在祭祀活动可起开道、护神的作用，给人以威严庄肃和神秘的感觉。

第一节　皂隶舞

　　皂隶舞又称"皂隶摆舞"，原属于民间一种驱妖除邪的舞蹈。莆田一些地区元宵出游和游灯中则作为迎接神驾的仪仗和敬神娱人的民间舞蹈，在莆田的妈祖庆典活动中也能看到这个舞蹈。该舞蹈当源于上古时期的"傩舞"。在莆仙戏传统演出中也还保留有这种舞蹈的基本样式。清代至民国时期皂隶舞较为风行，上世纪60至70年代被禁止，改革开放和兴起"妈祖热"后，皂隶舞得到恢复。在湄洲祖庙庙会、贤良港天后祖祠等妈祖民俗活动中均可经常见到。

皂隶，莆仙方言称为"八班"，皂隶舞队演员一般就是八个人，两两搭配为四对。皂隶舞队除皂隶外，还有旗牌官和乐队等人员。其扮相为：头戴平顶将军帽，扎上红布巾，插一支一尺长金色纸花，脸罩假面具。面具为眼睛大、鼻孔小，分蓝、黑、红、黄四种颜色，长舌、歪嘴各两个面具。皂隶身着蓝衣红裤，足穿草鞋，扎腰绑腿，手执刑杖（毛竹片），威武神气。指挥的旗牌官头戴满清帽（帽带孔雀尾），身穿满清服，手里执令牌。

皂隶舞的表演通常由"请牌""开道""收牌"三部分组成。基本动作有"盘腿跳""左右跳步""左右望""左右摆"等，其动作古朴简练，带有宗教色彩，横向流动线条较多，具有节奏鲜明、动作刚烈、粗犷豪放的特征。

莆田皂隶舞可以城厢区灵川镇东汾皂隶舞和仙游枫亭麟山宫皂隶舞为代表，不过此二宫主祀神均非妈祖。灵川东汾皂隶舞，主要是在"五帝"出巡时表演。表演者头戴凶神恶煞般的面具，手持棍棒走在队伍前面，每逢人多处就表演：两人一对，时而面对面，时而背靠背，尽显单纯古朴的原始舞蹈韵味，成为出游队伍最显眼的阵头。

仙游枫亭麟山宫，每年元宵佳节，境内38个自然村都要例行出游，活动持续3天，出游路程50多公里。出游时，神驾前以皂隶成对而行的"皂隶舞"开道。表演亦由"请牌""开道""收牌"三个部分组成。开场时，旗牌官立于表演区，四个皂隶和八个"八班"分立左右两侧，呈八字队形。当旗牌官挥动令旗，高喊"开路时"，"请牌"开始。首先由黑面皂隶离开队列，来到杨太师神牌前，把烛牌请出，在大锣、唢呐的伴奏下，把烛牌放置地上，牌的正面亮出"进香"二字，然后跳回原位。接着，旗牌官又挥动令旗，高呼"威武"，众齐声呼应。此时，红面皂隶重复黑面皂隶动

皂隶舞

作，狮舞向前，转换烛牌方位，亮出"参谒"二字，请牌完毕。当旗牌官再次挥动令牌，高喊"威武"，开道开始了，众皂隶齐声呼应，跳起皂隶舞。左右舞动开道向前，直至烛牌前，才小跑返回原地，最后旗牌官又高喊"威武"，传令"收牌"，这时绿面皂隶独舞向前，将烛牌收回原处，舞蹈结束。枫亭皂隶舞动作整齐粗犷，舞姿原始奇特，阵容肃然威武，已被列入福建省非物质文化遗产名录。

第二节 棕轿舞

棕轿舞也称"摆棕轿"，是流行于莆仙地区民间的一种迎神舞蹈，清《莆阳风俗岁时竹枝词·棕轿》："竿竹参差漫作舆，披来顶上是棕榈。元宵把与偶神坐，应悔前身孽未除。"此诗就是吟咏元宵棕轿舞娱神活动的。在妈祖信仰活动中也常见到棕轿舞。莆田各地棕轿样式和材质有较大不同，重量也差别很大，重的几百斤，轻的几十斤。尽管形式差异大，但每座棕轿顶部都会绑上棕叶，扎有棕丝，故名棕轿。棕轿轿杠只有一根，由两人前后手抬。轿上要贴上象征不同姓氏、不同村落的神符，并放上一尊本村供奉的菩萨，由青壮年抬着随队伍绕境巡游，每到一户人家就要进行棕轿表演。

棕轿舞实际有"跳棕轿"和"摆棕轿"之分。莆田山区和平原、沿海摆棕轿的舞蹈形式有所不同。山区的摆棕轿，舞蹈性强，花样更多。参加者，上身着白衣，下穿红裤，束花腰抄，下腿裹绿色"脚令"，足穿草鞋。跳棕轿是在广场举行，表演时，在广场上将木柴堆成直线形、三鼎足形或成五瓣梅花形，然后点起火堆，堆旁有几个人敲锣打鼓，节奏一般是先缓后急，用节奏来控制跳棕轿者的摆动频率。

摆棕桥

跳越时，每把棕轿由两位壮汉高抬于头上，跟随一持红旗的壮汉跳越火堆。然后十多把或多至二、三十把的棕轿，相继跳越。在锣鼓声中，一对对青年抬着一把把棕轿沿着三鼎足形或五瓣梅花形的火堆，边穿梭跳跃，边将棕轿左摇右摆，有时还上下翻转。穿梭的花样

318

也有变化，表演的队形有草绳形、菱形以及梅花形等等，如此周而复始，一般都是闹至火堆熄灭、锣鼓声停方止。当火堆将熄之时，有一道士身穿法衣，从宫庙或里社里冲出，一手摇铃，一手拿法螺，口中念念有词，循火堆绕场一周后，在场上翻筋斗，自东到西又自南到北，最后在观众欢呼声中趋步入宫。此时摆棕轿者亦随之鱼贯入宫，将棕轿架起，留下次再摆。沿海及平原的摆棕轿，舞蹈形式都较简单，服装也不固定。跳棕轿虽然舞蹈性不是很强，但民族形式的体育竞技元素则较强。

第三节 九鲤舞

九鲤舞也叫"弄九鲤"或"九鲤灯舞"，是莆田乡村欢庆元宵等节日的一种迎神舞蹈，历来盛行于莆田黄石一带。九鲤舞的来源，有几种不同说法。有的认为"九鲤舞"源于隋朝隋炀帝开运河，造龙舟南游，令沿河民众歌舞迎驾所遗留；也有传说此舞乃河南禹门县百姓为纪念大禹治水之功，编此舞寓意"鲤鱼跳龙门"，以庆贺人民摆脱水患之苦；还有一说认为此舞源于唐末藩镇割据，百姓南迁入闽时传入莆田的。另有一种意见认为可能是由潮州传入莆田的。旧时习俗，逢龙年时才于元宵节举行"九鲤舞"，即每隔12年才举行一次，只有在发生严重灾情或瘟疫时，方可破例举行，活动目的在于求雨、驱邪、祈求丰收等。如今则已成为一种民俗舞蹈，在妈祖元宵等信俗活动中也常见演出。

九鲤舞实际是因舞弄九种带柄的鱼灯和龙灯道具而得名，这九种灯并非都是鲤鱼，而是九种不同的水族，名称为：龙、鳌（龙头鱼身）、鳜鱼、鲈鱼、鲥鱼、鲤鱼、鲫鱼、花鱼和金鱼。除龙灯外，其他鱼灯前鳍或后鳍均为龙爪。表演时，舞者手握鱼灯肚底木柄，以龙灯打首，其他鱼灯鱼贯而行，次第舞动。其中金鱼灯虽是殿后，但却不时趋前冲后，横冲直撞，动作夸张滑稽，引人发笑，成为灯舞队中的亮丽注目点。鱼灯内点燃烛火，灿烂绚丽，鱼灯用料、造型、装饰、制作均遵古制。九鲤灯舞整套

九鲤舞

舞蹈亦有特定的身步、技巧、阵法和程序。配乐则以打击乐为主。舞队以手持鱼灯的九人为主，尚配有五人手持火把，四人肩扛龙门。九鲤舞的原始动作大多失传，现在的动作是上世纪50年代挖掘整理的。主要动作是舞者随着打击乐节奏舞动，模仿不同水族游动或抢龙珠、跃龙门的的姿势，共分为嬉游、觅珠、围珠、抢珠和跃龙门五段。舞者身穿古代服饰，左右裸足各系两只小铜铃。期间要不断变换动作和阵形，粗犷而不失细腻，明快又兼有舒缓，既有打击乐之热烈奔放，又有足铃声之轻快悦耳。黄石镇和平村沟边自然村的九鲤灯舞已被列为国家级非物质文化遗产。

第四节　祈坛舞

祈坛舞也称"行坛舞"，是流传于莆田市江口、涵江、黄石平原一带的一种宗教祭祀舞蹈。过去莆田一带宗教观念特别浓厚，各姓宗族均在所据村落建有祠堂，祈坛舞就是在祠堂举行祭祀活动时跳的舞蹈。"祈坛舞"现在一般在正月十五妈祖元宵节"行傩"或宗族举行祭祖仪式时表演。

祈坛舞通常在宫社举行，活动时要由道士请神，道士手持"令旗"和宝剑，脖颈上缠着"苎蛇"（木龙头，以木雕龙首，编苎麻作龙身），作法一番后，冲出宫社至广场，表示已请神到坛。嗣后以广场为神坛，聚集男丁几十人，多时百多人，在锣鼓喧天声中起舞。为首一人手持黑色三色形七星旗，继之为手持三角形五色旗者、打扁形小鼓者、摇环形铃者，道士亦侧身其中。大伙先是作雀跳绕场几周（夜间则环火绕场），而后穿花行走，第一人穿第二人，第二人穿第三人，顺序交互，如一团团绳索。继而变成连环锁、五福星等花样。道士则一边随众人雀跳穿花样，一边在不断舞剑摔苎蛇作响，表示奉神行坛，驱邪逐妖。此时场上人头攒动，旗挥剑舞，铃声齐鸣，威武俨然。十多分钟后，大伙在首尾两人的引导下分作两行，首先按纵队各穿起绳索形花样，次则两行对面互穿，如此闹腾许久，两行又各以纵队，同时自广场雀跳至宫社中，复自宫社中雀跳返广场。如此来回几趟后，完成舞蹈。

祈坛舞音乐伴奏简单，仅用大鼓、大锣反复击打，锣鼓点也不复杂，但伴随着舞蹈的队形变化，时缓时急，时强时弱，对比强烈，加上铜铃中细沙发出的沙沙声与之混响，使舞蹈显出一种独特的气氛。祈坛舞原是道士于观前神坛上表演的道教舞蹈。这种用舞蹈布道的方式，往往吸引了大量的观众，后来才把道场中这种舞蹈形式吸收和运用到妈祖元宵及宗族祭祖等活动中。

第五节 僮身舞

僮身舞是一种以人扮神的迎神舞蹈。"僮身"是经过叩堂由神祇（俗称菩萨）附身上堂成了神祇化身的人。僮身都是男子充任，上堂后他是神，所以其行为举止表现出异于常人的姿势和神情，如长时间不眨眼睛等，偶尔的言语间也传递出神的旨意；退堂后他还是人，这种介乎人与神之间的"僮身"，通过各种庙会的表演达到了娱神娱人的目的。僮身

僮身舞　　　　　　　　　乩童

舞多在元宵之夜表演，除僮身跳火外、还有放焰火等俗例。表演时，僮身上堂，身后跟着几个打鼓摇铃的人，配合僮身行走的步伐和咒语节拍，一步一语，一语一鼓，一鼓一铃。僮身的姿态，依照所扮的文武神祇而有区别。有文绉绉捧玉带、踱方步徐行的，有雄起起持刀剑、瞠目跳跃的，因此咒语与铃声亦就有高低疾徐与之相配合。当两个僮身或几个僮身在赴会途中相遇时，就各将双手于头顶上一叉，又以左手向左侧旁一弯，右手向外一摆，边行边让几步，表示向对方僮身让路。外境僮身入境时，本境僮身则要施行"出迎"请入座等仪式，动作大体上与莆仙戏舞台上的同项表演相似，但较为粗犷单调。

第六节 鬼卒舞

鬼卒舞也称"十刑十恶"，是莆田大型宗教民俗出游活动中装扮成鬼卒的一种民间宗教舞蹈。鬼卒舞主要在迎神赛会和巡游时演出，参演者少者二三十人，多

时上百人。参演者皆妆扮成各种鬼卒形象，队伍队首演员持"十刑"牌，另一队队首演员持"十恶"牌，还有妆扮成黑无常（大哥）、白无常（矮哥）等阴间鬼吏以及被执阴间犯人的。鬼卒舞队伍有黑衣队、白衣队、绿衣队、红衣队、黄衣队等着不同服色装束的队伍，有的还赤裸上身，在胸前涂画上骷髅白骨图案。所有演员皆把脸涂抹成鬼卒的狰狞面目，头插纸鞭或戴有角的武士帽，有的手持棍棒、刀枪、弓箭等兵器，有的手握镣铐、枷锁等刑具。演员随出游队伍的"神驾"行进。在行进途中，鬼卒舞演员要上下舞动棍棒、刑具等道具，摆出大体整齐的各种舞姿，或跑步前进，或左右摆动，其舞姿与皂隶舞十分相似，原始粗犷，简易古朴，留存上古傩舞印迹。鬼卒舞往往还配合凄厉的锣鼓打击乐，"鬼卒"们不时发出阴沉的怪叫，以增加神秘和恐怖气氛。

第七节　凉伞舞

凉伞舞又称"转凉伞"，是莆田迎神时位于阵头的一种民间舞蹈，通常与彩旗队、宫灯队、车鼓队等配合，作为巡游大队伍的前导仪仗之一。"凉伞"古称"华盖"，原是古代帝王出巡时的遮阳工具。在民间迎神和庙会活动中，为表示对神祇的虔诚和崇敬，乃仿效帝王出巡仪仗，于神轿前面，加上凉伞等阵头，为神明出巡引路。阵头的凉伞，本是仪仗形式，无需什么舞蹈活动，但在民间活动中，为了举凉伞时能减轻劳累，须经常变换姿势，由之发展成为一种有节奏的转动凉伞的统一动作，逐渐再演化成"转凉伞"的民间舞蹈，它为神明出游队伍增添了娱乐性、艺术性和观赏性。如今在莆田市的各种妈祖节庆仪式以及其他宗教民俗活动中，"转凉伞"几乎成为一项不可缺少的仪式性表演项目，将来甚至可能发展为一种带有竞技性的民俗体育项目。

凉伞舞

"转凉伞"用的凉伞，伞架一般用木料制成，圆柱形伞盖外层饰以绸布，绣有龙凤各种图案，可以有多层重叠，伞盖可以转动，随着锣鼓之声，舞者按节奏转动凉伞，时急时缓，时高时低，动作划一，于刚健中不失柔和。"转凉伞"参与者一般都是女性，故特别强调舞蹈的柔美性和观赏性。

第八节　弄龙弄狮

1. 弄龙

弄龙，就是龙舞，与中华大地上广为流传的传统"舞龙"基本相似，一般用于欢庆元宵佳节或其他民间盛大节日，以增添喜庆气氛。在妈祖诞庆等活动中，通常也缺不了它。旧时莆田弄龙活动主要盛行于莆田平原特别是城涵地区的城镇，尤以城厢地区最为著名。而涵江集奎等村落旧时还有元宵舞"灯龙"（或称"香龙"）的独特弄龙活动。

龙身以竹扎骨，外蒙薄纱，施以彩绘。除了龙头、龙尾之外，龙身通常分为九节、十一节、十三节三种。较常见的是十一节龙。每节约四尺，均装有木柄，内装铁圈天平，插燃牛油烛两支以作照明。舞时上下翻转，油烛一直保持水平而不致熄灭。旧时，新龙未表演之前，例有"挂红"仪式，就是由舞龙队于本街本铺内，选择一有财势者，于舞龙队出动表演的第一夜，让其备礼祭龙，并备好红布花球一块，披于龙头。此后每夜，舞龙队必首先给"挂红户"作一番义务表演，以为酬谢。"挂红户"亦以此引为荣耀。舞龙队元宵过后就结束表演，其时例有"煞红"之举，

弄龙

演剧、并请道士作法，当晚演戏完了，将龙卖力舞弄一番，然后将所舞的龙烧掉，称为"升天"，表示吉祥之意。现在的道具龙，则可向外地订购现成的。

弄龙一般由青壮年担任，动作受打击乐器指挥，一般先是在广场上绕个圆圈，而后往返穿梭舞出波浪形。锣鼓声急则步伐快，锣鼓声缓则步伐慢。当龙珠出现时，就由舞龙首的领头作抢珠、玩珠等表演，忽高忽低，忽左忽右，翻转摆动，跑步穿花，夜色中观之好似真的巨龙飞舞。舞弄一番后，乃作衔珠假寐之状。此时有些舞龙队于龙首鼻孔装上了两筒花（焰火），点燃喷射，象征吐水，俗称"龙吐须"。龙身亦于此时勃然而起，伴随锣鼓喧闹声，随焰火在迷漫硝烟中继续穿花舞弄，舞龙者就以此喻作巨龙腾云驾雾。厥后舞龙队又以龙尾的最后两节高举作为禹门，然后由龙首引各节龙身依次穿门而过，打围一圈，龙首伏于地上，各节龙身团团蜷曲于其上，一层高一层，龙尾居于最上层，离地约有丈余，不时左右摆动，此状俗称"叠龙"，表示龙疲倦了需要休息，此亦表示弄龙舞蹈的结束。

2. 弄狮

弄狮，就是狮舞，可单独表演，也可与"弄龙"一道表演，龙舞、狮舞一起表演时莆仙习惯称"弄龙弄狮"。莆田弄狮据载盛行于清咸丰朝以后。和弄龙一样，旧时弄狮主要流行于城镇，表演者皆由身体健硕的青壮年担任。狮子头系用竹扎骨，围上白布，再施以彩绘而成；狮身通常用一张六、七尺长的黑布或蓝布为披挂，外结各色璎珞象征狮毛。舞弄时由一人戴上狮头面具，以双手扶面具，配合锣鼓的节奏，不时地作出抖颤摇摆的各种姿态；另有一人在后面，弯腰曲背藏于狮身披挂内，跟着前面狮头行走。舞蹈动作有跳跃、摇摆、翻滚、站立、吐雾、舔毛，还有抢球、弄狮子、背狮子和跳桌等许多花样。因是由二人配合组成一只狮子，故二人在狮身内须亦步亦趋，走则同步，跳则同跳，滚则同滚，务必配合和谐，浑然一体。除大狮子由二人配合演出外，有的弄狮还有小狮子，小狮子则是由一人扮演，数量可以是一只，也可以多只。

弄狮

第九节 旱船舞

旱船舞也称"游船舞""走旱船""春江游船"或"陆地行舟"，来源于莆仙戏传统剧目《春江》中的一段表演。它与流行于北方的"游船舞""跑旱船""湖船舞"之类的旱船舞当同出一源。《春江游船》，民间以一队八乐队为前导，演唱《端正好》《集贤宾》和《江头金桂》等曲

长城天后宫旱船

牌。演员为二人，一女扮演《春江》中的女主角素卿，另一演员原为男性船夫，后改为由一女扮演船婆。在绸布装饰的旱船中，两人的腰部同系一块绸布，作水面游荡姿态，徐徐步行于街衢。饰演素卿的演员在船头边唱边舞，表演赏春光、抒情怀又不胜风浪颠荡的舞蹈动作。所唱曲为《南调驻云飞》：

> 年光弹指过，（弹指过），算来世事转头空。徒贪眷恋两青春，
> 如何不悟三更梦。哎，梦，哎，嗏！诉不尽渔家乐，击空明兮泝流光，
> （击空明兮泝流光）。别匆匆，把棹任西东。风尘路上休相问，烟波深
> 处是吾踪。

而饰演船婆者则在船尾表演摇橹、击浪前进等动作。如今旱船舞几经改革，花样更多，有的已省去船婆，而以一女系一舟，另增多位女演员作同样装扮，共同摇橹行进于街衢，表现渔家欢乐的集体舞蹈动作。所唱曲牌依旧，但曲词则多加以更新。

第四章
诵经及谣谚

第一节　妈祖宫庙诵经

诵经就是诵读经书，是用语言向神礼敬的一种形式，它是各种宗教信徒一项很重要的礼仪活动。妈祖信仰属于民间信仰，在闽台规模较大的妈祖宫庙中也都有诵经的礼俗。因妈祖信仰兼容儒、道、释三家思想，因此各地宫庙诵经的经典和仪式等都不尽相同。如湄洲妈祖祖庙、文峰宫天后宫、贤良港天后祖祠、白湖顺济庙、东岩山妈祖行宫等宫庙，所念诵的都是妈祖经典。以下以湄洲妈祖祖庙、文峰宫天后宫为例，介绍诵经信俗活动。

1. 湄洲妈祖祖庙诵经

湄洲妈祖祖庙原来诵读的经典为清代成书的《敕封天上圣母真经》，此经篇幅长，内容较为古雅深奥。2003年湄洲祖庙重组诵经团，所诵经典改以《九霄天上圣母真经》为主。此经除主体经文外，经首还有《焚香赞》《净口神咒》《净心神咒》《净身神咒》《净三业神咒》《净坛神咒》《安土地神咒》《净土地神咒》《金光神咒》《开经偈》《圣母赞》《宝诰》，经末有《天上圣母成道真言》（《天恩章》《地德章》《成圣章》《体道章》）以及《回向偈》等。这是一部以妈祖扶危拯溺精神和大仁大孝懿德"劝化人心，匡正世道"的宝典。湄洲祖庙所用版本是从宝岛台湾回传的。

湄洲祖庙诵经有两种主要形式：

一是祈福诵经。农历每月初一、十五，在寝殿及天后殿先后举行。诵经时间为上午8：00—9：00，9：30—10：30，由身着海青色长袍的诵经团，在"柳音"（"柳音"为一种法器，即小型的"引磬"）带领下，手执法宝，诵念《真经》全文，后由"中尊"诵读《消灾植福》文疏。参拜者有主拜一人、陪拜若干人（人数不限），手持焚香，伴随着阵阵经音，依次叩拜。最后在《天上圣母成道真言》的优美旋律及庄严神圣的气氛中，诵经礼成。

二是祭拜诵经。每周双休日在寝殿或天后殿举行。时间在上午8：00—8：30，由诵经团诵念《真经》中部分重点内容后，诵读祭拜祝文。参拜者有主拜一人、陪拜若干人（人数不限），行"三鞠躬""三献"及"三跪九叩"之礼。

此外，为满足各界人士的要求，祖庙董事会还不定期举行简易的祈福祭拜仪式，时间约10分钟。仍用主拜一人、陪拜若干人（人数不限），不诵经文，只诵《吉祥植福》文疏，并行三鞠躬"三献"及"三跪九叩"礼。

在湄洲妈祖祖庙天后广场举行大型妈祖祭典时，也有临时举行诵读《九霄天上圣母真经》的活动。如2004年5月11日纪念妈祖诞辰1044周年活动时，湄洲妈祖祖庙天后广场就举行咏诵《九霄天上圣母真经》活动，来自海峡两岸和马来西亚等地的3000多名信众静静聆听诵经带来的福音。

2．文峰天后宫诵经

城内文献街文峰天后宫诵读的经典仍是清代留下的《敕封天上圣母真经》，俗称《妈祖平安经》。此经典首有《净三业咒》《净坛咒》，《真经》共分十七章，即：统论报应章第一、特论忠孝邪淫章第二、教孝章第三、不孝章第四、兄弟章第五、家门章第六、教子章第七、宗族章第八、尊师信友章第九、溺女章第十、瘟疫章第十一、污秽长流章第十二、居官章第十三、贫富行善章第十四、戒赌章第十五、正心章第十六、统论章第十七，经末还有《回向文》。

文峰宫诵经规范为：每天日课诵经人员为8人，每月朔望（初一、十五）增为16人，每逢妈祖诞辰和升天纪念日，除了文峰宫诵经团外，一些妈祖信众亦参与诵经。诵经程序为日课每天五更就开始。课前各供清水一杯，以供润喉饮用。仪式之初，击磬三声，再行"三跪九叩"之礼。嗣后由领诵者诵吟《真经》章目，再集体

诵念。全程约25分钟。最后在三声响磬声中，诵经礼成。

诵经包括念诵和歌赞两部分。过程有吟唱、念唱、说白、念诵等多种方式，伴随着木鱼敲击，诵经声轻重缓急，抑扬顿挫，节奏有序，悦耳动听，中间还穿插跪拜行礼，具有宗教感、传承性、观赏性等特征。"文峰宫妈祖诵经"信俗于2007年被列入莆田市第一批非物质文化遗产名录，也是省级非物质文化遗产"文峰宫妈祖三献礼"信俗的有机组成部分。

第二节　妈祖信俗有关谣谚

谣谚是歌谣和谚语的合称，它们都产生于民间，是古代文化传播活动中最早和最常用的口头传播形式之一。有关妈祖信俗的谣谚也是妈祖信俗在地方传播的见证之一。

1. 歌谣

莆田的民间歌谣主要有平原地区的俚歌、沿海的渔歌和山区的山歌，儿童则有儿歌。因山区人民与海的关系较疏远，所以山歌中绝少妈祖信俗内容。据调查，单独咏唱的妈祖歌谣很少见，但在一些俚歌、童谣中也有一些有关妈祖信俗的内容。如传统长篇俚歌《莆田万二乡》中，就有一节唱道：

湄洲妈祖是神人，海不扬波定沉沉。

大鱼入港来朝拜，天上圣母大扬名。

湄洲岛渔民则自古流传有祈祷妈祖保佑出海平安的渔歌《出海歌》，粗犷淳朴，今已被整理谱曲，成为民族舞蹈《妈祖神灯》等艺术作品的插曲。歌词为：

天红红，海蓝蓝。

妈祖保佑，出海平安！

好去好回，百姓平安！

妈祖保佑，平安平安！

又如童谣《海谣》词：

海水流啊流，日光出月头。

鱼仔躲水里，撑船卜去捞。

大风来，大浪去。

丈夫去讨鱼，婶娘忙织网。

逐年活到头，妈祖保平安。

稀赫呼哈-海，稀赫呼哈-海。

老爸去讨海，阿兄去讨海。

海水难去涝，岁命吃老老。

稀赫呼哈-海，稀赫呼哈-海。

这首《海谣》是沿海渔民通过童谣形式，表达向大海和海上保护神妈祖祈求保佑出海捕鱼生产作业的父兄一路平安的期盼，曾被谱为地方曲艺"十音八乐"之一。

又如《三月廿三拜妈祖》童谣：

湄洲闹热因凭古，天上圣母称妈祖。

灵香飞上天，四海水路堵。

妈祖灵，恩有主。圣德聚心同调祖。

海浪开，现队伍。开道两边刀共斧。

水族齐朝妈祖来，乌龟举旗大辛苦。

马鲛摇，鲳摆肚。有前有后行有谱。

鱼敲锣，虾拍鼓。虾蛄扛轿目凸凸。

四海龙王齐都来，三月廿三拜妈祖。

这是一首经过文人改造的童谣，用莆仙话咏唱，目前歌曲正在网络上广为传播。

莆田贤良港一带也流传有反映妈祖闹元宵活动的童谣：

阿嬭吼阿吼，那齐莆禧看十九。

十九郑，廿二拖。

看了看西沙。

西沙大月半，看了看后蔡。

后蔡嚓咚圈。

锣拍破，鼓塌圈。

牛厮嗒，马厮㨓。

"阿嬭"，是莆仙方言对母亲的旧称。吼，哭；吼阿吼，以上实指小孩哭闹。那，咱。莆禧，村名。西沙，村名，现名西前村。后蔡，村名。叮咚圈，拟声词，锣鼓声。塌圈，穿孔坏了。厮嗒，角斗。厮㨓（音"钟"），相撞。这首童谣反映了沿海山亭一带村落妈祖闹元宵的热闹场景。

2. 俗谚

俗语谚语也能在一定程度上反映出当地的民风民俗。同样莆田也有一些反映妈祖信俗的俗语谚语。如谚语"妈祖行外家"则是指把妈祖分身送回莆田湄洲祖庙朝拜真身妈祖，就如同女儿回娘家一样。莆仙话称"娘家"为"外家"，现在一般都写训读字"妈祖回娘家"。"娘妈行外家"，一年难得举行一次，因此也成为了比喻难得一次机会的谚语。

又如"娘妈请花"谚语。莆田湄洲正月举行"妈祖元宵"活动时，献给妈祖的祭礼有"水族朝圣"和"百花陈列"。"水族朝圣"用十余种乃至上百种水产作供品，分盘陈列。有的供品全部用面粉巧制，着色肖形。"百花陈列"是在圆桌上摆满一小碟一小碟的鲜花，"百"只是象征数量之多。凡百花陈列须另有白色鲜花、红色鲜花各一大盘，以供祈子之用。凡新婚媳妇或久婚未育的妇女，多为求子而祈祷于妈祖神像前。白花预示生男，红花预示生女，祈祷之后，各自按所求愿望或采白花，或取红花，簪于头上回家，谓之"娘妈请花"。沿海传统婚俗中，婚后第三天女家送礼品去婿家。礼品中也有红白纸花，同样是白花预祝生男孩，红花预祝生女孩，此俗也是衍生于"娘妈请花"。在平海、埭头沿海乡村，在婚礼闹洞房中也有"娘妈请花"项目。闹房中，由一小女孩装扮成"娘妈"，头上插满花，端坐于架在桌子上的椅子上。成人公（新郎）、新新妇（新娘）配合，模仿行路、乘船去湄洲岛，从"娘妈"头上取回一朵白花，寓意明年将生"丈夫团"（男孩）。

还有"请妈鞋"，今又被称为"偷妈祖鞋"，也是反映妈祖信仰与生育习俗的谚语。在莆仙沿海地区，旧时已婚未育的妇女，为祈求生男育女，到妈祖庙"请"得妈祖脚上的一只绣花鞋。嗣后三个月如有怀孕，须到庙中拜谢；孩子生下满月或周岁后，还要去还愿，并新制绣鞋为妈祖穿上，以供他人祈请。

莆田城内旧时有"文峰宫里数宫灯"谚语，清末民初，在鼓谯楼至文峰宫前，就有三家专门制作和出售宫灯的店铺，其做工精细，造型典型，题材丰富，很有特色。有鱼灯、龙灯、书卷灯、鸭子灯、楼船灯等各种灯型。在正月初十至正月二十九日止，文峰宫庙前后张挂着各种各样宫灯，形形色色、造型生动，宫前庙后，灯光耀目，银花火树，令人眼花缭乱，此谚语说明当时文峰宫彩灯造型丰富生动，富有浓厚的民间生活气息。

莆田城内有谚语"文峰宫起，文峰宫止"和"文峰宫妈祖总元宵"，则都是反映莆田城内以妈祖庙文峰宫为中心的正月闹元宵习俗。莆田城里从正月初六至二十九晚（尾暝），莆城各社境依次在不同时间举行社境祭祀和元宵民俗活动，至农历正月二十九夜，全部汇聚文峰天后宫进行"妈祖总元宵"。此夜在宫前举行点烛山、游灯、演莆仙戏以及文艺踩街等民俗活动，表示元宵佳节的民俗活动圆满结束。妈祖故里湄洲也有相关过节谚语，如"下山人够红口，元宵初九"，说的是湄洲下山村奉祀妈祖的麟山宫，从农历正月初九这天起，就开始陆续举行"摆棕轿""游灯"以及有乩童参与的抬妈祖神像、陪神等出游的系列妈祖元宵活动。"红口"，湄洲土语，指骄傲，方言白读与"九"押韵。沿海还有"嚓咚七咚圈，妈祖卜（要）落宫"谚语，也是描写元宵节在锣鼓齐鸣中妈祖出宫和回銮的热闹气氛。"请妈祖看戏"是仙游度尾谚语，反映当地元宵节要在妈祖宫庙前演剧酬神。"三月二三娘妈生"谚语，指农历三月二十三日是妈祖诞辰，这天各妈祖宫庙都要举行各种隆重的庆祝活动和庙会活动，十分热闹。

文峰宫除了是莆城举行妈祖元宵活动的重要宫庙外，还是莆仙戏戏班裁决事项的妈祖宫庙。旧时莆仙戏班里谚语说："文峰宫里看总簿"，又说："文峰宫请大簿看"。"总簿"也称"大簿"，是指记载莆仙戏戏班各项公约班规的本子，旧时戏班遇有争议的事情，即到文峰宫拿出"总簿"对照，然后按其中规定条文来处理。"总簿"本应放在供奉戏神田公元帅的城郊头亭瑞云祖庙，但却放在文峰天后宫，这说明妈祖对莆仙戏的影响甚深，以至有戏班的事也要由妈祖来裁决的民俗。有关此谚来源，另有一说认为是与温州杂剧流入莆田有关。《莆田戏剧史》引莆仙戏老艺人传说：当宋末元初动乱时代，温州南戏戏班和艺人们纷纷从海道南迁莆田，他们顺利到达莆田后，就在文峰宫演剧酬谢海神妈祖，久而久之，文峰宫成了戏班和艺人的聚集地，于是就把"总簿"放在文峰宫，有事请妈祖决断。再后来文峰宫香火越来越兴盛，艺人聚集地才迁移到北关外的瑞云祖庙去，而"总簿"却仍留在供奉妈祖的文峰天后宫。

莆仙妈祖信仰还衍生出其他一些具有引申义、比喻义的谚语。如"娘妈""娘妈婆""娘妈相"，这是莆仙话中带形容词性质的俗语，可重叠为"娘娘妈""娘娘妈相"，比喻像娘妈（妈祖）那样细心，亦形容女子或某人做事认真或过于认真迟缓。妈祖配神"千里眼"则用来讥讽某人非亲眼所见，"万里耳"讥讽非亲耳所闻。又如"风大找妈祖"，这是莆仙很流行的一句谚语，因妈祖是海神，海上遇风遭险，渔民便会祈祷妈祖护佑，但信仰妈祖必须保持恒久虔诚之心，多做善事，才能得到妈祖的庇佑，此谚语引申寓意与"平日不烧香，临时抱佛脚"是相同的。

又如"乞食过湄洲","乞食"就是乞丐,旧时人民生活困苦,沦为乞丐的贫民很多,当三月廿三湄洲妈祖诞辰和升天日等重大活动时,许多乞丐就纷纷涌向湄洲讨生活,因古代过海到湄洲不容易,而乞丐则往往随身携带许多生活"家当",增加渡海负担,此谚用以形容随身累赘太多。

另外,像"二月二五,风拍神翁嘴须;三月二三,雨沃妈祖花粉"谚语,则是生活经验的总结,"二月二五"即农历二月廿五日,这一天为"神翁"生日,刮风机遇较多。按:北宋有泰州著名内丹派道士徐守信(1032~1108),又名神翁,其生日是二月廿五日。"三月二三"就是农历三月廿三日,本日为妈祖诞生日,这天前后则容易遇到下雨。这条谚语与闽南和台湾流行的"妈祖婆雨,大道公风"谚语有一定相似性。

第五章

其他民俗活动

第一节　放铳

铳是中国古代的一种火器，有鸟铳、火铳等。铳的外形似现代步枪，也有枪筒和扳机，但它所使用的是火药，而不是子弹，火药粉必须通过一根枪条压进枪筒后方可"放铳"。旧时，猎人经常用鸟铳到山沟或树林里去打鸟兽。

民间凡遇菩萨出游，常常会邀请10多个鸟铳手，在队伍前头轮流对天鸣枪，这就是俗称的"放铳"。因为火药压得实，故此开火时，在空中发出巨大响声，威力远胜鞭炮。放铳实际上是在宣示神的威力，增强菩萨出游时的威严气氛。

由于鸟铳枪身长，装药麻烦，所以，后来改用火铳。火

给火铳装药

铳，又称为四门铳，总长度约60至70厘米，一端为木柄，一端为铁条，在铁条上焊接四节铁管。使用时，在每节铁管内装填火药粉，最后再用泥土压实。铁管下端有一小孔，插上一根"炮心"（即导火线）。燃放时，一手向外举火铳，一手用香支之火点燃导火线，瞬间就会发出"嘭嘭"的巨大爆炸声，气势震天动地。在妈祖出巡时，仪式上一度必备火铳助阵。但近几年来，政府加强了对火药使用的管理，同时也基于安全方面的考量，许多地方已不再使用火铳了。如今，一些大型宫庙出游时已改用汽炮车。

第二节　砂花

砂花应写为"鉎花"，"砂"是"鉎"的白读音，乃是生铁的意思。"放砂花"也称"砂花迎神"，是一项颇富特色的敬神习俗活动。其起源和形式与河北蔚县暖泉镇的"打树花"相似。莆田壶公山祥云殿在每年正月初九日玉皇神诞庙会除了午夜烧头香活动外，就数放砂花迎神的场面最为壮观了。壶公山是莆田玉皇信仰的重镇，如今山上重修了"极高明天后宫"，把妈祖信仰纳入壶山文化。"放砂花"在壶公山"三十六乡"一带较流行。

放砂花主要器具和原料如下：用耐火土糊制"猴子炉"一座，高1.5米，内胆28厘米，木制鼓风箱一台。用长1米直径5厘米的炸花毛竹片10片，制成勺状。50厘米木制炸花槌10把。

关键还要准备喷洒一小时的砂花原料：包括"砂"（生铁）150公斤，木炭活焦炭约80公斤，石灰石约20公斤。

放砂花时，先把铁砂放在炉子里高温熔化为"铁水"，然后选择路边树干高大粗壮、枝繁叶茂的荔枝树或龙眼树五棵，把熔化的"铁砂水"泼到树杈以及树枝上，这些熔化的铁砂就从大树上洒下，它们互相碰撞，火星飞

砂花

溅，发出闪亮耀眼的光芒，在黑夜中形成了"火树银花"的壮观景象。砂花迎神仪式一般选在22～24时。据说经过泼"砂花"的龙眼树、荔枝树不仅不会损伤，反而还有灭虫效果，故次年果实更加丰硕。

古时，新度锦墩一带不少人家以生铁"铸鼎"（锅）为生，民众把铸造生铁器物时大量迸溅火星的原理，转化成为一种特殊的娱人与敬神的放"礼花"活动，是劳动人民的一项创造。"砂花迎神"习俗来源于此。其技艺涵盖民俗、历史、铸冶工艺等领域，是一门具有程序性、传承性、群众性、观赏性等特征的综合艺术，今已列为市级非遗保护项目。

第三节　圈灯

圈灯，湄洲、枫亭等一些地方也称为"游灯"。民间闹元宵通常都在夜里举行，元宵节既有点灯、赏灯活动，也有圈灯活动。当夜幕降临，全村家家户户都准备了数盏纸灯，把它们固定在长条凳上，然后排成长队。中间的人，左手抬着前人凳子的后端，右手抬着身后长凳的前端，这样就组成了一条长长的灯龙。灯龙队伍的灯笼都点着蜡烛，然后沿着村子四周的地界绕行。在夜色中远远望去，就犹一条闪亮的巨龙在远处圈游舞动，故称"圈灯"。旧时，交通不发达，村野间多为蜿蜒小道，灯火回环往复，更显优美！

圈灯活动，既有以灯火驱邪除秽的寓意，也有祈求新的一年阖境平安的美好祈愿。涵江一些农村传统闹元宵活动，有年年举行圈灯活动的老例。如塘北村"初七日行傩、初十圈灯"，年年如此。江口镇一些乡村也有这个传统，山区则以萩芦崇圣宫最为壮观。莆田市以仙游枫亭圈灯（当地称游灯）最富地方特色，所用之灯既有古代宫灯，又有民间的菜头灯、花篮灯、水族灯等，人们把灯艺和民间文艺、舞蹈、戏剧等等互相融合，把圈灯（游灯）活动做到极致。如今，不少地方把妈祖文化活动和元宵民俗活动结合起来，称为"妈祖闹元宵"，把发祥于湄洲岛的民俗扩展到莆田其他不少地方。

第四节　马队

莆田各地妈祖出巡等民俗活动，会有上百甚至数百的马匹随行。因为在古代

马队

帝后出巡时，都配有一支强大的马队，这是宫廷的规格。这一支长长的马队，为巡游队伍壮大了气势，增加了队伍的多样性和观赏性。只是巡游马队的这些马匹上坐的不是拿着武器的武士，而是乔装打扮成的金童玉女，这些少男少女扮做古装戏中的人物，一个个蛾眉粉面。男的扮武将，女的都扮做闺秀小姐或女将模样，整个马队色彩纷繁、古色古香。还有些马匹的背上，则驮着大捆的"贡银"，那是进贡给神灵的"财宝"。

第五节　妆阁

　　妆阁原名彩阁，俗称妆架，即彩车。在莆田菩萨出游时，民间都要装扮一辆辆彩车，彩车上站着一二个年青女子（也有男子），打扮成各色历史故事中的人物，随着出游队伍一路供群众观瞻。

　　彩车最早是用人抬着一个架子，后来改用板车，在板车上布设假山亭阁和妆房、树木之类，还在上面挂上成串成串闪闪发亮的彩色灯泡，以增加美感和色调。人物主要取材于广大群众所喜闻乐见的历史故事。这些历史人物可分几类：一类是英雄人物，如穆桂英、花木兰、梁红玉等等；一类是名著故事中的人物，如《三国演义》中的貂婵、《红楼梦》中的"金陵十二钗"（林黛玉、薛宝钗、晴雯等）、王昭君、梁山泊与祝英台、孟丽君等等；一类是神话人物，如观世音菩萨、天妃妈祖、七仙女、嫦娥等等。这些人物都由剧团的化妆师来梳妆打扮，他们面带桃花，

妆阁

身着古装彩衣乡裙，扮相惟妙惟肖，是出游队伍中的最大亮点。

2009年湄洲妈祖巡安兴化时，因为路程远，妆阁改用汽车，18辆彩车全由赞助商提供，彩车分别用妈祖神话中的18个故事装饰，依次为"演法力铁马聘海""祭上苍旱情骤解""施灵符莆令疗疫""祈赐水枯井涌泉""改王府天后赐泉"等等。彩车两侧的车厢上还分别彩绘滚滚波涛、流水行云之类的图案，增加动感和美感。18个故事中的人物也一律为古装打扮，或立、或坐于车厢内，周围用楼阁、假山、彩旗装饰。用汽车布置彩车，是对传统民俗与现代元素的结合创新。

第六节　耍刀轿

耍刀轿，是莆仙地区特有的一种介于民间舞蹈和杂耍性质的表演技艺。在妈祖出游活动中，出游队伍由妈祖主神像、各种陪神像、乩童和卤簿队伍组成。妈祖主神出游时担当驱妖辟邪的陪护神是乩童，也就是耍刀轿的表演者。乩童由宫庙中的长老从年轻力壮的青年人中挑选出来并通过卜卦等仪式确定，表演前须沐浴斋戒三天。

刀轿的外观与旧时的坐轿很相似，两旁有粗长的轿杠供壮硕的轿夫抬轿。奇特之处是座椅上插满了锋利的刀。靠背也有三根竖插的刀，左右扶手处各放置两把相互交叉的刀，呈"×"状，椅面上和脚蹬的地方也各有三把刀。刀刃全部向上，朝着表演者。扮演乩童的表演者根据扮演的神明不同，装束和动作均不一样，如扮演"齐天大圣"则着"大圣"服，扮演"哪吒"则着"哪吒"服，扮演"将军"则着将军服，通常上身衣着简洁，赤足，双手持三角令旗。人坐上刀轿以后，底坐、背靠、脚踩的都是刀。表演之前还要将这些刀磨得很锋利。此外，在刀轿的靠背和扶手的两端都雕着龙头，轿上还插着三角令旗。

乩童与刀轿

耍刀轿

表演前先在刀刃上贴上从宫庙中求来的"神符"，表演者进庙里请出妈祖神像，然后坐上刀轿，由数名精壮青年轿夫抬着。一行执事和神像浩浩荡荡开始出游。在出游途中，表演者是一直坐在刀轿上的，双手挥动令旗，一路"驱妖辟邪"。

当队伍行至接驾广场时，乩童和轿夫一同表演。首先是乩童的过火堆表演。当妈祖和妈祖仪仗队到达广场后，人们抬着妈祖及陪神飞快地围着火堆转一圈跑进殿中，之后只见乩童从轿上纵身一跃落地，右手持剑，左手拿旗，脱下头上的将军冠帽。时而双手横握宝剑，拎着刺球，单脚跳，前进三四步身体走一上弧线，单脚跳后退两步身体走一下弧线，时而手横举宝剑在额头，一面左右甩动刺球，用力击打自己的赤体，然后赤脚踩跳过火堆，旁边围观的观众不时地发出惊呼声。在重复跳过几次火堆后，乩童回到刀轿上。走在最前头的左右各一人执锣不断敲打。轿夫抬着乩童转火堆一圈后退回起点，接着抬轿的年轻人一手叉腰，一手抬轿，蹲着马步，踩着锣鼓点，一拍一步走到火堆前，随着锣点的加快，围着火堆连续绕场数圈。由于中心的轿夫运动距离较短，外围的轿夫运动距离较长，从而导致中心的轿夫运动速度较慢，外围的轿夫基本上是连跑带跳，最外层的轿夫基本上是跳跃式前进，乩童稳坐在刀轿上，重复之前在刀轿上的表演动作，观者则高喊"好啊！好啊！"观众和演员互动性很强。

表演主要有三个内容：（1）轿夫前倾后仰地一个个抬出众陪神像，上下晃动，左右摇摆，绕着场中央奔跑，乩童随其后舞动。（2）乩童坐在刀轿上，抬轿的人上下摆动轿身绕着场中心奔跑，乩童还要前倾后仰，随着刀轿的上下颠簸让刀在身上割出一道道血印。（3）年轻人再抬出妈祖神像上下摇晃绕场两周奔跑，乩童随其后舞动。其中（1）（3）部分是在地上蹈，（2）部分是在轿上舞。

第七节　高跷

莆仙方言称"高跷"为"柴骹（脚）"，称"踩高跷"为"行柴骹"。高跷源于古代的"百戏"，相传已有千年的历史。"高跷"（柴骹）是由两支上方下圆的木棍，中间有一横踏板的杉木制成。其高度各不相同，越高难度越大。高跷演员演出时脚踏横板，高跷上部紧贴小腿外侧，用红色布带把高跷和小腿及脚板绑紧。演员都是化妆演出，除"画面（脸）"外，也有戴面具演出的，人物装扮和服装等，大体是根据莆仙戏的脸谱和造型。表演时所用的道具，有扛的，有操在手中的，一般都很轻巧、精美，便于在高跷上摆弄、杂耍。高跷舞技表演从步法上有单足跳、大跨步跳、金鸡独立等。从身法上有前俯、后仰、左歪、右斜等姿式，斜度在45度以上。还有骑肩人，单人武术表演、武术对打等许多高难度动作。还有模拟动物、水族和莆仙戏传统科介中的一些夸张造型。

高跷

高跷的表演内容多彩多姿，节目表演内容以小戏剧、小品为多。如《妈祖出巡》《观音送子》《八仙过海》《龙王嫁女》《葵花舞》《祝寿舞》以及《西游记》片段等。由莆田黄国辉、黄国宝兄弟挖掘、整理编排的《妈祖出巡》节目中有妈祖、水手、千里眼、万里耳（顺风耳）、童子、龙王、龟、鳖、虾、蚌、鹭、蟹等角色。其中妈祖庄严慈祥，金童玉女活泼可爱；小旱船随风逐浪高低起伏，水手划船动作优美有力，整齐统一；千里眼、万里耳，左顾右盼忙于观察世情；场中鹭、蚌、虾、蟹，龟、鳖等相争相斗，激烈有趣。该节目表现了妈祖救苦救难、镇妖驱恶，护国庇民的许多精彩生动场面，颇富创新价值。

高跷表演活动可在行进中表演，也可在定点场地表演。目前的高跷表演主要是作为出游队伍的阵头，与彩车、锣鼓队等配合，一边表演，一边行进。演员数量大约20-50人之间。莆田高跷技艺以黄石澄瀛村高跷队最为有名。2006年妈祖文化旅游节期间，莆田市人大组织南下广东海丰市进行妈祖文化交流活动，具有特色和高超舞技的澄瀛高跷踩街行程达20公里以上，沿途观者如云，一时轰动海丰市。此后他们又北上长乐市金峰，参加文艺踩街。又先后接受过多家电视台、报纸等媒体的采访和专题报道，影响日益扩大。澄瀛高跷伴随着民俗活动的产生和发展，既有对民间"散乐"歌舞的吸收，也有对莆仙戏艺术、民间武术、杂技的引进，舞技糅合水族、飞禽等动物的动作，采用似形达状、描态传事等方法，构成丰富的舞蹈语言。登瀛高跷队目前最高的高跷已达到2.3米，被列入福建省非物质文化遗产名录。

第八节　涂鳌山

　　涂鳌山一作"涂假山"，是一项莆田民众喜闻乐见的民间技艺，据说起源于宋代。古代莆田人民在欢庆元宵佳节或举行重大庆典活动时，往往要请民间艺人在庆典之地堆设鳌山，增加观赏和喜庆气氛。涂鳌山传统艺人通常是用竹器先架设一个山的骨架，然后在骨架上敷上各色纸张，布置成一个大山的形状，然后在山上布置草木、道路、河流、桥梁等物，接着又在山上布设古典人物，描绘百姓耳熟能详的各种古典名著和民间故事，也有的是描绘莆仙戏传统剧目的某个场面。如《安安送米》《武松打虎》《姜太公钓鱼》《二十四孝》等都是常见题材。当代的涂鳌山工艺有不少创新，题材更为广泛，民间艺人按现实的人物、器物比例捏制出各种泥头绸衣的人物，除了古典人物外，更有现代人物，搭配的相关动植物和器物以及各种场景也更为多姿，多为表现农事生产、日常生活活动。作品中的人物面部表情或庄或谐，形体动作或雅或俗，造型逼真，栩栩如生，风趣无比。随着时代进步，这种民间艺术在表现形式方面也与时俱进，利用现代声光化电科技，由之前的静态演变为现在的动态，生动再现各种乡情民俗，令人拍案叫绝。如2013年11月27日，中华妈祖文化研究院庆祝懿明楼后山的懿度楼落成时，就在懿明楼前举办了由荔城区张镇朱墩村民间艺人何维展制作的涂鳌山"民间艺术电动故事展示"，展出项目30多个，题材丰富。人物、场景等利用电机驱动，循环往复，有的动作准确传神，有的动作夸张滑稽，人物、场景、流水，动静结合，栩栩如生，让人身临其境，博得了众多市民的赞赏。涂鳌山的技艺有待进一步传承和发扬光大。

涂鳌山

第六章

民间工艺美术

莆仙妈祖信俗民间工艺美术源远流长，品类繁多。就载体种类看，有平面的载体，包括民间绘画、木刻版画、刺绣、剪纸等。有立体造型载体，包括木雕、石雕、砖雕、玉雕、铜雕、竹雕和泥塑、灰塑、纸扎等。就民间工艺美术表现的内容看，也十分丰富和富于特色。如平面载体的绘画类内容就有妈祖传说故事、古典小说、传统戏曲故事，还有道教神仙、民间俗神、佛教神祇、山水花鸟、祥瑞图案等等。

第一节　民间绘画

1. 壁画

妈祖宫庙最常见的绘画种类是壁画，首先这是因为壁画比纸本、绢本之类载体更耐久和容易保存；其次是壁画面积更大，便于展示更多内容；再次，壁画直接绘制于宫庙墙壁，显眼而突出，对建筑物能起到很强的装饰作用，让妈祖宫庙建筑审美艺术进一步延伸，文化内涵得到提升。妈祖宫庙壁画构图讲究饱满写实，它们让白色的墙壁变得色彩缤纷，形成强烈的视觉效果，烘托出庄严又喜庆的气氛，是民众向神灵传递祝祷诚心和美好祈愿的精神承载物。

江口凤来宫壁面神像

妈祖宫庙壁画的载体和形式主要有粉墙彩绘壁画、粉墙黑白壁画、瓷砖贴面彩绘壁画等几种。形式有分格连环画、挂轴形式连环画、单张组合画、单幅画等多种。

在分格连环画、挂轴形式连环画中，最常见的题材就是妈祖传说故事。但幅数和内容相差悬殊，各不相同。如秀屿东庄下营柳营妈祖宫的黑白妈祖传说故事连环画多达124图。而少的则只有4幅，如东埔吉城离山宫只有4幅黑白影雕妈祖故事。可见壁画在数量方面没有统一标准，但因为壁画几乎都是分绘于左右墙面，所以在数量上总是能被2整除的。如月塘岱前麒麟宫彩绘80图、忠门沁头西山行宫新彩绘70图、秀屿后江下游流泽宫彩绘64图、北岸东埔镇宝山宫彩绘60图、东埔下坑靖麟宫56图、东埔何山华山宫彩绘48图、常太金川鳌头宫彩绘42图、涵江三股兴安堂彩绘40图、东埔前范东兴社钱山宫彩绘36图、北岸山亭桂枝宫彩绘24图、忠门琼山九莲山寺妈祖殿黑白绘12图等等。经调查统计，妈祖故事壁画以彩绘最为常见，数量上以48图最为常见，这是因为壁画大都是摹绘传统的《天后圣母圣迹图志》的48图。

传统的壁画都是绘于粉墙之上，改革开放后，许多重修的宫庙则喜欢在墙上贴上白瓷砖然后绘画，这样的壁画，可以清洗，似乎更有利于画面的清洁，然而，因瓷砖是拼接的，缝隙多，破坏了画面的整体性，而且在瓷砖上绘画，要用不易脱落的油漆绘制，因此很难表现传统中国画的皴染等层次韵味，极大地降低了壁画的艺术价值，加上瓷砖易脱落，实际上也不是"经久耐用"。

壁画作者一般都是民间艺人，绘画艺术水准参差不齐，一些艺术水平较高的，就可能成为精品。如仙游枫亭霞桥灵慈庙的妈祖故事壁画相传为清末民国著名民间画家林肇祺（1859～1930）所作。壁画绘于庙内下厅两厢墙壁上，两旁各28幅，共56幅，每幅约为60厘米见方，以连环画形式描绘妈祖出世以及济民降妖的传说故

马厂妈祖阁壁画

事，艺术水准较高。

连环画形式壁画除了表现妈祖传说故事外，莆田妈祖宫庙壁画还表现其他多种题材，内容主要为劝善齐贤、惩恶报应之类故事。较常见有二十四孝故事，如山亭利山水云宫、山亭桂枝宫、城厢沟头青榕阁、庄边山溪临水宫、仙游度尾仙井宫等妈祖宫庙都绘有二十四孝连环壁画。还有杨家将故事，如忠门安柄白石宫、东埔西山龙虎宫、仙游度尾剑山石龟宫等。也有画妙善公主（观音）故事的，如仙游赖店潘坑宫。还有如仙游度尾后埔龙兴宫绘《西游记》故事、东埔何山昭灵宫画《西游记》及八仙故事、灵川榜头新兴行宫绘《三国演义》故事、山亭东乌垞妈兴宫绘《六道轮回图》等。

壁画表现的传统典故故事也是应有尽有。如东埔前范南兴社钱山宫绘《还我河山》《武侯进寿》《饮马投钱》等，山亭利山水云宫绘《月下追韩信》《王昭君出塞》《苏武牧羊》《比干剖腹取心》《赵子龙单骑救主》等24幅典故，常太金川鳌头宫除了绘有山水、花鸟壁画外，还绘有《孔明弹琴退伍》《魏征梦中杀蛟》《嫦娥奔月》《画龙点睛》《仙女散花》《精忠报国》《苏武牧羊》《李白回书》等典

故。人物画中，也有绘《仁》《智》《礼》《义》，或者绘《风》《调》《雨》《顺》、《有》《求》《必》《应》以及四大仙女之类。

道教神祇及妈祖配神，主要有千里眼、万里耳（顺风耳）、四大金刚、黑白无常、雷公、电母、班爷（八班）、仙姑等等，而民间的地方俗神则难尽述。如涵江黄霞下宵村云雷坛绘有40多尊神像，除千里眼、顺风耳外，还有崔元帅、庞元帅、刘元帅、黑灵尊神、火铃将军、邓天君、雷门石使者等等俗神。又如东埔东坑名山宫壁画绘有马元帅、姜元帅、崔元帅、张天官、张公圣君、飞挺天君、雷震子等24位神祇画像。

壁画的吉祥图，也是丰富多姿，如《仁者寿》《麻姑献寿》《花开富贵》《竹报平安》《松鹤延年》以及其他山水花鸟图案，都是常见的题材。

2．挂轴纸本画

纸本画一般都是装裱成挂轴，以便收藏。纸本画的绘画艺术水平一般高于壁画。莆田妈祖宫庙目前收藏的妈祖挂轴纸本画以仙游鲤城街道（原属大济镇）白塔村枫塘宫收藏的一套清代纸本工笔重彩画最为有名。该图轴现被称为《妈祖显圣图轴》，共四轴48图，每图纵61厘米，横38厘米。绘有妈祖的生平传说、信仰的发展以及历代皇帝的褒封等史事。其中人物设色浓丽而凝重，主次大小分明，顾盼呼应，多运用传统描绘亭台楼阁的界画手法，一丝不苟、细劲柔韧地描画人物和云水，以工、写、勾、填相结合的形式描绘花草树木。每幅画空白处的题跋文字，既加增了图画的书卷味和可读性，又能直观有效地宣扬妈祖的神通和威力。2000年4月27日（农历三月二十三日）妈祖诞辰1040周年纪念日，国家邮政局曾发行TP13《妈祖传说》特种邮资明信片一套六枚，邮资封套左方之图选自莆田市博物馆馆藏近代刊印的《林氏族谱》中的《妈祖画像》，明信片的六幅组画就是选自枫塘宫的这套天后显圣图轴，分别为6—1《妈祖诞生》，6—2《海上救难》，6—3《湄屿飞升》，6—4《神女护使》，6—5《钱塘助堤》，6—6《涌泉济师》。

另外《天后圣迹图轴》原图共四幅，今遗失一幅，绘者署名欧峡（字符泰，清代乾隆年间莆田画家）。该图轴曾藏于莆田涵江霞徐天妃宫。图轴为设色纸本，现存三幅，尺寸分别为：第一幅残长190厘米、宽126.5厘米，第二幅残长198厘米、宽126.5厘米，第三幅残长168厘米、宽126.5厘米。图轴中描绘妈祖出生和显圣事迹数十节，现存27节。第一幅描绘的是天后诞降、窥井得符、机上救亲、化草救商、菜屿长青、舫海寻兄、祷雨济民、降伏二神、菖蒲回生等节故事，第二幅描绘的是收伏晏公、收伏高里鬼、驱除二竖、收伏二嘉、湄屿飞升、通梦建庙、枯槎显圣、铜炉溯流、圣泉救疫、温台剿寇、瓯闽救潦、济兴泉饥等节故事，第三幅描绘的是祷神起椗、一家荣封、助擒草寇、助宋克金、广州救郑和等节故事。至于第四幅，因画作已缺失，无法判定所绘具体故事内容。本套画轴的特色是不同故事画面间并不用界框分隔，而是将不同故事统一描绘于四大画幅之中，不同故事图与图之间的空间巧妙自由穿插，富于整体和谐感，颇具匠心。

除妈祖故事画轴外，建国初期在涵江霞徐天后宫搜集的一幅明代《星图》也是十分珍贵的图轴文物。星图画幅残长150厘米，宽90厘米。中央绘圆形星图，外套云层，上画神像。星图上下方为文字说明，主要是辑录中国古代天文资料。星图画面是以北极为中心，用墨线画出两个同心圆：内圆（即内规）直径17厘米，表示星象绕天球北极旋转时没入地平的范围。外圆（即外规）直径60厘米，表示观测点可见的空中最大限度。图上还有80根经线，从北极圈向四周辐射，间隔宽度不等，分别等于28宿的距离。在星图中心还用另纸剪贴一个内径仅3厘米的小圆环，上面标示四维、八干、十二支组成的24方位，写法排列同航海用的罗盘的"经字"完全一致，证明该星图与航海有紧密的关系。

目前在莆田市妈祖宫庙中还流行一种仿纸本挂轴的壁画，就是把原来的挂轴画载体改为墙壁，远处眺看，仿佛挂轴，近处细察，却是壁画，可以说是挂轴式壁画或壁画式挂轴。它具有传统挂轴的审美效果，又无纸本挂轴受潮、卷曲、破损之虞。如涵江宫口灵慈宫有8幅妈祖故事挂轴壁画，分别是《梦月怀胎》《井得天书》《法收晏公》《道降二怪》《祈雨解旱》《三救郑和》《法助灭倭》《历代褒封》，8轴条幅画工精细，艺术性较强。沿海妈祖宫庙也有不少类似形式的壁画。

3. 版画

版画是先画后刻的一个美术门类。中国古代版画主要是使用木刻，就是在木板上刻出反向图像，再印在纸上欣赏。木刻版画要经过绘、刻、印三道工序，其作品墨线流畅，风格古朴，独特的刀味与木味使它在绘画史上具有独立的艺术价值与地位。莆田妈祖木刻版画内容，主要有妈祖故事连环画版画，还有如林清标《敕封天后志》以及《天后圣母圣迹图志》等书中的插图，都是妈祖木刻版画的代表作品。

湄洲妈祖祖庙所藏的民国《林妈祖志全图宝像》画册，就是一本妈祖故事连环画版画。该画册为宣纸绘本，纵26.5厘米，横16.5厘米，线装一册，共76页，有些页面部分图像残缺不全，其中第75页为空白。现存图册当为石印版画，封面题书名

为《妈祖故事画册》。绘画者陈桂兄乃是民国间莆田当地一民间画匠。他根据妈祖传说故事而创作了此画册。画册是用章回形式绘画描述，全册故事共计54回。故事之后的画图为天后梳妆图、妈祖升天图、千里眼、万里耳、侍女、湄洲祖庙地图等图（向西南），又千里眼、万里耳（正底出品）、湄岛地图（北向）等图和文字。殿后的是"十八水天王"20幅等。"十八水天王"自东九位，至西九位，最后还有"十八水天王画加二位"等字样。但最后二页分别是缺页与残图，不能辨认其原来面目。其他画像均尚清晰，人物表情各异，衣着、面谱不尽相同，并在各图边标有如"东第九位，东边尾位止"，"西边起头位画"，"西第一位"等字样，附图每位边上都有类似标注。对于"十八水天王"大体可认为是湄洲妈祖祖庙原"十八水阙仙班"之画谱。

有相关书籍的版画插图，如《敕封天后志》里刊刻有《救郑和图说》《澎湖助战》《保护册使》等，文峰宫藏清周宗坊刊本《敕封天后圣母真经》刊刻有《天后》《千里眼、顺风耳》《镇海侯》等插图，近代莆田刊印的《林氏族谱》中也有《天后画像》等。

在妈祖宫庙木刻版画中，还有一个重要门类是符箓版画。符箓也称符文、符

湄洲祖庙符像版画

宫灯绢画

书、符篆、符图、甲马等，道教中指可以召神劾鬼，趋吉避凶，降妖镇魔，治病除灾的一些神秘符号与图形。析言之，符指书写于纸、帛上的笔画屈曲、似字非字、似图非图的符号、图形；篆指记录于诸符间的天神名讳秘文。版画符篆实际包括两类，一类是纯粹的文字和符号，即一般神符；一类则是以妈祖神像为主，也就古人说的"甲马"，也称纸马。甲马是木刻黑白版画，画有神像、用于祭神。

4. 绢画

绢画就是在丝绢类织物上所绘之画。绢画所选材料通常为优质的丝绢或锦、绫丝织物，经过画师巧妙构思绘制后再装裱而成。妈祖宫庙绢画主要用于宫灯等装饰器物。现存于莆田市博物馆的清代《湄屿潮音》宫灯绢画，为一幅小写意设色山水画，描绘湄洲祖庙景观，技法纯熟，是研究清代湄洲祖庙建筑规模的难得史料，也是莆田古代绢画的代表作之一。

第二节 民间雕塑

雕塑是雕和塑两种工艺的合称。莆田自古为雕刻之乡，驰誉八方，雕刻品类有石雕、木雕、砖雕、铜雕、玉雕、牙雕等等。在妈祖民间雕刻艺术中，其中最常见的是木雕和石雕。

1. 木雕

忠门新兴宫木雕匾额

莆田妈祖民间木雕艺术运用十分广泛，从妈祖宫庙、牌坊等建筑的构件装饰如斗拱、藻井、垂花、雀替到宫庙匾联，从妈祖宫庙神像再到众多神器，处处都能见到木雕艺术的存在。

妈祖宫庙建筑的木制构件，如屋梁、屋顶的斗拱、雀替、驼峰、月梁、垂花（吊筒）、竖材、藻井以及浮雕门窗等，都是木雕艺术的展现载体。

匾额则是集雕刻艺术和书法艺术为一体的木雕艺术品。许多匾额的四周边框上，都雕饰有各种龙凤、花卉以及其他吉祥图案和纹饰。有的还镶嵌珠玉，极尽华丽之能事，集字、印、雕、色之大成。匾额文字大多以阳刻工艺给予体现，制作精致，立体感强。以湄洲妈祖祖庙的匾额为例，它集合了书法、工艺设计和雕刻在内的众多元素。匾额主体即书法浮雕部分是心灵手巧的工匠们的雕刻作品，匾额底色，突出金色的书法字体，四周镌刻精致的纹饰，具有庄重、威严之感，衬托出庙宇的神威和气场，使人瞻仰后肃然起敬。如"神昭海表""海不扬波""佑济昭灵""海国安澜""与天同功""天池永奠""圣迹益彰"等等匾额。仙游度尾潭边龙井宫保存落款为"乾隆十年"的雍正帝手书"神昭海表"匾是目前所见最早的皇帝手书妈祖宫庙匾实物。湄洲下山村麟山宫保存的"圣迹益彰"匾落款为"道光岁次乙酉（1825）十月谷旦，福建汀漳龙道摄理台湾府事方传燧敬书"，说明台湾在清道光年间还是隶属于福建汀漳龙道，是闽台同根同祖的见证。港里天后祖祠保存的"春秋谕祭"木刻牌文字硕壮，是妈祖在清代得到官祭的见证文物。

妈祖和配祀神如千里眼、顺风耳等神像则集中反映出莆田木雕中的圆雕艺术水平。莆田妈祖及其陪神的神像在造型和彩绘形式方面，都以刻划传神、精细生动为追求。宫庙木雕神像，多用檀木、樟木、红木、榆木、黄杨木等木材雕制而成。

宋代木雕妈祖

沁头南清行宫神轿

透雕花亭式桌灯

神像雕完后还要上漆并描金彩绘，有的直接饰以金箔，显得富丽堂皇。如文峰宫保存的南宋木雕妈祖神像，头梳高髻、耳垂较大，脸庞丰满、额头突出，眼睛细小，表现慈祥亲切的笑容，面带微笑，身着蟒袍、云肩，散发出一股高贵的气质。整个造型反映出洗练的木雕刀法，成为年代最早、保存最完整的一尊人物雕刻。莆田市博物馆收藏的宋代妈祖夫人像、东岩山行宫供奉的木雕妈祖像，脸颊丰满、神态慈祥秀丽、服饰飘逸，成为后代艺人雕塑妈祖神像的范本。清代的妈祖神像，衣冠繁褥，身着龙袍、头带冕旒，脸颊方圆，后发髻往上翘，整个造型显得庄严、神圣。贤良港天后祖祠奉的妈祖之木雕神像，脸形呈长方形，线条呈流畅优美的弧线，丹凤形眼睛略微俯视，宛似关注着民间的平安和平。把眼睑的两端（眼缝）作了阴影刻画处理，眼睛造型真实亲切，眼神雍容，嘴形处理亦小巧别致，嘴角微欲语，下巴的刻画略微显示后妃风韵，隐约可见汉唐雕塑中饱满而结实的"双下巴"。这些特征和中国佛教的神像颇为相似但又有区别。妈祖像传达给人的感受，首先是人性的亲和力，当信众凝视妈祖像时，好像可以和她倾心交谈。其次是信众从妈祖沉着、凝静的神态中，又会感到无比的神力，充满安全感和崇敬感。又如莆田黄石浦口宫天上圣母的神像，构图饱满，风格古朴，雕刻刀法细腻，层层镂空，线条纤细而流畅。

除妈祖和妈祖配祀神像外，与妈祖信俗有关的木制带雕刻的神器和仪仗道具还有很多。从神龛、神案、神舆、香亭，到果盘、馔盒、桌灯、龙烛、符板、斩怪刀、驱妖牌等等道具，这些木作器具，一般都有雕饰。这些器物雕刻后，通常也要进行彩绘或贴金，使器物既华丽耀目，又经久耐用。仪仗道具主要是在妈祖进香出游时，用来增强妈祖威仪气氛的，现存于仙游度尾潭边龙井宫清代流传至今的全套仪仗道具，是莆田妈祖民俗文物中数量最多、品种较丰富的一组代表作。

雕刻与书画艺术结合的木质屏风，多为祭典中设筵的饰物摆设，分列于"筵"的两边。如莆田市博物馆收藏的八块一套的嵌片屏风，用楷书把妈祖生平及历代敕封事迹阴刻于屏风嵌板上，朱底金字，书法风格平和清丽，结体萧疏而遒劲，笔力舒展苍秀、点画周祥，意态悠然，整个章法协调和谐，形质统一，是木雕和书法两种艺术完美结合的工艺精品。

又如湄洲妈祖祖庙和仙游潭边龙井宫浮雕屏风上分别雕有"力士脱靴""画龙点睛""举杯邀月"等历史故事，人物各具形态，生动诙谐。仙游灵应堂的金漆木雕戏台屏风为清末制品，约1.6米见方，中间部分透雕的则是戏文故事。

妈祖祭祀活动中的祭器、礼器，如神案、烛台、果盘、馔盒、刀具、龙杖、腰牌、警跸牌等等，都展现了莆田木雕工艺美术的精巧华丽。如现藏于莆田市博物馆内的一件清晚期金漆木雕果盒，盒高56厘米，口径41厘米，底径37厘米，呈八角形，为整块硬木透雕，分为顶部、盒身、盒腰、脚座四部分。顶部外圈圆雕并蒂双莲，双莲上立两神仙和两凤凰。内圈为一平面活动板，板中镂一孔，供手指伸入开启用，盒身为八面框架，框内置放活动板，板上透雕《三国》人物故事图，板后置透雕几何图案薄板，为双层装饰。框外刻缠枝莲花纹，框与框之间雕力士神，力士神双手托着龙柱，柱顶是龙头。盒腰呈束腰形，里层浮雕背景为四幅锦鸟，外层圆雕八骑马将军和八侍卫。脚座为八只前立后卧的昂首狮子，张口呲牙，形态可爱。整个果盒集浮雕、圆雕、透雕技法为一体。雕工精细，构图活泼，金光耀眼，具有浓厚的地方色彩，代表了清代莆田雕工的高超水平。

木雕作品还包括根雕。如仙游度尾南潮宫供奉妈祖，该宫中有一清代根雕的大香炉，高近一米，由整块树根雕成，宛似99只猴子攀援人树，底座还有浮雕太极图形，是根雕精品。

2．石雕

石雕工艺在妈祖宫庙中用途广泛，特别是随着石材加工技术的大幅进步，如今石材的使用甚至超过木材。在建筑上，大者如宫庙的台基、墙堵、廊庑、亭阁，小者如斗拱、栏杆、望柱、龙柱、瓜楞柱、柱础、须弥座、龙陛、壁雕、石窗、几案、门枕石、抱鼓石等等构件和装饰品，石雕工艺如今是应有尽有，而独立的石雕神像、石狮、石麒麟、石香炉、石碑、石壁堵等等，更是风行于世。仙游度尾砺山南潮宫有四对青石雕就的龙柱

湄洲妈祖石像

忠门兴宁宫石雕麒麟

城厢瑞龙庵龙陛

和大门石雕，据载是清代著名石雕艺人郭怀师徒自清乾隆九年（1744）至嘉庆九年（1804）历时60年精雕而成，石雕融圆雕、透雕、浮雕等技艺于一体，柱上的人物、花鸟、蟠龙、麒麟、骏马、云朵等等图像，十分细腻精美，栩栩如生，是古代兴化石雕的珍品。2013年11月落成的白湖顺济庙"九龙壁"青石石雕，由莆田工艺大师陈国华设计，功德主林金堂捐建，高3.23米，寓意妈祖三月廿三诞辰，长9.9米，寓意妈祖九月初九升天。正面镌刻九龙戏珠，背面刻《重建白湖顺济庙记》。"九龙壁"上的九龙腾飞自如、神态各异、交相呼应，寓意群贤共济、富贵升腾、吉祥如意、蒸蒸日上的盛世景象。九龙壁用材精致，雕工精湛，是近年妈祖宫庙的大型石雕珍品。

石雕妈祖神像，是新时代兴起的石雕艺术品新门类，特别是大型妈祖石雕造像，弥足珍贵。湄洲妈祖祖庙山最高处矗立的一座妈祖石雕像是新时代巨型妈祖石雕神像的代表作。该神像由厦门大学艺术教育学院李维杞教授设计创作，由365块花岗岩雕成，高14.35米。"365"寓意一年365天，"14.35"象征湄洲岛14.35平方公里土地。神像面朝台湾海峡，巍峨矗立于蓝天碧波之间，慈祥平和又威仪凛然。造型上，神像吸收了祖庙神像的优点，又充分考虑了神像和环境的协调因素。如随风飘扬的长袖，披肩和裙带。数米长的衣带纹理不但符合海岛地理及气候特征，又起到极强的装饰效果。正面瞻仰妈祖石像，只见她眼神远眺，嘴角微翘，充满着关爱的期待感，从侧面看随风飘动的披肩和妈祖矗立的躯干形成一个不等的三角形的外轮廓，镇定而富有动感，而站在妈祖像的背下方，只见长长的

山亭桂枝宫香火炉

南潮宫龙柱

披肩在风动的作用下，经过太阳光的照耀，则呈现强烈的起伏翻腾动感，好像妈祖就要凌波踏浪而去。

为纪念妈祖诞辰1050周年，弘扬妈祖博爱精神，2010年2月，贤良港天后祖祠董事会决定在祖祠山也开工雕造一尊青年妈祖石雕像。工程历时三个月，于5月1日告竣。该石雕像由中国工艺美术大师方文桃创作设计，妈祖雕像通体由96块花岗岩组成，底座上部为边长9.6米的正方形，底部为边长9.87米的正方形，寓意妈祖出生于公元960年，升天于公元987年，石雕像高15.13米。

除湄洲祖庙、贤良港天后祖祠的妈祖石雕像外，目前莆田市许多妈祖宫庙都有大小不一的独立露天石雕妈祖立像。如月塘双告山村兴建的妈祖文化旅游公园的妈祖石雕像面朝湄洲祖庙，由109块白色花岗岩雕成，总重量约365吨，基座总高度达14.18米，于2008年12月完成安座。荔城白湖顺济庙则雕造有灵惠夫人（宋代妈祖封号）石雕像。其他还有忠门上苑重兴宫、月塘华山妈祖文化中心、东峤长城天后宫、荔城新度奇秀岩西湖寺、涵江霞徐天妃宫等，都建造有露天妈祖石雕立像。

妈祖故事和群体石雕像则以湄洲妈祖文化园故事石刻群雕最为著名。园内的妈祖群雕，共有30组198尊雕像，形象展示妈祖一生的传奇故事，逼真生动。

妈祖宫庙门口蹲立的瑞兽一般为石狮子，只有个别为麒麟。忠门秀田的兴宁宫除了石狮子外，还另有石雕麒麟瑞兽。大型露天石香炉也是目前妈祖宫庙兴起的一种石雕工艺品。如忠门秀华新兴宫有大型石雕香炉一对，高近3米，香炉有底座，圆形石炉上立有龙柱四根，上有仿八角攒尖葫芦形亭盖，颇为壮观。又如山亭桂枝宫、灵川太湖淑惠祖庙等妈祖宫庙都有类似大型石雕香炉。

碑记石刻亦是石雕门类之一。莆田市许多妈祖宫庙都有石碑，记载宫庙历史或建筑沿革。目前，莆田市最大的石刻碑林是湄洲妈祖祖庙的"妈祖碑林"，它座落于妈祖文化园的东边山坡上，占地36亩。妈祖碑林由碑坊、碑廊、碑亭、碑石四大部分组成。主体碑林共有主碑一座和辅碑99方，主碑长3.23米，宽9.9米，寓意妈祖的三月廿三诞辰及九月初九升天。两边为龙柱，顶部也横卧两条飞龙，以体现碑林的非凡气魄；碑文是清代庄俊元的五言绝句："宋代坤灵播，湄洲圣迹彰。至今沧海上，无处不馨香。"对妈祖文化始于宋代，源于湄洲，并从湄洲走向世界作了精辟的概括；碑文由中国书法家协会副主席、故宫博物院院长刘炳森先生（已故）书丹。妈祖碑林为祖庙增添了一道亮丽的文化风景，是新世纪颂扬妈祖精神的一座伟大的历史丰碑。

目前，莆田市的许多妈祖宫庙还盛行一种新兴的石雕艺术，即影雕。影雕艺术起源于福建惠安，据载雏形肇始于清代惠安石雕圣手李周独创的"针黑白"工艺。20世纪70年代，惠安石雕厂蒋友才等艺匠在美术界知名人士蒋清奇指导下，经发展创新，创立了石刻影雕新工艺。影雕采用质地细腻的墨玉等纯色石材，经过水磨抛光后，在磨光面上把要雕琢的图像轮廓描绘出来，根据黑白明暗成像原理，用特制的针一样的细小合金钢头工具，通过运用腕力调节针点疏密粗细、深浅和虚线变化来雕琢出图像。影雕既有摄影光学的艺术效果，又能体现出绘画笔触技法，独具艺术神韵，它克服了各种传统绘画载体年久易褪色和损坏的缺点，可永久留存。近年，莆田市许多妈祖宫庙都风行以影雕作品作装饰。除黑白画的影雕外，还有不少是着色（彩色）的，更增审美效果。这些作品有的镶嵌于墙壁，成为壁画的一种新载体；有的嵌于廊庑壁堵，庭院围栏、戏台等建筑物作为装饰。如东庄马厂妈祖阁有88幅着色影雕妈祖故事、东埔宝山宫有60幅着色影雕妈祖故事，都颇为精美。涵

江江口炉台宫有14幅黑白影雕妈祖故事、江口东岳观有32幅黑白影雕妈祖故事。涵江庄边山溪宫则有24幅着色影雕《二十四孝》故事等等。影雕作品表现题材与壁画基本相同。

3. 玉雕

妈祖玉雕工艺是近几年才兴起的，主要用于妈祖神像和一些玉质妈祖纪念品的雕造。近年著名的妈祖玉雕作品主要有上海世博会福建馆四大镇馆珍宝之一的汉白玉妈祖立像和由工艺美术大师莆田人佘国平雕就的两尊巨型翡翠妈祖坐像。

2010年3月3日，由莆人吴碧华在惠安崇武开办的全省最大汉白玉专业雕塑企业振华雕塑厂承制的汉白玉妈祖雕像，正式安座于上海世博会福建馆第一展区，在世博会期间，受到了300万海内外游客的瞻仰关注。该妈祖雕像采用整块缅甸汉白玉雕成，立像高3.23米，寓意妈祖诞辰为三月廿三日，重达8吨，整体形象比照湄洲岛妈祖公园的妈祖石雕站像雕制，是大陆迄今为止最大的汉白玉妈祖雕像。2010年11月10日，这尊汉白玉妈祖像由上海回到莆田湄洲岛。2013年1月22日，在湄洲岛天妃故里遗址公园举行了隆重的"世博会汉白玉妈祖像开光庆典暨妈祖源流博物馆开馆仪式"，该雕像现安坐于妈祖源流博物馆中的"序厅"，接受无数海内外信众的瞻仰与朝拜。

2011年12月，工艺美术大师莆田人佘国平先生成功雕造两尊巨型翡翠妈祖坐像。其中一尊1.33米，安奉在湄洲妈祖祖庙，于2013年6月25日举行隆重的开光仪

湄洲祖庙翡翠玉雕妈祖像　　　　　　　　世博会汉白玉妈祖像

式；而另一尊高1.28米，重1.1吨，价值约1.8亿元，先行赠予台湾大甲镇澜宫，于2011年12月18日正式在台中大甲镇澜宫安座。两尊神像的翡翠原料均由上海玉成天赐珠宝有限公司董事长赵柳成先生捐赠。其捐赠的翡翠原材重约50吨，价值连城。赵柳成先生捐赠的翡翠除了雕成以上两尊巨型妈祖像外，剩下的材料又雕成了60尊约0.23米高的翡翠妈祖像，经湄洲妈祖祖庙统一开光后，陆续转赠予包括台湾妈祖分灵庙在内的世界妈祖分灵庙，让妈祖大爱无疆的精神广泛传播至海内外。

4. 铜雕

中国青铜雕塑技艺起源于商周时代，莆田传统的铜铸和铜雕工艺历史也十分悠久，莆田九华山、仙游麦斜岩都曾出土过周代时期的青铜器。据《城厢区志》载，1979年于城厢下郑村出土青铜铸1件，鉴定为春秋至战国时期文物。1979年2月，在下郑村发掘的一唐墓，则出土有铜带扣、铜钱等37件，经鉴定为唐开元三年（715）文物。这些文物见证了莆田悠久的冶铜历史。莆田梅峰寺，原有一口宋绍兴二十五年（1155）由名匠蔡通铸造的铜钟，敲击时声音洪亮，五更时分可传至20公里之远，钟声悠扬，有诗赞道："何处钟声出晓烟，梅寺别有上方天。""梅寺晨钟"为莆田二十四景之一。

铜雕作品是以铜料为胚，运用铸塑、雕刻等工艺制作的一种工艺品。铜雕一般是先铸后雕，铸造方法主要有两种，即失蜡法和模具法。失蜡法是用蜡制成模，外敷造型材料，铸为整体造型。模具法则是分件浇铸，最后衔接成一个整体的铸造方法。铜雕艺术主要表现金属造型、质感、纹饰之美。在妈祖宫庙的神器中，也

湄洲祖庙铜雕香炉

有不少铜雕类金属錾刻作品，如神像、辟邪兽、香炉、烛台、烛屏等。铜雕题材有鲤鱼跃龙门、鹊上梅梢、麒麟送子等。另外湄洲祖庙的天上圣母宝玺亦是铜雕玺印，天后祖祠等妈祖

湄洲祖庙铜刻印玺

祠庙也都有铜制玺印。莆田铜雕自成流派，主要艺人集中于秀屿的东庄镇、仙游的榜头镇。

2000年至2005年，莆田传统铜雕技艺曾一度繁荣，全市催生铜雕生产企业上百家，然而由于企业多是家庭作坊式，加上近年金属原材料价格猛涨，利润低，产业迅速萎缩，一些铜雕技法如传统"铜扣金"等技术濒临失传。铜雕技艺已被列为市级非遗保护项目。莆田市民间文艺家联谊会副会长、秀屿东庄铜雕大师林朝飞是莆田铜雕技艺的第七代传承人。1997年，林胜煌、林朝飞采用紫铜铸造的艺术品被送往香港收藏。林朝飞等人还应越南释教中心邀请，设计制作目前世界最大的铜佛坐像，还计划创立莆田市传统铜雕传习所和铜雕艺术展示馆等。仙游县榜头镇的精艺铜雕厂专业铸制仿唐宋铜铁金属法器，法器集贴金、溜金、溜银、彩图等工艺之大成，造型古朴庄重。莆田市湄洲塑画院的"莆田传统铜雕技艺"被列入市级非物质文化遗产名录。

5. 砖雕

除常见的石雕、木雕艺术外，妈祖宫庙还有其他类型的雕塑，如砖雕。莆仙地区兴起砖雕艺术时代较晚，盛行时期为清代后期和民国时期，仙游尤其流行用砖雕装贴面墙的做法。如今仙游的许多古厝、宫庙都还保留一定数量的砖雕艺术品。

砖雕工艺有线雕、浮雕、剔地平雕等。题材则有飞禽走兽、树木花卉和历史人物故事等。目前为保护环境，政府已严格限制生产传统烧制的红砖红瓦建材，因此以传统红砖为载体的兴化砖雕工艺已趋绝迹。莆田市妈祖宫庙中只有一些宫庙的老建筑上还能见到少量的砖雕艺术。如仙游枫亭灵慈庙的左右廊壁的龙虎垛上尚存两

枫亭灵慈庙砖雕

幅保存较为完整的清代花鸟瑞兽题材砖雕。东壁墙面上雕刻的是一对麒麟在一棵梧桐树下嬉戏，麒麟脚下有祥云缭绕，右边一只回头顾望，似在交流，寓意"麟趾呈祥"。树上还有一对凤凰，也似在切切私语，画面温馨有趣。西壁一幅也是禽兽结合。画面中，上半部分画的是"喜鹊登梅"，一对喜鹊在梅树上对唱高歌，颇为生动；树下则有两匹骏马正在食草，有"马放南山"天下太平的寓意。两副砖雕都模仿中国画样式，在画面中还有行书落款和钤印。款字为："洛江樵人笔"，篆印因文字模糊，难以辨识。这两幅作品是研究清代莆仙妈祖宫庙砖雕艺术的重要实物。

6. 竹雕

竹雕艺术主要见于笔筒、盘担、篮器等竹制器物上。莆田城厢的刘氏留青竹雕尤为著名。刘氏留青竹雕，也称竹刻，因其独特的风格而闻名一方。艺术表现方法主要有深雕、浅浮雕和留青技艺。留青竹刻的独特之处，在于其能将书画和雕刻相结合，也就是利用细腻入微的刀法，在竹皮上对书画艺术进行再创造。留青竹刻利用薄似纸张的竹皮（包括竹青、竹筠、竹底）的不同层次颜色表面，应用刀法创造出立体与平面相结合的艺术效果，讲究刀法和笔法的统一。刘氏留青竹刻作品能将中国水墨画的特色淋漓尽致表现出来，产生新的艺术审美价值。已被列入福建省非

物质文化遗产名录。竹雕刘氏竹雕的传承人刘志高的竹雕工艺作品先后在国内获得56项大奖。目前一些工艺品被作为礼器供于妈祖宫庙。

7. 泥塑

泥塑艺术是一种古老常见的民间立体造型艺术，亦称"彩塑"，为我国五大传统雕塑（陶、木、石、铜、泥）之一。莆田泥塑一般选用带有粘性细腻的泥土，去掉杂质后用木槌、木棒反复敲砸捶打揉和。泥土太湿时，要先凉干，太干则要浇上适量的水浸泡，有时还要在泥里加些棉絮、纸筋或蜂蜜，使泥土软硬适度又不粘手。加工好的泥团要用湿布或塑料布盖好，以保持一定的湿度备用。大型泥塑造像都要搭制骨架，一如人体骨骼，起支撑和连接作用。骨架搭好后，要先在骨架上喷水，以便与泥团牢固结合。上泥是泥塑最重要工序，对不同神佛塑像的神态表达最见匠

安福南辰宫泥塑妈祖像

心。如观音要体现博爱天下的佛国笑容，妈祖神像要体现慈善大爱神情。泥坯像塑好后，经阴干打磨后，再上粉底，最后施彩绘或贴上金箔，才算完成一尊精美的神像作品。莆田贤良港天后祖祠的妈祖神像，据《敕封天后志·贤良港祖祠考》载原为塑像，且"世传祠内宝像，系异人妆塑，各处供奉之像，皆不能及"。目前，莆田市妈祖宫庙中较讲究的神像多用木雕，山区的宫庙神像用泥塑的较多见。泥塑主要神像除妈祖及配神千里眼、顺风耳外，还有许多俗神。如港里灵慈东宫除千里眼、顺风耳塑像外，还有文曹、武佑等泥塑像。又如常太党城横江祖庙泥塑像，除妈祖神像外，还有龙王、慈感天妃、吴圣天妃、杨公大使、黄公大使等。常太山门宫除妈祖神像外，则还有马洋尊公、黄杨大使、江府将军及虎班大神等泥塑像。虎班大神即虎爷，塑像为一只老虎形象，这种猛兽塑像主要见于山区，除山门宫外，

湄洲祖庙圣父母祠灰塑

金川鳌头宫等也有虎爷塑像，这大概是因古代山区存在虎患而留下的图腾遗迹。当代莆田泥塑可以荔城蒲洋神佛泥塑造像技艺为代表，其造像形体、神态生动逼真，具有很强的艺术魅力，2010年，蒲洋神佛泥塑造像传统技艺被列为市级第三批非物质文化遗产名录。

8. 灰塑

灰塑是莆田包括妈祖宫庙在内的宫庙常用的雕塑类型。灰塑旧时多以白灰、麻丝等为主要原料，现在则以水泥为多。台湾把以金属为骨架的屋顶灰塑艺术称为"剪黏"。灰塑艺术常见于建筑的屋顶正脊、脊垛、垂脊、山墙、墀头、屋檐下水车垛及一些照壁、门额等墙面的装饰。但莆田市的灰塑主要用于屋顶的正脊、脊垛、垂脊、戗脊、墀头以及一些门楣和窗额的装饰，而且花样也较单调。基本就是双龙戏珠、鲤鱼跃龙门、龙凤呈祥、仙人骑鹤等几种。如山亭文甲文山宫屋脊灰塑除双龙戏珠外，还有四位仙人。涵江江口新墩后埕坡金山宫屋脊、垂脊塑双龙抢珠、鲤鱼跃龙门，还有仙人骑鹤等。仙游度尾锦湖龙聚宫屋脊除塑双龙戏珠外，则还有双凤呈祥灰塑，工艺较为精美。湄洲妈祖祖庙圣父母祠照壁则装饰有《三国故事》人物灰塑，观音殿东西外墙的墀头也都有古代人物故事灰塑。

第三节　其他工艺

1. 刺绣

莆田妈祖民间刺绣主要用于妈祖神像穿的的绣袍、绣花鞋，还有供奉祭拜妈

大阪仙溪宫龙袍

祖用的帐帷、桌裙、蒲团等布类什物上，也用于妈祖巡游等民俗活动中的清道旗、仗旗、凉伞，障扇、神舆等器物。刺绣采用技艺有雕绣、垫绣、手绣、凤尾绣、托地绣、补衣绣、丝针绣等多种手绣技艺，凸显布料浮雕效果，使刺绣上的人物、龙、凤、狮子、花鸟、草木、波浪等图案形象更加逼真，层次分明，优雅美观，充分显示莆田妇女高超的刺绣水平。

妈祖宫庙绣品一般以红色底布为原料，通过剪切、拼裁、缝制、刺绣等技艺制作而成。刺绣题材以民俗吉祥图案和戏曲故事为主，以剪纸作底样，用彩色丝线在布、绸上绣出各种纹样图案。莆绣色彩鲜艳，对比强烈，红红火火中烘托出喜庆气氛。如仙游灵应堂香亭内的绣屏，绣有人物树石、花卉凤蝶，生动而富有装饰情趣。仙游仙溪宫的清代桌帷，以盘龙的首尾造型为主体，点缀人

刺绣龙纹凤嫛

刺绣凉伞

物、瑞兽、吉祥博古的花卉图案以及体现妈祖海神地位的海浪、祥云和水族动物等，造型稚拙大方，色彩对比强烈，颇富视觉张力，对妈祖宫庙建筑具有很强的装饰作用。

2. 纸扎

纸扎又称糊纸、扎纸、彩糊，莆仙方言也称"糊纸轿"。这种民间工艺融剪纸、绘画、草编、竹扎和裱糊于一体，是一门综合独特的民间工艺。民间纸扎造作迅捷，造价低廉，造型美观，肖佛肖神，肖人肖物，随心所欲。所扎的纸人、纸马、摇钱树、金山银山、楼台宅院、家禽家畜等传统纸扎主要用于祭祀、道场及喜丧习俗活动，原是作为焚化酬神的一种祭品，在莆仙地区传统祭祀、丧俗文化中占有不可或缺的重要地位。

纸扎一般是模仿实物，先用竹编扎制支架轮廓，再用各种彩纸贴糊而成的。莆田涵江区梧塘镇松东村黄氏纸扎从清道光年间黄玉贤开始开设纸扎铺，传承至今已六代，是著名纸扎世家，其纸扎艺术被列入福建省非物质文化遗产名录。另外江口林氏纸扎，也

纸扎妈祖

是世代相传，其第六代传人林文富于1996年被联合国科教文组织和中国文艺家协会授予"民间工艺美术家"称号。如今，莆田纸扎技艺通过不断提升改进，推陈出新，作品已提升为一种可供保存和欣赏的艺术品。如2008年8月15日至22日，北京天安门广场举行奥运"非物质文化遗产保护项目展演"文化活动，莆田市就有10多件纸扎作品应邀亮相，其中《西方三圣》获得精品奖，《妈祖》《关公》两件作品还被中国农业博物馆收藏。

3. 剪纸

莆田民间剪纸主要用于办喜事、送礼物以及用于祭祀供品的装饰，即"礼品花"。吕胜中在《再见传统·剪纸》（生活·读书·新知三联书店，2004）中写道：福建剪纸"最有特色的样式应称莆田的礼品花。贺生、贺喜、贺寿，祭神、祭

莆田剪纸

鬼、祭祖，不管是馈赠还是摆供，也不管是礼轻还是礼厚，都要附上一枚鲜红的剪纸花。就连猪头、猪脚、猪肚儿、鸡爪爪也不例外。中国有句俗话叫'礼轻人意重'，想必礼物本是象征行为，而礼物上的花儿，当是人情人意之所在吧？礼品花的造型也别有意趣。一只鸡爪上的剪纸称之为'凤爪花'，本无美感的东西顿时升级为婀娜若舞的凤足凰趾，上面再饰以'戏牡丹'的图案，则更美观⋯⋯"主要用于渲染妈祖民俗活动喜庆的气氛的"礼品花"，通常是贴在墙柱案桌上，或放在牲礼或寿面点心上。

莆田剪纸作为轻便、喜庆而又颇具特色的妈祖工艺，是以红纸作为原材料，主要以刀、剪子作工具来完成。剪纸题材和图案都很丰富，因为都寓意吉祥美好或赐福人间，故在妈祖祭祀的场合中扮演着吉祥如意的符号角色。其常见文字有"福""囍""吉祥""财丁贵""招财进宝"等，外形则有圆形、椭圆形等对称型，也有许多模仿实际事物的不规则形，如猪腿形、水果型之类。装饰纹的图案丰富多变，剪技精巧。程征主编《中国民间美术全集·剪纸卷》评云："福建莆田民间剪纸线条纤细，秀丽柔美，体现了南方人精巧的性格。"（江苏美术出版社，2002）作为极具地方特色的莆田民间剪纸《一团彩色》，还被中央美术学院吕胜中教授收入其主编的《中国民间剪纸》一书，并撰专文加以推介。

第八篇

礼俗

服饰习俗

妈祖道场

其他俗例

第八篇

礼俗

礼俗，就是礼仪习俗。孔子曰："不知礼，无以立。"妈祖礼俗是妈祖信俗的重要组成部分，在中华传统礼俗文化中也具有一定的地位，其内容十分丰富，内涵也很深厚。它的形成、演变和发展，就是一种历史文化的积淀过程。它表现了一定的时代特征、审美情趣和价值观念，体现了广大妈祖信众固有的传统理念、道德风尚、朴质心理和善良企愿，具有广泛的群众性、鲜明的民族性、强烈的地域性和严格的时序性。

莆田是妈祖的故乡，妈祖信俗的发源地，妈祖礼俗文化与底蕴丰厚的莆田民俗风情息息相关，紧紧地维系在一起。从这一点出发，记述妈祖礼俗文化中的民俗事象、发展变化、社会功能、文化价值，对于深化妈祖文化的内涵，弘扬中华民族优秀传统文化，增强人们对世界和平理念的认同感，对于实现国家富强、民族复兴、人民幸福、社会和谐伟大目标的中国梦，都具有特殊的意义。

第一章

服饰习俗

　　服饰习俗本身是一种生活方式，又是一种文化模式，是人们熟悉的文化形态。妈祖服饰习俗是一具体的民俗事象，犹如一面镜子，照出了自己的绰约风姿，动人逸韵；从神像服饰、祭拜服饰到湄洲女服饰，又似一个万花筒，奇态万千，呈现出靓丽风采。

第一节　神像服饰

1. 冕旒

　　古代帝王、诸侯所戴的礼帽称冕，后来专指皇冠。冕的形制和一般的冠不同，其上面是一幅长方形的版，谓之延。延的前沿悬垂着成串的珠玉，称为旒。《礼记·玉藻》云："天子玉藻，十有二旒。前后邃延，龙卷以祭。"汉代郑玄注："天子以五采藻为旒，旒十有二。"唐代孔颖达疏："天子前之与后各有十二旒。"可见，古代只有天子才配十二旒。诸侯以下，旒数则各有差等。唐诗人王维《和贾至舍人早朝大明宫之作》诗句云："九天阊阖开宫殿，万国衣冠拜冕旒。"宋以后，只有天子方可戴冕，所以，"冕旒"古代亦为帝王的代称。一般认为，妈祖于清康熙二十三年（1684）被封为"护国庇民妙灵昭应仁慈天后"，既为"天后"，自然地位尊荣，配享女圣中之最高规格待遇。为此，清康熙朝后，莆田境内大部分妈祖宫庙殿中供奉的，按传统工艺制作的软身木雕坐像，就都是头戴冕旒，象征至高无上的神格。1994年湄洲妈祖祖庙祭祀大典中妈祖所戴的金银冕旒，上饰九龙八凤，全部用0.15毫米的超微型银丝编织而成，银光闪烁，形象逼真。银冠上还饰有珍珠、宝石、翠羽等。其精湛技艺，为莆田传统银饰工艺的代表之作，现藏仙游灵应堂的"天上圣母银冠"，则为清末时期的制品，重达1.75公斤，冠上镶有翡翠、花卉，做工精细，别具一格，亦为难得一见的工艺珍品。

神像服饰

2. 龙袍

龙袍古代也称衮、衮服，本是天子的礼服，上绣蜷曲形的金龙，在龙纹之间，还要绣以五彩云纹、蝙蝠纹、十二章纹等吉祥图案。妈祖神像的龙袍通常有金黄色和红色两大类。称天上圣母庙、天后宫的妈祖神像，一般就身着金黄色龙袍，庙名为天妃宫、天妃庙的妈祖神像则一般身穿红色龙袍。湄洲妈祖祖庙的镇殿妈祖以及出巡的妈祖金身，穿金黄色龙袍和黄色霞帔；1952年移驾东岩山妈祖行宫的妈祖神像，高40厘米，身上所穿的则是红色龙袍。

3. 珠鞋、银鞋

妈祖所穿的珠鞋，是用丝绢制作，长约三寸，鞋面绣以凤凰、菊花等花鸟图案，镶以珠宝，小巧玲珑。仙游田头店妈祖庙现藏

妈祖龙袍

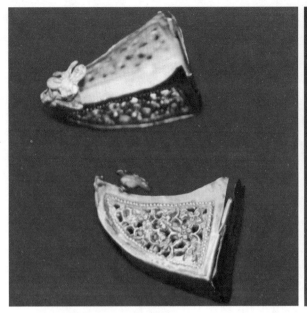

妈祖银鞋   银锁

清末时期的天上圣母银鞋一双，前尖后宽，形似一叶小舟，寓意深刻，弥足珍贵。

4．银锁

妈祖神像胸前饰物，因其形状像古时门锁，并以纯银打造，故称银锁。大银锁一般50多克，中形的近40克。仙游盖尾田头店灵济宫妈祖庙存有清光绪二十年（1894）制作的一个天上圣母银锁，下方有5个银络铃，上连银项链，工艺精湛，堪称该类神像饰物中的珍品。

5．玉带

也称腰带，古代束在外腰部的大带子。玉带通常是指用玉装饰的皮革制的腰带即革带。这种装饰革带用的玉制品，称为"带銙"，俗称玉带板。早期的玉带是一种蹀躞带，即革带上面缀玉的同时又缀有许多勾环之类，用以钩挂小型器具或佩饰等物。蹀躞带只有一根鞓，一付带扣。古代腰带有严格的贵贱等级之分，隋唐时期玉带被定制为官服专用。唐宋时期玉带就已经盛行。唐代曾有朝廷定制，以带上的装饰品质地和数量区别官品等级。据史籍记载，官员腰带分别以玉、金、银、宝石等作装饰。这种用腰带作为等级身份标志的礼俗，一直保留到清末。妈祖身份特殊，地位高贵，所以配享玉带，以示威仪显赫。

第二节　祭典服饰

所谓祭典服饰，是专指首批国家级非物质文化遗产代表作之一的湄洲妈祖祖庙"妈祖祭典"执事人员和各祭拜人员的服饰。

祭典服饰

1. 主祭

主祭人及陪祭人着装为民初改良服，即蓝色长衫，红色马褂，身佩红色绶带，中间标有"主祭"或"陪祭"黄色字样。绶带头尾以金黄色排须装饰，以示庄重。

2. 礼生

即司礼人员（含通赞、引赞），着唐宋时期宫廷女官服饰，浅黄底色，装饰图案线条分明，简朴大方；头戴淡黄色礼帽，帽舌微垂。

3. 乐生、歌生

乐生、歌生，身着褐色唐宋宫廷乐官服饰。

4. 舞生

古代乐舞有严格的等级，因其表演的羽舞为汉以前天子用的八佾之舞，故着装亦沿袭汉代粉红色女子服，舞生披秀发。

司仪服饰

5. 仪仗

仪仗队伍因按古代朝廷卤簿典章制度要求配置，故服饰身着一色盔甲。所谓盔，也称胄、兜鍪、首铠或头盔，原是古代将士用以保护头部的服具；而甲则为古代将士穿着的护身衣，按肩甲、胸甲、腿甲等不同部位分别仿制。执戈仪卫人员身着普通武士服。

湄洲妈祖祖庙祭祀大典的服饰，色彩以黄、红、灰和海蓝色为主色调，总体效果层次分明、和谐协调、古朴大方、绚丽多姿，既渲染庄重肃穆的祭祀氛围，又使整个场面更显宏伟壮观。1994年祭典服饰闪亮登场后，经论证和实践，深受各级领导、专家学者和广大妈祖信众的一致认可和肯定，成为具有权威性、代表性的典型范本。莆田境内文峰天后宫等的"三献仪式"或祭祀仪式的服饰，均沿此礼制。近年外地如广东省汕头、陆丰等地妈祖宫庙的执事服饰也都参照湄洲妈祖祭典的服饰。

第三节　湄洲女服饰

莆田湄洲女与泉州惠安女、晋江蟳埔女一同被誉为福建三大渔女，是闽中南沿海一大民俗奇观。湄洲女最显著的特征表现在服装和发型上，相传为年轻妈祖亲自

湄洲女服饰

设计，故被人称为妈祖服饰。今人用"帆船头，大海衫，红黑裤子寄平安"歌谣，
对湄洲女服饰作了精确的概括和写照。大凡来到湄洲岛的人，无论在田头里、渔村
中，或是妈祖祖庙朝圣地，随处可见头梳帆船发髻，身穿黑红颜色分明外裤的湄洲

女。这一特色鲜明的服饰，不仅是妈祖礼俗的重要内容，而且也是中华民族传统服饰习俗的组成部分。

1．半截红裤

妈祖服为对襟饰红边，以海蓝色为主调，代表海水。湄洲岛上大多数中老年妇女，最特殊的是经常穿的一种的外裤，人称"妈祖裤"，俗称"红黑三截裤"。裤子上段为红色，象征吉祥，下半截黑色，表示土地。年轻女子也有下段为海蓝色的，裤管饰有波纹，象征海水。据《天妃显圣

半截红裤

录》记载："路允迪出使高丽，道径东海，……见一神女现桅杆，朱衣端坐。"又载："元至顺元年（1330）春，粮船七百八十只，由太平江路太仓刘家港开出海洋，遇风突起……官吏恳祷于神后，祷尚未完……恍见空中有朱衣拥翠盖，停立舟前……不多时，风平浪静"。上述记载，表明妈祖海上救难时的着装为红色。有人认为妈祖裤下黑上红是因为妈祖常年在海上救助渔民，裤子被海水打湿后，远远看上去像黑色，而上半截没有被海水打湿的部分还是红色的，久而久之衍化为上红下黑的款式。湄洲是妈祖的故乡，据说岛上妇女最初是在礼祭妈祖时才穿此类服装，意在缅怀妈祖立德、行善、大爱精神，后逐渐演化为日常服饰。对于妈祖服饰，还有另外一种诠释是其中的红色部分代表火焰，寓意以水克火，以火克水，这样可永保平安吉祥，因此妈祖服饰与古代的"水火棍"有异曲同工之妙，是周易文化的一种延续。

2．帆船发髻

传说妈祖18岁时，父母开始为她的婚事操心，但她却矢志不嫁，把自己所有的时间和精力都花在帮助乡亲，拯救海难上。她为自己设计了船帆形的发髻，表示已把身心许给大海，护佑船舶一帆风顺。后来，湄洲岛妇女特别是中老年妇女，发型都梳成船帆形的"妈祖髻"。那脑后10多厘米高的扁平发髻酷似船帆，头顶中间

发顶盘成一个圆髻，好似船舵
的方向盘；圆型发髻的正中叉
着的银勺像船舵，丝丝分明的
头发代表缆绳；发鬈像桅杆，
银钗代表船栓，意为祝福渔民
出海时一帆风顺。这种"帆船
头"每次梳理费时半个小时以
上，先把头发分成左、中、右
三个部分，又以一根红绒绳结
在发髻里，意味船上的缆绳；

帆形发髻

左右鬈发，两边各用波浪型发夹固定，并在摞髻上横插造型精巧的银针，并在针沿
垂一红色绒线，造型美观协调，更富内涵。湄洲女通常还在发髻间插上各色花朵，
配上银凤头钗等，显得艳丽而不失端庄。梳好的妈祖髻通常可以保留数日，风吹不
乱。湄洲妈祖祖庙里的梳妆楼里，端坐着一尊唯一不戴凤冠霞帔、梳着船帆发髻的
妈祖塑像，发髻高高耸起，犹如一面迎着海风的船帆，游览者可以从她头部后方的
镜子里观赏到发型的全貌。梳妆楼里有几个红色的塑料盘里托着各式各样的化妆
品，种类繁多，有护肤品、粉饼，还有头饰。妈祖像前长期供奉的一排供品也很有
特色，香菇、饼、豆干等各种素食整齐地叠放，呈上小下大的宝塔状，每个宝塔的
顶端都插上一朵小红花。

　　帆船发髻后来成为湄洲渔家女特有的标志。古时岛上男女分工明确，男人出海
捕鱼为业，妇女负责操持家务。为了朝夕祈求妈祖保佑出海男人平安，海上逢凶化
吉，遇难呈祥，妇女们便仿效妈祖生前精心装扮的发型，这一服饰习俗，为世界罕
见，不仅是湄洲女在优美的自然环境中朴质心理的反映，也是她们智慧的结晶。

　　另外，与湄洲岛只有一水之隔的贤良港和莆禧一带，中老年妇女的"妈祖装"
则全身一色大红，裤管蓝黑装饰，线条分明，别具一格，也颇有特色。

第二章

妈祖道场

妈祖道场，即妈祖斋醮科仪，亦称妈祖醮仪，是妈祖礼俗文化不可或缺的重要组成部分。

第一节　斋醮溯源

1. 斋的含义

所谓"斋"，原意有"齐"和"洁"的含义。段玉裁《说文解字注》云："斋，戒絜也。《祭统》曰：斋之为言齐也。齐不齐以致齐者也。斋、戒或析言。

妈祖道场

如七日戒，三日斋，是以此戒训斋者，统言则不别也。"就是说斋戒，分开解释，斋有"使之整洁"的意思，戒有"使之警戒"含义，合起来讲，斋戒指的是在祭祀前沐浴更衣、整洁身心，以示虔诚之意。妈祖道场中，斋戒就是要求在举行道场之前，祭拜人员及行执法师必须沐浴更衣、不食荤酒，不居内寝，以显示祭拜者告洁告虔，对妈祖崇敬尤加，做到"道收此礼，祈禳之初，素食清心，沐浴更身"。

2. 醮的含义

"醮"的原意为古代祭祀的一种礼仪，《说文解说》云："醮，冠娶礼；祭。"指古代婚娶时用酒祭神的一种礼；汉代道教创立后，"醮"特指道士设坛念经做法事。妈祖醮仪则是继承和发展了"醮"的祭祀功用，并通过这种礼俗仪式来与妈祖神灵进行沟通、交流。为此，从某种意义上讲，妈祖道场是弘扬妈祖立德、行善、大爱精神的一种途径，是妈祖核心价值观义理的行为体现，是信众表达对妈祖敬仰的方式之一，同时也是信众了解妈祖文化内涵的纽带和桥梁。

醮也称"醮法"，指的是斋醮法事的程式、礼仪等规则。斋法与醮法古时分之为二，隋唐之后，开始相互交融，"斋醮"合称，流行迄今。为此，妈祖"斋醮仪式"也成了妈祖道场的代名词。

3. 妈祖醮仪名目

妈祖醮仪名目繁多，但就道场法事本质而言，当属阳事道场为主。它应用于境内妈祖宫庙，如：妈祖圣诞节庆、妈祖神像开光、妈祖宫庙告竣等诸类大型的妈祖醮会活动。通过此仪，妈祖信众把祈愿的表文呈达天庭，祈告妈祖神灵。

莆田妈祖宫庙之内的妈祖醮仪，基本上为道坛，开设的是"庆醮科仪"。按地方礼俗，其较为隆重的醮会坛班一般是9人1鼓或11人1鼓。最少的要求也须3人1鼓，其中执坛法师3人，鼓手1人，吹生1人。其使用的法器很多，主要分为"仰启法器"和"击乐法器"二大类。

第二节　庆醮科仪

1. 湄洲妈祖祖庙庆醮

庆醮科仪是妈祖道场中举行的酬答上天照临、妈祖赐福进行的上供酬谢活动。湄洲妈祖祖庙于每年农历正月初三日上午九时正举行的"新岁新春新气象，祈年祈

祖庙斋醮　　　　　　　　　　醮筵

福祈平安"祈年典礼用的就是此朝科。其中的接驾仪是专用于新年迎接玉皇大帝巡天之晨的科仪，意指凭借玉帝驾临之吉，向天祈愿赐福禳灾，祝福国祚昌隆。其建坛设醮、谢天进表的开场白为："举步朝金阙，飞身谒玉京"；"七宝林中朝上帝，王明宫礼虚皇"；"等志心皈命礼，鸾歌凤舞降道场。香供养三宝，礼盟天尊"。中间唱道："视听自民，具鉴观于在在哉；培及物笃，化育于生生矣。凡自有形，沾恩既暨。是故修崇，持重敬于祀仪，而典格首言于醮教。臣一草芥微员，允谬承法事。九重辽邈，徒殷瞻仰之义；寸念精纯，冀感通之妙。慈崇善果，肃布素诚。启坛有颂，羽众称扬"。

最后则是酬谢送神之文，略云："庆天下之三登，民安国泰；居域中之四大，海晏河清。风雨顺时，谷泰丰登。岁封疆愿，清甸服爰。此境土界，永愿人民共泰。正荐亡过，超升仙界。叩承善愿，克涉福多。更保孝六眷属，老幼均沾；廷图

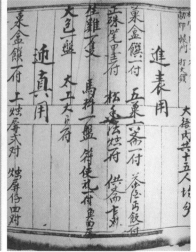

清光绪年间进表湄洲祖庙簿　　　　　　清光绪年间湄洲祖庙祭文

永安，合会蒙麻。门庭吉祥，家弦户诵。或歌大有之祥，暑往寒来；均遂太和之贶，忱原更祈。克保信士人等，家家清吉，户户安祥。四序平安，竹盛松茂。仰凭道力，为上良因，志心称念。飞天捧送天尊，不可思议功德……"从举行醮会的意蕴，到信众朴质心理的反映，都具有深刻的民俗文化内涵。

2．其他宫庙庆醮

莆田其他妈祖宫庙也常有举行庆醮，如贤良港天后祖祠、莆田城内文峰天后宫、阔口白湖顺济庙，还有2013年农历十月廿五日中华妈祖文化研究院"懿度楼"开光典礼的庆醮科仪，这些宫庙的道坛仪式基本相同，一般也分为："进表科"（洒净、秉烛、讳坛发符使发公文）、"建坛科"（请神科）、"八卦科"、"进贡科"（入醮、送神）等，详见下节。

第三节　进表科

"进表科"源于中国古代的祈释仪式，经两汉南北朝隋唐诸代逐渐形成现在的模式。其主要内容为"发符使功曹"，迎请诸方神圣共赴醮筵盛会，所以又称"发表科"或"发奏科"。其程式如下：

1．开坛

进表的第一步为开坛，亦称启坛，莆田社境道坛也称"庆净"。就是由执法道师启坛敬香，跪奏祝告。醮坛被幻化成瑶坛仙境，并以分灯法点燃坛上之灯，击金玉之声，"藏身""去秽""洒净""讳咒"净洒坛场，依照科法，规范进行。其道坛前方朝向正南设置"功曹桌"和"符使案"。"符使案"上置放一尊骑马"符使"纸扎（纸糊）。

2．请圣

第二步为请圣，即奉请五方神圣。内容有"请符使""通关文"和"发符使"等项目。"发符使功曹"所发的有东方甲乙木宫、南方丙丁火宫、西方庚申金宫、北方壬癸水宫、中央戊己土宫等值符使者，以及年、月、日、时值之功曹使者，请其到坛，予以清茶、清酌三献之礼。尔后，请"值符使者""发遣公文""登驰奏牍"，于紫府金阙、玄都水府，遍达诸神愿降恩光、俯临醮会。

3．拜表

拜表是进表的核心内容，即法师奉请"三师"相助，降临道坛，念"薰香

咒"，然后行祭礼于司表仙官，以劳动仙官递送表文于天庭，而后封表，并虚画符文于表上，以示封缄，行送表礼，焚表化行。尔后，行执法师步罡踏斗，以示元神飞升天庭，默念表文，禀告上苍。踏表后，收敛元神；法师、执事叩谢诸神，献供，上表结束。

进表科仪使妈祖道场气氛显得神秘，是最为活跃，最为热闹的场面之一。其中的"去秽"科法，主坛师以火把（道坛称"秉烛"）于坛中讳秘字，每讳一字，执事均于火把上洒一抹松香末，以使火把大放光明，随之喷一口水。此种"洒净"和"去秽"之法是莆田境内妈祖道场中一种特色科法。而"开光"科法，则从一白鸡冠上取血，合着镜上之硃砂，以硃笔为道坛中之"法印""筊杯"等法器及坛前纸扎"符使马"开光、点眼，赋之以灵性，为醮坛传递信息，带着"表文"，延请神灵，而后在炉中焚化之。

第四节　建坛科

建坛又称"接圣"或"迎真"，是道坛中于天亮之际的早朝"请神"（或称"迎真"、"接驾"）科仪。早朝科请神，为道师三人、吹鼓手各一人，道师身穿青衫，手持奏笏及手炉。建坛所请之神有道教尊神和其他俗神。忠门莆禧沈氏显应坛的《建坛仪文》中曾两次提及妈祖，其一称之为"坛主明著天妃"，其二称之为"护国明著天妃"。元"明著天妃"即"护国明著天妃"之简称，乃元世祖至元十八年（1281）赐于妈祖的封号。从沈氏显应坛奉妈祖为"坛主"，以及科仪本奉"护国明著天妃"为道法神的情况来看，说明了妈祖礼俗与道教的融合早在元明时期就已成形。妈祖的"护国明著天妃"在道坛科仪的出现，当与明成祖永乐十四年（1416）刊行的《太上老君说天妃救苦灵验经》有着密切的关系。此经被编入明正统间（1436—1449）《道藏·洞神部》，对莆田的民间道教产生较大的影响。

第五节　八卦科

莆田地区道教道坛及"三一教"都行持之科仪。八卦科仪有大小科法之分。湄洲妈祖祖庙重大节庆活动的妈祖道场行持的是大科仪，行坛法师"九个一鼓"（九人加一鼓），最多的为"十一人一鼓"。坛场设置在庙外，摆九张八仙桌，其上首案桌上安放八卦神案香位，中间一桌以米撒描八卦图形，表示八卦神引路，道坛两边各挂"迎真榜"，象征迎请老祖真人降临法坛助法。

步罡踏斗时，行持法师们（莆仙方言称"师公"）在激烈的锣鼓声中，穿梭于"九宫八卦"之中。所谓步罡踏斗，又称步踏禹步，是道教斋醮仪式组成中常用的仪式元，是斋醮时礼拜星斗、召请神灵的法术。罡，原指北斗星的斗柄。步罡踏斗又名步罡蹑纪、步罡履斗、步纲蹑纪、飞罡蹑纪、踏纲步斗等。步罡踏斗首见于战国诸子的记载，它是在醮坛上占

方丈之地，铺设罡单，罡单以四灵（青龙、白虎、朱雀、玄武）、二十八宿和九宫八卦组成，象征九重之天，高功脚穿云鞋，在罡单上随着道曲，沉思九天，按星辰斗宿之方位、九宫八卦之图，以禹步踏之。即可神驰九霄，启奏上天。步罡踏斗是祈神仪式中常用的步法，依北斗星排列的位置而行步转折，"高功立于地户巽上，面向神坛，握固闭气，叩齿存神"后，先举左足，踩于离卦，右足踩坤卦；左踏震卦，右踩兑卦，左从右并作兑卦；右踩艮卦，左踏坎卦，右踩乾卦；左踩天门，右步人门，左从右并在人门上立。行坛法师有序跃过各方卦象的桌子，场面壮观，气氛热烈。而小科仪的八卦，在有限的人数和狭小的空间中，只能做些简单的舞蹈动作和坛中穿花的表演，虽然"九宫八卦"的基本科法程序不变，但形式简单，内容也稍有简化。贤良港天后祖祠和莆田文峰天后宫、白湖顺济庙等除开光、告竣和重大妈祖节庆外，一般采用八卦科仪中的小科仪。

第六节　入醮科

"入醮科"亦称"进贡科"。道坛科仪中莆田俗谚有"请神容易送神难"之说，故此科仪也称"送神"。其基本内容为在"建坛"科所请的各路尊神重新迎请一遍，并礼行"三献"，以谢神灵降临醮筵，并请神驾各自回銮，莫恋尘凡醮筵之庆。与此同时，还要行执动道法，驱赶滞留未返之"鬼神"，以保阖境安宁。科法时间20分钟左右，其中"送神"祈告文疏意涵明确，富有礼俗底蕴。现择片段，其文为：

> 以今宝烛灯残，金炉烟冷，当华筵之告毕，属真驭以言旋。伏望众圣回驾以倾光，群真转神于入妙，旌纛举而渐离凡界。箫韶而轻彻虚空，翕尔而来恍惚。威容之若在，翩然而往，欲留仙佩以乏由。臣与醮主下情不任，俟驾之至，谨稽首再拜奉送，倾光回銮天尊。

妈祖道场是妈祖信俗礼仪的重要组成部分，地域特色鲜明，民俗底蕴丰厚，具有传承性和可操作性的特征，其内涵与外延富有传统文化价值。因此，其意义可归纳为以下三点：

其一，妈祖道场体现了妈祖信俗的核心价值观。主要在于祈愿、迎祥、纳福、济贫、扶困、拔苦等许多方面，充分表明了妈祖信众追求光明、期盼生活幸福的思想内容。

其二，妈祖道场有一定的文学价值。醮仪中运用了许多赞颂词章，并逐步形成了步虚和青词等文学体裁。我国古代文学巨著《红楼梦》《水浒传》《三国演义》等小说中，都有生动的斋醮活动场面的描写，说明妈祖道场与道教中的斋醮科仪互为联系，源远流长。

其三，妈祖道场中的斋醮音乐缘于莆田的民间音乐，并与莆仙戏曲音乐、法事音乐相互交融，形成了自身的特有风格和音乐体系，是研究我国传统音乐艺术，特别是南曲艺术的活化石。

第三章

其他俗例

妈祖信俗十分丰富多姿，除了以上叙述的礼仪习俗外，还有不少比较零散的民间俗例，这里也大体归纳成以下几类，即：信仰俗例、生活俗例、生育俗例和生产俗例。有些内容虽在其他章节已提到，但不是叙述重点，将在本章作进一步的诠释。

第一节　信仰俗例

1. 娘妈行外家

莆田称出嫁女儿回娘家为"行外家"，"娘妈行外家"就是妈祖回娘家。妈祖本来并没有出嫁，妈祖升天后，里人最早在湄洲建起妈祖庙，奉祀妈祖，时称"通贤神女"。北宋宣和五年（1123），湄洲的神女庙首次得宋徽宗御赐"顺济"庙额，妈祖的地位得到了极大提高，湄洲奉祀妈祖的宫庙被称为祖庙，此后从湄洲祖庙分灵出去的妈祖都是妈祖的分身。而供奉分身妈祖的宫庙被称为"湄洲行祠""妈祖行宫"。绍兴二十七年（1157），南宋丞相莆田人陈俊卿在家乡阔口（今属荔城区）故居献地盖庙，称"白湖顺济庙"（位于当时的白湖水市旁），并规定地方官每月初一和十五要到庙中行香礼拜。因该地地势低洼，每当雨天，自城内到阔

口来往不便，所以，到元至正年间，白湖庙被迁移至城内，新建之庙称文峰宫，该宫为官祭之宫，称作"湄洲行祠"。1952年，文峰宫改建为百货商场，两尊宋代白湖庙妈祖神像被迁移至东岩山，东岩山所建之庙称"湄洲妈祖行宫"。因分身宫庙的神像是从湄洲祖庙分炉而出的，一如世俗之女儿出嫁，所以，旧时按俗例，每当农历闰三月，分香宫庙的妈祖要往湄洲祖庙请香，神像携回娘家朝拜，被称为"娘妈行外家"，即妈祖走娘家，以表示该庙与湄洲祖庙的密切神缘关系。如今，妈祖回娘家已成为一项重要的妈祖信俗活动，娘家之庙也扩展至港里天后祖祠。

2. 妈祖谒祖

"妈祖回娘家"有记载的最早宫庙是指城内文峰天后宫（湄洲行祠）的妈祖到湄洲祖庙和港里天后祖祠进香以及朝拜圣地。在莆田，如逢农历有闰三月，妈祖就要过两个三月二十三的诞辰日，闰三月不但要举行生日重庆，还要举行出游，活动时间约持续一个星期。据载妈祖林默，是莆田唐九牧林之父林披第六子林蕴派下的八世孙女，因此称妈祖回湄洲祖庙和港里天后祖祠都是"行外家"（回娘家）。民国二十五年（1936）农历就是闰三月，当时人们把文峰宫原白湖庙的神像抬往湄洲出游，游行队伍模仿帝后排场，九层杏红凉伞，帝后銮驾，先至天后祖祠进香，再往湄洲祖庙进香朝拜。第三天由湄洲回城。回城第一天，妈祖銮驾驻跸忠烈祠谒祖，忠烈祠，即林蕴祠堂，其时设宝座于蕴公像左斜首，驻驾筵一如元妃省亲之排场，族众男女老少焚香拜谒，仪式非常隆重。嗣后又起驾到忠孝堂去。林默是林蕴裔孙，驻驾的忠孝堂则是端州刺史林苇房第。按忠孝堂原在今荔城区镇海办英龙居委会英惠巷英惠社右侧（现莆田军分区内），除奉祀妈祖的忠孝堂外，还有驻驾亭、梳妆楼等，忠孝堂内的妈祖神像今已移奉于英惠社右殿。

当妈祖銮驾驻跸于这房娘家时，妈祖端坐正厅，两旁挂着明朝凤冠霞帔命妇服装的画像四幅作陪。两旁贴一副红联为："采南涧苹，奠于宗室；进东山酒，酌彼我姑。"这副红联是乾隆时进士林炳麟撰写的。近人宋启人（幼石）《略可居室楹联钞》中录本联并注云："查向例，天后驻驾忠孝堂，是夜九时以前，林姓妇女俱往拜谒祖姑，男子不得掺杂，故引大夫能奉祭祀之《采苹》诗为出比，对比亦含有归宁父母之故实。'东山'则切其姓，本为确切不移之作。"1936年这次回"外家"，林姓族众在忠烈祠设驻驾筵接亲祖姑妈回娘家谒祖；端州房族也依例在忠孝堂接待娘妈。两个家族都点灯结彩，广开酒席，十番八乐、踩高跷、弄龙、弄狮以及展列古董、挂龙灯、涂假山、猜灯迷等等活动持续不断，大大热闹了三天三夜，

第四天才回到文峰宫（湄洲行祠）安坐。这种妈祖驻跸忠烈祠的习俗被称为"妈祖谒祖"，该惯例往往要每隔40多年才会举行一次。据已故的莆田妈祖研究专家萧一平先生生前回忆，在20世纪的1920年曾举行过一次，后来的1936年再举行一次，此后就未再举办过，这个俗例尚有待传承和光大。

3. 悬蒲辟邪

农历端午节，莆田风俗是从五月初一就开始庆祝，有童谣云："初一糕，初二粽，初三螺，初四艾，初五吃一天，初六嘴空空。"端午节共过五天节日，所以端午节莆田人俗称"五日节"。五日节除了吃的讲究外，民间还有在门上悬挂菖蒲和艾草以辟邪的风俗。端午节悬蒲挂艾习俗，全国其他地方也有此民俗。但莆人悬蒲挂艾却与妈祖治病救人的传说相关联。据《敕封天后志·恳请却病》载：有一年瘟疫盛行，莆田县令和县里的许多官员都染上了大病，役吏告诉县令湄洲神姑妈祖的法力广大，能起死回生，救灾恤难。于是县令亲自斋戒，并前往祈求救助。妈祖起初说这是天数，自己怎敢干预天数。但在县令一再恳求下，又念此县令平素允称仁慈，就代为忏悔，并取菖蒲九节，画下符咒，让县令贴在染病者的门首，再用菖蒲煎水饮服，如此照办后，果然病者都很快痊愈了。县令感谢妈祖再生之恩，乃率全家登门拜谢。自此神姑妈祖的大名闻传全国。莆田民间认为菖蒲辟邪乃妈祖所赐，相继仿效悬挂，渐成当地民俗，沿袭至今。

4. 辟邪香袋

在莆田民间，父母常为儿女到妈祖宫庙祈求香袋，供子女戴挂，以祛除邪祟，保佑平安。这种香袋为布制，两寸见方。正面为红色，中绣太极八卦，四个角落空隙处，绣有"湄洲祖庙"四字。四角边缘尖端，扎杂色绒线；背面为草绿色，正中绣大红花一朵，并在三分之一处，加一块红色盖帷，上绣"天上圣母"四字。香袋内藏有符咒或香灰，于正面边缘处扎一扣眼，以便穿线戴挂。现在妈祖香袋也常见被信众悬挂于汽车或舟船上。

香袋

5. 圣杯问卜

在莆田民间，当信众家庭、事业遇到困难时，就常会到妈祖宫庙用一对半月形杯珓进行"圣杯"问卜，以祈求解决疑难问题的方向。杯珓是一对木制或竹根制的

圣杯问卜

法器，呈半月形，一面平坦，一面凸出，合成一对，凸出的为阳，平面的为阴，俗名"筶杯"，也称杯珓、杯筶，莆田兴化湾有海岛名筶杯岛，地名即来源于此。

湄洲祖庙原来的筶杯是铁铸的，它来源于一则民间传说，即《林默乞铁砂》，据说林默小时就有神力，具有特异

功能。有一天，一位铸鼎（即烧饭用的锅）师傅来到湄洲铸鼎，连续几次都没有铸成，小孩们都在围观起哄，林默对师傅说只要给她一些烧化的铁砂，就能帮他补漏，铸好铁锅。后来林默用双手捧起那烧红的铁砂，帮铸鼎师傅铸造好了铁锅，而地上则留下两个月牙形鼎砂，一个凸面朝上，一个凸面朝下，暗寓阴阳调和。后来人们知道这对月牙形鼎砂是妈祖留下的神器，可以用来问卜，与妈祖神灵进行交流。后人仿效这对神奇的鼎砂，用木或竹制成。当筶杯掷地后，若两片凸起的都朝上，是为阳阳杯；若两片平坦的都朝上，是为阴阴杯；当一片凸起的朝上，一片平坦的朝上，是为阴阳调和的"圣杯"，只有"圣杯"，才代表神灵应允。这就是"圣杯问卜"的妈祖信俗来源。

6. 大门贴符

在莆田民间，经常会看到不少人家在门扇上贴有妈祖神符。神符为符箓一种。符箓源于上古巫觋文化，见载于东汉，是道教产生后的一种法术，亦称"符字""墨箓""丹书"。符箓是符和箓的合称。符指书写于黄色纸、帛上的笔画屈曲、似字非字、似图非图的符号、图形；箓指记录于诸符间的天神名讳秘文，一般也书写于黄色纸、帛上。道教认为符箓是天神的文字，是传达天神意旨的符信，用它可以召神劾鬼，降妖镇魔，治病除灾。莆田妈祖信众，盛行把从妈祖宫庙中求得的神符贴于大门上，以保佑全家平安。妈祖神符一般简易的只有画上符咒和钤上宫庙印玺的一张长条形黄纸，而湄洲祖庙的神符则较讲究，神符古代是木版雕刻的，现代则为印刷，神符实际是一张木版画，上行印"湄洲妈祖祖庙"，两边分别印"祈求""平安"，主画面是妈祖神像，旁边分别为宫女执日月扇，护卫妈祖，神符还要盖上湄洲祖庙天后宝玺。如今，妈祖神符更被信众扩展到张贴于汽车、

船舶、店铺以及出远门时随身携带，因为妈祖信众相信妈祖神符能够给他们带来平安与好运。

第二节　生活俗例

1．蒸九重粿

农历九月初九是我国传统的重阳节，也称重九节，恰好也是妈祖的羽化升天纪念日。重阳节古代有"食饵"风俗，"饵"即今之糕点、米粿之类。宋代《玉烛宝典》云："九日食饵，饮菊花酒者，其时黍、秫并收，以因粘米嘉味触类尝新，遂成积习。""食饵"据云"可令人长寿"。唐宋后中原则盛行蒸"重阳糕"的习俗，而莆田则有蒸"糯粿"的习俗。清初莆田诗人宋祖谦《闽酒曲》诗云："惊闻佳节近重阳，纤手携篮拾野香。玉杵捣成绿粉湿，明珠颗颗唤郎尝。"自注云："莆人以重九日采草为糯，郊坰儿女如蚁，归则和米捣成如弹丸大。"近代以来，人们又把这种"糯粿"改制为一种很有特色的九重粿。"九重粿"以米浆为主要原料，加上红糖、板糖以及少量明矾，有的还加上少许食用红色素蒸制而成。具体做法是将优质晚米用清水淘洗，浸泡2小时，捞出沥干，掺水磨成稀浆，加入明矾（用水溶解）搅拌，加红板糖（掺水熬成糖浓液），而后铺上洁净炊布，置于旺火的锅上蒸笼，然后分九次，舀入粿浆，蒸干时即熟出笼，晾1-2小时，粿面抹上花生油，再倒在洁净木板上。此粿九层重叠，可以揭开，切成菱角，四边层次分明，呈半透明体，食之甜软适口，又不粘牙，堪称重阳敬老的最佳礼馔。蒸"九重粿"者，一是纪念"两个九"（九月初九）的重复，二是九月初九日为妈祖羽化升天之日，乡民多到湄洲妈祖祖庙或港里天后祖祠等妈祖宫庙，以"九重粿"祭祀，以求妈祖保佑平安。

九重粿、红团

进香灯笼

妈祖宫灯

2．妈祖灯笼

在妈祖故里，每当妈祖诞辰和其他重大节庆时，在各个妈祖庙里，都要悬挂一种特别大型的妈祖灯笼，上写"天上圣母"和"某某宫庙"名称字样，以表妈祖带来的荣光。在抬妈祖出游时，则由专人扛着大灯笼一起游行。元宵自古被人称为"灯节"，在元宵佳节庆贺期间，人们更会提着"妈祖灯笼"绕境出游。在城区文峰天后宫，自古还有"文峰宫里数宫灯"的谚语。过去宫灯或彩灯是用竹雕、木雕、漆雕过的木质材料做骨架，多用绢纱、玻璃等为灯罩，上面还绘有各种图案，使宫灯或彩灯无论是用材，还是外观的造型，乃至于绘制等都十分考究。清末民初，在古谯楼至文峰宫前，就有三家专门制作和出售宫灯的店铺，其做工精细，造型典型，题材丰富，很有特色。有鱼灯、龙灯、书卷灯、鸭子灯、楼船灯等各种灯型。在正月初十至正月二十九日，文峰天后宫举行"妈祖总元宵"前后，宫前宫后张挂着各种各样宫灯，形形色色、造型生动，灯光耀目，令人眼花缭乱，城中男女老幼，穿梭观赏。"文峰宫里数宫灯"意在描绘宫灯之多之美，也说明了文峰宫妈祖节庆活动之丰富和热闹气氛。

3．妈祖挂胆

莆田民间自古就流行"挂胆"习俗，胆者，脖颈也。莆田旧俗，凡是至亲好友的孩子第一次登门作客，主人都要用红色的礼袋，装上铜钱或银圆，挂在小孩的脖子上，作为见面赠礼，寓意健康长命，有谚语称"挂胆挂胆，食到老老"。沿袭至现代，则扩大至亲朋好友的孩子要出远门经商、参军、就学、工作等，都要行"挂胭"之礼，以示祝贺，并带有资助其成功的寓意。古代，莆田人秉持"地瘦栽松柏，家贫子读书"的名训，许多穷苦人家孩子去外地求学或赴京应试，不少人就依靠这种"挂胭"习俗的资助完成学业，体现了民间亲友互助的力量，也表现了一种传统的亲情与友谊维系的特别方式。宋代后，挂胭习俗延伸至妈祖，就形成了"妈祖挂胭"习俗，在妈祖巡游过程中，信众们会向妈祖神像颈项上挂上用红绳子系的金锁、银锁或钱币，以虔诚祈愿，此俗在湄洲岛尤为盛行。另外，每年元宵前后妈祖金身巡游湄洲时，彩车上装扮成金童玉女的小孩路过自家亲戚家门口，都会被亲

妈祖挂胭

戚用钱币挂上"胭"。"挂胭"习俗，不论钱财多少厚薄，体现的是一种中华民族的传统美德，是促进和谐、团结的一种象征，在民间具有很强的生命力。

4. 船家禁忌

莆田沿海造船时，木板数不能是三、六、九，因为莆田旧时工匠师傅们流行"兴、旺、衰"的循环口诀，三、六、九数字每次循环对应数正好都会落在"衰"字上，算术除法上"除三能尽"的，都会落于"衰"字，故要竭力避开"三"的倍数。当船出海后，船上人员或家里的人，均不能说"翻""倒"之类的话语。吃鱼时，整条鱼也要像活鱼一样放在碟、盘里，切切不能倒、翻或斜倒，否则犯讳。每次出海均要备办果盒、酒菜等祭祀妈祖等海神，祈求平安，返航时，也要祭谢。同时，新船下水前，还要制作一艘渔船的模型，供奉在妈祖庙内，这些留下的旧船模型，成为研究古代造船历史的实物依据资料。

5. 佩挂玉像

信众脖子上挂妈祖玉像，寓意妈祖时刻相伴护佑在身。实际上，东西方的世俗人往往都喜欢在脖子上佩挂神像，如信佛的往往佩挂玉雕佛像，而道教自古就有佩

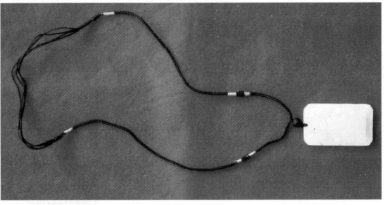

妈祖玉佩

戴护身符习俗，就是西方基督徒也有挂戴十字架的风俗，它们的用意都是祈求神佛保佑，平安吉祥。佩挂神像既可给自己以暗示，使心灵得到一定慰藉，又可时时警示自己，使各种言行有所约束，自觉自律，因此对个人和社会是有利无弊的，况且精美的挂像玉器也是一种难得的珍贵工艺品。近年来，随着"妈祖热"的兴起，民众经济购买力的提升以及妈祖旅游工艺产品的开发，市面上已出现许多大小不同，质地有别的雕有妈祖像的玉挂件，供妈祖信众选择。如今，佩挂妈祖玉像，正在妈祖故乡成为一种习俗。

6．盘担

在莆田地区，每逢家庭重大吉庆喜事，亲朋戚友最隆重的贺礼就是置办"盘担"，俗称"办盘"，它比一般的"担花篮"礼节更上一个档次。"盘担"一语古已有之，就是盛装盘馔的礼盒担子。莆田地区的"盘"是一种竹编器物，圆形

盘担

圈足，盘由盘身和盘盖组成，四周装饰有花纹图案，外髹红漆，一套大小共十个，合称"十个盘"。一般人家难得使用一次盘担，所以通常都是向店家去粗用，用完归还。

盘担使用的范围较广，常见的如元宵佳节祝贺"福首"、中秋女儿回娘家"送秋"、祝贺新屋乔迁的"过厝"、庆贺结婚、祝寿（做十）以及妈祖宫庙开光、告竣等重大庆典。

盘担礼俗中，有的活动与妈祖信仰关系密切。如元宵的庆贺"福首"盘担。莆田元宵与妈祖信仰活动密切相关，故被称为"妈祖元宵"。在此期间，妈祖宫庙之社境信仰圈会按不同姓氏、年龄辈分，在一定范围男子中轮流选出一位值年的"福首"，俗称"做头"或"做元宵头"，当上福首是族姓中最有福气的人。当"福首"将给家庭带来好运，因此轮到福首的人家都十分重视，如果村上有几位福首人家，还可能进行攀比，在排场上都希望搞得隆重一些。在元宵当天，族中亲戚送来的最重贺礼就是"十盘担"，盘中盛装的礼物有肉、面、蛋等贺品，"十盘担"挑到福首家中后，要在福首带领下来到祖祠大厅中举行祭祀等礼仪。

农历八月十五，是中华民族传统的中秋佳节。莆田过中秋节，俗称"做秋"，也是一个女儿孝亲的节日。中秋节前夕，出嫁的女子都要备办礼品回家孝敬父母，俗称"送秋"。礼品中包括米粉、月饼、芋头、板栗、白粿、猪脚以及衣服、鞋子、袜子、围巾等物。而最隆重的"送秋"礼也是以"一担盘"的盘担形式体现，而一般人家就只以"担花篮"表心意。妈祖生前"救父拯兄"，也是有名的孝女，莆田的中秋节也是女儿之孝亲节，相传这也是受妈祖孝亲精神影响的遗留习俗。

莆田"盘担"另一常见场合就是"做十"，也就是祝寿，也是子女孝亲的一个重要习俗。莆田寿庆习俗是年满50岁后可以开始祝寿。女子逢"十"、男子逢"九"（俗称"做九"），一般是女子虚岁50、男子虚岁49就可以"做十"了。新社会男女寿命已普遍提高，因此现在常见的是女子60、男子59开始祝寿。在"做十"活动中，亲友要送"联烛炮"（红布联、蜡烛、鞭炮）及"红包"庆贺。而出嫁女儿则要备办"猪骹面"（猪脚、寿面）、寿龟、寿桃、衣帽、鞋袜及"红包"等礼品以"十个盘"盘担形式回娘家祝贺。"十个盘"就是一担"盘担"中两头由下而上、从大到小各重叠五个盘，盘担如果达到十担，则是"十担盘"，为孝亲大礼。"十个盘""十担盘"，以"十"为最，乃取"十全十美"之美好寓意。

第三节　婚育俗例

1. 换花求孕

妈祖在民间不仅仅只是海神，也是一位生育神。明初《太上老君说天妃救苦灵

求孕妈祖花

验经》中就有妈祖功德之"九者扶持产难，母子安全"的说法。明代《绘图三教源流搜神大全》卷四《天妃娘娘》论妈祖圣德云："夫妃，生而纯灵之精，怀神妙之慧；死而司胤，则人无阙；司海则水不扬波。"书中又记述天妃"尤善司孕嗣，一邑共奉之。邑有某妇，醮于人，十年不字，万方高禖，终无有应者。卒祷于妃，即产男子。嗣是凡有不育者，随祷随应。"明末吴还初的《天妃娘娘传》第二十八回"天妃妈莆田扶产"中，也描写了一个妈祖驱逐白鸡精，救护知县夫人产妇王氏，王氏将天妃祀于卧室的故事。因此，在全国许多地方，都有向妈祖求子的习俗，如北方天津的"拴娃娃"、台湾地区的"讨妈

花"。而在妈祖故乡湄洲岛，则有奇特的"换花"习俗。据介绍，在当地，凡出嫁两三年的女子如果还没生育，娘家、婆家就开始张罗到妈祖庙举行"换花"仪式。"换花"的日期选在每年农历八月十六的晚上，这是月亮最圆的时刻。未生育的女子事先摘好一棵枝繁叶茂的白花，如白玉兰花、白茉莉花或白菊花之类。因民间素有白花代表男孩、红花代表女孩的说法。由于古时候岛上条件恶劣，男人是主要劳动力，老百姓重男轻女思想严重，选花自然都是选白花。当一轮皎洁圆月当空之际，未生育的女子在花树前摆好果酒、祭品，然后焚香合掌，心中默求妈祖恩赐，同时把自己命中的花树与面前的花树互换，以求来年能够生男孩。另一种"换花"仪式是取一朵花，到湄洲祖庙去换下妈祖神像身上的红花或白花，然后带回去佩戴，这样据说就能保佑怀孕。"换花"习俗表现了人们对妈祖女神的虔诚敬仰，同

时也为婚久未育的女人带来心灵的慰藉。

2. 请妈祖鞋

"请妈祖鞋"是莆田沿海一个传统旧俗，据说已婚妇女若多年未孕，想祈求早得贵子，就可到妈祖宫庙"请鞋"，即将妈祖神像脚上一只鞋请回，但事前需掷筊杯，得"圣杯"征得妈祖同意后方可请回。三个月如有怀孕，就应到宫庙拜谢；孩子生下满月后，需备供品去妈祖庙还愿，并新制一双妈祖鞋为妈祖穿上。

妈祖鞋

3. 托看儿童

清人郁永河《海上纪略·天妃神》载："至今湄洲林氏宗族妇人将赴田者，辄以其儿置庙中，曰：'姑好看儿！'逐去。去常终日，儿不啼不饥，也不出阃。至暮妇归，各认己子携去，神犹亲其宗人之子云。"道光《福建通志》"莆田县·天后宫"亦载："莆田林氏妇人将赴田者以其儿置庙中，曰：'姑好看儿'。去终日儿不啼、不饥、不出阃。暮归各携去，神盖笃厚其宗人云。"妈祖姓林，故被林姓宗人称为"祖姑""姑妈"，以至于林姓农妇去田间劳动时，都放心地把小孩寄托在妈祖庙请祖姑看护。这个传说和习俗充分体现了妈祖的仁德大爱和平民性。正因为妈祖是妇女、儿童的保护神，所以，当妈祖节日时，往往要组织十四岁以下的童男童女的"小儿队"，载歌载舞，来纪念感恩妈祖的无私大爱。

第四节　生产俗例

1. 禁捕水族

莆田沿海特别是湄洲渔民，每逢农历三月二十三日妈祖诞辰前后二天内，皆沿袭禁捕习俗，即不得出海捕鱼和垂钓。按《天妃显圣录》之"龙王来朝"故事载："东海多神怪，渔舟多溺。妃曰：'此必怪物为殃。'乃命舟鼓枻至中流，风日晴

霁，顷望见水族辏集，锦鳞彩甲，跳跃煦沫，远远涛头，拥一尊官类王子仪容，鞠躬嵩呼于前，水潮汹涌，舟人战栗不已。妃曰：'不须忧'。传示免迎。突然水色澄清，海不扬波，始知龙王来朝。以后凡遇妃诞辰，水族会洲前庆贺。是日，渔者不敢施罟下钓。"这个故事说的是渔民受到海怪的侵扰，然后祈求妈祖，后来妈祖降伏了龙王。故每当妈祖诞辰，龙王都会率海中水族聚集洲前来朝拜妈祖，以表祝贺。因此，湄洲海岛渔民认为这几天内，龙王来朝拜妈祖，潮水汹涌，不能捕鱼垂钓，以示对妈祖的崇敬。然据科学考察，三月二十三日前后数天，正是春汛期间，实为鱼类产卵繁殖期，发情的鱼类往往在近海岸岩石处或沙滩浅水处，浮游水面磨擦腹部。古人不知其中奥妙，认为是"水族朝圣"（即朝拜妈祖圣诞）。不过，岛民们巧借妈祖的传说和妈祖诞辰纪念活动，相约不得开捕，实是起到保护生态平衡，保证鱼类繁衍的科学合理作用。此俗不但蕴含着民俗学、宗教学内容，还凸显了原始生态学、海洋经济学的基本理论，难能可贵。

2. 挂圣母旗

圣母旗是一种用红布缝制的三角形旗帜。上书"天上圣母"四字，渔民或航海人把旗帜插于船上，用以驱妖镇邪和祈求妈祖保佑。在舟船上悬挂"圣母旗"当来源于妈祖助战时每每会显示旗帜的传说。南宋《咸淳临安志》载丁伯桂作《顺济圣妃庙记》载："开禧丙寅，金寇淮甸，郡遣戍兵载神香火以行。一战花黡镇，再战紫金山，三战解合肥之围。神以身现云中，著旗帜，军士勇张，凯奏以还。"妈祖以"神以身现云中，著旗帜"以及"仰见云间皆神兵旗帜"（元·程端学）的记载，说明妈祖在助战时会以"旗帜"显示其威，这就是"妈祖旗帜"的由来。与全国许多地方一样，莆田在端午"五日节"，自古也有举行赛龙舟的习俗，民间称"扒龙船"。但莆田人在举行龙舟竞赛时，也都要在各村参加比赛的龙舟上挂"天上圣母"的圣母旗和妈祖的神像，据说一可驱邪祟，二可保平安，三能镇龙舟，达到庇护全船水手平安的目的。

3. 新船下水

湄洲岛人民世代以海为田，以捕鱼为生，渔船是主要的生产工具。新制成的渔船全身要漆上白色，船头两旁彩绘两只巨眼，左右船舷彩绘二条青龙。新船下水伊始，都要举行一定的仪式。船主必须依例在船上供奉始祖神像，上供品、果盒酒，焚香祈祝。还要备好从公鸡冠上取来的血，用于船头彩绘巨眼和左右船舷彩绘青龙

"点眼"。其作用是让渔民们在心理上感受到有妈祖护航，有"龙眼"探航，在海面上就不怕狂风巨浪了。这种从宋代留传至今的习俗，反映了古代渔民借助神力壮胆，增添战胜自然的信心。

4. 船上挂席

莆田沿海渔船出海，常在桅杆上挂一帆式草席，以保顺风顺水。据说此俗也是来自妈祖。《天妃显圣录》有"挂席泛槎"故事：相传妈祖在世时，有一天，海上起风浪，妈祖要渡海，岸边虽有船只，但是船上没有船桨，也没有船篷，加上风急浪大，船手不敢解缆开船，妈祖对船手说："没事的，你只管起船，可以用草席挂在桅杆上代替船帆。"随即叫人将草席悬挂于桅杆。席帆挂起后，船驶出海，乘风破浪，既快速又平稳，竟如"凫鸥之浮沫"，观者一时"惊为飞渡"。后来航海者形成在船上挂布制的"天上圣母"三角旗习俗，据说也是源于妈祖"挂席泛槎"的传说。

5. 备妈祖棍

清人郁永河，字沧浪，浙江仁和人，明朝诸生。康熙三十年（1691）入闽，次年开始任福建同知王仲千的幕僚，曾游遍福建各地。他曾于1696—1697年之间由福建前往台湾采硫，并将其在台九个月的经历写成《裨海纪游》一书。该书为首部详细记载台湾北部人文地理的专书。《裨海纪游》之《海上纪略·天妃神》载："海神惟马祖（即妈祖）最灵，即古天妃神也。凡海船危难，有祷必应，多有目睹神兵维持，或神亲至救援者，灵异之迹，不可枚举。洋中风雨晦暝，夜黑如墨，每于樯端现神灯示佑。又有船中忽出爝火，如灯光，升樯而灭者，舟师谓是'马祖火'，去必遭覆败，无不奇验。船中例设'马祖棍'，凡值大鱼水怪欲近船，则以'马祖棍'连击船舷，即遁去。""马祖棍"实即"妈祖棍"，也称"妈祖棒"，是莆田渔民船上所备的一根木棍，被视为神圣之物。当代莆田籍作家章武在《海峡女神》散文中写道："一位船老大告诉我：娘娘原姓林，是我们莆田县湄洲屿人，宋朝时候羽化而登仙。渔船在海上遇见风暴，只要望天祈祷，天上出现两盏红灯，就是娘娘救我们来了。顿时，风也收了，雾也散了，波浪儿也平了。说着，他还毕恭毕敬地拿出根一尺多长的、漆成朱红色的木棍，郑重其事地对我说：这叫'妈祖棍'，在海上只要用它连击船舷，鱼怪啊，水妖啊，就不敢上前……"妈祖棍须在妈祖宫庙中供祭过，才有灵性。但逢渔船在海上遇到大鱼追逐船只时，就以该棍敲船舷，

船则平安无事，古来认为这是妈祖棍的神助。而在海上捕捞黄瓜鱼时，也常采用"敲竹筒"方法，使黄瓜鱼自动跳进船中。经科学分析，这些海上鱼类经不起敲船舷引起的声波的刺激，故而或远遁逃避，或刺激跳跃。看来神奇的妈祖棍，实际也蕴含着科学的道理。

第九篇

祈愿

许愿

还愿

践愿

第九篇

祈愿

　　《论语》中有"子不语怪力乱神"的古训，但儒家并非无神论者，实际上儒家的思想本于天。儒家强调敬天、事天、畏天、法天。孔子在谈论君子的时候说："君子有三畏，畏天命，畏大人，畏圣人之言。"（《季氏》）因此，儒家也有祷告之举。《论语·述而》记载，有一次，孔子病重，子路就请求祈祷。孔子说："有这回事吗？"子路回答说："有的。"而且还引证了古代的一种祷告文《诔》上的话说："替你向天神地祇祈祷。"孔子听完回答说："我孔丘早就祷告过了。"可见，祷告祈愿并非源自后来的宗教，中国如先圣孔子的古人，虽然没有系统的宗教意识，但是祈愿文化却由来已久。先民对天的敬畏以及祈求来年能够风调雨顺的心愿，"贫者愿富、富者愿顺、疾者愿安、耕者愿岁、贾者愿息"的价值诉求，逐渐形成了对神灵的祈愿。祈愿，意指请求、祈祷、希望等，是寄托一种愿望，希望能梦想成真，后来成为宗教中的一种常见行为。南朝梁武帝《断酒肉文》："若以不杀祈愿，辄得上教；若以杀生祈愿，辄不得教。"妈祖信仰源于中国传统文化，伴随着信仰不断的传播，人们对妈祖的祈愿现象也应运而生。在莆田，民众遇到困难的时候，都会向妈祖祈求保佑，能够实现愿望。祈愿文化逐渐由特殊时刻，演变成日常生活中的一部分、一种习惯。每逢农历初一、初二、十五、十六，百姓到庙宇朝拜妈祖的时候，都会祈下最简单的愿望，比如希望家人平安健康，希望家人工作顺利、生意兴隆等。祈愿包括许愿、还愿、践愿，许愿后一般都伴有还愿的行为，倘若忘记还愿，就又有践愿一事，其活动都属于虔诚誓愿，本篇合称为"祈愿"。

第一章
许愿

第一节 "许愿"释义

中国人传统上都有平安健康、吉祥如意、富贵长寿、五谷丰登、幸福美满的愿望，这是中华民族自古以来就有的民俗心理，表现在许多民俗文化上。许愿是民众遇见困难的时候，对于神灵发出的祈求，并且对神灵许下自己的愿望。祈愿是对物质渴望的简单而又直接的表达，并且将之诉诸于那些起源于万物有灵论的超自然力量和神灵。妈祖信仰，或以信仰崇拜，或以文化寄托等形式出现，已经成为人们生活中的一部分，在遇见困难的时候，潜意识当中所浮现的就是向妈祖祈求，希望化险为夷、遇难呈祥。在莆田地区民众的日常生活中，无处不存在着向神明祈愿的现象。最为经常见到的就是农历初一十五，民众会到附近的妈祖庙宇点香朝拜，许下一些最为简单的愿望。

1. 许

"许"，向神灵许诺的意思。人们通过"许下"这个动作，向神灵请求，以求实现愿望。人们向妈祖祈求保佑，并许下一定诺言、承诺。"许"下一些愿望，并承诺实现愿望之后会兑现当初的承诺，达成与神灵之间的"交换"。"许"的现象

（第九篇 祈愿 第一章 许愿）

家中许愿　　　　　　　　　　　　　　宫庙许愿

在莆田地区经常会出现，除了逢年过节重大的节日之外，还有一些简单的日子，比如农历的初一十五，都会到妈祖庙宇"许"下愿望。"许"的过程也比较简单，一般带上香就可以，点上香之后，跪在妈祖神像前面，许下简单的心愿，比如保佑家人平安健康、工作顺利、生意兴隆等。此时只是祈求，没有许下诺言，也就不用还愿。

2. 愿

愿，即愿望、心愿、愿心[1]。在困难时候许下愿望，期许能够得到保佑，在平安度过危险之后，到妈祖庙宇还愿，奉行自己当初的承诺，达到还愿的目的。

3. 许愿

许愿，在日常生活中非常普遍，不论是遇到困难还是开心的事情，都会有向神灵许愿的现象。困难时向神明祈愿，开心时与神明分享。

第二节　许愿的方式

人们对神灵祈愿的形式是多变的，有时候是崇拜式的，有时候是强求式的；有时候表现得很谦逊，有时候却表现得很急切；有时候枯燥无味，有时候充满丰富多彩的想象；有时候是循规蹈矩，有时候又是突破传统创新的。祈愿的方式有多种"面孔"，有时是一道命令，有时是一份契约或者一份承诺，有时是一种对自己的忏悔，有时是对神灵的歌颂。祈愿是一种外在、形式化的行为，是表达个人情感而

---

[1]旧时祈祷神佛所许下的酬谢，信教的人对神佛有所祈求时许下的酬谢。

采取的方式。当人在头脑中产生祈愿的念头时，其形式是一种习惯性的语言，表达着个人的想象和情感。语言的表达力量完全不同于动作，它是由话语构成，而不包括任何的动作。但内心的祈祷也算祈愿，这是一种精神活动。

许愿除了向神明许诺之外，还有生日时的吹灭蜡烛许愿、对着流星许愿、折纸鹤或幸运星许愿，然这些只是许下一个美好的意愿，不需要还愿。除非，在许愿的时候同样许下"毒咒"，在愿望实现之后，为了寻找内心的安慰，就会有还愿的说法，但是仪式应该比较简单。在现实生活中，会衍生出和许愿相关的东西，比如许愿锁、许愿树、许愿绳、许愿石、许愿灯、许愿池、漂流瓶等。在莆田地区，许愿的方式一般包括以下几种：

1. 上香

香，在人们的心中是一种能够与神灵沟通的物品，香点燃所散发出来的烟雾，能够形成神秘感，让神灵的神力在瞬间启动发挥作用。人们到庙宇之后，将手中的供品放置好之后，便会拿起香，虔诚地点上。香的数量视庙宇所放置香炉的数量而定，一般每个香炉插香的数量为单数。在点香的时候，如有火焰，不能用嘴巴吹灭，而是用手轻轻将火焰扇灭。

上香

2. 呼神

这是一种与神灵、与妈祖"对话"的方式和手段。在点燃一支香之后，跪在蒲团上，手持香，面对神灵，口中默念所要祈求的愿望。莆田地区民众称之为"呼神"，即低声呼唤或者默念：天上圣母妈祖娘娘在上，某境某社弟子（信女）某某虔心祈

呼神

求……。通过嘴巴呢呢喃喃的小声祷念，将愿望传给神明。俗话说"见官要会说，呼神要明朗"，表达的时候，必须把愿望说明白，像人与人之间的交流一样将心中的希望说给神明听。

3. 卜（筊）杯

筊杯由两块形状类似月牙的竹块或木块组成，分圣杯、阴杯、阳杯三种杯，即一正一反为圣杯，两个凸面向上为阴杯，两个平面向上为阳杯。卜杯一般是在遇见事情或困难难以抉择，无法做决定的时候，到庙宇神灵面前卜杯，让神明替他们做决定。卜杯的时间并没有强制性的规定，只要在上香结束，和神明讲清楚自己所祈求内容之后，就可以用卜杯来决定事情是否可行，是否顺利。

卜杯

4. 抽签

签，验也，一曰说也，贯也，繁体为"籤"。"签"在很多地方称为圣签、灵签或运签。灵籤的历史悠久，渊源可以追溯到周代的《周易》。灵籤产生是中国古代占卜术逐渐趋向世俗化、占卜方法趋向简易化的必然产物。灵籤又称运籤、神籤、圣籤、籤诗等，属于占卜术中的一种，其基本特点是以诗歌为载体、以竹籤为占具来占卜吉凶。在中国令人叹为观止的种类繁多的占卜形式中，影响最大的要算是灵籤（或称"抽籤"、"求籤"、"占籤"等）。[1]灵籤的占卜形式与其它占卜形式最大的不同之处，在于灵籤是以诗歌来预卜吉凶。签诗早就在我国寺庙中流传，"跨进庙门两件事，烧香求签问心事"，这反映了千百年来，百姓抽签占卜，用得来的重重签诗揭开心中的疑惑，签在民间信仰上具有广泛和深远的影响。签诗是我国传统文化中不可或缺的一部分，它不仅为社会上各个阶层提供一种精神寄托，更是一种民俗心理治疗的办法。中国原始的社会中，信仰的现象包括万物有灵的信仰、灵魂观念、图腾信仰、自然崇拜、祖先信仰、鬼神崇拜等观念，以及由此引发

---

[1] 林国平，灵籤渊源考，《东南学术》2006年第2期。

的各种巫术、祈祷、祭祀、禁忌等宗教行为。[1]签诗除了宽慰人心，劝人为善的功能，更具有提倡善行，安定社会的作用。

莆田地区的妈祖灵签一般有六十甲子签、圣母灵签、天上圣母灵签、娘娘签、妈祖百首灵签。这些灵签的名字虽然不同，但是基本形式都与妈祖六十甲子签和百首灵签相同。湄洲妈祖祖庙圣母祠灵签60首，是以"日出便见浮云散，光明清洁照世间"为开头的套签，为清代古签谱，但是目前只有59枝，第60枝"癸亥"签佚失。湄洲妈祖祖庙的六十甲子签的编排顺序，是按照干支搭配的基本原则。六十甲子签签文通俗明畅，是普遍常用的灵签。莆田文峰宫天后圣母签诗100首，第一枝为"晓日瞳瞳万象融，河清海晏庆年丰。生逢盛世真欢乐，好把心田答化工。"这部签谱原本称为《天后圣母百枝签》，是福建莆田城内文峰天后宫三代祠所藏的文物。签谱为木刻版印制，一册，每页两签。每签签首自右至左横书"天上圣母"，其下分四行刻印。[2]湄洲妈祖祖庙寝殿杯签27首，以毛笔抄写在近方形的纸簿上，因烟熏年久，纸已泛黄，在封面上边自右向左横写"湄洲祖庙"，中间自上而下竖写《天上圣母杯签》。签诗簿内每面抄一枝，附有编号，共27枝。莆田贤良港天后祖祠、荔城清风岭天后宫、东山文峰宫等妈祖宫庙现在同样使用此签谱，据说均由湄洲祖庙抄来，只是文字、次序等稍有出入，或许在抄录的时候有所修改或笔误。总之，这些签谱与湄洲祖庙的签谱，是复制的关系，而不是改编关系。荔城清风岭天后宫、文峰宫还有一枝"企杯[3]签"组成28枝杯签，签文为："天地无私乾运振，后妃有德地维尊。二耳双眸闻风掣，宅者每次失物归。"[4]

5. 祈梦

祈梦，形式比较简单，是人们生活中比较经常和方便见到的一种与神灵沟通的方式，能够让人与神的交流、沟通等更加迅速和直接，同样能让人们知道他所祈求的愿望什么时候能够实现。在日常的生活中，祈梦的祈愿方式很普遍，比如儿女面临升学、升官、工作等事件，莆田地区的百姓、居民均会找认识的、能够祈梦的人帮忙祈愿，让她（他）将愿望传达给神明，让神明在升学、升官的过程中能够帮助

---

[1]林国平：《中国灵签研究——以福建为中心》，厦门大学，中国古代史博士论文，1998。

[2]刘福铸：《经签卷·签诗编》，《妈祖文献史料汇编（第三辑）》，2011年9月。

[3]"企杯"，"企"即站立的意思。因为地面不平坦或将杯投掷在墙角，分不清阴阳的情况。

[4]刘福铸：《经签卷·签诗编》，《妈祖文献史料汇编（第三辑）》，2011年9月。

他们，或者询问是否能够成功，通过祈梦人的帮助，实现与神明沟通，得到心理满足。祈梦的过程为：祈求者点完香，将香插在相应的炉中后，跪在蒲团上将所要祈求的事项与神灵沟通，与此同时祈梦人站在香案边或趴在香案上。当祈求者将所要祈祷的事情讲述完毕，祈梦人会抬起头嘴巴里面默念所梦到的词句，并拿起香案上的筊杯进行卜杯，如果是圣杯，祈梦人就会将词句念给祈求者听，即是神灵对祈求者所祈祷事情的答复，如果不是圣杯，那么就要重新进行以上的程序。

祈梦人无论在什么情况下，她（他）的思维都处于正常人状态，能够与人正常交流，不会出现与人无法沟通的状况。咨询祈梦人的时候，问到：当你在与神明沟通的时候你在想什么？她说，什么也不想，脑海中自然会出现一些词句。问：那是有人和你讲话？声音是男的还是女的？答：没有声音，也听不到是男的还是女的，是有那样一副画展现在脑海中，自然而然会说出相应的话。问：凭一幅画，为什么可以说出完整的词句？答：画与词句自然结合，到底是怎样结合的也无法说清楚。祈梦并非是一种职业，只是在人们需要帮助的时候，邀请他们到庙宇与神沟通。他们有的是文盲、有的是农民、有的是渔民，对于这些没有受过高等教育的民众而言，在与神沟通之后能够说出押韵的词句，这是很难想象的。让人实在无法解释的是，祈梦人与祈求者之间的距离相对比较远，而且祈求者所祈祷的事情基本都是在嘴巴里面默念，当祈求者将事情都与神沟通完毕之后，祈梦人会说出相应的话来答复。比如，有一人祈求婚姻，他们会说出："双双对对，荣华富贵；金枝玉叶，成双成对。"祈梦人在与神沟通时候，两眼紧闭站着神明旁边或趴在香案上，这样子能够更快与神交流。而祈愿者在祈求的愿望实现之后，会兑现当时在庙宇所许下的诺言。

第三节　许愿的故事

中国传统儒家思想，注意人间的秩序，融合了多方信仰的元素，其内容逐渐扩大、开阔，与佛教、道教等一些宗教相结合，让中国人的祈愿文化增加更多的空间感、形式感和宗教感。

妈祖文化自宋代发祥，一直帮助着妈祖信众解决各种困难。在他们遇见困难的时候，信众许下愿望，倘若能够实现，将会做一些事情来报答。关于祈愿的故事层出不穷，种类繁多，比如遇到疾病、困难的时候，都会向妈祖祈愿。

上香并许愿

1. 路允迪的许愿

妈祖信仰从民间走向官方，最早获得朝廷的肯定是在宋宣和五年（1123）宋徽宗派遣路允迪出使高丽，船队在海上遇到飓风。在危险的时候，路允迪祈求神灵，这时在风浪中仿佛看见桅杆上发出一道道红光，过后风浪顿息，转危为安。路允迪感到奇怪，便询问部下是什么神灵显圣相救，正好船上有一位保义郎李振，他是莆田人，平时信奉妈祖，就向路允迪报告，说是"通灵神女"妈祖搭救。路允迪深信不疑，还朝复命时就将途中奇遇上奏皇帝。宋徽宗下诏赐"顺济"庙额。这也是妈祖神迹第一次由民间传到官府，并得到朝廷的确认、褒嘉。由于路允迪的许愿，妈祖的事迹得到了肯定。

路允迪出使高丽

2. 姚启圣的许愿

清康熙二十二年（1683），闽浙总督姚启圣奉旨赴台湾颁布第一道朝廷诏书，因没有西北风无法按时到达，如果耽误时间，就要犯欺君大罪。于是，他亲自来到妈祖庙宇祈求妈祖保佑，助其顺风顺意，终于如愿以偿。姚启圣还朝复命后为答谢妈祖，便修建了正殿。此后，他屡建奇功，晋升为太子太保兵部尚书，人称"太子公"。后来人们对姚启圣主修的这座正殿称为"太子殿"。

3. 林竹庭的许愿

在莆田城关，林家虽然称不上"甲地大宅"，也是家喻户晓的富户。林竹庭（1879-1950）对妈祖这位宋代的"祖姑"十分尊敬，对湄洲妈祖祖庙有不少捐献。林竹庭有兄弟四个，号为元、亨、利、贞四房。他是贞房，四大酱油世主之一。他的"东源号"资金雄厚，除制作酱油外，还加工目眉瓜、烂瓜、烂姜和甜梅酱、白萝卜、大头菜等酱菜，以品种齐全且质量高著称。"东源号"的产品销路广，不但供应县内，还远销邻县及海外，号上的赢利收入，是祖父和他的兄弟们维持家庭生活的主要财源。林竹庭的儿子林剑华长期在外，先在上海大学文学系读书，1927年后到南昌《国民日报》社当编辑。自打林剑华的太太周水仙"有喜"之后，林竹庭特地多次前往湄洲岛，许愿妈祖保佑，愿为妈祖庙做贡献。日积月累，林竹庭一家对妈祖的信仰更是虔诚。在湄洲祖庙寝殿需要重建的时候，他出资重建，并在樟木的房梁上清晰地镌刻着"丁亥年秋董事林竹庭携男剑华倡募重建"的字样。

1978年，随着政策的变化，湄洲妈祖祖庙重新恢复，而刻有"丁亥年秋董事林竹庭携男剑华倡募重建"的房梁回归成为重建的关键。现为湄洲妈祖祖庙名誉董事长林聪治女士，一次机缘巧合的机会，了解到原来妈祖庙寝殿有一根梁在公社三忠馆里。她心想，如果这根梁偷出来可以解决很多问题，一可以明白祖庙原来建设的尺寸，二是解决了一梁难求的问题，三会吸引更多的人来参与妈祖庙建设。所以她下定决心一定要把梁偷出来。经过多方的打探，有一天中午趁着大家午睡的时候，她冒险进入公社探路，从公社的地理环境到工作人员的分布、活动规律等等做了详

林竹庭倡募房梁

细的了解和调查，她心中有谱了，知道怎样取到那根梁。但是还有一个值得顾虑的问题，如果在"偷梁"的过程中被发现，在当时可以说是一种"犯罪"的行为，要"装大哥游街"，还要祸及家人，犹豫不决的情绪涌上心头。在思考了很久之后，心里还是下了一个决定，既然妈祖让我做，我就不害怕，妈祖总会保佑平安。有一天，正好工作组的干部都去外地开会，她认为机会来了，赶快行动，按照原先"考察"过的路线找到了梁，并悄悄地将梁取出来，送到祖庙。终于把这只寄了很多希望的梁"偷"了回来。而这不仅仅是一支梁，它记录了祖庙旧时建设的一段历史，记录了一段人们对妈祖信心，为祖庙的恢复建设奠定了基础。

湄洲妈祖祖庙寝殿的由来因为年代太为久远，没有更多详细的材料记载。而这支"丁亥年秋董事林竹庭携男剑华倡募重建"的横梁，提供了许多有效信息。更为重要的是当时在开工建设时，林文豪先生的介入为祖庙增添了无尽的力量，更为世人称道的是林文豪祖上为妈祖造福功德，福荫子孙。

4. 杨卢玉英传奇

杨卢玉英（以下简称"杨"）是台湾地区的知名女士，她的儿子是医生。有一天杨女士脚隐隐作痛，以为是劳累引起，儿子便给他开方吃药，却不见任何起色，儿子带她去医院检查，得出的报告是"黑骨病"，儿子带她赴美国住院检查，结论是如果控制不住的话就需要截肢。她回到台湾之后，希望妈祖保佑她恢复健康。于是，她在家人的陪伴下到了湄洲妈祖祖庙，祖庙董事长林聪治女士热情接待了她，带她到正殿朝拜妈祖，跪拜之后，林董事长给杨女士鼓励，一定要有信心，积极配合医生治疗，妈祖也会保佑。后来回到台湾，精神状态大好，积极配合医生治疗，一年后在儿子的陪同下，她又到医院进行一番检查，病情居然好转，让所有人又惊又喜。杨女士病情完全好转之后，凡是台湾同胞到大陆进香，她都会自告奋勇为他们带路。

5. 周立德脱险

周立德，香港人，专门经营电子产品，他和家人平时就十分相信妈祖，虔诚朝拜妈祖，无论走到什么地方，身上都会携带妈祖香火袋。时光穿梭回到1992年4月26日，广州飞往桂林的一个航班忽然传来噩耗：空难！在看新闻的周夫人听到这个消息，惊恐万分、痛不欲生，因为她的丈夫周立德就乘坐这次航班。23日那天，周立德在广东洽谈了一笔业务，非常顺利，便打电话给妻子告诉自己的行程，26日从广州飞往桂林。

25日，周立德调好闹钟，在床上打起盹。一觉醒来，在打包行李时，发现自己随身携带的妈祖香火袋不见了。这是从来都不会发生的事情，香火袋跟随他这么多年，一直都是安放在箱子的小口袋里面，怎会不见了？周立德就像热锅上的蚂蚁，在房间内踱步，为了让自己能够安静下来，他泡了一杯咖啡给自己提神。在脑子清醒之后，他开始慢慢翻箱倒柜，不落下任何一个角落，终于在酒店衣柜当中找到了香火袋。正是周立德对妈祖的虔诚，机缘巧合下错过了失事的航班。因为桂林生意急需处理，周立德改签下一班次飞往桂林。周立德和桂林的厂商洽谈非常顺利，在当晚宴会上，他由于太高兴多喝了几杯，自己怎么被送回酒店都已经忘了，而手机刚好也没电关机了。

而在香港另一头周立德妻子一直沉浸在痛苦当中，拨打的电话一直处于关机状态，这让她几乎绝望。第二天，当周立德起床，将手机充电之后，手机的未接来电短信提示一直响个不停。当他回拨电话给妻子的时候，电话那头传来妻子已经沙哑的声音，这让他以为家中发生什么事情。当他听着妻子讲述了26日空难的事情之后，他将在酒店中找不到香火袋的事情告诉了妻子。他们一致认为，这是周先生为人虔诚、机缘巧合，逃过一劫。

6. "亚洲第三例"

郑玉水，湄洲东蔡人，在父母的熏陶以及耳濡目染之下，对妈祖产生了一种特殊的情感。一直漂泊在外的郑玉水，过年期间不管生意再怎么忙碌，都会回老家参加闹元宵活动，守候着妈祖神像，每年都会到祖庙祈求一张平安卡，拿回家放置在神龛上诚心供奉，早晚必定一炷清香。

郑玉水的身体一直都很好，但在2008年那年，忽然没有胃口，食量慢慢变少，逐渐喝不下、吃不下任何东西，无法入眠。一个月的时间，原来健硕的身体瞬间消瘦。然而去医院检查，所有的指标都是正常的。不久开始咳嗽，喉咙似乎有块东西堵住没法说话，他只得入住医院，做了一个非常详细的检查，医生给出的报告是："这种病例极为罕见，需要慢慢治疗。"他只能靠打营养液才能维持体力，家人们一直在盼望着医生给出治疗方案。终于等待到一天，医生说治疗方案已经弄好，可以做手术了。但是手术是有风险的，矛盾、紧张的思绪在他家人脑海中盘旋。

在做手术的前一天晚上，郑玉水妻子坐在病床边，眼泪不由自主地流满脸庞。不由得数落郑玉水："你说妈祖很灵验，这个时候怎么不来帮你。"郑玉水对妈祖十分虔诚，有着深厚的感情。在妻子的一番嘲讽和刺激下，郑玉水被激怒了，一阵

激烈的咳嗽，忽然吐出一块黑色而且非常大的东西。他妻子叫来医生，医生给他做了检查，说没有什么问题，明天可以照常手术。此时，郑玉水对着身边的妻子说要吃东西，他非常饿。可是明天就要做手术，今晚怎么可以吃东西呢？但是看着长期没有胃口的郑玉水忽然要吃东西，妻子起了恻隐之心，非常心疼，给他吃了一些东西填饱肚子。第二天，医生知道他吃了东西就没法做手术。由于他吐出莫名的东西，医生让他重新做了一个检查，发现喉咙里面的东西已经不见了，这让所有人都非常诧异。医生告知，接下来只要安心把身体调理好就可以出院了。这个好消息让所有人喜出望外。

罕见的病例能够平安度过，医生告诉他说，这是北京303医院亚洲地区第三个奇迹案例。

第二章
还愿

在原始社会中，人类对于生产力的认知水平极为有限，面对浩瀚的大自然，产生种种人力无法抗拒的现象，心中难免出现畏惧、无法战胜的想法，对自然神灵的崇拜应运而生。在日常生活中，人们通过各种方式向苍天、大自然中的神灵祈愿、许愿、发愿，以达到实现愿望的目的。人们在战胜困难之后，为了感恩苍天、神灵的帮助，必然举行各种还愿、答谢、酬谢的仪式回报神灵。愿，写法上分为"愿"与"願"，这两者之间有着严格的区别。繁体字为"愿"的时候，一般是形容一个人的性格比较正直、真诚，而作为"願"的时候才是表示心愿、愿望。

第一节　一般的还愿方式

妈祖信仰的核心区位于福建省莆田市，关于还愿的方式大概有"吹鼓头"、酬戏谢神、重建庙宇、雕塑神像等。

1. 做义工

许愿得到妈祖保佑，一些人便虔诚自愿地到妈祖宫庙充当义工。凡遇庙庆、妈祖重大活动，大批义工怀着还愿之情，总是起早贪黑，跑前跑后，导引香客，清洁祭器，准备供品，备办伙食，端盘添菜，清洁卫生。许多重要宫庙的义工队伍，其

吹鼓头

作用十分明显。

2．请吹鼓头

"吹鼓头"是莆田民间对于"吹鼓乐"的俗称，也叫吹打乐，它有一套班子。吹鼓乐一般有两种，有单唢呐和双唢呐之分。乐队一般不少于五六个人，多者七八个人，常用乐器有唢呐、笛、笙、二胡、堂鼓或扁鼓、长锣、铙钹、小镲。唢呐是吹鼓乐的主奏乐器，有大、中、小之分。"吹鼓头"在莆田各村落的演奏形式也略有差异。"吹鼓头"是民间妈祖还愿的一种最基本的方式。逢年过节，莆田地区的妈祖庙宇都会传来阵阵悦耳的音乐，其实就是信众在妈祖宫庙还愿，是实现愿望后向妈祖表达感恩之情。

3．演戏谢神

莆田地区民间流行以演社戏还愿，还愿戏称之为"做愿"，戏曲一般分为十场，前半部分都是以戏神田公元帅的生平为主，为后面的还愿奠定一个基础。"愿"的演出最主要的部分在于后半场，还愿人家必须参与到演出中来，与演员一起完成"戴枷还愿"仪式。这种"戴枷还愿"的形式，可让还愿人深感自己是"有罪之身"，通过"戴枷坐狱"，表示虔诚忏悔。这种"戴枷还愿"的形式源自于宋代的京都汴京与临安，是朝廷的赦免罪行的一种形式，后来被民间模仿并不断沿袭，将这种习俗搬入戏曲"愿"中。随着现代文明的发展，现在一般是请戏班演一场或双场（下午场、晚场）来还愿。戏开场前在妈祖帐前上香、朝供、说明许愿时间、内容，今天来还愿答谢，求妈祖继续保佑。

演社戏还愿还有一种习俗是"酬愿"，亦是谢恩的一种，命伶人[1]演田帝子故

---

[1]优伶，现在多称伶人，所指的是具有身段本事凸出的演艺人员。

演戏谢神

事。斋主披白衣戴花枷，作坐狱状。家人送饭，狱卒索钱。忽传天使赦罪，列香案读诏，道士为之释枷，戚友备新帛相贺。斋主向空拜谢。傀儡戏班演愿戏（谢神的戏）的时候，有些角色，如解差、狱卒、新科状元张孝友等，则均由真的人参加扮演，做着傀儡戏式的动作（他处无此例，至今莆仙戏中还充满这种表演动作）。请戏曲团到许愿的庙宇演出，这是最普遍的一种还愿形式。

4. 捐资修建宫庙

有些信众遇到特别重大的难题时，会请妈祖指点迷津。家里经济条件比较好的，在求妈祖时会许下修建庙宇的宏愿。一般是修建偏僻之处的小庙、新庙，或翻新旧庙、重建废庙，或在大庙中新建某一建筑，如阁、亭、楼、台之类。

5. 捐资塑神像

有些信众在许愿时许以事成后，会在某一宫庙再塑妈祖金身，或在某一新建宫庙中捐塑妈祖配神，或添置神龛、神轿、梁柱、香炉、祭器等。

6. 认捐公益事业

为地方教育、卫生、交通、环保、体育等事业作贡献也是妈祖信众还愿的方式。在湄洲岛港楼村流传着一段佳话，村里有位曾红榜先生，虽然家里经商的生意不错，但是不知道为什么下一代在学校的功课一直都不好。一次，曾先生到妈祖

庙许下承诺，倘若家里的孩子能够顺利考上大学，他会为学校捐助一栋教学楼。孩子在妈祖的保佑和家长鼓励下，刻苦学习，努力上进，高考分数超过二本线，顺利进入大学学习。曾先生兑现最初诺言，现在港楼小学里面的红榜楼，就是曾先生捐赠的。

7. 倡行善事

莆田江口，千百年有很多人漂洋过海、远走异域。他们在外奋斗，靠着妈祖信仰维系与祖国的关系，回归祖国之后，他们修桥铺路、助困扶贫、助老助残。在江口，几乎每一条路、每一座桥、每一座学校、每一座医院，都离不开这些离乡背井的人们无私的捐助。

第二节　特殊的还愿方式

在莆田地区，"谢恩"是一种特殊的还愿方式。还愿弟子会邀请戏团到宫庙演戏，称为"还愿戏"。这种还愿文化萌芽于远古，在莆田地区具有深厚的传统且一直保留至今。还愿仪式由道士主持，谢恩弟子准备极其丰盛的祭品供神，一家几代已婚男士着蓝袍，已婚女士着红衣，孩童妆阁打扮，跪拜在神像前，不分昼夜焚香叩拜。在家中举行仪式之后，男女老少尽自己所能挑箩筐或拎篮子，或手持扫帚，到各处亲戚或村里各户求乞，对方象征性施舍一些东西。湄洲岛上的谢恩活动与妈祖分不开，谢恩时需到湄洲妈祖祖庙请香。下文以湄洲岛的谢恩活动为例。

谢恩队伍

谢恩挂脏

化妆谢恩

谢恩妆阁

1. 谢恩的缘起

"谢恩"顾名思义，是为了感谢、感恩妈祖在家族成员遇见困难之时提供了帮助。信奉妈祖的家族在遇见困难之后，向妈祖祈求保佑平安，并且会许诺将来在家族壮大、有所作为、经济上有能力之后会向妈祖还愿，也就产生了"谢恩"。

2. 举办时间

在客观条件、经济条件都允许的情况下，家族成员会商量谢恩的时间，必须集中时间，这样既不耽误家族成员在外的工作也不会与传统的节日有冲突。家族会派出几个成员到"算命先生"家中挑选几个好日子，挑选好后，家族主要成员会协商出一个合适时间，并到所属妈祖宫庙卜杯，看妈祖是否答应。在这一系列的程序之后，最后挑选出吉日。

3. 举办地点

谢恩是整个家族的事情，挑选地点举办活动至关重要。挑选在何处举办，必须在家族内征求意见，以达成共识。

4. 参与人员

参与谢恩活动的人员包括家族的男女老少，远亲近亲，外戚等等，而这个家族的朋友一般都会买些烟花爆竹来祝贺。活动中，人物角色不同，分工不同：有手持球炉之人、妆阁之人、持龙旗之人、着蓝袍红衣之人等等。手捧球炉是家中德高望重之人，妆阁为小孩子化妆装扮，持龙旗的人选为女性且需要家族选定。蓝袍为家族中的男性着装，而红衣为家族中女性的着装。

5. 祭拜神祇

谢恩主要是感谢妈祖保佑，在湄洲岛除了妈祖之外，民众还会朝拜土地公、天地神等等，在谢恩的过程当中，也会"拜天地（天神和地祇）"、祭拜祖先及各种过路神明和游魂。

6．供品

供品是活动当中必需的东西，与平时朝拜所准备的东西类似，比如五果六斋、五汤十锦，还有各种荤、素贡品。谢恩正日的时候会更加隆重及丰富。比如做"牙"[1]所备的东西，从活动一开始就供上，到仪式结束才收起来。在活动场所，花、香、蜡烛、酒、茶、水果等等摆放在香案上，家族成员诚心进行朝拜。

7．祭拜仪式

谢恩主要的内容是到湄洲妈祖祖庙请香，到所属村落的妈祖宫以及其他神明庙宇请香。较早之前的请香队伍基本以步行为主，而现在前往湄洲妈祖祖庙以车代步，但在祖庙山门前必须步行至正殿以表示虔心。如果是离湄洲妈祖祖庙较近的村

---

[1]牙，俗称当中有头牙，尾牙。必备品是三小杯酒，三小杯茶叶，一小碗米饭和一小碗面线，比较用心的会备上一碟水果和一碟肉等。

落，还是步行前往祖庙请香。紧接着是在所属村落的妈祖宫和其他神明庙宇请香，基本都是以步行为主。先到湄洲妈祖祖庙将香火请回家中，插在香炉上，再继续出发到村落的妈祖宫将香请回家，之后到其他神明庙宇请香。谢恩的队伍排列为：大灯、龙旗、妆阁、球炉、两把凉伞、鼓头乐队及其他。

请香结束之后，家族的所有成员都必须到场，在原先选好的地址举行祭拜仪式，会邀请当地的法师（即师公）举办法事。师公会在规定的场地搭起高高的桌子，家族成员从桌下穿过，表示将过去的不幸留下，剩下好运相伴。师公会在小孩子的额头点上红点，表示小孩子能够健康成长、聪明伶俐。

8. 资金筹集

一个活动的举办需要很多的资金，除了家族各成员的集资之外，还有一项重要来源是"乞圣"。乞圣是乞讨神圣的意思，乞讨的对象是家族中女性的婆家、兄弟姊妹等等。捐赠数量不等，依各家经济量力而行。

第三章

践愿

第一节　"践愿"含义

在妈祖信俗中，祈愿是其组成部分，主要包含许愿、还愿两个内容。但在莆田地区，还有与还愿类似而不完全相同的另一种习俗，即践愿，在莆田当地被称为讨愿。实际上，在妈祖信俗中，凡是许下诺言，每当愿望实现后，就必须兑现诺言，或是报恩妈祖，或是为乡里做一些善事，这既是为人诚信的需要，也是昭明人神之间的虔信的需要，马虎不得。因此，还愿含有信众主动履行诺言的意思，践愿则有提醒信众履行许愿的意思。实际上，一些信众可能是由于某种原因，或是时间周期太长，事后忘了还愿，践愿一说由此而来。在民间，践愿故事，通常是通过神灵给予当事人某些暗示性提醒来表示，例如托梦、神灵托他人提醒当事人，以启发信众回忆自己的许诺。践愿习俗实际是民间通过神灵媒介，对民众信守诺言、遵守诚信进行道德教育的一种特殊表现形式，本身还是具有道德教化积极意义的。

第二节　践愿故事

忠门沿海民间传说，当地两个以提罾为业的渔民，一直都是过着非常平淡简单的日子。一天两人在去提罾的路上，一边走一边聊天。张三说，"我们天天提罾，

历史上的故事

打到的东西太少了，要是我能够打到50斤的鱼虾，我肯定大演[1]一百场戏。"李四也跟着说，"你大演一百场戏，我要是打到50斤的鱼虾，我也大演一百场戏。"两人漫不经心地到达打捞场，发现特别多的鱼虾，双双满载而归。两个人也不曾想到不经意间的对话，实际就是向神明许下了誓愿，"说者无心，听者有意"。张三和李四经过努力提醑。日子一天天过去，大丰收让两个人发了一笔小财。张三是个戏迷，平时庙宇或者附近有演出，都会跑过去欣赏。所以张三和李四每次去提醑的时候，张三一路上都喜欢哼哼莆仙戏，每次唱完他都会说一句："我又演出一场戏了。"时光流逝，张三和李四同进同出，但是张三的日子越来越好，然而李四的日子却越来越贫寒。忽然有一天，李四生病了，吃了很多药却不见好转。他妻子到处求神问卜，庙祝告诉她说，李四欠神明一个约定。妻子回家告诉李四说，你欠神明一个承诺还没有兑现。李四苦思冥想，不知什么时候许下什么愿，神明要他践愿。左思右想之后，他想到那天和张三路上的对话，"演一百场戏"。可是，他搞不明

---

[1]大演，莆田方言，即邀请戏团到庙宇演出。

白，张三和他同样许下愿望，为什么他却过得如此轻松自在。他到庙宇去咨询，神明给的答复是张三已经完成他的承诺。可是，在李四的印象中，张三并没有请大型戏团演出。李四离开庙宇之后到了张三家中，张三也好奇自己并没有邀请剧团演出。张三和李四陷入沉思，突然李四想到，张三的习惯，每天咿咿呀呀唱莆田戏，唱完之后还会说一句"演了一场"。于是，李四邀请了当地的戏团、"吹鼓头"、阵头等到庙宇演出还愿。在信众看来，对神明守信，兑现当初的承诺，一切都会变回顺利、平安，理念简单而质朴。

又如秀屿区一户信仰妈祖的陈姓人家，家中小儿子平时身体非常健康，然而却突然得了一场怪病，不吃不喝，精神萎靡，去医院检查却查不出任何毛病。家中的奶奶非常难过，怕自己的小孙子无法度过难关夭折了。奶奶天天抱着小孙子暗自落泪。那一天，奶奶抱着孙子，心里念叨："妈祖啊，您告诉我，我孙子这是怎么了，是我们家哪里风水不对吗？还是许下什么愿望没有还啊？"奶奶说完了，抱着孙子就坐在藤椅上睡着了，梦中来了一个身着红衣、看不清脸庞的女子，她对奶奶说："你家里的猪圈底下有一个臭水坑，你把它挖开，把水排掉，填满了，你的孙子就好了。"当奶奶醒来，不知道自己到底是做梦还是真的有人对她说，半信半疑跑到家中的猪圈底下查看，真的有个臭水坑。奶奶便找人翻开猪圈，排干坑里面的赃物，用清水清洗，再用土填平。不多久，孙子的病竟然真的就慢慢痊愈了。当孙子恢复健康之后，长辈们向陈家人提起一件旧事：当年祖先在海上遇难，向妈祖求救，答应平安归来会请戏团演出，但是一直没有合适的机会。奶奶顿时觉得应该替长辈们践愿，便在妈祖节庆活动时，邀请著名的演出团队到妈祖庙演出。

第十篇

传说

传说

　　妈祖传说故事是"世界人类非物质文化遗产——妈祖信俗"的重要组成部分，也是妈祖文化得以广泛传播的重要载体。广为流传的妈祖传说故事，取材于广大妈祖信众的社会生活实践，贯穿于妈祖文化形成和发展的各个阶段，是妈祖立德、行善、大爱、和合精神的集中体现，反映了人们改造大自然的智慧和力量，表达了人们对美好心灵的向往和追求，蕴藏着广大民众对国泰民康、风调雨顺、吉祥安宁等愿景的强烈祈望。这些传说故事以自己独特的表达方式影响和改造着人们的内心世界及价值取向，对建设美好的精神家园和构建和谐社会，都具有积极的社会意义。

第一章

古籍所载妈祖传说

　　《天妃显圣录》《天后显圣录》《敕封天后志》等妈祖录书及历代一些文人笔记古籍，都记载着大量妈祖的传说故事。这些故事中有不少就发生在妈祖文化的发祥地——莆田，有的故事所发生的地名甚至环境都还依旧存在，有的还成为了妈祖文化胜地。如今，只要亲临这些乡村，重温妈祖的传说故事，就会为妈祖的崇高精神和可贵品质深深折服，为妈祖的丰功峻德和灵验显圣感慨不已。

第一节　宋代妈祖成仙前传说

　　受"忠孝"家风和父亲影响，妈祖从小开始细心研读天文地理知识，对海上的气候变化未卜先知，每逢风暴来临之前，便预告昭示乡亲，从而避免了很多海难。当时，沿海的渔民又常常受到瘟疫、干旱等天灾人祸的困扰，妈祖便用所掌握的医学知识，教人们防疫消灾的方法。在世人的眼中，她是与神灵相通的"巫女"（"巫"在宋代主管奉礼天帝鬼神，为人祈福消灾，并兼占卜、星相之术，通晓医学），是菩萨转世。她"立德、行善、大爱"的崇高精神和爱国爱民、扶危济困、广施仁爱、普渡众生的高尚品质在莆阳大地广为传颂，伴随着海上的商人、渔民远播到东南沿海的各个乡村。

1. 妈祖降诞

妈祖的父亲林惟悫是宋代都巡检官,娶妻王氏,二人平日多积善好施,已生有一男五女,但每想到只有一个男孩未免势单力薄,就经常向上苍祈祷再赐麟儿。一天,夫妇二人到观音亭焚香祷告。当晚,王氏梦见观音大士告诉她说:"你一家行善积德,现赐你丹丸一粒,服下它,就会有慈惠的恩赐。"于是,王氏就有了身孕。

宋太祖建隆元年(960)三月廿三日,王氏腹内震动。只见一道红光从西北射入卧室,晶辉夺目;顿时,满室异香氤氲,缭绕不散,众乡亲闻讯纷纷前来围观。等到孩子出生,惟悫夫妇见所生的是女孩,大失所望。当时四周的山有的崩塌了,大概是灵气聚集引发的。妈祖从出生到满月,从来不啼哭,于是,就取名叫"默"。

注:本章插图选自莆田画家周秀廷《妈祖》画册,福建美术出版社,2005。

2．窥井得符

妈祖16岁的时候，有一天，她和一群女伴在井边游玩，当她对着井水照妆时，忽然井中有一位神人手捧一双铜符，沿着井壁上来，还有一班仙官跟随迎护。女伴们见到这情景，惊恐地四处逃散。妈祖却并不惊吓，她毫不迟疑地接过铜符。不久，神人随即遁形虚化消失了，众人无不非常惊异。

妈祖自从接受铜符之后，经常在自己房间里修炼学道，终于可以超然神游在尘世以外，还能预示吉凶祸福——没有不被她神奇地言中。

3．机上救亲

妈祖17岁那年九月的一天，她父亲和兄长渡海北上。当时，西风正急，海面上狂涛汹涌，震天动地。妈祖在家中织布，忽然在织布机上闭上眼睛，脸色也顿时改变了。只见她手里紧握住梭子，脚踏机轴，看上去像挟持着什么怕丢失似的。母亲看这般模样很感奇怪，急忙将她叫醒。妈祖手里的梭子应声落地，不禁哭泣说道："我阿爸安然无恙，哥哥掉入海中了。"

很快，外面传来消息，正如妈祖所言。原来，当时父亲在怒涛之中，仓皇失

措，多次几乎溺水，隐约之中似乎有人稳住他的船舵，并且向妈祖兄长的船只靠近；但不知为什么，妈祖兄长的船只突然间舵断船翻了。原来，刚才妈祖闭目之时，脚踏稳了父亲的船只，而手里挟持的是兄长的船舵。

4．航海寻兄

妈祖因兄长落水身亡，便同母亲、嫂子和乡亲们渡海去寻找兄长的尸体。他们望见海里水族聚集围拢上来，簇拥着一位仙官，在前面鞠躬恭迎妈祖。海面上浪花飞溅，船上的人都怕得战战兢兢。妈祖安慰说："不用担心。"并大声对仙官喊道："请免礼！"突然间水色澄清，妈祖兄长的尸体浮出了水面。大家这才知道，是水神护着尸体来啊。

从此以后，每逢妈祖诞辰，半夜开始，就有成群的大鱼，环列在湄屿之前，像起舞祭拜的模样，直到黎明时分才离散开去，而在其它日子是没有的。询问海边的人，都说至今还是一样。所以，这一天渔民都不敢撒网捕鱼。

5．化草救商

湄屿的西侧，有个村庄叫"门夹"（今文甲村），是出入港口的要冲，可这里

暗礁错杂。有艘商船经过这里，遭遇风浪，不慎撞礁，海水涌进船舱，眼见就要沉没了，船工们哀号求救。

岸上的人们见风涛震荡，不敢前往救助。妈祖拔起几根草，抛向空中，化作一排巨大的杉木，围附在遇险船只的四周。那艘船只因为有了大木的依托，就不再下沉。不久，风平浪息，船工们欢呼相庆，以为是苍天相助。等到船只靠岸，整理舟楫，发现那些大木不知漂到哪里了。船工们询问乡人，这才知道刚才化木附舟，都是神姑的法力所致。

6. 菜屿长青

湄洲边上有一座小岛。一日，妈祖闲游到了那个地方，把一些菜籽随手撒在地上。没想到它们立刻就脱壳抽芽，灿烂开花了。刹那间青黄色的菜花布满山坡。从此，无须播种，菜子都会四时开放，源源不绝，自生自熟在原本荒芜的小屿上。它的茎杆花叶可以用来供奉神佛。人们就把这小屿名叫"菜子屿"。乡人经常到此采摘，把它当作仙葩神卉。

至今，它们依然洋溢着浓郁的天然香味。在这盐碱地的小屿野外，实在是一大奇观。

7．挂席泛槎

一次，妈祖想渡海外出，但小木船上没有篷帆和船桨，船夫又因风涛汹涌不敢解缆开船。妈祖安慰他说："不碍事，可用草席代替船帆。"随即叫人将草席挂在桅杆顶端。果然，强风鼓起蓆帆，船只急速飞驶，像只水鸟、海鸥翱翔于碧浪白云之间。那草席沾水不湿，碧海之中，孤帆追风破浪，妈祖在船上操纵自如。岸上观看之人纷纷惊叹这一飞渡奇观。

8．铁马渡江

有一次，渔民们都北上捕鱼了，岸边没有剩下船只。而妈祖急于渡海救难，于是，她就解下屋檐下系着的铁马，铁马突然间变成神驹，妈祖快速跨上，策马扬鞭飞奔而去。人们只见一匹青白色的骏马在海面风驰电掣似地奔驰，如同天马行空，又奇怪又惊愕。等到妈祖登岸，没见到她解鞍喂马，马也不嘶叫，就更加惊讶了。

9．祷雨济民

妈祖二十一岁的时候，莆田大旱，山上的树木都枯焦了，河流也干涸了，百姓困苦不堪。全县的父老乡亲把妈祖称为神姑，并说："非神姑不能解除这场灾

难。"于是，县尹就去请求神姑为民祈雨。妈祖就前往县里祈雨，祈雨完毕，妈祖喃喃道："壬时申刻会下雨。"可是等到晌午，还是烈日炎炎，晴空万里，不见一片云彩。县尹说："妈祖怎么能称为神姑呢？"话音未落，只见乌云四起，甘霖滂沱，平地水深三尺。

等到秋天，农民大获丰收。各村各社纷纷举行祭祀酬神的活动，大家都向神姑欢呼致敬，称颂神姑的功德无量。

10. 降服二神

西北方有两个灵怪：一个名"聪"，善于谛听，外号"顺风耳"；一个叫"明"，擅长观察，外号"千里眼"。他们两个凭借"金水生天"的有利条件，神出鬼没，祸害百姓。村民们深受其苦，就向妈祖请求惩治他们。

于是，妈祖便打扮成民女，混杂在采摘女的队伍中。二怪误认为她是一般的民间女子，就上前来。妈祖大声叱呵一声，二怪听到腾跃而起，化作一道火光如车轮般飞滚腾跃，看不清是什么东西。妈祖把手中的丝帕轻轻一拂，顿时空中乌云蔽日，飞沙卷地。那二怪不知所措，却仍然手持铁斧，恶狠狠地盯着妈祖。妈祖用激将法问道："你们敢扔下手中的斧头吗？"那二怪不知是计，就将手中兵器朝妈祖掷去。不料，铁斧立刻就被妈祖镇住，再也收不回去。二怪一见，惊惧得瞠目结舌，表示愿意接受惩处。妈祖见他们有悔改之意，就且放过一马。

过了两年，二怪又再次出来作祟为害。他们扮成恶鬼的摸样，千变万化，在水中兴风作浪，猖獗作孽，巫女道士都惩治不了。妈祖说出了其中的缘由："二怪经江河湖海的水德修炼，现在正乘旺相之势作乱，必须要用木土才能将其降服。"到了第二年的五六月间，乡亲们络绎不绝地前来向妈祖询问惩治二怪的方法。于是，妈祖就施展神咒，只见林木震荡呼号，飞沙走石，二神怪无处躲闪。只好跪下降伏，愿意皈依正道。当时，妈祖年方二十三岁。

11. 收伏晏公

一个时期，东海有个依仗大海作乱的神怪，名叫"晏公"。他常常利用海豚水妖来兴风作浪，翻溺舟楫，实在是海上的大祸害。

一天，妈祖遨游到东海，只见碧波万顷，水天一色。可是，不一会海中就波涛汹涌澎湃。船夫急忙喊道："桅舵摇撼得很厉害了！"妈祖命令赶紧抛下船椗停船。这时只见海里浮出一个神怪，胡子散乱，眼睛突兀，头戴金冠，身披绣袍。他随波顺流，上下翻腾，忽而用力拉扯缆绳，忽而用气猛吹桅帆，行动如闪电般迅

捷，雷霆般有力。妈祖临危不惧，面不改色。她显出灵变，时而旋风翻浪，时而逆湃倒澎。晏公见对手神威非凡，赶紧低头道歉，驾船回去了。

其实，那晏公只是一时被妈祖法力所制伏，心中仍旧不服，不久后又凶相毕露，变为一条神龙腾云驾雾，翻滚奔腾，袭击过来。妈祖心想："此妖不除，风浪就不会平息。"于是，她朝激浪抛出神桩，那龙左翻右滚，终究机关用尽，技穷无奈，只好现出原形——衣冠整齐，俨然是一尊神灵模样，站立在桩上一动不动。妈祖叫船工投下缆绳，那神怪不知是计，就上前靠近缆绳。不料那绳索一下子粘住了神怪，而且越绑越紧，使他难以挣脱。神怪浑身乏力，只好漂浮在水面上，恐惧地降伏认罪。妈祖嘱附他说："东海险阻，你就统领水阙仙班，护卫民众，拯救危难吧。"

从此，晏公永远依顺着妈祖，担任妈祖部下的总管。

12. 恳请却病

有一年，瘟疫流行，莆田县长官和全衙门官员都染上重病。有个官吏告诉县官，居住在海滨的神姑法力广大，能够起死回生，救难消灾。县官听了，斋戒之后

就亲自登门求救。妈祖对县官说："这是上天的旨意，我怎么敢随便违背呢？"县官苦苦恳求说："我千里到此为官，全家客寓他乡，如今身家性命都寄托在神姑，祈望神姑大发慈悲，拯救我们的性命吧。"妈祖考虑到他平日里当官仁慈，就代他请求上天宽恕；然后，取菖蒲九节，并且画一符咒，嘱托他将符咒贴在病人住宅的门楣上。回城后，患者将菖蒲煎熬饮服，很快都痊愈了。

县官欣喜妈祖恩赐第二次生命，于是带领全家人到神姑家登门拜谢。从此，神姑的名声响彻天下。

13. 伏高里鬼

高里乡突然来了一个阴怪，以飞沙传染百病。村里的人们一同登门请求妈祖救治。妈祖到那之后，知道是山中小木精作祟，就取出符咒贴在病人的床头。

忽然，妈祖听到屋瓦中发出异样的响声，有东西像小鸟一样疾飞而逃。妈祖决定跟随它的踪迹找到它的居所，扫除它的洞穴。等到妈祖走近之时，小木精就变幻成一只小鸟，藏匿于树梢之中。妈祖只见模模糊糊的树林顶端突然冒起一团黑气，便自言道："此为乡亲们的祸害，不能留。"急忙追擒之。只见一只鹪鹩叽叽喳喳

地叫个不停，妈祖将符水往空中一洒，那只鸟便从空中坠落。妈祖走近一看，并没有形体，只是一撮枯发，于是，点起一把火烧它，使之现出原形。只见地上孤孤单单地站立着一个小鬼，那小鬼见是妈祖，急忙叩拜说，愿皈依，在麾下服役。妈祖就收伏了他。

14. 奉旨锁龙

妈祖26岁时，从正月至夏天，细雨霏霏，飘洒不停，闽浙两地受灾严重，两省官员奏闻朝廷，天子命所在省份虔诚祈祷。官民们日夜祷祝都无应验，于是，莆田民众请求神姑解救。妈祖说："皇天降灾，白龙、青龙与黄龙作怪，都是因为人间积恶太深所致，如今，天子能殷勤为民请命，我应当向上苍祈求庇佑、宽恕。"于是，设坛焚香化符，朝天祷告。不一会儿，天空忽转一阵大风，浓云渐渐消散，众人看见云端有只蛟龙逍遥而去，天空也逐渐放晴，邻近的浙江省天空也变晴。当年还大获丰收，为此，有司特地上奏神姑锁龙的功绩，并奉旨褒奖、致币报谢。

15. 断桥观风

吉蓼城（也称吉蓼寨、鸡了城、吉了寨，今属东埔镇东吴村）西侧有座跨海石

桥，处于四周往来的交通要道上。有一天，突然刮起一阵怪风，横扫大地，还夹杂着霹雳雷鸣，顿时石桥的墩柱全都折断了。大家十分惊惧，都以为是风伯为害。

妈祖闻讯后，前往那里观察。她远远地望见一股黑气喷薄而起，遮天盖地，知道是两颗扫帚星（流星陨石）在作祟。于是就施演法术灵变，将它们驱赶到了远处。她还告诫乡民，遇到雷电晦暝或风雨大作时，不要去冒犯它，以免受到伤害。

16．降伏二怪

当时莆阳海滨，有两个恶魔为非作歹，祸害百姓，一个叫"嘉应"，一个叫"嘉佑"。或在荒山野岭中摄魄迷魂，或在惊涛骇浪中沉舟破艇。有次，适逢有艘客船行驶到激流之中，被一阵怪风吹翻将要沉没，妈祖望见，立刻化作一艘货船在波涛游弋。嘉佑见状，立刻舍弃客船，乘着潮水来到妈祖的货船前。妈祖念起咒语，将他镇压，嘉佑觉得遇到高人了，便向荒山方向逃窜。妈祖赶到，嘉佑见敌不过，只好向妈祖降伏。

妈祖又独自从山路行走，嘉应不认识，以为是一位普通的民间美女，打算侵犯她。妈祖将手中的"拂尘"轻轻一挥，他就变幻成一股烟逃之夭夭。一年多以后又出来作恶，妈祖说："此怪物不让他皈依正道，必会扰乱祸害人间。"妈祖让人们各自焚香斋戒，自己带上符咒独自乘坐小艇去寻找嘉应。妈祖像打渔的人在烟波弥漫中遨游，嘉应见到，立即冲着潮头登上小舟，端坐在桅杆之前，因烟雾太浓，不觉小舟就驶到了岸。只见妈祖伫立船头，嘉应见难逃此劫，于是悔罪请求赦罪。妈祖就一并收为部将，列入水阙仙班，这样妈祖帐下的水阙仙班共有十八员。凡是渔夫舟子在海上遇到危难之时，披散头发虔请救助，都能得到暗中庇佑。

17．湄屿飞升

宋太宗雍熙四年丁亥（987），妈祖28岁。那年九月初八，妈祖对家人说："我心好清静，不喜欢居住在凡尘世界。明日是重阳佳节，我也想去爬山登高。"实际上，这是她与家人预告分别的日子。大家都以为妈祖只是去登高远眺，不知她将羽化登仙。

次日清晨，妈祖焚香诵经之后，对众姐姐说："今天我想去登山远游，畅抒情怀，道路难行而且很远，各位姐姐就不用同行了——如果受了伤怎么办呢？"众姐姐笑着安慰说："远游就远游呗，这有什么好多虑的？"于是，妈祖就一直登上湄峰的最高处。只见湄屿上空浓云密布，遮住山头，一股白气冲天而上；隐隐约约中，听见空中钟鼓、丝竹、管弦齐鸣，声音悦耳浑厚又悠远，直上云天。众人看见

祥云瑞气簇拥着，妈祖悠悠然翱翔在青天丽日之间。大家纷纷惊叹着，小声抽泣着。只见天上的星辰和虹霓交相辉映，妈祖从云端缓缓地向太空升腾遨游，时而又前后徘徊，俯视人间，若隐若现。一会儿，彩云密布，遮住山峰，无法再见到她的身影了。

此后，妈祖又屡次显出灵异。乡民们有的在山岩水洞旁看见她，有的在她修道、升天之处见到她。妈祖常常赐梦显灵，给百姓送来福泽。故里的亲人们敬服妈祖，尊崇妈祖，共同在湄屿建立第一座妈祖庙祭祀她，称呼妈祖为"通贤灵女"。虽然当时的祠庙不大，只有几根屋椽，但却十分灵验。人们的祈求祷告，几乎没有间断过。

第二节 宋代妈祖成仙后传说

妈祖集"真、善、美"于一身，即使在她羽化升天之后，仍屡显威灵，拯救危难、庇护使臣、广施仁爱、普渡万民，人们便尊称她为"通贤灵女"。在宋代相当长的一段时间，她的事迹伴随着海上的贸易、商船的往来、渔业捕捞等传播至兴化

湾、平海湾、湄洲湾、泉州港等东南沿海，同时，妈祖信仰也在白湖、三江口、平海、浮曦港（今莆禧城）、贤良港、枫亭港及泉州港等诸多港口和码头传播扩展。

1. 祷神起碇

有一年的暮春三月，有个叫三宝的客商，满载一船珍奇货物要运往外国。海船停靠在湄洲，即将起航了，可船碇就像被黏住似的，不能拉起。船工下水查看，发现一个水怪一动不动地坐在船碇上，急忙向三宝禀报。客商大为惊恐，赶紧登岸，询问当地人"这里什么神明最灵？"有人说，这山上的灵女极其显应。于是三宝就到祠庙里朝拜祈祷。船碇立即就可以照常拉起了。三宝便再拈香一扎，插在祠庙前的石头缝中，祈祝许愿道："神明有灵，此香为证，请您显圣庇佑水道平安无恙。如能大获货利而归，我一定扩大庙宇的规模，来答谢神灵的大恩大德。"到了船行海上，有时遇到风浪危急之时，他就拈香朝天祈愿，都明显获得庇佑。

过了三年，三宝安全回航，又登访神祠，看见先前所插的一扎香，全部盘曲生根，萌发绿芽，变成了三棵小树。当时正逢三月廿三，是女神的诞辰，三棵树枝叶繁茂缤纷，香气浓郁袭人。客商三宝对此神灵的感应十分惊奇，于是按允诺捐款，大规模兴建庙宇，使原先的祠庙焕然改观。

到了宋仁宗天圣年间，灵女的神光屡屡显现，善男信女们更加感到妈祖的灵异，就再扩大庙宇地盘，再兴土木，整个庙宇、廊庑更加巍峨壮丽了。

2. 圣墩神木

宋哲宗元祐元年（1086），莆田沿海东面有个地方叫高墩，常常在夜里会有灵光闪现。渔民们以为有什么不寻常的宝贝，就前往近处探寻察看——原来是漂浮在水面的一根枯木发出的焰光。渔民将它抬回去，安放在家中。第二天早晨发现，那枯木又回到了原处。再试几回，还是这样。

当晚，神女托梦给宁海高墩的乡人说："我是湄洲神女，这枯木就是凭证，大家应该奉祀我，我会赐福给你们的。"父老乡亲们感到十分惊奇，就将此事告诉李富之父李洋。

李公说："这木头是神灵栖息之物。我听说湄洲有个神姑，神迹显灵已经很久了，如今灵光闪现感通，想必是神姑要给我乡百姓赐福了。承蒙神灵庇佑，庙宇就建在那个地方吧。"于是大家纷纷捐款奠基建庙，塑造神像崇祀，庙宇取名"圣墩"。祈祷者有求必应，十分灵验。

3. 铜炉溯流

宋哲宗元符元年（1098），莆田南面六十里有个叫"枫亭"的地方。那里的溪（枫慈溪）水直通大海，是南北海运的重要港口。

一次夜里涨潮时，水面漂浮着一只铜炉，色泽明亮，逆流而上，漂到枫亭。围观的乡民们围成了一堵人墙，都啧啧称奇。大家下水将铜炉捞取上来藏了起来。当晚，枫亭人都做个同样的梦，梦中有人说："我是湄洲神女，想为你们一乡人造福。"

第二天，这事传遍开来，大家都感到很惊奇。于是乡民们就备好香烛、鲜花，捧着铜炉来到锦屏山下，暂且粗略地搭建一间小屋奉祀。结果凡是到此祈祷求愿的，无不灵验。

其中有个叫林文可的，感激神灵的暗中庇佑，就卖掉自家田地，与众人一同募捐扩建了庙宇。

4. 现身渡劫

宋徽宗宣和四年（1122），给事中（官职名称）路允迪奉命出使高丽国（今朝

鲜半岛）。第二年（1123）正月，路氏船队正式起航，但在途中大风骤起，八艘使船相继覆没了七艘，只剩下路公的船只在风浪中摇荡，即将覆没，十分危急。路公急忙向苍天祈求庇护，只见一位神女从天而降，身着红衣，端坐在桅竿上。路公赶紧叩头祈求庇佑。匆忙慌张间，海面风浪顿时平息了下来，船只得以安宁。

出使高丽回来后，路允迪对众人说起这事。同行的保义郎（官职名称）李振（李馨次子、李富堂弟）平时和圣墩的人都能详尽讲述妈祖显应的故事，因此路公对神女显圣也深有感受，他感慨地说："世间最大的恩情莫过于生育我的人，我们一批人在大海中漂泊，在身临死难的关头，虽父母有养育疼爱之恩，是最贴心的亲人，但终究爱莫能助。然而神姑却可以在危难之时，与我们呼吸相通，一呼即应——那天实在是给予我再生的大恩德啊！"

路允迪使节回朝禀报时，向皇帝奏明了神女显应护佑之事。宣和五年（1123），徽宗帝下旨，首次颁赐"顺济"庙额，免除祭田的赋税，在木兰、萩芦、延寿三溪合流的入海口立庙，奉祀妈祖。

5．圣泉救疫

宋高宗绍兴二十五年（1155）春，莆田瘟疫流行，妈祖神灵降临在白湖（今阔

口村，当时莆田最大的港口）旁居民李本家，对他说："现在莆田瘟气流行，我已为全郡百姓向玉帝请命。离白湖一丈多的地方有甘泉，喝了就可治愈疾病。"

四周的百姓听到这个消息，排着队感谢神灵的恩赐。可是，此地靠近海湾，全是盐碱之地，怎么会有清流呢？因为是神明的旨意，大家还是依照着去挖掘，但挖了很深，还是不见甘泉。怎么办？多数人都说，这是神明赐言，不可违背；于是就勉强再挖了几锄头。忽然，清泉喷涌而出，人们竞相取泉水饮服，那泉水如美酒般甘甜清洌。一路上，来取泉水的人络绎不绝。病人早上喝了，晚上就痊愈了。大家都欢呼雀跃，拜谢神恩，说："清泉救人，何止甘露。"于是，人们用砖砌井，把那口泉眼围了起来，取名"圣泉"。

县尹派人将此事上奏朝廷，于是诏封妈祖为"崇福夫人"。

6. 托梦建庙

宋绍兴二十七年（1157）秋，莆田城东五里多的地方，有个水市，诸多船舶集中停泊地方，叫"白湖"。妈祖来这里择址建庙，当晚，章氏、邵氏两族的人都梦见妈祖所指的立庙之地。少师陈俊卿听到这件事，叫人卜那块地，果然大吉，就将这地献出建庙供奉妈祖。第二年，庙就建成了。绍兴三十年（1160），流寇刘巨

兴等召集一批人，直抵白湖附近的"江口"准备入市抢掠，居民闻讯赶紧到庙里虔诚祈祷，忽然狂风大作，烟浪滔天，天地间一片昏暗，只见妈祖出现在空中。贼寇们见状，落荒而退。不久，贼寇们又想侵犯"海口"的渔民，妈祖又显灵示威，这次逃窜不及全部被官军抓获。官员将此神奇灵验上奏天子，皇帝就下诏加封妈祖为"灵惠昭应夫人"。（编者注：此庙即今日"白湖顺济庙"。）

7. 林夫人庙

兴化军境内有个地名"海口"的地方，旧时就有林夫人庙，不知哪年所立，庙宇不是十分广阔宏大，但素来以灵异著称。凡是商人航客出海之前，必到祠中祈祷，卜求杯珓，祈愿庇护，才敢出行。因为曾经有过在大洋中遇到恶风的商客，总是向天遥望百拜，乞求林夫人怜悯救护，总见神女出现在桅杆之上方，顿时风息雨停，遇难得救。

据说建庙之初，乡里有位富豪吴翁，育有许多茂盛的山林，漫山遍谷的树木郁郁葱葱。有一天，来了一个客人指着说要买山上的某一处山林，吴翁答应但需三千串铜钱（每串一千文），那客人只出价三百串。吴翁听后笑道："你是来求购树木的，出价只是我的十分之一，你是来玩我的吧！这事哪有开玩笑？"那客人就离去了。那夜，风雨大作，等到第二天清晨，吴家的人打开门，只见三百串钱齐整地叠放在门前。正感到惊骇疑惑之际，外人来报，昨日那个客人所要购买的树木已倒折大半。吴翁赶紧过去查看，只见那些树木皮上都刻有"林夫人"三字，才醒悟先前是神灵所为。急忙携带香烛等到庙里瞻拜，只见群木有些都已运至庙前的空地上，这才领会神灵的意愿，于是将山上的树木悉数捐献，还用车载银元还给庙里的主持，用于支持营建宫庙的费用。这事一传十，十传百，远近听到的人都纷纷前来支持。有一老翁，家中最为富有，但特别吝啬，只捐了三万两，众人都认为太少了，请求再加些，那老翁不听。等到派遣仆人背所捐的钱出门的时候，那仆人好像重物压背，连移步都不能，那老翁见了惊慌害怕、后悔不已，立刻增加捐资到百万两。新庙不久就建成了，房屋达数百间，殿堂宏伟壮观，楼阁高耸辉煌，如今是闽中第一宫庙。

（编者注：此则故事载于宋代端明殿学士洪迈《夷坚志》支丙卷九。）

8. 浮曦妃祠

南宋绍熙三年（1192），福州航海商人郑立之，船自广东停靠莆禧港口避风，

准备次日早上起航。还没等出港，忽有乡人前来告知："附近海面有六艘贼船，赶紧想摆脱的计谋。"郑氏得知后，惊慌失措。便亲自到"崇福夫人庙"烧香卜卦，祈求妈祖保佑，得了三圣杯。虽然很高兴能安然无恙，但依旧犹豫不决。大家聚在一起商议："我们势单力薄，不宜在白天暴露目标出行而惹得祸端，而且不知道来告密的人是否是贼人派来的同党，不能轻易出行而中计。不如等天要破晓的时候，出其不意，或许可免遭侵犯，况且神妃庇佑我们。"众人都说："这样很好。"大家就乘着晨雾扬帆出港，航行不久，发现果有六艘贼船集结海面上，其中二艘已迫近郑船。此时，郑氏等人窘迫，便遥遥朝神祠瞻拜祷告妈祖保佑。大家披甲发箭朝贼船射击。等到箭几乎殆尽，贼船已接近，一贼寇手持长叉将跳入郑氏船只。忽然间，海上浓雾突起，风雨即至，惊涛骇浪冲岸，对面而不见身影，犹如深夜一般。郑氏大惊，待云开雾散，风平浪静之际，才见贼船已都向东南方去了，远远望去几乎不见。郑立之所乘的船只也漂出数十里，安然无恙了。这都是妈祖灵验解救的恩赐，她这般灵异。夫人如今已进封为"妃"了。

　　（编者注：此则故事载于宋代端明殿学士洪迈《夷坚志》支戊卷一。"崇福夫人庙"既是莆禧天妃宫，今尚在。）

9. 瓯闽救潦

宋宁宗庆元四年（1198），岁次戊午年，福建至浙江温州一带大雨滂沱不止，冲毁房屋无数，许多山崖被摧毁。大雨从春下到夏，粮仓空虚，可谓民不聊生。官员上奏朝廷请求减免赋税并商议赈济，莆阳的百姓一同向妈祖祷告。夜里，人们梦见妈祖示意："人间多不正道，以连续下雨来惩罚，所以上苍困住这一方的人。如今你们大家能反省自己的过失，虔诚恭敬神灵，我为你们请奏于天帝，天帝怜悯、宽恕苍生，过三天，会大晴，而且秋天会大获丰收。"到了那天清晨，果然见到太阳从东方升起，日出春生，早稻得到灌溉而长得特别旺盛，万物在阳光的沐浴下生机勃勃。等到秋天的时候，大获丰收。省官将此事上奏朝廷，朝廷加封"助顺"封号，以报答妈祖的突出功绩。

10. 助擒草寇

宋宁宗嘉定元年（1208），岁次戊辰年秋天，草寇周六四聚合许多草寇侵犯莆阳境，所集合的舟舰不计其数。时逢长久的干旱刚过，穷困潦倒、无以依靠的人很多。百姓多受困于旱灾，田地荒芜，无以生计，于是就落草为寇，乘乱抢劫虏掠。全县百姓房舍寥落，到处荒芜，又遇贼寇侵扰，只好向妈祖哀诉祷告。妈祖示意乡

亲："六四的罪过已经满盈，只是釜中的游鱼罢了，我一定为大家歼灭他。"四天过后，六四率贼寇入境，喊声惊天动地。忽然，大家隐隐望见空中有旗帜舞动，贼寇们震惊不已，纷纷想驶舟撤退，结果贼船都触礁搁浅。官军首领驾艇追击，捉获贼首周六四，其余凶犯全部被俘。贼寇之患得以平息，境内都安宁了。地方官向天子上奏，皇帝加封妈祖为"护国助顺嘉应英烈妃"。

11. 济兴泉饥

宋理宗宝祐二年（1254），莆田与泉州两地遭受大旱，谷价暴涨，百姓饥饿难忍，男女老少早晚都在妈祖祠庙里磕头祈祷。夜里梦见妈祖安慰说："你们不用担忧，载米的船只立刻就到。"当时广东等地的商人，满载大米打算上浙江越州（今绍兴一带）销售。一天夜里，偶然间梦里得到妈祖的指点："兴化和泉州的百姓饥饿叫苦，米价昂贵，赶快前往那里可以获利。"商人们醒来大喜。认为神明示意必定可以成倍获利，于是就将米运往兴化、泉州。南方载米的船艘纷纷来到，密集在一起，兴泉百姓的饥荒得以解除，米价渐趋平稳。两郡的百姓都称颂上苍恩泽，可商人有些不满意，说神明所示的梦不灵验。有人询问他们得梦的经过，这才恍然大悟，原来妈祖是为了拯救二郡饥饿的百姓。大家又想起先前妈祖在梦中告知"载米的船只很快就到"果然不假，都感叹妈祖的救命之恩。于是，纷纷烧香拜谢。

皇帝知道这事后，下诏褒封妈祖为"灵惠助顺嘉应英烈协正妃"。

12. 焚陈长五

宋理宗开庆元年（1260），岁在己未。陈长五兄弟在海上骄横恣肆，往来于兴化、泉州、漳州之间，杀掠逞凶，百姓家无安宁。三郡百姓困苦不堪，只好向妈祖请命。郡守徐公夜里梦见妈祖示意说："应当歼灭此贼，使地方安宁。"徐公平日里就信奉敬仰神妃，得到妈祖示意，立即率寨官石玉等厉兵备战。此时，朝廷也派宪使王镕限期剿灭这帮贼寇。过了八月，贼寇三艘船驶入湄洲岛，将往吉蓼寨、莆禧两地杀掠洗劫。他们还冠冕堂皇地向妈祖祷求，妈祖不答应，就脱下衣服，仰卧在廊芜下，悖逆傲慢，对神灵十分不敬。突然，不知从哪里冒出团火焚烧长五的身子，长五被烧得肉绽皮开，痛楚哀嚎。贼人大惊，逃回舟中。妈祖起了阵顺风引诱贼人出了港，忽然天空阴暗，暴风骤雨从天而降。等到天空开晴，三艘贼船已"躺"在沙洲之上，搁浅而不能动弹。宪使王镕见状大喊："这是妈祖授予我们的机会，这回逆贼应当歼灭了。"于是，指挥士兵们迅速出击，贼人溃败，落荒而

逃。此役活擒长五、郭敬叔等贼首，又率兵追赶到莆禧，擒住长六。长七乘退潮逃之夭夭，又追到福清，一并被捉获，车裂于闹市，胁从的人不予追究。

郡守徐公详细陈述了妈祖庇佑擒寇的功绩，宪使上奏天子，皇帝下诏礼部拟议典礼，进封"显济妃"。礼部、工部还捐献万根楮木帮助修建宫殿，以报谢妈祖的恩赐。

第三节 明清时代妈祖传说

明初，因东南沿海受倭寇的侵扰，明太祖对东南渔民厉行海禁，许多与妈祖有关的民俗活动在民间日益盛行；同时，朝廷为平定倭寇和保护海上漕运的粮船开始组建水师，妈祖信仰在明代初期得到延续。明代后期，朝廷政治纷乱，人们纷纷"下南洋"前往海外谋生，兴化儿女也加入了这一大潮，妈祖护国庇民的功绩也随移民在海外得到进一步传播。

到了清代，随着朝廷的屡屡封赐，妈祖作为至高无上的海上女神，信仰传播范围愈益扩大，几乎遍及全国，并远播海外。

因而，在这两个时期，史书记载的妈祖故事更多的是描述全国各地及海外的故事，与莆田有关的妈祖故事大都叙述官员得到妈祖庇佑，到莆田答谢。

1. 拥浪浮舟

明洪武七年（1374），泉州卫指挥周坐，率领战船和巡逻缉捕人员出海。突然，海上飓风大作，把周坐一行的船舶冲到乱礁中搁浅了。士兵们围拢起来，流泪哭泣，朝天叩首，呼叫神妃庇佑。黑夜里，忽然看见神灯悬挂空中，连桅樯都照得清清楚楚。周坐大喜，说："我听说在海上危急的时候，得到神灯的照耀，都会转危为安，这真是妈祖保佑我啊！"不久，果然巨浪涌起，将船只从耸立的礁石夹缝之间荡浮托起，穿越北侧突出的礁石，顺流行驶到了岸边。这时，天快亮了，周指挥赶紧派人辨认航道的踪迹、港湾的位置，这才脱离危险。回到泉州，周坐马上建庙奉祀妈祖，还运输木料到湄屿修整宫庙。一些停放在泉州港暂未启运的杉木，居然浮在水面自己漂流到了湄洲，木头上还都有"天妃"二字，大家感到非常惊奇。从此，湄洲岛上重建起妈祖寝殿、香亭、钟鼓楼，以及山门；又重塑了妈祖圣像，制作了旗鼓，一路敲锣打鼓恭送到祖庙里。

当时，又有个指挥官张翯领兵出海，他暗暗祈求妈祖保佑，果然得到显应。

于是，他也从泉州装载木料来到湄洲，在祖庙正殿的左侧，兴建了一座楼阁，取名"朝天阁"。

2．药救吕德

明洪武十八年（1385），兴化卫官吕德，到海边镇守，得病危在旦夕，向妈祖祈求祷告。当晚，吕德在睡梦中见到一个神女从天庄严而降，命身边的侍女取出药丸，那药丸像琥珀般光辉晶莹，并示意道："服下药丸，就可去除你心头的二魔。"梦中的吕德刚接过来吞下，突然睡醒了，可周围的香气依旧弥漫不散。吕德觉得口很渴，就取些汤水喝下，结果吐出两块东西，顿时觉得神清气爽、豁然通畅，压在心头的病都没了，如平常一般。当晚又梦见妈祖对他说："昨夜，拿药救你的人，乃是大慈大悲的观世音菩萨，从今往后应当敬奉观音大士。"吕德感到神灵庇佑显赫，于是捐金在湄屿创建观音堂。

3．救护郑和

明永乐元年（1403），钦差太监郑和等人前往暹罗国（泰国的旧称），行至广东惠东县大星洋时遭遇到大风袭击，船只差点就要覆没。船工们请求向妈祖祈祷，于是郑和祈愿说："我郑和奉旨出使外邦，忽遇风涛危险，我个人安危固然不

足惜，只怕无法报答圣上的重托了；况且船上还有几百个将士命悬一线，祈望神妃救救他们。"一会儿，就听见空中鼓乐齐鸣，一阵香风飒飒飘来，隐约见妈祖站立在桅杆顶端。瞬时，海上风平浪静，来去都无危险了。郑和归来回朝复命时，将海上遇险获救的经过奏明皇上，于是皇帝派遣官员到湄屿整治修缮祖庙。郑和还自己准备了五百贯宝钞，到湄屿去祭祀神妃。

4. 拯救张元

明永乐十九年（1421）钦差内使张元前往葛剌国（今孟加拉国）。在镇东（今福建福清镇东镇）海面上，官船遭遇大风，激荡摇晃，眼看就要沉没了。船上一片哭泣声，人们急忙叩拜神妃，请求庇佑。话音未落，忽然看见狂风旋舞，当中有红色的旌旗飞扬。大家起初还疑心那是不祥之兆，片刻间，天降雪珠，风停浪静。船上的人欢呼雀跃，都说红旗飞扬，那其实是神灵用来驱退飓风的东西。等到从国外回来，他们特地制作了神妃的锦袍、旗幡，到神妃庙拜谢。

这一年，太监王贵通等人，又奉命前往西洋。使臣们向神妃祈祷显灵保佑，果然同样灵验。于是，他们上书奏明神妃的功绩。皇帝派遣内官到贤良港整修祖祠，还置办祭品进行祭祀。

5. 妆楼谢过

明天启乙丑年（1625）至戊辰年（1628）年间，草寇李魁奇在东南沿海一带出没，危害百姓。一次，他们结伙闯进吉了寨（今湄洲湾北岸东埔镇东吴村）抢掠，又顺路拐到了贤良港。港里人簇拥着妈祖神像屹立在码头，并且表明这里是神姑的家乡，正告贼寇不要侵扰残害。当晚，妈祖显梦给贼寇酋长说："你们刚抢掠了吉了寨，已经给百姓造成惨烈的祸害，今天还想困扰我父母之邦。如果不速速退去，就将歼灭你们这群败类。"贼寇仍然呼啸聚集，不肯离去。不一会儿，狂风大作，巨浪跃起，把贼寇的船只吹散；大船翻沉，许多贼寇落入波涛之中。贼首李魁奇这才赶紧向妈祖悔罪，祈求宽恕。然而，大风还是刮个不停。贼寇赶紧又许愿，答应给妈祖盖一座梳妆楼，并塑立神像，以此来谢罪。风浪这才渐渐平息。李魁奇一伙把船开出贤良港，备置了牺牲（猪牛羊）、甜酒、香花到湄洲祖庙，还买来木料运到湄屿建造梳妆楼，诚心向神妃低头跪拜。

6．请回宝像

世传贤良港祖祠内供奉的妈祖神像，是祖祠建造之初由技艺高超的艺人雕塑，各地供奉的神像其逼真程度都不能及。清顺治十八年（1661）沿海截界内迁，港里村人迁居涵江一带，便把宋雕妈祖宝像移奉至涵江天妃宫（今涵江霞徐天后宫）。清康熙二十年（1681）复界，祖祠已毁，裔侄林麟焻发起乡人重建，但要请回宋雕妈祖宝像时，涵江居民因感恩妈祖庇佑航海顺利，想留下宝像，舍不得奉还。双方一起在神明面前卜杯恳请妈祖决定，竟得九十九圣杯，大家知道妈祖执意要回祖祠。于是，涵江的乡亲就备好船，用彩亭、鼓吹恭送妈祖宝像登舟。船刚开，雷雨骤至，就跟随在船的后面，而且船只不沾一点雨水。

等到宝像请入祠内安座，雷雨大作，水都溢满堂庑。涵江乡亲和贤良港的族人不能行礼，只好向妈祖祈祝。雷雨立刻停息，风扫地干，瞻拜的人无不诧异。从这以后，凡有到祖祠请香火的，多有雷雨相伴，到今天依然这样。

7．井泉济师

靖海将军侯施琅，于康熙二十一年（1682）十月奉命征剿台湾。大军云集，驻扎在平海（今莆田平海镇）。这个地方靠近海面，多数是盐碱地，柴火和饮用水供应十分困难。只有天妃宫前有口小井供水，井很浅，遇到炎热干旱时节，更为枯竭。现在，几万大军驻扎在这里，饮用、炊事等用水难以维持。将军侯施琅只好向神妃像祝愿："因大军驻扎，愿借神力，希望井水能源源不断，以满足将士所需。"刚祈愿完，清泉就沸腾般涌出，真无异于"耿恭拜井"（东汉时，耿恭将军驻守西域疏勒城，曾拜天凿山为井）。因此，千军万马也取用不竭。于是，施琅镌刻石碑，题写"师泉"二字，并作《师泉记》，以显扬神妃的恩德。

8．引舟入澳

清康熙二十一年（1682）十月，将军侯施琅率船舰相继抵达平海，因谋划进取台湾，在十二月二十六日夜里开船，一天一夜，才到乌坵岛（台湾海峡中一岛名

称）附近的海域，因没有风，舰队无法前进，命令舰队驶回平海。还没到达平海澳，大风突起，波浪滔天，战舰上的小艇早已被波涛卷到外洋，只见，天水苍茫，十艘没有一艘能保存下来的样子。等到第二天早上，风浪平定，就差船只出去寻找那些失散的小艇。寻到湄洲澳，发现小艇和艇上的人都安然无恙，又惊又喜地说："像昨晚这样的波涛，怎么能让小艇和人员都无恙呢？"众人纷纷说："昨夜波浪之中，我们想一定将成为鱼腹中之物了，无意间看见船头有灯笼火光，似乎有人挽住缆绳将我们一直拖到这里，这都是妈祖的神力啊！"施琅将军侯在康熙二十二年（1683）正月初四早上，率领各镇营的将领，赴湄洲祖庙致谢，查看祖庙的所有庙宇，命各工匠估计买料的价钱，捐资重新兴建梳妆楼和朝天阁，以报答妈祖的显应灵惠。

9. 澎湖助战

清康熙二十二年（1683）六月的一天，将军侯施琅奉命去征剿台湾。在这汪洋大海中，澎湖处于前往台湾的航道中途紧要之地。但是，那里却被海盗盘据着，经常出没骚扰，军队很难直接渡海。施琅于是整顿大军，鼓舞士气，发出进攻的号令。将士们在战船上都说，仿佛神妃就在他们左右，于是就更加奋勇前进。敌军大发火炮，施琅战舰中也火炮齐发。海面上喊声震天，烟雾弥漫。战舰依次随尾跟进，左冲右突，威武凛然，威震敌胆。一战就消灭众多敌人，落水淹死的更是不计其数。当时，敌军头目还占据着别的岛屿，我舰船开炮攻击，藏匿在工事中的敌人只好驶舟逃窜。澎湖从此平静安宁了。

先前还没有攻克澎湖之时，署左营千总（官职名称）刘春在夜里梦见妈祖告知说："二十一日一定会拿下澎湖，七月份就能攻取台湾。"果然二十一日就攻克澎湖，取得大捷，非常灵验。那天进攻澎湖开战不久，平海乡民众到天妃宫，发现天妃神像的衣袍都湿透了，她的左右二将（顺风耳、千里眼），两手都起泡了，围观的人非常多。当获知澎湖大捷，大家才知道这是妈祖神灵在暗中相助，功德无量啊。将军侯因为感激妈祖暗中神力相助，向皇帝上奏请予封赏。于是皇帝派礼部郎中雅虎等奉御香、御帛到祖庙致祭，施琅随同陪祭。施琅看见佛殿僧房尚未竣工，随即捐金二百两资助建造。

10．飓助擒贼

清道光二十一年（1841），同安匪徒沿海道抢劫虏掠，莆田邑令裕铎率领团勇围堵捕捉。贼匪侦查得知官军来袭，将船驶出乌邱洋，裕铎到妈祖祠庙默祷庇佑。这夜狂风大作，贼船不堪海浪颠簸，只好逃窜到乌邱屿躲避。裕铎指挥官兵奋勇追击，在乌邱屿上全部擒获贼匪。（此故事载于《湄洲屿志略》）

第二章

古代妈祖民间传说

在妈祖的传说故事之中，有一部分是一代又一代的口耳相传的民间传说，这些民间传说是妈祖文化的精神遗产，代表着每一座妈祖宫庙、每一个妈祖信众与妈祖信仰之间的精神联系，反映出各个时期人们对自然、社会、生活等方面的思想认识。

这些世俗化的口头传说和民间故事是妈祖信俗的重要组成部分，其数量可观，形态多样，语言质朴，感情真挚，亦庄亦谐，展现了妈祖文化在广大民众中独特的存在方式。这些故事内容丰富多彩，且源远流长，从最早的神话传说到近代的口传文学，始终贯穿着古朴、浪漫的独特风格，具有神奇变幻、扑朔迷离、古朴清新、气韵生动的显著特点。

现从莆田各地收集一些传颂较为广泛，又具代表性的传说故事，部分摘录如下。

第一节　妈祖生前民间传说

在莆田，至今仍传颂着许多妈祖生前的传说。这些口口相传的传说，朴实动人，勾勒出一位可亲、可爱、可敬的渔家姑娘的形象，同时，折射出妈祖聪慧慈爱、拯危救难、济世助人、惩恶扬善、降妖除魔等崇高品质和高尚人格。

1. 降诞山崩

位于莆田忠门半岛的琼山村，据说村里的九莲寺旁原有一方湖泊，湖畔有座高山，可谓"山明水秀"。传说妈祖降诞之时，周围的山都崩摧了，其中就包括琼山湖畔的这座高山。山崩摧后，山上沙石滚入湖中，湖面立即开满莲花。村里人觉得此地为灵气所钟，就创建了"九莲寺"，供奉释迦牟尼、观音大士等，这里逐渐成为佛门重地。后来，随着妈祖得到朝廷不断褒封，寺内还增建了妈祖殿，供奉妈祖神像。此寺至今还在，香火旺盛。

2. 入馆就读

妈祖小时候，不但天真活泼，而且聪明伶俐。六七岁时就喜欢跟邻居的小姐妹到海边去看潮起潮落、海鸥飞翔、渔船出海归航……

除了到海边玩耍外，小林默还喜欢跟哥哥洪毅，坐在家塾中听先生授课。她才六岁，就能听懂老先生所教的书，母亲王氏无奈，只好经常把她抱出教馆。在林默的百般纠缠下，父亲惟愨只好和先生商量，同意她入学。

林默入馆后，跟兄长洪毅，日夜勤学苦练，功课进步很快。短短三年，《四书》《五经》等圣贤经典，她不但会默念朗读、揣摩推敲，而且能融会贯通、熟读背诵。她敏而好学，孜孜不倦，并能在短时间内领悟儒学典籍的要义，使家塾的先

入馆读书

喂麻抽丝

捧砂铸箸

注：本章插图选自王琛画《妈祖圣迹故事》

生赞叹不已。

3. 喂苎（蔴）抽丝

妈祖小时候和其他孩子一样，喜欢接触大自然，喜欢和伙伴们到处玩。这一年，五姐要出嫁，母亲、姐姐和嫂嫂每天起早摸黑地纺纱、搓丝、织布。其中"搓丝"活最繁琐，俗名叫"搓縒"，就是把苎麻劈成细丝，搓成线，用来织布，这可是纺织中的"功夫虎"。母亲看还有二三十斤苎麻未搓成"縒"，心里很着急，就叫林默来帮忙。她抱了一大捆苎麻让林默三天内搓完，林默二话不说，接过母亲手中的苎麻，转身就回到闺房里去。

谁知林默并没有马上动手搓，仍然和伙伴们到海边捕鱼捞虾的。到了第三天，没等母亲开口，林默就从闺房里端出了一大箩筐粗细均匀的麻线来。几个姐姐和嫂嫂知道了，感到奇怪，她们暗地里商议说："咱们每天从鸡叫忙到鬼叫，才搓一丁点'縒'。她天天跑东串西，哪有功夫搓，恐怕另有隐情。"

她们商议把剩下的十几斤苎麻捆好，交给林默，并对她说："阿默，请您帮忙！"林默也不推辞，把它全部接收下来。

当天晚上，几个姐姐和嫂嫂蹑手蹑脚地来到林默的闺房里偷看，可是连人影儿也不见。她们只好提灯到各个房间去找，也没看到。绕了一大圈，终于听到隔壁牛栏里有动静，就都走过去。她们从门缝往里面一瞧："啊！天啊！林默把苎麻拿去喂牛！"五姐想叫母亲来看，却被大姐拦住了。

她们看老黄牛大口大口地咬，林默口里念念有词，好像跟老黄牛说什么话似的。接着，摸摸牛头、拍拍牛背、按按牛肚，就从牛的屁股引出丝来了。老黄牛在前面拼命地吃，林默就在后面轻轻地揪，犹如春蚕吐丝，接连不断。一会儿，就揪满了一大箩筐。姐姐和嫂嫂都看呆了，面面相觑。不知哪一个"啊"了一声，老黄牛吓了一跳，往后一退，尾巴一扫，线头断了……

林默发觉自己的秘密被姐姐和嫂嫂窥破，请求她们不要声张，以后好帮她们的忙。阿姐和阿嫂看林默有这样的本事，也都乐意应允。

（附注：莆田旧时民间嫁女习俗，要用苎麻"搓縒"，用来织布，然后做成蚊帐或嫁妆。）

4. 捧砂铸筶

北宋初年，湄洲湾千顷波涛，商舟渔船往来络绎不绝。但海难不断发生，父老乡亲常受其害，妈祖想方设法拯救屡受海难困扰的渔夫舟子。有一天，林默回在自己的书房得到观音大士开悟："欲平海中怪，须铸铁筶杯。"所以在民间，至今还广泛流传着林默手捧补鼎铁砂铸筶杯的传奇故事。

一天，林默和几个小伙伴看邻居家补鼎（铁锅）。本来补鼎师傅把铁砂熔化，压在鼎的小洞孔上，很快就把鼎的破洞补好。可是，林默和伙伴们在旁边一直齐声叫嚷："补鼎补鼎锅，越补越塌锅！"补鼎师傅连续补了多次，都补不成。补鼎师傅很恼火，知道是这几个小女孩在"打彩市"（讥笑、捣乱），就大喝一声："快走开！"

"请师傅筶杯铸一对，我们就走。"林默请求道。

"印模在哪里？"

"印模在这里！"林默伸出玉手，当做铸筶杯的模型。

补鼎师傅很为难，他想：把火星四溅、红彤彤的铁砂熔液倒在那稚嫩的手上，肯定会烫伤小手。可是，林默仍伸出双手在催促。此时，补鼎师傅像着了魔似的，真的把滚烫的铁砂倒在林默的两只手上。

林默不慌不忙把鼎砂熔液捧在手里，不久就在她的手窝凝结成一对筶杯，她的手一点儿都没有烫伤。林默抿嘴微笑地说声"谢师傅"，还敬了个鞠躬礼，就笑嘻嘻地跑回家去了。补鼎师傅张口结舌，半天说不出话来。等到林默跑走了，他才结结巴巴地说："你……你……你的手啊！"

现在，妈祖宫庙神案前都有一双用于占卜的法器——木制或竹制的月牙形的筶杯，就是根据林默当时手捧的鼎砂筶杯仿造的。

5．烧屋引航

林默自从"窥井得符"和道士玄通授予"玄微秘法"后，经常上山采集草药为百姓治病，预告海上天气变化救护商舟渔船。

一日午后，突然西北风大作，海边的树枝被风折断，还伴有零星雨点，这是台风的前兆，湄洲湾内外的商舟渔船都争先恐后驶进港湾避风。到了傍晚，还有许多船只尚未入港，这令林默忧心忡忡，忐忑不安。她赶紧提了一盏灯笼，冲到海边码头，看到许多渔船停靠在港口，在风雨中摇曳。

天空乌云密布，海面一片漆黑，风狂浪击。她询问上岸的渔民，得知海上还有不少商舟、渔船和帆船，由于风云突变，来不及入港避风，风浪这么大，十无存一

之势。若无引航，将全部覆没大海，后果不堪设想……她爬上螺山前的礁石，想把灯笼挂起来。可是，风势太猛，浪又高了，灯笼刚挂上去，就被狂风吹灭了。

林默心急如焚。今日如不外出为人治病，她会通知船只提前入港避风。现在若用小小的油灯，风这么大，雨这样密，远处也看不见，根本无法为港外的船只引航。在这万分危急之际，林默想到要到高处点燃火把引航才行。她想到自家屋后的小山，家里的柴火屋也在山上，于是就飞快地朝小山奔去。到了柴火屋前，她想，大雨天把木柴搬出去点燃根本不可能，而且时间也来不及。她义无反顾地用手中的火把点燃屋内的木柴，只见熊熊烈火燃烧起来，火光直冲云霄，火焰映红了天空。湄洲湾内外的商舟、渔船和帆船看到了"火山"，犹如在迷茫的大海中见到了光芒四射的灯塔，顶风破浪驶向港湾。

等到所有的船只平安入港，大火才慢慢熄灭。第二天渔民们纷纷传颂林默烧屋引航之事。此事很快传遍了湄洲湾沿岸，传遍了往来于湄洲湾的渔民、商人，林默拯救海难的智慧和精神也逐渐远播。

6. 斗鳄护舟

光阴似箭，日月如梭。林默不觉长大成人，平时她喜欢奉祀观音大士，后来自己画了一张观音佛像，挂在书房里，朝夕焚香膜拜。母亲王氏见女儿逐渐长大，就开始教林默女红之事。聪明伶俐的林默，很快就学会了纺织的技巧。

八月的一天午后，林默织了一丈多的布，觉得有些疲倦了，就坐在织布机上闭目养神，休息一会儿。这时室外狂风大作，暴雨滂沱。林默伏在机上梦见一条鳄鱼精在东海兴风作浪。有五艘商船经过，忽遇风暴，桅杆折断，摇摇欲沉，险情万分危急。林默赶快取一只绣花鞋，化作一只小龙舟，前往搭救。鳄鱼精看林默驾舟前来，便与林默斗法。林默口念"降魔咒"，谁知修炼千年的鳄鱼精熟闻经咒，自知解咒方法，所以"降魔咒"失效。自午时斗至申时，林默都无法取胜。危急之时，林默诵念真言，一边继续与鳄鱼精搏斗，一边护舟。鳄鱼精自知无法斗过妈祖，就边斗边退。

林默在梦中斗鳄，身在机上，如醉如迷，神态异常，被林家丫头唤醒，留下一只绣花鞋在海边礁石上。船上获救的商人告诉人们海上遇难获救的经过，人们才知道礁石上的绣花鞋是林默梦中斗鳄护舟时留下的。

至今，许多妈祖宫庙都安放一对石鳄，纪念妈祖斗鳄护舟的功绩，又祈求妈祖庇佑海上不再有鳄鱼作怪。

7. 化筶成岛

在莆田兴化湾内有个埭头镇，埭头镇北面海中有两个小岛，一个叫"东筶杯"，一个叫"西筶杯"。关于这两个小岛屿名字的来历，与妈祖镇妖降魔的故事有关。

林默为百姓治病做好事，为遇险的渔民和船只护航，其事迹已在泉州湾、湄洲湾、平海湾、兴化湾等地广为传播，并深得人们的敬仰。有一天，她如往常一样来到海边巡游，看见一只渔船刚驶出"门夹"（今文甲）的海面时，打转了几圈，就翻船了。她料定这是海妖出来作怪，就立即驾小舟前往救护。

这时，两个海妖在海面上显露出原形，一个蓝脸，一个红脸。他们发现驾小舟的是一个如花似玉的美女，便兴风作浪，持斧举戟，张牙舞爪直奔过来，妄图把小舟打翻，把美女抓回去。

林默知道，蓝脸的叫"千里眼"，红脸的叫"万里耳"。只见她不慌不忙，手指一画、一点，口中轻念咒语，海底的虾兵蟹将就持刀举枪，潮涌而来，把千里眼和万里耳重重围住；再把桨一拨，一阵惊涛骇浪就把两个海妖埋没在海底；又把桨一撩，渔民得救了，沉没渔船也自动浮了上来。

千里眼和万里耳不服，从波浪中挣扎起来，浮立于海面，要与林默比个高低。林默取出铜符，空中顿时豪光闪烁。千里眼和万里耳一见，丧魂失魄，丢斧弃戟，落荒而逃。林默将手中的铜符抛向空中，海面上顿时雷霆雨叫、惊天动地。千里眼和万里耳无处藏身，怕被擒住，就潜到了平海湾，不敢露出海面。林默以铜符指引驾船穷追不舍，千里眼和万里耳眼见难逃此劫，就潜到兴化湾，躲藏在两只修炼千年的乌龟精身下。

林默取出筶杯望空一抛，只听筶杯"嗖"的一声飞窜而去，立即变成了两座小岛，不偏不斜，把千里眼和万里耳镇住。妈祖发现他俩有一身手段，便收伏为部将，而海中那两座小岛至今分别矗立在兴化湾的东西两侧。后来，人们就称它们为"东筶杯"和"西筶杯"。

第二节　妈祖成仙后的宋元民间传说

宋元时期，在莆田流传下一些影响深远的妈祖民间传说，这些传说与莆田的风土人情相结合，并在流传过程中提炼加工，使这类的民间传说颇具传奇特色。这些

传说的故事情节虽有偶然、巧合、夸张、超人间的情节，但富有生活气息，又离奇动人，为研究妈祖文化的形成和发展提供了有益的借鉴。

1. 指勾门圈

宋雍熙四年（987），妈祖在湄洲屿最高峰羽化升天之后，人们为纪念她的恩德，就在湄屿升天之处建庙奉祀，即现在的湄洲祖庙。虽然当时的庙只有落落数椽，但十分灵验，且妈祖的功绩早已远播泉漳一带。泉州知府为庇佑从泉州港出航的远洋船只，就在泉州港附近建造妈祖的大宫殿（泉州天后宫前身），并令人到湄洲恭请妈祖金身到泉州奉祀。当时兴化虽已建军，但和泉州府往来密切，泉州府本意是想请妈祖到大宫殿供奉，享用香火，而且泉州港往来船只数以万计，更需要妈祖庇佑。那些当差的人一到湄洲屿，不分青红皂白就抬起妈祖金身，准备回泉复命。可是刚抬到大门，不知什么原因，妈祖的手指勾住了庙门上的铁门圈，无论采取什么办法都无法从门圈上脱落。湄洲屿的人认为是这尊妈祖不肯去泉州，可当差的人不信，一心想着回去复命，就强行抬走妈祖神像，结果妈祖金身的手指断了，留在祖庙的门圈上。等到神像抬至泉州，泉州知府见神像断了手指，寻问缘由，才知是当差鲁莽，又知妈祖执意要留在湄洲屿的心愿，就将神像送回湄洲屿。据说神像请回湄洲屿的当夜，天降暴雨，海水大涨，泉州府原先建宫庙所剩的杉木还置放在泉州港，夜里随涨起的潮水漂流到湄洲山脚下，每根杉木上还刻着"湄洲妈祖用"五个字。湄洲屿的乡亲就将漂来的杉木捞起，重建了湄洲祖庙。据说这断掉手指一直保留到清代末年，现已遗失。

类似的故事还流传在莆田东埔一带。

莆田东埔镇田东村有座井上宫，坐北朝南，前有双旗石，后靠五峰山。五峰山顶自古存有仙迹，山上有口清泉，俗称"龙泉"。井上宫创建于明朝嘉靖年间，殿中供奉妈祖金身，兼有千里眼、顺风耳二尊随从，一尊福德正神。传说四百多年前，井上是个村庄，康姓居住，为当地盛族。此地东边为田东村，西边为井上村，中间一条储水渠如同"楚河汉界"，如同一盘象棋布局。妈祖宫恰居要位，因此格外显灵，有求必应，"问签卜筶"十分灵验，所以井上宫妈祖灵迹远播。至清末光绪年间，邻近村几位乡老羡慕井上宫妈祖灵验，趁月黑风高之夜潜来偷请妈祖金身。妈祖不愿随行，当金身抬到庙门口，显圣将手指勾住庙门圈与来人对峙，但寡不敌众，拼断一指牢牢勾住庙门圈上。那几位乡老见状，随即放弃，但妈祖金身的手指断了，当晚梦示井上村乡老重塑金身，重塑的后身与前身同样显圣，福泽民众，祥和如意，百业隆盛，万家安康。此段神奇的传说代代相传。

2. 梳妆石镜

湄洲湾畔的仙游枫亭港，是仙游境内枫慈溪的入海口。在枫慈溪北岸有个村庄叫"溪北村"，村后的山峰上有一块巨石，平面如削，与日月相映，隐隐反光，形似宝镜。此镜背山面海，朝向碧波万顷的湄洲湾，与湄洲祖庙遥遥相望。传说，这是上天特地设置的梳妆镜台，专供天后娘娘晨妆照镜之用，民间称为"石镜"，尊称"妈祖照镜"，千年神话一直流传至今。

大自然鬼斧神功，创造了如此神奇的宝镜，给湄洲湾增添一则这么美丽的故事，表达了千百年来湄洲湾沿岸的人们对妈祖的敬仰和崇拜。如今，这面"妈祖石镜"依旧屹立在山峰。登顶而望，"石镜"西依层峦叠翠的玳瑁山群峰，东望九龙山、五寨山、五龙盘珠诸峰，赤湖、蕉溪、枫慈溪穿梭于绿树丛林之中。周边的山光水色，给"石镜"增添了秀美景观！

3. 磐石镇邪

在平海湾与兴化湾之间有一座天然的摩崖山，位于莆田埭头镇境内大蜡山的北端，整座山体状如狮子，呈东西走向，横卧在坊东村的北面，成为大蜡山的余脉，南面的峭壁悬崖犹如一道大屏障。站在山脚下翘首仰望，峭壁愈加显得险峻而高不可攀。在山崖半截处的石缝长出两棵榕树，将整座山岳点缀得分外亮丽。其间，建有"云山宫"（即妈祖宫）、"苍松阁"；庙宇依山而筑，巧妙地把它镶嵌在那巨岩顶端，大有鬼斧神工之妙。从山脚狭窄的石阶攀登这摩天般的山峰，有如登天险之感。"云山宫"规模虽小，但设计精巧，飞檐翘角，雕梁画栋。再拾阶而上，只见一段约10米长的寨墙遗迹，人们都称之为"妈祖寨"。

关于悬崖上的"云山宫""妈祖寨"，还有一段动人的传说。

相传，坊东村及周边的人们世代以捕鱼为生，渔船经常往来于湄洲湾、平海湾、兴化湾，可是经过此地常遭海怪的践踏，受狂风恶浪的袭击，海难时常发生。善良的妈祖获悉后，为了保佑民众的平安，常在山顶显灵救助。乡亲们后来得出规律，若在灾祸来临之前，妈祖就会预先在山头呈现一片红光，久久不散。这样，使村民们免遭厄运。

后来，天庭玉帝知晓人间有如此善良的女神，就赐一道金牌代替守卫，金牌从天而降，化作一块磐石屹立在附近海面，就是现在大蜡山北端的摩崖山。从此，兴

化湾和平海湾再无妖怪侵扰，往来的渔舟商船都安然无恙。

渔民们为了纪念妈祖的功绩，就在山上建一座山寨，供神灵居住，以求妈祖日夜庇佑，这就是"妈祖寨"。后来，山寨逐废，只留下寨墙，人们就建"云山宫"供奉妈祖金身，感恩妈祖世代庇护这片海域。

4. 黑脸妈祖

今莆田秀屿东庄东沁村世代居住在海边，对妈祖历来十分敬仰，村里的妈祖宫据传建造于宋代。此地妈祖显赫，每逢妈祖诞辰纪念日，村前的海面总有成群的鱼、海龟等朝宫庙朝拜。在东沁村妈祖宫的前面还有妈祖印、妈祖山、妈祖洞等圣迹。更为神奇的是，这里至今流传一则黑脸妈祖的传说。

宋代之时，渔民生活窘迫，出海捕捞只是赤膊光身；往来于湄洲湾船只的渔民更是如此，并渐渐习惯，因此大家也不在意。一日，一艘前往泉州的货船经过东沁村前的小山，只见一个标致的姑娘站在岸边不停地朝船上高喊："船男哥，穿绿裤；船作棺，海作墓。"意思是：船上的人不害臊，光着上身，只穿着绿色的裤子，小心船变成棺材，海底变成坟墓。这在讨海人的心里可是大忌讳，船上的人一时气起，就将船靠岸，去追赶那小姑娘。只见那姑娘一窜，就逃进了山脚的一个小山洞，不见踪影。船上的人那时就想着找出那姑娘好好惩治一番，就想用烟把她从山洞中熏出，刚好他们的船上有一批稻壳，于是，从船上抬来一大麻袋稻壳放在洞口焚烧，翻滚的浓烟借着风势直闯进山洞。一大麻袋稻壳燃完，还是不见姑娘的影踪，他们便再搬来数袋，继续燃烧，据说，浓烟顺着山洞一直冲到不远处"象山书院"。村里的人知道了，就到海边询问究竟；船上的人将事情的经过告知村里的人，大家猜测这姑娘不是别人，可能是妈祖显灵，因为他们也经常见到一位姑娘在此出没，并时常救助落难的船只。所有的人这才顿悟出这是妈祖在指点人们出海之时要注意仪表，在海上难免会有神灵救助，如果穿着不得体，神灵真的难以出手救护。

于是，大家赶紧灭掉火，并从此改掉衣着不整的陋习。只是，从这以后，村里的人经常见到一个黑脸的姑娘站立在海边，庇佑往来的船只。世代的人就将这座山叫做"妈祖山"，山脚的山洞称为"妈祖洞"。至今"妈祖山""妈祖洞"仍在村前的海中央，关于"黑脸妈祖"的传说也世代流传。

5. 龙井救旱

仙游龙井宫至今流传下一则当初建庙的故事。

宋徽宗崇宁元年（1102），适逢连月天旱不雨，田间禾苗枯萎，到处井水干涸，眼见一年将颗粒无收，百姓束手无策，只能望天兴叹。卜居在田岭脚下的一农夫何氏，夜里得一奇梦，梦见一位年轻俏美神姑对他曰："我是湄洲神女，知此方百姓受旱灾困扰，特来指点，只需在村东头打口水井，取水灌溉禾苗，以解燃眉之急。"何氏醒后，觉得蹊跷，把梦中神女指点告知村民，发动里人挖掘水井，果真一股"龙泉"涌滚而出，解决田里灌溉和百姓饮用之水，秋后大获丰收。乡亲们便将此井取名曰"龙井"。为敬谢妈祖灵验惠泽，乡亲们在村里建造妈祖庙宇，称为"龙井宫"，塑妈祖神像奉祀，并赠匾额"灵通龙井"予天后祖祠，此匾至今还在。

6. 浮屿建庙

"白塘秋月"是莆田廿四景之一。在塘中有一浮屿，屿上有一浮屿宫，供奉妈祖，亦名"娘妈宫"。关于浮屿宫，还有一段来历。

相传北宋末年，白塘东墩付（今属洋尾村）有一布衣，姓李名富，字子诚，号澹轩。因早年丧父，事母至孝。当年，金兵南下，大举进攻北宋，靖康之变，徽钦二帝被掳。赵构在应天府（今河南商丘南）称帝，即下诏勤王。李富闻二帝被掳，中原沦陷，毅然赴救国难，尽捐家金，在莆招募义兵三千，日夜操练，备足粮草，择日率兵乘船，取海道北上抗金。

不料，船刚行至兴化湾外，突然阴霾四布，风浪滔天，任凭怎样努力，都难以控制船只。义兵晕船呕吐，船只随时有被风浪吞没的危险。李富见情况危急，因平日信奉妈祖，只好焚香向船上供奉的妈祖神像虔诚祷告。转眼间，风平浪静。李富与将士转危为安，连忙昼夜兼程，继续北上。

途中，李富闻南宋将领韩世忠被金兵围困在应天城中，正临断粮之危。李富立即率领义兵从水路突入城中。韩军得到李富送来的粮草，坚持到南宋援军的到来，里外夹攻，杀得金兵落荒而逃。班师回朝后，韩世忠将此事奏报朝廷，高宗皇帝封李富为殿前统制司干办。后人称李富为李制干。

李制干受褒封之后，回想出征时在海上所遇风浪及转危为安的经过，特地奏请返乡，在白塘的浮屿上建了一座妈祖宫，并把船上的妈祖神像供在宫中，就是现在的浮屿宫。

7. 助民建桥

荔城区黄石镇定庄村浣锦西社的来历，有一段神奇的故事。

宋朝末期，黄石镇一带的人以经商为生，经常要到莆田城里做些小买卖，沿途须经过木兰溪，滔滔的溪水阻断了人们的往来，只能依靠摆渡才能过去。黄石镇定庄村林国均为了方便群众，慷慨捐资，从定庄起点，沿途买田铺路建桥，经黄石沙坂、新度、阔口等乡村，一直铺到城里。但建阔口桥时，工程量大，当时技术落后，桥墩工程几经失败。于是林国均到白湖顺济庙向妈祖许愿，如果阔口桥能顺利建成完工，将来一定雕塑妈祖一尊供奉在村里姓林的社内。果然妈祖灵验，第二天有一陌生姑娘到工地，告诉乡亲们怎样利用潮汐立墩夯石。这一建议使人们茅塞顿开，当晚，大家就聚集在油灯下商议，确立了详实方案。第三天木兰溪潮水大涨，瞬间又落潮，水平面急剧下降，大家利用这一间隙，组织大批人员立墩夯石，取得成功，阔口桥也很快顺利完工。林国均感恩妈祖庇佑就塑金身供奉在村里的社里，就是现在定庄村的浣锦西社。

8. 巨浪扶舟

朱寨新兴宫，位于枫亭镇东南海滨。朱寨这块滨海之地，背山面海，山清水秀，风光旖旎，地灵人杰，水陆交通便捷。自宋徽宗宣和七年（1125），先祖朱赏挈带眷属从福州紫阳（今福州福马路）南渡，卜居于此，耕耘、捕捞、航运、商贾，养生繁衍近二百年，遂成望族。

元代元统元年（1333），建"灵应堂"（俗称朱寨大宫）。据传，当时建宫所需杉椽均往福州购买，须用大船运载回。斯时，朱寨只有小帆船，难以承运。乡贤绍祖叔侄乘舟往湄洲祖庙，祈求神姑出主意。当晚他们同得一梦，神姑指明，须将杉木捆扎成排，用小船拖带海渡。绍祖着乡人往福州购买木材，帆船从福州港启航，途中忽遇大风，浪涌滔天，帆船上下颠簸，随浪涛漂荡。在天水茫茫的大海中，有十无一存之势，人心惶惶，船工祷告神姑保佑。瞬间，天上乌云掩霭，祥光闪耀，恍惚望见空中有朱衣拥翠盖，伫立船前。转眼之间，火光照耀帆船和杉排，晶莹如虹。船上的人又惊又喜，面面相觑。没多久，风平浪静，帆船拖着杉排，劈开巨浪，在北风推助之下，顺风顺水抵达朱寨海边。宫庙建设顺利完工，迄今已有六百余年，几经修缮，但保存原来风貌。

第三节　明清时代妈祖民间传说

明清时期，莆田有关妈祖的民间传说，汲取莆阳人文的特质，以所处的历史时代、重大事件或人们的社会生活为背景，生动地描述了妈祖护国庇民、惩恶扬善、扶危济困、广施仁爱的功绩，反映妈祖信仰在兴化大地的旺盛生机以及对民众精神生活的深远影响。

1．美人照镜

兴化城于宋宝庆元年（1225）修筑，元末废圮。明洪武五年（1372）守御千户郭德、蔡德、刘人杰以砖更建城墙，高一丈八尺。城西门有清风岭，地处高处，因此在重建时，人们在此地建造妈祖宫，供奉妈祖金身。因宫门朝东，地势较高，宫门前方没有建筑遮挡，每当夜幕降临，明月自东方升起，月光总会穿过宫门照在宫内妈祖神像的脸上，如同美人照镜一般，所以这里世代有"美人照镜"的传说。每月十五，明月升起，这里都会聚集诸多善男信女，来此观赏这一奇观。据说当日，你若在此歇息祈愿，特别灵验。清风岭天后宫至今仍在，只是宫门前已被许多高层建筑遮挡，但"美人照镜"的传说至今广为传颂。

2．平海助师

据《兴化府志》记载：公元1387年以前，已是"千户集居，捕捞为生"的"平海"，因地处闽东南海突出部，每当夏秋之交，台风频仍，海啸淫侵，浊浪排空，樯倾揖摧，日星隐耀，山岳潜形。故有人根据其特殊的地理位置和恶劣的气候特点，便取其名曰："南啸"。只是到了明洪武二十年（1387），朱元璋亲率水师大队北上攻打温州城。当浩浩荡荡的船队途经平海湾附近海面时，适逢台风袭击。但见浩瀚的海面上，风助浪威，浪逞风势，一排排小山似的恶浪前推后拥扑岸而来。船只犹如漂在水面的纸片，一会儿被抛向峰巅，一会儿被摔进浪谷。面对这突如其来的灭顶之灾，朱元璋的水师顿时乱了方寸，慌了手脚。就在这千钧一发之际，忽然从天后宫方向飘来一缕轻烟。但见一年轻女子驾着祥云来到朱元璋跟前，用手一指说："将军不必担心，着令船队靠岸冲滩就是"。言毕，轻拂两袖，化作一缕清风飘然离去。这莫非是妈祖娘娘救苦难来了！朱元璋茅塞顿开，急令船队靠岸避风。

奇迹真的出现了：但见平海湾内风平浪静，一派平和。众军士长长地吁出一口气，为自己能死里逃生而欢呼雀跃。

惊魂甫定的朱元璋更为自己能得到仙人点化，力挽狂澜，化险为夷而甚觉蹊跷。于是，便问随从军士："此地何处？"一军士趋前答说："此地名曰'南啸'。""南啸、南啸……不对呀！"听了战士的回答，他摇头并喃喃自语一番，不禁脱口而出："此处风平浪静，海阔滩圆，应当叫'平海'才是，何为南啸也？""对，应当叫'平海'！"众军士随声附和。

为表达对妈祖娘娘救命恩情，翌日，朱元璋命令军士在天后宫门口搭台结彩，摆下香桌，并召集当地民众，隆重举行祭拜仪式。只见他面朝宫庙，手拈清香，口中念念有词："感谢妈祖娘娘指点迷津，使我等逢凶化吉……"随即，他当众宣布："鉴于这里风平浪静，海阔滩圆。吾欲将'南啸'改为'平海'。愿这里从此太平无事，海阔天空！"

有道是："君无戏言。""平海"这一琅琅上口的名字，从此便在人们中叫开了。

3. 枯木显圣

位于荔城区北高镇冲沁村世传这么一则妈祖灵验故事。明成化年间，一连好几天，乡亲们来到村里的渡口准备出海捕鱼，就远远望见鹅山（位于兴化湾和平海湾交接的一处突兀的山石，状似一只天鹅浮游于海面，乡亲们便给此山取名为"鹅山"）。附近的海上，端坐着一位美丽的红衣少女，正在鹅山岸边认真地纺着线，动作那么娴熟，那么自然；可把船划近一看，却只是一节浮在海面的樟木，岸上的一块石头多出了"招渡"二字。有几位好事的青年，还专程来回几趟看个究竟，结果还是那样，在岸上望去，清清楚楚地看见是位红衣少女在纺纱，可到那一看，只是块樟木。乡亲们感到十分惊讶，认定这一定是妈祖显灵，就将"神木"恭敬运回，请雕刻家塑造了妈祖神像和十七尊小的神像，并在渡口上建起了妈祖宫庙，即现在的"沁安宫"，把神像安奉在宫内。后来，乡亲们还在"招渡"的石碑旁建了座"招渡亭"，每年正月十六村里元宵节的最后一天，必须沿水路抬妈祖神像到"鹅山"上请香，因为他们认定鹅山就是他们宫里妈祖原先居住的"娘家"，这习俗至今保留。自从建了妈祖宫后，村里出海顺当，各户家运昌隆。说来也怪，村里的姑娘也长得水灵，与邻村竹庄的姑娘大不相同，所以至今当地一带流传一句俗语："冲沁'妈祖枝'，竹庄'扫把头'"。（编者注："妈祖枝"形容女子长得和妈祖一样的漂亮，"扫把头"比喻女子难看。）

4. 顶桥免祸

玉塔天后宫，位于仙游鲤南镇玉塔村桥头。明正德年间，一年四月，天降三天三夜大暴雨，河水暴涨。雨过天晴，一些群众就围坐在离天后宫不远的青稞桥上看汹涌的洪水，由于洪水澎湃穿桥而过，蔚为壮观，吸引很多人聚集在桥上观望。这时，本村有一个老人在宫中烧香时看见怪事，就是妈祖脸上大汗淋淋。这个老人就朝桥上的人大声叫喊："桥顶人一起来看啊，今天宫里的妈祖脸上大汗淋漓！"桥顶人听说天后宫妈祖显灵会流汗，这些人本来就是好事者，就一起往宫里跑，想看个究竟。等大家刚下桥头，就听见大桥轰然一声倒塌。整座桥被洪水卷得无影无踪，桥上的人刚好离开而幸免于难。大家无不啧啧称奇，都说是妈祖灵验，以显圣流汗救了数十人的性命；也有人说，妈祖流汗是因为在用力顶桥，避免灾祸，才大汗淋漓。此事代代相传。

5. 伏击倭寇

莆禧古城位于忠门半岛南端，与湄洲岛隔海相望。古城始建于明洪武二十年（1387），为明代抗倭遗址，城内有座天妃宫，在抗击倭寇年代，天妃宫妈祖的灵验故事至今流传。

嘉靖二十三年（1544）秋夏间的一天夜晚，数百人倭寇准备偷偷地从城北天妃宫旁的"涵洞"（城内通向城外的排水暗道）爬进城内，杀人掠物。此时城内民众都在安睡，若倭寇此计得逞，不知会殃及多少百姓。倭寇准备分批从"涵洞"入城，妈祖显灵，派出"千里眼、万里耳"召集山神、土地神等，执兵械，埋伏水口，倭寇刚从"涵洞"钻出，就被歼灭。倭寇以为是天降"神兵"，落荒而逃。因"涵洞"狭窄，倭寇互相践踏，惨叫声惊醒守城官兵，全城民众从城内外夹击，关洞口打"狗"，全歼准备钻"涵洞"进城侵犯的倭寇。

后来，大家在"涵洞"旁见到"千里眼、万里耳"手中的兵器，而天妃宫中的神像手中却没兵器，才知是天妃显圣助战。人们就在这个水涵洞口竖起一些长短不一、奇形怪状的石柱，以示妈祖指派的千里眼、万里耳、山神、土地神在此守护城池。

此石柱至今保存完整，为明代文物古迹。

6. 甘泉救灾

明万历三十二年（1604）十一月初九日夜，在南日岛东面海中发生我国东南历史上最大八级地震（震中在北纬25度，东经119.5度）。据载："兴化府地大

震，自南而北，树皆摇有声，栖鸦皆惊飞，城崩数处，城中大厦几倾，乡间屋倾无数，洋尾、下柯地、港利田皆裂，中出黑沙作硫磺臭，池水也因地裂而涸。故谓：地震以来未如此之甚者也。初十日夜地又震，俗传连震数十夜。"这是当时地震惨状。

位于现在荔城区新度镇扬美村同样受灾严重，当时粮食断绝，全村村民饥腹难当，加上无水可饮用，可以说到了绝望的边缘。村民们都聚集在黎氏宗祠避灾，大家失望地看着祠边干涸的清泉井，在大家奄奄一息中朦朦胧胧看到一老妪手提清壶向井里洒水，忽然井中溢出清新气味，大家喊着"有水呀！有水呀"！清泉井中的水变得清香甘甜，大家迫不及待地喝水，待人们清醒过来，方知是妈祖显灵救了全村生命，从此把黎氏宗祠改为清壶庙。

7. 鸣锣引航

在湄洲岛的对岸有个文甲村，村里的文山宫正对海中的"龟头坑"，"龟头坑"旁有一块高达十多米的大礁石，如是东方巨人屹立在海边，守卫着湄洲湾东大门。这块巨岩，俗称"妈祖观台石"。据传，荷兰殖民者占领台湾之后，对台湾人民进行残酷的剥削和压迫，加上岛内瘟疫横行，百姓深受其苦。妈祖化身渡海抵台，拯救万民。传说，妈祖巡游台湾全境，看见勤劳勇敢的台湾人民，遭受外国殖民者的任意践踏，她心中极为痛心。回来后，妈祖感念不已，故每日清晨，她都化为神石站在"龟头坑"，面朝东海眺望台湾。后人就把这块大礁岩称之为"妈祖观台石"。

每天早晨，天气特别晴朗时，站在这块大礁石上，可以看见东边海平线出现的台湾岛，两三分钟后，便消失于海中，景色十分壮观。

若在雾季时节，这块"妈祖观台石"又成为湄洲湾与平海湾之间的一盏"导航灯"。每逢大雾降临时，海面上伸手不见五指，为使过往船只免遭迷航触礁，妈祖定会派水阙仙班日夜轮班放哨，手提大铜锣站在"神石"上，有节拍地敲打，海面上的船只听到这有节奏的锣声后，便能立即辨明航向，安全入港。据说，有史记载以来，经文甲海澳的各地船只均无触礁过，这就是妈祖"鸣锣引航"的功绩。

现在，随着科技的发展，人们都使用卫星导航，"妈祖锣"也就成为历史佳话。"龟头坑"这块大礁石也因建造码头成为遗迹，如今，在礁石上长出一棵大榕树，是今日文甲码头的一大景点。

8. 旱期祈雨

莆田东峤百庄村七境朝天宫至今流传这么一则传说故事。

相传在明朝末叶，一年夏天，莆田连续几个月都不见下雨，庄稼受灾十分严重，连山顶的树木几乎已枯干了。那时社会正处于动荡期，既没有水利设施，又不能引水、抽水，眼睁睁看着农作物一天比一天干萎，人们心急如焚，期盼老天早下雨。

一天，百庄村的几位老人都说昨晚妈祖托梦，提议向天求雨。经过多个月干旱的煎熬，东峤百庄村七境的男女老少踊跃参加求雨活动。大家在妈祖庙前摆香案，焚香祷告，祈求天降甘霖。大家连续当穹跪拜几个时辰，有的人甚至连饭都宁愿不吃。天空还是烈日炎炎，有人早已动摇，开始埋怨是否是老人家听错妈祖的指点。也有人说是几位老人家同时得到相同的梦，应该不会出错。正在纠结之际，只见天空一阵风起，立刻乌云密布，不一会儿，一场大雨从天而降。不但解除了一场旱灾，而且还安了民心。从此，七境朝天宫妈祖的灵验威名远播，朝天宫的香火一天比一天兴盛。

9. 后肖佑民

仙游会灵宫位于枫亭塔斗山麓之东的后肖村。东南滨临烟波浩森的湄洲湾，西倚风光旖旎的塔斗山，古为省郡驿道通衢要冲。据仙游志载，宋景佑元年（1034年）连江里（枫亭）设三寨（朱寨、后肖寨、柯寨）。在这片古越海疆之偶的热土上，早年肇居肖、朱、李等姓族人，耕耘捕捞，养生栖息。

后肖地处盐斑田土属，水源匮乏，五天无雨成大旱，十天无雨成大旱，盐斑出现，作物欠收。每逢夏秋，台风、大潮濒临而至，海堤崩溃，淹没农田，里民生活苦不堪言。

明正统十年（1445）11月，漳州发生6级地震，波及枫亭，房屋坍塌，堤岸震垮，庶民无家可归。翌年，村民李世太得妈祖示梦，执意施德泽及后肖，决定修筑海堤，屡修屡毁。一夜，世太得奇梦，望见神姑告曰："要修好海堤须将破船作基桩，方能成功。"世太遂以破舟作基，终于筑固如磐，抵御潮汐撞击冲毁。

明景泰元年（1450），世太偕同乡民乘舟到湄洲祖庙拜谢妈祖，奉回妈祖金身，在白象下水穴地建一座规模颇为壮观的宫宇，门前石柱镌刻"会聚将军保社稷，灵昭海表赐安澜"的楹联，取其对联冠顶之字曰"会灵宫"，奉祀妈祖。

后肖的农田水利不及上垾、下浒村好，民间流传一句顺口溜，"坑头、后肖，婚定后被销（否定），上垾、下浒，无钱讨'某'（妻）。"于是世太再次移居铺头下墩，又盖一座妈祖宫，亦名"会灵宫"，供奉妈祖。置一对象牙国笏（长52厘米，宽6厘米，厚.8厘米，米黄色）与两宫妈祖执奉。后国笏被盗卖给莆田东沙金沙宫。由于神姑托梦取回，至今有四百多年，乃是无价之宝的文物。

清雍正十年（1732）十月，枫亭夜雨成灾，民众漂没过半，下墩会灵宫也遭水患。斯时妈祖神化为一村姑，指明李氏族人连夜抱奉妈祖神像，到后肖会灵宫避患。据传，这尊妈祖神像后来不愿回驾下墩会灵宫。至今后肖会灵宫神龛里奉祀两尊妈祖，人称大妈、小妈（一尊较大，一尊较小）。后人为纪念世太建宫殊功，每年元宵庙会，游神、游灯都得到下墩会灵宫致祭妈祖神灵。

历史沧桑，岁月磋跎，宫宇几度兴废。1997年，台湾、香港同胞和新加坡、马来西亚侨胞返乡祭祖，捐资在遗址上重建面积270多平方米，宏伟壮丽的新宫宇。如今，这座仿古式的宫宇，巍峨绚丽，气度恢宏。拾级而上，门前一对石狮，造型逼真，凛凛雄风；壁上镶着二块大理石雕刻着"凤凰呈祥""麒麟献瑞"，活灵活现。分别书刻"顺帝更装观枫江""肖妃捣衣望湄海"的诗句。步入殿堂，神龛里二尊妈祖神尊，仪态端庄，神情肃穆。整座宫宇金碧辉煌，典雅堂皇，气宇非凡，令人叹为观止，闻名遐迩。

10．选址找木

文甲，古称"门夹"，与湄洲岛隔海相望。地势孤露，水陆交通方便，如嵌镶在湄洲湾、平海湾之间的一颗明珠。

村里有座"文山宫"，距今已有400余年历史。文山宫在民间中传有这样一首歌谣："村前有颗妈祖树，树下有座妈祖宫；宫里有尊妈祖娘，妈祖树下好乘凉。"据传，这个风水宝地还是妈祖自己选的。

文甲村先祖自明代在此落脚，世代以捕鱼为生，对妈祖历来敬仰，就一直和邻村的下沙村合祀金灵宫。等到清康熙二十年（1681）复界后，村人商议自己建造妈祖宫庙，可是在选址上意见不一。有人说，宫址应选在村后的"羊角山门"，便于妈祖"巡天"，也有人说："宫要建在村西侧，便于妈祖回娘家探亲人"，等等。

第二年春季的一天下午，涵江有位年过八旬的地理先生，独自步行到文甲村，找到乡老说："你们要选宫址吧！"乡老们听后十分惊讶，问这位先生："你怎么知道这事？"这位先生回答："昨晚不是你们村里有位老人和一个少女连夜到涵江请我来的吗？不然我这么大年纪还来做甚？"乡老们听后半信半疑。为了澄清此事，便立即询问了全村的乡老众。结果，大家都说昨晚没有去过涵江。乡老们对这事感到十分奇怪，就让地理先生指认昨夜去请他的人，地理先生找了一圈，不见老人和少女。大家一起到下沙金灵宫"卜杯"，想请示妈祖。刚到宫门口，地理先生就说那俩人找到了，就是他们，大家顺着他的手指一看，原来是妈祖娘娘和土地神。大家将信将疑，就"卜杯"验证，得三圣杯，大家相信是妈祖和土地神亲自到涵江请地理先生来选宫址。

第二天，正是农历正月十五日，清晨，这位地理先生手捧"八卦盘"，走到海边，站在岸边的礁石上，向四周张望。一眼锁定了村前那棵大榕树，说："这里风水最好，大树底下好乘凉。树后有山，山前有海，山水齐全。山上有挖不完的金银，海里有取不尽的财宝。"后来，全村民众就按照这位地理先生的选址，把妈祖宫建在这颗大榕树下，并取名"文山宫"，即现在的"文甲文山宫"。

文山宫建成后，民间还流传一则"妈祖寻找中军木"的故事。说的是，在该宫妈祖圣母左身边还缺一尊"护卫中军"神祇，乡老们准备用整块完整无损的樟木雕制。但此木十分欠缺，多次派人前往涵江、福州等地购买，找到的不是被虫蛀，就是有裂痕，均雕制不成。村民们都为此而操心，只好抽签问路，祈求妈祖指点迷津。结果得到了一支"东海捞针，前途广阔"的签枝。许多群众看后，便失去信心，觉得东海里去捞针，多难啊！

第二年的秋季，正是台湾海峡渔业盛产季节，本村有位七十多岁的老渔翁陈大伯父子俩驾舟向台湾海域驶去，到达渔区后，看见人家满载而归，可他连下三网都不见一条鱼影。陈老伯很扫兴，以为自己善心不够，便点了三支清香，祈求妈祖引航导向。陈老伯话音刚落，突然空中乌云翻滚，电闪雷鸣，风雨暴下，海浪滔天。陈老伯被迫收网返航，船经澎湖列岛海面时，在茫茫的夜雨里和翻滚的浪涛中，陈老伯发现距船头不远的地方，有棵约六米长的大树木随波漂流过来。他眼疾手快地收紧帆绳，船身随风一转，这棵大树木正好贴在船边。陈老伯仔细一看，发现是一棵被海水侵泡而不受虫蛀的好樟木。陈老伯高兴地喊道："这下可找到了中军木。"他赶快用粗绳捆好，栓在船上，很快就拖回了家。第二天一早，陈老伯就把樟木送到宫里，乡老们请来了雕刻师。经过雕刻师仔细的设计和精心的雕刻后，这尊高达一米多的中军神祇终于完成，威武地安放在文山宫妈祖左边神位上。

几百年过去了，文山宫这尊中军神祇至今还保存完好无损。

11. 海地护苗

仙游枫亭锦湖海地自康熙十八年（1679）复界，许、卢、范、朱、杨、陈诸姓族人，相继从异地迁入肇居，村里人垦海滩，造良田，建家园，垦复筑界时所有抛荒的农田。值逢世乱，海盗出没，舟楫出海，时遭海难。清乾隆年间，村人依托妈祖神灵庇佑，前往湄洲祖庙奉回妈祖金身供祀。因那时无力建造宫宇，用杉椽搭盖草舍供奉妈祖神尊，初曰"草厝宫"。从此，村人出海均到宫宇焚香许愿，祈求平安，持符纸至舱里，舟楫平安归航。

为了酬谢妈祖的恩灵，信众择地建宫。发现在草厝宫不远的地方，有八块褐色石头紧挨一起，形似龙的脊骨，一直延伸至西侧的鲤鱼穴位池塘，未雨而盈，久旱不干涸的聚宝盆之地，池塘水面倒映着天上五彩祥云和蛟龙飞腾的情景。于是就地建造一座规模颇为绮丽壮观的宫宇，易名"龙聚宫"。

清嘉庆十年（1805）十月十二日，龙聚宫300多人的妈祖信众，乘坐16艘帆船，扛着神轿，回驾湄洲妈祖庙。进香团朝拜之后，欲想沿原道回程，却遇到退潮，故改道惠安下路尾港登岸。由于信众者多，不免踩踏当地一些蛏苗、牡蛎滩涂，惠安民众难免有些怨言。这时有位信士道歉曰："对不起，妈祖路过此地，即使有损害，也不会亏待，定会赐惠泽。"当年台风大作，周围海堤决口，唯有妈祖巡安过的海堤完好。等到收获之时，那些被踩踏的弯曲蛏苗、牡蛎仍生长肥大，此处海地喜获丰收，当地百姓认为幸好龙聚宫妈祖巡安庇佑，才保住海堤，且喜获丰收。此事至今还是惠安和枫亭两地民众一段佳话。

12. 购杉建庙

清道光十八年（1838），仙游县枫亭镇霞桥乡绅薛豪源为敬谢妈祖庇佑家业兴旺，决定捐资建灵慈庙，可建庙用的大杉木难寻。正当告困之际，远地的一木材商人运来许多大杉木，解决大家燃眉之急。问询缘由，商人告知说："贵村有一女子到店铺购木，我见她孤单一人，如何运回杉木？她说自有妙策。我以为她信口开河，与之打赌，如能扛起一根杉木，就无偿送给杉木，并免费运至。只见她来到大杉木前，轻松扛起，我只好认输。今日乃兑现诺言。"大家叫他寻找那位女子，商人觉得殿中妈祖就是，人人称颂妈祖灵验。至今此庙仍在，妈祖购杉建庙的传说世代流传。

13. 耳环复得

忠门镇琼山村至今流传这么一则妈祖神奇灵验故事。

仙游龙井宫自建造后，每年都要卜杯请示妈祖是否回"娘家"谒祖，这习俗至今保留。清末的一年春天，仙游龙井宫依旧俗前往贤良港谒祖，途经忠门琼山村桥上，突遇到一阵大风，把妈祖的一枚耳环吹掉，落在大海中。因事发突然，且耳环落入茫茫大海，风浪又急，根本无法打捞，只好作罢。

当年，适逢琼山村龙兴宫开光庆典，有一渔民挑着鱼到各处叫卖，都卖不出，后经过龙兴宫，宫里正好需用"五礼"，被董事会买下来准备作"五礼"。在杀鱼时发现鱼肚里有一枚耳环，大家猜测是否是仙游龙井宫妈祖丢失的原物，就将这枚耳环珍藏好。第二年，仙游龙井宫前往贤良港进香经过龙兴宫时，大家将拾到的耳环取出，和龙井宫妈祖的另一枚耳环相对，结果一模一样，确定是先前被风吹掉的那枚，就将耳环归还给龙井宫妈祖。

14. 救治郡母

清光绪十五年（1889）兴化府太守因母得病，多方救治无效。太守一直事亲至孝，听说莆田山里的白沙宫妈祖灵验，就亲自到白沙宫诚心祈求。太守至仁至孝，感动神灵，当晚，白沙宫妈祖果然显圣到府内医治。第二天，太守母亲经医治痊愈，令太守感激不已。他到白沙宫酬神还愿，见白沙宫只有三间平屋，立即答应捐资重建。他还带动白沙宫民众共同修建，宫庙依清代宫殿式土木拱斗结构建造，坐西南向东北，双进五间厢，巍峨壮观，焕然一新。告竣时太守亲自赠送立式宫牌一面，命名"昭惠新宫"。现宫内仍存有清光绪十七年石柱一对。

15. 庙小神灵

在莆田东庄东林村，至今流下八月十四过中秋的习俗，关于这一习俗还有一段来历。

旧时，东林村和周边的村落合着过中秋，每个村落都组织"吹鼓队"轮流到各宫社给神明过中秋。因为宫庙多，每年轮到东林村安民社时都得到下半夜。有一年，吹鼓手们实在疲劳，就合计"打了折扣"，糊弄几节就准备草草收场。说来也怪，本来小小的社前台阶，灯火也亮，可"吹鼓队"领队偏偏在这崴了脚，摔倒在地。等领队抬头的时候，看见庙门口站在一个姑娘，定眼一看，像是妈祖的模样。领队想来一定是神明显灵，当即跪地表示："明年提前一天来吹，补上这次的不足。"刚说完，抬头时，人影就不见了，刚才崴到的脚也不疼了。到了第二年，东

林的乡老们商议，既然"吹鼓队"十四夜过来吹鼓，干脆村里的中秋节就提前一天过。这习俗就一直沿袭至今。现在村里还流传下一句俗话："东林宫小菩萨灵。"

16. 劝恶从善

位于莆田仙游赖店镇玉垱村上楼境兴龙宫流传这么一则妈祖劝恶从善的故事。

从前，境内一穷汉陈戊，不务正业，嗜赌成性，逢赌必输，赌债高筑，走投无路，心生邪念。一天夜里，临近元宵，他身穿棕衣，头戴斗笠，潜入宫内盗去妈祖身上大红袍，典当入铺，暂度难关。次早看宫之人烧香时发现妈祖龙袍被盗，遍告各境，众人都赶来，感觉事态严重。因为元宵迫近，赶制已来不及了。公众议论，只好请示妈祖，妈祖："戊不戊，成不成，偷我衣。是姓陈，人有六尺长，全身都是毛，说来真害人。"盗者闻之骇甚，其妻贤惠劝告夫君，赶紧将妈祖龙袍赎回送还。夫妻向亲友借贷，赎回妈祖袍，送还领罪，自此以后陈戊戒赌，夫妻齐心协力，诚实为人，粮食丰收，家庭渐渐富起来。后来，众人皆称赞圣母"宽容大度，慈悲为怀"。

17. 救助船只

传说，位于兴化湾畔的三江口镇哆头田边村祖上以在浅海海滩设"探戈"（在浅海放置鱼网捕鱼虾）谋生。有天清晨，有六个人欲划船往海里收"探戈"，经过妈祖宫（田边天上宫）前时，忽听有人呼唤之声："今天别去打鱼啦！"他们四处张望，不见人影，觉得蹊跷。但不见人影，也不当一回事，按原定划船出海去。船刚划到途中，海面上突然刮起了一阵大风（俗称"出风时"），霎那间，但见天上乌云密布，海上风大浪高，小船被大风大浪刮漂到福清江阴港。不久，船腹已进水，眼见就要沉入大海。在紧要关头，忽见船前上空端坐一位红衣姑娘在招呼，他们用力划船，不久就到岸边，安全登岸。他们就立刻想到，临走出海时宫前那呼唤声，一定是妈祖的显灵，他们当即就合掌下跪，答谢妈祖保佑平安。

等到风平浪静，船只安全返回，立即到妈祖宫里拜谢妈祖显灵庇佑。此事至今流传。

第三章

现当代妈祖民间传说选

在妈祖故乡莆田，代代传颂着妈祖的神奇故事。古代的妈祖传说故事，载于古书。现当代新的妈祖传说故事，则多口耳相传，但近年也已出版几种新的妈祖故事集，如莆田妈祖学者周金琰等编的《妈祖故事》（海风出版社），莆田老教师柳滨编著的《妈祖传奇故事》（海潮摄影艺术出版社），其中都收录有妈祖新故事。现当代的不少妈祖传说奇事和自然奇异现象，虽然一般都可以从现代科学角度加以解释，但在信众看来，它们就是妈祖的灵验体现，是人们心灵与妈祖的沟通外化，因此，这类新传说故事也具有人文教化、慰藉精神和延续信俗的重要价值。妈祖传说是妈祖信俗的组成部分之一，是妈祖信仰具有草根性、活态性和传承性的体现。莆田沿海有三大港湾：湄洲湾、平海湾、兴化湾，这些地区是妈祖文化传播较为活跃的地方。信众最集中，也容易衍生和传播传说。本章以1911年至1949年的传说为现代传说，以1949年后的传说为当代传说。

第一节　莆田现代妈祖传说选

1. 搁船救饥

上世纪40年代末，兴化闹饥荒，百姓饥饿难支。东峤霞屿是个孤岛，遍地是

盐咸地，粮食颗粒无收，只好挑"盐坯"换薯渣，或挖野菜、拾海苔充饥度日。这年三月二十三将至，人们想到妈祖一生扶危助困、济世救人，所以成群结队到妈祖庙祈祷。三天后，恰好有一艘满载大米的轮船正驶过湄洲外海，不料在海中迷失方向，竟开到乌丘岛时触礁搁浅，不能继续前进。船上的船工无奈划小船到岛上求助。村里见路过的船只有难，不顾饥饿，组织村里的青年人前往救助。大家齐心协力，想尽一切办法，终于将搁浅的轮船从礁石中移出。大米的主人获悉岛上渔民正闹饥荒，又想到大家不留余力相助，当即资助大米解决岛上群众的饥饿，大家靠这些资助平安度过饥荒。卖米的商人知道兴化饥荒，将大米运到莆田城里贩卖，回想自己在妈祖故乡的此次遭遇，相信是得到妈祖的庇佑，就没有抬高米价出售。后来，该商户常年将米运至莆田，生意一直都很兴隆。

2. 旱期甘雨

荔城区拱辰街道张镇村西边南箕天后宫，一年四季香火不断，香客涉及四邻乡镇。据上了年纪的村民讲，1949年前，木兰溪沿岸水利治理不善，时有水旱灾害发生。民国八年（1919）莆田发生大旱，四邻乡村百姓连下锅做饭用水都已很困难。妈祖庙前的延寿溪都干枯了，只有庙前一小坑水源（俗称"龙潭水"）可供四邻村民饮用。但庄稼地没水，田地都干裂了。眼见一年的收成将无，村民们就自发组织在妈祖庙前"乞雨"，以解旱灾。说来也巧，祭祀结束后，信众们把妈祖神像安放进殿刚回家，倾盆大雨竟突然而下，旱情得解，信众称奇。

第二节　莆田当代妈祖传说选

1. 神奇漂流

1989年冬的一天，年近花甲的湄洲镇后巷村村民唐亚泉，受雇为湄洲联运公司守夜看护一艘载重110吨的机帆船。不料半夜狂风骤起、巨浪滔天，等到唐亚泉惊醒时，这艘船已脱锚漂离港口。唐亚泉孤身一人，叫天天不应，呼海海不答，他只好眼睁睁地看着船向大海深处漂去。

这一漂，竟连着几天。这几天，海面上北风呼啸，船越漂越远。唐亚泉环顾茫茫大海，只有他一个人，只有他一条船。船舱里虽然还有些淡水、盐及食物，但因船颠簸剧烈，很难生火煮饭。几天里，他只吃过三次东西。唯有的一点淡水，他不到万不得已，是舍不得喝的。他用瓶子装好淡水，兑上盐，渴了，喝上一丁点，以维持生命。唐亚泉虽然孤单无助，但他并不绝望，因为船上有妈祖神像。即使平时，唐亚泉都每天供奉妈祖，以妈祖保佑作为精神支柱。说也奇怪，那几天里，海上虽然狂风大作，波浪滔天，船虽然摇摇晃晃上下颠簸，但一直是有惊无险。记不清是哪一天晚上，唐亚泉在朦胧中仿佛听到一位女子的声音："老伯，请宽心，您会平安无事的，过不了几天就会有船来救你的。"唐亚泉一高兴，醒了，知道方才是个梦。到第九天下午四时，他已被漂流到海南岛外的公海上了，这时，天下起了蒙蒙细雨，他忽然看到远远驶来一艘船，听声音，这艘船不小，应该是艘大船。唐亚泉这时已奄奄一息了，但船的轰鸣声让他来了精神和力气，他知道，希望来了。于是，他使足劲站了起来，脱下衣服，又使足劲挥舞着。船越来越近，他终于看清了那是一艘希腊的大轮船。

唐亚泉高兴极了，竟然大声叫出了声："快来救我，快来救我！""阿加梅农"轮船上的水手们发现了唐亚泉，向他挥舞着旗帜，以示马上会救援他。可是，由于风浪大，"阿加梅农"很难靠近唐亚泉的小船，只得绕着小船不断地兜圈子。后来，两船终于靠上了，"阿加梅农"的水手们将绳索抛给唐亚泉，示意他抓住绳索。因为风大，绳索在空中飘了几个来回，唐亚泉才抓住。"阿加梅农"水手把他吊上了"阿加梅农"的甲板，见他冷得发抖，就赶紧拿来了衣服让他穿上，而后又端来了热起腾腾的咖啡。"阿加梅农"水手们的热情令唐亚泉倍感温暖，一杯咖啡下去，唐亚泉才有了力气说话。可是他目不识丁，又不会写字，只会说莆田话，所以他根本无法和"阿加梅农"的水手们交谈。"阿加梅农"的水手连他的国籍都无法弄清，于是拿出世界各地的国旗图谱，让唐亚泉翻看。唐亚泉翻着翻着，看到五星红旗，高兴地笑了起来。他用手指着"五星红旗"一连点了几下，说："这，这是我的祖国！""阿加梅农"的水手这个才知道他是中国人。"阿加梅农"号驶到韩国港口卸货装货后，希腊水手就把唐亚泉带到美国旧金山。到美国后，船代理安排唐亚泉住在一个海员公寓里，女主人还连续两个晚上驾车带他去逛旧金山城，那繁华异常、热闹非凡的街景，真使唐亚泉大开眼界、大饱眼福。中国驻旧金山总领事获悉此事后，当即派两位领事前往唐亚泉住处探视，并专门送去为他购买的衣服等生活必需品。一位略通闽语的领事听出他是莆田一带人，便通过"美西福建同乡会"，请来一位懂莆田话的闽南籍侨胞当翻译，方弄清唐亚泉的姓名、家乡等，并立即打电报到湄洲岛，告知唐亚泉获救的消息。当唐亚泉挥泪告别希腊朋友和中国驻旧金山领事馆的人员回到湄洲岛后，这位"死里复生"的老人奇遇马上传播开

来，成为一则生动的妈祖新故事，还被登载于《中国农民报》。

（摘自周金琰、许平主编《妈祖故事》，海风出版社，2009）

2. 枯桩发芽

位于湄洲湾北岸的麒山之巅的妈祖阁，主体工程于2007年6月封顶。在封顶之际，发生了一件巧事。那就是人们发现原来为防雨季塌方，在土坡边用杉篙错落无序地在地上所打下的一些枯木桩，居然长出了嫩绿的杉芽。这批木桩直径大约在10厘米左右，多数还是倒插入土的，枯木桩周边并未夯实，更没有人去浇过水。初夏之时，许多木桩上的嫩芽已开始长成绿叶，煞是可爱。不知是少见多怪，还是环境使然，大家都好奇地围过来，以手抚桩，细细观看，啧啧称奇。信众们都把它与妈祖的灵验联系起来，成为妈祖阁的一则新故事。（据《中华妈祖》2007年第4期刊，郑世雄文缩写）

3. 巡安奇象

2009年农历九月十六，湄洲妈祖金身开始四天三夜绕境巡安兴化活动，这是妈祖故乡莆田千年来的第一回。巡安活动按照妈祖出巡古制，隆重举行相关仪式，全程289公里，出巡队伍668人，沿途各宫庙举办丰富多彩活动迎驾庆祝，参与活动者多达十多万人。这天清晨，妈祖金身起驾仪式在湄洲妈祖祖庙举行。当妈祖金身迈

湄洲妈祖金身巡安兴化起驾的灵光

出正殿之时，人们望见天空霞光万丈，祖庙山上架着一弯巨大的彩虹，像一座耀眼的金桥横跨祖庙山上。其时已是深秋，当日并无晨雨，天空出现彩虹，确是罕见奇观，此时恰逢妈祖巡安起驾之时，信众就都惊叹为妈祖显圣。

4．海龟朝圣

当湄洲妈祖金身巡安兴化驻跸沿海东庄东沁妈祖宫时，宫内外被信众围得水泄不通。很多人只好站在宫旁的海堤上观看热闹场面，正在此时，有人看见海边有只硕大的大海龟正探出头来，仿佛是在朝宫庙方向点头拜谒。许多人纷纷涌向海边，都看见那只海龟长时间逗留在那里，许久后才离去，见到此景的信众，都认为这就是妈祖传说中"海龟朝圣"神奇故事的重现。

5．珍照回归

2011年4月，81岁的新加坡侨胞朱光地专程回莆，将两张湄洲妈祖祖庙的珍贵历史照片作为对妈祖诞辰日的献礼，捐赠中华妈祖文化研究院收藏。这两张黑白老照片拍摄于上世纪二三十年代。其中一张题字为"湄洲祖庙宋朝遗传明圣古迹全景留影"，清晰地展现了当时湄洲妈祖祖庙全景。图中的祖庙建筑群古朴素雅，颇具规模，山门、钟鼓楼、梳妆楼、朝天阁、正殿等建筑依山而建，错落有致，其结构和外形充分彰显了莆仙地区独特的建筑风格。该照片尺寸为50㎝×36㎝，是目前已知的同时期湄洲祖庙全景图中所摄范围最广的一张。另一张题字为"湄洲祖庙圣母玉照"，照片尺寸略小，为29㎝×23㎝，内容更为难得，所摄湄洲妈祖祖庙妈祖神像前牌位刻着"敕封护国庇民妙灵昭应弘仁普济天妃"。该照作为历史物证，十分珍贵。

据朱光地先生介绍，多年前的一个夏夜，睡梦中的他感到有个声音向他叮

（陈默 初整/图）

嘱道："楼下有东西，去找回来，找回来。"醒后他果然在堆满杂物的角落里发现两个老旧的相框，翻转过来一看，照片上赫然出现湄洲妈祖祖庙和妈祖神像。他认为拍摄者可能是位同乡，也许是位老华侨，此照甚至可能是几代人的家传之物。朱先生认为获得照片乃妈祖所示。因此他最终将照片从新加坡带回中国，了却多年心愿。

6. 暗保古迹

秀屿区埭头镇武盛上嶰境内有一座古朴幽雅的亭阁，因四周环水，一座小桥通往亭内，故称"环水亭"，属区级保护文物。亭左一株百年大松树，郁郁葱葱，风景独特，是村里休憩、纳凉的风水宝地。上世纪80年代新修的公路横穿境内，按设计路线，环水亭须拆去左墙角及砍去百年古松。对此，群众心中一直不安，环水亭董事长黄乌栋祈求天上圣母护卫环水亭和古松树。第二天，公路总指挥下来勘察线路，刚好董事长黄乌栋在场，乌栋向总指挥陈述环水亭和古松树的历史及其价值，外地来的总指挥经过实地勘察，并向乌栋先生详细询问了女神妈祖的来龙去脉，后来决定公路改线，最终保住了环水亭和古松树。全村信众坚信妈祖暗保古迹之功不可没，遂自发重修了青灵宫。

附录：

莼田市妈祖信俗相关非物质文化遗产名录

　　物质文化遗产是以物为载体，非物质文化遗产是以人为载体。传承人是非物质文化遗产的重要承载者和传递者。要使妈祖信俗非物质文化遗产在现代条件下得以传承，传承人是核心。《中华人民共和国非物质文化遗产法》规定：国务院文化主管部门和省、自治区、直辖市人民政府文化主管部门都可以认定代表性传承人。得到支持的代表性传承人，政府都在资金或政策上予以一定的支持。国家级非物质文化遗产名录项目代表性传承人可以申请传习活动补助经费。目前，莼田市已经认定了36位市级妈祖信俗代表性传承人：林聪治、林金榜、林金赞、郭国松、黄亚棋、周阿仔、郑吓糖、林金富、王玉宝、高玉和、陈金良、魏红秋、吴玉添、曾金春、李少霞、王必达、施看排、高春妹、黄春盛、黄文富、沈吓宝、沈吓酬、肖玉添、王吓财、蔡亚槌、蔡亚钗、庄吓顺、高金顺、王玉辉、高亚治、林送九、唐金池、曾玉荣、潘金莲、郑吓通、肖玉成。已认定的省级妈祖信俗代表性传承人有：湄洲妈祖祖庙的林聪治和林金榜、贤良港天后祖祠的林自东、莼田文峰宫的陈梅英和陈鹭玲；延宁宫妈祖蔗塔传统制作工艺省级代表性传承人是谢玉章。其中，国家级代表性传承人有湄洲妈祖祖庙董事长林金榜。

　　妈祖信仰习俗发源于莼田，经过一千多年的传播和发展，已成为一份全人类共同拥有的珍贵的文化遗产。据统计，目前在各地已有60多项与"妈祖信俗"相关的

非物质文化遗产被列为各级政府保护的名录，其中莆田市就拥有世界级名录1项，国家级名录1项，省级名录8项，市级名录36项，形成了相对完整的保护体系。

一、世界级名录

2009年9月30日，"妈祖信俗"被联合国科教文组织以第4.com.13.18号决议列入《人类非物质文化遗产代表作名录》。其保护内容是：以崇奉和颂扬妈祖的立德、行善、大爱精神为核心，以妈祖宫庙为主要活动场所，以祭祀、习俗、传说、歌舞、技艺等非物质文化遗产和庙宇、古迹、祭器等物质文化遗产为表现形式的民俗文化。

二、国家级名录

2006年5月20日，由湄洲湄洲祖庙申报的"妈祖祭典"被列入《第一批国家非物质文化遗产名录》（项目号：484 IX-36）。清代康熙年间朝廷尊孔子为文圣，关公为武圣，妈祖为女圣，三圣祭礼同一。湄洲"妈祖祭典"沿袭宋代形成的迎神、三献、送神的基本程式，体现出庄严肃穆、古朴典雅的特征。

三、省级名录

1．2005年10月31日，妈祖信仰习俗被福建省人民政府以"闽政文[2005]495号文件"列入《福建省首批非物质文化遗产名录》，其保护内容为：妈祖祭典、妈祖传说、妈祖服饰、妈祖贡品、妈祖道场、妈祖巡安、妈祖回娘家、妈祖蔗塔、妈祖庙会、妈祖香道等十大类，涵盖18个子项目。

2．2007年8月28日，"妈祖回娘家祭祀民俗"被列入《福建省第二批非物质文化遗产名录》。"妈祖回娘家"是一种由祖祠分香的宫庙、或认同贤良港祖祠为原祖的宫庙每年来祖祠朝圣进香的一种习俗。这期间，贤良港祖祠都要依列举行盛大祭礼，祭礼按照传统仪式进行，隆重肃穆。

3．2007年8月28日，延宁宫妈祖蔗塔传统制作技艺被列入《福建省第二批非物质文化遗产名录》（闽政文[2007]291号）。涵江延宁宫在明代倭寇之乱时，曾成为莆田妈祖信仰的中心。当地百姓通常用当地特产甘蔗作为供果，至清代时，演变为用甘蔗节制作成精致的蔗塔，作为敬祀妈祖的一种贡品，寓意在女神的庇佑下，百姓生活节节高，节节甜。

4．2009年5月31日，仙游枫亭麟山宫"皂隶舞"被福建省人民政府列入《福建省非物质文化遗产名录》（闽政文[2009]51号），该舞蹈是汉代傩舞的遗响，作为妈祖神驾出巡的开路舞蹈而在莆田传承千年。该舞蹈动作古朴粗犷，特别是皂隶、八班、侍警的舞蹈动作别具一格，生动传神。

5．2009年5月31日，"涵江车鼓"被列入省级《非物质文化遗产名录》（闽政文[2009]51号）。涵江车鼓起源于宋代，相传原为一种向菩萨乞火的草锣鼓。随着宋代妈祖信仰的传播，逐渐演变成为一种伴随妈祖神驾出巡时娱神娱人的文艺形式，其中宝盖凉伞是在清代妈祖加封天后时加进去的，以显示妈祖的尊荣无比。

6．2009年5月31日，莆田文峰天后宫的"妈祖诵经""妈祖供品""妈祖三献礼"被列入第一批省级"妈祖信俗"拓展项目。其中，"妈祖诵经"是以传播妈祖经文的一种功课。"妈祖供品"是民间传统敬神献礼的装饰造型艺术食品，品类达一千多种，造型逼真，极具艺术性；"妈祖三献礼"是沿袭宋代形式的迎神、献馔、献果、献帛、送神的祭祀妈祖的规范化仪式。

7．2011年12月14日，由莆田市群众艺术馆申报的"妈祖传说"被列入《福建省第四批非物质文化遗产名录》。该项目的主要内容是以保护和传承一千多年以来广泛流传的妈祖传说故事，目前已搜集到历代妈祖传说故事1000多篇，以及大量留存于各地的妈祖传说故事壁画。

8．2011年12月14日，"涵江文十番"被列入《福建省第四批非物质文化遗产名录》。"涵江文十番"以优雅古朴的传统曲牌和独具特色的乐器如文枕琴等，成为妈祖庙会中独特民间音乐，特别是演唱者嘴上衔着妈祖花，仍可尽情歌唱，成为妈祖故乡的一种奇观。

四、市级名录（列表）

序号	项目类别	项目名称	申报单位	公布时间	备注
1	传统习俗	湄洲妈祖祭典	湄洲妈祖祖庙	2007-05-26	
2	传统习俗	妈祖回娘家祭事习俗	贤良港天后祖祠		
3	传统工艺	文峰宫妈祖供品	文峰天后宫宫董事会		
4	传统工艺	白塘俞氏纸扎	涵江白塘俞氏		
5	传统习俗	文峰宫妈祖诵经	文峰天后宫董事会		

6	传统习俗	妈祖金身巡游	湄洲妈祖祖庙		
7	传统工艺	延宁宫妈祖蔗塔	涵江区延宁宫		
8	传统工艺	卢埕李氏斋菜	涵江楼下社区李氏		
9	传统工艺	湄洲女头饰服饰	湄洲妈祖祖庙		
10	传统习俗	妈祖信众谒祖进香	湄洲妈祖祖庙	·	
11	传统艺术	涵江文十番	涵江区文化馆	2007-05-26	
12	传统工艺	妈祖宴菜	妈祖宴菜传习所	2009-01-04	
13	传统工艺	妈祖平安饼	湄洲妈祖祖庙		
14	传统工艺	妈祖平安糕	湄洲妈祖祖庙		
15	传统工艺	妈祖平安面	湄洲妈祖祖庙		
16	传统习俗	文峰宫"三献礼"	荔城文峰天后宫		
17	传统舞蹈	枫亭皂隶舞	枫亭镇文化站	2009-01-04	
18	传统舞蹈	湄洲棕轿舞	湄洲镇文化站	2009-01-04	
19	传统习俗	湄洲三月廿三禁捕	湄洲镇文化站	2009-01-04	
20	传统习俗	湄洲妈祖庙会	湄洲镇文化站	2009-01-04	
21	传统工艺	梧塘黄氏纸扎	黄氏纸扎传习所	2009-01-04	
22	民间文学	妈祖传说	莆田市群众艺术馆	2009-01-04	
23	传统习俗	文峰宫元宵烛山	荔城文峰天后宫	2009-01-04	

24	传统习俗	涵江区洋尾元宵跑廿六	白塘镇洋尾村	2009-01-04	
25	传统习俗	涵江镇前打铁球	涵江白塘镇镇前村	2009-01-04	
26	传统技艺	后洋果馔盘盒制作技艺	蒲洋佛像工艺品有限公司	2010-11-25	以后洋手工传统技艺制作妈祖祭器
27	传统技艺	蒲洋佛像泥塑造像技艺	蒲洋佛像工艺品有限公司	2010-11-25	
28	传统舞蹈	舞弄九鲤	镇海办长寿居委会	2010-11-25	
29	传统舞蹈	沟边九鲤舞	黄石沟边村		
30	传统美术	仙游黄氏面塑	枫亭黄氏面塑传习所	2013-04-24	以面塑工艺制作妈祖供品
31	传统习俗	湄洲妈祖祖庙祈年典礼	湄洲妈祖祖庙	2013-04-24	
32	传统习俗	下江头坐刀轿打铁球	黄石下江头隆显坛	2013-04-24	
33	传统习俗	湄洲男子抬神轿习俗	湄洲镇文化站		
34	传统习俗	湄洲民间挂胆习俗	湄洲镇文化站		

后　记

妈祖信俗是妈祖文化的核心内容，它主要由祭祀仪式、民间习俗和故事传说等三大系列组成。妈祖文化是一种活态文化，妈祖信仰是一种极富包容性的民间信仰，世界各地的妈祖信俗既有相对的一致性，又存在许多地域的特性。如祭祀仪式方面，在祭祀时间、形式、规格等方面就多有不同；在民间习俗方面，更显示出丰富的地域性特色；而妈祖的传说故事，更有不同时代、不同地域、不同人群的许多不同显应传说之差异。因此，要在短时间内编写出一部涵盖世界各地妈祖信俗的专著，几乎是没有人可以做得到的。湄洲妈祖祖庙是天下妈祖宫庙的祖庙，莆田是妈祖文化的发祥地，是妈祖信俗的核心区，相关信俗丰富多姿；如今中华妈祖文化交流协会会址、中华妈祖文化研究院院址和《中华妈祖》杂志社社址等都落在莆田市，因此，由莆田的学者来率先编写出一部《莆田妈祖信俗大观》专著，具有得天独厚的条件。此书的编写，不仅可全面展示莆田市多姿多彩的妈祖信俗，让世人深入了解妈祖信仰起源地的妈祖信俗，让年轻一代崇敬妈祖，保护、传承妈祖信俗这一优秀传统文化，而且可为全国乃至全世界其他地方编纂类似的妈祖信俗专著，积累可资借鉴的经验，其意义不言自喻。

在林国良常务副会长的领导下，经过近一年的辛勤笔耕，《莆田妈祖信俗大观》终于付梓面世。全书共分10篇，篇目和撰稿人分别为：

第一篇"祭典"，由周金琰撰写，其中第五章由周丽妃撰写。

第二篇"节庆"，第一章、第三章由黄国华撰写，第二章由刘福铸撰写，第四章由宋嘉健撰写。

第三篇"香火"，由杨云鹏撰写；其中第一章的第六节由林成彬撰写，第五章由周丽妃撰写。

第四篇"神器"、第五篇"供品"，由林洪国撰写。

第六篇"出游"，由翁卫平、黄黎强、陈亚娟撰写。

第七篇"艺文"，由刘福铸撰写，其中第二章的第一节、第五章的第一、三、五节和第八节由黄黎强撰写。

第八篇"礼俗"，第一、二章由林洪国撰写，第三章由刘福铸撰写。

第九篇"祈愿"，由周丽妃撰写。

第十篇"传说"，由黄志霖、郭大卫撰写。

"附录"由林成彬提供。

在本书撰写过程中，中华妈祖文化交流协会学术部具体负责协调，莆田学院刘福铸教授负责全书统稿，《中华妈祖》杂志编委会副主任郑世雄协助全书统筹。周金琰、林成彬、颜青山、苏健、高亚成、周丽妃等提供了较多数量的照片；在田野调查过程中，得到了许多妈祖宫庙负责人和热心个人的大力支持和帮助，在书稿的编辑出版过程中，还得到海风出版社的支持和帮助，因为体例方面的限制，无法在书中一一注明，在此向以上相关人士一并表示衷心的感谢。中共莆田市委梁建勇书记为本书作序，给了我们不少鼓励，在此也谨表谢忱。

初次编写信俗大观这样的专著，缺乏经验，加上时间匆促，书中难免存在不足甚至舛误之处，热忱欢迎专家学者和广大读者予以指正。

编者

2014年2月

图书在版编目（CIP）数据

莆田妈祖信俗大观 / 林国良主编. -- 福州 ：海风
出版社，2014.4
ISBN 978-7-5512-0143-8

Ⅰ．①莆… Ⅱ．①林… Ⅲ．①神—信仰—中国 Ⅳ.
①B933

中国版本图书馆CIP数据核字(2014)第045801号

ISBN 978-7-5512-0143-8

定价：168.00元

莆田妈祖信俗大观

林国良　主编
责任编辑：狄大伟
出版发行：海风出版社

（福州市鼓东路187号　邮编：350001）

印　　刷：	福州凯达印务有限公司
开　　本：	787×1092　　1/16
印　　张：	31印张
字　　数：	520千字　　　　图：450 幅
印　　数：	1-3000册
版　　次：	2014年4月第1版
印　　次：	2014年4月第1次印刷
书　　号：	ISBN 978-7-5512-0143-8
定　　价：	168.00元